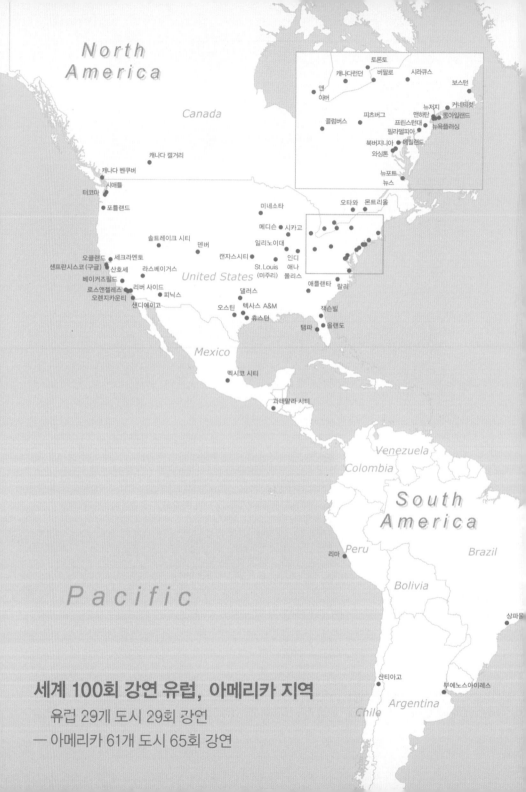

North America

Canada

캐나다 캘거리

캐나다 벤쿠버

시애틀
터코마
포틀랜드

미네소타
솔트레이크 시티
덴버
오클랜드 세크라멘토
샌프란시스코 (구글) 산호세
베이커즈필드
로스앤젤레스 리버 사이드
오렌지카운티 샌디에이고
피닉스

토론토
캐나다런던 버팔로 시라큐스
앤 보스턴
아버 뉴저지 커네티컷
콜럼버스 피츠버그 맨하탄 롱아일랜드
프린스턴대 뉴욕플러싱
필라델피아
북버지니아 메릴랜드
와싱톤
뉴포트
뉴스

오타와 몬트리올

메디슨 시카고
일리노이대
캔자스시티 인디
St.Louis 애나
(미주리) 폴리스
애틀랜타 랄리
달러스
오스틴 텍사스 A&M 잭슨빌
휴스턴 올랜도
템파

라스베이거스

United States

Mexico

멕시코 시티

과테말라 시티

Venezuela
Colombia

South America

Peru
리마 Brazil

Bolivia

Pacific

상파울로

산티아고
부에노스아이레스
Chile Argentina

세계 100회 강연 유럽, 아메리카 지역

유럽 29기 도시 29회 강연

— 아메리카 61개 도시 65회 강연

아단
벙시긐

일러두기

1 본문 순서는 강연이 진행된 도시 순서이다.
2 각 내용의 첫머리에는 강연한 도시를, 마지막에는 강연한 장소를 기록하였다. 성당, 교회, 학교, 도서관
   등 다양한 곳에서 야단법석이 진행되었다.
3 강연 장소는 한글 표기를 기본으로 하되, 한글 표기가 어색한 곳은 현지 표기를 살려 실었다.
4 본문 속 별도의 페이지는 강연 도시에서의 다양한 에피소드를 담은 것이며 〈스님의 하루〉 기록팀이
   작성하였다.
5 본문 가운데 209쪽 사진은 허핑턴포스트에서 제공했다.

알다
법석

법륜 스님의 지구촌 즉문즉설

정토출판

차례

1
출발, 새로운 희망을 발견하는
대화의 장을 찾아서

2
마음이
가벼워지는 대화

3
지혜로운 삶으로
나아가는 대화

북
아
메
리
카
I

4
사물의 전모를
있는 그대로 보는 길

북
아
메
리
카
II

차례

5
현재를 그대로 두고도
행복할 수 있는 길로

6
내게 지금
행복하지 못한 이유가 있다면

7

혼란으로부터
새로운 질서로 나아가기

중
남
미
·
오
세
아
니
아

8

바로 지금,
나는 행복할 권리가 있다

·
아
시
아

세계 115개 도시에서 찾은 행복

지난 2014년 여름부터 겨울까지 115일 동안, 날마다 나라와 도시를 옮겨 다니며 세계 115곳에서 야단법석을 열었습니다. 유럽을 시작으로, 북미주와 중남미, 오세아니아, 동남아시아, 일본까지 세계 115개의 도시를 돌며 곳곳에 뻗어나가 살고 있는 한국 교민들, 또는 현지인들을 만나 대화의 시간을 가졌습니다.

제가 속한 정토회의 설립 취지 중 하나는 한반도의 평화와 통일입니다. 그런데 지금의 남북한 상황을 보면 통일은 고사하고 전쟁이 일어날 위험이 있을 정도로 갈등이 심합니다. 그래서 한반도의 평화와 통일을 위해서는 옛 사람들의 말로 하면 하늘이 도와야 한다고 생각했습니다. '지성이면 감천이다'라는 말이 있지요. 이 말은 '사람들의 정성이 지극하면 하늘이 감응한다'는 뜻이에요. 그래서 나라의 주인인 국민들에게 정성을 기울이기로 하였습니다. 먼저 국민들의 마음을 모으기 위해서는 국민들을 직접 만나 그들이 가진 현재의 어려움을 듣고 그 고뇌를 푸는 데 도움이 되고자 하였습니다.

2012년 1년 동안, 남한 내 250개 시·군·구와 각 대학에 가서 300회의 강연을 했습니다. 그동안 서울이나 부산 같은 대도시에서 강연을 많이 했지만 이번에는 시·군·구 단위까지 직접 찾아가 지역 주민들과 이야기를 나눠왔던 것입니다. 그리고 다음에는 북한 210개 시·군·구역마다 극빈자들을 위한 식량을 100톤씩 지원하기로 했으나 남북관계가 좋지 않은 상황이라 당장 실행할 수가 없었습니다. 그 다음에는 전 세계에 흩어져 살고 있는 우리 교민들을 만나기로 하였습니다. 그들의 고민을 직접 듣고 그들의 고뇌가 풀릴 수 있도록 말입니다.

처음에는 미국, 캐나다 지역만 100회 강연을 할 계획이었습니다. 그런데 준비 과정에서 미국 교민만 교민이냐며 유럽, 동남아 지역도 추가해 달라는 요청이 있었고, 또 현지인들을 위해서도 강의가 필요하다 하여 통역 등 제반 준비가 가능한 미국과 일본에서 통역을 겸한 현지인 강연 9회를 포함하여 세계 115회 강연을 하게 되었습니다. 또 여러 나라의 역사와 문화를 직접 돌아볼 수 있는 기회가 없으니 가는 곳마다 문화와 역사 유적지에 대한 이야기도 해 달라는 요청이 있었습니다. 그래서 강연 초반인 유럽에서는 날마다 나라 혹은 도시를 이동해가며 박물관과 유적지를 돌아본 후 강연을 했는데 결국 몸이 견뎌내질 못해서 강의를 못 할 뻔도 했습니다. 강의를 준비한 사람들은 몇 달 동안 온갖 애를 쓰며 준비했는데 제가 아프다고 강연을 안 할 수도 없는 노릇이었지요. 그래서 미국에서는 강의만 하고 몸을 추슬렀습니다. 그렇게 남미, 오세아니아, 아시아 지역까지 무사히 마칠 수 있었습니다.

세계 115회 강연을 계기로 전 세계에 흩어져 살고 있는 우리 교민들을 두루 만나보면서 마음도 많이 아팠고 감사함도 많았습니다. 정부로부터 아무런 도움도 받지 못하면서도 곳곳에 뿌리내리고 살아가는 교민들의 모습, 또는 성공하여 지역 사회에 기여하는 이들의 모습을 보며 눈물겹고 고마웠습니다. 한국에서도 살기 힘든데 환경도 다르고 문화도 다르고 친구도 없는 외국에서 사는 것이 쉽지만은 않잖습니까. 각자 말은 안 하지만 가슴속 깊이 그 아픔이 얼마나 많겠습니까. 특히 외국인과 결혼해서 사는 분들, 물질적으로는 넉넉할 수 있어도 그 삶이 편하지만은 않은 것 같았습니다. 그 분들의 아픈 이야기를 한 사람이라도 더 듣고 어루만져주고 위로해주고 싶어 세계 115개 도시에서 야단법석을 펼쳤던 것입니다.

'야단법석'은 불교의 전통적인 법회 방식입니다. 법회라고 하면 법을 설하는 법사僧가 법당의 법상에 올라가 대중을 향해 법문을 하는 자리를 말합니다. 그런데 법당에서 높은 법상에 올라 점잖게 법문을 하다 보니 그 법문이 일상생활과 유리된 고담준론高談峻論이 되기 십상이었습니다. 그래서 법상을 마당에 내다 놓고 누구나 참여해서 무슨 이야기든 마음껏 할 수 있게 하니 법회 자리가 울고, 웃으며 시끌벅적하게 되었습니다. 조용한 절에서 갑자기 시끌벅적하니 무슨 일인가 해서 물으면 야단법석을 하고 있다고 한 것입니다. 그래서 속설에는 시끌벅적하면 야단법석을 떤다고 한 것이지요. 야단법석의 시간만큼은 법회가 엄숙한 것이 아니라, 무슨 주제든 가리지 않고 자유롭게 대화하는 자리인 것입니다.

이렇게 세계 곳곳에서 펼친 야단법석에서 천여 명의 질문자들과 대화를 나누었습니다. 세계 어디를 가 봐도 나라가 다르다고 해서, 결혼을 한다고 해서, 유학을 간다고 해서, 경제적으로 부유하다고 해서 괴로움이 없어지고 행복해지는 것이 아님을 확연히 느낄 수 있었습니다. 한국 사람만 그런 것이 아니라 외국인도 마찬가지이고, 가난한 나라 사람만 그런 것이 아니라 여유가 있는 나라 사람들도 마찬가지였습니다. 사회제도가 미비한 나라만 그런 것이 아니라 사회제도가 잘 갖춰진 나라도 마찬가지였어요. 그러니 더 좋은 여건을 좇아간다고 반드시 행복해 지는 것은 아니었습니다.

우리 대화의 목표는 괴로운 마음이 조금이나마 가벼워지는 것입니다. 각자가 자기입장만 생각하고 움켜쥐고 있던 것을 내려놓음으로써, 즉 앞면만 보던 것을 뒷면도 봄으로써, 옆면만 보던 것을 위나 아래까지 봄으로써, 자기가 문제 삼던 것이 문제가 아니라는 것을 알게 하는 것입니다. 사물을 긍정적으로 인식하면 훨씬 만족도가 높아지고, 부정적으로 인식하면 불만이 커집니다. 내가 어떤 관점을 가지고 어떻게 바라보느냐에 따라서 내 행복도를 높일 수 있다는 것입니다.

그 이야기들 중 일부를 뽑아서 책으로 엮었습니다. 이 책에는 세계 115회 강연에서의 대화를 가능한 그대로 살려 실었습니다. 방대한 115회의 강연 중, 반복되는 일부 내용을 제외하고는 묻고 답하는 현장감을 살려 한 곳에 한 가지씩 사실 그대로 정리하는 데에 초점을 두었습니다.

세계 115회 강연이 무사히 마칠 수 있도록 준비해주신 해외 여러 지역의 한인회와 교민들, 장소를 기꺼이 내주신 많은 성당과 교회, 신부님과 목사님, 수녀님들께 깊은 감사를 드리며, 이를 기획하고 준비한 해외 정토행자들에도 고마움을 전합니다.

세계 곳곳의 현장에서 질문자와 제가 대화를 나누듯이, 여러분도 함께 그 질문자가 되어 대화의 흐름을 따라가 보는 것도 좋은 경험이 될 수 있으리라 생각합니다.

　이 책에 실린 사람들의 고뇌는 누구나 경험할 수 있는 것들입니다. 우리 함께 대화를 통해 지금 행복한 삶을 사는 길을 찾아봅시다. 그것이 야단법석, 세계 115회 강연의 목표이자 우리가 찾아가야 할 목표입니다.

　그러면 지금부터 저와 함께 야단법석으로 떠나봅시다.

2015년 가을
법륜

I

출발,
새로운 희망을 발견하는
대화의 장을 찾아서

· 유
럽
I

인생을 살다 보면 세상살이가 내 뜻대로 잘 안 됩니다.
내가 원하는 것이 이루어지지 않는 정도가 아니라
아예 이루어지는 게 없다고 생각될 때가 많습니다.
이럴 때 신세타령을 하게 되지요.
오늘은 인생에 대한 고뇌, 의문들을 가지고
편안하게 대화를 하면서
'내가 오해했구나, 사실은 그게 아니었구나.' 하고
진실을 규명 할수도 있고
'별거 아니네.' 하고 가벼워질 수도 있습니다.

베를린 가는 길

독불장군 시아버님과
아들에게 집착하는 시어머님 때문에 힘들어요

독일 남자와 결혼한 지 7년 되었는데, 시아버님은 이기적이고 독불장군처럼 자기 말만 하시고 시어머님은 신랑에 너무 집착합니다. 시댁에 매주 가는 것이 힘들어 몇 번 가지 않았는데 삐치시는 것 같아요. 한국인과 너무 달라서 독일인 시부모님을 모시기 너무 힘듭니다. 시댁에 가서 할아버지에게 좋은 것을 배우는 것이 없어 다섯 살 아들도 시댁에 보내기가 싫습니다.

엄마가 자기 자식을 보고 싶어 하는 걸 내가 어떻게 할 수 있나요. 또 자식이 부모를 보고 싶어 하는 걸 내가 어떻게 할 수 있나요. 그냥 두세요. 가족이라도 관여할 일이 있고 관여하지 말아야 할 일이 있습니다. 시아버지는 원래 그런 사람이고 시어머니는 그런 시아버지를 받아들이고 사신 분입니다. 독선적인 면도 있지만 다른 좋은 면이 있으니까 같이 살고 있는 겁니다. 우리가 보기에는 어떻게 같이 살 수 있나 하지만, 시어머니 입장에서는 그렇지 않지요.
　질문자는 시어머니가 정성껏 키워준 좋은 아들을 공짜로 얻은 것이잖아요. 공짜로 얻었으면 그 대가를 지불하든지, 대가를 지불하기 싫으면 이혼을 하든지 그러면 되지요. 질문자도 아이 낳고 살아보았으니 엄마와 자식 관계를 알게 되었잖아요. 엄격하게 말하면 그건 엄마와 아들 사이의 자연스런 관계이지 내가 간섭할 일이 아니라는 것입니다. 그들의 인생이라 생각하고 놓아주세요. 입장 바꿔 생각해보세요. 질문자의 아이도 나중에 크면 여자 친구가 생길 텐데 그 순간부터 질문자와 멀어지는 게 좋겠어요? 그때 일어나는 엄마로서의 서운함을 생각한다면 남편이 시어머니와 자주 연락하는 것을 나쁘게 보지 마세요.

그리고 시아버지는 자기 집에서 자기가 살던 습관대로 살고 있는 건데, 왜 질문자가 갑자기 들어가서 그것을 시비 삼는 거예요? 그게 싫으면 시댁에 안 가면 되지요. 그런데 살다 보면 싫어도 해야 할 일이 있잖아요. 가기 싫으면 안 가면 되고, 싫어서 안 가는 것이 더 손해겠다 싶으면 싫어도 가면 됩니다.

그런데 아들을 시댁에 안 보내는 문제는 질문자 마음대로 하면 안 됩니다. 아들은 질문자의 아들이기도 하지만 남편의 아들이기도 합니다. 부부가 합의해서 안 보내겠다면 괜찮은데, 권리의 절반이 남편에게도 있기 때문에 질문자가 의견은 낼 수 있지만 남편이 보내자고 하면 보내야 합니다. 아이 문제는 질문자에게 절반의 권리만 있습니다. 지금 질문자는 월권행위를 하려는 겁니다.

사람이 어떻게 자기가 원하는 대로만 하고 삽니까. 원하는 대로 되는 것도 있고, 안 되는 것도 있는 것이 인생입니다. 질문자의 못된 성질이 아이에게 나쁜 영향을 주는 것이지 시아버지가 아이에게 나쁜 영향을 주는 것은 아닙니다. 아이가 시아버지한테 욕을 한마디 배우는 것이 나쁜 영향이 아니라 그런 시아버지를 용인하지 못하는 엄마의 성질이 아이에게 더 나쁜 영향을 줍니다. 아이들은 원래 친구들과 놀면서 욕도 배우고 금세 잊어버리기도 하면서 크는 것입니다. 그것은 큰 문제가 아닙니다.

어떻게 나이 칠십이 넘은 독일 할아버지의 성질을 고칠 수 있겠습니

하루에 한 도시
날마다 기도하는 마음으로.

프랑크푸르트 대성당

까? 그런 시아버지를 나쁘다고 여기면 아이들은 나쁜 할아버지의 손자가 되니까 자긍심이 없어집니다. 시아버지는 성격이 그럴 뿐이지 좋은 사람도 아니고 나쁜 사람도 아닙니다. 다만 나와 가치관이 다를 뿐입니다. 잘 생각해 보세요. 내 아이가 나쁜 할아버지의 손자가 되길 원합니까?

그런 시부모님 밑에서 자랐음에도 불구하고 남편이 괜찮은 사람이라고 여겨진다면, 남편의 부모님도 큰 문제가 없는 사람입니다. 남편과 시부모님의 관계가 그것을 증명해 주는 겁니다. 이 세상 모든 사람이 다내 마음에 들 수가 없습니다. 이것은 질문자가 어릴 때 집에서 너무 편안하게 자라서 그렇습니다. 한국 사람인 시아버지도 내 마음에 들기가 쉽지 않은데, 어떻게 독일인 시아버지가 내 마음에 들 수 있겠습니까?

질문자는 지금 본인이 할 수 없는 것을 가지고 고민을 하기 때문에 유투브에서 즉문즉설 동영상 1천 개를 봐도 실제 삶은 변화하지 않습니다. 내가 할 수 있는 일은 남을 고치는 게 아니고 내가 스트레스를 안받는 것입니다. 그래야 내 아이도 좋아집니다. 내가 어찌할 수 없는 일은 긍정적으로 받아들여 보세요. 그래야 나에게도 아이에게도 모두 좋습니다.

Saalbau Gallus 강연장

베른(Bern)

황혼 생활,
귀국해서 제2의 인생을 살고 싶어요

저는 64세로 스위스인 남편과 국제결혼을 했습니다. 한 달 뒤에 남편이 퇴직하면 한국으로 같이 돌아갈 계획을 하고 있습니다. 어떤 마음으로 제2의 인생을 살아야 할지요?

질문자가 한국으로 돌아가고 싶다는 것은 이해가 됩니다. 늙으면 누구나 회귀 본능이 있습니다. 젊을 때는 외국 음식도 괜찮은데 늙으면 한국 음식이 그리워지게 됩니다. 그러므로 남편도 늙으면 스위스에 살고 싶은 회귀 본능이 있다는 것입니다. 한국에 가면 남편이 많이 힘들어지게 되겠죠. 한국 가서 6개월이나 1년 정도 있는 건 괜찮은데, 남편의 나이가 더 들면 들수록 질문자가 스위스에서의 생활이 힘들었듯이 남편은 한국에서 생활하기가 힘들어지게 됩니다.

이성적으로 생각하는 것과 무의식에서 일어나는 마음은 일치하지 않습니다. 질문자도 남편이 좋아서 스위스에 와서 살았지만 심리의 근저에는 늘 어려움이 있었던 것처럼 남편도 한국에 가서 살면 그럴 수 있다는 겁니다. 내가 편하니까 남편도 아무 문제없을 거라고 생각하면 나중에 늙어서 서로의 마음에 금이 갑니다.

독일에 이민 온 분들 이야기를 들어보면 예순 살이 넘어서 상당히 많은 수가 이혼을 한답니다. 그 이유는 젊을 때는 빵만 먹고도 외국생활

20

이 가능했지만, 늙으면 회귀 본능이 있기 때문에 아내는 자꾸 한국 쪽으로 회귀하려 하고 남편은 더 독일 쪽으로 회귀하려 합니다. 예를 들면, 한국 음식 중에 김치는 외국인들이 적응하기가 비교적 쉬운데, 된장은 적응하기가 굉장히 어렵습니다. 자꾸 된장찌개를 끓여 식탁 위에 올리면 이런 것으로부터 갈등이 생기기 시작합니다.

젊을 때는 말로 의사 표현을 주로 하지만, 나이가 들면 말 이전에 마음으로 통해야 합니다. 한국 사람끼리는 말을 안 하고도 대충 짐작하면서 살 수 있는데, 외국인과는 정서적 교감이 떨어집니다.

어쨌든 한국에 돌아가서 산다고 했을 때 상대에게는 타향살이가 되기 때문에 스위스에서 살 때보다 열 배 정도는 남편의 마음을 더 헤아려야 합니다. 방심하면 전혀 예기치 못한 갈등이 생기기 시작합니다. 큰일은 대응하기 쉬운데 오히려 가까이 있는 사람과는 미세한 감정으로 마음에 금이 가서 헤어지게 됩니다.

그러니, 지금 스위스에 있는 집을 그대로 두고, 한국에 가서 조금 살아보는 정도로 하면 좋겠어요. 모든 것을 다 털고 가면 실패할 확률이 굉장히 높습니다. 먼저 살아보시면서 점진적으로 정리해 가는 것이 안정성이 있습니다. 젊어서는 살림을 말아먹어도 다시 일으킬 수 있는데, 나이 들어서는 엎어지면 노후가 굉장히 초라해집니다. 실험적으로 해보면서 점진적으로 이동해 보세요.

그런데 스님, 한국 가도 고아가 된 느낌이고, 스위스에 있어도 고아가 된 느낌입니다. 국제 고아에서 벗어나는 방법을 알려주세요.

그것은 질문자가 선택한 것입니다. 예를 들어 초등학교는 미국에서 다니

융프라우 앞에서

프랑크푸르트에서 베른까지 700킬로미터를 달립니다.

고 중·고등학교는 한국에서 다니고 대학은 미국으로 간 친구가 정체성에 대해 질문했어요. 한국에 있으니까 한국말이 달려서 친구들과 못 어울리고, 미국에서는 영어가 달려서 못 어울린다며 하소연을 했습니다. 그런데 미국에서 나고 자란 아이가 나보다 영어를 잘하는 것은 너무나 당연한 일이고, 한국에서 나고 자란 아이가 나보다 한국어를 잘한다는 것도 너무나 당연한 것이잖아요. 그렇다면 어떻게 봐야 할까요?

당연하게 받아들이면 이렇게 됩니다. 미국에서 자란 아이는 영어밖에 할 줄 모르고, 한국에서 자란 아이는 한국어밖에 못하는데, 나는 미국에서 자란 아이보다 한국말을 잘하고, 한국에서 자란 아이보다 영어를 잘한다, 이것이 자신의 정체성입니다.

질문자도 마찬가지입니다. 한국 사람치고는 스위스에서 살아봤고, 스위스 사람치고는 한국말도 잘합니다. 이렇게 자기의 독자적인 정체성을 가져야지 남의 정체성에 자기를 견주면 질문자는 국제 고아가 될 수밖에 없습니다. 누군가가 질문자를 국제 고아로 만든 것이 아니고 자기가 스스로를 국제 고아로 만든 것입니다. 그래서 먼저 자기 정체성을 가져야 합니다.

질문자는 국제 고아가 아닙니다. 이것도 아니고 저것도 아닌 것이 아니라, 나는 이것도 되고 저것도 된다, 이렇게 생각해야 합니다.

Franzosische kirche, 프랑스 교회

23

남의 나라 같은 대한민국,
무엇을 할 수 있을까요

저는 이곳 밀라노에서 결혼해서 10년 넘게 살고 있습니다. 그런데 점점 시간이 갈수록 내가 태어나고 자란 한국에 대한 애착과 사랑보다는 이질감을 더 많이 느낍니다. 그 마음 이면에는 기대나 관심이 있기 때문인 것 같아요. 멀리 살고 있으면서 계속 동질감을 가질 수 있는 방법이 있을까요? 조국을 위해서 제가 무엇을 할 수 있을까요?

질문자는 지금 이탈리아에 살고 있고 이탈리아 남자와 결혼해서 살고 있는데 왜 자꾸 한국 사람들과 동질감을 가지려고 해요? 한국말을 할 줄 아는 것도 동질감이고, 얼굴이 노란 것도 동질감이고, 한국 역사를 아는 것도 동질감이고, 이미 동질감을 많이 가지고 있는데요. 이탈리아에서 오래 살면 한국에 사는 사람들과 이질감이 생기는 것이 자연스러운 것 아닐까요. 왜 자연스러움을 이상하게 보려고 합니까.

　형제사이도 멀리 떨어져 살면 자연히 이질감이 생기기 마련입니다. 부부도 같이 안 살고 한쪽이 오랫동안 해외 출장으로 떨어져 살다가 다시 같이 살게 되면 불편해지기 마련입니다. 무엇이든지 오랫동안 지속되면 습관이 됩니다. 생명의 종도 시간이 지날수록 살고 있는 환경에 적응하여 분화되고 달라집니다. 환경에 따라 조금씩 달라지는 것은 자연스러움입니다. 달라지면 안 된다는 것이 오히려 잘못된 생각이지요.

이탈리아에 살면서 한국 사람과는 인연을 끊겠다고 할 필요도 없고, 늘 한국만 생각할 필요도 없습니다. 어떤 분들은 늘 한국만 생각해서 한국 신문을 보고 그러는데, 이탈리아 시민권을 얻었으면 이탈리아의 여러 문제에 관심을 가져야지 지나치게 한국 문제에 관심을 두는 것은 좋지 않은 것 같아요. 그렇지만 나의 출신이 한국이니까 한국이 잘 되었으면 좋겠다는 마음은 충분히 이해합니다.

여러분들이 정말 고민해야 할 것은 한국 사람이 관심가지는 그런 일 말고, 이탈리아 사람들조차도 한국을 걱정하는 그런 문제를 해결하는 데 신경을 더 써야 합니다. 내가 태어난 나라가 인류의 보편적 가치관의 수준에 못 미치는 문제들, 즉 평화, 인도적 지원, 인권 이런 것들에 신경을 써야 합니다. 한국에 대해 가장 걱정하는 문제가 무엇일까요? 많은 외국인이 "혹시 한반도에 전쟁 나는 것 아닌가?" 하고 묻습니다. 아직도 전쟁 우려를 한다는 것이지요. 그러니 한반도에 다시는 전쟁은 없어야 한다, 이것이 확고부동해야 합니다. 이스라엘과 팔레스타인이 싸우는 것을 보세요. 얼마나 어리석은 일입니까.

첫째, 어떤 이유로든 다시는 전쟁은 없어야 합니다. 이것은 한국만의 문제가 아니라 전 세계의 문제입니다. 한국 사람으로서 외국인들로부터 전쟁 우려에 대한 질문을 받는 것은 창피한 일입니다.

둘째, 북한 주민들이 굶어죽고 있는 문제를 생각해야 합니다. 아프리카 사람도 굶어죽으면 우리가 돕는데, 굶어죽는 문제를 해결하는 것은 개인의 문제를 넘어 모든 인류의 문제입니다. 나라가 다르고 인종이 다르고 민족이 달라도 기아 문제는 이제 우리 모두의 책임입니다. 북한 사람들의 영양실조가 심각하다고 하면, 가장 가까운 이웃인 남한에 가장 큰 책임이 있습니다. 더군다나 같은 민족이라면 더더욱 책임이 있습니

다시는
다시는 전쟁이 없기를
간절히 기도합니다.

두오모 대성당

다. 어떤 이유라도 이것을 외면한다면 지금까지 인류가 발전시켜 온 세계 시민의식 수준에 한참 떨어지게 되는 것입니다. 아직도 전근대적인 보복적 사고에 갇혀 있는 것이지요.

징벌적 사고의 시대는 지났습니다. 이제는 좀 더 고상해져야 합니다. 그런 면에서 북한 주민들이 굶어죽는 문제는 한국 사람으로서 창피한 일에 속합니다. 이런 일은 없어야 합니다. 이런 문제들이 근원적으로 해결되려면 한반도가 통일이 되어야 합니다. 나머지는 다 임시방편인 해결책입니다. 통일이 되면 문제의 80퍼센트 이상이 해결될 수 있습니다. 통일이 된다면 북한 주민들이 굶어죽는 일은 없어집니다. 북한 자체가 북한 인권 문제를 해결하려면 10년 20년 걸릴지 모르나, 통일이 된다면 인권 문제는 가장 빠르게 개선될 것입니다. 평화문제도 근원적으로 해결될 것입니다. 그러니 통일에 대해서는 좀 더 관심을 가졌으면 합니다. 나머지 문제들은 어느 나라든지 있는 문제입니다.

한국 사람으로서 한국에 관심을 갖는 것이 필요는 합니다. 그러나 인류의 보편적인 관점에서 한국이 부족한 것에 먼저 관심을 가지면 좋겠습니다. 그 다음에 한국 사람만이 가질 수 있는 관심에 대해서는 선택사항입니다. 한국 사람들이 해외에 살면서 자꾸 한국만 잘났다고 하면 세계 사람들로부터 미움을 받게 됩니다. 이것은 한국을 위하는 것이 아닙니다. 가장 중요한 것은 한국 사람들이 앞서가는 세계 시민의식을 가질 때 한국을 더욱 빛나게 만든다는 것입니다.

예를 들면 어떤 행사를 해도 한국 사람들은 쓰레기 분리수거를 정말 잘하더라, 인권 문제에 대해서는 한국 사람들이 열성적이다, 이런 식으로 인류가 갖는 보편적인 문제에 앞서갈 때 우리 한국이 빛날 수 있다고 봅니다.

물론 해외에서도 한국 사회의 비민주적이고 불평등한 요소에 대해 개선을 요구하는 서명을 하거나 편지도 보내야 합니다. 그러나 그것에 못지않게 우리가 인류로서 나아가야 할 길에 더 많은 기여를 하는 것이 필요하지 않을까 생각합니다.

베스트 원스턴 호텔

이기적인 룸메이트,
참고 살기 힘들어요

이곳 이탈리아에 유학 와서 이탈리아 친구와 일본 친구와 함께 집을 사용하고 있습니다. 이탈리아 친구는 개성이 굉장히 강합니다. 모든 걸 자기 위주로 생각합니다. 언어가 달리니까 참고 넘어가는 것이 많은데, 울컥울컥할 때가 있어 괴롭습니다.

사물에는 두 가지 성질이 있어요. 즉 비슷한 면과 다른 면이 있습니다.
 쉽게 예를 들어 볼게요. 콩을 100개 정도 한 움큼 쥐었어요. 이 100개의 콩을 자세히 들여다보면 크기와 빛깔, 모양이 조금씩 다 달라요. 얼른 보면 다 같은 것 같지만 자세히 보면 다 다릅니다. 그런데 그 콩을 팥과 비교했을 때는 모두 같은 콩이라고 말합니다. 크기와 모양, 빛깔이 다른데도 같은 콩이라고 말하죠. 콩끼리 비교할 때는 서로 다른 콩이라고 말하지만, 팥과 비교할 때는 같은 콩이라고 말합니다. 또 콩과 팥은 서로 다르지만 채소와 비교할 때는 같은 곡식이라고 말합니다. 그런데 콩과 팥, 채소를 돌멩이와 비교할 때는 같은 식품이라고 말합니다. 이렇게 사물에는 같은 면도 있고 다른 면도 있고 동시에 두 가지 성질이 함께 있어요. 다르다 해도 같은 점이 있고, 같다 해도 다른 점이 있습니다.
 그런데 존재의 본질적 측면에서는 같은 것도 아니고 다른 것도 아닙니다. 不一不異 같다, 다르다 하는 것은 우리가 사물을 어떻게 인식하느냐에 달려 있습니다. 어떻게 인식하느냐에 따라서 같다고 인식할 때도 있고 다르다고 인식할 때도 있습니다. 인식을 떠나버리면 존재는 다만 존재일 뿐입니다. 그것은 다만 그것일 뿐이다, 이것이 진실입니다.

그러나 우리가 현실에서 사물을 인식할 때에는 같다고 인식할 때도 있고 다르다고 인식할 때도 있습니다. 같다, 다르다 하는 것은 우리들의 인식에서 일어나는 일이며 동시에 상대적입니다.

수많은 사람들 중에 어떤 사람과 대화를 해보면 취미도 같고 이상도 같고 종교도 같은 사람이 있지요. 이렇게 같은 것을 너덧 가지 발견하면 굉장히 기쁘고 금방 친하게 됩니다. 서로 다를 것이라 생각했는데 같은 점이 발견되면 호의적 반응이 일어나는 겁니다. 그래서 연애도 하고 결혼도 하게 됩니다. 그러나 연애를 하거나 결혼해서 살 때는 너와 나는 같은 점이 많다는 점이 전제가 되어 버립니다. 처음에는 같은 점이 발견되니까 친해졌지만, 애인이 되거나 결혼을 하면 이제부터는 계속 다른 점이 발견됩니다. 음식을 먹을 때도 청소를 할 때도 계속 다른 점이 발견되니까 싫은 마음이 일어나는 겁니다. 그래서 헤어지고 싶어집니다.

이것은 질문자가 이탈리아 친구와 살 때만 일어나는 것이 아닙니다. 학교 선생님도 자기 반의 한 아이 때문에 힘들다고 하면서 그 아이만 없으면 교사생활 할 만하다 생각하는데 그 아이가 없어지면 해결될까요? 아니에요. 결혼해서 살면서 남편 때문에 힘들다고 하는데 이혼하면 해결될까요? 아니에요. 자식을 키우면서 더 큰 문제가 일어납니다.

이탈리아 친구와 룸메이트로 살 때는 당연히 한국 사람과 이탈리아 사람이니까 서로 다른 점이 있죠. 그 다른 것을 '그렇구나' 하고 바라보세요. '저 친구는 수건을 저렇게 침대에 던져두는구나' 하고 바라보는 겁니다. 그것은 그 사람의 습관입니다. 그것은 쉽게 안 고쳐집니다. 특히 어릴 때 형성된 것은 거의 못 고칩니다. 그래서 그냥 '그렇구나' 하고 봐야 합니다. 그것은 좋은 것도, 나쁜 것도 아니고 그 자체는 그 사람의 삶입니다. 나를 기준으로 하니까 옳다 그르다 하는 인식이 생기는 겁니다. '그렇구나' 하고 그대로 받아들여 보세요. 그런데 이게 잘 안 되죠. 인간은 항상 자기 기준으로 세상을 바라보니까요.

이탈리아 친구와 살면서 겪게 되는 어려움을 나의 수행의 과제로 받아들여 보세요. 참으면 안 됩니다. 참으면 스트레스를 받고 나중에 결혼해도 옛날의 상처가 덧나서 남편과의 관계가 힘들어집니다. 억지로 참았던 습관은 나중에 결혼생활과 직장생활에 모두 장애가 됩니다. 참는다는 것은 결국 내가 옳다는 것을 움켜쥐고 있다는 겁니다. 서로 다를 뿐이기 때문에 존재의 본질적 측면에서는 용서해줄 것도 없습니다. '내가 내 기준을 굉장히 고집하는구나', '지금 내가 나를 움켜쥐고 있구나' 이렇게 알아차리고 내려놓으면 됩니다.

그렇다고 모든 걸 다 극복해야 하느냐? 그건 아닙니다. 너무 안 맞으면 같이 안 살면 됩니다. 결혼을 해도 서로 안 맞으면 이혼을 하는데, 룸메이트가 서로 안 맞아서 헤어지는 게 뭐 그리 어려운 일입니까. 결혼도 다 맞아야 사는 게 아닙니다. 안 맞아도 같이 사는 이유는 헤어질 때 오는 과보가 크기 때문에 안 맞아도 같이 사는 겁니다. 우리는 자기가 원하는 것은 다 하려고 하고 싫은 것은 안 하려고 하는데, 현실의 삶은 좋다고 다 할 수도 없고, 싫다고 안 할 수도 없습니다. 좋다 싫다 하는 그 자체가 자기 삶의 습관에서 오는 것이므로 절대적인 것이 아닙니다.

이탈리아 친구는 평생 자기 나름대로 그렇게 살아왔기 때문에 아무런 문제의식을 못 느낄 겁니다. 내가 시비하는 거죠. 그래서 저 친구한테 맞추는 게 어렵겠다 싶으면 같이 안 살면 되고, 그렇게 되면 방값을

피렌체 강연 장소인 수도원의 수녀원장님과 함께(위)
우피치 미술관(아래)

피렌체 조망이 한 눈에 보이는 레지아 카페 앞

내가 더 많이 부담해야 되겠죠. 이런 이해관계가 걸렸으면 싫어도 살아야 겠지요.

참으면 상처가 됩니다. 그래서 참지 말고 나와 다른 것을 인정하고 이해해야 합니다. '이탈리아 젊은이는 저렇구나' 하면서 좋다 나쁘다로 보지 말고 인정하고 이해하고 살든지, 그럼에도 불구하고 나의 업이 그와 부딪히는 걸 도저히 못 견디겠다 싶으면 내가 다른 일을 해서 돈을 더 벌더라도 혼자 살든지 그것은 내 선택입니다.

이탈리아 친구를 시비할 때는 참거나 욕하는 것 빼고는 해결책이 없었는데 이것을 내 문제로 보면 그냥 살아도 되고, 수입을 조금 더 늘려서 환경을 바꿔도 됩니다.

그러므로 이것은 질문자의 문제이지 이탈리아 친구의 문제가 아닙니다. "이탈리아 사람 중에서도 이 아이는 특별하다", 이렇게 이유를 가져다 붙이지 마세요. 이탈리아 사람이라서 그런 게 아닙니다. 늘 자기 기준으로 판단하지 말고 '여기는 그렇구나' 하면서 여기에 맞추면 됩니다. 엄격하게는 서로 다를 뿐이에요. 이것을 예수님은 '남의 눈에 있는 티끌은 보면서 자기 눈에 있는 대들보는 못 본다'라고 말씀하셨습니다.

그러니 이 과제를 수행으로 삼아 보세요. 그 사람과 같이 살면서도 웃을 수 있다면 질문자는 포용력도 넓어지고 더욱 성숙해지는 과정으로 가고 있다고 말할 수 있습니다.

Suore Oblate dell'Assunzione 수도원

로마의
단 한 사람

유럽에서의 다섯 번째 강연 지역, 로마. 그곳이 제게 악몽 같은 곳이 될 줄이야. 원래 로마는 주최할 사람이 없어서 마지막까지 강연 계획에 넣지 않은 곳인데 그래도 필요하다는 의견이 있어서 어렵사리 일정을 잡아서 찾아간 곳이었습니다.

강연이 예정된 4시가 되자 찾아오신 분은, 단 한 분!
혹시나 하고 늦게 오시는 분을 기다렸지만 그래도 끝까지 한 분!
스님은 그 한 분에게 한 시간 동안 개인상담을 친절히 해주셨지만 그 상황을 보는 저는 무척이나 불편했습니다. 먼 길을 달려오신 스님께 1:1 상담을 하게 만들다니! 저의 머릿속은 패닉panic이라는 단어만 가득 찬 채 무엇으로도 표현할 수 없었습니다.
그러나 그것도 잠깐, 이제 겨우 강연의 초반이니 가야 할 길이 한참 멀었으므로 의기소침해질 수는 없는 노릇이었습니다.

'아무 일도 없었던 것처럼, 다시 새롭게 시작하듯 하자. 그런데 이건 너무 뻔뻔한 건 아닌가!'

스님께 죄송하기도 했고, 아무 일 아닌 듯 있는 것도 뻔뻔하게 느껴져 도둑이 제발 저린 심정으로 스님께 말씀드려 보았습니다.

"스님, 저 한동안은 고개를 들고 다닐 수 없을 것 같아요."

"왜?"

"로마의 충격 때문에 사람들에게 뭇매를 맞을지도……."

스님께서는 말을 끝맺지 못하는 저를 힐긋 보시더니 이내 특유의 함박웃음을 웃으시며 말씀하셨습니다.

"햐, 네가 얼마나 많은 사람들에게 안도감을 줬는지 모르는구나! 앞으로 강연 준비하는 사람들은 '야, 아무리 안 돼도 로마보다야 낫겠지' 할 거 아니겠어, 하하하."

유난히도 유쾌하게 드러난 스님의 뻐드렁니에 저도 따라 웃었습니다. 초긍정적 관점으로 어두운 마음을 뒤집어 저를 다독여주신 그 순간이 참 가벼웠습니다.

콜로세움

아빠 흉보는 엄마 전화를
계속 받자니

결혼을 하고 독일에서 살게 된 지 3년이 되었습니다. 직장생활을 하고 있어서 주말에 집에 전화를 드리거든요. 엄마랑 자주 통화를 하는데, 그때마다 엄마가 아빠 흉을 보는 것 때문에 전화를 끊게 됩니다. 엄마가 별로 나아지지도 않는 것 같아 저도 속상하고 전화할 때마다 스트레스를 받습니다.

질문자는 어릴 때 어머니와 아버지가 싸우는 모습을 본 이후 20년이 지난 지금도 싸우는 모습을 그대로 보고 있다는 이야기네요. 그렇다면 이 두 분은 지난 20년간 똑같은 패턴으로 계속 싸우면서 살고 있다는 이야기지요. 그런데 이 성질이 과연 고쳐질까요? 부모도 자식의 성질을 못 고치는데, 어떻게 자식이 부모의 성질을 고칠 수 있을까요?

첫째, 애초에 안 되는 것을 바라고 있기 때문에 지금 질문자가 스트레스를 받는 것입니다. 질문자는 불가능한 것을 가능할 것이라고 착각하고 있습니다. 이것은 애초에 불가능하기 때문에 질문자가 관여할 필요가 없는 문제입니다. 물론 부모님이 안 싸우면 좋겠지요. 그런데 이 세상이 내가 원하는 대로 다 되나요? 노력해서 될 것이 있고, 노력해도 안 되는 것이 있습니다. 부모님의 성질을 바꾸는 것은 노력한다고 가능한 일이 아닙니다. 그것은 그들의 일이지 나의 일이 아니라는 것입니다.

둘째, 부모님이 그렇게 싸우면서도 아직까지 함께 살고 계신다면 좀 이

상하잖아요. 질문자의 판단으로 보면 같이 안 살아야 되잖아요. 그런데 20년 간 계속 같이 살고 계시잖아요. 그러니까 내가 보기에 문제이지 두 부부 사이에는 큰 문제가 없다는 얘기입니다. 부부란 것은 그렇게 싸우면서 사는 겁니다. 왜냐하면 다른 뾰족한 대안이 없기 때문입니다.

그러니 가만히 내버려 두면 됩니다. 아무런 걱정을 할 필요가 없습니다. 엄마가 전화해서 네 아빠가 어쩌고 저쩌고 하면 "네, 네" 하세요. 엄마 이야기만 듣고 '아빠는 왜 저러지' 이런 생각을 하면 안 됩니다. '아빠가 왜 저러지' 하는 것은 아빠가 문제 있는 사람이라는 뜻이잖아요. 그러면 아빠를 미워하게 돼요. 자식이 부모를 미워하면 안 되잖아요. '지금 엄마가 힘들어 하는구나' 하는 것은 받아들여야 하지만, 그래서 아빠가 문제 있다고 생각하면 안 됩니다. 그런데 대부분은 엄마 이야기만 듣고 아빠 이야기는 들어보지도 않고 아빠가 나쁘다고 생각합니다.

또 중재를 선다고 "엄마가 자꾸 그러니까 아빠가 그러지!"라고 반응해서도 안 됩니다. 부모가 자식에게 "이렇게 해라" 해도 자식이 안 듣는데, 자식이 어떻게 부모에게 이래라 저래라 합니까. 어머니는 남편과 대화가 안 되어서 딸한테 전화하는 건데, 딸까지도 남편처럼 이래라 저래라 말하면 '아이고 재도 제 아빠 닮아서 저러나' 합니다. 엄마는 딸한테도 성질이 나게 되는 겁니다. 이것은 어머니를 위로하는 것이 아닙니다. 어머니를 위로하는 방법은 어머니의 얘기를 들어주는 것입니다. "아이고, 어머니 힘드셨군요" 이렇게만 하면 됩니다. 어머니의 감정 상태에 내가 빠져서 아버지가 나쁘다고 생각하면 안 됩니다.

아무리 자식이라 하더라도 부부 싸움에는 절대로 끼어들면 안 됩니다. 내버려 둬야 합니다. 자기들끼리 싸우다가 이혼하더라도 그들은 이미 성년이기 때문에 내가 관여할 필요는 없습니다. 다만 내가 교훈으로

산마리노 공화국

삼아서 '부부는 누구나 이렇게 싸우고 살긴 하는데, 나도 남편과 이렇게 싸우면 우리 아이들이 참 힘들겠구나' 하는 것을 배울 수 있습니다. '어른끼리는 싸울 수 있지만, 애들을 위해서는 안 싸우는 게 좋겠구나' 하고 내가 어떻게 할 것인가만 교훈으로 얻어야 두 부부의 문제를 내가 해결하려고 하는 것은 잘못된 생각입니다. 질문자가 능력이 있어서 부모님의 성질을 고칠 수 있다면 고치세요. 그럴 능력이 있으면 문제 있는 정치인들도 좀 고쳐주지 그래요? 정치인들이 저렇게 싸우는 것도 놔두고 살면서 엄마 아빠가 무슨 큰 잘못을 했다고 그것을 고치려고 그래요? 별 문제 없어요.

부모님이 저렇게 싸우면서도 그동안 나를 안 버리고 키워준 것은 나에게 있어서는 엄청나게 고마운 일이에요. 그러니 두 분에 대해서는 항상 '어머니 고맙습니다', '아버지 고맙습니다' 하는 마음을 가져야 합니다. 그러니 전화가 오면 "네네, 알았어요. 오늘도 싸우셨어요? 이번엔 누가 이겼어요?" 이렇게 웃으면서 받아주고 마음을 즐겁게 가지세요. 그러면 어머니도 처음에는 성질을 내다가 나중에는 웃고 말아요.

그런데 질문자가 중재를 선다고 엄마 편이 되어서 아빠에게 이야기해 주려 하거나, 아빠 편이 되어 엄마에게 이야기해 주려 하면 안 됩니다. 엄마의 이야기에 내 감정이 자꾸 빠져 들어간다면, 엄마에게 전화가 오면 귀에다 먼저 이어폰을 꽂아 놓고 계속 입으로만 "네네, 어머니 그러셨군요" 해도 죄가 안 됩니다. 어머니는 답답하니까 하소연 할 데가 없어서 얘기하려고 하는 것이지 해결해 달라고 하는 것이 아닙니다. 들어만 줘도 됩니다.

순수하게 살고 싶어요

오스트리아에 살고 있는 스물일곱 살 여성입니다. 어릴 적 갖고 있었던 순수함과 희망, 인간에 대한 믿음이 줄어드는 것 같습니다. 모든 일을 겪을 때 순수한 시각이 반, 부정적 시각이 반인 것 같습니다. 점점 어른이 되어가고 있는데 아직은 순수함을 추구하다보니 사회생활에서 힘들 때가 있습니다. 항상 평온함을 유지하려면 어떻게 해야 하나요?

질문자는 점점 어른이 되어가는 존재가 아니고, 지금 이미 어른이에요. 지금 질문자의 심리 상태는 어른이 아니고 유아입니다. 질문자의 고민은 아직도 유아적인 사고방식을 움켜쥐고 있기 때문에 생기는 고민입니다.

　내가 좋든지 싫든지 스무 살이 넘으면 어른이 되는 것입니다. 옛날 같았으면 애를 낳아도 몇 명은 낳았을 나이입니다. 어린아이 같은 생각을 하고 있을 뿐이지 질문자는 이미 어른입니다. '나는 어른이다' 이것을 먼저 자각해야 합니다. 어른으로서 질문자가 지금 부딪히는 문제가 무엇인가요?

사람을 대할 때나 사회생활을 할 때 계산적이어야 하는 것이 힘들어요.

때로는 계산도 해야 해요. 계산을 한다고 다 나쁜 게 아닙니다. 중국이

저렇게 빠르게 성장하고, 일본이 군사 대국화의 길로 간다면 우리는 앞으로 어떻게 해야 할까, 이렇게 계산을 해야 우리나라가 앞으로 나아가야 할 방향을 정할 수 있습니다. 아이는 자기감정대로 행하지만, 어른은 이런 계산도 해야 합니다. 어른은 싫다고 안 할 수도 없고 좋다고 다 할 수도 없습니다. 좋아도 손해가 나면 안 해야 하고, 싫어도 이익이 나면 해야 합니다. 직장에서도 상사가 싫어서 자꾸 그만두면 앞으로 사회생활 하기가 힘들어지지요. 이제는 어느 정도 계산을 해야 합니다.

인간뿐만 아니라 동물까지도 행위의 원동력은 욕구입니다. 욕구에는 여러가지가 있습니다.

먼저, 배고플 때 먹고 싶다, 피곤할 때 자고 싶다 이것을 기본적인 욕구인 생존적 욕구라고 합니다. 사람은 누구나 다 갖고 있는 것입니다.

두 번째는 상대적 욕구인 욕망이 있습니다. 더 좋은 집에 자고 싶다, 더 좋은 옷을 입고 싶다, 남보다 내가 더 위에 있고 싶다 이런 욕구들입니다. 기본적인 욕구는 어느 정도 한계가 있는데, 상대적 욕구는 끝이 없습니다. 1만 유로를 갖고 싶다 해서 1만 유로를 갖게 되었을 때 기쁘지만 옆에서 100만 유로를 갖고 있는 사람을 보면 100만 유로를 갖고 싶어집니다. 100만 유로를 갖게 되어도 끝이 안납니다. 이것을 욕망이라고 합니다.

세 번째는 과욕이 있습니다. 과욕은 술을 많이 먹는 과음, 과식 등 나에게 손해가 나도 계속 하게 되는 것입니다. 과욕은 버려야 합니다. 상대적 욕구인 욕망은 절제를 해야 합니다. 기본적 욕구인 생존적 욕구는 충족을 시켜줘야 합니다.

사회 제도적으로는 인간의 기본권리는 보장해 주고, 인간의 과욕은 규제를 해줘야 합니다. 그래서 빈부 격차가 지나치게 커지면 국가가 나서서 조절을 해줘야 합니다.

예를 들어 보겠습니다. 제가 어떤 분에게 "수고하셨습니다" 하면서 100 유로를 주면 그분은 저에게 "감사합니다" 하고 고마워하겠죠. 그런데 제가 그 옆 사람에게 1,000유로를 주면, 100유로를 받은 분은 갑자기 기분이 팍 나빠집니다. 자기가 손해 난 것은 하나도 없는데 기분이 나빠집니다. 이것은 상대적 빈곤감 때문에 그렇습니다. 빈부 격차가 심하면 GDP가 3만 불, 10만 불이 되어도 상대적 빈곤감을 느끼는 국민 다수는 행복해질 수가 없습니다.

그래서 국민을 행복하게 하려면 성장을 통해 빈곤도 퇴치해야 하지만 빈부 격차를 줄여야 합니다. 이런 것들을 사회적으로 합의해서 제도적으로는 기본적 욕구를 보장해주고, 상대적 욕망에 대해서는 적절하게 절제를 권유하고, 과욕은 엄격하게 규제를 해주는 시스템을 만들어야 합니다. 또 교육을 통하여 어릴 때부터 기본적인 권리는 스스로 찾을 수 있도록 하고 과욕은 엄격하게 통제하도록 훈련을 시켜주어야 합니다.

이런 데서 이기적인 것이 무조건 나쁜 것이 아니라는 것입니다. 예를 들어 나는 생존도 어려운 상황인데, 비싼 자동차 타고 호화생활 하면서 사는 친구가 찾아와서 돈 떨어졌다고 도와달라고 하면, 이럴 때는 돈을 안 줄 수도 있습니다. 이것은 이기적인 것이 아닙니다. 이기주의가 반드시 나쁜 것만은 아닙니다. 지나친 이기주의가 나쁜 것입니다.

오스트리아 한인문화회관

직장에서 짜증내고
후회합니다

저는 헝가리에서 한국 기업에 다니고 있습니다. 현지 사람들과 같이 일하다 보니 이분들은 한국 사람들보다 뒤떨어지는 부분이 많아서 스트레스를 많이 받아요. 그러다 보니 짜증을 낼 일이 아닌데도 순간순간 짜증을 낼 때가 많고, 짜증을 내고 나면 돌아서서 후회합니다. 어떻게 하면 마음을 다스릴 수 있을까요?

한마디로 성질이 더럽다 이런 얘기네요.(웃음) 성질이 더러우면 더러운 대로 그냥 살든지 개선을 하든지 둘 중에 하나입니다. 성질이 더러운 대로 그냥 살면 사람들이 질문자를 멀리하게 되겠죠. 그만큼 손해를 보게 됩니다. 그러니 성질대로 살고 싶으면 손해를 감수하든지, 손해를 덜 보려면 어렵더라도 성질을 고치든지 해야 합니다.

그런데 성질이라는 것은 무의식적으로 나도 모르게 일어나는 것이기 때문에 쉽게 안 고쳐집니다. 내가 의식적으로 노력한다고 해결되는 것이면 금방 고칠 수 있는데, 나도 모르게 툭 튀어나오므로 성질 안 내겠다고 결심한다고 해결되는 것이 아닙니다.

그러니 첫째, 고치려고 해도 잘 안 고쳐지니 그냥 성질대로 살고 손해를 보는 길이 있습니다.

둘째, 고치려고 하면 굉장한 각오로 임해야 합니다. 성질을 낼 때마다

영웅광장

1000년의 정복 역사를 기념하는 웅장한 건물들.
탄성을 지르는 우리는 작은 사람들.

온몸이 벌벌 떨릴 정도로 엄청난 고통을 주면 무의식에서 생존의 두려움을 느끼고 고쳐지게 됩니다. 예를 들어서 성질을 한 번 낼 때마다 전기 충격기로 자신의 다리를 한 번씩 지지는 겁니다. 세 번만 지지면 성질이 나오려고 할 때마다 몸이 벌벌 떨릴 겁니다. 이렇게 무의식에 자극을 주면 고쳐집니다. 이렇게 하기가 좀 힘들다면, 성질을 한 번 낼 때마다 삼천 배를 해보세요. 그렇게 세 번만 삼천 배를 하면 절하면서 너무나 힘들었던 것이 무의식에 각인이 되어 성질이 올라오다가 딱 멈춥니다.

셋째, 지속적으로 꾸준히 연습을 해서 고치는 길이 있습니다. 성질 안 내는 연습을 꾸준히 해서 성질을 안 내는 것이 습관이 되도록 하면 자기 통제를 할 수 있습니다. 이 방법은 매일 108배를 하면서 자신에게 암시를 줘야 합니다. '저는 화가 나지 않습니다.' 이렇게 되뇌면서 자기 암시를 주세요. '나는 화를 안 내겠습니다' 하는 의지와 각오는 효과가 떨어집니다. 왜냐하면 '화를 안 내겠습니다' 매일 결심했는데 나도 모르게 화가 나니까 자신에게 실망하기 쉽습니다. 그래서 '나는 화가 나지 않습니다' 이렇게 자꾸 되뇌세요. '나는 화가 나지 않습니다, 화 날 일이 없습니다.' 이렇게 해보세요. 화가 일어날 때 화가 일어나는 상태를 딱 알아차려 보세요. '아이고, 너 또 미치려고 하는구나' 이렇게 자꾸 자각을 하면 화가 일어나려다가 쑥 내려갑니다.

이 성질을 못 고치면 회사에서만 힘든 것이 아니라 결혼을 해도 사는 게 힘들어집니다. 아이를 낳으면 아이까지 엄마의 성질을 닮아서 문제가 더 복잡해집니다. 그러니 매일 108배를 하면서 '화 날 일이 없습니다' 자꾸 되뇌면서 절을 하면 실제로 화를 낼 일이 없어집니다.

그러니까, 헝가리 직원들이 내가 시키는 대로 제대로 일을 못한다는 이야기잖아요. 그런데 헝가리 직원들이 질문자가 시키는 대로 척척 일을 잘하면 질문자는 직업이 없어집니다. 현지 직원이 제대로 못하기 때문에 한국 직원이 필요한 겁니다. 그 사람들이 한 번 가르쳐줘서 알아서 척척 잘하면 회사에서 한국 직원을 비싼 월급 주고 데려올 필요가 있을까요? 현지 직원은 한국 사람보다 월급이 2분의 1밖에 안 되는데, 그 이유는 이 사람들은 시키는 대로 한 번에 딱 못한단 말이죠. 그래서 이것을 다시 뒷정리해줄 한국 직원이 필요한 것입니다. 시키는 대로 척척 못하는 사람들이 있기 때문에 질문자가 지금 월급 받고 사는 겁니다. 그러니까 그 사람들이 일을 못할 때 화를 내야 할까요? 아니면 '아이고, 당신들 덕분에 제가 밥 먹고 삽니다' 이렇게 생각해야 할까요?

헝가리 사람들이 한 번 알려줘서 한 번 만에 일을 잘 처리한다면 그것은 우리에게 이익일까요? 손해일까요? 손해입니다. 한 번 가르쳐줘서 단 번에 알아버리면 5년만 지나면 한국 사람들은 곧 철수해야 합니다. 금방 익혀서 자기들 것으로 습득하면, 군이 한국 사람들이 이곳에 계속 있을 필요가 없겠지요. 그러니 조금 부족한 점이 있는 것이 좋은 겁니다. 현지 사람들이 부족하기 때문에 내가 여기 와서 일을 하고 있는 것입니다. 그러니 '짜증 날 일이 없습니다. 화 날 일도 없습니다' 이렇게 되뇌면서 매일 108배를 해보세요. 108배를 하기 힘들면 언제든지 전기 충격기를 구입하세요!(웃음)

한국문화원

왜 저는
못생기게 태어났을까요

불평등에 대해 묻고 싶습니다. 저는 왜 막내로 태어났는지, 키는 왜 170센티미터밖에 안 되는지, 또 왜 못생겼는지, 그리고 세상에는 많이 가진 사람과 못 가진 사람들이 있고 행복한 사람, 불행한 사람이 있는데 이게 과연 세상의 법칙인지요? 하나님과 부처님이 얘기한 세상이 이런 세상인지요?

남자에게는 특권이 주어지고 여자에게는 억압이 주어진 세상에서 만약 여자로 태어난다면, '왜 내가 여자로 태어났나' 하면서 억울해하겠죠. 그런데 '왜 나는 여자로 태어났나' 이런 생각은 올바른 생각이 아니에요. 여자로 태어나고 남자로 태어나는 것은 좋고 나쁨의 문제가 아닙니다. 그냥 여자로 태어났고 남자로 태어났을 뿐이에요. 그런데 이 세상이 남자에게는 특권을 주고 여자에게는 억압을 하니까 '나는 왜 여자로 태어났나' 하는 생각을 하게 되는 것입니다. 남자, 여자의 차이를 없애버리면, 즉 남자에게 주어지는 특권이 없는 세상을 만들면 '내가 왜 여자로 태어났나' 이런 질문 자체가 필요 없어집니다. 여자로 태어난 것이 전생의 죄이거나 하나님의 징벌이 아니라는 겁니다. 이것은 남녀의 차별이 있기 때문에 그것을 현실로 인정한 상태에서 생긴 의문이라는 것입니다.

　신체장애인 사람은 사회적으로 여러 가지 차별을 느끼니까 '나는 왜 장애를 가지고 태어났는가, 전생에 죄가 많아서인가' 이런 문제의식을

갖는 것입니다. 종교에서는 "하나님을 안 믿어서 그렇다, 전생에 죄를 많이 지어서 그렇다"고 하며 이런 현실을 합리화하는 이론을 만들었습니다. 이 점이 잘못된 것입니다.

그러나 예수님과 부처님은 남자, 여자의 차별을 하지 말라고 가르쳤고 신체장애에 의해서, 피부 빛깔에 의해서 인간을 차별하지 말라고 가르쳤습니다. 그렇기 때문에 '키가 큰 것이 좋고, 키가 작은 것이 나쁘다' 하는 생각 자체가 잘못된 것입니다. 키가 큰 것은 큰 대로, 키가 작은 것은 작은 대로 의미가 있습니다. 코끼리는 복이 많아서 코끼리로 태어나고 쥐는 죄가 많아서 쥐로 태어난 것이 아니라 종이 다를 뿐이에요. 얼굴 생김새가 다르지, 저 사람은 잘생겼다 저 사람은 못생겼다가 아니라 그냥 다르게 생겼을 뿐입니다. 진실은 '다르게 생겼다'는 것입니다. 누구는 잘생겼다 하는 건 그때그때 사람들의 관념에 따라 관습에 따라 이뤄지는 것일 뿐입니다.

이런 불평등은 자연적인 것이 아닙니다. 자연에는 불평등이 없습니다. 뱀이 개구리를 잡아먹는다고 개구리는 잘 못 태어났고 뱀이 더 좋게 태어난 게 아니에요. 그냥 종이 다를 뿐이에요. 그래서 우리가 피부 빛깔이나 남녀와 같이 자연적인 것으로 차별하면 안 된다는 겁니다.

이런 데서 '작은 것이 아름답다'라는 것과 같은 혁명적인 사고가 필요합니다. 도대체 키가 작은 것이 뭐가 문제가 됩니까? 환경적으로 얼마나 좋아요, 옷감도 적게 쓰고 침대도 작아도 되고, 에너지 절약에도 도움이 됩니다. 선악의 개념이나 좋고 나쁨의 개념이 아닌 '다름'의 개념으로 봐야 합니다.

Vojtecha 성당

프라하
역사현장

프라하 시민회관

프라하 시민회관

일행은 체코의 민족부흥운동의 중심지였던 시민회관에 들렀습니다. 체코는 400년 동안 오스트리아 제국의 지배에 놓여 있었는데, 19세기 경, 도서관 사서들이 주축이 되어 민족부흥운동이 일어나기 시작했다고 합니다. 많은 역사서들이 슬라브족체코인들의 관점이 아닌 게르만족의 관점에서 채택되고 기록되었는데, 도서관 사서들이 역사 자료를 새롭게 찾아내고 이를 바탕으로 역사 소설, 오페라 등이 만들어지면서 문화부흥운동이 일어나고, 그런 문화운동의 필요성으로 이 시민회관이 1912년에 완공되었다고 합니다. 체코 독립선언문이 맨 처음 낭독된 곳으로도 유명한 장소라고 합니다.

체코의 민주화를 위해 목숨을 던진 두 청년

1969년 소련 침공에 저항의 뜻으로 바츨라프 광장 위쪽 국립박물관 앞에서 분신하여 목숨을 끊은 얀 팔라흐, 얀 자이츠를 비롯한 공산 정권의 희생자들을 기리는 추모 성소가 있다고 하여 바츨라프 광장을 찾았습니다. 일행은 합장을 하고 조용히 추모하는 시간을 가졌습니다.

얀 팔라흐의 죽음은 계속되는 점령에 대한 큰 저항을 불러일으켜 약 한 달 후인 1969년 2월 25일, 같은 장소에서 또 다른 학생 얀 자이츠가 자신을 불살랐고 1969년 4월, 에브젠 플로첵이 뒤를 따랐습니다. 이러한 저항이 여론을 뒤흔들었지만 당시 체코슬로바키아의 정치 상황에 충격을 주는 데까지 이어지지는 못했다고 합니다.

바츨라프 광장

한국말 할 줄 모르는 아이들, 이대로 괜찮을까요

폴란드 남편과 살고 있고 아이들도 폴란드 식으로 배우고 있어요. 한국의 문화에 대해 교육을 받았으면 합니다. 한국말도 하나도 할 줄 모르는데 어렸을 때 한국에 대해서 조금씩 이야기해서 한국에 대해 관심을 갖게 하는 게 좋을지, 나중에 대학 다니고 커서 관심을 가지게 할지, 아니면 그냥 놔 두는 게 좋을까요?

애국적인 관점이 아니라 객관적으로 살펴볼 때, 아이가 폴란드어만 하는 것, 폴란드어와 영어만 하는 것이 아이의 미래에 활동 영역을 넓혀 줄까요, 한국어까지 자유롭게 하는 것이 이 아이의 미래에 선택의 폭을 넓혀 줄까요?

예전에는 미국에 있는 우리 교민 2세들이 한국말을 거의 못했습니다. 왜냐하면, 30년 전에 교민 1세대가 미국에 갔을 때는 한국이 굉장히 가난했지 않습니까. 그래서 1세대는 먹고 살기 바빠서 아이들 관리를 제대로 못했습니다. 또 한국에 태어나서 살던 부모가 미국이 좋다고 미국으로 왔으니 미국에 태어난 아이가 한국으로 갈 일은 없지 않겠어요? 그래서 한국말을 안 가르치고 한국 문화도 안 가르쳤습니다. 그런데 지금 미국에 있는 대부분의 교민 아이들은 거의 다 한국말을 잘합니다. 왜 이런 일이 생겼을까요? 그것은 미국에 사는 교민 아이들이 한국말을 잘하는 것이 자신의 직업 선택과 활동에 유리해졌기 때문입니다. 한국 사람이기 때문에 불리한 것이 아니라, 한국말을 잘함으로써 세계적인 기업인 삼성, 엘지, 현대 등 한국 기업에 취직하기가 훨씬 더 수월해졌습니다. 한국의 국가적 위상이 그만큼 높아져 교민들의 문화가 바뀐 것입니다.

그런 면에서 앞으로 통일이 되면 한국의 위상은 더 높아질 것입니다. 통일이 안 되어도 한국의 국가적 위상이 현재 세계 14위인데, 통일이 되면 10위권 안에도 들어갈 수 있을 것입니다. 최근 군대에서 일어난 폭력이나 세월호 사고 등 여러 부정적인 측면도 있지만, 한류 등 긍정적인 측면도 굉장히 많습니다. 종합적으로 평가하면 긍정적인 측면이 더 많지요.

어릴 때부터 폴란드인으로 살면서 자연스럽게 한국을 아끼고 사랑하는 마음을 갖도록 하는 것이 아이의 미래에 훨씬 더 유리합니다. 그리고 한국 문화나 글을 배우게 할 때는 강요가 아니라 어릴 때부터 편안하게 접근하는 게 좋습니다. 엄마가 조금 더 지혜롭다면 자연스럽게 1, 2년에 한 번씩 한국에 데려가서 한국 여행도 하고 한국 문화도 체험하면 좋습니다. 본인이 관심을 가지면 한글학교도 다니게 하고, 폴란드에서 대학을 다니더라도 한국의 대학에 교환학생으로 갔다 오게도 하는, 이것이 아이가 폴란드인으로 성장하는 데도 훨씬 더 긍정적인 요소로 작용합니다.

대신 강요하면 안 됩니다. 아주 어릴 때부터 엄마가 아이하고 얘기할 때 한국말로 얘기하면 세 살 때까지는 각인 작용이 일어납니다. 또 어린이 때는 각인에 준할 만큼 기억이 오래 가기 때문에 어릴 때부터 편안하게 엄마가 한국말을 사용함으로써 자연스럽게 배우는 게 제일 좋

문화과학궁전

아요. 그런데 엄마가 몰라서 그렇게 안 하고 폴란드식으로만 키웠다면, 그래도 엄마가 한국 사람이기 때문에 아이의 무의식에는 한국인의 카르마(습관)가 깔려 있으니까 지금이라도 자연스럽게 접근하면 도움이 됩니다.

그런데 나이 들어서 갑자기 접근하면 아이가 당연히 거부 반응을 일으키죠. 그래서 돈이 조금 들더라도 한국에 여행을 가서, 설악산도 구경하고, 경주도 다녀오고, 아이들이 좋아하는 한국 영화도 보면서 아이에게 한국에 대한 호기심을 유발시키면 좋겠습니다. 그러고 나서 집에서도 엄마가 한국말을 쓰거나 한국 얘기를 하거나 해서 조금씩 조금씩 호기심을 먼저 불러일으킨 후에, 본인이 한국말을 배울 수 있도록 자발성을 일으키는 것이 학습 효과가 높습니다. 그래서 자꾸 동기유발을 해주세요. 엄마가 아이와 대화하면서 지혜롭게 기회를 제공해줘야 합니다.

만약에 엄마가 한국 사람인데 아이가 한국에 대해 거부 반응이 있다면, 그건 엄마에 대한 거부 반응 때문에 그래요. 엄마를 싫어하는 감정을 아이가 솔직히 표현하지 못하면 한국을 거부하는 것으로 나타납니다. 만약에 그런 문제라면 엄마가 반성해야 합니다.

그러니 아이를 데리고 한국에 여행을 한 번 다녀오세요. 너무 한꺼번에 많이 가르치려 하지 말고, 아이가 좋아할 만한 역사 유적이나, 문화 체험을 하면서 아이에게 호기심을 유발시켜 보세요. 그렇게까지 할 수 없다면 여기 폴란드 한국문화원에 아이를 데리고 나와서 차도 마시고 놀면 좋겠다 싶어요.

폴란드 한국문화원

베를린 장벽에 서서
통일을 기원하다

체크포인트 찰리

독일 베를린 장벽 가운데 가장 먼저 찾아간 곳은 통일 전 냉전이 최고조로 달했던 검문소인 '체크포인트 찰리'입니다. 체크포인트 찰리는 미군이 관할하던 베를린 장벽의 일부입니다. 분단의 아픔을 기억하자는 취지로 다시 설치된 이곳은 베를린을 찾는 사람들에게 필수 명소가 되었다고 합니다.

다음은 '베를린 장벽 추모관'으로 갔습니다. 장벽이 있던 자리와 그 부근을 보전하여 분단의 비극을 후대에도 전하자는 취지로 마련된 곳입니다. 장벽 그대로 남아 있는가 하면 철골만 남은 것도 보았습니다. 장벽을 넘다가 사살된 이들의 사진도 간간이 보여 가슴을 아프게 하였습니다. 스님께서는 장벽 주위를 빙 둘러보신 후 조용히 장벽 앞에 서서 한반도의 평화와 통일을 간절히 기원하며 기도하는 시간을 가졌습니다.

"독일은 이미 20년 전에 분단의 장벽을 무너뜨려 통일 독일을 이루고 유럽 연합의 중심국가가 되었습니다. 그런데 우리는 분단 70년이 다가오는데도 통일은 고사하고 아직도 남북 간의 평화와 교류 협력도 이루지 못하고 있습니다. 우리를 둘러싼 주변 정세는 빠르게 변해가고 있습니다. 이 장벽 앞에 서서 우리도 하루 속히 통일의 꿈을 키워나가길 기원해 봅니다.

이 장벽이 무너지듯이 우리의 휴전선도 무너지고 남과 북이 하나가 되어서 통일 한국의 완성뿐만 아니라 동아시아의 공동체를 이뤄서 21세기 새로운 아시아 시대를 여는 그런 계기가 되었으면 합니다. 여러분께 통일을 염원하며 베를린 장벽 앞에서 인사를 드립니다. 우리 모두 한반도의 평화와 통일을 간절히 염원합시다."

스님은 통일의 염원을 담아 베를린 장벽 앞에서 정토행자들에게 영상 인사를 하셨습니다. 일행은 '유대인 학살 기억 조형물'을 둘러보았습니다. 유대인 대학살을 잊지 않고 그와 같은 역사를 반복하지 않기 위해 세워진 공간으로, 다양한 높이의 2,711개의 시멘트 기둥이 들쑥날쑥 세워져 있어 마치 희생된 유대인들의 묘지를 연상하게 해 엄숙한 분위기에 휩싸이게 되는 곳이었습니다. 조용히 이곳을 둘러보신 스님은 "반성하게 되면 반성을 하는 쪽에 이익이 된다" 하시며 독일이 비록 전범 국가이지만 자신들의 만행을 반성하고 어떻게 피해 국가들과 관계를 회복시켜 갔는지 상기시켜 주셨습니다. 또 일본이 아직도 전쟁 범죄에 대한 반성이 부족함도 지적하셨습니다.

유대인 학살 기억 조형물(위)
베를린 장벽(아래)

20년 전에 헤어진 어머니께
연락해도 될까요

안녕하세요. 저희는 하노버Hanover에서 스님을 뵈러 왔습니다. 열세 살 때 어머니와 아버지가 이혼을 하셨어요. 그 이후로 어머니가 연락을 끊어서 20년이 지났는데도 연락이 안 됩니다. 지금 어머니가 어디 사시는지도 알고 있고 어머니가 그립고 보고 싶습니다. 그런데 어머니가 그것을 원하는지도 모르겠고, 제가 찾아가서 만난다고 해도 어떻게 행동해야 할지 모르겠어요. 어머니와 관계를 어떻게 이어야 할지 궁금합니다.

첫째, 이미 성년이 되었기 때문에 굳이 찾을 필요가 없습니다. 부모님이 모두 살아계셔도 스무 살이 넘어서 성년이 되면 부모로부터 독립을 해야 해요. 독립을 한다는 것은 부모와의 관계를 끊고 지내도 된다는 것입니다. 스님들의 경우 스무 살이 넘어서 출가를 하게 되면 집안과 관계를 완전히 끊고 아예 만나지 않습니다. 그것은 불효도 아니고 나쁜 것도 아닙니다. 그런데 질문자는 이미 스무 살이 넘었기 때문에 어릴 때 부모와 헤어졌든 안 헤어졌든 관계없이 부모로부터 완전히 독립을 해야 합니다.

　둘째, 그런데도 어머니가 계속 보고 싶다면, 죽은 사람 소원도 들어준다는데 산 사람 소원을 못 들어줄 일은 아닙니다. 어머니에게 연락을 해서 잘 계시냐고 하면서 "어머니를 한번 뵙고 싶습니다" 하고 청하면 됩

유대인 학살 기억 조형물

유대인 대학살의 역사,
잊지 않고 반복하지 않기 위해 세워진 공간,
유대인 학살 기억 조형물.
반성은 스스로에게 이익이 됨을 역사를 통해 알게 됩니다.

니다. 그런데 어머니가 "나는 보기 싫다" 하면, 어머니께 "인사드리려고 전화했습니다. 저를 낳아주시고 열세 살까지 키워주셨는데 제가 감사 인사를 제대로 못 드렸습니다. 전화로라도 감사 인사드리겠습니다. 낳고 키워주셔서 감사합니다." 이렇게 감사 인사를 드리고 관계를 끝맺음하면 됩니다.

그런데 어머니가 "그래 한번 보자" 하면 만나면 됩니다. 만나서 다른 얘기는 하지 말고, "어머니께서 저를 낳아주시고 열세 살까지 잘 키워주셔서 지금 제가 성년이 되었습니다. 그런데 제가 어머니께 고맙다는 인사를 한 번도 못 드려서 뵙고 인사를 드리려고 찾아왔습니다"라고 그 자리에서 절을 하면서 "낳아주시고 키워주셔서 감사합니다" 하고 인사를 하면 됩니다.

그 다음부터는 어머니가 또 보자면 만나고 그렇지 않으면 더 이상 만나자고 요구하지는 마세요. 왜냐하면 어머니를 편하게 해주는 것이 자식이 할 일이기 때문입니다.

베를린 자유대학 강당

모스크바(Moskva)

밖에서 착한 척 하느라
집에서 화풀이해요

저는 성격이 굉장히 우유부단해서 남에게 도와달라는 요청을 받으면 싫은데도 말을 잘 못해요. 정작 상대방 앞에서는 거절을 못하다 보니 스트레스를 받아 집에 와서 애꿎은 남편이나 애들한테 화풀이하는 경향이 있어요. 남편에게는 편하니까 오히려 거절을 쉽게 하는 편이고요. 그러지 말아야지 하면서도 자제하기가 힘들어요.

쉽게 안 되니까 그냥 생긴 대로 살아야지 어쩌겠어요. 잘 안 된다고 스스로 말했잖아요. 성격을 고치고 싶다고 쉽게 고쳐졌으면 애초에 이런 질문은 않겠지요.

변화가 어려운 것을 억지로 변화시키려 하니까 스트레스를 받아요. 남으로부터 스트레스를 받는 건 할 수 없다 쳐도 최소한 자기로부터는 안 받아야죠. 그러자면 성격이 쉽게 안 바뀐다는 것을 인정하고 출발해야 합니다.

남의 요청을 거절 못 하는 건 꼭 나쁜 성격이 아니에요. 보통 사람은 자기 요구는 남에게 들어달라 하면서 남의 요구는 안 들어줘서 갈등이 생기잖아요. 이 갈등을 해소하려면 도움받기보다 도와주는 사람, 이해받기보다 이해하는 사람이 되어야지요. '평화의 서약'에도 보면 사랑 받는 사람이 되기보다 사랑하는 사람이 되라고 했지요. 성격 자체가 성인

63

전승기념탑

의 가르침을 따르도록 되어 있으니 얼마나 좋아요?

그런데 이런 성격을 살펴보면 착하거나 바보라서 그런 게 아니라 욕심이 많아서 그래요. 남에게 '좋은 사람이다', '훌륭한 사람이다', '착한 사람이다' 이런 칭찬을 듣고 싶어서 거절을 못하는 거예요. 남편은 흉금을 털어놓고 사는 사람이니까 성질대로 다 드러내며 거절하지요. 외출할 때 화장을 해서 남이 나를 예쁜 얼굴로 착각하게 만들어 잘 보이려고 하듯이 자기 성질을 커버해서 남에게 잘 보이고 싶어하는 마음 때문에 그래요. 별 소득도 없는 남에게는 잘 보이려 애쓰면서 정작 잘 보이면 이익이 많을 남편과 아이들에게는 성질을 내니까 남으로부터 좋은 소리는 들어도 정작 본인은 괴롭지요. 실리를 못 챙기는 헛똑똑이예요. 그런데 그렇게 생긴 걸 어쩌겠어요. 본인이 알아도 못 고친다잖아요. 모르면 제가 일러라도 주겠는데 이미 질문자는 알고 있는데도 못 고친다잖아요. 남에게 잘 보이고픈 마음이 너무 커서 그래요. 좀 직설적으로 얘기하면 별로 착하지도 않은 여자가 착한 척을 하니 힘든 거예요.

못되게 굴라는 말이 아니라 칭찬받고 싶다는 그 욕망을 버려야 한다는 말입니다. 예수님처럼 훌륭한 성인도 오해를 받아 십자가에 못 박혀 돌아가셨고, 부처님처럼 인격이 원만한 분도 당시에는 굉장한 오해와 비난에 시달렸는데 실제로 썩 훌륭하지도 원만하지도 않은 질문자가 어떻게 다른 사람들 칭찬만 듣고 살겠어요. 이렇게 과욕을 부리기 때문에 피곤한 거예요. 목표를 너무 높이 잡으니 달성할 수가 없지요. 돈을 많이 가져야겠다, 지위를 높이 가져야겠다는 것만 욕심이 아니라 남으로부터 좋은 소리를 들어야겠다는 것도 욕심이에요. 그런 허욕 때문에 본인도 피곤하고 가족에게도 스트레스가 전이됩니다.

남자들도 마찬가지예요. 집에서 부부 사이 갈등이 심하면 그 스트레스가 회사 직원들한테 전이됩니다. 그래서 직원들이 상사나 사장 표정이 언짢으면 오늘 또 집에서 무슨 일이 생겼나 눈치부터 봐야 해요. 아침부터 부인이랑 싸우고 나와서 기분 나쁠 때 잘못 걸렸다 하면 덤터기 쓴단 말이에요. 이렇게 우리는 이 사람에게 받은 스트레스를 만만한 저 사람에게 풀어요.

그러니까 어떤 요청을 받으면 즐거운 마음으로 해 주든지, 못하겠으면 거절을 하고 욕을 먹어야 해요. 성질 더럽다는 평을 들어야 한다는 게 아니라 좋은 소리만 듣겠다는 생각을 버려야 한다는 뜻이에요. 좋은 소리 듣고 싶고 칭찬받고 싶은 욕망 때문에 자꾸 착한 사람인 척 하다 보니 생기는 문제예요.

이 세상은 내가 원하는 것을 다 이룰 수는 없어요. 이뤄지면 다행이고 안 되어도 그만이지 그걸로 화내고 짜증내고 괴로워할 일은 아닙니다. 반대로 남이 원하는 것을 내가 다 해줄 수도 없어요. 어떤 것은 해줄 수 있어도 내가 못하는 건 못한다고 말할 줄 알아야 합니다. 상대 입장에서야 '예스' 할 때보다 '노'라고 하면 당연히 기분 나빠하겠죠. 그러면 그 반응을 감수해야 해요. 내가 원하는 것이 다 이루어질 것 같다고 착각하듯이, 지금 질문자는 남이 원하는 걸 내가 다 해줄 수 있을 것 같다는 착각을 하고 있어요. 실제로는 그렇게 할 수가 없어요. 그저 할 수 있는 건 기꺼이 해주되 할 수 없는 것은 그 자리에서 할 수 없다고 말해야 합니다. 시간이 없다, 능력이 안 된다, 혹은 하기 싫다고 표현하는 연습을 자꾸 해봐야 돼요. 괜히 집에 와서 걱정하고 애꿎은 남편이며 애들한테 스트레스 줄 일은 아닌 것 같아요.

남편 입장에서 보면 어때요? 남들이 보기에 착한 여자를 찾아 결혼한 것은 자기가 얘기하면 뭐든지 다 들어주리라는 기대 때문이에요. 그런데 알고 봤더니 전혀 그렇지 않지요. 남한테는 잘하는데 나한테는 못해요. 남자도 남한테는 잘하는데 자기 마누라한테만 못하는 남자들이 많아요. 이런 건 고치기 어렵습니다. 그러니까 남한테는 잘하고 나한테는 못한다고 화를 내지 말고, 나한테는 못하지만 남한테라도 잘하니 다행이라고 생각하세요. 나한테도 잘하지 못하고 남한테도 잘하지 못해서 온 세상에서 비난 받는 것보다는 남한테라도 잘해서 칭찬이라도 들으니 좋다고 생각을 바꿔야 돼요. 그런 식으로 남편은 아내를 긍정적으로 받아주세요.

다시 말하지만 질문자가 거절을 못하는 것은 자기 성격이 착해서 그런 것도 아니고 우유부단해서 그런 것도 아니에요. 욕심 때문에 그래요. 남이 나를 좋게 봐주기를 바라는 욕심 때문에 거절을 못하는 것이니 본질을 알았으면 이제 그 욕심을 버려야 해요.

루스까야 빼스냐 소극장

자기밖에 모르는 동료가
얄미워요

회사 내에서 이기적인 행동으로 주위 사람들을 불편하게 하는 사람이 있습니다. 언쟁을 하면서 풀어가야 할지 고민인데, 어떻게 해야 원만하게 해결할 수 있을까요? 공공의 목적으로 사용하는 물건은 나 몰라라 하면서 자기 물건은 굉장히 챙기거나, 택시를 함께 타도 자기는 현금이 없다면서 쏙 빠지는 등, 상대를 무시하는 말을 자주 합니다. 이 친구에 대해 어떻게 대응해야 할까요?

충분히 그렇게 느낄 수 있겠다 싶지만 질문이 좀 막연합니다. 네 명이 술을 마시고 순서대로 돌아가면서 술값을 내기로 했는데 자기 차례가 되었는데도 술값을 안 내면 이기적이라고 말할 수는 있겠죠. 그런데 자기 순번에 돈을 안 낸 그 사람이나, 친구가 술값 한번 안 내었다고 이기적이라고 말하는 질문자나, 무슨 차이가 있을까요? 친구라면 술값 한번 못 낼 수도 있지요. 술값 한번 안 냈다고 저 사람은 이기주의라고 말하는 질문자 또한 이기주의가 아닐까요?

그 사람은 자기가 이기주의자인지 잘 모르고 있는 거예요. 그게 문제이지요. 그분은 자신이 이기주의자라고 자각하고 그런 행동을 하는 것이 아니고 어릴 때부터 생활 습관이 그런 것입니다. 예를 들어, 한국에는 지금 중국에 살던 교포인 조선족들이 많이 들어와서 살고 있습니다.

초기에는 갈등이 굉장히 심했습니다. 초기에 한국에 들어와 살던 조선족들의 신원을 조사해 보면, 대부분 중국에서 교육도 많이 받고 사회적 지위도 있는 사람들이었습니다. 그런데 이 사람들이 중국에서 선생님 했다고 한국에서도 선생님 할 수 있는 것은 아니잖아요. 식당에서 서빙을 하든지 공사장에 가서 노가다를 하든지 허드렛일을 해야 하잖아요. 그런데 한국에서는 막노동 하는 사람들이 쓰는 언어의 절반이 욕설입니다. 욕설과 반말이 이 바닥의 자연스런 문화입니다. 그런데 한국에 들어와 일하는 조선족들은 이런 말투를 자기가 조선족이라 무시해서 반말하고 욕설한다 이렇게 오해한 것입니다. 이런 감정들을 못 견뎌서 여러 가지 갈등이 생겨나곤 했습니다.

그처럼 질문자가 볼 때는 무시를 당했다고 느끼는데, 무시한 사람의 입장에서는 그냥 그 사람의 일상생활이었을 뿐입니다. 그 친구가 살아온 삶이나 가정환경을 조사해 보면, 자기도 모르게 그런 삶의 습관과 문화 속에서 살았을 거예요. 외국인을 만났을 때 그 문화를 이해하듯이 '저 친구는 저런 습관이 있구나, 저런 문화가 있구나, 저런 버릇이 있구나' 이렇게 이해를 하면 화가 나지 않는데 '저 자식 봐라, 또 술값 안낸다' 이렇게 생각하면 그 사람을 미워하게 됩니다.

미워한다는 것은 질문자가 스트레스를 받는다는 것입니다. 그렇다면 그 사람의 버릇을 고쳐주어야 하느냐? 그런데 못 고칩니다. 부모도 못 고치는 걸 질문자가 어떻게 고쳐요? 상사도 부하를 못 고치는데 동료인 질문자가 어떻게 고쳐요? 못 고칩니다. 그래서 그 사람 성질 고칠 생각을 하시면 안 됩니다. 그냥 놔두고 이해하는 겁니다. 고치려고 하면 질문자가 스트레스를 받습니다. 왜냐하면 안 고쳐지기 때문입니다.

그렇지만 내가 기분 나빠서가 아니라 그 사람도 그것을 고치면 그 사

스님은 어떤 메시지를 전달하고 싶어 이렇게 다니세요?

제가 전하고 싶은 메시지가 따로 있는 것은 아닙니다.
저는 '인생은 이렇게 살아야한다'는 메시지를 가지고 있지 않습니다.

드보르초야 플로샤트(궁전광장)

밤 11시 55분 모스크바 발 상트페테르부르크행 기차.
하룻밤을 기차 안에서 보내고 역에 내린 아침.

람을 위해서 좋겠지요? 미워해서가 아니라 저 사람을 위해서 사랑으로 고치도록 깨우쳐 주겠다 이런 마음을 내는 것은 좋습니다. 그럴 때는 그것이 쉽게 안 고쳐지는 것을 알고 조언을 해야 해요. 이를 알고 조언을 하면 그 사람이 안 고쳤을 때 내가 기분이 안 나쁩니다. 그리고 쉽게 못 고칠 줄 알기 때문에 꾸준히 얘기를 해줄 수 있어요.

그런데 한두 마디 한다고 그 사람이 성질을 고칠 것이라고 지나친 기대를 하면 안 고치면 내 기분이 나빠집니다. 다음에는 그냥 관둬버릴까 포기하는 생각이 듭니다. 포기해도 수행이 아니고, 지나친 간섭을 해도 수행이 아닙니다. 꾸준히 지적을 해줘야 합니다. '저걸 고치면 저 사람에게 좋다. 그렇지만 고치기는 어렵다'는 두 가지 명제만 생각하면 저 사람을 위해서는 지적을 해주되 고치기 어려운 줄을 내가 이미 알고 있기 때문에 못 고쳐도 내가 스트레스를 안 받게 됩니다.

그러나 우리는 '안 고칠 바에야 뭐하러 문제를 제기하느냐' 이렇게 생각을 하는데 그러면 그것은 사랑이 없는 겁니다. 또 문제를 제기 했을 때 꼭 고쳐야 한다고 집착하면 도리어 미움이 일어납니다. 미워하지 않고 사랑으로 하면 꾸준히 할 수 있고, 집착해서 하면 바짝 하다가 안 되면 포기해 버립니다. 성인의 말씀은 내가 굉장한 사람이 되라는 것이 아니라 자기를 행복하게 하라는 것입니다. 화가 나서 하게 되면 짧은 순간에 파워는 있는데 그게 뜻대로 안 되면 스트레스를 받고 포기하게 되어 버려요. 그런데 그 사람을 위해서 얘기하게 되면 꾸준히 문제를 제기 할 수 있게 됩니다. 그렇게 한번 접근해 보면 좋겠다 싶어요.

물론 쉽지 않아요. 그 사람이 자신을 고치는 것이 쉽지 않듯이 나도 그렇게 되기가 쉽지 않아요. 오늘 스님 법문 듣고 나도 한번 해봐야지 하지만 자기도 그렇게 잘 안 될 거예요. 안 되는 나를 보면 저 친구도 고치는 게 쉽지 않음을 알 수 있습니다. 안 되지만 나도 꾸준히 해보듯이 저 친구도 안 되지만 개선을 꾸준히 하도록 내가 도움을 줘야겠다 이런 관점을 가지면 좀 나을 것 같아요.

상트페테르부르크 장로교회

가치관을 어떤 기준으로 잡아야 하나요

핀란드에 온 지 3년 되었고, 디자인을 전공하고 있습니다. 한국 사회의 가치관과 핀란드 사람들이 갖고 있는 가치관이 서로 다릅니다. 한국에서는 결혼은 몇 살에 해야 하고, 성공하려면 돈은 얼마를 벌어야 하고, 학벌을 중시한다든지 여러 가지 기준들이 있는데, 핀란드는 그런 기준이 없거든요. 저는 한국인이고 한국으로 돌아가야 하는데 혼란스럽습니다.

여러분들이 이곳 핀란드에 와서 여러 가지가 좋다 하더라도 한국 사회가 그 좋은 것들을 다 받아들일 수는 없습니다. 예를 들어 정치 시스템이 한국보다 참 좋다고 한다면, 그럴 때 내가 만약 정치를 한다면 한국 사회가 그것을 수용하도록 노력해야겠지요. 그러나, 한국 사회가 이것을 잘 안 받아들인다고 욕하면 안 됩니다. 5년, 10년, 20년 동안 지난한 노력을 해야 합니다. 성공할 수도 있고 실패할 수도 있습니다. 당장 성공했다고 성공한 것이 아니고, 당장 실패했다고 실패한 것이 아닙니다. 그래서 자신이 옳다고 생각하면 꾸준히 해나가면 됩니다.

그런 측면에서 만약 한국 사회가 지나친 학벌사회라고 할 때, 여기 와서 견문을 넓혀보니 '학벌주의는 국가 발전에도 도움이 안 되고, 개인의 행복에도 도움이 안 된다'고 질문자가 생각한다면, 세상 사람들이야 학벌주의를 하든지 말든지 나는 그렇게 안 하면 됩니다. 불이익을 주면 불이익을 받으면 됩니다. 우리는 꾸준히 개선해 나가면 될 일이지 '여기는 이렇고 저기는 저런데 어떻게 해야 하느냐? 정말 혼란스럽다.' 이렇게 생각할 필요가 없어요.

마찬가지로 다른 종교인들을 만나서 자꾸 대화를 나누니까 '내 신앙이 흔들립니다' 하는 것은 잘못된 생각입니다. '저 사람들은 저렇게 믿는구나', '저 사람들은 저 문제를 저렇게 생각하는구나' 하면 되지, 내 생각과 다르다고 갈등을 일으킬 필요는 없습니다. 사람은 서로 생각이 다 다르니까요.

다름은 갈등의 요인이 아닙니다. 서로 다른 것들을 우리가 인정하고 이해하면 오히려 다양성의 조화가 일어납니다. 풍요로워집니다. 반찬이 딱 한 가지만 있는 게 좋아요, 열 가지 있는 게 좋아요? 열 가지가 있으면 밥상이 풍요로워지잖아요.

우리는 자꾸 획일적인 사고를 합니다. 이런 문화와 전통을 가진 사람들도 있고, 저런 문화와 전통을 가진 사람들도 있는 것입니다. 그래서 우리가 인류문화사를 연구하면 '어떤 문제마다 사람들은 여러 생각들을 하는구나' 이렇게 알 수가 있죠. 생물학적으로 다양한 종을 모두 존중하듯이 인류학적으로 볼 때는 인류가 수천 년을 거쳐 오면서 나름대로 발전시켜 온 문화이기 때문에 다양한 문화를 다 존중해야 합니다. 그런데 오늘날 우리 사회는 자꾸 획일화되어 갑니다. 그런 것을 극복해 가는 것이 발전이라고 볼 수 있습니다.

그래서 질문자가 여기 와 공부하면서 좋다 싶었던 것들은 다 배워 와서 한국에서 저항을 받아가며 관철을 시켜 보세요. '이렇게 저항까지 받아가면서 해봐야 무슨 소용 있나' 한다면 그냥 한국식으로 살면 되고요. 그건 자기 선택이라는 것입니다. 헷갈릴 일은 전혀 아닙니다. 그런데 지금 힘들다 한다면 자신의 선택에 대한 책임을 지기 싫다는 뜻입니다.

부모님이 열심히 키워주셨는데 부모님 말을 안 들으면 불효가 아닐까요?

불효가 아니에요. 그러나 부모님은 불효라고 그러겠지요. 반대하는 것은 부모님의 생각이고 나는 나의 주장을 할 수 있는 것입니다. 부모는 "어릴 때부터 낳아서 열심히 키웠더니 이제 부모 말도 안 듣고 제멋대로 한다." 이렇게 말할 수 있죠. 그것은 충분히 이해해야 합니다. 그러면 부모님께 "죄송합니다" 하면 됩니다. 그러나 내가 부모의 노예가 아니기 때문에 나는 내 갈 길을 가면 되는데, 후원도 받고 내가 하고 싶은 대로도 하는 이것은 욕심이라는 것입니다. 아무리 부모가 반대해도 고맙다는 인사는 해야 합니다. 왜냐하면 부모님의 의견은 나와 다르더라도 지금까지 지원해준 것에 대해서는 감사 인사를 해야지요.

제가 보기에는 부모도 자식을 독립시켜 주지 않지만, 자식도 부모로부터 독립을 안 하고 있습니다.

울타리 안에서 오래 키우던 짐승을 산에 가져다 놓으면 못 살고 다시 울타리로 돌아오듯이 자식을 너무 과잉보호 하면 독립을 못합니다. 한국 문화가 그런 것이 아니고 그 집의 문화가 그런 것이겠죠. 그런 집이 좀 많아서 한국 문화라고 그러는 것이지요. 서양은 그런 집이 없느냐? 그건 아닙니다. 서양은 자식은 독립시키는 것이 다수라고 말할 수 있지만 "서양 사람은 다 안 그렇다" 이렇게 말할 수는 없습니다.

항상 모든 것의 근본인 자연의 원리에 준해서 자연스러운가 그렇지 않은가를 기본으로 깔고 어떤 문제를 보는 것이 옳습니다. 한국에서 그렇다 하더라도 그게 자연의 원리에 어긋나면 고쳐야 하고, 서양이 아무리 우리보다 앞서가고 잘산다 하더라도 자연의 원리에 어긋나면 따르지 말아야 하는 것입니다. 서양 것은 옳고 우리 것은 틀렸다든지 서양 것은 틀렸고 우리 것은 옳다 이렇게 접근하면 안 됩니다.

알토대학교 디자인 팩토리 강당

결혼은
왜 해야 하나요

저는 얼마 전에 서른 살이 되었습니다. 배우자에 대해 많이 생각하게 되고, 부모님도 결혼에 대해서 많이 물어보시고 압박을 주십니다. 이혼율이 50퍼센트가 넘어가는데, 결혼을 도대체 왜 하는 건지 궁금합니다. 저도 남자를 만나 사랑에 빠져 보았지만 결국 헤어졌거든요. 결혼을 하더라도 함께 늙어가다가 혹시 다시 헤어짐이 찾아올 것 같아 겁도 납니다. 결혼을 할 때는 어떤 마음가짐으로 결정을 해야 하고, 배우자를 정할 때도 어떤 기준으로 정해야 하나요?

이런 질문은 결혼한 사람한테 물어봐야지 왜 스님한테 물어보세요?(웃음) '결혼을 해야 한다'는 것도 없고, '결혼을 안 해야 한다'는 것도 없어요. 옛날에는 사회 전반적인 문화가 결혼을 하는 것 이외에 다른 선택의 여지가 없는 환경이었죠. 그래서 결혼은 무조건 해야 되는 줄 알았습니다. 그래서 부모 세대에서는 나이가 들면 결혼하는 것을 당연하게 받아들였습니다. 자신도 결혼해서 아이를 낳았듯이 내 자식도 결혼하는 것을 당연하게 생각하니까 부모는 그렇게 말하는 겁니다. 이것을 받아들일지 안 받아들일지는 나의 선택입니다. 정해진 것은 없습니다.

결혼을 너무 복잡하게 생각하니까 결혼을 못 하는 겁니다. 결혼은 그냥 남자와 여자가 만나서 같이 사는 것입니다. 결혼식을 안 올려도 됩니다.

자연계의 동물들이 결혼식을 올리고 살던가요, 그냥 살지요. 결혼식은 하나의 문화입니다. 결혼을 하고 나서 절대 헤어져서는 안 된다고 하는 천주교나 유교 같은 경우는 남편이 결혼식만 하고 죽었는데도 여자는 평생 혼자 살아야 했죠. 또 조선시대에는 어떤 남자가 내 손만 잡아도 나는 그 사람의 부인이 되어야지 다른 선택을 하면 안 되었죠. 강제로 나를 하룻밤 껴안고 자버리는 성추행이었다고 하더라도 그 남자의 사람이 되어야 했던 시대도 있었습니다. 몽골의 경우는 남자가 결혼하고 싶으면 부인이 될 사람을 목숨을 걸고 납치해야 하는 때도 있었습니다. 그런 곳에서 태어나서 자라면 그 문화가 정상적인 문화가 되는 것입니다. 그러니까 결혼을 어떻게 하느냐는 모두 하나의 문화입니다.

여러분이 서구에 와서 교육 받고 보고 느낀 것과 수십 년 동안 한국에서만 보고 듣고 자란 부모님의 생각과는 당연히 다를 수밖에 없죠. 프랑스 같은 경우는 젊은이들의 절반이 계약 결혼을 한다고 합니다. 이렇게 문화가 서로 다른 것입니다. 세대 차이로 문화가 다르기도 하고, 나라에 의해서 문화가 다르기도 하고, 종교에 따라서 문화가 다르기도 합니다. 여러분들은 부모 세대와 문화가 다르기 때문에 어떤 선택을 할 때는 당연히 부모님과 갈등을 겪을 수밖에 없습니다. 갈등을 감수해야 합니다. 부모와 다른 문화를 선택하려면 처음부터 갈등을 예상해야 합니다. 갈등을 안 하려면 내가 사는 한국의 문화나 부모님의 문화를 수용해야 합니다. 부모님을 "어리석다, 틀리다"라고 말하면 안 됩니다. 부모님의 가치관과 문화, 도덕을 존중해야 합니다. 부모는 부모의 생각이 있고 나는 내 생각이 있으니까 부모의 생각은 존중하되 나는 내 갈 길을 가면 되는 것입니다.

그런데 질문자의 얘기를 들어보니 질문자는 효녀도 아니고 자기 줏대도 없고 그냥 왔다갔다 하는 것 같네요. 내 마음대로도 하고 싶고 부모님께 기대고 싶기도 하고 그런 것 같아요.

결혼하려면 어떻게 해야 하느냐? 첫째, '남자면 됐다. 그러나 미성년자는 안 되니까 20세가 넘고 60세 이하면 된다.' 이렇게 연령 폭을 확 넓히세요. 둘째, '총각도 좋지만 재혼도 괜찮다. 신체 장애인도 괜찮고, 외국인도 괜찮다.' 이렇게 대상을 확대하면 길 가는 사람 중에서도 부지기수로 상대를 찾을 수 있습니다. 질문자가 범위를 좁혀서 사람을 찾기 때문에 결혼을 못 하는 것입니다. 이 세상에 어떤 남자가 질문자의 요구에 맞춰주려고 기다리고 있을까요? 그런 남자는 없습니다. 그 남자도 '자기에게 맞는 여자가 어디 없나' 하면서 찾으러 다니고 있겠지요. 그래서 나의 요구 조건대로 만나려고 하면 결혼은 절대 성립하지 않습니다. 그래서 옛날에도 중매를 설 때 조금씩 거짓말을 했던 것입니다. 고등학교 나왔으면 전문대 나왔다고 말하고, 전문대 나왔으면 4년제 대학교 나왔다고 말하고, 키가 170이면 175라고 말하고, 선보러 나갈 때는 구두 뒷굽도 높이고 화장하고 호주머니에 돈을 더 넣어서 가고, 평소에 예의가 없던 사람도 의자도 빼주고 차 문도 열어주고, 성격도 왈가닥이던 사람이 얌전을 떨고, 이렇게 서로 속이기를 하는 것입니다. 속여야 결혼이 성립되지 안 속이면 결혼이 성립되지 않기 때문입니다.

서로 덕 보려고 욕심으로 접근하기 때문에 약간씩 속여야 되는 것입니다. 그러나 이것은 나쁜 건 아닙니다. 속아서 결혼했다 하더라도 '남편이 학벌을 속였다, 집안을 속였다' 이렇게 생각하면 안 됩니다. 그 사람이 속여 주었기 때문에 내가 결혼할 수 있었던 것입니다. 그 사람이 안 속였으면 나하고 결혼을 못 했을 겁니다. 속여준 걸 나쁘다고 생각하지 말고 속여준 걸 고맙게 여겨야 합니다.

감라스탄 좁은 골목길의 스톡홀롬을 걷다

질문자에게 제일 좋은 길은 결혼을 안 하는 겁니다. 그런데 질문자는 자신이 결혼할 수준이 안 되는 줄도 모르고 결혼하고 싶어 껄떡거리며 상대를 찾고 있습니다. 그렇게 되면 괜찮은 남자를 골랐는데 막상 살아보면 실망하게 됩니다. 결혼을 하려면 '어떤 인간을 고르면 결혼 생활이 좋을거냐' 이런 생각을 버려야 합니다. '남자면 됐고, 나이도 상관없고, 결혼만 해주면 다행이지' 이렇게 기대를 안 하고 막상 결혼하면 '생각보다 괜찮네' 이렇게 됩니다. 그러면 점점 좋아집니다. 그런데 기대를 너무 높여 놓으면 괜찮은 인간도 내 눈에는 안 차는 겁니다. 질문자는 눈이 너무 높습니다. 결혼을 하려면 눈을 낮춰야 합니다. 결혼을 왜 해야 하는지 왜 물어요? 그냥 안 하면 되지요. 그런 질문은 결혼을 하고 싶으니까 묻는 겁니다.

한국연구재단 스톡홀롬 주재 사무소

83

깨달음이라는 것은 자기가 움켜쥐고 있던 것을 놓음으로써,

자기가 문제 삼던 것이 문제가 안 된다는 것을 알게 되는 것입니다.

'깨달으면 어떻게 고뇌가 없어집니까?' 하는데

통찰력을 가지면 우리의 많은 고뇌들이 저절로 없어집니다.

마치 불을 켜면 어둠이 사라지듯이

그래서 중요한 것은 여러분들이 어떤 신앙을 가지고 있느냐가 아니라

마음이 어떻게 작용하는가, 우리가 사물을 어떻게 인식하는가가 중요합니다.

2

마음이
가벼워지는 대화

유럽 II

베르사유 궁에서

외롭습니다

한국에서 20대와 30대를 보낼 때는 직장생활을 하고 아이 키우기에 바빠 외로움을 못 느꼈습니다. 그런데 노르웨이에서는 시간적으로 여유롭고 아이도 크니까 문득문득 외로워질 때가 많습니다. 가족, 친구, 형제도 다 있는데 외롭다는 느낌이 들어요. 지혜롭게 넘어가고 싶습니다.

현대인을 '군중 속의 고독'이라고 표현하죠. 많은 사람과 몸을 부딪치고 사는데 고독하다, 결혼해서 남편과 살을 맞대고 사는데 고독하다 하는 건 무엇을 말하는 걸까요? 내가 마음의 문을 닫고 있다 이렇게 볼 수 있습니다. 산속에서 혼자 살아도 마음의 문을 열고 있으면 외롭지 않아요. 나무하고도 대화하고 새하고도 대화를 나눌 수 있습니다.

그런데 부부가 살을 섞고 살아도 내가 마음의 문을 닫고 있으면 외롭습니다. 남편의 돌아누운 등이 마치 성벽처럼 느껴집니다. 한마디로 진단하면 질문자가 지금 마음의 문을 닫고 있다는 것입니다. 남편의 잘못이 아니에요. 바쁜 남편이나 가족이 볼 때는 '호강에 받쳐서 요강을 깬다' 하는 소리가 나올 정도지요. 편하니까 쓸데없는 걱정을 다 한다 이렇게 보이는 겁니다. 그런데 본인도 바쁘면 외로움을 못 느껴요. 그런데 한가하면 느끼게 되거든요. 눈 감고 명상을 하는데 망념이 일어나는 증상과 같습니다. 보통 우리는 의지로 이런 것을 억압하기 때문에 자신이 편안한 인간 같습니다. 그러나 주위에 아무도 없는 상태이거나 꿈속에서는 억압된 심리가 그냥 일어나서 외간 남자도 만나게 됩니다. 그것처럼 심리가 억압되어 있어서 못 느꼈는데 한가해지니까 이런 것이 나타나는 겁니다.

그래서 자기 자신을 가만히 지켜보세요. 질문자가 '내가 지금 마음의 문을 닫고 있구나' 하고 자각하는 계기가 되어야 합니다. 직장을 가거나 생활을 바쁘게 해서 외로움을 덮으려고 하지 말고, 명상을 통해서 하루종일 가만히 앉아 있어도 편안할 수 있게 해보세요. 제일 중요한 것은 '내 카르마가 외로워하고 있구나, 내가 마음의 문을 쉽게 열지 않고 있구나' 하고 알아차리는 것입니다.

지금 질문자는 자기 생각에 좀 빠져 있어요. 남편과 아이들과 편안하게 대화를 하는 것이 좀 필요해요. 꼭 불만이 있어서 마음을 닫고 있는 건 아니고, 질문자가 어릴 때 이런 심성이 형성된 것입니다. 우리의 심리적인 근저는 주로 어릴 때 형성됩니다. 엄마의 성격을 닮거나 아니면 어릴 때 어떤 이유로 자란 환경이 자신의 무의식 세계를 형성하고, 이것이 평생 삶의 심리적 근저에서 작동하고 있거든요. 그래서 먼저 이것을 정확하게 파악하고 나를 알아야 합니다.

그리고 외로움이라는 것은 노르웨이에 와서 그런 것도 아니고 남편이 잘못해서 그런 것도 아니고 다만 내 카르마가 이렇게 형성되어서 그렇다는 것을 알아야 합니다. 그래서 수행을 통해 어떻게 극복할 것이냐 이게 문제죠.

'저는 편안합니다.' 이렇게 자꾸 자기 암시를 주세요. 그러면 편안하다는 자기 암시와 편안하지 못한 자신의 현실 사이에서 늘 충돌이 일어날 거예요. 편안하다고 기도하는데 현실은 늘 편안하지 못하죠. 그래도 계속 절을 하면서 '감사합니다. 저는 편안합니다' 이렇게 자꾸 자기 암시를 해보세요. 그러면 어느 순간 이것 때문에 내가 편안하지 못했구나 하고 원인을 알게 됩니다.

우리 대화의 목표는 마음이 조금이나마 가벼워지는 것입니다. 깨달음은 자기가 한쪽만을 바라보고 움켜쥐고 있던 것을 놓음으로써, 즉 앞면만 보던 것을 뒷면도 봄으로써, 옆면만 보던 것을 위나 아래를 봄으로써, 자기가 문제 삼던 것이 문제가 안 된다는 것을 알게 되는 것입니다.

사물의 전모를 보는 것을 통찰력이라고 하고, 이 통찰력을 지혜라고 합니다. '깨달으면 어떻게 고뇌가 없어집니까?' 하는데 통찰력을 가지면 우리가 갖고 있던 많은 고뇌들이 저절로 없어집니다. 마치 불을 켜면 어둠이 사라지는 것이지 어디로 도망가는 것이 아니듯이 말이에요.

그래서 중요한 것은 여러분들이 어떤 신앙을 가지고 있느냐가 아니라 마음이 어떻게 작용하는가, 우리가 사물을 어떻게 인식하는가가 중요합니다. 긍정적으로 사물을 인식하면 훨씬 만족도가 높아지고, 부정적으로 인식하면 불만이 커집니다. 기대가 크면 실망이 크고, 기대가 작으면 만족이 커져요. 내가 어떤 관점을 가지고 어떻게 바라보느냐에 따라서 내 행복도를 높일 수 있는 길이 있다는 것입니다. 이것이 전부는 아닙니다. 우선 이것부터 시작해보자는 것입니다.

열린문화센터

통일은 언제 될까요

제가 한국에서 왔다고 하면 항상 남이냐 북이냐를 묻습니다. 그래서 이곳에 이주하고 나서 통일에 대해 더 많은 관심을 갖게 되었습니다. 스님께서는 통일은 언제 될 것이며, 과연 될 것인지, 된다면 어떤 방식이 가장 바람직하다고 보시는지 궁금합니다.

통일이 언제 될 것인지는 정확하게 말할 수 없지만 "통일은 될 것입니다"라는 것은 말할 수가 있지요. 그리고 통일이 언제 될 것인지 묻는 질문은 외국 사람들은 우리에게 그렇게 물을 수 있지만, 한국인들이 그렇게 묻는 것은 무책임한 태도입니다. 왜냐하면 우리가 통일이 되도록 하면 통일이 될 것이고, 통일이 안 되도록 하면 안 될 것입니다. 그런데 왜 언제 될 거냐고 묻기만 할까요? 통일을 누가 할 겁니까? 왜 자기는 빠져 버리고 누가 대신해 주는 것처럼 말하나요? 통일이 언제 될 것이냐는 질문은 옳지 않습니다.

　통일하는 것이 좋은가, 통일 안 하는 것이 좋은가, 이것을 먼저 생각해야 합니다. 막연히 '통일하는 게 좋다' 그렇게 생각하면 통일을 위한 노력을 하나도 안 하게 됩니다. 통일이 되면 좋다고 하지만 통일을 이루기 위해서 아무도 노력을 안 한다면 그것은 그냥 뜬구름 잡는 얘기에 불과합니다.

왜 통일을 해야 하는지 먼저 자각해야 하고, 그 다음에 통일을 하려면 어떤 문제가 예상되고, 그 문제를 해결하려면 우리가 어떤 노력을 해야 하는지 살펴나가야 합니다. 현재 한국 내외의 객관적인 조건은 이전에 비해서 우리가 통일을 하기에 유리한 조건이 되어 있습니다. 한반도를 둘러싼 세력 관계가 조금 유동적이 되었습니다. 유동적이라는 말은 불안정해졌다는 것인데, 불안정해졌기 때문에 현상 변경이 쉬워졌다는 것이지요. 그래서 우리가 통일을 하려면 더 쉽게 갈 수 있다고 봅니다. 반대로 내버려두면 통일이 어려운 쪽으로 기울 수도 있습니다. 독일의 경우도 양대 세력 사이에 균형이 깨어지고 유동적이 되니까 그 기회를 잡아서 통일을 할 수 있었던 것입니다. 그런 것처럼 한반도도 중국의 부상에 따라 힘의 균형이 깨어져가고 있습니다. 이러한 한반도의 상황을 통일에 유리하도록 활용할 것이냐 말 것이냐는 우리에게 달려있는 과제입니다.

외부 상황은 좋아졌지만 실제로 통일을 하려면 저절로 되는 게 아니라 통일의 주도 세력이 필요합니다. 그런데 통일의 주도 세력이라는 측면에서는 역사적으로 가장 나빠졌다고 볼 수 있어요. 통일을 주도할 세력이 없어졌습니다.

1960년대까지 북한은 집단 전체가 통일에 목숨을 걸 정도로 통일 주도적이었어요. 남한에서도 이것에 동조하면서 통일을 주장하는 일부 통일 세력이 있었고요. 그런데 1990년대 이후 북한이 사회경제적으로 급격하게 붕괴되기 시작하면서 남과 북 어느 쪽도 전 민족적 관점에서 어떻게 통일을 할 것이냐 고민하는 세력이 없어져버렸어요. 남한은 분단 초기에 북한보다 열세였기 때문에 전 민족적인 관점에서 통일을 다루기에는 역량이 부족해서 남한 체제를 어떻게 유지하고 발전시킬 것이냐에 몰두해 있었습니다. 그래서 남한의 통일지지 세력들은 통일에 미온적인 남한 정부와 갈등 관계에 있었습니다. 그러나 1980년대에 들어와서 북한이 사회경제적으로 급격히 붕괴되면서 북한 지배세력들은 점점 자기 체제 유지에만 집중되어 갔습니다. 그러니 북한도 이제 통일 주도 세력이라고 볼 수가 없습니다. 그리고 통일에 희망을 걸고 북한을 긍정적으로 보던 남한 안의 통일 세력들도 북한의 체제가 쇠퇴하면서 같이 통일에 대한 희망을 잃고 몰락해 버렸습니다. 그래서 이제 남한의 통일 주도 세력도 사라지게 되었습니다.

이런 상황에서 이제는 남한의 발전을 넘어서서 북한까지 포함한 전 민족적인 관점에서 한반도를 발전시키겠다고 하는 지도자가 남한에서 나와야 합니다. 그런데 오랜 역사 경험에서 남한의 지도자들은 지금까지 이런 생각을 안 해봤다는 것이 문제입니다. 북한은 지금 자기 체제 유지하기에도 급급한 상황입니다. 민족 전체적으로 통일을 주도할 만한 세력이 없습니다. 외부 환경은 좋아졌는데 주체 세력은 미비한 이것이 지금 현재 우리 민족이 처한 위기입니다. 이 문제를 극복하려면 과거와는 다른 관점에서 남한 안에 통일을 지향하는 세력이 새롭게 형성되어야 합니다.

객관적으로 볼 때 남한도 아직 부족한 것이 있고 북한에도 긍정적인 요소가 있지만, 북한 중심으로 통일할 수 있는 상황도 아닌 것 같습니다.

먼저, 많은 문제가 있다고 하더라도 해결책은 남한의 시스템을 기본으로 깔고 이것을 조금 더 개선해서 통일의 중심 역할을 할 수밖에 없지 않나 생각합니다. 이 방법이 옳아서가 아니라 이것이 현실이라는 것이죠. 통일을 안 하겠다면 모르지만 통일하겠다고 할 때는 이 방법 외에

뉘하운 운하

사람 사는 곳이라면 사람 냄새 나겠지.
저녁이면 밥 하는 냄새,
시장에는 호객하는 상인들의 외침,
떼 쓰는 아이 울음소리도.
활기가 느껴지는 코펜하겐에서 통일이 그리운 한반도를 생각합니다.
사람 냄새, 아이들의 웃음소리 들리는
북한을 생각합니다.

다른 방법이 더 있겠냐 싶어요. 1950년대의 적화통일 방식도 안 되고, 1970년대의 남북 연방제 방식도 현실적으로 되기 어렵고, 결국은 남한이 중심이 되어서 통일로 갈 수밖에 없는 것 같아요. 그런데 현재 남한의 상태로는 통일하기 어렵습니다. 적어도 현재 남한은 통일 국가의 모델로서 적절치 않습니다. 통일의 모델이 될 수 있게 현재의 남한을 더 좋은 사회로 바꿔야 합니다. 남한 사회를 위해서도 그렇고 통일을 대비하기 위해서도 필요합니다.

그런데, 북한 지도부의 입장에서는 이 안을 수용하기가 어려울 것입니다. 결국 북한을 해체하고 흡수통일 하자는 것으로 오해할 수도 있습니다. 그래서 북한에 대한 이해가 있어야 합니다. 그들의 이런 우려를 힘으로 밀어붙이지 말고 포용해 주어야 합니다. 북한 내부를 분석해보면 대략 세 계층으로 나눠집니다. 그래서 각 계층별 대책이 필요합니다. 첫째, 생존의 위협을 받고 있는 일반 주민들에게는 생존권을 보장해 줘야 하고, 이들의 생존권을 보장해 주려면 인도적 지원을 확대해야 합니다. 둘째, 먹고는 살지만 가난한 사람들인 중간층에게는 남북 간 경제협력이 되면 더 잘살 수 있다는 희망을 주어야 합니다. 생필품에 있어서는 중국 제품 보다는 남한 제품이 훨씬 더 좋다는 것을 보여주어야 합니다. 그럴 때 통일이 되면 더 잘살 수 있겠다는 믿음을 갖게 되고 통일의 중심 역할을 남한이 하는 것에 대해 동의를 할 수 있게 됩니다. 셋째, 사는 데 지장이 없는 상류층에게는 통일이 된 뒤의 신분 보장을 해주어야 합니다. 일정한 기간 동안 체제 보장을 해주든지, 통일 후 어떠한 처벌도 하지 않는다는 신분보장을 약속해 주어 이들이 통일 지향적인 생각을 가지도록 해야 합니다. 적어도 이런 과감한 포용 정책을 취해야 통일이 가능합니다.

결국 통일을 주도하는 쪽이 양보를 해야 합니다. 힘이 강한 사람이 양보하면 포용이라고 말하고, 힘이 약한 사람이 양보하면 굴복이라고 말하잖아요. 그러니 지금은 남한이 북한을 포용해 주어야 합니다. 그래야 북한 주민들과 지배세력들의 두려움이 없어지고 합의점도 만들어나갈 수 있게 됩니다. 그런데 현재 남한 정부의 대북 정책은 북한이 무릎 꿇고 빌면 지원하겠다고 하니 한 발자국도 못 나가는 것입니다. 대화에는 전제 조건이 있으면 안 됩니다. 사과하면 대화한다, 이런 자세로는 안 됩니다. 대화를 먼저 시작하고 나서 사과하라고 요구하는 것은 가능하지만, 사과를 해야 테이블에 앉겠다는 건 대화를 어렵게 합니다. 이런 것들이 남북 간에 가로 놓여 있고, 이것을 둘러싼 국제 정세도 굉장히 어려운 상황입니다.

미국은 중국을 견제하는 것이 자국의 힘만으로는 어려우니까 일본을 재무장시켜서 역할분담을 하려고 하는데 한국을 그 밑에 붙이려고 하고 있습니다. 그런데 한국은 재무장한 일본 밑에 붙으려고 하지 않죠. 한·미·일 군사협력을 하자는 것이 미국의 요구인데, 한국은 일본과 함께하는 것에 대해 난색을 표하고 있습니다. 중국은 한국이 일본과 군사협력하는 것이 중국에 대한 적대행위라고 여기게 됩니다. 그러니 미국이 요구하는 것을 받아들이면 중국과 갈등이 생기고, 이걸 안 받아들이면 미국과 갈등이 생기게 되는 것입니다. 외교적인 측면에서는 굉장히 딜레마에 놓여 있습니다. 이것을 어떻게 균형 있게 할 것인가가 중요합니다. 아무리 미국이라고 하더라도 이제는 협력할 것은 협력하되 국가 이익을 위해 무조건 따를 수는 없는 것입니다.

이런 세력 변화 앞에서 통일 없이 미·중 사이에 균형을 잡기는 매우 어려울 것입니다. 만약 한국이 미·일 동맹체제로 편입되고, 북한은 현재까지는 잘 버티지만 내부에 정치적 변화가 일어나 중국의 영향권으로 편입되면, 미·중의 갈등 구조 속에 남북이 강대국의 하위 변수로 편재되어 지난 100년과 같은 고통을 또다시 보내야 할 위기에 놓이게 됩니다. 그런 고통을 막기 위해서는 지금 우리가 하루 빨리 통일을 이뤄야 합니다.

거대한 중국의 소용돌이에 휘말려 들지도 않고, 그렇다고 중국과 등지지도 않는 선택을 어떻게 할 것이냐. 거기에는 미국의 힘도 필요하고 일본의 힘도 필요합니다. 일본의 군국주의는 반대해야 하지만, 그렇다고 일본과 적대하면 안 됩니다. 이에 대해서 일본 국민과 함께하는 전략을 세워야 한·일 관계를 돈독히 하면서도 일본의 군국주의를 반대할 수 있습니다. 중국과 협력을 하되 중국의 패권주의를 반대해야지 중국을 반대하면 안 됩니다. 마찬가지로 미국을 반대할 것이 아니라 미국의 군수산업의 이익을 대변하는 정책을 반대해야 합니다. 그러려면 미국의 평화주의자들과 미국의 양심적인 사람들과 손을 잡아야 합니다. 그래야 우리가 미국의 한반도 안보 정책을 바꿀 수 있지 우리의 힘만으로는 미국의 한반도 정책을 바꾸기는 매우 어렵습니다. 그런 면에서 유럽과의 협력이 동아시아에서 균형을 잡아주는 역할을 할 수 있습니다.

우리 선조들은 일제 시대 때 만주로 쫓겨나 힘들게 살았지만 그분들은 오히려 나라를 위해 자신을 희생하며 독립운동을 했습니다. 사실은 국가가 그분들에게 해준 것이 아무것도 없었습니다. 그런데도 그분들은 민족의 독립을 위해 희생했고, 그래서 오늘의 대한민국이 있게 된 것입니다. 이처럼 여러분들에게도 정부나 국가가 해준 것이 없다 하더라도 여러분들이 대한민국이 처한 현 상황을 부정적으로만 보지 말고 긍정적으로 보고, 이것을 극복하는 데 기여를 해주셨으면 해요. 이번 유럽 강연을 하면서 국적을 바꿔버리고 싶다는 질문을 여러 번 받았는데 이것은 현실 도피적인 사고입니다. 한국 안에서 한국 사람들이 이 문제를 해결 못하면 '밖에 있는 내가 고국에 들어가서라도 해결을 해야겠다' 이렇게 보따리 싸서 들어올 생각을 해야지 도망갈 생각을 하면 안 됩니다. 들어오지는 못하더라도 여기서라도 한국이 긍정적으로 변할 수 있도록 댓글을 달든, 편지를 쓰든, 모금을 하든, 뭔가 한국이 긍정적으로 바뀌도록 노력해 주었으면 합니다.

헬러럽 교회

함부르크(Hamburg)

한국의 안 좋은 소식을 듣고 있자니 괴롭습니다

저는 지금 독일에서 18년째 생활하고 있습니다. 요즘 한국의 안 좋은 소식들을 계속 듣고 있습니다. 그럴 때마다 제 마음이 괴롭습니다. 제가 한국에 있으면 참여도 하겠는데 일단 해외에 있다 보니 몸은 이곳에 있고 마음은 그곳에 있으니 괴롭습니다. 그림을 그리고 있는데 최근에는 하던 작업도 멈추고 멍하니 시간을 보내는데 좀처럼 회복되지 않습니다. 해외에 사는 한국인들은 대부분 비슷한 고민을 할 것이라 보는데요. 이런 괴로움을 어떻게 해결해야 할까요?

지난 4월에 일어난 세월호 침몰 사고로 인해 해외 여러분들도 많이 가슴 아프셨죠? 사건이 일어난 것뿐만 아니라 뒷마무리가 지금까지도 제대로 안 되고 있어서 여러분들이 많이 답답하신 것 같아요. 해외 순회 강연을 다니다보니 많은 분들로부터 그 아픔을 전해 받았습니다. 한국에 살고 있는 종교인의 한 사람으로서 국민이 화합해서 이 문제를 해결하는 길을 찾을 수 있도록 제대로 안내하지 못한 것에 대해서 죄송스럽게 생각합니다.

우선 국내에서 저희들이 할 수 있었던 것은 첫째, 희생자들과 실종자들을 위한 추모였고, 둘째, 유가족들이 간절히 원하는 진상규명과 재발방지를 위한 특별법 제정을 위해 국민 서명을 받는 일이었습니다. 국회에 제출한 300만 명 서명 중에 140만 명의 서명이 저희 정토회 모든 회원들이 받아서 유가족들에게 전달한 것입니다. 그럼에도 불구하고 아직 마무리가 안 되고 답보 상태에 있습니다. 여당과 정부 쪽 사람들도 나름대로 고충이 있고, 야당 쪽 사람들도 나름대로 고충이 있고, 유가족들도 나름대로 한이 있는 상태입니다. 합의점을 찾지 못하고 있는데, 그런 면에서 한국에 살고 있는 종교인의 한 사람으로서 교민들에게 송구스럽게 생각합니다.

세월호 참사는 그냥 일어난 하나의 사고가 아닙니다. 이런 사고가 일어날 수밖에 없는, 우리 사회가 지난 50년간 압축성장을 해온 결과의 부작용이라고 볼 수 있습니다. 우리는 배고플 때 돈만 되면 다 한다고 사우디아라비아에 노동자로도 가고, 독일에 광부와 간호사로 오고, 또 월남전쟁에 참여해서 그 대가로 경제성장을 일구었습니다. 돈이 되는 것이면 물불 안 가리고 무슨 일이든 다 했지요. 그것이 한강의 기적을 가져오는 중요한 요인 가운데 하나였습니다. 그러다 보니 부작용도 많았습니다만, 그런 정신이 오늘날 한국의 경제 성장을 가져온 또 하나의 요인이었습니다. 그런데 배고플 때는 위험을 무릅쓰고도 했지만 이제 배고픈 시대는 지났단 말이죠. 현재 OECD 가입국인 한국 정도의 성장된 사회에서는 이제 바뀌어야 합니다. 성장보다는 안전과 분배의 투명성을 더 중요시해야 하고, 물질보다는 생명을 중시하는 사회 시스템으로 바꿔야 합니다. 그런데 이렇게 선진국 대열에 들어섰는데도 불구하고, 개인이든 사회든 살아가는 삶의 패턴은 바뀌지 않았다는 겁니다.

우리가 배고플 때는 경제성장이 중요한 사회적 이슈였지만, 밥 먹고 살만 하면 그것만으로는 안 된단 말이에요. 그래서 80년대 들어오면서 '우리도 자유롭게 살아보자'는 젊은이들의 열망이 민주화 투쟁을 가져왔고 그래서 결국은 민주화를 달성했지 않았습니까. 식민지 지배를 겪은 나라 중에 산업화와 민주화를 함께 이룬 나라가 몇 나라 없잖습니까. 그런 면에서 성공을 했다고 하지만, 민주화 다음에 어떤 사회로 갈 것인가 하는 문제입니다. 가난할 때는 경제 성장이 요체이지만, 경제가 어느 정도 성장했을 때는 분배가 핵심이에요. 이제 국가가 해야 할 일은 분배를 어떻게 할 것이냐 입니다. 그런데 국가가 계속 재벌기업의 성장에 특혜를 주는 시스템을 못 바꾸니까 양극화가 심화되면서 국민의 행복도는 엄청나게 떨어지고 있는 것입니다. 빈부 격차가 극심하면 경제가 성장해도 행복도가 높아질 수 없습니다. 왜냐하면 행복도는 상대적 빈곤감에 많은 영향을 받으므로 절대적 빈곤이 해결된다고 높아지는 것이 아니기 때문입니다.

그리고 우리는 대통령이나 국회의원을 선출하는 민주주의는 어느 정도 이루었습니다. 그러나 선출된 권력이 행사되는 것도 민주적으로 진행되어야 하는데 한국의 민주주의는 지도자를 선출하는 민주주의만 되어 있지 시민의 권리가 일상 속에서 행사되는 민주주의는 아직 이루어지지 않았습니다. 대통령의 권한을 두고 제왕적 대통령이라고 부르잖아요. 그러니까 사회 전체가 대통령 한 사람만 쳐다보게 되는 것입니다. 이렇게 한 사람에게 집중된 권력이 분산되어야 합니다. 중앙권력이 지방으로 분산되어서 지방 자치가 확대되어야 하고, 대통령의 권한이 총리나 장관, 의회 쪽으로도 분산이 되어야 합니다. 이렇게 민주화 이후 사회를 우리가 만들어나가지 못했다는 겁니다.

유럽 사회의 발전 과정을 참고한다면 우리 사회의 다음 과제는 정치민주화와 경제민주화를 이룬 복지사회입니다. 그런데 한국은 민주화를 이뤘던 세력과 산업화를 이뤘던 세력이 각자의 세력을 만들어서 과거 자

마주 앉은 서로의 무릎이 닿을락 말락
함부르크 지하철은 아담하고 다정합니다.
시내를 지나 마을로 마을로
함부르크 사람들을 이제 만나러 갑니다.

신들의 성과만을 주장하고 싸우잖아요. 그래서 다음 단계로 못나갔다는 것입니다.

남북관계도 옛날에는 세계적 냉전 구도 속에서 분단이 되어 서로 싸울 수밖에 없었다 하더라도, 세계적인 냉전이 해체된 지금은 적대 감정을 해소하고 서로 협력하면서 가야 하잖아요. 36년간 우리를 지배한 일본하고도 1965년에 수교를 했고, 한국전쟁 때 100만 대군을 보내서 엄청난 희생을 치루었던 중국과도 이미 20년 전에 수교를 해서 한·중 교역액이 한·일과 한·미 교역액을 합한 것보다도 1.3배가 되는 정도의 확대를 가져왔습니다. 그런데 왜 우리는 유독 남과 북 사이에서만 이 문제를 극복하지 못하느냐는 겁니다. 그런 면에서 남·북 관계는 아직도 과거에 머물러 있습니다. 이제는 새로운 상황 속에서 변화해야 하는데 못했다는 겁니다.

세월호 사고의 전 구조과정을 봐도 상식적으로 이해 안 되는 일이 벌어졌죠. 이런 진상이 규명되어서 누구 한 사람을 처벌하는 것이 아니라 '우리 모두가 이제까지 살아온 삶의 방식이 잘못되었구나. 이제 우리가 삶의 방식을 개선하자' 했다면, 세월호 사건을 계기로 한국 사회가 질적으로 크게 변할 수 있는 계기가 되었을 것입니다. 그렇게 되면 300명의 희생이 역사적 변화를 가져오는 사건이 될 수도 있었는데, 오늘 벌어지고 있는 상황은 그것이 더욱더 정치적 쟁점으로 작용해서 유야무야 되거나 갈등이 격화되는 쪽으로 가고 있으니 가슴이 아픈 것입니다.

그럼에도 불구하고 저는 대한민국이 아직은 긍정적인 요소가 더 많이 있다고 봅니다. 이런 사건을 볼 때마다 안타깝지만, 아직 포기할 정도는 아닙니다. 그리고 한꺼번에 해결하려 하거나, 이번에 해결 안 된다고 포기하려고 하지 마세요. 지난 역사를 보면서 꾸준히 관심을 갖고 해결해 나가야 합니다.

유럽에서 질문한 사람 중에는 국적을 포기하겠다는 사람도 있었는데 제가 비겁하다고 말해주었습니다. 이미 독일 시민권을 가졌더라도 한국 국적을 회복해서 한국으로 들어와서 한국 사회를 고쳐야 할 것 아닙니까. 어떻게 생각하세요? 그런데 국적을 포기하고 대한민국을 안 보겠다고 하고, 윤 일병 사건을 보고 아들 국적을 바꾸려고 묻는 사람도 있었습니다. 우리 교민들이 참 가슴 아프고 힘들다는 것은 저도 충분히 이해가 됩니다. 그러나 우리 나라를 우리가 노력해서 변화시키지 않는다면 누가 변화시켜 줄까요? 우리가 통일을 위한 노력을 안 하는데 어떻게 통일이 되겠습니까? 남에게 욕하고 손가락질만 하지 우리는 늘 책임에서 빠져버린다는 겁니다. 내가 먼저 변화를 위한 노력을 해야 합니다. 밖에서 보니까 국제 정치에서 통일 없이는 한국의 발전이 정말 어렵겠다면 우리가 작은 힘이라도 통일에 보태야 합니다. 한국 사회가 이 세월호 사건을 통해 질적으로 바뀌어야겠다 하면 편지 한 장을 보내든 메일 하나를 보내든 댓글 하나를 달든 어떻게든 이 변화를 위해서 우리가 지속적 노력을 해야 변화가 일어나지요.

죽일 놈이라고 욕하고 분노만 하면 이것이 또 다른 갈등을 불러일으킵니다. 침묵하라는 것이 아니라 우리가 가진 에너지를 긍정적으로 작용할 수 있도록 노력을 해주셨으면 좋겠습니다.

사실 여러분들이 이곳 해외에 나와서 고생하는데 국가가 도와준 것은 하나도 없잖아요. 국민 개개인이 노력해서 여기까지 왔습니다. 그런데 그래도 어떡합니까? 조선조 말엽에 나라가 가렴주구苛斂誅求 하니 백성들은 보따리 싸서 압록강 두만강 건너서 만주에서 황무지를 개간해서 살면서도 나라가 일본에 뺏기니까 또 그 자녀들은 독립운동에 참여해서 엄청난 피해를 입었잖아요. 그 덕분에 오늘날 대한민국이 있듯이 여러분들에게 국가가 해준 것은 없지만 그래도 어떡하겠습니까? 여러분들이 대한민국에서 태어났으니까 태어난 나라가 잘 되도록, 한반도에 다시는 전쟁이 일어나지 않도록, 한국 사회가 질적으로 변해서 통일이 되도록, 여러분들이 지원해 주었으면 합니다.

여러분들이 유럽에서 보고 들은 경험이 얼마나 큰 도움이 되겠습니까. 독일에 사니까 독일 통일의 경험도 있고, 한국 사회가 질적으로 발전하는 데 있어서 이런 유럽의 경험이 한국에 매우 필요합니다. 그런 면에서 여러분들께서 조금 더 관심을 가져주시고, 가슴 아파만 하지 말고, 좀 더 긍정적으로 기여할 수 있도록 부탁드립니다.

부정적인 측면이 많이 있는 것도 사실이지만, 같이 힘을 합해서 개선해 나갔으면 합니다. 울거나 화내지 말고 더 적극적으로, 긍정적으로 참여를 해주셨으면 합니다.

함부르크 민속박물관

아버지가 미워
한국에 가기 싫습니다

어머니가 9년 전에 자살하셨어요. 아버지는 어머니가 돌아가시고 1년 만에 다른 여자 분을 만나서 재혼하셨어요. 그런데 엄마한테 왠지 모르게 미안하고 아버지가 자꾸 싫어져요. 마음도 닫히고 한국에도 가기 싫어서 9년째 안 가고 있어요. 그런데 아이가 한국에 대해 많이 궁금해 해요. 아이들 때문에 한국에 가고 싶기는 한데, 아버지를 만나면 마음이 불편할까봐 갈팡질팡 하고 있습니다.

아이들이 한국에 가고 싶어 하면 데리고 가세요. 아버지를 만나기 싫으면 한국에 가더라도 안 만나면 되지요. 아이들을 위해서 갈 필요가 있으면 가면 되고, 가더라도 아버지에게 연락 안 하고 갔다 오면 되지요. 아이들이 엄마의 가족을 보고 싶어 하면, 데리고 가서 아버지를 봐도 되고요. 엄마라면 아이를 위해서 싫은 사람도 좀 만날 수가 있어야죠. 엄마가 그 정도의 희생정신도 없어요? 닭도 병아리를 위해서 목숨 걸고 보호하는데, 아버지를 만나는 일이 죽는 일도 아니고 그리 어려운 것은 아니잖아요.
  아버지는 아버지가 살아온 시대가 있습니다. 어머니가 돌아가신 것이 아버지 때문은 아니잖아요. 본인이 어쨌든 선택을 한 것이고, 아버지와 갈등이 있어서 돌아가셨다고 하더라도, 갈등이 있는 부부라고 다 자살하는 것은 아니잖아요. 그것은 하나의 조건에 불과한 것입니다. 만약 어머니가 자살하셨다면 정신적으로 우울증이 있었던 것입니다. 더 심리적으로 분석하면 외할머니 때부터 그런 증상이 있어서 내려오는 것입니다. 그래서 질문자도 그런 증상이 있을 가능성이 매우 높습니다. 내가 이것을 모르면 남을 탓하는데, 이것을 알면 주변 탓이나 남편 탓을 하는 게 아니라 '이것은 내 카르마다. 또 업식이 발동한다. 정신 차려라.' 이렇게 주의를 줘서 여기에 빠져들지 않게 할 수 있습니다.

어머니는 어머니의 인생을 자기 나름대로 선택해서 가신 겁니다. "안녕히 가십시오" 하면서 어머니를 편히 보내드려야 합니다. 이것을 안쓰러워한다고 어머니가 다시 살아서 돌아오는 게 아니잖아요. 안쓰러워하면 내 마음이 슬프고 외롭죠. 게다가 영가가 만약 있다면 자녀가 부모를 계속 그리워하니 안쓰러워서 갈 수가 없죠. 갈 수가 없으면 무주고혼無主孤魂이 됩니다. 늘 내 주위를 맴도는 귀신이 된다는 말입니다. 이것은 부모에게도 잘못하는 행동입니다. 이렇게 한다고 나에게 좋은 게 무엇이며, 부모와 가족에게 좋은 것이 무엇이냐는 겁니다. 그래서 돌아가신 분에 대해서 삼일장을 하는 이유는 삼일만 울고 그치라는 것입니다. 49재를 하는 이유는 49일까지 좀 봐주겠으니 더 이상 슬피 울면 안 된다는 뜻입니다. 질문자는 이제 어머니를 놓아주어야 합니다. 놓아주어야 나도 해탈이 되고 부모도 해탈이 되는 것입니다.

엄마가 돌아가시면 아버지는 더 이상 남편이 아니잖아요. 어머니와 결혼을 했을 때는 남편이지만 사별을 하면 더 이상 남편이 아닙니다. 어머니가 돌아가신 후에 아버지가 나이 많은 할머니를 선택하든 젊은 여자를 선택하든 그것은 아버지의 자유입니다. 물론 나의 입장에서는 서운하겠죠. 어머니로부터 은혜를 입었으니까요. 그런데 아버지가 어머니를 버린 것은 아니잖아요. 아버지는 아버지의 인생을 사는 겁니다. 그런데 왜 질문자는 그것을 질투하고 시비합니까? 이런 것을 불효라고 합니다. 질문자와 아무 상관없는 남의 일에 질문자가 지금 간섭하고 있는 것입니다.

사람에 대해서 지나치게 높이 평가할 것도, 자기 주관으로도 평가하지 말아야 합니다. 이것과 한국이 무슨 상관이 있다고 한국을 안 가겠다는 것입니까?

그러니까 당장 내일이라도 아이들 데리고 한국 가시고 아버지 만나고, 아버지의 여자 친구에게도 "어머니"라고 얘기하고 용돈도 드리고 하세요. 이렇게 털고 살면 내가 자유로워지고, 움켜쥐고 살면 내가 속박받는 것입니다. 질문자가 정치범도 아니고 한국에서 입국 금지도 안 시켰는데 왜 한국에도 못 가고 그렇게 계속 감옥 속에서 살고 있을 겁니까.(웃음)

De Ontmoeting 교회

통일 한국으로
열사님의 꿈을 이루겠습니다

원래 일정은 암스테르담에서 강연을 먼저 한 후에 헤이그에 들러 독립운동을 하다 순국하신 이
준 열사[1859~1907] 기념관에 가려고 했는데, "이준 열사 기념관에 찾아가서 열사님을 먼저 뵙고 강
연을 하는 게 좋겠다"는 스님의 말씀으로 헤이그로 곧장 달려갔습니다.

함부르크에서 5시간을 달려 오전 11시 무렵, 이준 열사 기념관에 도착하였습니다. 이곳은 이준
열사가 1907년 7월 14일 독립운동을 하다가 순국한 역사의 현장을 기리기 위해 기념관으로 가
꾼 곳입니다. 3층 건물의 2층과 3층에 전시된 다양한 사진 자료와 유품들을 관람하며 열사님의
뜻과 행적을 깊이 새겨보는 시간을 가질 수 있었습니다.

열사께서는 당시 헤이그에서 개최 중인 제2차 만국평화회의에 이상설[1870~1917], 이위종[1887~?] 두
분과 함께 대한제국 대표로 이곳에 오셨습니다. 세 분은 그 당시 'De Jong Hotel'이던 이 집에
서 머무시면서 만국평화회의에 참석하여 을사늑약의 무효를 세계에 알리고 한국의 국권을 회
복하려고 애쓰셨으나, 일본의 방해와 열강의 냉대로 그 뜻을 이루지 못하였습니다. 이에 의분을
못 이긴 이준 열사께서는 '왜, 대한제국을 제외시키는가!'라는 호소문을 발표하고, 이 집에서

홀연히 순국하시어 2천만 동포의 가슴에 한을 남기고 항일 독립운동에 불을 놓았습니다. 그 뜻을 기려 유럽에 하나밖에 없는 항일독립운동유적지인 이 집을 이준 열사 기념관으로 1995년 8월 5일에 개관했다고 합니다. 스님께서는 1997년 이준 열사 순국 90주년 만국평화회의에 김수환 추기경님, 강원룡 목사님과 함께 종교계 대표로 참석하여 이곳을 방문하였다고 합니다. 기념관 한쪽 벽면에 그때 찍은 사진이 전시되어 있어 무척 반가웠습니다. 스님께서는 이준 열사의 동상 앞에 헌화하신 후 추모 기도를 하셨습니다. 그리고 방명록에 추모의 글을 남기셨습니다.

이곳에서 순국한 이준 열사님의 뜻을 이어받아
한국의 완전한 독립인 통일 한국을 이루어
열사님의 꿈을 완성하겠습니다.
그이 잠드소서!
2014. 1. 13
법수 합장

어떻게 공부하면 좋을까요

저는 브뤼셀에서 조금 떨어져 있는 루벤이라는 대학에서 공부하고 있는 학생입니다. 저희 같은 젊은 학생들이 어떠한 생각으로 공부를 하면 집중도 잘되고 깨달음을 얻을 수 있을까요?

공부를 할 때는 두 가지 목적이 있습니다. 하나는 출세하기 위해서이고, 다른 하나는 정말 궁금해서 그 공부를 하고 싶어서입니다. 그런데 출세를 위한 공부에 대한 조언은 저의 영역이 아닙니다. 저는 남을 출세시키기 위해서 저의 재능을 쏟고 싶지는 않으니까요. 돈을 벌고 싶거나 출세하고 싶다면 저는 "각자가 알아서 하라"라고 말합니다. 여러분들이 세속 생활에서 돈을 많이 벌고 부자가 되는 것은 여러분들이 알아서 하시면 됩니다. 저는 여러분들이 괴롭다고 하면 그 괴로움에서 벗어나는 것을 돕는 역할을 할 수 있고, 또 자신의 재능을 공익에 쓰겠다고 할 때는 아이디어를 제공해 줄 수 있습니다.

한국은 100년 전부터 우리는 후진이고 서구는 선진이라는 가치관을 갖고 있었습니다. 그래서 서구를 따라 배워야 했습니다. 이것은 모방학습입니다. 모방학습은 그대로 베끼면 되니까 노력하면 속도를 빨리 낼 수 있었어요. 그래서 지난 100년 동안 한국의 학교 시스템 자체는 모방학습 훈련장이었습니다.

그런데 지금은 서구의 기술과 학문 수준에 우리의 기술력과 학문 수준이 거의 근접했습니다. 어떤 경우는 같이 가는 경우도 많습니다. 한국의 대기업은 세계 어떤 기업도 따라갈 수 없는 기술 수준에 왔습니다. 그런데 모방이 기본이기 때문에 전에 없던 물건을 새로 만들어내지는 못하고 있습니다. 외국 기업이 새로운 것을 만들면 6개월 안에 그것을 더 좋게 만드는 능력은 갖고 있습니다. 현재 이 정도 수준에 왔다는 겁니다. 그러니까 분야에 따라서 서구에 비해 5년 또는 3년 차이가 나는 것이 있고 아예 같이 가는 것도 있습니다. 굉장히 근접해 있기 때문에 여러분들이 이곳에서 무엇을 배워 한국에서 적용할 때, 옛날에 30년 차이가 날 때는 배운 노트를 가져와서 30년 동안 써먹을 수 있었는데, 지금은 3년밖에 차이가 나지 않으니 1년이면 써먹을 내용이 없어집니다. 금세 따라와 버리기 때문입니다.

　그래서 지속적인 자기 노력을 안 하면 존립할 수가 없어요. 그래서 박사 학위를 딴 많은 사람들이 한국에 와서도 일자리를 구하기 어렵습니다. 일본은 20년 전에 이미 여기에 도달했습니다. 그래서 일본이 성장하여 미국에 근접했을 때 미국을 앞설 것이라고 난리가 났지만 이 상황에 부딪히면서 지난 20년 간 정체되어 있습니다. 그런데 우리도 지금 그 문턱에 거의 와 있는 것입니다. 그러다 보니 경제 성장 속도가 급속도로 저하되어 정체 국면이 시작되고 있습니다. 이제 남의 것을 베껴 와서 한국에 써먹는 방식은 효용성이 굉장히 떨어집니다. 아직은 권위 때문에 효용성이 조금 남아 있지만 실질적인 효용성은 거의 소멸되었다 볼 수 있습니다.

　그러면 앞으로 어떻게 공부해야 하느냐?

　지금 한국은 산업화도 이루고 민주화도 이루었습니다. 경제가 성장을 하기 전까지는 국가가 성장을 견인해야 했지만, 경제가 어느 정도 성장하면 국가는 분배를 중요시 여겨야 합니다. 이제 성장은 기업이 알아서 하는 겁니다. 기업이 어떻게 성장하느냐를 정부가 가르쳐 줄 필요가 없습니다. 기업이 더 잘 압니다. 그러나 그 부를 어떻게 분배할 것이냐는 국가가 관장하지 않으면 재벌 기업이 국가 권력을 휘두르게 됩니다. 이 분배 체계를 조절하는 것이 국가가 해야 할 역할인데, 지금 한국 정부는 그런 역할을 못하기 때문에 빈부 격차가 극심해지고 사회적인 충돌이 심화되고 있습니다.

정치 민주화도 대통령을 국민이 직접 뽑는 방식으로 바꾸어 내기는 했지만 선출된 권력자가 권력을 행사하는 것은 독재시대와 다를 바 없는 상황입니다. 앞으로는 중앙 권력이 지방으로 분산되어 지방자치가 강화되고 주민 자치가 실현되어야 합니다. 이제는 권력의 행사도 민주화되어야 합니다. 이것을 우리가 유럽에서 배워야 합니다. 미국은 이민사회이고 유럽은 민족 공동체 사회인데, 한국 사회도 민족 공동체 사회이므로 유럽에서 일부 벤치마킹 할 수 있을 것입니다. 미국에서 해야 할 것은 아닙니다. 그렇지만 유럽에서 벤치마킹 할 일이 있다고 하더라도 한국 사회의 변화를 위해서 해야지 무조건 여기 것을 가져가서 이식하려고 하는 시대는 이제 끝났다는 겁니다. 가능하면 여기서 앞서나가는 것을 배워서 한국 실정에 맞도록 실현해야 하고, 한국에서 더 좋은 것을 개발해서 전 세계에 나눠줄 생각까지 해야 합니다.

이제는 창조를 어떻게 할 것인가가 문제입니다. 서양의 것을 벤치마킹한 위에 한국적 경험을 얹혀서 서양의 한계를 뛰어넘는 새로운 것을 만들어내야 합니다. 그런 학문을 공부하려면 여기서 계속 공부하고, 그게 아니면 그냥 보따리 싸서 한국에 들어오는 것이 낫습니다. 아직은 한국에서 일자리 하나 얻어서 출세하려면 외국 학위가 유용합니다. 그러나 이런 권위주의는 곧 수명을 다합니다. 이제는 창조력이 생명입니다. 한국을 살리느냐 그렇지 않느냐가 여기에 달려 있습니다.

그런 면에서 정말 자기가 관심이 있는 것, 남이 뭐라 하든 말든 몰두해서 새로운 것을 연구해야 합니다. 그런데 학문이라는 것은 지도교수가 시키는 대로 해야 박사 학위를 주지 지도교수도 모르는 새로운 것을 하면 잘 인정해 주지 않습니다. 이제 이것을 뛰어넘어야 합니다. 그렇지 않으면 새로운 창조를 할 수 없습니다. 사고 체계를 더이상 과거처럼 가져서는 안 됩니다. 이제 바뀌어야 합니다. 공부를 하려면 그런 관점을 가지고 해야 합니다. 그저 부모가 주는 돈 받아서 남의 책 베껴 주석 달고 논문 통과만 하는 수준이라면 취직하는 데는 필요하지만 더 이상 그런 스펙이 먹히는 시대는 지났습니다.

공부하기 싫으면 빨리 한국으로 들어오든지 그냥 여기서 직장 다니세요. 안 되는 걸 억지로 붙들고 힘들어하지 말고요. 억지로 해서는 될 일도 아니고 설령 된다고 해도 아무 쓸모가 없습니다. 딱 집중해서 연구하고 도전해야 합니다.

브뤼셀 도서박물관 강의실

벨기에 독립 50주년 개선문 생캉트네르

진정한 배려를 해주고 싶어요

저는 다른 사람의 이야기를 들어주는 것이 어렵습니다. 이성적으로 공감이
안 가도 그 사람의 기분에 맞춰서 '그랬구나' 계속 공감해주면, 상대는 좋
아하는데 남 탓하는 습관이라든지 자신의 잘못된 습관을 합리화하는 문
제가 불거지더라고요. 그렇다고 만약 공감해주지 않았다면 그 친구는 정말
상처를 받았을 것 같거든요. 진정한 배려는 무엇일까요?

'진정한 배려는 이런 것이다'라고 정해진 것은 없습니다. 들어도 줘보고
비판도 해보고 이래저래 해보고 그에 맞는 방법을 찾아야 합니다. 이
친구는 약간 비판해주는 것이 긍정적 효과가 나는지, 이 친구는 비판해
주면 고치기는커녕 오히려 상처가 더 심해져서 부정적 효과가 생기는
지, 여러 경험을 해본 후에 거기에 맞춰서 해주면 됩니다. 스님도 어떤
질문은 다른 사람보다 더 많이 수용해주기도 하고, 어떤 질문은 눈에
눈물이 나도록 야단치기도 합니다. 그러면 다 효과가 있느냐? 아니에요.
부작용도 생기고 그럽니다. 그러면 욕을 좀 얻어먹기도 하지요.

그래서 저는 강의하고 돈을 안 받습니다. 돈 받고 하면 내 할 말도 못
하니 효과가 반감됩니다. 돈을 안 받고 하면 효과가 안 나도 그만이고,
효과가 난 것은 사람들이 '와, 좋더라' 하면서 주위에 선전도 많이 합니
다. 돈만 조금 양보하면 됩니다. 돈을 받기 때문에 문제입니다. 그래서

상담하는 사람이 손님 떨어질까 겁을 내서 조심하면 상담이 잘 안 되지요. 돈을 받고 하면 효과가 난 사람은 별로 말이 없고, 효과가 안 난 사람은 말이 많고, 그래서 악명이 높아지는 겁니다.

친구 관계는 이래도 해보고 저래도 해보는 겁니다. 이 사람한테는 이렇게 하는 게 효과적인데, 다른 사람한테 똑같이 하면 부작용이 날 때가 있습니다. 이번에는 이렇게 하는 게 효과적인데, 다음 번에도 그렇게 하면 부작용이 날 때가 있죠. 그것을 적절하게 하기가 어렵습니다. 수도 없이 실험을 해보면서 확률을 높여가는 겁니다. '100퍼센트 정확하다' 그런 것은 없습니다. 무오류성을 주장하면 맹신을 조장하게 됩니다.

그러나 오랜 경험이 쌓이면 날카롭게 꼬집어 줘야 할 경우와 자비롭게 쓰다듬어 주어야 할 경우, 이런 것들이 자연스럽게 이뤄집니다. 처음에는 성공할 확률이 절반도 안 되다가 시간이 지나면서 도움이 될 확률이 60, 70, 90퍼센트로 점점 올라갑니다. 딱 정해진 방법은 없습니다. 사람마다 다르고, 시기에 따라 다르고, 또 그 사안에 따라 다르기 때문에 어떻게 해야 한다고 정할 수 없습니다. '간은 이렇게 맞춰야 한다' 하는 고정된 방법이 있는 게 아니라, 사람 입맛에 따라 다르고, 음식에 따라 다릅니다. 즉, 짠 것이 맛있는 사람이 있는가 하면 싱거운 것이 맛있는 사람도 있고, 술안주로 먹을 때 다르고, 밥반찬으로 먹을 때 다르고, 그냥 먹을 때 다르고, 간 하나만 갖고도 수십 가지 방법이 유동적이니 간을 어떻게 맞춰야 한다 이런 것은 없다는 것입니다.

질문자는 그 친구에 대해서 실험을 계속 해보세요. 그 친구에 대한 애정을 갖고 있다면, 이래도 해보고 저래도 해보고 꾸준히 해보세요. 한번 부작용 났다고 그만두지 말고요. 시기가 안 맞을 수도 있으니까요. 끝없는 실험을 통해서 효과가 높은 쪽으로 방법을 찾아가는 것이니다. 어떤 약도 100퍼센트 낫는 약은 없어요. 치료율을 높여주는 약이지요. 그렇게 꾸준히 해나가는 것이 필요합니다.

MAS Paris

종교가 달라
아내가 힘들어 합니다

저는 기독교를 믿고 있고요. 아내는 어렸을 때부터 불교를 믿고 있습니다. 결혼할 때는 종교는 개인적인 문제라 제가 이해하고 받아들이면 괜찮겠지 했는데, 제 가족들도 모두 기독교여서 아내가 외롭게 떠다니는 섬처럼 되고 있어요. 저는 종교를 바꾸라고 말하지는 않았지만 주변 분위기가 교회에 나가야 하는 것으로 압박이 되고 있습니다. 저도 마음 깊숙한 곳에는 아내가 종교를 바꿔주기를 바라고 있는 것 같습니다. 결혼한 지 5년이 되었지만 갈등은 늘 제자리입니다.

아이들이 있어요?

네, 있습니다.

남편과 아내, 두 사람의 문제는 평등합니다. 이 문제를 갖고 각각 고집해도 상관없어요. 그러나 아이를 가지면 부모로서 아이에게 어떻게 할 것인가 하는 책임 문제가 있습니다. 아이는 주로 엄마 품에 많이 있게 되지요. 엄마라는 말은 '기른 자'라는 뜻이에요. 주로 아내가 아이를 기르니까 주로 아내가 엄마가 되는데, 만약에 남편이 아이를 기르면 남편이 엄마가 됩니다. 아이는 육체적으로는 엄마와 아빠를 반반씩 닮는데, 정신적으로는 품에 안아서 기른 엄마를 80퍼센트 이상 닮습니다. 엄마의 심리적 프로그램을 아이가 내려받는 것과 같습니다. 그래서 질문자의 아이가 심리적으로 안정되고 스트레스도 덜 받고 건강하려면 내가 아이에게 잘해준다고 되는 것이 아니라 아이의 엄마가 스트레스를 받지 않아야 합니다. 엄마가 마음이 편안해야 아이의 심리도 안정이 됩니다.

시어머니가 손자를 건강하게 자라게 하려면 '아기 엄마'인 며느리에게 잘해주어야 하고, 아빠가 아이를 건강하게 자라게 하려면 '아기 엄마'인 아내에게 잘해주어야 합니다. 남편과 아내라는 입장에서 아내에게 잘해주라든지 시어머니와 며느리라는 입장에서 며느리에게 잘해주라는 얘기가 아닙니다. 성인끼리는 둘이서 싸우든 말든 자기들 문제인데, 아기가 있을 때는 입장이 다르다는 것입니다.

종교 문제로 아기 엄마에게 갈등이 있으면 부부 사이는 괜찮지만 아기에게는 나쁘다는 것을 질문자가 알고 있어야 합니다. 특히 아기가 세 살 때까지는 100퍼센트 영향을 줍니다. 유치원 때는 70퍼센트, 초등학교까지는 50퍼센트, 사춘기 때는 30퍼센트 정도 영향을 주고, 성인이 되면 거의 영향을 안 줍니다. 그래서 질문자는 아기 엄마의 마음을 편안하게 해줘야 합니다. 종교 문제로 갈등을 일으키면 바보 같은 행동을 하는 것입니다. 불교가 좋냐 기독교가 좋냐 하는 것과는 별개의 문제입니다.

그렇다고 가족들에게 "그러지 마라"고 자꾸 말하면 질문자와 가족들이 또 갈등하게 되지요. 특히 기독교는 가족들을 전도하지 못하면 교회에서 체면이 안 섭니다. 권사나 집사가 되려면 가족을 전도해야 가능하거든요. 기독교 집안에 시집왔기 때문에 가족들이 그러는 것은 어쩔 수 없어요. 그래서 질문자는 아내가 아기를 키우는 동안에는 거기에 구애

"광산, 병원에서 일하면서 보람되게 지냈습니다.
돌아갈 날이 얼마 남지 않은 이 몸, 고향 땅에 묻히고 싶습니다."

독일 교민 역사의 산증인 이상호 님 부부.
광부와 간호사의 주름 많은 세월이 고향을 그립니다.

를 받지 않도록 해주어야 합니다. 질문자가 아기 엄마를 편안하게 하는 방법은 질문자만이라도 항상 아내에게 "아이고 여보, 종교 문제 때문에 힘들었지? 괜찮아" 이렇게 위로해 주고 오히려 자기 신앙을 지킬 수 있도록 도와주세요.

남편이 좋으면 남편의 종교도 좋게 보이고, 남편과 갈등이 생기면 남편에게는 시비를 못하고 남편 종교를 문제삼으면서 자기 정체성을 종교로 지키려고 합니다. '기독교로 바꾸는 것은 내가 남편에게 굴복하는 거다' 이렇게 해서 불교를 더 움켜쥐게 됩니다. 왜냐하면 '종교의 자유'라는 핑계를 댈 수 있기 때문입니다. 그렇기 때문에 이것을 종교로 건드리면 오히려 해결하기 더 어렵습니다. 질문자가 아내를 기독교로 개종시키려고 하더라도 종교로 접근하면 절대로 승산이 없습니다. 아이들한테도 나쁜 영향을 주고요.

오히려 질문자가 아내에게 잘해주고 최선을 다해주고 아내에게 존경받는 사람이 되는 것이 효과적입니다. 그렇게 되기 위해서는 질문자가 수행을 많이 해야 합니다. 그렇게 해서 아내가 남편을 신뢰하고 좋아지면 종교는 부차적으로 따라옵니다. 그때는 가만히 놓아두어도 아내가 교회로 따라오게 됩니다.

아이들을 기독교 신자로 만들고 싶으면 어떻게 해야 할까요? 엄마 아빠가 다툴 때 아이들이 보기에 엄마가 더 합리적이다 싶으면 아이들이 엄마 쪽 종교를 선택합니다. 엄마가 좀 문제고 아빠가 더 낫다 싶으면 아빠 쪽 종교를 선택합니다. 그러니까 기독교를 믿어라 하는 선교방식은 이제 더 이상 효과적이지 않습니다. 이제는 아이들이 스스로 선택할 수 있도록 우리가 어떻게 살아가느냐 이게 중요합니다.

첫째, 아이의 심리적 안정을 위해서도 질문자가 아내를 잘 보살펴주어야 하고, 둘째, 아내를 장기적으로 기독교로 오게 하기 위해서도 질문자가 아내에게 신뢰를 얻는 것이 중요하고, 셋째, 자녀들이 기독교로 오도록 하는 데에도 질문자의 삶이 얼마나 사랑으로 바뀌느냐가 중요합니다. 교회로 강제로 오게 하는 것은 쉽지 않아요. 시어머니가 아무리 절에 열심히 다녀도 집안에서는 자기 고집이 세서 며느리한테 신뢰를 못얻으면 며느리는 절대로 불교를 믿지 않습니다. 형식적으로만 절에 따라가지 교회로 갈 확률이 더 높아요. 시어머니가 싫으니까 시어머니가 믿는 종교도 싫어지는 것입니다.

그래서 질문자는 종교는 잊어버리고 우선 '아이의 엄마를 편안하게 해줘야 되겠다' 이렇게 생각하고 아내에게 사랑받는 남편이 먼저 되세요. 남편 하나 믿고 시집왔는데 남편이라도 방패막이가 되어 주어야 아내가 마음이 편안합니다. 가족들과 갈등이 있더라도 오히려 아내를 위로해주세요. 그렇게 해줘야 아내가 남편을 신뢰할 수 있게 됩니다.

Freizeitstatte Garath 문화센터

어머니가 상처를 받아
힘드실 것 같아요

지금까지 저는 하고 싶은 것만 하고 후회 없이 살았습니다. 딱 한 가지 후회되는 것은 어머니가 사업으로 힘드실 때 상처 되는 말을 한 것입니다. "다시는 엄마를 보지 않겠다"라고 막말을 했습니다. 어머니의 상처를 회복시켜드리고 싶은데 어떻게 해야 할지 모르겠습니다.

제가 보기에는 어머니의 상처가 문제가 아니고 질문자의 상처가 문제입니다. 왜 괜히 어머니 핑계를 댑니까? 자기라는 존재는 완벽한 존재여야 하는데 그런 미숙한 행위를 한 자기를 자기가 용서 못하고 있는 것입니다. 자기는 다 잘났는데 그것 하나만 인생의 오점이 생긴 겁니다. 어머니와는 아무 관계가 없어요.

질문자 스스로가 '내가 이런 오점이 있는 존재'라는 것을 알아야 합니다. 나는 완벽한 존재가 아닙니다. 무오류성에 집착하는 것이 문제입니다. 종교의 무오류성, 교황의 무오류성, 공산당의 무오류성, 수령님의 무오류성, 이것이 세상의 모든 악을 만드는 원인입니다. 우리는 늘 부족한 존재입니다. 질문자도 부족한 존재이니까 질문자의 수준에서는 그런 말을 충분히 할 수 있는 것입니다. 질문자는 엄마가 자기 말 안 들으면 성질이 나서 "엄마 안 본다"라는 말을 하는 수준밖에 안 되는 사람이에요.

그러니까 앞으로 이것을 계기로 해서 항상 '나는 부족하다'는 것을 자각해 보세요. 질문자의 성질은 앞으로 결혼을 해서도 내 마음에 안 들면 남편한테 "너하고 다시는 안 산다", 이럴 수 있는 성질입니다. 나중에 아이도 말 안 들으면 "모자 관계를 끊자", 이렇게 말할 성질이고, 회사 다니다가도 마음에 안 들면 사표를 확 던지면서 "다시는 안 보겠다", 이럴 수 있는 성질입니다. 엄마한테도 그렇게 독한 말을 했는데 누구한테 못하겠어요?

그러니까 '아, 나한테도 이런 미숙함이 있구나' 이것을 내가 발견한 것입니다. 나의 부족함을 내가 알게 된 것입니다. 부족함을 알게 된 것은 부끄러운 것이 아닙니다. 천하가 다 내 부족함을 아는데 나만 그 부족함을 모르고 있으면 얼마나 웃음거리입니까? 아직 세상 사람들은 나의 부족함을 잘 눈치채지 못하는데 나는 이것을 미리 알게 된 것입니다. 사람들이 나를 보고 착하다고 해도 속으로는 '아니야, 나도 독한 구석이 있어'라고 할 수 있게 되었고, 사람들이 성질 좋다고 해도 '아니야, 나는 성질 안 좋은 사람이야', 이렇게 알 수 있게 된 것입니다. '만약 앞으로도 내 성질대로 계속 산다면 더 많은 사람들에게 마음에 상처를 줄 수 있겠구나. 그러니 어머니 한 분으로 족하다', 이렇게 학습비라고 생각하셔야 해요.

그래도 어머니한테 했으니까 부작용이 적지, 남한테 그렇게 했으면 부작용이 아주 많았을 겁니다. 그러니까 이것을 변화의 계기로 삼아야 합니다. '나한테 이런 부족함이 있구나, 내가 성질이 올라올 때는 좀 유의를 해야겠구나, 화가 날 때는 호흡을 한 번 더 가다듬고 생각을 해보자, 극단적인 결론은 내리지 말자' 이렇게 생각할 수 있는 계기가 된 것입니다.

그래서 엄마한테 절하면서 '엄마, 저의 이런 부족한 점을 발견하는 계기를 마련해 주셔서 감사합니다' 이렇게 절을 하면 자기 상처가 치유됩니다.

어머니와는 아무런 관계가 없습니다. 자기가 자기의 상처를 붙들고 헤매고 있는 겁니다. 자기의 무오류성에 흠집이 생겨서 자기가 지금 못 견뎌 하는 것입니다. 하얗고 깨끗한 옷을 입으면 흙탕물이 한 방울만 튀겨도 옷 버렸다고 하지만, 검은 옷을 입으면 흙탕물 열 방울을 떨어뜨려도 표시가 별로 안 납니다. 그것처럼 너무 깨끗한 척 하면 세상 살기 어렵습니다. 자신이 부족한 줄 알아야 합니다.

벌써 "나는 내가 원하는 대로 살아왔다", 이런 얘기를 할 정도면 질문자는 얌전하게 생겼어도 보통 사람은 아닙니다. 그렇기 때문에 항상 '내가 부족하구나' 자각해야 합니다. 겉으로는 착실해도 속으로는 '부족하구나' 자각하는 계기를 마련했기 때문에, 이것을 발견하게 해준 어머니에게 감사해야 합니다. '어머니의 판단이 옳았다'는 것도 또 '내가 잘못했다'는 것도 아닙니다. 다만 그 사건을 계기로 해서 내 속에 있는 극단성을 발견한 것입니다. 그러니 어머니께 "앞으로 자초할 화를 미리 발견하게 해줘서 감사합니다" 이렇게 얘기를 하세요.

어머니께 "어머니, 그때 제가 막말을 해서 미안해요" 말씀드리고, 어머니가 괜찮다고 하면 "어머니, 그때 제가 나이가 너무 어려서 막말을 했는데 저는 오히려 그 사건을 통해서 제가 독한 면이 있다는 것을 발견하게 되었어요. 어머니에게 늘 감사하며 지냅니다", 이렇게 이야기를 해 보세요.

어머니가 "그래, 네가 그래서 엄마가 상처를 입었다", 이렇게 얘기를 하면, "엄마가 상처를 입었지만 그래도 딸이 좋아졌다니까 엄마 용서해 주세요." 이렇게 풀어야 합니다. "엄마, 죽을죄를 지었어" 자꾸 이러면 오히

콘벤토 산타 마리아 드라페리스 수도원 예배당

기독교를 믿든 불교를 믿든,
미국에 살든 한국에 살든,
남자든 여자든
이것은 중요한 것이 아님을 알아
어떤 상황에서도 행복한 삶을 살겠습니다.

려 안 풀려요. 딸이 자꾸 잘못했다고 하면 오히려 엄마는 자신의 속마음을 안 내어놓습니다. "엄마, 고마워요. 엄마 덕분에 나를 발견하는 계기가 되었어요", 이렇게 얘기를 하면, 엄마가 "아이고, 내가 너를 낳았지만 너 진짜 독하더라. 어째 내 자식이 저렇게 독한 줄은 몰랐다", 이렇게 속마음을 내어놓게 됩니다. 속마음을 내어놓는 것이 엄마의 상처가 치유되는 과정입니다. 엄마가 "괜찮다, 괜찮다" 이렇게 말하는 것은 치유되는 것이 아닙니다.

그렇게 얘기했는데도 엄마가 "그런 일이 있었냐? 나는 다 잊었다" 할 수 있습니다. 그러면 '아, 엄마는 그때 상처가 안 되었구나'라는 것을 알 수 있어요. 만약 엄마가 상처가 되었다면 대화를 해보세요. 대화를 하다보면 엄마는 자신이 상처를 입었지만, 딸이 좋아졌다니까 괜찮다고 그럽니다. 부모란 그렇습니다. 질문자도 자식 낳아 키워보면 부모 심정이 어떤지 알 수 있습니다.

그러니 엄마의 상처는 질문자가 신경 쓸 필요가 없습니다. 자기가 나중에 자식을 낳아서 그런 말을 했다면 자기가 책임을 져야 합니다. 그러나 엄마는 엄마의 인생입니다. 엄마는 자식을 감싸 안고 살아야 하니까 엄마는 신경 쓸 필요가 없습니다. 모든 상처는 나에게 있는 것입니다. 내 상처를 먼저 치유해야 남의 상처도 치유할 수 있는 겁니다. 이기적이라고 보면 안 됩니다. 내 상처를 먼저 치유해야 우리는 타인에게 너그러울 수 있고, 타인의 상처를 감싸 안을 수 있습니다. 이 문제는 엄마 문제가 아니고 자기 문제라는 것을 자각하면 좋겠습니다.

콘벤토 산타 마리아 드라페리스 수도원

아테네(Athens)

욱하고 화가 날 때
어떻게 해야 할까요

저는 예상치 않은 일로 갑작스럽게 화를 내는 경우가 많습니다. 화를 내고 나서는 후회를 하고요. 평상시에 생활 속에서 쉽게 화를 절제할 수 있는 방법이 궁금합니다. 예를 들어 차를 타고 오다가 신호등을 안 지키는 모습을 볼 때 화가 많이 납니다.

매일 아침에 108배 절을 하면서 "화낼 일이 없습니다" 이렇게 절을 하면 도움이 됩니다. 이 세상에 일어나는 일은 그냥 일어나는 일이지 화낼 일은 아니거든요. 내가 화를 내는 것이지요.

본래 화낼 일이 없는데 지금 내가 화를 내는 것이니까 정신적으로는 약간 미친 증상이지요. '너 또 미치고 있다' 이렇게 자기에게 암시를 주면 도움이 됩니다. 화는 미친 증상이기 때문에 정상적인 상태에서 일어나는 것과 정반대의 행동이 일어납니다. 보통은 사람이 칼을 들고 찌르겠다고 협박하면 도망을 가는데, 화가 나면 오히려 더 다가가서 옷을 걸어 올려 배를 내놓고 "찔러라, 찔러" 이렇게 나오거든요. 제정신이 아닌 것입니다.

첫째, 화가 난다고 화를 다 내어버리면 상대도 덩달아 화를 내기 때문에 화를 확대 생산하게 되니까 이 방법은 제일 하수가 됩니다.

둘째, 화를 참는 것은 확대 생산은 안 하는데 참으면 자기가 병이 드

기원 전, 신들의 도시 아크로폴리스.
조용한 폐허에 깃든 신들의 탐욕과 인간의 수탈.
고스란히 쌓인 역사의 지층을 가만히 바라봅니다.

니까 역시 하수에 속합니다. 참으면 화병이 됩니다. 참는 사람은 화를 안 내니까 윤리적으로는 훌륭한 사람이 됩니다. 그러나 이것은 괴로움에서 벗어나는 것은 아닙니다. 괴롭지 않아야 수행이라고 합니다. 수행은 '화를 냈냐, 안 냈냐' 이것이 기준이 아니고 '괴롭냐, 안 괴롭냐' 이것이 기준입니다. 참을 것이 없는 것이 불교에서 말하는 인욕바라밀입니다.

그래서 그 다음 단계는 화내는 자신을 알아차리는 것입니다. '너 또 화나는구나', '너 또 미치는구나' 이렇게 알아차립니다. 사람은 서로 생각이 다르고 행위도 다릅니다. 옳고 그름이 없고 서로 다를 뿐입니다. 그러나 사람은 무의식적으로 자기를 기준으로 판단하게 되어 있어요. 인간은 항상 자기를 중심에 놓고 세상을 인식합니다. 자기를 기준으로 삼으니까 자기와 다른 것은 잘못된 것이 되어 버립니다. 그래서 나와 다를 뿐인 것이 '나는 옳고 너는 그르다'가 되어 버립니다. '그르다'면 그것은 고쳐야 하잖아요. 그런데 그 사람은 그른 줄 모르기 때문에 안 고칩니다. 그래서 내가 화내는 겁니다.

먼저 이치적으로 본래 옳고 그름이 없는 줄을 깨달아야 합니다. 다만 다를 뿐이지, 옳고 그름이 없는 줄을 알아야 합니다. 더 나아가서는 나와 다른 상대를 인정하고 이해하면 화날 일이 없어집니다.

그러나 우리는 무의식적으로 자기도 모르게 자기를 중심에 둡니다. 그때 '너, 또 너 중심으로 생각하는구나' 이렇게 직시하거나 '너 또 미친다' 이렇게 자신의 화난 상태를 직시해야 합니다. 억누르는 것이 아니라 알아차림을 통해서 고쳐가는 것입니다. 호흡을 가다듬고 '너 또 미친다', '너, 또 성질부린다', '너, 또 네가 옳다고 주장하는구나' 이렇게 자기를 자각시켜 보세요. 이것이 되면 화가 완전히 없어지는 것은 아니지만 하루에 열 번 내던 화를 아홉 번만 내게 되고, 아홉 번 내다가 일곱 번 내고 이렇게 줄어듭니다. 화가 일어났을 때 전에는 그것을 움켜쥐고 있으니까 화가 한 시간씩 간다면, '아, 내가 또 미쳤구나' 자각하면 10분 만에 제정신으로 돌아오게 됩니다. 이렇게 하면 빠르게 개선이 될 수 있습니다.

화가 날 때마다 '너, 또 미치는구나', '너, 또 네가 옳다고 주장하는구나' 이렇게 자기에게 주의를 주세요. 밖을 보지 말고 자기를 직시해야 합니다. 그래서 명상을 하면 도움이 됩니다. 명상은 자기 상태에 자기가 깨어있는 훈련을 하는 겁니다.

베스트 웨스턴 피닉스 호텔

딸이 좋은 배우자를 만날 수 있게 도와주고 싶어요

남편을 잃고 혼자 산 지 3년 정도 되었습니다. 딸이 두 명 있는데 결혼할 때가 되었어요. 제가 어떤 마음을 가지면 딸이 좋은 배우자를 만날 수 있을까요? 저도 결혼생활이 그렇게 행복하지 않았기 때문에 그런 생각을 더 갖게 되는 것 같습니다.

요즘 세상에 딸이 좋은 배우자를 만나도록 하는 게 엄마가 어떻게 한다고 될까요? 상식적으로 한번 생각해 보세요. 질문자가 다니면서 남자를 구해서 데려다 줄 겁니까? 그것은 질문자와 아무 관계없는 일입니다. 딸이 좋은 배우자를 만났으면 좋겠다 하는 부모의 그 마음은 이해가 되는데, 질문자가 할 수 있는 일은 아무것도 없습니다.

앞서 질문자는 결혼생활이 행복하지 못했다고 했는데 그런 안목을 가지고 딸의 남편까지 구해줄 능력이 됩니까? 기지도 못하면서 날려고 하는 형국입니다. 자기 것도 제대로 못 구했는데 어떻게 남의 것을 구해줄 생각을 합니까? 그러니까 질문자는 딸의 결혼에 대해서는 신경을 뚝 끊으세요.

요즘 세상에는 '결혼하는 것이 꼭 좋다' 이렇게 말할 게 없습니다. 사물이라는 것은 어떤 관점에서 보느냐에 따라 다릅니다. 그것도 유럽에 사는 여러분들이라면, 첫째, 이제는 결혼을 해야 한다, 안 해야 한다, 이런 생각을 놓아야 합니다. 둘째, 누구하고 결혼하느냐, 흑인하고 하든 백인하고 하든, 어느 나라 사람과 하든, 이런 생각도 놓아야 합니다. 프랑스 사람들은 결혼식을 하지 않고 계약 결혼을 하는 사람들이 절반 정도 된다고 합니다.

그래서 자식들이 스무 살이 넘으면 자기 인생은 자기가 알아서 살기 때문에 부모가 내 자식을 믿어줘야 합니다. "엄마는 너를 믿는다. 네가 혼자 살든 결혼을 하든 어떻게 살든 엄마는 너의 선택을 존중한다"라고 얘기해 주세요. 아이가 "엄마, 나 어떻게 해?" 물어도 "너는 잘할 수 있어. 걱정하지 마라. 엄마는 너가 잘할 수 있다고 믿어. 괜찮아" 이렇게 격려를 해주세요.

딸이 남자를 하나 사귀어서 "엄마, 이 남자 어때?" 하면 "아이고, 어리석은 내가 어떻게 아니? 똑똑한 네가 더 잘 알지. 네가 판단해라" 이렇게 얘기해 주세요. 그래도 딸이 "한 번만 봐주세요" 하고 두 번 세 번 요청하면, "내가 그렇게 남자를 볼 줄 알면 너희 아버지 같은 사람을 만났겠니?" (웃음) 이렇게 얘기해 주세요.

그렇게 봐달라고 요청을 해도 엄마가 딱 잘라서 "엄마는 네가 어떤 결정을 하든 너를 지지하고 너를 믿는다" 이렇게 격려해주는 것이 좋습니다. 질문자가 이렇게 하라 저렇게 하라 할 문제는 아닙니다.

질문자가 부처님께 빌면서 "우리 딸 좋은 남자 만나게 해주세요" 이렇게 기도를 하면, 반드시 딸은 질문자의 기대치에 못 미치는 사람과 결혼하게 됩니다. 재수가 없어서 그러느냐? 아닙니다. 내가 기도를 많이 하면 할수록 뭔가 좋은 일이 일어날 것이라는 기대치가 높아집니다. 실제로는 어느 정도 괜찮은 사람인데도 내 기대치에 못 미치기 때문에 결국 내 마음에 안 들게 됩니다. "조금 더 기다려봐라", "다른 남자는 없나" 이

마드리드 왕궁

하늘이 푸르고 푸르러서 자유롭게 펼쳐진 구름마저 푸르다.
스페인에 태권도를 처음 알리며 10년, 20년, 30년을 살고
동양의학 전문의로 스페인에 정착하여 40년을 살았다.
어느 푸른 날,
고향 땅에서 온 스님을 함박웃음으로 맞는 동포들.

스님, 꼭 뵙고 싶었습니다.
유투브로만 보다가 이렇게 뵐 수 있을 줄은 몰랐답니다.

호화로운 스페인 마드리드 궁에서
손 맞잡고 기뻐하는 우리들.

렇게 해서 결혼을 방해하게 됩니다.

다른 건 바라지 않습니다. 마음 맞는 사람 만났으면 좋겠어요.

다른 건 안 바라고 서로 마음 맞는 사람을 만났으면 좋겠다 하는데 그게 가장 어려운 겁니다. 숫제 돈이 많은 사람을 찾으면 그런 사람을 찾을 수가 있지만, 서로 마음이 맞는 사람은 컴퓨터에 넣어 돌려도 하나도 안 나옵니다. 서로 마음이 맞는 건 불가능합니다. 그거야말로 욕심입니다. 질문자도 이런 걸 남편에게 요구하니까 결혼생활이 힘들었던 것입니다. 결혼을 하면 마음을 맞춰가는 것이지 마음이 맞는 사람은 없어요. 내가 상대를 이해하는 것이지 상대가 나를 이해해주는 사람은 없습니다. 딸이 남자를 이해하면 되는 것이니까 남자를 찾아다닐 필요가 없고 "네가 그 남자를 이해할 수 있으면 결혼하고, 이해 못하거든 결혼하지 마라" 이렇게 얘기해 주면 됩니다.

나를 이해해줄 사람, 나를 사랑해줄 사람, 나와 마음이 맞을 사람을 찾고 싶다는 건 불가능한 요구입니다. 이것이 바로 욕심입니다. 이런 요구를 하면 결혼은 이뤄질 수가 없고, 결혼을 해도 오래 유지될 수가 없어요. 당연히 같이 살면 서로 안 맞지요. 입맛도 서로 안 맞고, 방안의 적정 온도도 서로 안 맞고, 운전하는 방식도 서로 안 맞고, 뭐든지 안 맞습니다. 안 맞는 것을 서로 인정하고 이해하고 서로 맞춰가는 겁니다. 혼자 살면 안 맞춰도 되는데 둘이 살면 맞춰야 하는 겁니다. 회사생활은 큰 것만 맞추면 되고 자질구레한 것들은 안 맞춰도 되는데, 결혼해서 같이 살면 자질구레한 것들도 다 맞춰야 합니다. 세수하고 수건을 빨래통에 담느냐, 걸어두느냐 이런 것 갖고 서로 싸우게 됩니다. 천 가지만 가지 갈등이 생길 수밖에 없습니다.

많고 많은 산에 어디를 둘러봐도 기둥하기 좋은 나무는 없습니다. 다 다듬어야 사용할 수 있습니다. 다듬으면 누구하고도 살 수 있고, 딱 맞는 사람을 찾으면 천하에 아무하고도 같이 못 삽니다. 딱 맞는 사람을 찾는 것은 자기 딸을 결혼 안 시키려고 하는 겁니다.

그러니까 오늘부터 딱 마음 놓고 자기 인생을 사세요. 자식이 스무 살 넘었으면 신경을 딱 끄세요. 신경을 딱 끊어줘야 자식이 잘 삽니다.

한마당 마드리드

나만 가족들을 챙기는 것 같아
서운해요

포르투갈에 온 지 25년이 넘었습니다. 저희 집은 대가족이고 제가 8남매 중에 막내인데 어렸을 때부터 명절 때 서로 연락도 하고 잘 챙기는 분위기에서 자랐어요. 저는 조카들 생일도 챙기고 조카들에게 굉장히 얽매이는 이모입니다. 외국에서 오래 살다보니 마음속에 채워지지 않는 그리움이 많아서 가족들을 더욱 챙기게 되었습니다. 그런데 최근에는 저 혼자 가족들을 짝사랑하고 있다는 느낌을 받았어요. 이번 추석 연휴에는 연락을 안 해봤는데 아무도 저한테 연락을 안 하는 겁니다. 자존심도 상하고 점점 옹졸해져 가는 것 같고 서러움도 생겨서 요즘 잠도 제대로 못자고 있습니다.

말씀을 들어보니 한마디로 '본전 생각이 난다' 이거네요. 그동안 투자한 본전이 아깝다 이거죠?
　자신을 한번 돌아보세요. '내가 요즘 본전 생각이 간절하구나' 그동안 투자한 것에 대한 이익이 회수가 안 되고 있어서 투자를 계속 해야 되나 말아야 되나 고민에 빠져 있네요. 밑 빠진 독에 물 붓기를 계속 할거냐, 까짓것 회수도 안 되는데 투자를 끊을 거냐, 이런 고민인 것 같습니다. 투자를 했는데 이익이 회수가 안 되면 투자를 끊는 것처럼, 사랑을 줬는데도 그 사랑이 안 돌아오면 미움으로 바뀌는 겁니다. 예를 들어, 설악산에 한 번 가고 두 번 가고 세 번 가면, 가면 갈수록 설악산이 좋아집니다.

그런데 질문자가 설악산을 좋아한다고 설악산이 질문자가 올 때마다 반갑게 맞이해준 적이 있어요? 없지요. 그렇다고 해서 "이놈의 산은 내가 세 번이나 찾아와도 인사도 없네" 이러면서 더 이상 설악산에 안 갑니까? 설악산이 나를 좋아하지 않아도 나는 설악산을 계속 좋아할 수 있는 겁니다. 즉, 우리가 설악산을 좋아한다는 것은 짝사랑이에요.

"아이고, 이 꽃 참 예쁘다" 하면 꽃이 기분이 좋아요? 내가 기분이 좋아요? 내가 기분이 좋지요. 리스본에 와서 대서양 바다를 보고 "와, 바다다!" 하면서 좋아하면, 바다가 기분 좋을까요? 내가 기분이 좋을까요? 내가 기분이 좋습니다. 내가 누군가를 좋아하면 내가 좋지 상대가 좋은 것이 아닙니다.

우리는 바다나 산이나 들이나 하나님이나 부처님에게는 내가 좋아한다고 상대도 응답해야 한다는 기대를 안 합니다. 그래서 이런 사랑에는 부작용이 전혀 없습니다. 그런데 우리는 사람을 사랑하면 반드시 대가를 바랍니다. '내가 열 번 좋다고 하면 매번 좋다고 하지는 못하지만 한 번쯤은 답을 줘야 할 것 아니냐', 이런 요구가 지금 자기를 괴롭히는 것이지 언니가 괴롭히는 것도 아니고 엄마가 괴롭히는 것도 아닙니다. 질문자의 기대가 지금 질문자를 괴롭게 하고 있는 것입니다. 거기다가 "너희들 이렇게 계속 원금을 안 돌려주면 이제는 투자 안 할 거야" 이렇게 눈치를 줘도 가족들이 전혀 눈치를 못 채고 있으니 질문자가 지금 많이 답답한 것 같네요.

우리가 어떤 사람에게 전화를 할 때 "내가 뭐 도와줄까?" 이런 전화를 하기 쉬워요, "이것 좀 도와주세요" 이렇게 내 요구가 있을 때 전화하기

리스본의 품발 후작 광장(위)과 발견 기념비((아래)

가 쉬워요? 내가 뭔가 필요해서 그 사람에게 부탁을 하기 위해 전화할 때가 많죠. 모든 전화의 90퍼센트는 내가 필요한 게 있을 때 하게 되는 것입니다. 전화라는 것 자체가 부탁이 있을 때 사용하라고 생긴 것입니다. 그래서 누구나 다 자기가 아쉬울 때 전화를 하는 것입니다. 옛날부터 '무소식이 희소식'이라는 말이 있죠. 소식이 없으면 잘 있다는 얘기입니다. 소식이 있다면 그것은 부탁 소식이다 이말입니다.

한국에서 살고 있는 형제들은 그곳에서 친구도 많고 할 일도 많잖아요. 형제가 여덟 명이면 한 명 빼고 일곱 명은 서로 소통을 많이 할 것 아닙니까? 질문자는 외국에 혼자 와 있으니까 아쉽지만 형제들끼리는 서로 아쉽지 않아요. 그러니 아쉬운 질문자가 전화하는 것이 자연스러움이라는 것입니다. '이것들은 맨날 자기가 필요할 때만 전화한다' 이렇게 생각하면 안 됩니다. 그것이 인간의 심리라는 겁니다. 나는 혼자여서 가족에 대한 그리움이 있으니 전화를 하는 것이고, 형제들은 가족들과 같이 살고 있으니까 전화할 필요성을 못 느끼는 것입니다. 그리고 늘 동생이 자주 전화를 하는데 무엇 때문에 전화를 따로 하겠어요?

그러니까 내가 먼저 전화를 하는 것으로 끝내야 합니다. 언니가 전화를 받아주는 것만으로도 고마워해야지요. '나는 전화를 하는데 너는 왜 전화를 안 하니?' 이렇게 일대일 대응논리로 생각하는 것은 맞지 않습니다. 질문자가 만약 한국에 전화를 안 하면 그것으로 관계가 끊어지는 것입니다. 왜냐하면 형제들은 질문자에게 별로 전화할 필요성이 없기 때문입니다. 그러니까 내 필요에 의해서 전화하는 것이지 언니한테 좋으라고 전화하는 것이 아닙니다. 질문자가 지금 착각하고 있습니다. 질문자가 좋아서 설악산에 가는데 마치 설악산이 좋으라고 가는 것처럼 착각하는 것과 같습니다. 설악산에 가려다가 설악산이 나를 안 좋아

한다고 '까짓것 안 간다' 이렇게 미워져서 문을 닫으니, 이제 갈 데가 없어져서 지금 저한테 묻는 겁니다. 자기가 자기 감옥을 만든 것입니다.

자신은 본전만 생각하는 속물 수준인데 행동은 성인처럼 하려고 하니 힘들 수밖에 없지요. 성질이 나면 성질이 나는 대로 '언니가 전화를 안 하니까 힘들다' 이렇게 솔직한 마음을 표현하면 됩니다.

그러니 언니에게 전화를 안 한다고 도덕적으로 나쁜 것이 아니고, 부모에게 전화를 안 한다고 나쁜 것이 아닙니다. 질문자가 하고 싶으면 하면 되고, 하기 싫으면 안 하면 됩니다. 다만 거래 관계로는 하지 말라는 것입니다. 질문자는 지금 물질적인 거래를 안 할 뿐이지 심리적으로는 거래를 하고 있는 것입니다. 내가 좋아서 하고 싶으면 계속 해도 되지만, 그러나 대가를 바라면 상대와 원수가 됩니다. 언니가 나쁜 사람이 아니고 조카들도 나쁜 사람이 아니고 그냥 일반 사람들입니다. 산은 그냥 산일 뿐인데 내가 산을 좋아하기도 하고 미워하기도 하는 것입니다. 내가 저 산도 좋아하고 저 바다도 좋아하고 저 꽃도 좋아하면 내가 좋은 겁니다. '내가 전화 세 번 하면 너도 한 번 해라' 이렇게 계속 본전 생각하고 상거래를 할래요? 형제간에 상거래를 하면 안 됩니다. 그런데 질문자는 "나는 너를 이렇게 사랑하는데 너는 나한테 해준 게 뭐가 있냐?" 이러고 있습니다. 사랑을 돈 거래 하듯이 거래하고 있습니다. 이제 상거래는 그만 하세요. 그래서 제가 늘 그러죠. "사랑 좋아하시네"라고요(웃음).

그러니까 내가 좋아하면 연락하세요. 질문자가 해외에 있으니까 아마도 가족이 더 그리우니 연락을 더 많이 할 수밖에 없지요. 형제들은 어릴 때는 언니 동생 하지만 결혼해서 자식이 있으면 자기 자식 챙기는데 급급하기 때문에 형제에게 관심을 갖기가 어렵습니다. 질문자는 어릴 때 이민을 와서 사고가 그때 상황으로 굳어버린 것입니다. 질문자는 어릴 때 우애가 있었던 그것만 생각하고 있는데 한국에 사는 형제들은 이미 다 할머니가 되어 있습니다. 그러니, 내가 전화할 수 있으면 하고, 못하면 안 하면 되는 것입니다. 그래서 어떻게 할 거예요? 언니한테 카톡 보낼 거예요? 계속 기다릴 거예요?

제가 먼저 보내겠습니다.(대중들 박수)

포르투갈 한국어학교

부모님이 자기 이야기만 하고
전화를 끊으세요

부모님께 등록금 지원을 받아 런던에서 공부하고 있는 학생입니다. 부모님 한테 전화가 오면 전화를 받아도 불편하고, 전화를 안 받아도 불편합니다. 전화를 받으면 대화를 하고 싶은데 부모님은 당신 얘기만 하고 끊으세요.

부모님의 지원을 받고 있다는 말이네요. 그러면 아직 간섭을 좀 받아야 합니다. 잔소리를 들을 때 그것을 화폐로 계산해서 갚는다 생각하세요. 그러니까 한 시간에 6파운드씩 계산해서 엄마의 전화통화를 20분 들어주었다면 2파운드씩 빼면 돼요. 그렇게 해서 10년, 20년 모아서 대충 갚았다 하면 그때부터는 이제 전화를 안 받아도 돼요.

그런데, 듣는 것이 뭐가 그렇게 힘들어요? 말하는 것이 오히려 힘들지 않아요? 듣는 것은 "네네, 네네" 하기만 하면 되잖아요. 질문자가 엄마한테 할 이야기가 얼마나 많아요? 엄마가 일방적으로 얘기만 하고 질문자가 얘기할 기회는 안 준다고 했는데, 그렇다면 질문자가 지금 할 얘기가 많이 있다는 거네요. 엄마로부터 독립했다면 할 얘기가 없어야지요. 그런데, 부탁이든 하소연이든 할 얘기가 많이 있다는 거네요. 질문자가 할 얘기가 많이 있다는 것은 질문자가 아직 엄마로부터 완전히 독립이 안 되었다는 것을 뜻합니다.

엄마는 자식한테 투자한 것이 많으니까 할 얘기가 좀 있을 수 있습니다. 그러나 투자를 했다 하더라도 스무 살 이전에 투자한 것은 감사하기는 하지만 안 갚아도 됩니다. 그것은 부모가 아이를 낳으면 마땅히 져야 할 책임에 해당하기 때문입니다. 그런데 자식이 스무 살이 넘으면 부모가 지원해야 할 책임이 없습니다. 그러니 스무 살 넘어서 받은 지원은 다 빚이 됩니다. 지원받은 만큼 나중에 갚아야 해요. 잔소리를 듣는 것으로 갚든지, 돈을 벌어서 갚든지 해야 됩니다.

질문자는 지금 돈을 벌어서 갚을 능력은 안 되니까 어머니의 하소연을 들어주는 것으로 갚아야 됩니다. 어머니는 질문자에게 이미 선금을 지불했단 말입니다. 그러니 질문자는 어머니한테 얘기할 기회가 안 주어진다고 불만을 가지면 안 됩니다. 어머니를 미워할 자격은 더더욱 없다는 것입니다. 어머니가 내 얘기를 들어주신다면 다행이지만, 안 들어주신다고 해서 어머니의 잘못은 아닙니다.

어머니가 내 얘기를 들어줘야 한다고 생각한다면, 질문자가 몸은 서른두 살이지만 아직 스무 살 이전의 미성년자일 때의 생각을 움켜쥐고 있는 것입니다. 밖에서는 성인으로 살아가지만 엄마와 만나면 어릴 때의 사고를 못 버리고 있기 때문에 이런 불만이 생기는 것입니다.

질문자는 이제 성년이 된 독립된 인간입니다. 부모님의 지원이 없었다면 등록금을 은행에 빌려서 내야 했고 빌린 돈을 다 갚아야 하잖아요. 그런데 질문자는 그것을 부모님한테 빚을 냈기 때문에 부모님께 갚는 것이란 말이에요. 그러니 지금 돈을 안 갚는 대신에 그 정도 서비스는 해야 됩니다. 기꺼이 "네네, 알겠습니다. 어머니, 감사합니다" 하면서 좀 들어주세요.

어머니 전화를 받기 싫으면 안 받아도 돼요. 그런데 안 받으면 질문자의 마음이 불편할 거예요. 왜냐하면 남에게 빚을 지고 안 갚으면, 심리적으로 늘 빚진 마음이 있거든요. 그래서 어머니의 전화를 잘 받아주고 어머니에게 위로를 해주는 게 내가 빚진 것의 일부를 갚는 것이다, 이렇게 긍정적으로 생각하면 됩니다. 조금 더 들어주면 조금 더 갚게 되는 것이니까, 식당에서 서빙 하는 것보다는 그게 더 편할 것입니다. "어머니, 더 할 말 없으셔요? 시간 있는데 조금 더 얘기하세요" 이렇게 하면 됩니다.

이것을 예수님의 가르침으로 표현하면 이렇습니다. '5리를 가자고 하면 10리를 가라.' 누가 나보고 5리를 가자고 하면, 가자는 사람이 주인이 되고 내가 종이 됩니다. '내가 10리를 가줄게'라고 마음을 내어버리면 내가 주인이 됩니다. 이것이 내가 종으로 살지 않고 주인으로 살 수 있는 방법입니다. 여기에 '겉옷을 달라 하면 속옷까지 벗어주라', '왼뺨을 때리면 오른뺨도 대주라' 구절을 추가해서 이렇게 세 가지 말씀이 나옵니다. 다 같은 뜻입니다. 즉 어떻게 내 인생의 주인으로 전환하느냐 하는 문제입니다.

어머니에게 일방적으로 전화가 와서 듣고 있으면 어머니가 주인이고 내가 종이 되잖아요. 그러니까 받을 수도 없고 안 받을 수도 없고 내가 어머니의 전화에 얽매이게 됩니다. 그런데 어머니한테 빚을 갚아야 하는데, '전화 받는 것으로 빚을 갚는다' 이렇게 생각해서, 어머니가 평소에 20분을 얘기 한다면 이제는 1시간을 들어줄 마음을 내는 겁니다. 이렇게 생각을 바꿔버리면 "벌써 끊어요? 조금 더 하셔도 됩니다" 이렇게 될 수 있습니다. 똑같은 전화인데 내가 듣기 좋아한다고 통화시간이 길어지고, 내가 듣기 싫어한다고 통화시간이 짧아지는 것이 아닙니다. 어머니는 내가 듣기 싫다고 해도 자신의 할 말을 다할 것이고, 내가 더 얘기 하시라고 해도 본인의 할 말을 다하면 끊는 분이기 때문에 그렇습니다. 내가 적극적으로 마음을 냈다고 해서 통화시간이 조금 더 길어질

빅벤

뿐 많이 길어지지 않습니다. 그러면 나는 괴롭지가 않아집니다. 어머니로부터 속박 받을 필요가 없습니다.

시간이 있을 때 어머니 얘기를 많이 들어드리면, 혹여 바빠서 얘기를 못 들어드려도 죄책감이 안 들어요. 전화를 받아도 괜찮고 안 받아도 괜찮아집니다. 그런데 전화를 받아서 얘기를 듣기 싫어하면 그 시간이 아깝고, 안 받으면 죄의식도 생기고, 이래도 저래도 내가 어머니에게 속박을 받게 됩니다. 이럴 때 적극적으로 마음을 탁 내버리면, 받아도 별로 구애 안 받고, 안 받아도 마음이 편안합니다.

웨스트민스터대학

권위적인 한국문화,
소신껏 살고 싶어요

인류학과 국제개발학을 공부하기 위해 에든버러에 4년째 살고 있습니다. 이곳의 자유롭고 다양성을 존중하는 문화를 접하면서 저의 가치관도 많이 변한 것 같습니다. 내년에 대학원 석사과정을 마치고 한국에 돌아가게 되는데 권위적인 한국 사회의 문화와 많이 충돌할 것 같습니다. 예를 들어, 작년에 한국 분들과 레스토랑에 갔을 때, 어른이 앉기 전에 제가 먼저 앉았다며 굉장히 화를 내서서 문화적 충격을 받았습니다. 이곳은 교수님들도 그런 권위적인 문화가 없거든요. 제가 한국에 돌아가서도 신념과 소신을 가지고 행복하게 살 수 있는 방법이 있을까요?

한국 사람이 볼 때 외국에 가서 4년 살다 와서 그런 식으로 행동하면 "외국물이 잘못 들어서 영국 사람도 아닌 것이 영국 사람을 흉내 낸다" 이렇게 말합니다.

질문자가 한국에 가서 살려면 두 가지 자세가 필요합니다.

첫째, 중요하지 않은 것은 한국 사회에 적응하는 것이 좋아요. 별 내용이 없는 형식적인 것을 가지고 따지면 갈등만 생기고 실익이 없습니다. 크게 중요하지 않으면 기존의 문화를 존중해야 합니다.

둘째, 정말 내용적으로 중요한 것은 양보하면 안 됩니다. 이런 것은 계속 부딪히고 왕따 당하면서도 지속적으로 변화시켜 나갈 수밖에 없습

아우구스틴 유나이티드 교회

니다. 그로 인해 겪는 불이익은 마땅히 감수해야 합니다. 새로운 것을 시작하려면 불이익을 감수해야 됩니다. 그런데 우리는 불이익을 감수하지 않으려 합니다. 예수님 이후에 초기 기독교인들은 기독교를 믿음으로써 불이익을 받았습니다. 죽기까지 했습니다. 신앙을 통해서 세속적인 이익을 얻으면, 즉 돈을 더 벌고 입학시험에도 걸리고 출세하는 등 이익을 얻기 위해 신앙을 가진다면 그것은 이미 세속화된 것입니다. 기독교 신앙이든 불교 신앙이든 그 본질은 세속적 불이익을 보면서도 그 신앙을 지킬만한 가치가 있느냐 하는 것입니다.

그래서 만약 질문자가 이곳에서 배운 좋은 점이 있더라도 한국에 들어오면 한국의 전통문화는 일단 받아들이시면 좋겠어요. 내용상 별로 중요하지 않는 것을 가지고 '기득권 사회다'라고까지 비난할 것은 없어요. 즉 노인들이 의자에 좀 먼저 앉도록 하면 어때요? 이런 문화는 때가 되면 저절로 고쳐지는 것이니까 별로 중요하지 않습니다.

그러나, 내용적으로 중요한 것은 관철시킬 용기가 필요합니다. 다시 말하면 기존의 질서에 저항할 줄 알아야 합니다. 저항한다는 것은 손해를 본다는 것입니다. 그런데 손실을 감수하지 않으려 하니까 저항하기가 어려워지는 것입니다. 손해 보기 싫으면 그냥 묻혀 살고, 그것을 개선하려면 손해를 감수해야 합니다.

중요한 것은 손실을 감수할 거냐 이겁니다. 손실 중에서 가장 마지막 손실은 목숨마저 버릴 수 있느냐 입니다. 독립운동을 하려면 목숨까지 버릴 각오를 해야 해요. 민주화 운동을 하려면 감옥에 갈 각오를 해야 해요. 그런데 요즘은 한국 사회에서 뭔가 새로운 것을 개선하려면 죽을 일도 없고 감옥 갈 일도 없어요. 약간의 경제적 손실과 출세에 지장을 주는 것을 감수하면 됩니다. 승진이나 월급 같은 몇 가지만 포기하면,

무엇이든 새로운 시도를 할 수가 있죠. 예를 들어 검사나 판사가 되어서 약간 민주적인 시각을 가지면 그 법조 사회 안에서 승진에서 제외될 수 있겠죠. 약간 좌천시키거나 왕따를 좀 당하겠죠. 죽는 것도 아니고 감옥 가는 것도 아닌데, 그 정도는 감수해야 새로운 사회를 만들어갈 수 있습니다.

한국 사회에 돌아가서 새로움을 시도하려면 두 가지를 유의하세요. 첫째, 지켜야 할 것은 불이익을 감수하고 지켜낼 것. 둘째, 중요하지 않은 문화적 차이를 갖고 너무 싸우면 안 됩니다. 문화는 그냥 수용하는 것이 낫습니다.

아우구스틴 유나이티드 교회

종교를 어떻게
믿어야 할까요

저는 지금 더블린에 여행하러 와 있습니다. 종교 전쟁을 어떻게 봐야 할까요? 여행을 하면서 세 가지 종교를 만났습니다. 한국과 중국에서 불교를 만났고, 이란과 터키에서 이슬람을 만났고, 서유럽에서 가톨릭을 만났습니다. 종교가 사람들의 삶에 많은 도움을 주고 긍정적인 효과를 주기도 하지만, 종교를 통해서 굉장히 부정적인 삶을 사는 사람들도 있었습니다. 종교 전쟁을 보며 우리가 어떻게 종교를 믿어야 하는지 궁금합니다.

종교에는 자연발생적인 원시적인 종교가 있고, 깨달은 이가 삶의 올바른 방향을 제시한 고등 종교가 있습니다. 자연발생적인 종교는 기본 원리가 인과응보에 바탕을 두고 있습니다. 좋은 일을 하면 복을 받고 나쁜 일을 하면 벌을 받는다는 것이지요 그러니까 이것은 좋게 말하면 좋게 들리지만, 법률로 따지면 '이에는 이, 눈에는 눈'과 같은 얘기입니다. 나쁜 짓 하면 징벌을 당하는 겁니다. 힌두교에서 얘기하는 것도 결국 나쁜 짓 하면 나쁜 과보를 받고 좋은 일 하면 좋은 과보를 받는다는 것이고, 유대교에서도 하나님의 말씀을 안 들으면 '소돔과 고모라'에서처럼 유황불로 지져버리고 소금 기둥으로 만들어 버리는 것처럼 징벌을 당합니다. 이것을 법으로 정한 것이 함무라비 법전의 논리예요. 이런 인과응보적 사고가 원시 종교에 공통적으로 내재해 있습니다.

그러나 예수님과 부처님의 가르침은 성격이 좀 다릅니다. 그런 인과응보적인 것이 아니에요. 즉, 예수님을 십자가에 못 박아 죽였으면 그 사람은 당연히 인과응보의 논리로는 지옥의 불구덩이에 떨어져야 하잖아요. 그런데 예수님은 뭐라고 했나요? "주여, 저들을 용서하소서. 저들은 자기 지은 죄를 모르옵니다" 그랬습니다. 이것이 바로 용서의 하나님, 사랑의 하나님입니다. 예수님 이전의 구약의 하나님은 징벌의 하나님이라면, 예수님 이후의 하나님은 용서의 하나님, 사랑의 하나님입니다.

그런데 오늘날 크리스트교는 원시 종교로 돌아갔다는 것입니다. 자기 종교를 안 믿으면 징벌을 한단 말입니다. 십자군전쟁 같은 경우를 보면 다 보복을 하지 않습니까. 그러니까 종교의 이름은 있지만 실제로 그 종교를 창시한 성인과는 별 관계가 없습니다. 이는 불교도 마찬가지입니다.

고등학교에서 전교 1등 하는 아이는 서울대 의대를 가든 법대를 가든 충분히 합격하잖아요. 그런데 그 아이의 어머니가 '우리 아이 서울대 넣어달라'고 하루에 천 배씩 기도할까요, 안 할까요? 안 하겠지요. 그런데 우리 아이의 성적으로는 서울대 들어가기가 좀 어려운데도 서울대를 넣고 싶으면 그 어머니는 죽기 살기로 기도를 할 것입니다. 그렇게 만약 기도를 해서 부처님의 가피력으로 서울대에 들어갔다고 하면 어떻게 됩니까? 결국 실력이 안 되는 아이를 넣기 위해 실력 되는 아이 하나를 빼고 넣어줬다는 것 아닙니까? 그러면 부처님이나 하나님이 하는 역할이 입시 브로커 같은 역할이잖아요. 성인으로서의 부처님은 이런 역할을 하지 않습니다. 그런데 오늘 우리가 믿는 종교는 다 이런 식으로 되어 있다는 것입니다. 세속적인 이익을 추구하는 종교는 원시 종교입니다. 종교의 이름이 무엇이든 그것은 별로 중요하지 않습니다.

그래서 오늘날 종교 간의 갈등은 예수님과 부처님, 마호메트와는 관계가 없는, 그냥 세속적인 이해의 충돌이다 이렇게 보면 됩니다. 세속적 이익을 종교의 이름으로 추구하는 것입니다. 종교 간 갈등이 특히 심한 이유는 자기만이 옳다는 믿음이 강조되기 때문에 그렇습니다. 사람이 보통 자기가 옳다 하지만 틀릴 수가 있는데, 진리라는 이름으로 나만 옳다고 주장하는 것이 신앙이다 보니까 종교는 서로 협력하고 타협하기가 어렵습니다. 그러나 앞으로 다종교 사회가 되면 이 문제는 풀리지 않겠나 싶고, 종교 전쟁은 과거의 문화유산이다 이렇게 보면 될 것입니다.

예수님의 가르침이나 부처님의 가르침은 종교에 있는 것이 아니고, 오히려 세속에 있습니다. 세속은 지금 법률적으로 남녀 평등을 실현하고, 인종 평등·민족 평등을 실현하고, 요즘은 성적 지향의 차이까지 개방하고 있잖아요. 신체장애도 차별하지 않잖아요. 그런데 거꾸로 종교는 아직도 신체장애가 되면 하나님의 벌이라든지 전생의 업보라든지 이렇게 설명하잖아요. 이것은 신체장애가 죄라는 얘기 아닙니까. 여자로 태어난 것이 죄라든지, 성적 지향이 다른 것이 죄라든지, 그러니까 이것은 아직도 원시적인 인간의 사고를 못 벗어난 현상입니다.

그렇기 때문에 종교 전쟁은 예수님과 부처님의 문제는 아닙니다. 종교라는 이름의 문화적 충돌, 세속적인 이익 때문에 생기는 갈등입니다.

종교가 무엇 때문에 거대한 탑이 필요하고 거대한 성전이 필요하겠습니까? 거대한 궁전과 성당들을 다 누가 지은 것입니까? 황제가 지었잖아요. 기독교가 로마로부터 공인을 받으면서 황제가 바로 교회의 수장이 되었잖아요. 황제가 교회의 수장이 되었다는 것은 이미 세속화가 되었다는 것이지요. 그러기 때문에 이것은 종교 문제가 아니라 세속적인 문제입니다. 이 세속적인 문제를 자꾸 종교로 봐서는 안 됩니다. 그러나 이것이 현실의 종교이기 때문에 현실의 종교의 공허함을 직시할 필요가

아일랜드 더블린, 트리니티 대학에서 열린
유럽에서의 마지막 강연

있습니다. 그러나 그렇다고 예수님 가르침의 가치가 떨어지는 것은 아닙니다.

이런 것에 대해서 이제 우리는 인식을 새롭게 해야 합니다. 그런 면에서 종교 간의 전쟁이라 하지만 이는 세상의 이념 전쟁, 즉 세속적 이익 다툼의 한 수단으로 종교가 이용되고 있을 뿐입니다. 또 종교 자체가 세속적 이익을 추구하는 수단이 되어 있기 때문에 생기는 문제가 아닐까 생각합니다.

트리니티대학

3

지혜로운 삶으로
나아가는 대화

· 북아메리카 I

이 세상에 태어난 사람은 누구나 행복할 권리가 있습니다.
부처님은 '모든 사람은 다 부처가 될 수 있다'고 했고
예수님은 '모든 사람은 다 사랑하는 하나님의 아들이다'고 했습니다.
그러니 자신의 소중함을 깨달아 행복하게 살아야 합니다.
미국에 사는 여러분이 불행하면
본인만 불행한 것이 아니라
전 인류에게 절망을 주는 것이니
어떤 경우에도 행복하게 사시기 바랍니다.

캐나다 런던으로 가는 길

외국 생활을 오래 할 때
주의할 점이 있나요

대학원 박사과정 중인 학생입니다. 인공지능을 전공하다 보니 인지나 정신과와 관련된 쪽에 관심이 많습니다. 한국을 떠나 아시아, 유럽, 미주 등 해외 생활을 한 지 20여 년이 되었는데요, 스님이 한국에서 하신 법문을 찾아보다가 '해외에 나가서 유학생들이나 사람들을 만나보면 정신적으로 불안한 사람이 많다는 말씀을 들었습니다. 개인적 경험에 비추어 공감이 많이 되는데요. 외국 생활할 때 주의해야 할 부분이 어떤 것인지, 이미 정신적으로 좀 아픈 사람들은 어떻게 그런 상태에서 벗어날 수 있는지 여쭤보고 싶습니다.

사람은 언어나 문화가 다른 지역에 가면 생각으로는 그 문화를 이해하고 적응하지만 심리는 저절로 불안해집니다. 그것은 생각과 달리 마음이나 무의식은 스스로 통제하기가 어렵기 때문입니다. 물론 의사소통의 어려움에서 오는 문제도 있고요.

　다음으로는 피해 의식이 커져요. 문화나 종교, 사회환경이 다르니까 무의식중에 늘 긴장이 되고 예민해지며 작은 일에도 오해가 자꾸 생기죠. 그래서 한국에서처럼 농담도 자유롭게 못 하고, 잘못 얘기하면 상처가 되기 쉽죠. 누구든 낯선 곳에서 생활하면 그렇게 되지요. 자신의 이런 모습에 대해서 잘 몰라요. 그런데 밖에서 보면 보여요. 애를 키우다

보면 부모는 애가 크는지 잘 모르고, 부모와 함께 살면 자식은 부모님이 늙는지 잘 모르는데 몇년 만에 보는 사람에게는 아이가 갑자기 자랐거나 부모가 갑자기 늙은 듯이 보이잖아요. 마찬가지로 바깥에서 보면 외국 생활하는 사람들이 굉장히 민감하다는 느낌을 받습니다. 다 그런 것은 아니지만 평균적으로 심리적 불안감이 꽤 있어 보입니다.

그리고 돈에 대한 집착이 큰 편이에요. 한국 사회에서는 주머니에 돈이 좀 떨어져도 어찌어찌 기댈 데가 있지만 외국에서는 의지할 데가 없다 보니 무의식적으로 돈에 더 의지하고 집착하는 것 같아요. 고국에서는 학벌이나 고향, 성씨를 따져서 뭉치기도 하지만 외국에서는 돈이 제일 믿음직하거든요. 같은 한국 사람인데도 국내에 사는 사람보다 대체로 교포들이 소유욕구가 강하고 나이든 사람이 젊은 사람보다 강해요. 그래서 문제라는 게 아니라 사람이 살다보면 자기도 모르게 사는 환경에 물드는 부분이 있으니까 조금 더 유의하면 좋겠다는 것입니다.

이렇게 이민자들의 심리가 불안하고 피해의식이 다소 강한 것이 꼭 한국 사람이어서 생기는 문제는 아니에요. 이주민이 갖는 일반적인 현상이라고 볼 수가 있지요. 교민들 중에는 한국 사람을 가까이 하면 오히려 피해 입는다며, 서로 멀리 하는 경우가 있어요. 생각해 보면 지극히 당연한 일입니다. 한국 사람이 외국인에게 사기를 치면 먹히겠어요? 한국 사람한테 사기를 쳐야 먹히지요.

그러면 이렇게 보편적으로 일어나는 현상을 우리가 어떻게 극복할 거냐가 중요합니다. 독일에 파견되어 갔던 우리 간호사들이 40여 년 독일에 살다가 고향에 돌아오니까 완전히 이방인같이 느껴져요. 그렇다고 독일 사람이 된 것도 아니지요. 그래서 "우리는 영원히 이방인입니까?"라고 물어요. 여러분도 그런 경험을 하게 될 겁니다. 그런데 이건 욕심

하버드대학교 사이언스 홀

이에요.

한국에서 태어나서 20년, 30년 살다가 독일 갔는데 처음부터 독일에서 태어나서 자란 독일 사람과 자꾸 비교하니까 자기가 뒤떨어지는 것 같고, 독일에 가서 40여 년 살다 한국에 왔는데 한국에 계속 살았던 사람과 비교하니까 자기는 한국에 대해서도 뭔가 부족하다고 느끼죠. 이건 당연한 거예요. 한국에서 태어나 자랐는데 어떻게 독일 사람과 똑같을 수 있고, 독일 생활을 오래 하다 돌아왔는데 어떻게 한국 사람이랑 똑같을 수 있겠어요? 자꾸 남과 비교해서 자기 정체성을 찾으니까 이것도 아니고 저것도 아니라는 생각이 드는 것이지요. 이제는 자기 정체성을 '이것도 되고 저것도 된다'는 데서 새롭게 찾아야 합니다. '독일사람 중에 나보다 한국말 더 잘하는 사람 나오라 그래', '한국 사람 중에 독일말 나보다 잘하는 사람 나오라 그래' 이렇게 제3의 자기 정체성을 찾아야 해요.

이처럼 심리적 불안이나 압박감이 있는 게 하나의 특징인 동시에, 여러 문화를 접하고 여러 형식을 접했기 때문에 갖는 장점도 있습니다. 이런 양면을 두루 아울러서 자기 정체성을 가져야 합니다. 민감한 게 나쁘다는 게 아니라 자연스럽게 그런 특징이 생긴다는 점을 자각하고 유의하면 어렵지 않게 극복할 수 있습니다.

이런 것은 심리적으로 보면 자연스러운 현상이에요. 한국 사람이어서 문제라거나 '한국 사람은 늘 분열한다'고 보면 안 됩니다. 어떤 사람들이 초기에 이민을 왔고, 이민 와서 생활 환경이 어땠기에 이런 현상이 생겼는지 파악해야 합니다. 문제점은 개선하고 나머지는 그냥 하나의 현상으로 받아들이면 되지 민족성을 운운하거나 나쁘다, 좋다고 미리 예단할 필요는 없습니다. 국내 이주민들도 자기 지역 토착세력보다는 심리적으로 더 불안정합니다. 심리적으로 불안정하니까 진보적일 수밖에 없어요. 그래서 불안정한 게 꼭 나쁜 것만은 아닙니다. 이런 특징을 유의해서 자신의 정체성을 확립하면 어디서든 행복하게 살 수 있습니다.

하버드대학 사이언스 홀

몬트리올(Montreal)

이모와 어머니 사이가
나빠졌어요

저는 이곳 몬트리올에 열네 살 때 혼자 유학을 와서 이모네 집에서 자라 지금 나이는 스물두 살입니다. 이모 댁에 같이 살다가 사이가 나빠져서 나와서 살고 있습니다. 가끔씩 이모와 이모부를 뵙기는 했습니다. 작년에 오랜만에 가족들을 보러 한국에 가기 위해 돈을 다 준비했는데, 이모와 이모부가 굉장히 반대를 하셨어요. "그 돈을 학비에 보태지 뭐하러 한국에 가느냐" 그러셨어요. 지금 어머니와 이모의 관계가 굉장히 안 좋은데 제가 어떻게 해야 할까요?

엄마랑 이모가 서로 관계가 안 좋은 것은 자기들 자매 문제이니까 신경 쓰지 마세요. 옛날에 이모에게 은혜 입은 것은 은혜 입은 것이고, 나는 이제 스무 살이 넘은 성인이니까 자유롭게 살면 됩니다. 스무 살까지 키워야 하는 것은 부모의 의무인데 엄마가 의무를 방기하고 이모한테 맡겼잖아요? 그러니 책임을 방기한 것에 대해 엄마가 이모한테 빚을 갚아야 합니다. 질문자의 책임은 아닙니다. 질문자는 상관할 필요가 없고 자기 나름대로 살면 됩니다. 이모가 보고 싶으면 찾아가면 되고, 보기 싫으면 안 가면 됩니다.

스무 살 이전에는 미성년자이니까 결정권이 나한테 없었어요. 이모가 되었든 부모가 되었든 보호자에게 결정권이 있었습니다. 그러나 지금은

167

질문자가 스무 살이 넘었으니까 결정권은 질문자에게 있습니다.

다만 이것은 이해해야 합니다. 친척 아이나 형제 아이를 데려다 키우면 반드시 친척이나 형제 간에 원수가 됩니다. 이모는 나쁜 사람이 아니고 어리석은 사람입니다. 언니의 아이를 맡아서 키웠기 때문에 이런 결과가 나타난 것입니다. 아무리 언니가 좋아도 언니의 아이를 데려다 키우는 것은 바보 같은 행동입니다. 원수가 되기 쉽습니다. 그래서 질문자인 조카와 관계도 안 좋고 어머니인 언니와의 관계도 안 좋아진 겁니다. 그러나 질문자의 책임은 아닙니다. 이모의 책임입니다. 왜냐하면 이모 본인이 어리석어서 바보같은 행동을 했기 때문입니다.

왜 친척 아이를 데려다 키우면 관계가 나빠질까요? 그렇게 될 수밖에 없는 원리가 있습니다. 그래서 바보 같은 이모를 조금 불쌍하게 여기는 마음이 필요합니다.

남의 애를 데려다 키우면 두 가지 어려움이 있어요. 내 아이가 아니더라도 아이는 다 자기 마음대로 하려고 하는 성질이 있잖아요. 그것을 야단치게 되면 아이가 반발하게 되고 그래서 아이는 억울하니까 그것을 자기 엄마한테 얘기하게 됩니다. 그러면 엄마는 자기 아이 얘기만 듣고 동생에 대해 섭섭해집니다. 아이가 말을 계속 안 들으면 또 이모는 엄마한테 전화해서 "아이가 문제 있다"고 합니다. 그러면 엄마는 그게 또 듣기 싫어집니다. 그렇다고 아이를 가만히 놔두어도 나중에 원망을 듣게 됩니다. "나는 너 믿고 맡겨 놓았더니 아이를 제대로 돌보지도 않았다"고요. 이렇게 해서 이래도 문제고 저래도 문제가 됩니다. 그래서 이모 잘못이 아니라 이모가 바보 같은 행동을 한 겁니다.

즉, 이모는 바보 같은 행동을 해서 손해만 봤고 질문자는 덕을 봤습

몬트리올 한인천주교회

'주여, 뜻대로 하옵소서'
이렇게 맡길 수 있는 것,
그것을 '수행'이라 합니다.

니다. 그러니 이모를 멀리할 이유는 없습니다. 그래서 바보 이모를 고맙게 생각해야 합니다. 왜냐하면 이모에게는 손해가 좀 있지만, 질문자한테는 손해난 것이 없어요. 이모가 잔소리를 좀 했다고 하는데, 이모가 아닌 엄마와 같이 있었더라도 잔소리를 더했으면 더했지 덜하지는 않았을 겁니다. 그런데 이모가 나에게 잔소리를 하는 것은 "당신이 뭔데 나에게 잔소리 하나?" 하는 마음이 있기 때문에 엄마가 한 것보다 더 상처를 입습니다. 그러나 이치로 따지면 이모는 고마운 존재입니다. 아무런 잘못이 없어요.

이모는 애를 먹어가면서 언니 아이를 키우고 돌봐줬는데, 조카는 말도 안 듣고 언니는 고마운 줄도 모르니 이모 또한 지금 상처를 입은 것입니다. 그러니 항상 이모님께 "아이고, 이모님 감사합니다" 이렇게 하거나, 이모가 뭐라고 하면 "죄송합니다" 이렇게 하세요.

그리고 앞으로는 스무 살이 넘었으니까 자기가 알아서 살면 됩니다. 말은 안 들어도 됩니다. 그러나 과거에 질문자를 키워준 것에 대한 고마움은 알아야 합니다. 질문자 혼자서 큰 게 아닙니다. 그래서 항상 고마운 마음을 지니고 있다가 만나면 인사해야 하고 짐이 있으면 들어줘야 합니다. 그러나 내 인생은 내가 주인으로 사는 것이니까 이모의 의견에 구애받지 말고 자립적으로 주체적으로 살면 됩니다. 과거에 키워주었다는 것으로 이모에 대해 무거운 짐을 질 필요는 없지만, 고마운 줄 알고 살면 됩니다.

몬트리올 한인천주교회

원증회고의 고통을
극복하려면

저는 어렸을 때부터 예수님의 제자로서 부활의 증인으로 살아가고자 하는 크리스찬입니다. 불교를 이해하고 싶어서 독학으로 불교 교리를 공부하기 시작했는데, 고성제苦聖諦의 팔고八苦 중에서 원증회고怨憎會苦가 개인적으로 마음에 많이 와 닿습니다. 체험도 많이 하고 있고요. 혹시 스님께서도 원증회고의 고통을 겪어보신 경험이 있으시면 어떻게 극복하셨는지 말씀해 주십시오.

원증회고는 미운 사람과 함께하는 고통입니다. 누구나 미운 사람과 같이 살아야 하는 것은 참 힘들어요. 그래도 남일 때는 쉬워요. 미우면 안 보면 되니까요. 그런데 미운데도 같이 살아야할 때 고통이 됩니다. 이것과 함께 살펴볼 것이 애별리고愛別離苦, 즉 사랑하는 사람과 헤어지는 고통입니다. 함께 있고 싶은데 헤어져야 하는 것이죠. 사람은 자기가 좋아하는 것을 못할 때 괴로운 것이 애별리고이고, 하기 싫은데 해야 해서 괴로운 것은 원증회고입니다. 이런 고통은 질문자 뿐만 아니라 모든 인간이 겪습니다.

　이것은 사랑하면 꼭 헤어져야 하고 미운 사람과는 꼭 같이 살아야 한다는 의미가 아닙니다. 근본은 내가 어떤 사람을 좋아하거나 싫어하는 데에 있습니다. 여기 어떤 분이 있다고 할 때, 나는 이 분을 좋아할 수도 있고 싫어할 수도 있습니다. 또 한편으로는 우리 둘은 만날 수도 있고 헤어질 수도 있어요. 나의 주관은 좋아하고 미워하는 두 가지가 있고, 우리 둘 사이에 주어진 객관적 상황은 함께 있는 것과 헤어지는 것 두 가지가 있습니다.

내가 좋아하는데 만나는 인연일 때는 아무런 고苦가 안 됩니다. 그런데 내가 좋아하는데 헤어지는 인연이 되면 고가 발생합니다. 이 고苦를 애별리고라고 합니다. 한편 내가 저 사람을 미워하는데 헤어지는 인연이 되면 고가 발생하지 않습니다. 내가 미워하는데 만날 인연이 되면 고가 발생합니다. 이것이 원증회고입니다. 만날 인연인지 헤어질 인연인지는 내가 선택하는 것이 아닙니다. 상황이 그렇게 주어질 따름이지요. 만나는 상황이 주어질 때 나의 주관에 따라 좋아할 수도 있고 싫어할 수도 있어요. 마찬가지로 헤어지는 상황에서도 내가 그것을 좋아할 수도 싫어할 수도 있지요.

그런데 만나는 인연과 헤어지는 인연은 내 마음대로 할 수 있는 게 아니기 때문에 이 문제를 극복하기 위해서는 내가 사랑하는 마음과 미워하는 마음으로부터 자유로울 수 있어야 합니다. 그래서 『신심명』의 첫 구절을 보면 '지도무난至道無難이니 유혐간택唯嫌揀擇이라 단막증애但莫憎愛면 통연명백洞然明白하니라'라는 말이 있습니다. '지극한 도는 어렵지 않음이니 다만 사랑하고 미워하지만 않으면 된다'라는 뜻입니다. 여기서 사랑은 남녀 관계에 대한 표현만이 아닙니다. 사랑하고 미워하지 않으면 된다는 것은 좋아하고 싫어하지 않으면 된다는 뜻입니다.

수행은 외부 상황은 그대로 둔 채 내 마음이 구애를 받지 않아 자유로워지는 것입니다. 만날 인연일 때는 미워함에 구애 받지 않고 헤어질 인연일 때는 사랑하는 마음에 구애를 받지 않으면 고가 발생하지 않습니다. 우리는 자기 욕구를 중심으로 해서 바깥을 변화시켜 만족을 얻으려 합니다. 그런데 바깥이 뜻대로 변하지 않으니까 힘들지요. 그러나 수행은 주어진 상황을 그냥 받아들이는 것입니다. '갖고 싶다', '버리고 싶다' 하는 욕구를 놓아버리는 거예요.

욕구는 내 카르마, 즉 업식, 습관으로부터 일어나는데 그것을 놓아버리게 되면 번뇌가 사라지고 자유로워집니다. 이것이 해탈, 열반입니다. 우리가 흔히 말하는 '자유가 아니면 죽음을 달라' 할 때의 자유는 '내 마음대로 하는 자유'를 말합니다. 내 마음대로 하는 것은 주어진 상황에 따라 가능할 때도 있고 불가능할 때도 있으니 늘 반쪽 자유에 불과합니다. 그러나 내가 내 마음대로 하려는 생각을 놓아버리면 완전한 자유가 됩니다. 자기로부터의 자유야말로 완전한 자유입니다.

'밖의 백만 대군을 이기는 것보다 자기가 자기를 이기는 자가 더 큰 장부다.' 이 말에서 '자기'는 자기 업식, 자기 감정, 자기 욕구, 자기 카르마를 말합니다. 이것으로부터 자유로울 수 있느냐가 수행의 과제입니다.

결혼해서 살다가 남편이 싫을 때 남편을 버리기가 쉽지, 싫어하는 감정을 버리기는 어렵습니다. 그래서 자기로부터 자유로워져야 됩니다. 좋고 싫고는 절대적인 것이 아니고 자기 감정이에요. 이 자기 감정이 카르마라고 할 수 있어요.

이 카르마는 무의식, 습관, 무지라고 풀이할 수 있습니다. 자기도 모르게 화를 벌컥 내고는 '나도 모르게 화를 냈다', '습관적으로 화를 냈다', '무의식적으로 화를 냈다'고 합니다. 이 세 가지 말은 모두 습관화되어 있는 업식을 말합니다. 마치 마약 중독, 담배 중독처럼 습관화되어 있는 것이 우리의 감정을 불러일으키는 바탕입니다. 어릴 때 어떤 습관을 들이느냐에 따라서 감정도 그에 따라서 나오는 것에 불과해요. 그런데 우리는

자기 감정을 절대화시키고 자기 감정에 맞춰서 세상을 바꾸려고 하니까 힘들 수밖에 없어요. 감정을 없애라는 말이 아닙니다. 이런 이치를 알고 거기로부터 자기가 구애 받지 않을 때 자유의 길로 나아가는 것입니다.

저는 1980년대에 고문을 받으면서 정말 많은 것을 배웠습니다. 그 순간은 고통이었지만 지난 뒤에 뒤돌아보니 그동안 참선하고 명상했던 것보다 그 짧은 기간에 깨치고 반성한 것이 수행에는 훨씬 큰 도움이 되었어요. 복은 꼭 행운의 형태로만 오는 것은 아닌 것 같습니다. 인생에서 재앙을 복으로 알고 받을 줄 아는 안목이 있다면 '그 어떤 것도 복 아닌 것이 없다'라고 말할 수 있겠지요.

우리는 간혹 우리 아이 대학에 합격시켜 달라고 기도합니다. 합격하면 하느님의 은총을 받았고 합격 못하면 은총을 못 받았다고 생각하는 것은 진정한 신앙이 아닙니다. 합격하는 것이 정말로 좋을지 나쁠지는 무지한 나로서는 당장 알 수가 없어요. 그러니까 우리는 무지하고 그분께서는 전지전능하다는 것을 정말 받아들인다면 지혜로운 그분께서 알아서 하실 일임을 알게 됩니다. 떨어지는 게 좋으면 떨어지게 하시고, 합격하는 게 좋으면 합격하게 하시겠지요.

그래서 수행이란, '주여! 뜻대로 하옵소서' 이렇게 맡길 수 있는 것입니다. 이것을 불교에서는 '자기 생각을 내려놓는다', '인연 따라 이루어진다'라고 표현합니다.

Dominion Chalmers United 교회

토론토(Toronto)

문화의 차이를 극복해서
세상에 도움이 되고 싶어요

저는 캐나다에 열한 살 때 온 교포 1.5세입니다. 어렸을 때는 한국에서 자랐고 커서는 캐나다에서도 자라서 한국과 캐나다의 문화를 함께 접했기 때문에 두 문화를 잘 이해하고 있습니다. 그런데 한국 사람들과 있을 때와 캐나다 사람들과 있을 때 서로 간의 문화 차이를 많이 느껴요. 주변에 있는 사람들이 고통을 받고 있는 것을 보며 '내가 접한 문화에서는 이렇게 해서 쉽게 해결하는데' 하는 순간들을 양쪽에서 많이 느끼게 됩니다. 저는 그 상황에서 해결하는 방법들을 알아서 마음이 편한데, 고통 받는 사람들을 볼 때는 어떻게 해야 할까요? 그 사람을 위한다면 그냥 놔두어야 할지, 옆에서 내가 참견을 해야 할지 판단이 안 될 때가 많습니다. 어떤 태도를 가져야 세상에 도움되는 사람이 될까요?

질문자가 좋을 대로 하시면 됩니다. 하고 싶으면 하고, 하기 싫으면 안 하면 됩니다. 하고 싶어서 말을 했더니 내 말을 안 들으면 그만 두면 되고요. 그러나 내 말을 안 듣는다고 내가 스트레스를 받으면 안 됩니다. 내가 스트레스를 받는다는 것은 그를 위해서 한다고 착각했지 사실은 내 식대로 하려고 했던 것입니다. 이것을 알아야 합니다.

그래서 그 사람이 내 말을 안 들을 때도 질문자가 스트레스를 안 받으면 말을 해주면 되고, 스트레스를 받으면 말을 안 하면 됩니다. 왜냐하면 스트레스를 받는다는 것은 나를 위해서 한 것이기 때문에 내가 안 하면 되고, 스트레스를 안 받는다는 것은 그를 위해서 했기 때문에 하면 됩니다. 해야 한다, 하지 말아야 한다고 정해진 법이 없어요.

　제가 즉문즉설을 하는 이유도 인생에 정답이 없기 때문입니다. 어떻게 살든 자기가 알아서 살면 되는데 물으니까 대답을 하는 것이거든요. 제 말을 받아들여도 좋고, 안 받아들여도 그만이에요. 그건 그들의 자유입니다. 안 받아들이는 것이 기분 나쁘면 제가 스트레스를 받아서 강연을 하기 싫어하겠죠. '묻기만 하고 얘기해줘 봐야 듣지도 않더라' 이렇게 되잖아요. 묻기 때문에 그냥 저의 생각을 말하는 것이고, 그들이 그것을 듣고 동의가 되면 그렇게 할 것이고, 동의가 안 되면 안 하겠지요. 그것은 그들의 자유입니다. 저는 다만 할 뿐이거든요. 그래야 저도 스트레스를 안 받고 계속 강연을 할 수 있는 것입니다. 그래서 물을 것이 없으면 강연은 그냥 끝나는 것이고, 물을 것이 있으면 더 하는 것입니다.

그 사람이 고통 받는 모습을 보면 불쌍함을 느낄 때가 있는데…

그것은 질문자의 기분입니다. 산에 가다가 큰 나무 밑에 작은 나무가 있는 것을 보고 작은 나무를 불쌍하게 느끼면 그것은 그 사람의 기분이지 작은 나무의 기분은 아닙니다. '내가 저 사람을 보고 불쌍하게 느끼는구나' 이러고 가면 되지요. 길거리에 앉아서 구걸하는 사람을 보고 불쌍하게 느끼는 것은 내 문제이지 그 사람의 문제는 아닙니다. 거기 앉아 있는 사람 중에는 하나도 안 불쌍한 사람도 있어요. 수행 방법에 구걸하는 것이 있거든요. 제가 수행 삼아서 다 떨어진 옷을 입고 길거리에 딱 앉아 있으면 실제로 불쌍한 사람이에요? 불쌍한 사람이 아니지요. 그러나

온타리오 호수

지나가는 사람들은 다 불쌍하게 여기지요. 그러니 다 자기 문제라는 것입니다.

그러니 내가 주고 싶으면 주고, 주기 싫으면 안 주면 됩니다. 왜 너는 구걸하느냐고 나무랄 필요도 없고, 내가 한푼 준다고 그 사람이 고마워할 것이라고 생각할 필요도 없고, 주는 것은 내 문제이고, 고마워하는 것은 그의 문제입니다. 항상 자기 문제라고 봐야 합니다. 그래서 내가 그 사람에게 도움이 되겠다는 마음이 들면 도움을 주면 됩니다. 밥이 필요하다고 하면 밥을 주면 되고, 돈이 필요하다고 하면 돈을 주면 되고, 필요 없다고 하면 안 주면 됩니다.

알렌산더 대왕이 작은 통 속에 살고 있는 디오게네스를 찾아가서 "도움이 필요하냐? 네가 원하는 것은 무엇이든지 다 들어주겠다"고 하니까 "비켜라. 햇빛 가리지 마라" 이렇게 얘기했다고 하잖아요. 그런 것처럼 우리가 남을 도울 때 '그 사람이 불쌍하다'는 생각은 좋은 생각이 아니에요. 자칫하면 도와주고 도리어 내가 상처를 입을 수가 있어요.

제가 인도에 구호활동을 하기 전에도 인도의 아이들은 다 잘 살았어요. 그런데 제가 가서 초등과정 공부를 시키니까 그 아이들이 중학교에 가고 싶다는 마음을 낸 것입니다. 제가 만약에 초등과정 공부를 안 시켰으면 그 아이들이 중학교에 갈 생각은 안 했겠죠. 중학교에 가고 싶은데 안 보내주면 섭섭하죠. 고등학교 졸업했는데 대학에 안 보내주면 섭섭하죠. 섭섭하니까 원수가 돼요. 우리가 도와주면 나중에 과보는 원수가 되는 것입니다. 그것이 은혜로 돌아온다고 생각하면 잘못된 생각이에요. 그래서 자선사업을 하는 사람들이 나중에 후회하게 되어 노후가 힘들어요. '내가 도와주었다' 이 생각을 하기 때문에 그래요. 도와주면 원수 되기가 쉽습니다. 물에 빠진 사람을 건져주면 "내 보따리 내놔라"

이렇게 하기가 쉽다 이 말입니다. 그런데도 왜 돕느냐? 아이들은 공부가 필요해요. 비록 원수가 된다고 하더라도 도울 것은 도와야 합니다. "내 보따리 내놔라" 하더라도 죽어가는 생명은 건져야 합니다. 칭찬받으려 고 어떤 일을 하면 안 됩니다.

우리가 길 가는 사람과 원수 되는 일은 극히 드뭅니다. 다 좋은 관계 들이 원수가 되는 이유는 기대 심리 때문에 그렇습니다. 이 기대 심리를 버리는 것을 '무주상無住相보시'라고 합니다. 기대 심리를 갖는 것을 '상 을 짓는다'고 하고, 기대 심리 없이 베푸는 것을 상이 없이 베푼다고 해 서 '무주상보시'라고 합니다. 우리가 좋은 일을 한다고 반드시 좋은 과 보가 돌아온다고 생각하면 잘못된 것입니다. 내가 남을 돕고도 기대가 크면 실망이 커지는 법입니다.

예를 들어 결혼을 앞둔 여성이 상대 남자의 능력이 100인데 200을 기대하고 결혼하면 실망하고, 50을 기대하고 결혼하면 만족하는 것입니 다. '어, 생각보다 사람이 괜찮더라' 이렇게 됩니다. 내가 기대가 크면 '어, 살아보니 생각보다 사람이 모자라더라' 이렇게 됩니다. 상대의 문제가 아니라 다 나의 문제입니다. 그래서 나의 기대를 낮추면 만족도가 높아 져 행복해지고, 기대가 높으면 실망이 커져서 불행해지는 것입니다.

대한민국이 경제적으로는 50년 전에 비해 200배 더 잘 살아졌지만 과연 대한민국 국민이 더 행복해졌나요? 그렇지 않습니다. 어떤 기대를 갖고 있느냐의 문제입니다. 그래서 마음공부를 해야 자신의 행복도를 높일 수 있습니다.

토론토 한인회관

정말 무소유가 가능할까요

저는 스물아홉 살이고 회사를 그만두고 MBA를 갈까 고민하고 있어서 머리가 복잡합니다. 조선시대에는 양반 집안에서 태어나면 돈이 없어도 사람들이 다 떠받들어주는 그런 사회였지만 지금은 돈이 없으면 살아가기 힘듭니다. 그래서 현실적으로는 무소유를 실천하기가 굉장히 힘들다고 생각합니다. 법정 스님의『무소유』라는 책처럼 살려면 돈이 없어도 잘 살아야 하는데 현실에서는 돈이 많아야 친구도 많은, 삭막한 사회입니다. 시대의 변화에 따라 무소유를 어떻게 받아들여야 할지요?

조선시대는 오히려 돈이 없으면 살기가 어려웠죠. 그러나 지금은 돈이 없어도 살 수 있는 시대예요. 캐나다의 경우 사회보장제도가 잘돼 있어서 절대로 굶어 죽지는 않지요. 조선시대에는 양식이 없으면 진짜 굶어 죽었거든요. 전염병이나 가뭄이 발생하면 수없이 많은 사람들이 굶어 죽은 적이 많잖아요. 요즘 복지가 잘된 나라에서는 굶어 죽을 일은 전혀 없어요.

그래서 무소유를 실천하기는 옛날보다 지금이 훨씬 낫지요. 옛날에는 부처님이 그런 말씀을 해도 실천하기가 어려웠지만 지금은 오히려 실천할 수 있는 시대가 됐다고 말할 수 있습니다. 밥 먹고, 옷 입고 사는 최소한의 기초 생활은 이른바 사회 안전망이 구축되어 있어서 사는 것을 걱정할 필요가 없습니다. 복지가 잘된 나라에서 정부가 주는 보조금은 수행자들이 사는 검소한 생활보다 훨씬 많은 지원이라고 볼 수 있습니다.

그럼 한국에서는요?

한국도 지금은 수입이 없어도 살 수 있어요. 이번에 법이 바뀌어서 65세 이상이면 보조금을 지원하도록 되어 있어요. 하지만 아직은 최소생활을 국가에서 책임지는 시스템은 안 돼 있기 때문에 돈이 없으면 병원비는 여전히 문제가 되고 있습니다. 그러나 굶어 죽는 일은 없어요. 정부가 지원하지 않아도 이웃에서 도와줍니다. 예를 들면 진짜 양식이 떨어지면 저한테 연락해도 드립니다. 헌 옷이라도 좋다고 하면 얼마든지 드립니다. 신던 신발도 있고 가방도 있고 다 있어요. 그런데 '나는 헌 것 안 신겠다, 새것 입겠다' 하면 '네가 알아서 입어라' 이렇게 말하죠. 더 잘살려고 하는 것은 개인이 노력을 해서 살아야 하는 겁니다. 그것은 국가가 해줄 수도 없고 무슨 종교단체나 누군가가 지원해줄 수도 없거든요. 그것은 스스로의 능력으로 하라는 겁니다.

실제로 최소한의 삶을 영위하는 것은 이미 일부 제3세계를 제외하고는 사회보장이 되어 있기 때문에 사실은 걱정하지 않아도 됩니다. 절대적 빈곤은 여기서는 해소된 거예요. 그러나 이제는 상대적 빈곤이 문제죠. 남과 비교해서 가난한 게 상대적 빈곤이잖아요. 이 문제는 앞으로 10년이 지나도 해결이 안 되고, 100년이 지나도 해결이 안 됩니다.

우리가 먹고 사는 데 필요한 돈이 연수입이 5만 달러면 된다고 가정했는데 대부분의 사람들의 연수입이 50만 달러가 되면 5만 달러인 사람은 극빈에 속하거든요. 그런데 내 수입이 50만 달러 됐을 때 다른 사람들은 다 500만 달러가 됐다면 나는 여전히 극빈에 속하게 됩니다. 그래서 이 상대적 빈곤은 완전한 해결은 불가능합니다.

상대적 빈곤이 있으면 먹고 사는 데 지장이 없는데도 빈곤감을 느끼기 때문에 행복하지 못하죠. 이런 이치를 개인이 깨달으면 바로 행복할 수가 있고, 사회 제도적으로는 이 상대적 빈곤, 즉 빈부의 격차를 줄여 줄수록 국민 행복도가 높아집니다. 다시 말하면 잘사는 사람과 못 사는 사람의 격차가 5배 나느냐, 10배 나느냐, 100배 나느냐, 1000배 나느냐에 따라서 이 사회 전체 행복도가 달라지는 겁니다. 이 빈부 격차가 심할수록 전체 사회가 부유하든 가난하든 관계없이 행복도가 떨어지고, 빈부격차가 작으면 가난한 나라도 행복도가 아주 높게 나타나죠.

이런 상대적 빈곤의 문제를 풀려면 제도적으로 빈부 격차를 줄이는 경제 민주화를 해야 합니다. 먼저, 잘살려고 하는 문제는 경쟁이기 때문에 과정을 공정하게 관리해 줘야 합니다. 두 번째는 처음부터 이 경쟁 대열에 참가 못하는 사람이 있습니다. 어린아이, 노인, 장애인 등이 그렇습니다. 이런 사람들은 이 게임 자체에 참여를 못하기 때문에 무조건 최저 생존의 조건을 보장해 줘야 합니다. 이것을 사회 안전망 구축이라고 합니다. 이게 바로 복지제도입니다.

오늘날 유럽은 대부분 사회민주주의라 자본주의 안에 사회주의적 요소가 들어와서 이 빈부 격차를 줄이죠. 그래서 북유럽은 세금이 굉장히 많아요. 최대 60퍼센트나 돼요. 그래도 아무도 불평을 안 하는 이유는 그게 다 자기들에게 돌아온다고 생각을 하기 때문입니다. 젊을 때 수입이 엄청나게 많은 일부 사람들이 국적을 스웨덴에서 모나코로 바꾼다든지 미국으로 바꾸는 일이 생기는 것은 앞으로 늙을 것은 생각하지 않고 세금이 많아 아깝다 싶기 때문이지요. 제가 이번에 스웨덴을 방문했더니 옛날에 그런 사람들이 국적을 바꿔서 다른 나라로 갔다가 늙어서는 스웨덴 국적을 갖겠다고 왔는데 안 받아줬다는 얘기도 들었습니다.

무소유는 내가 아무것도 안 가지고 있다, 이것이 아닙니다. 무소유는 '그 어떤 것도 내 것이 아니다'라는 뜻입니다. 제가 지금 이 컵을 쓰지만 이것은 본래 내 것이 아니고 다만 내가 사용할 뿐입니다. 소유라고 할 것이 없어요.

태양이 누구의 것이겠어요? 저 별이 누구의 것이며 이 물은 누구의 것이겠어요? 누구의 것도 아니에요. 이게 무소유예요. 단지 우리의 생각이 이것을 내 것이라고 움켜쥐고 있는 겁니다. 우리는 다만 이것을 사용할 뿐입니다. 그러니 살면서는 충분히 쓰더라도 죽은 뒤에는 울타리 쳐놓고 남이 못 쓰게 하면 안 되겠지요. 우리가 사회에 환원한다고 하지만 내 것을 세상에 돌려주는 것이 아니에요. 세상 걸 내가 가져와서 썼으니 나머지는 세상으로 돌려주는 게 맞습니다. 그렇게 보면 자식한테 너무 많이 물려주는 것은 자연적이지 못한 겁니다. 누구든 교육을 받으면 자기 노력으로 생활을 하고 모자라면 보조를 좀 받고 남으면 세상에 돌려주고 죽는 겁니다. 그래야 이 사회가 제대로 돌아가는데 지금 여러분들이 돈을 모아서 자식한테 주니까 자식은 노력 안 하고도 살 수 있는 이런 잘못된 시스템이 되는 겁니다.

그래서 무소유 개념 자체는 많이 가진다거나 적게 가진다는 개념이 아니에요. 미국 사람들은 한국 사람보다 불교를 몰라도 무소유적 개념이 강하죠. 빌 게이츠Bill Gates나 워렌 버핏Warren Buffett 같은 사람들을 보면 재산의 절반을 사회에 내놓습니다. 단지 이 자본주의 제도 안에서 돈이 운 좋게 나한테 온 것이지 내 것이 아니라는 겁니다. 그러니까 세상에는 필요하지만 국가가 못하는 에볼라 같은 전염병을 막는다든지 혹은 에이즈를 막는데 쓰라고 많은 재산을 내놓잖아요. 한국은 아직 그렇지 못합니다. 정당하게 벌어서 사회에 환원해야 되는데 오히려 부당하게 위법행위를 해서 돈을 벌고, 번 돈은 움켜쥐고 불법 상속을 합니다. 그러나 사람이 돈만 갖고 행복해질 수 있는 건 아니에요. 우리가 볼 때는 돈 많은 사람이 행복해 보이지만 정작 그 사람은 '행복하다'라고 말할 수가 없어요.

실제로 한국 뉴스에서 돈이 없어서 홀어머니와 딸 세 명이 자살했다는 뉴스를 봤습니다. 그럼 이것이 단지 상대적 빈곤 때문인가요?

아니죠. 그런 것은 절대적 빈곤에 속합니다. 그런 사람들이 구제를 요청할 수 있는 통로도 없고 정부가 그런 사람들을 발견할 수 있는 장치도 없었죠. 그러다 보니 그와 같은 사고가 생긴 것이죠. 이것은 한국 사회에 살고 있는 사람이 전체적으로 반성해야 할 일이지만 그런 일이 한두 건 생겼다고 사회 전체가 문제라고 말하면 안 됩니다. 한국 사회를 보면 다들 자기 살기 바쁘잖아요. 그러면 옆 사람이 어떻게 되는지 신경 쓸 여유가 없는 거죠. 또 정부 입장에서는 혜택을 받지 않아도 되는 사람들이 억지를 부리고 떼를 쓰다보니 오히려 사각지대에서 도와달라는 말을 못하거나 목소리 작은 사람은 신경 쓸 여유가 없는 거예요. 이런 것들은 제도적으로 보완해야 합니다.

그런데 복지제도는 신중하게 결정을 해야 합니다. 한번 혜택을 주면 회수가 불가능하니까요. 따라서 복지제도가 없는 데서 복지제도가 있는 쪽으로 갈 때는 장기적인 목표를 세우고 재정까지 고려해서 점진적으로 해 가야지 포퓰리즘populism식으로 한꺼번에 했다가 재정이 부족하다고 나중에 후퇴하려고 하면 사회 불만이 엄청나게 생기게 됩니다. 그래서 지금 한국 사회는 복지제도를 시행 안 하겠다는 것도 문제고 무조건 한꺼번에 다 하겠다는 것도 문제예요. 복지제도는 장기 계획을 가지고 점차적으로 해나가야 합니다.

라마다 호텔

공부만 15년,
마음이 급해집니다

대학원에서 박사과정 중입니다. 고등학교 이후로 공부를 한 지 15년이 되었습니다. 공부를 하면 할수록 불안해지고 가족이 있으니까 마음도 급해지는데, 이렇게 불안한 청년에게 조언을 좀 해주시면 좋겠습니다.

본인이 욕심을 내기 때문에 그렇지 않나 싶어요. 시험을 준비하는 것이 아니라 그냥 자기가 궁금해서 역사책을 읽는다든지, 우주에 관심이 있어서 천문학 책을 열심히 읽는다든지, 생명의 현상에 관심이 많아서 생명의 기원에 대한 책을 본다면 전혀 불안하지 않을 것입니다. 오히려 몰두해서 공부할 때 더 안정이 될 것입니다.

그런데 좋은 직장을 갖기 위해서라든지 공부가 목적이 아니고 하나의 수단이 되어 어쩔 수 없이 공부를 하는 것이 되니까 마음이 불안하게 됩니다. 빨리 끝내야 하는데 뜻대로 안 되어서 일어나는 현상입니다. 가장 좋은 방법은 하기 싫으면 안 하는 겁니다. 질문자의 입장에서 들으면 갑갑한 얘기일지 모르지만 공부를 하기 싫으면 안 하면 되지 무엇 때문에 합니까? 공부를 해야 할 이유가 어디 있어요? 부모가 자식을 낳으면 싫어도 키워야 합니다. 그것은 생명의 현상입니다. 이런 것은 싫어도 해야 합니다. 그러나 공부라는 것은 싫으면 안 하면 됩니다. 그런데 그것을 억지로 하니까 이런 문제가 발생하는 것입니다.

자기 존재의 소중함을 알아야 합니다.
행복은 어려운 것이 아니에요.
사물을 긍정적으로 보면 행복해집니다.

만약 박사학위 논문을 쓴다고 할 때 자기가 아는 수준으로만 쓰겠다고 하면 글 쓰는 것이 하나도 어렵지 않겠지요. 그런데 예를 들면 자신이 아는 것이 100인데 150의 수준으로 쓰려면 논문을 쓰는 것이 굉장히 힘들겠죠. 늘 첫 페이지를 못 넘기게 됩니다. 썼다가 지우고, 썼다가 또 지우고를 반복합니다. 여러분들도 지금까지 시험을 주욱 쳐봤잖아요? 실제로 내가 가진 실력이 100이라고 할 때 테스트를 해서 80이 나오면 많이 나오는 겁니다. 그런데 우리는 자기 실력이 100인데 120이 나오기를 바랍니다. 그래서 여러분이 지금까지 시험을 수도 없이 쳐 봤지만 한 번도 시험 잘 쳤다고 느낄 때가 없었잖아요. 이번에는 이걸 실수하고, 다음에는 또 저걸 실수했다고 생각하는데 그렇지 않습니다. 이것은 늘 있는 일이에요. 우리의 실력이 100이면 개개인은 다 120씩 나오기를 바랍니다. 그런데 실제로는 사람의 실력이 100이면 80정도만 나와도 잘 나오는 것이기 때문에, 100이라는 점수를 받아야 합격한다면 자기 실력을 120으로 만들어야 합니다. 그래서 논문을 쓸 때도 아는 만큼 그냥 쓴다고 생각해야 합니다. 일단 아는 만큼 써놓고, 다시 읽어보면서 개선을 해나가야 합니다.

질문자의 고민은 첫째, 원하지 않는 것을 해서 생긴 문제이고, 둘째는 욕심입니다. 능력이상의 성과를 내려고 하니까 심리적 압박도 받고 가슴이 조마조마해지게 되는 것입니다.

50여 년 전만 해도 미국이나 유럽의 문명 수준이 한국보다 100년 정도 앞섰습니다. 그때는 이곳에 유학 와서 학위 받아 한국에 돌아가면 죽을 때까지 이곳에서 배운 걸 써먹을 수 있었어요. 그런데 점점 문명의 격차가 좁아져서 지금은 거의 동격이거나 2~3년 차이밖에 안 나는 상황입니다. 그래서 여기서 배워서 한국에서 그대로 써먹을 수 있는 것은 길어야 2~3년이고, 어떤 것은 아예 써먹지 못할 수도 있어요.

이제 한국 사회에 필요한 것은 실질적으로 어떤 과제를 해결하는 능력, 즉 창조력입니다. 남의 것을 베껴 와서 써먹는 것은 거의 막바지에 이르렀습니다. 창조력을 키울려면 사회 분위기도 바뀌어야 합니다. 우리 사회는 틀리는 것을 용납하지 않습니다. 새로운 것을 창조하는 실험에 있어서는 100개 중에 1개 성공하기도 어렵습니다. 99개는 실패합니다. 실패가 너무나 당연한 것이 되어야 창조가 나옵니다. 그렇기 때문에 사회 분위기도 실패를 받아줘야 합니다. 그것은 시행착오를 거듭해야 창조가 나오기 때문입니다. 이것을 뚫고 나가면 한국이 문명의 선두 주자로 나설 수 있을 것이고, 이것을 못 뚫고 나가면 저성장에서 정체되다가 후퇴로 갈 것입니다. 그런데 아직 우리에게 창조가 안 나오는 이유는 모방에 급급하기 때문입니다. 이제 모방은 시효가 거의 끝났습니다.

그래서 여러분들이 연구할 때도 정말 그 분야에 관심이 있어서 연구에 집중하는 자세일 때 연구를 통한 자기 진로가 열릴 수 있습니다. 그렇지 않으면 빨리 그만 두는 게 낫습니다. 그렇지 않으면 여러분 개인도 시간 낭비고 국가적으로도 큰 손실입니다. 현재 자기의 연구 분야를 억지로 하지 말고, 마음을 새롭게 가지고 재미있게 연구해 보세요. 점수에 연연하지 말고 연구에 재미를 붙여야 합니다.

한국에서 의사라는 직업은 대부분 돈을 벌기 위해서 선택합니다. 그래서 전공을 선택할 때 돈을 더 많이 벌 수 있는 성형외과로 학생들이 많이 몰립니다. 의사가 된 후에도 수입을 많이 얻으려니까 의료 사고, 과잉 진료, 의료보험 사기 등 이런 것들이 끝도 없이 이어집니다. 이것은 의사라는 직업이 돈을 잘 버는 수단이 되어버렸기 때문에 그렇습니다. 너무 지나치게 돈 중심으로 가기 때문에 이런 일이 벌어지는 것입니다.

그래서 학문을 하는 사람은 학문 그 자체에 관심을 가지고 공부를 해야지 그게 아닌 수단이 되면 심리적으로 큰 압박을 받게 됩니다. 또 여기서 박사 학위를 따더라도 한국에 돌아가면 실제로는 대학강사 자리 하나도 제대로 마련하기 어려운 것이 현실입니다. 제 말은 그만 두라는 것이 핵심이 아니라, 적극적인 마음으로 전환을 해야 한다는 것입니다.

성경의 말씀을 빌리면 '5리를 가자면 10리를 가주라' 이런 말씀입니다. 내가 여기 올 때는 부모님이 보내서, 주인이 아닌 종의 마음으로 왔다고 하더라도, 오늘 이 강연을 듣는 순간부터는 이 공부가 내 것이 되어야 합니다. 내가 궁금해서 내가 필요해서 하는 학문으로 전환을 해야 학습효과도 나고 머리도 창조적으로 돌아가고 심리적인 불안감도 극복할 수 있습니다. 억지로 하면 누구나 정신적으로 힘들게 되어 있습니다. 억지 공부를 해서 효과가 나는 시대는 지났습니다.

그래서 다시 마음을 바꾸어서 공부를 자기화시켜 내가 궁금하고, 내가 재미있는 공부를 하면 달라질 수 있을 것입니다. 만약 심리가 많이 불안해서 임시 처방이 필요할 때는 절을 하거나 명상을 해야 합니다. 그러나 여러분들이 논문에 대한 부담감을 갖고 있는 상태에서는 어떤 처방도 일시적 효과밖에 안 납니다. 제대로 치료가 되려면 내가 거기에 재미를 붙이고 내가 궁금해 하고 내 공부가 되어야 합니다. 그렇게 전환을 하면 심리도 안정되고 학습 효과도 오릅니다. 이제 여러분들이 밥만 먹고 공부만 해도 되는 시기가 얼마 안 남았습니다. 이런 기회를 잘 활용하는 것이 필요합니다. 힘들어하지 말고 심기일전해서 공부하시길 바랍니다.

시러큐스대학교

명상을 하면
평화운동에 도움이 되나요

스님은 평화운동도 하고 계시고 명상도 하고 계신데, 평화운동을 하는 데에 명상이 어떤 영향을 미치나요? 스님께서는 이 두 가지가 어떻게 통합된다고 보시는지요. 우리 삶에서는 어떻게 명상을 통해 평화로 한 걸음 더 나아갈 수 있을까요?

일반적으로 자신의 마음에 화가 있으면 다른 것들을 미워하게 됩니다. 그러면 행위가 파괴적으로 나오게 되지요. 그러므로 화를 내면서 평화를 얘기하면 안 됩니다. 먼저 자기 마음을 평화롭게 해야 합니다. 마음이 평화로운 상태에서 비판의식을 갖게 되면 이것은 문제를 해결하는 에너지가 됩니다.

　마음을 평화롭게 갖는 것이 명상의 핵심입니다. 명상에는 세 가지 요건이 갖춰져야 합니다. 첫 번째, 어떤 긴장도 하지 않고 먼저 마음을 편안하게 하는 것입니다. 두 번째는 마음을 한 곳에 집중해야 합니다. 자신의 호흡에 집중한다든지, 자신의 감각에 집중한다든지, 어떤 것이든 좋습니다. 세 번째는 집중된 그 상태에 깨어 있어야 합니다. 즉 알아차림이 유지되어야 합니다.

　호흡 명상을 예를 들어 설명하면, 먼저 몸과 마음의 모든 긴장을 풉니다. 편안한 상태에서 마음을 코끝에 집중해서 자기가 호흡하고 있는

프린스턴대학교

참여불교 국제 컨퍼런스를 준비하는 청년들과

것을 분명히 알아차립니다.

우리는 매 순간 호흡하고 있습니다. 그런데 우리는 호흡하고 있는지도 잊고 지냅니다. 조금만 집중하면 '아, 내가 호흡하고 있구나' 하는 것을 알 수 있습니다.

숨이 들어갈 때는 '숨이 들어가는구나' 하고 알아차리고, 숨이 나올 때는 '숨이 나오는구나' 하고 알아차리고, 숨이 가쁘면 '숨이 가쁘구나' 하고 알아차리고, 숨이 부드러우면 '숨이 부드럽구나' 하고 알아차립니다. 어떻게 호흡하느냐가 아니고 다만 자연 상태의 호흡을 있는 그대로 뚜렷이 알아차리는 것입니다. 그러나 그것이 말처럼 쉽지는 않습니다. 왜냐하면 머릿속에서 지나간 과거의 생각이 자꾸 떠오르고, 아니면 미래의 어떤 구상이 자꾸 떠오릅니다. 그래서 마음을 그것들에 자꾸 뺏겨버리면 호흡을 놓치게 됩니다.

이미 지나간 과거도 연연하지 말고, 아직 오지 않은 미래에도 연연하지 않고, 오직 지금 여기, '호흡'에 집중해서 호흡의 상태를 알아차립니다. 그렇게 하면 마음이 안정되고, 마음이 안정되면 호흡이 더 부드러워집니다. 호흡이 부드러워지면 알아차림을 놓치기가 쉽습니다. 왜냐하면 다른 온갖 생각들이 떠오르게 되죠. 그러기 때문에 더 집중해서 호흡을 알아차려야 합니다. 그러면 마음이 더 안정되고, 그러면 호흡이 더 부드러워 집니다. 다시 호흡을 놓칠 위험이 있습니다. 그러기 때문에 호흡에 더 집중을 해야 합니다. 이렇게 계속 나아가면 호흡이 아주 부드러운 상태가 되고, 그러면 숨이 들어가고 숨이 나올 때의 온도 차이도 느껴지고, 숨이 들어가고 나오면서 움직이는 코털의 감각까지 느껴집니다.

그래서 이 모든 미세한 감각에 대해 뚜렷하게 깨어있음이 이루어집니다. 이런 마음의 평정심을 유지한 상태일 때 평화운동은 평화적으로 될 수 있습니다. 그런데 마음에 화를 가지고 평화운동을 하면 평화란 이름으로 싸우게 됩니다.

프린스턴대학교

인생의 목표가 없어요

저는 40대 초반의 직장 여성입니다. 어릴 때부터 항상 도달해야 하는 목표가 있었어요. 커서는 대학원에 가는 것이 목표였고, 직장에서는 자격증 시험을 목표로 공부했고, 회사생활을 하면서 이만하면 나름 괜찮다고 생각했습니다. 그런데 30대 중반이 되면서부터 '내가 뭘 위해 정신없이 이렇게 달려왔나' 하는 생각이 들어서 3년 전 다니던 회사를 그만 두고 2년 동안 일본에서 하고 싶은 일 하며 놀면서 스트레스 없이 지내다가 지금은 미국으로 돌아와 월급은 적지만 스트레스 없는 직업을 선택하여 마음 편하게 지내고 있습니다. 그런데 이렇게 특별한 목표도 없이 아무 생각도 없이 살아도 되는가 하는 생각이 듭니다. 어떤 것이 잘 사는 것인지 궁금합니다.

네, 아무 걱정 없이 사는 게 잘 사는 것입니다. 옛날처럼 또 그렇게 미친 듯이 살고 싶으면 그렇게 살면 되잖아요. 그런 삶이 문제가 있다고 생각해서 놓아 버렸으면 이제 편하게 살면 되죠. 그렇게 살아도 되는지 물으시니 저는 "그렇게 살아도 된다"고 말씀드리는 것입니다. 아무 문제없어요. 지구를 생각해도 문제없고, 미국을 생각해도 문제없고, 질문자 개인을 생각해도 아무 문제가 없어요.

그런데 지금 마음이 허한 이유는 무엇일까요?

197

그것은 미친 듯이 살았던 그 관성, 중독성이 아직 덜 빠져서 그렇습니다. 그 습성이 아직 무의식 세계에 남아 있어서 가만히 있으면 뒤처지는 것 같고 허송세월 보내는 것 같은 심리적 불안이 일어나는 것입니다. 예를 들어 어떤 사람이 담배에 중독이 되었다면 더 좋은 담배를 피우려고 하는 것과 같고, 술에 중독이 되었다면 더 좋은 술을 먹으려고 하는 것과 같습니다. 그러나 아무리 좋은 담배를 피운다고 해도 안 피우는 것보다는 못하고, 아무리 좋은 술을 먹는다고 해도 안 먹는 것보다는 못하지요. 탁 내려놓고 안 먹는 쪽으로 가버리면 아무 일 안 해도 되는데, 확연히 깨닫지 않으면 좋은 술과 담배를 보면 마음이 끄달리게 됩니다.

좋은 술과 담배를 먹는 친구들을 보고 '내가 세상에 뒤처지는 것은 아닌가?' 이런 생각이 든다면 아직도 옛날의 중독성의 잔재가 나한테 남아 있는 것입니다. 술, 담배를 안 하는 사람의 입장에서 보면 더 좋은 술, 더 좋은 담배가 무슨 의미가 있습니까. 그런 것처럼 아무리 사람들이 돈을 태산같이 쌓고 지위를 높여가도 그것이 내가 가야 할 행복의 길이 아니라고 생각하면 그것을 보고 불안해야 할 아무런 이유가 없습니다. 아무리 사람들이 달음질치며 쫓아가더라도 그 끝이 낭떠러지라면 거기에 내가 휩쓸려 따라갈 필요가 없지요. 그런 것처럼 질문자에게는 아직도 옛날의 그 잔재가 남아 있어서 그런 것입니다.

우리의 카르마에도 관성의 법칙이 있습니다. 지금까지 살아온 습성에 의해서 현재 살아갑니다. 아직 과거의 습성이 남아 있기 때문에 내가 생각으로는 아무리 '안 되겠다'고 결정해도 무의식 세계에서는 계속 그쪽으로 나아가려고 해서 심리적 갈등이 생기니 불안한 것입니다. 조금 더 놀면서 기다리면 곧 괜찮아집니다.(웃음)

예전에는 너무 욕심으로 살았던 것 같고 지금은 아무 생각 없이 하루하루 사는 것 같아요.

아무 생각 없이 하루하루 사는 것은 좋은데 게으르게 살면 안 되지요. 시간을 많이 낼 수 있다면, 뉴욕에도 밥을 못 먹어서 굶는 사람이 많다고 하는데 식사를 제공하는 봉사단체에 가서 봉사를 해도 되지요. 주위를 둘러보면 할 일이 굉장히 많습니다. 왜 방 안에만 가만히 있으려고 해요? 명상을 해도 되고 요가를 해도 되고 봉사를 해도 됩니다. 할 일은 늘 있습니다.

'내가 재벌이 되겠다' 하는 것은 욕심이 아닙니다. 욕심은 내가 세운 목표를 달성하기 위해 노력하지 않을 때 하는 말입니다. 좋은 대학을 가고 싶은데 공부는 하기 싫다, 실력은 안 되는데 성적은 잘 받고 싶다, 이런 것이 욕심입니다. 목표를 세우고 그 목표를 향해 노력하는 것은 욕심이 아닙니다. 욕심인지 욕심이 아닌지의 기준은 간단합니다. 그 목표가 달성되지 않았을 때 좌절하고 절망하면 그것은 욕심입니다. 그러나 안 되었을 때 '이래서 안 되네. 저렇게 해볼까?', '어, 이것도 안 되네. 요렇게 해볼까?' 이렇게 탐구하면 아무리 큰 목표를 세워도 그것은 욕심이 아닙니다.

여러분들이 스트레스를 받는 이유는 대부분 욕심 때문입니다. 학생들도 공부하면서 스트레스를 받는 이유는 자기 실력 이상으로 평가되기를 바라기 때문입니다. 회사에서도 자기 실력 이상으로 능력을 발휘하려고 하니까 스트레스를 받죠. 그냥 자기 실력껏 하면 됩니다. 대충 하라는 얘기가 아닙니다. 최선을 다해서 노력하되 평가에 너무 연연하지 말라는 것입니다. '일은 사람이 하고 뜻은 하늘이 이룬다'라는 옛말이 있습니다. 이 말은 하늘이 전부 결정한다는 뜻이 아니라 나는 최선을 다하되 결과에 연연하지 말라는 뜻입니다. 그렇게 하면 삶이 훨씬 더 편안해지고 행복해집니다.

그럼 그냥 큰 목표 없이 지금 다니는 직장에 편안하게 다니면 되겠네요.

다람쥐가 무슨 목표를 향해 살고 있다고 생각하세요? 그런 목표가 있는지 다람쥐한테 한번 물어보세요.

원래 인생에는 그런 뚜렷한 목표란 것이 없습니다. 그냥 밥 먹고 사는 겁니다. 밥 먹고 살면서 여유가 있으면 나쁜 일보다는 좋은 일을 하고 살면 좋다는 것입니다. 인생을 너무 과대평가하기 때문에 인생살이가 짐승보다 못해지는 것입니다. 사람의 삶이 얼마나 하찮으면 나는 새를 부러워합니까? 그만큼 인생이 고달프다는 얘기지요. 그것은 인생에서 너무 과다한 목표를 정해서 그래요.

가볍게 살아야 합니다. 경제적으로 여유가 생기면 타인에게 보시도 하고, 시간적으로도 여유가 생기면 가난한 사람을 위해서 봉사활동도 하고, 이렇게 살아가면 저절로 내 재능을 어디에 쓸 것인지 목표가 생겨납니다. 지금처럼 돈 번다는 개념이 아닌 쪽으로 목표가 저절로 생겨납니다. 그러니 지금 걱정할 필요가 없어요. 지금은 과거의 중독성이 더 빠져야 하니 그동안에는 방황을 좀 하겠지요. 그러나 이렇게 자기 삶의 여유를 갖고 편안한 상태에서 봉사도 하고 보시도 하면서 살면 자기도 행복하고 남에게도 도움이 됩니다.

뉴욕 커뮤니티 교회

날 버린 엄마를
용서할 수 없어요

어릴 때 엄마가 저를 두고 떠났습니다. 열두 살까지는 사촌과 함께 살았고, 그 뒤에는 언니와 살다가 열여덟 살 이후에는 독립해서 제 힘으로 혼자 살아왔습니다. 나중에 엄마를 만났을 때 '왜 나를 두고 떠났냐'고 따졌지만 지금 75세인 엄마가 진실을 이야기한다는 믿음이 생기지 않습니다. 엄마를 용서할 수가 없어 괴롭습니다.

그리고 저는 인생의 목적이 없습니다. 누구나 삶에는 반드시 목적이 있다고 생각하지만 그 목적을 알아낼 수 없습니다. 배우가 되겠다는 목표는 세웠는데 목적의식이 없습니다. 그러다가 어릴 적 생각이 나면 눈물이 나고 괴로워집니다.

질문자는 지금 엄마로부터 버림 받았다고 생각하는데 사실은 버림 받은 상태가 아닙니다. 그런데도 옛날에 버림 받았다는 그 생각의 기억 때문에 슬퍼지는 겁니다. 즉 질문자의 괴로움은 현재가 아닌 모두 옛날 일 때문입니다.

질문자는 지금 여기에 살지만 머릿속은 옛날 기억으로만 가득 차 있어요. 마치 극장에 가서 영화를 보고 있는 사람과도 같습니다. 영화 속에서 죽는 사람을 보면 슬프지만 스크린을 끄면 아무 일도 없잖아요. 그것처럼 지금 머릿속에서 어릴 때의 기억이 영화처럼 돌아가고 질문자는 거기에 집중되어 있어요. 그래서 영화를 볼 때 슬프듯이 옛날 생각을 하면 갑자기 눈물이 나는 것입니다. 또, 지금 눈물이 멎은 것은 현재로 돌아왔기 때문입니다.

항상 현재에 깨어 있어야 합니다. 과거라는 영화를 보면 과거의 고통이 되살아납니다. 아무 일도 안 하고 계속 과거의 영화만 보고 살 거예요? 지금 자신의 주위를 둘러보세요. 나에겐 아무 문제될 일도 없습니다. 나는 지금 살아 있습니다. 건강합니다. 내가 행복하지 못할 아무런 이유가 없습니다. 그러나 머릿속에 있는 과거의 비디오를 틀면 괴로워집니다. 괴롭고 싶으면 그 슬픈 기억의 비디오를 계속 트세요. 괴롭고 싶지 않으면 이제 그 영화를 그만 보시고 테이프도 버리세요.

그런데 문제는 버리려고 해도 잘 버려지지 않는다는 것이지요. 나도 모르게 자동으로 옛날 기억의 영화가 돌아가면서 자꾸 슬픔에 빠지게 됩니다. 그래서 조금은 노력이 필요합니다. 생각이 과거로 빠질 때마다 빨리 현재로 돌아와야 합니다. 생각이 과거의 기억으로 돌아갈 때는 얼른 마음을 코 끝에 집중하세요. 숨이 들어가고 숨이 나오는 것을 느끼면 현재 내가 숨 쉬며 살아 있다는 사실을 알 수 있어요. 숨이 들어가고 숨이 나가는 이것이 현재입니다. 현재에 깨어 있으면 괴로움은 없습니다.

중요한 것은 질문자의 선택입니다. 옛날 비디오를 틀면서 마냥 슬퍼할지, 지금 현재에 깨어서 행복하게 살지를 결정하는 것은 질문자 자신입니다. 엄마의 문제가 아닙니다. 자식을 버린 엄마의 아픔은 우리가 상상하기보다도 더 어렵습니다. 어쩔 수 없는 상황이 있었을 겁니다. 어릴 때는 엄마의 마음을 몰랐다 하더라도 이제 당신도 엄마가 될 수 있는 나이가 되었으니 자식을 버릴 수밖에 없었던 그 마음을 이해하셔야 합니다.

유니온 신학대학교

엄마는 당신을 낳아준 고마운 분입니다. 엄마가 낳아주지 않았다면 당신은 이 세상에 없었을 것입니다. 그러니 이렇게 기도하세요. "엄마, 저를 낳아 주셔서 감사합니다" 오직 이렇게 감사 기도만 해야 합니다. 그러면 미래에는 저절로 밝아집니다. 과거 생각을 자꾸 하면 자신을 초라하게 만들 뿐입니다. 이미 지나간 과거에 집착하면 괴롭고 슬퍼지고, 아직 오지 않은 미래를 자꾸 생각하면 불안 초조해지고 근심 걱정이 생깁니다. 항상 지금에 깨어 있어야 합니다.

또 어릴 때의 경험이 질문자에게 반드시 나쁜 것만은 아닙니다. 배우를 한다고 했지요? 만약 질문자가 어릴 때 버려진 아이 역을 맡게 된다면 어떨까요? 여간해서는 잘 하기 힘든 연기를 아주 잘 해낼 수 있을 겁니다. 질문자가 과거에 겪었던 모든 경험은 질문자의 미래에 큰 자산이 됩니다. 그것을 상처로 간직하고 괴로움의 원인으로 삼을 것인지, 경험으로 살려서 나의 자산으로 만들 것인지는 질문자가 지금 결정할 수 있습니다. 어떻게 하겠습니까?

다시 말씀드리지만 이 세상에 태어난 사람은 과거에 어떤 경험을 했든 누구나 다 행복할 권리가 있습니다. 이를 일러 부처님은 '모든 사람은 다 부처가 될 수 있다'고 말했고, 예수님은 '모든 사람은 다 사랑하는 하나님의 아들이다'라고 했습니다. 그러니 자신의 소중함을 깨달아 행복하게 살아야 합니다. 미국에 사는 여러분이 불행하면 본인만 불행한 것이 아니라 우리 인류에게 절망을 가져옵니다. 전 세계 사람들이 미국에 가면 잘 살수 있다고 미국을 동경하는데 여기 사람들마저도 괴롭다면 그 사람들은 희망이 없어지니까요. 그러니 인류에게 절망을 주지 않기 위해서라도 여러분은 행복해야 합니다. 모두들 행복하게 사시기 바랍니다.

UTS James 기념 예배당

마음을 표현하기가
힘들어요

저는 속으로 느끼거나 생각하는 점을 표현하는 것이 너무 어렵습니다. 특히 말다툼을 할 때 근거 없는 주장을 한다는 말을 자주 듣습니다. 한마디로 말이 많이 딸리는 편입니다. 어떻게 하면 속마음을 잘 표현할 수 있을까요?

우선은 말다툼을 해서 이기려고 생각하지 마세요. 그것, 이겨봤자 아무 이득도 없어요. '아이고, 네 말이 옳다' 하고 넘어가면 됩니다. 다음으로는 자신의 마음 밑바닥에 무엇이 있는지 제대로 알아야 합니다. 우리는 자신의 진짜 마음을 잘 몰라요. '나도 내 마음을 잘 모르겠다' 이럴 때가 많잖아요. 이런 것은 의식적으로 알아차리는 연습을 해야 해요.

알아차리는 방법은 크게 두 가지가 있습니다. 깊은 명상을 통해 자신의 무의식 세계를 알아차리는 방법이 있고, '나눔의 장' 같은 수련을 하면서 '마음 내어놓기'를 하는 방법이 있습니다. '나눔의 장' 수련에서 '마음 내어놓기'를 해보면 이틀 정도는 자꾸 자기 생각을 이야기하지 마음을 나누지 못합니다. 그러나 사흘 정도 지나면 마음과 생각을 구분할 줄 알고 자신의 마음이 어떤 상태인지도 알게 됩니다.

우리가 대화하는 내용 중 90퍼센트는 마음이 아니라 생각입니다. 그러나 마음과 생각은 다릅니다. 생각은 의식에, 마음은 무의식에 뿌리를 두고 있습니다. '생각이 많다' 이런 표현은 쓰지만 '마음이 많다'라고는 하지 않습니다. '마음이 괴롭다'라고 하지 '생각이 괴롭다'라고는 하지 않습니다. 감정적인 것들은 마음에 속하고 이성적인 것들은 생각에 가까워요. 삶의 행동이 바뀌려면 생각도 물론 바뀌어야 하지만 마음이 바뀌어야 하는데, 마음은 무의식에 뿌리를 두고 있기 때문에 바꾸기가 쉽지 않습니다. 그래서 우선 자신의 상태를 자기가 알아야 합니다. 그 다음에 마음을 가볍게 내어놓는 연습을 해야 합니다.

정토회에서는 이것을 '마음 나누기'라고 불러요. 서양과 달리 한국 사람들은 어릴 때부터 감정 표현을 억누르고 점잔을 빼는 것이 좋다고 배우며 자라지요. 마음속이 눌린 채 부글부글 끓다가 견디지 못하고 한 번씩 뻥 터지니 성질 더럽다는 소리를 듣습니다. 어릴 때부터 자기감정을 드러내면 부모나 선생님에게 야단맞아 자기 마음을 자연스럽게 표현하지 못하고 심리가 억압되어 있는 경우가 많아요. 그래서 자꾸 자기 마음을 드러내는 연습을 의식적으로 해야 해요. 저희 정토회는 마음공부를 하는 모임이라서 법문을 같이 듣거나 오늘 같은 행사를 마치고 나면 일어나는 마음이 어땠는지 마음 나누기를 합니다.

마음은 자연스럽게 표현해야 합니다. 예컨대 오늘 강의를 듣고 나서 '저는 조금 지루하게 느꼈습니다'라고 가볍게 표현할 수 있어야 해요. 그런데 '스님 강의는 지루했어요'라고 표현하면 지루한 책임을 스님에게 지우기 때문에 듣는 사람의 기분이 나빠집니다. '스님 강의를 듣고 저는 지루하게 느꼈습니다', '저는 즐겁다고 느꼈습니다'라고 하면 자기감정을 표현했을 뿐 스님의 잘잘못을 판단하는 것이 아니기 때문에 자기감정을 표현을 해도 상대가 기분 상하지 않고 '아, 저 사람은 오늘 강의를 지루하게 느꼈구나'라고 알게 되어 다음 강의부터는 조정을 할 수 있어요.

그런데 우리는 이런 감정 표현을 잘 할 줄 몰라서 '네가 그렇게 해서 내가 괴로웠다'고 말하니까 상대가 기분 나빠하는 경우가 많습니다. 그렇지 않으면 상대방 기분이 상할까봐 아예 말을 안 합니다. 속마음을 가볍게 내어놓되 너의 책임이 아니라 이 상황에서 '나는 이렇게 느꼈다'라고 표현해야 합니다. 듣는 사람이 잘못했다는 것이 아니라 말하는 본인이 그저 그렇게 느꼈다는 것뿐이니까 시비할 일이 아니잖아요.

그렇게 자꾸 표현하는 연습을 해야 해요. 말싸움은 져도 괜찮지만 감정 표현을 잘 못하면 앞으로 연애를 하거나 결혼할 때도 자꾸 오해가 생기고 힘들어요. 평생 같이 사는 사람에게 편안히 마음을 내어놓을 수 있으면 스트레스가 안 쌓여서 겉으로는 좀 투닥거려도 관계가 화목합니다. 반면 많은 공부를 했다는 교양 있는 부부라 평생 큰 소리 내 싸움 한번 안 했다 하더라도 서로 냉랭하고 서먹하게 사는 경우가 많습니다. 서로 감정을 억누르고, 감정 표현을 하는 것 자체도 자기 자존심이 상하는 것으로 생각하고 살면 서로 마음이 편안하지 않습니다. 나는 나대로 내 감정을 제대로 표현하지 못하니 무슨 이야기를 해도 하다마는 양 항상 아쉽고, 또 상대의 마음을 제대로 알 수 없으니 답답하지요. 약간 달그락거려도 마음속을 내어놓고 서로 편하게 사는 것이 좋습니다. 대신 남 탓을 하면 안돼요. 연습을 많이 하세요.

베스트 웨스턴 플러스 North Haven 호텔

새로운 미디어 언론사,
허핑턴포스트 방문

2014년, 허핑턴포스트 코리아의 창립을 기념하는 아리아나 허핑턴Arianna Huffington 회장과 법륜 스님의 특별 대담이 한국에서 있었는데 이를 인연으로 스님께서 세계 100회 강연의 일정으로 뉴욕을 방문하신다는 것을 알게 된 아리아나 허핑턴 회장이 맨해튼에 있는 허핑턴포스트 본사로 스님을 초청하였습니다.

약 35명의 편집인들과 함께 1시간 남짓 대화의 시간을 가졌습니다. 이 대담은 허핑턴포스트에 2개의 기사로 올라오기도 하였습니다.

미팅을 마치고 스님과 일행은 허핑턴포스트 곳곳을 둘러볼 수 있었습니다. 직원들이 자유롭게 간식을 먹을 수 있는 장소, 탁구대 등 가벼운 운동을 할 수 있는 시설, 곳곳의 소파와 휴게실, 근무 시간 중에 졸리면 이용할 수 있는 수면방 등이 특히 인상적이었습니다. 중견간부 사무실은 모두 통유리로 되어 있어서 안에서 무엇을 하는지 훤하게 볼 수 있었고 책상과 책상 사이에 칸막이가 없이 모두 트여 있었습니다.

그리고 편집실이 딸린 스튜디오를 보았는데, 한창 방송 중인 상황을 볼 수 있도록 통유리로 되

어 있었습니다. 거대한 방송국에서만 방송을 하는 것이 아니라 이렇게 작은 스튜디오를 만들어
놓고 온라인을 통해서 생방송이나 녹화방송을 하는 것을 보니 허핑턴포스트가 세계적인 영향
력을 미치는 블로그 미디어로 발전하게 된 저력을 느낄 수 있었습니다.

부모님이 싸울 때
무서워요

엄마, 아빠가 싸울 때 너무 슬프고 무서운데 제가 어떻게 해야 하나요?

엄마 아빠가 싸우면 옆에서 심판을 보세요. 누가 이기는지 구경하세요. 엄마가 말로 공격을 했다, 아빠가 다시 맞받아서 공격을 한다, 아빠가 말로 안 되니까 주먹이 나오려고 한다, 이렇게 권투 경기 시청하듯이 보면 됩니다. 그러면 아무 문제가 없어요.

자기는 엄마 아빠가 싸우면 주로 누구 편을 들어요? 엄마 편을 들면 나도 모르게 아빠를 미워하게 됩니다. 엄마 아빠한테 싸우지 말라고 이야기하고 싶지만, 아무 도움이 안 돼요. 왜냐하면 엄마 아빠가 내 말을 안 들을테니까요. 자기도 엄마 아빠 말을 안 들을 때가 있죠? 자식이 부모 말도 안 듣는데 어떻게 부모가 자식 말을 듣겠어요? 그러니 엄마 아빠한테 이래라 저래라 해도 아무 도움이 안 돼요.

그래서 엄마 아빠가 싸우면 "심판은 내가 볼게" 하세요. "잘한다" 하면서 재미있게 구경하세요. 그러면 적어도 나는 상처를 하나도 안 입어요. '아이고, 어떡해' 하면서 무섭고 걱정이 되면 거기에 빨려 들게 되어서 내가 상처를 입어요. 그런데 도저히 심판을 보거나 응원하는 게 안 되고 자꾸 눈물이 나고 무서우면, 얼른 밖으로 나가버리세요. 둘이 싸우든지 말든지 안 보면 됩니다. 싸움판이 다 끝난 다음에 들어오면 됩니다. 제일 좋은 방법은 응원하는 것이고, 그것이 아직 어려우면 안 보는 것이 두 번째 방법입니다.

엄마 아빠가 안 싸웠으면 좋겠지요? 그런데 인간이 살다보면 싸우게 됩니다. 커보면 알게 됩니다. 만약에 엄마 아빠가 싸우는데 내가 말려들면 나중에 커서 내가 결혼에 대해 부정적인 생각을 하게 됩니다. 엄마 아빠가 저렇게 싸워도 누구 때문에 헤어지지 않고 같이 사는 걸까요?

저 때문에요.

그래요. 엄마 아빠가 싸우는 것은 자기들 문제이고, 나한테는 싸우면서도 고마운 사람들이잖아요. 싸우고 나서 나를 위해서 밥도 해주잖아요. 엄마 아빠 누구의 편을 들면 안 되고, 두 분 다 고마운 사람입니다. 누가 잘했다 못했다 따지면 안 됩니다. 엄마 아빠가 안 싸웠으면 좋겠지만 세상이 내 뜻대로 안 됩니다. 절대로 싸우는데 말려들면 안 됩니다.

이렇게 기도하면 좋겠네요. "엄마, 아빠 저를 낳아주시고 키워주셔서 감사합니다."

세인트 토마스 아메리카 교회

플러싱(Flushing)

중국인들에게
밀리고 싶지 않아요

제가 10년 전에 이곳에 왔을 때는 한국인들이 경제권을 잡고 있었는데 이제는 중국 사람들이 그 자리를 차지하고 한국인들은 밀리는 것 같습니다. 우리도 어떻게 하면 해외에서 중국 사람들보다 더 멋있게 살 수 있을지 가르쳐주시면 좋겠습니다.

한국 사람들 한 사람 한 사람의 개인적 역량은 중국 사람들 한 사람 한 사람의 역량보다 뛰어난 편입니다. 그러나 한국 사람들이 중국 사람들에 비해서는 집단성이나 공동체성이 좀 약한 편입니다. 또 중국 사람들은 한국사람들보다 단기간에 이익을 보려는 생각이 적은 편입니다. 조금 더 인내심이 있고 조금 더 길게 보고 또 집단적으로 대응을 합니다. 그런데 한국 사람들은 개별적으로 대응을 하고 조금 조급한 편이라 빨리 결과를 보려고 합니다. 이런 성격 차이가 있기 때문에 한국 사람이 갖는 장·단점이 있습니다.

　한국 사람들의 조급하고 도전적인 성격은 한국 경제를 빠르게 성장시킨 요인이 되었습니다. 또 한국 사회가 굉장히 혼란스러운 것 같지만 굉장히 역동적입니다. 스마트폰을 사용하는 것부터 뭐든지 빨리 빨리 하잖아요. 외국 사람들이 제일 먼저 배우는 한국말이 "빨리 빨리"라는 말이라고 합니다. 이런 것이 장점이 될 때도 있지만 단점이 될 때도 있습니다. 이번에 세월호 사고가 이런 것의 단점을 가장 적나라하게 보여준 것이죠. 돈만 되면 수단 방법을 가리지 않고 뭐든지 했던 것의 부작용으로 나타난 하나의 사건이라고 볼 수 있죠.

질문으로 돌아가서 대답을 해보면 중국 사람에 비해서 한국 사람들은 집단적으로 대응하기보다 개별적으로 대응을 하니까 사업 경쟁에서 밀릴 수밖에 없습니다. 한국 사람들이 미국에 와서 자리를 잡은 것은 개인의 노력도 있지만 지난 30년 동안에 한국 경제가 빠르게 성장을 했습니다. 그래서 그 기반 위에서 미국에서 사업을 할 수 있었습니다. 그런데 세계의 공장이 모두 중국으로 갔습니다. 그래서 지금은 우리가 중국으로 가서 물건을 가져와서 파는데, 중국 사람들이 자기 나라에서 물건을 가져와서 파는 것과는 경쟁이 될 수 없습니다. 지금 중국 경제가 성장하고 있는 것이 이곳에서 중국 영향력이 커지는 것을 뒷받침하고 있어요. 그러므로 여기에 중국 사람들과 맞경쟁을 하려고 하면 안 됩니다. 싼 물건을 팔아야하는 이민자들의 경쟁력이 한국 사람보다는 중국 사람에게 유리해져 있습니다. 이런 환경을 먼저 이해하는 것이 필요합니다.

우리가 개선할 수 있는 방법은 두 가지입니다. 먼저 각 개인은 자신이 닦아놓은 지금까지의 사업 기반 위에서 중국 사람들이 미처 생각하지 못한 새로운 아이템으로 업종 전환을 해나가는 방법이 있습니다. 한국 사람들이 잘하는 신속하게 대응하는 그런 업종으로 바꿔서 새로운 아이템으로 가는 길이 하나 있고, 그렇지 않고 과거의 아이템으로 중국 사람들과 경쟁하는 것입니다. 그렇게 하려면 한국 사람들도 집단 대응을 하는 자세가 필요한데 이건 기질을 바꾸는 것이라 쉽지 않아요. 그래서 중국과의 경쟁에서 밀려났다고 볼 수도 있는데 꼭 밀려났다고 생각할 필요는 없습니다. 우리는 더 좋은 아이템으로 옮겨가는 것이니까요. "복잡하고 힘드는 것은 중국, 너희들이 해라" 하고는 우리는 더 좋은 주변부로 가면 됩니다. 이렇게 생각을 긍정적으로 해야 합니다.

미래에는 중국 국내시장에서 경쟁력이 있는 한국 제품은 전자산업이 아니라 오히려 식품산업입니다. 현재 중국의 식품은 수억의 인구에 비해 안정성이 떨어집니다. 앞으로 중국에 부자들이 점점 늘어나면 중국 식품을 못 믿으니까 안전한 외국 식품을 먹으려고 할 것입니다. 한국에서 안전한 고급 식품을 생산해서 중국에 팔면 시장이 엄청나게 커질 수 있습니다. 그에 비해 전자제품은 오히려 중·저가의 중국 제품이 한국시장을 지배할 것입니다. 이 부분은 곧 무역역조가 생겨날 수 있습니다. 그래서 하나만 보면 안 됩니다. 이 주기를 잘 봐서 10년이 지나고 20년이 지나면 어떻게 바뀔 것인지 예측을 해야 사업을 할 수 있습니다. 그냥 하던 것만 계속하고 있으면 저절로 가라앉을 수밖에 없습니다.

여러분들도 서양 사람들이 하는 것을 보고 금방 배워서 여기서 자리 잡았는데 그런 방식은 더 이상 안 됩니다. 더 나아가려면 이 사람들이 못하는 것을 해내야 합니다. 지금 인류 문명은 위기에 처해 있습니다. 그러면 어떻게 대안을 마련할 것이냐 하는 것이 우리의 과제입니다. 첫째, 방향을 잘 잡아야 하고, 둘째, 꾸준히 노력해야 합니다. 현재 한국 사람들은 지금까지 서양따라 배우기만 해오다가 서양 수준에 이르니까 이제 어디로 가야할지 몰라 정체되어 있습니다. 모방하는 것은 세계 최고 수준이어서 거의 서양 수준에 근접했는데 문제는 창조력이 없는 것입니다. 창조를 하려면 사유체계가 아주 자유로워야 합니다.

우리 민족의 정체성을 갖되 배타적 민족주의를 하면 안 됩니다. 열린 민족주의로 나아가야 합니다. 이제는 모든 장벽을 허물고 '무엇이 진실인가', '무엇이 정말 우리를 자유롭게 하는가' 이런 관점에서 접근해야 합니다.

그런 면에서 여기서 사업을 하면서도 너무 한국 사람끼리만 생각할 필요가 없습니다. 그러나 우리가 한국 출신들이니까 공통성이 있습니다. 공동 대응하는 것은 필요해요. 중국 사람들은 자기들끼리 똘똘 뭉쳐 사는데 우리는 한국 사람이 가까이 오면 겁나잖아요. 외국인을 겁내는 것이 아니고 한국 사람을 겁내잖아요. 그러다 보니 중국 사람이 다 차지하지요.

이제는 생각을 좀 바꾸어야 합니다. 옛날에는 왜 한국 사람들을 겁낼 수밖에 없었느냐? 우리가 미국에서 자리 잡을 수 있는 것이 굉장히 한정적이었어요. 누가 세탁소를 냈다고 하면 거기 가서 보고 종업원을 좀 하다가 자기도 세탁소를 낼 수밖에 없었어요. 다른 것은 어떻게 해야 하는지 몰랐으니까요. 그러니 이것을 나쁘게 생각하면 안 돼요. 그러니까 내 가게에서 종업원을 한 3년 하면 그가 몰래 새로 가게 차려 손님을 뺏어가기 전에 오히려 내가 먼저 "자, 이 정도 배웠으면 너도 하나 새로 가게를 차려라. 내가 도와줄게. 내 분점을 너한테 하나 줄게." 이렇게 얘기해서 협력 관계를 유지하면 이 사업이 훨씬 커질 수 있습니다. 그런데 우리는 그렇게 못하잖아요.

우리나라 기업들도 마찬가지입니다. 재벌기업이 중소기업과 협력관계를 유지하면 우리나라 산업이 탄탄할텐데 착취를 합니다. 뽑아만 먹으니까 양극화 현상이 심화되고 중소기업이 몰락하는 현상이 생깁니다. 그래서 이제는 중국기업에 하청을 주니까 기술이 다 유출되어서 금방 중국 기업이 성장해 오게 됩니다. 그래서 이익을 너무 단기적으로 보지 마세요. 조금 길게 보세요.

저도 이번에 세계 100강을 하면서 성당에서 하는 경우가 열 곳이 넘습니다. 마음공부를 하는 것이 중요하지 무슨 종교냐가 중요한 것이 아닙니다. 그러면 제가 불교의 정체성이 없는 것일까요? 불교의 정체성은 바로 이런 열린 자세입니다. 예수님도 "진리가 너희를 자유케 하리라" 그랬잖아요. 그래서 우리가 조금 열고 살았으면 좋겠습니다.

플러싱고등학교

엘리콧시티(Ellicott City)

은퇴 후에 집에만 있으니
초조하고 불안해요

34년 동안 미국 공무원으로 일하다가 일주일 전에 은퇴했습니다. 은퇴를 하고 막상 집에 있으니 불안하고 초조하고 평화를 다 잃어버린 느낌입니다. 다시 회사에 들어가서 계약직으로 일할까 하는 마음이 있습니다. 지금은 쉬고 싶은 마음과 계약직으로 다시 일하고 싶은 마음이 반반입니다. 어찌 하면 좋을까요?

혹시 관성의 법칙 들어보셨어요? 움직이는 물체는 계속 움직이려고 하고 멈춰있는 물체는 계속 멈춰 있으려고 합니다. 멈춰 있는 물체를 움직이게 하려면 힘을 가해야 합니다. 움직이는 물체를 멈추게 하려고 해도 힘을 가해야 합니다.

질문자는 34년 동안 매일 출근했잖아요. 직장 다니는 게 습관화되었습니다. 그런데 갑자기 직장을 탁 그만두니까 계속 직장을 나가던 관성이 있는데 집에 있으려니까 기분이 이상한 겁니다.

그럼 어떻게 하면 낫느냐? 일 년 정도 놀면 다 낫습니다. 지금은 일주일밖에 안 되었으니까 불안한데 한 달까지는 불안한 게 더 심해지다가 점점 약해집니다. 한 일 년 정도 놀면 이제 노는 데에 관성이 붙습니다. 그러니 걱정할 것이 없어요. 다만 시간이 좀 걸릴 뿐이에요. 세월이 약입니다. 그냥 기다리면 해결이 됩니다.

교회를 다닌다면 교회에 가서 봉사를 하든지, 절에 다니면 절에 가서 봉사를 하든지, 다른 소일거리를 찾아서 일을 하면 불안한 마음을 극복하는 데 도움이 됩니다. 그러나 노력을 안 하셔도 시간이 지나면 저절로 해결이 됩니다.

이것과 관계없이 내가 일을 좀 더 해도 되지 않을까 하는 고민은 앞의 고민과는 전혀 다른 문제입니다. 일을 더 하고 싶으면 선택해서 일을 더 하면 됩니다. 그런데 불안 심리 때문에 일을 더 하면 죽을 때까지 일하다가 죽어야 해요. 이것은 60세에 그만둬도 생기는 문제이고, 65세에 그만둬도 생기는 문제이고 70세에 그만둬도 생기는 문제예요. 이제 은퇴를 하셨으니까 이런 관성적으로 사는 삶으로부터 자유로워져서 주체적으로 삶을 살겠다고 생각하신다면 그냥 일 년을 쉬는 게 좋습니다. 일 년을 쉬면서 이 카르마를 없애버리고 이 카르마에 안 끌려가는 상태에서 아직 건강하니까 일을 해야겠다고 한다면, 습관화된 상태가 아니라 주체적인 선택에 의해서 일을 하게 되는 것입니다. 이렇게 되면 일을 하다가 중간에 그만둬도 아무 문제가 없고, 또 언제든지 일을 해도 아무 문제가 없습니다.

모든 삶은 습관입니다. 이 습관화된 것을 '카르마'라고 부릅니다. 인간의 삶은 습관의 연속입니다. 습관이 나를 몰고 가는 것입니다. 담배 피우는 습관이 한 번 들면, 담배 피우는 습관이 담배를 피우고 싶게 만드는 것입니다.

스마트폰을 손에서 놓지 못하는 사람들이 많다고 하지요. 기계는 유용하니까 잘 쓰되 습관화되는 것을 막아야 합니다. 습관화되는 것을 막으려면 일주일에 하루든, 한 달에 이틀이든, 스마트폰 없이 살아보는 겁니다. 그랬을 때 계속 불안하면 '아, 내가 지금 스마트폰에 중독되었구나' 하고 자기를 점검하면 됩니다. 그때 중독에서 벗어나려면 불안한 것을 견뎌내야 합니다. 그래야 거기로부터 자유로워질 수 있습니다. 자가용을 가진 사람도 한 달에 한 번은 대중교통을 이용해서 다녀보세요. 그래서 자가용에 습관화된 것을 벗어나야 합니다.

자기를 온전하게 지키려면 습관화되는 것을 방지해야 합니다. 기계를 쓰지 않는 것이 중요한 것이 아니라 거기로부터 자유로워지도록 해야 해요. 질문자는 지금 직장 다니는 것이 습관화된 것입니다. 34년 동안 습관화된 것이니까 어떻게 하루아침에 없어지겠어요? 몸과 마음에 밴 습관이 빠지려면 한 일 년은 걸릴 겁니다. 일 년 동안은 그런 증상이 나타나더라도 '아, 이건 습관 때문에 그렇다. 지금이 자유롭고 좋은 거야' 이렇게 마음을 편안하게 가지든지, 조금 힘들면 봉사를 나가든지 하시고, 이런 습관이 빠진 뒤에 '아직 건강하니까 새로운 일을 하겠다' 생각한다면 얼마든지 하셔도 괜찮습니다.

성공회 성요한 교회

4

사물의 전모를
있는 그대로 보는 길

· 북아메리카 II

우리는 어떤 사물을 볼 때 한 면만 봅니다.
사물의 모습은 한 면만으로는 판단하기 어렵습니다.
그런데 우리 대부분은 한 면만 보고는 문제라고 생각합니다.
저는 특별한 역할을 하는 게 아닙니다.
앞면만 보는 분이라면 질문을 던져서 뒷면도 보도록 하고,
오른쪽 왼쪽도 한 번 보도록 하고, 위 아래도 보도록 하면
앞면만 보고 생각했던 어려움과 문제점이 저절로 해결됩니다.
즉 사물의 전모를 있는 그대로 보는 것을 '진리'라 합니다.
그런데서 오늘 우리들의 대화는 진리를 찾아가는 대화입니다.

시카고의 마천루 풍경

남편이 아이와
경쟁해요

육아에 대한 고민입니다. 미국인 남편과 만 세 살, 두 살인 아이가 있어요.
육아관으로 남편과 충돌할 때는 아직도 어떻게 해야 할지 고민이 됩니다.
남편은 다 좋은데 불같은 성격이 있어서 아이들이 말을 안 들으면 심하게
야단을 치고 고함도 지릅니다. 성격도 깔끔해서 어지르는 것을 싫어합니다.
그래서 큰 아이가 상처를 많이 받고 있어요.

　사실 저와 남편 사이는 좋고 서로 깊이 사랑합니다. 원래 남편은 아이를
원치 않았으나 제가 결혼할 때 아이는 꼭 낳아야겠다고 요구해서 남편의
동의를 얻게 되었어요. 그런데 아이를 낳고 나니까 아이보다는 부부 중심
의 사고를 가진 남편이 스트레스를 많이 받는 것 같아요. 그 스트레스가
아이에게 향하는 것 같구요. 날이 갈수록 남편의 투정도 늘어나고 아이들
과 경쟁하는 것처럼 보일 때도 있어요. 그래서 육아에서 남편과 충돌할 때
밀고 나가도 되는 것인지, 아니면 남편의 말을 따라야 하는 것인지요? 참고
로 남편은 육아 책의 내용을 전혀 믿지 않거나 따르지 않는 사람입니다. 그
래서 어떻게 해야 할지 궁금합니다.

처음부터 남편은 아기를 낳지 않고 둘만의 시간을 갖고 싶어 했잖아요.
그러면 질문자가 결혼을 할 때 그것을 받아들였어야 했어요. 그런데 남
편의 얘기를 안 듣고 나는 아이를 낳아야 되겠다고 자기 하고 싶은 대로

했단 말입니다. 남편은 질문자와 결혼을 하고 싶어서 아기 낳는 것을 허용한 겁니다. 남편 입장에서는 자기는 원하지 않는데 허용한 것이란 말입니다.

여기서부터 문제가 발생한 것입니다. 결혼하기 전의 아내는 온전히 남편을 향해 있었는데, 아기를 낳으니까 아기한테 관심이 뺏기잖아요. 남편 입장에서는 '아기'라고 하는 강력한 경쟁 상대자가 나타난 겁니다. 남편이 아기한테 짜증을 내는 것은 심리적으로 너무 당연한 거예요. 이런 성격의 남자라면 남편이 있을 때는 아기한테 전혀 관심을 안 주고 남편한테만 관심을 줘야 해요. 처음부터 아기가 있어도 자신에게 아무런 장애가 안 된다는 것을 심어줬어야 했는데, 질문자는 또 아기를 좋아하니까 남편은 뒷전이고 아기한테만 관심을 갖지요. 그러니까 보이지 않는 감정의 충돌이 계속 일어날 수밖에 없습니다.

그러니 지금이라도 처음 결혼할 때의 남편의 생각을 따라줘야 합니다. 남편은 아내가 요구하니까 응해줬지만 그 무의식이 바뀐 것은 아니잖아요. 남편의 심리 근저에 그것이 늘 잠재되어 있으니까 짜증으로 나타나는 겁니다. 아무리 아기가 힘들어해도 남편이 있을 때는 남편을 어른이라고 생각하지 말고 어른 아이라고 생각해야 합니다. 남편까지 포함해서 우리 집에는 애가 세 명이라고 생각해야 해요. 그래서 항상 큰 애를 먼저 돌보고 그 다음에 둘째 셋째를 돌보는 마음으로, 늘 큰 애를 우선적으로 돌보는 자세를 가져야 합니다. 어떤 경우에도 먼저 남편에게 관심을 보여주고, 아기한테 관심을 보일 때는 항상 남편한테 "여보 미안해. 내가 아기 조금 돌볼게" 이렇게 양해를 구하고 아이를 돌봐야 합니다.

부부 사이에 이렇게 하기는 굉장히 어려운 일일 수 있습니다. '이게 나

만의 애냐? 네 애는 아니냐?' 이런 생각이 있으니까요. 그러나 이 문제를 풀려면 심리적으로 그렇게 할 수밖에 없습니다. 왜냐하면 남편이 싫다는 것을 자기가 원해서 아이를 낳았으니까요. 그렇게 해야 남편의 신경질이나 짜증을 좀 줄일 수 있어요.

그리고 남편이 아이에게 야단치거나 뭐라고 할 때는 질문자가 나서서 간섭하면 안 돼요. 그러면 화를 더 돋우게 돼요. 내버려 둬야 합니다. 그때 질문자가 아이를 안고 돌보게 되면 아이의 무의식 세계에 '엄마는 좋은 사람, 아빠는 나쁜 사람' 이렇게 심어지기 때문에 아이와 아빠 사이가 나쁜 관계를 유지할 가능성이 커져요. 그러기 때문에 아빠가 아이를 야단칠 때는 가능하면 내색을 안 하고 관여하지 않는 것이 좋아요. 나와 관계없는 이웃집 아저씨 보는 것처럼 조금 떨어져야 합니다. 그리고 그 문제로 아이를 위로하면 안 되고 모른 척해야 합니다.

이런 아이의 심리를 건강하게 하려면 질문자가 조금 더 지혜로워져야 하고 냉정해야 합니다. 일반적인 육아 책들은 엄마가 아이한테 어떻게 할 것인지만 기록되어 있지 이런 남자들의 문제는 전혀 고려하지 않기 때문에 책 보고 아이를 키우면 대부분 실패합니다. 소가 송아지 낳아서 책보고 키우는 것이 아니듯이, 어미의 삶이 건강하면 자식의 삶은 저절로 건강해집니다.

그러니 남편이 조금 짜증을 내더라도 남편을 잘 달래고 위로해서 부부 관계가 화목하고, 질문자가 남편한테 스트레스를 안 받아야 아이가 건강해집니다. 아이가 아빠한테 직접 야단 맞는 것은 생각처럼 그렇게 큰 상처는 안 됩니다. 질문자가 남편한테 스트레스를 받으면 그것은 아이한테 굉장한 스트레스로 갑니다. 엄마가 스트레스 받지 않고 아이를 키우는 것이 중요합니다.

만약 남편이 술 먹고 와서 주정을 할 때, 아내가 그냥 등 두드려 주면서 "아이고, 여보 오늘 술을 많이 드셨네요" 이렇게 편안하게 얘기하듯이 받아주면 아이는 아빠의 영향을 전혀 안 받습니다. 즉 아빠의 버릇이 엄마의 거울에 반사해서 아이한테 가기 때문에 그것이 엄마한테서 반사되지 않으면 아이한테는 큰 영향을 안 줍니다. 아이 성격의 80~90퍼센트는 엄마로부터 영향을 받기 때문입니다. 그래서 엄마가 아기를 보호하려면 어떻든 남편을 잘 다독거려야 해요. 그래서 스트레스 안 받고 살아가면 아이는 나쁜 영향을 덜 받고 성격도 크게 왜곡되지 않습니다.

　그러니까 '남편 때문에 아이가 나빠진다' 이런 생각을 하시면 안 돼요. 예를 들어 아이가 물을 엎질러 놓아서 남편이 성질을 내면, "아이가 아직 어리니까 몰라서 그렇지" 이렇게 접근하면 안 되고, "여보 미안해. 내가 아이를 잘 못 가르쳤어. 내가 물을 치웠어야 했는데 못해서 그래" 이렇게 해야 남편의 심리가 안정되지, 남편에게 왜 그러냐고 추궁을 하면 남편이 더 스트레스를 받게 돼요. 사실 어떤 여자도 이렇게 하기 어려운 일입니다. 그렇지만 질문자가 처음부터 아기를 안 낳겠다는 남자를 선택했잖아요. 그러면 이 남자와 결혼을 안 하든지, 애기를 안 갖든지 해야 하는데, 내가 원하는대로 아기를 가졌기 때문에 이 과보는 내가 감수를 해야 하는 겁니다. 이것마저 남편을 고치겠다는 것은 전부 내 뜻대로 하겠다는 것이에요. 부부 관계가 괜찮다면 남편의 그런 성격을 질문자가 이해하고 감내해야 합니다. 그러면 아이들에게는 큰 문제는 없습니다.

로드 오브 라이프 루터스 교회

효과적으로 정치적 변화를 가져오려면

저는 좀 속상하고, 화도 나고, 조급한 마음입니다. 정치적으로 심각한 변화가 필요하다고 생각하기 때문입니다. 저는 부당함, 기후변화, 정치권의 부패, 민주주의의 부재 등이 우려가 됩니다. 스님께서 생각하시기에 정치적인 변화를 효과적으로 가져올 수 있는 불교적인 방법은 무엇입니까? 예를 들면 평화적인 시위 방법인 시민 불복종에 대해서는 어떻게 생각하십니까?

불교적인 관점이라는 것은 가장 현실에 맞게 효과적으로 운영한다는 뜻입니다. 불교의 핵심 가르침이 중도인데, 중도는 '주어진 조건에서의 최선'이라는 뜻입니다.

중도란 것은 정해진 것이 아닙니다. 상황이 바뀌면 방향이 바뀝니다. 그 시간적 공간적 조건 속에서의 최선입니다. 그렇기 때문에 어떤 상황이냐의 문제입니다.

우리의 생각이라는 것은 의식에 기반을 두고 있기 때문에 빨리 바뀌는 경향이 있지만 감정이라는 것은 무의식에 기반을 두고 있기 때문에 쉽게 안 바뀝니다. 불교에서는 이것을 카르마라고 합니다. 습관화되었다는 뜻입니다. 이것은 바뀌는데 시간이 많이 걸려요. 그런데 그것을 금방 바꾸려고 하면 잘 안 바뀝니다. 금방 안 바뀌니 '내가 문제다'라고 여기는 자학 증세가 생깁니다. 또 타인의 성격이 빨리 안 바뀌면 화를 내게 됩니다. 그러나 그것은 빨리 바뀔 수 없는 성질을 갖고 있는 거예요. 수많은 실수와 반복된 연습이 필요하고, 일정한 시간이 필요합니다. 또 빨리 바뀌려면 무의식 세계에 자극을 강하게 주어야 합니다. 그러기 때문에 우리의 조급함이 오히려 화를 불러 일으키고, 스스로 미워하고 좌절하게 만듭니다. 이런 성질을 알고 우리가 시작해야 합니다.

우리가 사는 사회도 마찬가지입니다. 우리가 역사공부를 하는 이유도 거기에 있습니다. 역사적 사건 하나하나는 그 순간에는 실패했을 때가 굉장히 많습니다. 그러나 긴 역사에서 보면 사실은 다 성공적이에요. 한 번 만에 될 수 없는 일을 한 번 만에 하려고 하면 실패합니다. 여러 번 실패를 거듭하면서 조금씩 조금씩 진척되는 것입니다. 그래서 길게 보면 그것은 성공적인 역사예요.

예를 들어, 환경의 변화와 그 영향을 생각해보면 참 위험합니다. 그러나 사람들의 삶의 현실을 보면 참 변하기가 어렵지요. 생활이라는 것은 이미 습관화된 것입니다. 많이 쓰는 것이 잘 사는 것이라는 가치관이 무의식적으로 이미 쌓여 있어요. 소비의 증가가 지구환경에 위험하다고 생각하면서도 무의식적으로는 계속 그렇게 살아가는 겁니다. 어쩌면 이것은 우리가 아무리 환경운동을 해도 개선하지 못할 수도 있습니다. 그러면 절망적인가? 그렇지 않습니다. 환경파괴를 막지는 못해도 적어도 공멸의 기간을 연장시키는 효과는 가져올 수 있습니다. 또 어떤 환경적 위기 상황이 올 때 이런 운동을 한 성과가 있으면 그때 다른 대안을 빨리 찾을 수 있습니다.

그래서 우리는 그것이 바른 방향이라면 최선을 다해서 계속 해야 합니다. 물론 좀 더 빨리 하면 좋죠. 그러나 그것은 우리가 연구를 해야 합니다. 그래서 구체적인 상황에서는 어떤 방법을 찾을 수 있지만, 그냥

법륜 스님은 불교의 진리를 매우 단순하면서도
간단명료하게 답해주실 수 있는
몇 안 되는 스님 중 한 분이다.
— 조지워싱턴대학교 종교학과 헤바 교수

좋은 방법이라는 것은 없습니다. 정치적인 문제도 마찬가지입니다. 너무 조급하게 빨리 변화시키려면 화가 나고, 또 폭력적으로 대응하기가 쉽습니다. 멀리 보고 꾸준히 계속해 나가야 합니다. 그래야 이 운동을 지속할 수 있고, 지속해야 변화의 성공 가능성이 높아집니다.

조지워싱턴대학교

나를
사랑하는 방법이 있나요

저는 항상 만족을 못합니다. 행복하다고 느껴본 지가 너무 오래되었고, 베풀 줄도 모르고, 제가 먼저 주는 게 너무 힘들고, 사랑을 어떻게 하는지도 모르겠습니다. 저 자신을 사랑하는 방법을 알고 싶습니다. 어떻게 하면 욕심을 버리고 만족할 수 있는지 궁금합니다.

베풀 줄도 모르고 사랑할 줄도 몰라서 괴롭다고 얘기 하셨는데 그렇지 않습니다. 산에 사는 토끼가 베풀 줄 알아요? 몰라요. 산에 사는 토끼가 사랑할 줄 알아요? 몰라요. 그러나 토끼가 괴롭다는 얘기를 합니까? 안 합니다. 그래서 아무 문제가 없습니다. 베풀 줄 몰라도 괜찮고 사랑할 줄 몰라도 괜찮습니다. 그러니 그것 때문에 괴롭다고 할 수는 없습니다.

　여기 있는 대부분의 사람들도 다 자기밖에 모르고 삽니다. 그래도 사는 데 큰 문제가 없습니다. 다람쥐도 남을 배려할 줄 몰라요. 그런데도 잘 살잖아요. 자기만 지금 심각하게 얘기하는데 그 정도는 별로 문제가 안 돼요. 별 문제가 없으니까 괴로워할 일도 없어요.

　내가 대통령이 되겠다, 내가 부자가 되겠다, 이것은 욕심이 아닙니다. 어떤 것을 욕심이라고 하느냐? 욕심이라는 것은 크고 작은 것이 아니라, 상호 모순된 관계를 말합니다. 돈은 빌려놓고 갚기는 싫다, 저축은 안 해놓고 목돈을 찾겠다, 이것을 욕심이라고 합니다. 논리적으로 이루어질 수가 없는데 헛된 생각을 하는 것이지요. 그게 욕심입니다. 다른 말로 하면 욕심이라기보다는 어리석음에 속합니다. 모든 괴로움의 원인은 무지無知입니다. 이 욕심도 무지 안에 들어갑니다. 그리고 화가 나는 것도 크게는 어리석음 안에 들어갑니다.

한마디로 말하면 고통의 원인은 '무지'이지만, 다시 이것을 나누면 자기가 원하는 대로 다 가지려는 욕망을 탐심貪心이라고 부르고, 나만 옳다며 성내는 것을 진심嗔心이라 부르고, 어리석음을 치심癡心이라고 불러서, 탐진치 삼독三毒이라고 합니다. 이 세 가지 마음이 우리를 병들게 합니다. 무엇을 하겠다 하는 것은 의욕이지 욕심이 아닙니다. 욕심은 이뤄질 수가 없습니다. 욕심의 결과는 괴로움을 가져옵니다. 그래서 욕심을 버리라고 말하는 겁니다.

질문자의 얘기는 욕심을 부린다고 말하기는 어려운 것 같아요. 사랑받을 줄만 알지 베풀 줄을 모른다는 것이 욕심은 아니거든요. 그러면 지금 질문자의 욕심은 무엇인지 한번 생각해 보라는 겁니다.

다람쥐를 한번 보세요. 다람쥐도 멀리 뛸 수는 없으니까 못 올라갈 나무도 있을 것이고, 계곡이 너무 깊으면 못 건너는 계곡도 있을 것 아닙니까. 그렇다고 한탄하는 다람쥐 보셨어요? 다람쥐도 괴로워하지 않고 잘 사는데 질문자는 다람쥐보다는 낫잖아요? 그렇다면 최소한 괴롭지는 않아야 합니다. 괴롭다는 것은 다람쥐보다 못하다는 것이 됩니다. 그런데 그 괴로움은 바로 욕심에 눈이 어둡거나 화가 나서 눈에 뵈는 게 없거나 할 때 주로 일어난다는 것입니다. 그러니까 질문자가 그것을 잘 살펴봐야 합니다.

질문자는 지금 사랑해야 한다, 베풀어야 한다는 강박관념을 가지고 있어요. 즉 사랑해야 한다는데 너무 욕심을 부리고 있다는 것입니다. 그

"저는 항상 만족을 못합니다. 행복하다고 느껴본 지도 오래되었어요."

"능력 밖의 너무 많은 것을 가지려고 하는 건 아닐까요.
그냥 토끼처럼 편안히 살면 어떨까요."

러니 사랑할 수 있으면 하고 베풀수 있으면 베풀면 되지 베풀어야 한다
는 욕심은 버리셔야 합니다. 능력 밖의 너무 많은 것을 베풀려고 하니
까 자기가 자신에게 만족을 못하는 것입니다. 그냥 토끼처럼 편안히 살
면 어떨까요.

홀리에인절스 교회

왜 108배를 해야 하나요

스님께서는 108배를 하라는 말씀을 많이 하십니다. 왜 108배를 해야 합니까? 육체적인 운동이 아니라 왜 제가 절을 해야 되는지 궁금합니다.

어떤 사람 두 명이 누워서 서로 얘기를 나누다가 다투면 계속 누워서 다툴까요? 일어나 앉겠지요. 앉아서 얘기하다가 또 다투면 계속 앉아서 얘기할까요? 서겠죠. 서서 얘기하면서 성질이 나면 고개를 숙이고 얘기할까요? 고개를 쳐들겠죠. 어깨에 힘을 주고 고개를 쳐들고 눈을 부릅뜨고 큰 소리로 얘기합니다. 이것이 '내가 옳다'는 생각이 가장 강할 때 몸이 나타내는 동작입니다.

화가 났다는 것은 내가 옳고 네가 그르다는 것이 극에 달했다는 겁니다. 그러다가 '내가 잘못했다'는 생각이 스치면 동그랗게 치뜬 눈이 내리깔리고 쳐들었던 고개가 약간 숙여집니다. 그러면서 '아이고, 미안해요' 이렇게 합니다. 그러다가 더 잘못했다 싶으면 '죄송합니다' 하면서 허리를 숙입니다. 내가 진짜 죽을 죄를 지었다 싶으면 무릎을 꿇고 '잘못했습니다' 그럽니다. 진짜 내가 더 죽을 죄를 지었다 싶으면 이마를 땅에 대고 빕니다. 이것이 마음에 따른 몸의 표현이에요.

내가 무릎을 꿇고 이마를 땅에 댄다는 것은 '내가 옳다'는 생각을 완전히 내려놓았을 때입니다. 그래서 절을 하는 의미는 '내가 옳다고 할 것이 없습니다. 제가 잘못했습니다. 참회합니다' 이런 의미입니다.

절의 효과는 세 가지가 있습니다. 첫째, 무릎을 꿇고 이마를 땅에 대고 절하는 전 과정에서 전신운동이 됩니다. 어떤 전신운동보다도 효과가 좋습니다. 같은 15분 안에 어떤 운동을 하는 것이 가장 효과가 좋으냐? 절이 가장 좋습니다.

둘째, 다른 운동은 육체적으로만 효과가 좋은데, 절은 심리적으로 자기가 옳다는 생각을 내려놓는 효과가 있기 때문에 스트레스가 해소됩니다. 스트레스는 '내가 옳다'고 고집할 때 받습니다. '제가 잘못했습니다' 할 때는 스트레스가 없어져요. 현대인들은 '내가 옳다'는 생각에 사로잡혀 스트레스를 많이 받기 때문에 절을 하는 것이 좋습니다.

셋째, 여기에 자기 암시문을 가지고 하면 더 좋아요. 자신의 무의식 세계에 영향을 주는 암시문을 '수행문' 또는 '기도문'이라고 합니다. 심리가 불안할 때 '부처님 내 마음 편안하게 해 주세요' 이렇게 하는 것은 도와달라는 얘기잖아요. 그렇게 기도하는 것이 아니고 절을 하면서 '부처님, 감사합니다. 저는 마음이 편안합니다' 이렇게 자기 암시를 주어야 해요. 108배를 하면서 기도문을 외우면 108번 자기한테 암시를 주는 것이 됩니다. 남편과 갈등이 심할 때는 남편에게 '당신이 옳습니다. 제가 부족합니다' 이렇게 절을 하는 겁니다. 상대가 어떤 주장을 할 때 '저건 틀렸다'는 생각이 항상 들었는데, 이렇게 계속 자기 암시를 주면, 남편이 얘기할 때 남편 얘기를 그냥 그대로 들을 수 있게 됩니다. 그래서 절을 하는 것입니다.

그럼 왜 108배인가. 100배를 하든 103배를 하든 100배를 하든 그것은 그렇게 중요하지 않습니다. 전통적으로 우리는 '108번뇌'라고 불러왔잖아요. 그래서 '108번뇌'를 없앤다는 뜻에서 108배를 하는 것입니다.

부처님한테 절을 한다는 것이 아니라 자기의 어리석음을 참회하는 것입니다. 즉 자신의 부족함을 참회하는 절이기 때문에 제가 볼 때는 기독교 교리에도 어긋나지 않다고 생각합니다. 그래도 교리에 어긋난다고 생각하면 103배를 하면 됩니다. 한국 천주교가 조선말에 박해를 받을 때 순교해서 성인의 위치에 오른 사람 103명이 복위되었잖아요. 그분들 한 분 한 분께 절을 하는 뜻이 될 수 있습니다.

절을 하는 과정에서 힘이 들면 여러 생각이 많이 일어납니다. 처음에 남편한테 참회기도 하다가 힘들면, '내가 뭐 잘못했는데, 네가 더 잘못했지' 이런 분노도 일어나고, 또 그러다가 '아이고, 내가 잘못했다' 싶기도 하고, 마음이 열두 번도 더 바뀝니다. 이렇게 마음이 바뀌어 가면서 절을 계속 하면 '내가 옳다' 하는 생각이 이 과정에서 조금 놓여집니다. '남편이 그래서 그랬구나', '아내가 그래서 그랬구나' 이렇게 상대를 이해하는 마음이 들기 시작합니다. 절을 하면서 상대가 이해되면 스트레스가 풀리거든요.

예를 들어 '네가 왜 그런지 모르겠다!' 하면 목소리도 커지고 마음이 답답하잖아요. 모르겠다는 이 무지가 스트레스의 원인입니다. 그런데 '아, 그래서 그랬구나' 이렇게 상대를 이해하게 되면 스트레스가 풀리잖아요. 그래서 이해받으려 하지 말고 이해하라고 말하는 것입니다. 이해받으려고 하기 때문에 스트레스를 받는 것입니다. 이해하는 마음을 내면 스트레스가 해소돼요. 그래서 절을 하는 겁니다. 땀이 뻘뻘 나고 하기 싫은 마음이 일어나는데도 계속 절을 한다는 것은, 성질을 고쳐보겠다는 각오가 굉장히 굳건하다는 것을 말합니다. 그렇지 않으면 절을 계속 할 수 없습니다. 절을 108배 하는 것은 종교와 아무런 관계없이 심리 치료에 굉장한 효과가 있습니다.

그래서 다시 정리하면, 첫째, 그냥 절만 해도 육체 운동에 아주 좋다. 둘째, 절을 하면 자기 이상이 좀 허물어진다. 셋째, 기도문을 가지고 절을 하면 무의식 세계에 변화가 오면서 스트레스 해소에 굉장히 도움이 된다, 이렇게 말할 수 있습니다.

크리스토퍼 뉴포트 뉴스대학교

남을 위해 살고 싶어요

저는 사람들을 도우면서, 희망세상을 만드는데 힘을 보태고자 행정학 석사 과정을 선택한 학생입니다. 저는 이 길을 선택할 때 앞으로 돈을 많이 번다 는 것은 물 건너갔다고 생각했고, 제가 아무리 발버둥쳐도 세상은 별로 변 하지 않을 수 있다는 것을 각오하고 선택했습니다. 평생 다른 사람의 인권 과 행복을 위해 일해오신 스님의 열정의 원천은 무엇인지 조언을 구하고 싶습니다. 저는 앞으로 비영리 단체를 이끌고 싶은데, 이 길이 나쁘지 않은 선택이라는 생각이 듭니다.

남을 위해서 희생한다는 생각을 하는 것은 남을 괴롭히는 것보다는 낫지만 오십보백보입니다. 별 차이가 없습니다. 내 이익을 위해서 남에 게 손해 끼치는 것은 가장 나쁜 것에 속하고, 남의 이익을 위해서 나에 게 손해를 끼치는 것은 그 다음 나쁜 것에 속합니다. 이건 중간도 안 됩니다.

세상에서는 내 이익을 위해서 남을 해치는 것을 나쁘다고 말하고, 자 기 이익을 버리고 남을 이롭게 하는 것은 선이라고 말하지 않습니까. 그 러나 그것은 오래가지는 못합니다. 남을 괴롭히는 것도 오래가지 못합니 다. 그 사람이 저항하기 때문입니다. 내가 손해 보는 것도 오래가지 못 합니다. 참는 데는 한도가 있기 때문입니다. 진정으로 남에게도 도움이 되고 나에게도 도움이 되는 것이어야 오래 할 수 있습니다. 그러니 질문자가 출발부터 내가 희생한다 이렇게 생각하면 나중에 인생이 억울해집니다. 나는 이렇게 가족을 위해서 희생했고, 나라를 위해서 희생했고, 세상을 위해서 희생했는데, 나한테 돌아온 것은 무엇이냐? 그래서 오히려 세상을 원망하고 나라를 원망하고 가족을 원망하고, 결국 자기 자신에 대해서도 원망하게 될 위험이 있습니다.

'나에게는 이것이 더 보람이 있고 재미가 있다' 이런 마음으로 출발해야 합니다. 이렇게 해서 내가 결과적으로 원하는 만큼 성공을 했다면 그것도 괜찮고, 또 원하는 만큼 이루지 못해도 내 인생이 실패냐? 그렇지 않습니다. 실패란 것은 없습니다.

성공과 실패를 짧게 보면 안 돼요. 변화를 가져오려면 시간이 많이 걸립니다. 만약 열 단을 쌓는 것을 목표로 했다면 나는 두 단까지만 쌓고 가는 것이고, 다음에 내 후배나 후손들이 와서 또 두 계단을 만들어가고, 또 그들이 죽으면 그 다음에 또 누가 와서 두 계단을 만들어가고, 이렇게 나 이후에 5대에 걸쳐서 이 일은 해나가야 하는 것입니다. 개혁의 목표를 좀 더 근원적이고 크게 세우면 시간이 많이 걸리고, 개혁의 목표를 아주 작게 세우면 내일이라도 성공할 수 있습니다.

누구를 위해서 산다는 생각은 버려야 합니다. 제가 질문을 가만히 들어보니까 질문자는 착한 병에 걸린 사람이에요. 그러면 질문자는 자기가 자기한테 속습니다. 인생을 너무 과대평가하면 안 돼요. 인간이란 별거 아니에요. 산에 사는 토끼나 인간이나 나고 죽는 것은 똑같습니다. 인간을 너무 위대하게 생각하기 때문에 인생이 괴로운 겁니다. 너무 많은 의미 부여를 하지 말고, 내가 행정학을 했든 무슨 전공을 했든 그 일을 해서 밥 벌어 먹는 것이잖아요? 그래서 먼저 '내가 일을 조금밖에 안 했는데도 밥을 주니까 고맙다' 이렇게 생각해야 합니다. 내가 남을 위해서 일한다 자꾸 그러지 말고요. 결혼해서도 '내가 너를 위해서 산다' 이러면 자꾸 싸우게 됩니다. '나와 같이 살아줘서 고맙다', '나 같은 사람과 누가 살아주겠나. 감사합니다' 이런 마음으로 같이 살면 아무런 문제가 없어요. 밥 먹고 사는 것만 해도 고마운 줄 알고, 아침에 눈 떠 보고 안 죽은 것만 해도 감사할 줄 알고 살면서, '이왕 살아 있을 바에야 남한테 좋은 일 좀 하자' 이렇게 가볍게 생각해야지 너무 사명감이 크면 인생이 고달파집니다. 인생에 너무 큰 무게를 두지 마시고 조금 가볍게 사는 게 좋아요.

저는 사회 문제를 보고 화가 나는 것이 동력이라고 생각했는데, 이런 생각은 이제 그만해야 하나요?

화가 나는 그 심정은 충분히 이해가 돼요. 그런데 우리가 어떤 사람을 보고 문제라고 할 때 내 속에서 분노가 있으면 파괴적인 에너지가 나옵니다. 역사에서는 때론 파괴적인 에너지가 필요합니다. 파괴적인 에너지가 혁명을 불러오지 않습니까.

그러나 오늘날 한국 사회나 미국 사회가 과연 혁명의 시기인가를 살펴봐야 합니다. 지금 있는 걸 다 때려 부수고 완전히 새로 건설해야 하는 혁명의 시기인가요? 아닙니다. 혁신, 즉 개혁을 해야 하는 시기입니다. 세상에 대한 긍정적인 관점을 가지고 비판의식이 있으면 혁신을 가져오지만, 부정적 시각 위에 비판적 의식을 갖게 되면 파괴적 에너지가 나옵니다.

그래서 역사를 살펴보면 혁명을 할 때 대부분 뒷수습에 실패해요. 그

이유는 파괴적 에너지만 있지 창조적 에너지는 없기 때문에 그렇습니다. 열에 아홉은 실패를 하고 열에 하나 정도가 혁명을 해서 성공하는 경우가 있는데, 그럴 때는 그 혁명 세력 안에 세상을 굉장히 긍정적으로 보는 창조적 에너지가 있었기 때문입니다. 예를 들어 중국 혁명의 경우, 주은래周恩來 같은 사람은 세상에 분노만 있는 것이 아니라 굉장한 애정이 있는 사람입니다. 그러면 혁명이 극단적으로 흐르지 않습니다. 그래서 질문자가 세상을 너무 부정적으로 보면 극단으로 흐르기 쉽고, 또 자기도 속이 너무 상해서 자기를 다치게 합니다. 세상이 뜻대로 안 되니까 자꾸 세상을 미워하거나 한탄하게 되거든요.

지금 대한민국에는 긍정적인 요소도 있고 부정적인 요소도 있어요. 다 합해서 종합점수를 매긴다고 할 때, 49대 51이 되어서 다만 1이라 하더라도 저는 긍정적인 요소가 더 많다고 봅니다. 그렇다면 지금은 혁명을 할 시기가 아니고 혁신을 할 시기입니다. 대한민국을 긍정적으로 보는 바탕 위에 아직 민주주의가 부족하다, 복지제도가 부족하다 등 여러 가지 부족한 것들을 어떻게 개선할 것인가 이런 관점에서 보고 접근을 해야 개선할 수 있는 아이디어가 나옵니다. 그런데 화가 나서 사회운동을 하면 자꾸 때려 부수고 싶어집니다. 분노해서 일하는 것은 좋지 않습니다. 그 에너지를 승화시켜야 합니다. 자기 분노를 해소시킬 수 있는 마음공부를 하고 그 강력한 분노를 긍정적 에너지로 전환시켜야 합니다.

대한민국에 사는 사람 중에는 친일 후손도 있고, 극보수도 있고, 온갖 사람들이 다 있지만, 그 사람들도 다 한 표의 투표권을 갖고 있는 대한민국의 국민입니다. 그들마저도 포용하는 마음을 내야 긍정적 에너지가 되지 누군가를 미워하는 쪽으로 자꾸 치우치면 변화 에너지가 오래 못

갑니다. 반짝 빛나다가 안 되면 포기해 버리거든요. 그래서 조금 더 승화시키는 것이 좋겠다 싶습니다.

마음에 분노가 많으면 절을 좀 많이 해야 해요. 분노가 많다는 것은 내가 옳다는 생각에 너무 치우쳐 있는 것이거든요. 절을 많이 해서 머리를 숙여 땅에 닿아야 '내가 옳다'는 것을 좀 내려놓을 수 있어요.

NCSU Dabney 홀

성숙하고 싶습니다

타지에서 오랫동안 공부하느라 삼십 대가 코앞인 학생입니다. 저는 부모님의 도움으로 경제적인 어려움 없이 공부에만 집중할 수 있었어요. 그런데 계속 공부를 하다 보니까 주변의 친구들은 이미 직업을 갖거나 결혼해서 뭔가를 이루고 성숙해 가는데 저는 아직도 좀 어린애 같은 느낌이 들어 고민입니다. 그렇다고 좋아하는 공부를 당장 그만두고 사회생활을 할 수도 없고요. 주어진 상황에서 할 수 있는 게 무엇일까요? 108배를 시작해야 할지, 아니면 스님 동영상을 많이 보고 책을 많이 읽다보면 사람을 다루고 성숙할 수 있는 지혜를 얻을 수 있을지 궁금해서 질문을 드립니다.

지금 같은 얘기로는 앞으로 성숙하기는 글렀어요. 꿈일 뿐입니다. 좋게 말해서 부모 잘 만난 것이고 직설적으로 표현하면 부모 등골을 빼먹고 사는 거란 말입니다. 나이 서른에 아직도 부모의 지원을 받아 공부한답시고 이렇게 사는 것은 사람이 할 짓이 아니에요. 사람이 할 짓이 아닌데 어떻게 성숙하겠어요.

　사람이 태어나서 어릴 때는 부모님의 보살핌이 필요해요. 자연 속에서 동물처럼 살 때는 열두 살이면 대부분 자립을 합니다. 그러다가 농경 사회에 오면 수렵 채취하는 것보다 농사짓는 것은 기술이 더 필요하니까 배우는 시기가 늘어나서 열다섯 살이 성년의 기준이 됐습니다. 자연

생태계에서는 사춘기가 시작되면 성년이 됩니다. 신체적으로 남성적 특징이나 여성적 특징이 나타나면 이미 성년이 되는 것이지요. 조선 시대에는 대부분 열다섯 살 전후에 결혼을 했잖습니까. 산업사회에 들어와서 배우는 시간이 더 길어져서 최대로 늘린 성년 시기가 열여덟 살이에요. 신체는 열다섯 살이면 이미 성년이 되지만 사회제도 때문에 열여덟 살까지 성년이 연장된 거예요. 만 열여덟 살, 우리 나이로 스무 살에 고등학교를 졸업하면 성년이 됩니다.

성년이 되면 부모는 자식을 더 이상 돌봐줄 의무가 없어집니다. 자식은 부모의 속박에서 벗어나야 하지요. 즉 부모의 말을 들어야 할 의무가 없어져요. 상호 의무가 없어집니다.

열여덟 살 성년 이전에는 부모는 자식을 돌봐야 할 책임이 있습니다. 자식은 자기 권리를 자기가 다 행사할 수 없고 그 권리의 일부를 보호자가 대신해요. 조선 시대에 일곱 살짜리가 왕위에 오르면 친권 행사를 엄마가 하잖아요. 그게 수렴청정垂簾聽政이에요. 그러다가 열다섯 살이 되면 권한이 왕에게 넘어가서 친정親政을 합니다. 왕이 정사를 직접 결정한다는 뜻이에요. 그러니까 이 시기가 늦어지면 자생력을 잃어버립니다.

요즘에는 부모가 나이든 자식을 걱정해요. 자식 결혼도 걱정하고 취직도 걱정합니다. 부모가 자식에 대한 집착을 못 놓고 너무 오래 돌보다가 자식이 스무 살이 넘었는데도 부모에게 의지하다가 자생력을 잃어버렸기 때문입니다. 그래서 서른, 마흔이 되어서도 부모하게 의지하거나 심지어는 자기 자식을 못 키우겠다고 부모에게 맡기는 경우도 생기지요. 또 부모 유산에 눈독 들여 가족 간에 분쟁이 생기는 경우, 책임을 묻는다면 부모에게 더 큰 책임이 있습니다.

자연 생태계를 한번 살펴보십시오. 시골에 가면 제비집이 있지요. 제비가 알을 낳아 부화하여 새끼가 나오면, 어미 제비가 작은 벌레를 잡아서 일일이 새끼 입에다 먹여줍니다. 그래서 몇 주간은 모든 새끼가 똑같이 큽니다. 그러다 솜털이 빠지고 검은 털이 나오기 시작하면 어미 제비가 큰 벌레를 물고 오는데, 둥지에 앉아 그냥 물고만 있어요. 그러면 새끼들이 짹짹거리며 몸부림을 쳐가면서 어미 제비가 물고 있는 벌레를 빼앗아 먹어야 해요. 제비 새끼는 어미 것을 빼앗아 먹으면서 먹이 잡는 법을 익힙니다. 이때부터는 몸집 크기가 달라집니다. 몸부림을 쳐서 어미에게서 먹이를 잘 빼앗아 먹는 놈은 빨리 크고, 못 먹는 놈은 늦게 커요. 그래서 한날한시에 낳았어도 새끼가 날아가는 시점은 일주일 이상 차이 납니다. 어릴 때는 알뜰히 보살피지만, 성년이 되면 부모가 새끼를 따라다니는 법도 없고, 새끼가 부모를 따라다니는 법도 없습니다.

사춘기는 신체적으로나 정신적으로나 성년이 되는 과정이거든요. 그런데 그 과정에서 부모가 자식을 과잉보호를 해서 자녀들의 자생력을 잃어버린 것이 오늘날 우리 사회의 가장 큰 문제에요. 유럽이나 서양 사회는 조금 낫지만 한국은 큰 문제입니다.

그런 면에서 질문자가 이걸 알아야 해요. 내가 자립을 할 시기에 부모의 도움을 받고 자립의 기회를 놓쳤어요. 부모는 부모대로 자식을 돌본다고 등골이 빠졌고, 자식은 자식대로 자립의 기회를 놓쳤기 때문에 서로에게 나쁜 영향을 줍니다. 스무 살 넘어서 신부님이 되거나 스님이 되겠다 해도 부모가 못하게 합니다. 세상에서 좋은 길을 가는 걸 부모가 말려요. 어릴 때는 부모가 최고의 보호자인데, 성인이 되어서 자식이 자기 길을 가려할 때는 부모가 최고의 방해꾼이 됩니다. 부모가 아직도 자식을 자기 소유물로 생각하기 때문입니다.

부모의 사랑은 두 가지입니다. 아이를 어릴 때는 보살펴 주고 크면 자립하도록 해주는 겁니다. 판사가 되고 검사가 되는 게 핵심이 아니에요. 자기가 자기 힘으로 먹고 사는 게 자립이에요. 사춘기 때는 이런저런 시행착오를 겪도록 놔둬야 해요. 그 시기에 공부만 하라고 가둬두면 서른 살 넘어도 사람을 못 사귑니다. 그래서 질문자는 성숙한 또래 친구들을 부러워하면 안 돼요. 그 친구들은 부모의 보살핌이 부족해서 어릴 때부터 스스로 살려고 몸부림을 쳤기 때문에 지금은 오히려 남보다 더 잘된 결과에 도달한 거예요.

그러니 지금 나에게 좋은 게 나중에 결과적으로 꼭 좋은 것은 아닌 줄 알아야 합니다. 부모님이 공부하라고 뒷바라지 해준 것만 보면 좋은 일이지만 인생을 길게 보면 결코 좋은 일이 아닙니다. 부모가 뒷바라지를 못 해줘 학업을 중단하고 아르바이트를 하거나 학교를 늦게 다닌 것, 혹은 아버지가 안 계셔서 어린 나이에 가정생활을 책임지고 이끌었던 것은 그 시점만 놓고 보면 불행이지만 지나고 보면 그것이 나를 성숙시키고 자립하도록 도와줬어요. 그래서 인생지사 새옹지마人生之事 塞翁之馬란 말이 있어요. 좋은 게 나쁜 것이 되고 나쁜 게 좋은 것이 되니까 반드시 지금 좋은 게 나중에도 좋다, 지금 나쁜 게 나중에도 나쁘다고 말하기 어렵다는 뜻이에요.

인생은 길게 봐야 해요. 원하는 게 이루어졌다고 꼭 좋은 게 아닙니다. 원하는 게 안 이루어졌다고 그게 꼭 나쁜 것도 아닙니다. 사건은 사건일 뿐이에요. 부모가 뒷바라지를 해준 게 나쁜 것도 아닙니다. 뒷바라지를 잘 해줬다, 못 해줬다 하는 것은 하나의 사건일 뿐이에요. 뒷바라지 못해준 것을 잘 활용하면 좋은 일이 되고, 뒷바라지 잘 해준 것도 잘 활용하면 좋은 일이 되는 거예요.

플로리다로 향하는 화창한 마음
95번 고속도로를 따라 쭈욱!

질문자는 부모의 뒷바라지를 받으면서 안주해버린 것입니다. 그 결과 지금 경험도 부족하고 여러 가지가 부족해졌지요. 그렇다고 부모가 가난해야 된다고 생각하지는 말고, 부모가 재벌이라 하더라도 이제는 더 이상 부모의 지원을 받지 않고 살아가고, 살다가 지원이 필요할 때는 계약서를 써서 빌리고 갚는다는 자세로 사세요. 그러면 부모의 간섭이 적어집니다. 자식에게 자꾸 간섭하는 이유는 자식이 어리다고 생각해서거든요. 자식이 자기 삶을 똑바로 살아가면 부모는 오히려 간섭을 덜하게 됩니다.

좋은 게 반드시 좋다고 말할 수 없다는 사실을 알고 앞으로도 너무 좋은 것만 구하지는 마세요. 결혼할 때 남편이 재벌집 아들이고 고관대작 집 아들이면 굉장히 좋아 보이지요? 그렇지 않습니다. 그런 집에 시집 가면 평생 그 집의 종노릇을 해야 합니다. 고개도 한번 제대로 못 들고 기도 한번 못 펴고 살아야 해요. 그게 결코 행복이 아니지요. 그러니까 더 이상 그런 허상을 쫓지 마세요.

성경에 보면, 사람이 빵만으로는 살 수가 없고 말씀으로 산다는 말이 있잖아요. 인생에는 물론 물질이 필요합니다. 빵이 있어야 살아요. 그러나 빵만으로는 행복한 삶이 아니에요. 그러니 삶의 지혜를 가지면 됩니다. 너무 걱정하지 말고 지금부터라도 분발해서 자립하는 쪽으로 살아가면 금방 회복될 것입니다.

세인트 프랜시스 최 한국교회

상담을 잘 하는 방법을
알고 싶습니다

저는 의사로서 일하고 있는데 상담을 할 때가 많습니다. 우울증, 스트레스, 특히 자살 충동이 있는 환자들을 많이 접하게 됩니다. 저는 한국 사람이고 대부분의 환자는 미국 사람이어서 상담을 할 때 다른 접근이 좀 필요합니다. 환자들이 다른 의사한테서 상담을 받다가 저에게로 왔기 때문에 똑같은 접근 방법을 사용하면 효과가 적지 않을까 생각해서 제 나름대로 연구를 합니다. 외국 사람들 내지는 한국 사람들에게 어떤 방법으로 상담하는 것이 좋을까요?

제 경험을 토대로 봤을 때 상담에 있어서 가장 중요한 것은 '나는 다른 사람을 변화시킬 수 없다' 이것이 먼저 전제가 되어야 합니다. '내가 상대를 변화시킬 수가 있다'는 생각은 아주 위험합니다. 변화시킬 수 있다는 생각 속에서 변화가 없으면 능력 부족이라는 자책감을 느끼게 되고 스트레스를 받게 됩니다. 그런데 인간은 원천적으로 다른 사람에게 도움을 줄 수 없습니다. 물질적인 도움이나 다리가 부러진 것은 치료해줄 수 있지만 성격을 바꿔준다든지 삶의 습관을 바꿔준다든지 생각을 바꿔준다든지 이런 정신적인 영역은 누가 도와줄 수 있는 게 아닙니다.

그런데 스님의 법문을 듣고 많은 사람들이 변했다고 이야기하지 않습니까? 그분들도 저에게 도움을 받았다고 얘기하거든요. 그런데 엄격하게 보면, 도움을 받은 건 맞는데 제가 도움을 준 건 없어요. 그것은 자기가 스스로 저의 조언을 받아들였기 때문에 도움이 된 것입니다. 제가 도와준 것은 아니에요.

제가 볼 때, 우울증의 원인은 두 가지입니다. 하나는 정신적인 상처의 문제이고, 다른 하나는 몸에서 일어나는 분비물의 이상입니다. 현재까지 의학적으로 정확하게는 안 밝혀졌잖아요. 가벼운 것은 치료가 되지만, 심한 것은 치료가 되기보다는 대부분 자살로 종결하는 것 같아요. 그렇기 때문에 환자가 오면 그냥 가볍게 받으셔야 합니다. 정신 질환자를 많이 다루다보면 의사도 감염이 되거든요. 감염이 되는 이유는 상대를 도와주겠다는 마음을 내기 때문입니다. 도와주겠다는 생각을 내지 않으면 감염이 안 됩니다. 그냥 가볍게 들을 수 있거든요.

그래서 들어주는 자세가 매우 중요합니다. 첫째, 들어주기입니다. 둘째는 공감해주기입니다. "예, 그럴 수 있겠네요" 이렇게 공감해 주는 겁니다. 셋째는 내가 확실하게 경험한 것, 책에서 본 얘기 말고 내가 경험한 것을 얘기해 주기입니다. "저도 그런 경우가 있었는데 저는 그때 이렇게 극복했습니다"라고만 얘기해 주는 겁니다. "너도 그렇게 해라" 이렇게 말하면 기분 나쁘거든요. "나는 스님 법문을 듣고 도움이 되었다" 여기까지만 얘기하는 겁니다.

또 의사 선생님과 저는 큰 차이점이 있습니다. 저는 상담비를 안 받는다는 것입니다. 이것이 치료 효과에 큰 차이가 있습니다. 돈을 받으면 환자가 손님이잖아요. 손님은 기분 나쁘게 하면 안 되잖아요? 또 잘못 치료해도 안 되구요 그래서 환자에 대해서 고려를 많이 하게 됩니다. 그러다보니 직설적인 얘기를 못하게 됩니다. 잘못하면 상처 입을 수도 있고, 반발이 생길 수도 있으니까요. 그런데 스님은 돈도 안 받고, 이 분야에 대해 전문가라는 것도 내세우지 않잖아요. 그러니까 저는 그냥 직설적으로 표현합니다. 부작용이 조금 생겨도 돈을 안 받기 때문에 별로 시비를 안 해요. 그런데 의사 선생님은 저처럼 했다가는 병원이 망할 수가 있어요. 그리고 제가 치료 효과가 높다고 하는데 반드시 그렇지는 않습니다. 그 이유는 저는 무료로 해주기 때문에 열 명의 환자 중에 한 명만 치료가 되어도 나머지 아홉 명의 환자가 아무런 불평을 하지 않습니다. 그런데 치료가 된 그 한 명은 굉장히 선전을 합니다. 그런데 병원은 돈을 받기 때문에 열 명 가운데 아홉 명이 치료되고 한 명이 치료가 안 되어도 치료가 된 사람은 아무도 칭찬을 안 합니다. 왜냐하면 '내가 돈 줬으니까 당연하다' 이렇게 생각하는데, 이 치료가 안 된 한 명은 계속 나쁘게 말하고 다니거든요. 그래서 결과적으로 돈을 받은 만큼 명성이 없어져요. 그러나 저는 돈을 안 받는 만큼 명성이 올라가는 거예요.

이렇게 여러 요소가 있습니다. 그 가운데서 가장 기본은 상대를 고치려는 생각을 하지 말아야 한다는 것입니다. 그런데 의사는 고쳐야 한다는 책임감이 있잖아요. 그 생각을 내려놓아야 스트레스를 안 받아요.

'내가 가진 의술은 굉장히 작은 것이다', '이건 인간의 병을 치료하는데 모르는 것보다는 조금 낫지만 보잘것 없는 것이다. 그러나 나는 최선을 다할 뿐이다' 이렇게 마음을 가볍게 내야 늘 감사하는 마음을 갖고 살 수 있고, 행복하게 의사 생활을 할 수 있고, 환자가 왔을 때 스트레스를 안 받습니다. 그런데 자꾸 치료를 해야 한다는 것에 집착하게 되면 자기가 스트레스를 받게 되고, 돈은 벌지 모르지만 삶이 피곤해집니다. 건강한 사람만 매일 만나도 스트레스 받는데, 맨날 아픈 사람만 만나잖아요. 돈을 버니까 참으면서 하지 얼마나 스트레스를 받겠어요.

그래서 먼저 자기를 소중하게 여겨야 합니다. 환자 생명도 소중하지만 그보다 항상 자기를 더 소중하게 여겨야 합니다. 자기를 먼저 지켜내야 해요. 자기를 지켜내야 환자도 도울 수 있고 세상에도 희망을 줄 수 있기 때문입니다.

'내가 가진 재능은 작다, 내가 저 사람에게 큰 도움을 줄 수는 없다, 그러나 성실히 너의 얘기를 들어줄 수는 있다' 이렇게 출발해서 조금씩 해나가면 됩니다. 기대치를 내가 스스로 낮추는 거죠. 그러면 환자 치료하는 것도 재미가 있어지고, 연구하며 할 수 있어요. 내가 치료하겠다고 하면 내 생각에 빠지거든요. 이 사람의 얘기를 들어주면서 이 사람은 어떤 이유로 죽겠다고 하는지, 저 사람은 어떤 이유로 죽겠다고 하는지, 또 어떻게 얘기를 해주니 스스로 안정을 되찾는지 내가 통계를 내어볼 수 있잖아요. 이렇게 계속 해보면 환자를 많이 만나면 만날수록 스트레스를 받는 것이 아니라 내 경험이 자꾸자꾸 늘어나게 되고 결과적으로 전문가가 되는 겁니다. 그런 관점을 견지하시고 하면 좋겠습니다.

한미서부연합

올랜도(Orlando)

대답만 잘하는 아들,
실천이 안 돼요

열일곱 살, 고등학생 아들이 있습니다. 제가 봤을 때 우리 아이는 주변 정리를 잘 못하고 자신감도 많이 부족한 것 같습니다. 대답은 항상 잘합니다. 제가 어떤 식으로 접근해야 아들의 이런 부족한 면을 개선해 줄 수 있을까요?

상식적으로 생각할 때 아이가 지혜가 많다고 생각해요? 어른이 지혜가 더 많다고 생각해요? 어른이 더 많지 않을까요. 그러면 아이가 부모의 얘기를 귀담아 듣는 힘이 있을까요? 부모가 자식의 얘기를 귀담아 들어줄 수 있는 힘이 있을까요? 당연히 부모겠죠. 그런데 지금 질문을 한 분은 아이가 자기 말을 듣기를 원하잖아요. 그게 근본적으로 잘못된 거예요. 내가 먼저 아이의 말을 들어주는 귀를 열어야 합니다. 그러면 대화가 됩니다.

제가 아이한테 "네 방 정리를 잘하면 좋겠다"라고 이야기 했을 때 아이는 "예 알았어요, 할게요"라고 항상 대답은 하는데 결과적으로 행동은 옮기지 않습니다.

그건 벌써 두 번 세 번 말해보고 아이가 실천을 안하면 상황을 파악할 수 있어야지요. 아빠의 권위나 힘 때문에, 즉 밥 얻어먹고 사니까 어쩔 수 없이 아빠가 얘기하면 알았다고 하지만 속으로는 하기 싫다는 겁니다. 만약에 동생이 "형(또는 오빠), 방이 왜 이래? 청소해!"라고 하면 아이가 "그래, 할게" 이런 말 절대 안 합니다. 부모가 얘기하니까 한다고 그러지요. 그러니까 한두 번 해보고 그래도 아이가 안 하면 '아, 내가 아이랑 소통이 안 되는구나. 아이는 마음에서 할 필요성을 안 느끼거나 지금 청소하기 싫구나. 그렇지만 아빠의 권위를 생각해서 대답이라도 하겠다고 하는구나' 하고 고맙게 생각해야 해요. 그래도 '아빠한테 아직 대들지는 않는구나' 이렇게 이해하고 아이의 얘기를 들어봐야 합니다. 방 청소를 꼭 해야 할 이유는 없어요. 자기 방에서 제가 사는데 제 맘대로 하지요. 방 청소를 안 하는 것이 남한테 해를 끼치는 건 아니거든요.

그런데 가족들이 사용하는 거실에서도 이런 일들이 계속 연장된다면 이 아이가 사회에 나와서도 똑같이 그렇게 할 텐데요. 부모 입장에서는 그래도 최소한의 교육을 시켜야 한다고 생각합니다.

질문자가 '아들이 이렇게 하는 건 우리 집에선 괜찮은데 버릇이 돼서 밖에서도 이러면 앞으로 살아가는데 어려움이 생길 거야'라고 생각한다면, 이런 깨우침을 진짜 아이를 위해서 하는 건지 내가 보기 싫어 기분 나빠서 하는지 먼저 점검을 해봐야 합니다. 아이가 열 번쯤 말을 안 들었을 때 자기 속에서 화가 나면 자기 문제고, 화가 전혀 안 나고 계속 할 수 있으면 그건 내가 정말 아이를 사랑하는 거다 이렇게 이해할 수 있습니다. 아이를 깨우치는 것은 백 번을 해도 아이를 위해서 하는 거지만 그건 아이의 선택이거든요. 그런데 내가 시킨 대로 안 해서 화나는 것은 내 문제지 아이의 문제는 아닙니다. 아이가 밖에 가서는 착실히 해도 내 눈앞에서 착실히 안 하면 나는 기분이 나쁘거든요. 이건 내 문제라는 겁니다. 그러니까 나를 봐야 합니다. 그래서 내 속에 화가 없으면 이건 아이를 위한 거라고 생각해도 괜찮아요. 이게 반복되면서 내가 스트레스를 받으면 내 말을 안 듣기 때문에 기분이 나쁜 것이고, 내 눈에 거슬리기 때문에 내가 기분 나쁜 것이기 때문에 이건 아이 문제가 아니라는 겁니다.

아이가 밖에서는 아주 착해요. 칭찬도 듣고 그 주변에 있는 사람들이 많이들 좋아합니다. 그런데 방금 말씀하신 것처럼 집에 들어오면 그게 다 바뀝니다.

그런 건 괜찮아요. 어떤 여자 분이 남편이 밖에서는 굉장히 좋은 남자라는 말을 듣는데 집에만 들어오면 못한다는 겁니다. 남한테는 잘하면서 왜 나한테는 못하냐고 이렇게 얘기를 해요. 그런데 나한테 못하더라도 남한테라도 잘하면 그건 좋은 거잖아요. 그런데 왜 그걸 나쁘다 그래요.

늘 공기로 숨을 쉬고 살기 때문에 공기 좋은 줄 모르고, 늘 날씨가 좋은 곳에 살면 날씨 좋은 줄 모릅니다. 없어봐야 안다고 얘기하잖아요. 우리는 주어진 행복은 모릅니다. 늘 내 욕심에 '조금만 더' '조금만 더' 하는데 이 세상에 부모를 완전히 만족시킬 수 있는 자식이 누가 있겠어요. 천 명 중에 한 명도 안 됩니다. 부모가 자기 자식을 너무 높이 평가하기 때문에 항상 자식을 나무라는 거예요. 늘 부족한 것 같고 모자라는 것 같아서 '아이고 네가 뭐가 되겠니?' 자꾸 이럽니다. 천하가 다 나를 안 믿어줘도 부모가 나를 믿어주면 아이에겐 자존감이 생깁니다. 우리

오늘같은 날씨는 정말 좋은 날씨에요.
그런데 늘 좋은 날씨에 있다 보면
'좋은 날씨'를 몰라봅니다.
나라를 잃어봐야 조국의 소중함을 알고
가족을 잃어봐야 가족의 소중함을 알고
고향을 떠나봐야 고향의 소중함을 알게 된다잖아요.
우리는
가까이에 소중한 것을 굉장히 많이 가지고 살아요.

는 간혹 자식에게 "네가 뭐하는 게 하나라도 있나?"라든가 "네 오빠, 언니 발뒤꿈치라도 따라가라." "아이고, 네 동생만큼만 되라"라고 비교하며 말하는데 형제 사이에 부모의 비교로 생긴 상처 때문에 커서도 힘들어하는 사람들이 많습니다. 절대로 사람을 비교하면 안 돼요. 그것보다 더 짜증나는 일이 없어요. 그러니까 아이가 자존감이 없다면 아버지가 야단을 많이 치거나 엄마가 야단을 많이 쳐서 그렇습니다. 항상 아이를 긍정적으로 봐줘야 합니다.

아이를 내버려 두라는 것이 아니라 내 욕구대로 하려고 하면 안 된다는 겁니다. 아이가 정리정돈을 못하고 집을 어지럽힌다면 집안에 질문자든 아내든 어지럽히는 사람이 있을 겁니다. 아이의 습관은 부모로부터 오기 때문에 다른 데서 배울 수가 없어요. 설령 부모가 다 깨끗한데도 그렇다면 그게 크게 문제는 안 됩니다. 아이가 어지르면 부모가 조용히 치워주든지, 아니면 아이 방은 그대로 가만히 놔두면 돼요. 일주일이고 열흘이고 놔두면서 한번씩 "네 방이 복잡한 거 같은데 불편하지는 않나?" 이렇게 화 내지 말고 대화를 해서 불편하지 않다고 하면 그냥 두면 됩니다. 습관은 쉽게 안 바뀝니다. 야단친다고 바뀌는 게 아니에요. 자발적일 때만 변화가 일어납니다. 쉽게 바뀌리라 생각하면 안 돼요.

습관이 됐다는 것은 고치기가 어렵다는 말이거든요. 그래서 그걸 고치려면 고치기 어렵다는 것을 먼저 전제로 하고, 목표를 길게 잡고 천천히 환경을 바꿔주고 대화를 하고 모범을 보여줘야 합니다.

아버지는 밤 10시에 들어오면서 아이한테는 "8시에 들어와!" 그러면, 애들이야 "예, 알았어요" 그러지요. 그래놓고 늦게 들어온다고 야단치면 대꾸도 안 하고 방에 들어갑니다. 아버지가 "저놈 말도 안 하고……" 이러면 따라올까 싶어 문을 콱 잠가 버려요. 그때 아이의 마음속에는 '너는?' 이런 생각이 듭니다. '아빠는 몇 시에 들어오는데?' 이 말이에요. 이런 것이 남아 있는 한 교육 효과는 없습니다. 그러기 때문에 항상 잘 살펴야 돼요. 내가 원하는 대로 하려고만 하지 말고 왜 그런 일이 생기는지 먼저 실사를 해야 합니다. 잘 살펴서 크게 문제가 없으면 어지간하면 그냥 두는 게 좋아요.

아이가 공부를 안 한다, 수업 시간에 잔다, 방을 어지른다 하는 것은 나쁜 행동이 아니에요. 이건 어리석은 행동입니다. 자기가 자기에게 손해 끼치니까요. 이건 깨우쳐줘야 해요. 깨우쳐줄 것과 야단쳐야 될 걸 혼돈하면 안 돼요. 나쁜 행동과 어리석은 행동을 혼동해서는 안 돼요. 그런데 한국 부모들은 사회적인 도덕 윤리관이 부족해요. 공부만 잘하면 나쁜 행동도 봐준다든지 하는데 이렇게 하면 안 돼요. 아이가 내 말 듣기를 바라지 말고 내가 먼저 아이 상태를 이해하고 대화하면서 아이에 대해 연구하세요. 그래서 내 속에 조금이라도 화가 나면 내가 조급하거나 내 식대로 하겠다는 걸 알아차리고 나를 먼저 살피고 난 후에 아이에게 접근해 보시면 좋겠어요.

라이먼고등학교

다른 아이에게 지는 딸을 보면
울화통이 터져요

저는 열네 살 된 딸이 있는데 테니스를 합니다. 대학을 테니스 선수로 보내야겠다고 생각하고 훈련을 시작한 지 3년이 다 되어갑니다. 주위에서 반대를 많이 했고 남편조차 저를 정신 나간 사람 취급을 했습니다. 그래도 포기하지 않고 딸을 끌고 여기까지 왔습니다. 그런데 문제는 딸에게 승부욕이 전혀 없고, 부모가 시키니까 그냥 하는 식으로 시합에 나가는 것 같아서 제가 너무 속상합니다. 딸이 자신보다 체격도 작은 아이들에게 지는 걸 보면 울화통이 터집니다. 부모가 아무리 애를 써도 정작 본인은 팔짱끼고 있으면 도리가 없잖아요. 너무 절망적이어서 때려치우자고 하면 딸은 그만두고 싶은 생각이 없다고 그럽니다. 저도 마음은 딸과 함께 끝까지 가보고 싶습니다. 앞으로 남은 4년 동안 엄마로서 제가 아이에게 어떻게 하는 것이 도움을 주는 길인지 궁금합니다.

아이가 처음에는 테니스를 못했을 것 아니에요. 처음 시작할 때보다는 지금이 더 나아요?

지금은 엄청 잘하죠.

네. 처음 시작했을 때보다는 지금 더 잘하잖아요. 그러면 격려를 해주어

265

야지요. 아이가 "난 못한다" 이렇게 열등감을 느끼더라도 엄마는 "그렇게 생각하지마라. 1년 전을 생각해봐라. 그때보다 지금 훨씬 잘하지 않냐" 이렇게 격려를 해줘야지요. 거짓말로 격려를 해주라는 말이 아니라 그게 사실이잖아요. 1년 전보다 낫고 2년 전보다는 훨씬 낫잖아요.

격려는 진짜 많이 해주죠. 너만큼 잘하는 아이가 없다고요.

너만큼 잘하는 아이가 없다는 건 거짓말이잖아요. 더 잘하는 아이들 많이 있잖아요. 그렇게 거짓말을 하니까 아이가 엄마 말을 믿지 않지요. 그렇게 거짓말을 하지 말고, '1년 전보다는 훨씬 잘한다' 이건 사실이잖아요. 아이가 좌절을 하더라도 엄마는 "그래 네가 세운 목표에는 못 미치지만, 객관적으로 보면 작년보다 올해가 더 나아진 것이 사실이야. 그러니 올해보다는 내년에 또 더 나아질 거야. 지금 잘하고 있어" 이렇게 격려를 해줄 수 있어야지요. 격려를 해준다고 해서 거짓말을 하면 안 됩니다. "엄마는 너보다 재주도 없고 능력도 없는데도 이렇게 잘 살고 있지 않냐. 그러니 너도 걱정하지 마라. 너도 잘 살거야" 이렇게 사실에 기반한 격려를 해야 합니다.

관점을 어떻게 잡느냐가 굉장히 중요합니다. 제가 어느 날 텔레비전에서 올림픽 경기를 보는데, 100미터 달리기를 9.8초로 우승하는 것을 봤어요. 그래서 '나도 한번 해봐야지', 이렇게 마음을 먹고 3년을 죽기 살기로 노력한다면 과연 목표 달성이 가능할까요? 못하겠죠. 그럼 저는 문제아예요?

우리는 대부분 목표를 이렇게 너무 높게 설정하기 때문에 평생 노력해도 한 번도 만족을 못하는 겁니다. 늘 '나는 안돼'라고 생각합니다. 이런 목표는 10년을 노력해도 달성할 수 없어요. 그런데 지금 내가 뛰어보니까 100미터에 25초 정도 나온다면 조금 더 노력하면 23초까지는 나올 수 있겠지요. 그래서 3개월 동안 매일 2시간씩 달리기 연습을 하면 23초 목표는 달성할 가능성이 매우 높죠. 이렇게 목표를 세우면 3개월 뒤에 목표를 달성하게 되니까 기분이 좋을 것 아닙니까. '나도 되는구나' 이렇게 자신감이 생길 수도 있고, 잘하면 22초가 나와서 목표를 초과달성할 수도 있잖아요.

그러니까 질문자는 지금 욕심을 부리고 있습니다. 딸의 능력과는 아무 관계없이 엄마의 욕심을 채우기 위한 수단으로 자식을 이용하려 하기 때문에 자식도 힘들고 부모도 걱정이 되는 이런 상황이 발생하는 겁니다.

모든 테니스 선수가 다 우승하고 싶지 우승하기 싫은 사람이 누가 있겠어요. 아이도 얼마나 우승하고 싶겠어요. 딸이 우승 못해서 좌절하더라도 "그래도 작년보다 많이 좋아졌다"라고 격려해 주는 것이 엄마의 역할입니다. 테니스를 하고 있다는 것은 최소한 건강하다는 거잖아요. 부모에게 가장 중요한 것은 자식의 건강입니다. 공부 1등 하는 것이 아닙니다. 부모는 자식이 건강한 것을 가장 중요시해야 합니다. 그리고 만약 운동을 안 했더라면 체중이 더 불을 수 있잖아요. 그런데 이 체중을 유지하는 것도 운동을 하고 있는 덕분입니다. 이것도 부모로서는 굉장히 좋아해야 할 일입니다. 이렇게 목표를 낮게 설정하면 엄마 입에서 늘 격려의 말이 나오게 됩니다.

질문자가 자꾸 속이 터지는 이유는 아이 때문이 아니라 질문자의 욕심 때문입니다. 그러니 속이 터져 죽어도 누구를 원망하면 안 됩니다. 자신의 욕심 때문에 속이 터진 거니까요.

대부분의 부모들은 우리 아이가 인물도 잘나고 건강하고 말도 잘 듣고 공부도 잘하길 원하죠? 그런데 그런 아이는 엄마만 좋아하겠어요? 이런 아이들은 이웃집 아줌마들도 다 좋아해요. 그러니 이런 아이를 좋아하는 것은 엄마가 아니고 이웃집 아줌마예요.

그럼 엄마는 어떤 사람이냐? 아이가 신체장애이고 공부도 못하고 말도 안 듣고 그래서 세상 사람들이 다 내쳐도 그 아이를 아끼고 사랑하는 이 세상의 오직 한 사람, 그게 바로 엄마입니다. 엄마가 되어야지요. 질문자는 엄마이지 코치가 아니에요. 정신 좀 차리세요. 엄마로 돌아가세요. 지금처럼 아이를 자기 욕심의 수단으로 대하면 아이가 고통스러워집니다. 아이가 하고 싶어 하는 것을 뒷바라지 해주되 억지로 하게는 하지 마세요. 하다가 그만두어도 격려해줘야 합니다.

"너 그렇게 하려면 때려치워라" 아이에게 이 말이 얼마나 상처를 주는지 모릅니다. 아이 입장에서는 지금까지 이것만 해왔는데 이걸 그만두면 이제 난 무엇을 해야 하나 얼마나 걱정이 되겠어요? 그럴 때도 "테니스가 인생의 전부는 아니란다. 너무 걱정하지 마라" 이렇게 얘기해 줘야 합니다. 아이가 하고 싶어 하면 지원해주고 그만두고 싶으면 다른 일을 할 수 있도록 안내해줘야 합니다. 그러니까 이제는 코치 역할 그만하고 아이의 엄마로 돌아가면 좋겠습니다. 돈이 좀 들더라도 코치는 다른 사람한테 좀 맡기세요.

노스뷰고등학교

공덕을 쌓는 의사가 되려면
어떻게 해야 할까요

저는 한의사입니다. 제가 12년 전에 큰스님 한 분을 뵈었는데 스님께서는 저한테 좋은 직업을 갖고 있으니 공덕을 많이 쌓으라고 하셨습니다. 요즘에는 환자들이 너무 많아 몸이 피곤하다보니 환자들의 상담도 제대로 못해드리고 치료도 안 되는 것 같아서 미안한 마음이 생기지만 제 몸이 많이 불편하고 힘이 들 때는 최선을 다하기가 어렵습니다. 그러다보니 마음의 공덕을 깎아먹는 게 아닌가 하는 생각이 들면서 갈등이 됩니다. 공덕을 못 쌓더라도 제가 정말 몸이 많이 피곤해서 쉬고 싶을 때는 쉬는 것이 환자들을 위해서 좋은 것인지, 아니면 몸이 힘들더라도 공덕을 쌓기 위해서 환자들을 잘 봐드리는 게 맞는 것인지 질문을 드리고 싶습니다.

내가 남한테 빚을 지고 사는 것, 즉 남에게 손해를 끼치고 사는 것은 나쁜 행위에 속합니다. 그런데 내가 남을 도와주지는 못하지만 남한테 손해도 안 끼치고 사는 것은 좋은 것도 아니고 나쁜 것도 아닙니다. 물론 남을 돕는 것은 좋은 일에 속합니다. 하지만 돕는 것을 의무적으로 해야 하는 것은 아닙니다. 남을 돕는 것은 의무가 아니기 때문이지요. 그건 선택인 겁니다.

하지만 남을 때리거나 죽이는 것, 남의 것을 뺏거나 훔치는 것, 성추행하거나 성폭행하는 것은 하면 안 되는 것, 즉 금지된 겁니다. 하지 말아야 할 의무가 있는 거예요. 거짓말하거나 욕설하는 것도 남을 괴롭히는 것이기 때문에 하면 안 되는 것, 그러니까 금지된 겁니다.

그러나 남을 도와주는 것은 선택사항이에요. 예를 들어서 어린 자식을 돌보는 것은 의무 사항이지만 늙은 부모를 돌보는 것은 선택사항입니다. 돌보면 선이 되지만 안 돌본다고 악은 아니라는 겁니다. 아이는 돌보지 않으면 악이 되지만 돌본다고 선이 되는 건 아니에요. 그건 원래 그래야 하는 것이기 때문입니다.

그런데 인생에서 선택의 첫 번째 기준은 자기가 먼저 행복해야 한다는 겁니다. 자기가 괴로우면서 남을 돕는다고 하면 잠깐 도울 수는 있지만 오래는 못 갑니다. 여러분들도 한번 참아보세요. 삼 세 번이라고 '한 번도 아니고 두 번도 아니고 세 번까지 참았는데!' 하면서 결국은 터집니다.

마찬가지로 내가 이익을 보고 남에게 손해를 끼치는 것도 오래 못 갑니다. 상대가 가만있지 않기 때문이에요. 거꾸로 상대가 이익을 보고 내가 손해를 보는 것도 오래 못 갑니다. 내가 계속 참을 수 없기 때문입니다. 그래서 남에게 손해를 끼치고 내가 이익을 보는 것보다는 남을 이익되게 하고 내가 손해 보는 것을 세상에서는 훌륭하다고 합니다. 그런 경우는 드무니까요. 하지만 수행의 관점에서 보면 그것은 바른 것이 아닙니다. 세상에서는 표창장을 줄지 몰라도 자기를 괴롭히는 것은 수행은 아니에요. 어차피 그건 오래 못하는 겁니다.

자기를 희생한다는 것은 대가를 바란다는 겁니다. 내가 이렇게 희생을 했으니 칭찬을 해주든지 상을 주든지 할 거라고 기대를 합니다. 기대대로 안 되면 불만이 생기고 억울해져요. 그래서 부부 사이에도 남편을 위해서 뒷바라지를 많이 했는데 남편이 나중에 자기 공덕을 몰라준다든가, 자식을 정성들여 키웠는데 아이가 커서 그 공덕을 몰라주면 부부 사이에도 부모·자식 사이에도 섭섭하고 괘씸해집니다. 그래서 부모·자식 사이에도 원수가 되고 부부 사이에도 원수가 되는 겁니다. 그런데 하물며 남은 어떻겠어요. 이렇게 원수가 되는 것은 수행이 아니에요.

그래서 우선 자기가 행복해야 합니다. 자기가 행복한 가운데서 이웃 사람도 행복할 수 있도록 해줄 수 있으면 하고 못 해주면 그만이에요. 못 한다고 악은 아니에요. 물론 이웃을 행복하게 해줄 수 있으면 그건 선행이에요. 진리는 나도 좋고 남도 좋아야 합니다.

그러니까 의사 선생님은 남을 치료하기 전에 자기가 먼저 살아야 합니다. 남을 살리기 전에 내가 먼저 살아야 하고, 남을 즐겁게 하기 전에 내가 먼저 즐거워야 하는 거예요. 이게 가장 중요합니다. 이걸 놓치면 결국은 거꾸로 그 과보가 따릅니다. 『금강경』에도 '어떻게 이 마음을 항복 받아야 합니까?' 하니까 '일체중생을 구제하라. 그러나 내가 구제했다는 생각을 하면 그 순간 보살이 아니니라' 이렇게 말하는 겁니다. 해탈의 길은 세상의 길과는 다릅니다.

다시 말하지만 자기가 먼저 행복해야 합니다. 자식을 키우는 부모가 힘들어하면서 자식을 키우면 자식은 잘 안 됩니다. 자식 키운다고 힘들었다면 자식이 부모를 괴롭힌 셈이잖아요. 조그만 게 벌써 불효를 하는 것이잖아요. 그런 불효자가 커서 무슨 훌륭한 사람이 되겠어요. 여러분들이 자식을 키울 때는 기뻐하면서 키워야 해요. 몸이 힘들어도 즐거워하면서 키워야 합니다. '아이가 없는 것보다는 아이가 있는 게 내 삶이 더 행복하다' 이런 관점을 가져야 아이가 잘됩니다. 왜 그럴까요? 어린 게 효자 노릇 하고 있잖아요. 그러면 그 아이가 잘될 수밖에 없는 거예요. 자식 키우는 엄마는 자기가 행복하게 살면 아이는 저절로 잘되고, 자식을 위해서 이를 악다물고 키우면 반드시 원수가 됩니다. 여러분들이 자식 키운다고 애를 쓰고 나중에 다 자식 때문에 실망하고 그러잖아요. 그래서 자기가 행복한 것이 첫 번째라는 겁니다.

그런데 한 번 잘 생각해보세요. 한의원에 손님이 많이 와서 잘된다는 것은 그 사람들이 나를 잘살게 해준다는 것인데 그 사람을 싫어하거나 외면하는 것은 망하겠다고 작정한 거나 같은 거예요. 의사들은 모순 속에 살고 있는 셈이에요. 환자가 안 오면 "큰일 났다. 왜 환자가 안 오지?" 합니다. 이 말은 "사람들이 왜 요즘 안 아프지? 좀 아파야 하는데" 하는 얘기거든요. 그러니까 의사가 사람이 아프기를 바라는 거예요. 왜 이런 문제가 생길까요? 돈을 중심에 두고 생각하기 때문입니다. 환자가 안 오면 의사는 명상을 하거나 봉사를 하면 됩니다. 아픈 사람이 없다는 건 좋은 세상이에요. 마찬가지로 스님한테도 질문할 사람이 없다고 하면 좋은 세상이라는 얘기지요. 사람들의 괴로움이 적다는 거니까요.

물론 의사로서 아픈 사람이 있다는 건 좋은 일이에요. 내 재능을 세상을 위해서 쓸 수 있잖아요. 그럴 때는 밥 먹는 시간 잠자는 시간 빼고는 기뻐하면서 일을 해야 합니다. 그렇다고 잠도 안 자고 밥도 안 먹고 하는 것은 안 됩니다. 그렇게 하면 오래 지속할 수 없기 때문입니다. 지금 당장은 좋더라도 만약 아프게 되면 그 일을 계속할 수 없기 때문에 지혜로운 자는 그것을 조절할 줄 알아야 합니다. 감정에 흔들리면 안 돼요. 또 돈을 좀 번다고 환자를 외면하고 골프 치러 다니고 여행이나 다니면서 '나도 즐기면서 살아야지' 한다면 그것도 옳지 않습니다. 내 생활, 건강을 유지하기 위한 것들을 제외하고는 아무리 환자가 많이 와도 내가 그 사람을 위해서 도울 수 있다는 걸 기뻐해야 합니다. 그들에게 도움이 된다는 것을 내가 기뻐해야지 '환자를 도와주면 나한테 공덕이 생긴다'고 생각해도 안 됩니다. 내가 그들을 도울 수 있는 것 자체를 기뻐해야 해요. 그래야 환자들이 병이 낫든 안 낫든, 환자가 오든 안 오든 나는 그런 것에 신경 안쓰고 환자를 도와줄 수 있으니까요.

그리고 내가 당신을 치료할 수 있다고 큰소리를 쳐도 안 돼요. 그러다 치료 못 하는 일이 생기면 자학이 됩니다. 사실 인간이 남에게 해줄 수 있는 일이 별로 없어요. "제가 아는 약간의 지식과 기술을 가지고 하는 데까지 한 번 해볼게요. 도움이 됐으면 좋겠습니다. 도움이 됐다면 부처님 은혜고 안 됐다면 제 능력 부족입니다" 이런 마음을 가져야 환자를 대할 때 편안하게 대할 수 있습니다. 하지만 '내가 너를 꼭 치료한다' 이렇게 생각해서 치료가 안 되면 문제가 됩니다.

저도 참 감사하게 생각합니다. 조금 전에 말씀하셨던 사회의 네 가지 악행에 해당하는 일은 아직 안 하고 사니까요. 그리고 환자들을 내치지는 않겠습니다만 스님 말씀대로 열심히 도우면서 살아보겠습니다.

'열심히'라는 말은 빼세요. 그냥 '하는 데까지 해 보겠습니다' 이렇게 편안하게 하세요.

감사합니다.

살 날이 얼마 안 남았는데
어떻게 내려놓을 수 있나요

살면서 하나하나 내려놓는 연습을 하고 있는데 가족을 내려놓는 것이 가장 힘듭니다. 특히 나를 내려놓는 것이 가장 어렵습니다. 어떻게 내려놓아야 하는지요? 제가 사실은 암환자예요. 살아갈 날이 얼마 안 남았다는 말을 병원에서 들었어요. 저는 가톨릭 신자입니다.

왜 내려놓아야 되는 건데요? 안 내려지면 들고 있으면 되잖아요. 어렵지 않아요. 안 믿어지면 안 믿고, 안 내려지면 안 내려놓고, 안 들리면 안 들으면 되지요.

맛있는 사과는 주워서 먹어야지 내려놓으면 안 돼요. 뜨거운 그릇은 내려놓는 게 맞고요. '내려놓아야 한다', '들어야 한다' 이렇게 정해진 건 없어요. 그것이 무엇인지에 따라 달라요. 뭐든지 내려놓아야 한다 그런 건 없어요. 조금 있으면 죽기 때문에 저절로 다 내려놓아져요. 뭘 힘들게 내려놓으려고 그래요. 죽으면 다 저절로 내려놓아지는데요. 조금 있으면 저절로 내려놓아지기 때문에 미리 내려놓으려고 애쓸 필요가 하나도 없어요.

안 내려놓으면 자꾸 욕심을 채운다니까요. 엄마가 이렇게 더해줬으면 좋겠고.

이미 스무 살이 넘었으면 부모의 역할은 끝난 거예요. 성년이라면 이제 부모에게 뭘 해달라는 소리를 하면 안 돼요. 정신을 차려야 합니다. '아, 내가 어린애가 아니구나, 성년이구나' 이렇게 자각해야 합니다. 성년이라면 더 이상 부모에게 의지하면 안 돼요. 부모도 자식이 스무 살이 넘으면 도와줄 아무런 의무가 없어요. 물론 이웃 사람도 어려우면 도와주는데, 자식을 도와줄 수는 있지만 그건 선택사항이라는 거예요. 우리가 이웃집에서 안 도와준다고 그 이웃을 미워하진 않잖아요. 그런 것처럼 부모가 도와줄 수는 있지만 그건 부모의 선택사항이지 내가 요구할 사항은 아니라는 겁니다.

그러면 아직 어린 제 아들은 어떻게 합니까?

그건 자기 문제지요. 아들이 스무 살이 안 됐으면 내가 보호해주어야 할 책임이 있지만, 스무 살이 넘었다면 나는 아무런 책임이 없어요. 지금 아들이 스무 살이 안 됐다 하더라도 질문자가 죽으면 그 책임은 면해져요. 죽으면 빚도 면해져요. 왜냐하면 갚을 수가 없기 때문입니다. 그것처럼 엄마가 죽거나 엄마를 잃어버렸거나 실종됐거나 하면, 이 아이는 보호자가 필요하잖아요. 그럼 누군가가 보호자가 되어줄 거예요. 그건 질문자가 죽고 난 뒤의 문제예요. 가톨릭 신자이니 주님을 믿으세요. 주님께서 다 알아서 돌볼 사람을 보내주실 거예요. '주여, 뜻대로 하옵소서!'라고 주님께 모든 것을 맡기고 편안히 행복하게 잘 사세요. 우리의 명이라는 것은 저 하늘에서 보면 찰나도 안 되는 짧은 시간이에요. 마흔 살에 죽으면 어떻고, 쉰 살에 죽으면 어떻고, 백 살에 죽으면 어떻습니까. 오래 사는 게 무슨 복입니까. 그게 복이면 주님이 자기의 사랑

이렇게 화창한 날에는 무슨 일이든 잘 풀릴 것만 같다.
노력해야지, 믿어야지 하지 말고
그냥 한다, 그냥 믿는다.

아침에 일어나서 '살아있어서 감사합니다'
한마디 할 수 있는 것,
그것으로 족하다.

하는 외아들을 백 살까지 살게 하지 왜 서른세 살에 죽게 해요? 질문자가 섬기는 주님이 서른세 살에 죽었는데 질문자는 서른세 살보다 더 살았으니 행운이지요. 그런데 뭘 그걸 가지고 울고 그럽니까. 생글생글 웃어요.

바로 이 순간이 예수님처럼 될 수 있는 기회란 말이에요. 왜 질문자에게 주어진 기회를 박참니까? 그러니까 노력하면 안 돼요. 노력한다는 건 하기 싫다 이 말 아니에요? '믿어야지' 이 말은 '믿어지지 않는다'는 말 아니에요? 뭘 믿으려고 노력해요. 그냥 믿어야지요. 오늘 아침에 일어나서 '주님, 감사합니다. 오늘도 주님의 은혜로 살았습니다' 이렇게 기도해보세요. 아침에 눈 떠서 살아있다는 것만 감사해야지 내일 일은 생각할 필요가 없어요.

텔레비전에 보면 암 걸린 환자들이 몇 개월 안 남았다 해서 산에 들어가서 살고 그러잖아요. 그래서 성공한 케이스를 보면, 저도 그렇게 하고 싶은 욕심이 생겨요.

그건 욕심이 아니에요. 해도 되고 안 해도 됩니다. 치료할 수 있으면 치료하는 게 왜 욕심이에요? 치료할 수 있는 길이 있다면 치료하는데, 이건 생각해야 해요. 현대 의학에서 나온 통계를 보면 말기 암환자, 즉 3~4개월 사이에 죽는다고 말하는 4기 암환자 1000명 중에 한 명 꼴, 그러니까 0.1퍼센트 정도는 저절로 치유가 된대요.

그러니 현대 의학에 따라서 치료는 하되 마음이 굉장히 중요해요. 치료할 수 없다고 포기하는 것이 아니라, 하루의 삶을 기꺼이, 오늘 하루 살아있는 것을 정말 감사하게 여겨 보세요. 그러면 결과적으로 치료에 도움이 돼요. 이 자리에 있는 사람들 중에서도 질문자보다 빨리 죽을 사람이 있다는 것 아세요? 지구 전체로 계산하면 자기보다 젊고 건강한 사람 중에 앞으로 아마 만 명 정도는 질문자보다 먼저 죽을 거예요. 교통사고로 먼저 죽든지, 각종 사고로 죽든지요. 근데 뭣 때문에 그렇게 걱정이에요? 몇 개월 산다는 이것, 엄청나게 긴 시간이에요. 1년밖에 못 살기 때문에 불행한 것이 아니라 '1년밖에 못 산다'는 그 생각에 사로잡혀서 1년을 괴롭게 살다 죽는 게 불행이에요. 그런데 여기 있는 사람들은 왜 괴롭지 않느냐? 내일 죽을지 모레 죽을지 모르기 때문입니다.

그러니까 질문자는 얼마밖에 못 산다는 생각을 하지 말고, 아침에 일어나서 오늘 살아있는 것만으로도 항상 주님께 감사하면 아무 문제가 없어요. 그러면 하루를 살아도 행복하게 살지요. 노력하지 말고 그냥 가볍게 받아들여 보세요. 아침에 일어나서 '주님, 오늘도 주님의 은혜로 이렇게 살았습니다. 감사합니다' 이렇게 기도하세요.

Live Oak Unitarian Universality 교회

갑작스러운 이별 후
마음이 아프고 불안해요

할아버지와 사촌 오빠가 몇 년 전에 갑자기 돌아가셨어요. 시간이 흐른 지금은 죽음이라는 현실을 받아들였지만 그래도 마음의 평화는 안 오는 것 같아서, 평화를 어떻게 찾을지 여쭤보고 싶습니다.

두 분이 언제 돌아가셨어요?

할아버지는 제가 스물셋일 때 일흔한 살로 돌아가셨고 사촌 오빠는 제가 스물한 살 때 스물세 살로 돌아가셨어요.

어쩌다 돌아가셨어요?

사촌오빠는 교통사고, 할아버지는 심장마비로요. 말씀드린 대로 모두 갑작스럽고 이별할 시간이 없어서 그런지 마음이 안 낫네요.

맞아요. 이별할 준비가 안 됐는데 갑자기 이별하니까 오는 정신적인 충격이에요. 세월호 유족 분들도 그래서 충격이 크죠. 부모님이 돌아가신 경우는 그래도 덜 해요. 처음엔 충격이 크지만 자식은 부모가 언젠가는 먼저 가신다는 걸 염두에 두고 있거든요. 그런데 부모는 자식을 앞세우리라는 것은 상상도 안 해봤잖아요. 그래서 자식이 죽으면 산에 묻는 게 아니라 부모 가슴에 묻는다고들 하지요. 이렇게 죽음의 성격이 다르긴 하지만, 모두 이별할 준비가 전혀 안 되어 있었기에 받는 충격인 건 맞아요. 연애하다가 헤어질 때도 계속 싸우다가 헤어지는 것과 아무 말도 없이 어느 날 갑자기 흔적도 안 남기고 상대가 떠나버리는 건 달라요. 후자는 내가 전혀 준비가 안 되어 있었기에 극복하려면 오랜 시간이 걸립니다. 준비가 안 된 상태에서 갑자기 마음에 상처를 입어서 그래요. 그러니까 이건 상처일 뿐이에요. 죽음과는 관계없는 문제이고, 질문자가 입은 마음의 상처를 치유해야 합니다.

그런데 그런 일이 있고 나니 부모님이나 친구들 걱정도 되고, 모든 일이 죽음 위주로 생각돼요.

그건 상처와 경험의 차이예요. 어릴 때 할아버지가 돌아가시는 걸 보고 사람은 죽는다는 걸 경험했으면 다음에 부모님이 돌아가실 때는 충격이 조금 적고, 배우자와 사별해도 받아들일 수 있게 돼요. 질문자도 이미 경험을 했기 때문에 이제 다른 가족이 죽어도 그런 경험이 없는 사람보다 쉽게 받아들여야 하는데 질문자는 상처를 입었기 때문에 오히려 충격이 더 클 수 있어요.

　연애를 하다가 헤어지면, 다음 연애를 할 때 한번 경험해봤기 때문에 더 잘하는 사람이 있고, 한번 실패했기 때문에 상처를 받아서 다음 연애까지 지장을 받는 사람이 있어요. 같은 일도 경험으로 삼으면 나한테 유리한 자산이 되고 상처로 간직하면 나쁜 결과가 나요. 질문자는 생각도 못했던 일이 일어나서 상처를 입었기 때문에 '이런 일이 또 생기면 어떡하나' 이런 두려움이 생긴 거예요. 남녀 관계도 자기가 좋아서 관계를 맺으면 사랑이라고 하지만 자기가 싫은데 억지로 관계를 맺게 되면 성폭력이라고 하잖아요. 똑같은 행위인데도 사랑은 상처가 아니지만 성폭력은 엄청난 상처가 됩니다. 몸이 아니라 마음에 상처가 돼요. 이렇게 성추행의 상처를 입으면 나중에 다른 남자와 사귀고 결혼했을 때도 남편이 성애를 표현하면 옛날 기억이 되살아나면서 거부반응이 일어나 부부관계에 또 상처가 돼요.

질문자도 원치 않는 일이 일어나서 상처가 되었습니다. 유행하는 말로 죽음에 '필이 꽂혀' 버려서 거기에 생각이 멎어버렸어요. 그런데 사람은 언제 어디서든 죽을 수 있어요. 부모님이 오늘 돌아가실지 내일 돌아가실지 몰라서 두려워할 것이 아니라, 부모님이 내일 돌아가신다 해도 질문자는 이런 경험을 이미 해봤기 때문에 경험이 없는 사람들보다 더 잘할 수 있다고 긍정적으로 생각하세요. 우리에게 주어진 인연은 영원한 것이 아니기 때문에 그만큼 평소 부모님께 잘하고, 내일 돌아가신다 해도 받아들일 수 있어야 해요. 이렇게 상처를 치유하고 경험으로 삼아야 합니다. '부모님이 돌아가시면 어쩌나' 하고 걱정하는 대신 '우리의 인연은 영원한 것이 아니므로 오늘 부모님께 최선을 다해야겠다'라고 생각을 바꾸면 돼요.

그런데 질문자는 지금 '자라 보고 놀란 가슴 솥뚜껑 보고 놀란' 셈이 됐어요. 이 상처를 치유해야 하는데 치유가 잘 안 됩니다. 북한 사람들이 남한에 오면 살기는 훨씬 좋아져도 적응을 잘 못 해요. 사회적 조건이 달라서가 아니라 북한에서 자식이나 부모를 잃고 마음에 입은 상처를 치유하지 못했기 때문에 음식을 볼 때마다 화가 나고 눈물이 나는 거예요. 한줌도 안 되는 그 음식이 없어서 사람이 죽었으니까요. 그래서 한국에 오면 심리 치료를 먼저 해줘야 하는데 그건 안 해주고 경제적 지원만 해 주지요. 그러면 지원받은 건 몇 년 안에 다 써버리고 직장도 안 다니면서 사회에 적응을 못 하고 살기 쉬워요.

질문자도 치유를 먼저 해야 해요. 상담사를 찾아가서 솔직하게 마음을 터놓고 대화하면서 조금씩 치유해나가면 돼요. 저와 이렇게 대화하는 것도 치유 방법 중 하나고요. 의식은 받아들이는데 무의식에서는 아직 죽음을 안 받아들이기 때문에 지금 상처가 되어 있거든요. 죽음 자체는 슬픈 것도 두려운 것도 아니지만, 갑자기 일어나서 상처가 되었기 때문에 질문자에게는 두려움이 되어버린 거예요. 거기 멈춰서 뭉쳐져 있는 마음을 풀어줘야 해요.

삶과 죽음은 늘 함께 있습니다. 내가 내일 죽을 수도 있고 아버지가 내일 죽을 수도 있으니 그걸 두려워하면 안 돼요. 오히려 삶이 늘 이렇게 불확실하니 살아 있는 하루하루를 더 소중하게 살겠노라고 마음을 바꾸세요. 아침마다 눈뜰 때 기독교 신자라면 '주여, 감사합니다. 오늘도 주님의 은혜 속에서 이렇게 살고 있습니다' 이렇게 감사 기도를 하면 됩니다. 불교 신자라면 '부처님, 감사합니다. 부처님 가피로 오늘도 행복하게 살고 있습니다' 이렇게 기도하고요. 종교가 없는 사람은 '아, 오늘도 살았습니다. 감사합니다' 이렇게 기도하세요. 종교적인 의미의 기도가 아니라 심리 치료예요.

불확실한 내일을 걱정하지 말고 이렇게 지금 살아있음에 감사하는 기도를 계속하면 치유가 됩니다.

Springlake 센터

사랑받는 며느리,
아내가 되는 방법은

앞으로 두 달 후면 결혼을 하게 됩니다. 어떤 마음을 가져야 사랑받는 며느리, 사랑받는 아내가 될까요?

그건 불가능해요. 그걸 욕심이라고 해요. 왜냐하면 사랑을 주는 것은 시어머니이고 남편이지 내가 아니잖아요. 나를 사랑해주는 건 그 사람들의 마음이기 때문에 내가 거기에 관여할 수는 없어요.

그분들 마음이라면 적어도 내 며느리가 어떻게 했으면 좋겠다는 바람들은 갖고 계실 것 아니에요? 제가 시부모님들에게 그것에 대해 여쭤봐서 그것을 충족시켜 드리는 것이 하나의 방법이 되지 않을까요?

그렇게 하면 좀 낫죠. 그런데 사랑 받아서 뭐 하려고요?

사랑받고 싶어요. 저는 사랑을 주고받는 행복한 가족 분위기에서 자란 것이 아니거든요.

그러면 앞으로의 결혼 생활도 지금까지 살아온 가족 분위기와 비슷하게 흘러갈 것이라고 예측하고 있어야 합니다.

제 가정이 그렇게 될 거라고요? 이번 여름에 남편 집에 가게 되었는데, 남편 가족의 분위기는 저희 집과는 달리 굉장히 즐거웠거든요. 그래서 이 가족의 며느리가 되면 좋은 가정을 꾸릴 수 있겠다는 마음을 갖게 되었어요.

그렇게 안 돼요.

스님은 왜 그렇게 생각하세요? 저 때문인가요?

자기 카르마가 그렇기 때문에 자기가 여기를 가든, 저기를 가든 늘 자기 카르마대로 돼요. 카르마를 못 바꾸는 것은 아닌데 바꾸기가 굉장히 어려워요.

그럼 저는 불행하게 살아야 하나요?

불행하게 살아야 한다고는 얘기하지 않았어요. '사랑받는 며느리가 되겠다', '사랑받는 아내가 되겠다'라고 생각하면 그렇게 될 수는 없다는 얘기지요. 예를 들어 한 학생이 실력이 100밖에 안 되는데 "제가 성적을 150 받을 수 있는 길이 있습니까?" 물으면 스님이 "No"라고 말하는 것과 같습니다. "너 실력만큼 나온다" 이렇게 말하면 알아듣기 쉽잖아요. 자기의 카르마만큼 행복이 주어지는 것이지 내가 행복해지고 싶다고 행복해지는 것이 아니란 말입니다. 어디를 가도 자기의 카르마만큼 되는 것입니다.

　콩은 한국에서 심어도 콩이고 미국에서 심어도 콩이지 한국의 콩을 미국에 가져다 심으면 팥이 되는 게 아닙니다. 좋은 얘기를 들려주지 않으려는 것이 아니라 사실을 사실대로 얘기해 주려는 것입니다. 그러면 선택은 자기가 하는 겁니다. '이런 집에 가서 이렇게 하면 제가 사랑받겠습니까?' 이렇게 자기가 물으니까 '그러면 못 받는다' 이렇게 얘기해 주는 겁니다. '콩을 이쪽으로 옮겨 심으면 팥이 됩니까?' 이렇게 물으니까 제가 '그건 안 된다'고 얘기하는 겁니다.

그러니 자기의 질문이 얼마나 어리석은지를 알 수 있어요. 사랑을 받으려고만 하기 때문에 자기는 자기 카르마를 벗어날 수 없고, 결혼하면 얼마 못 가서 후회하게 되는 겁니다. 누구하고 결혼해도 결과는 같습니다. 왜냐하면 자기는 불가능한 것을 요구하고 있기 때문입니다. 그러면 자기는 어떻게 해야 되냐? 사랑해야 합니다. 내가 사랑을 받고 싶으면 내가 사랑하면 돼요. 목돈을 갖고 싶으면 저축을 해야지요. 자기가 사랑을 받으려면 사랑을 해야 해요. 그 시어머니를 사랑하고 그 남편을 사랑해야 합니다. 그러나 사랑받으려고 사랑하는 것은 사랑도 안 하고 사랑받으려는 것보다는 나을지 몰라도, 사랑하고 사랑받으려는 것도 결국은 '거래'잖아요. 돈을 투자해서 이익 보려는 것과 똑같은 겁니다. 그래서 여러분들이 지금 말하는 사랑은 사랑이 아니에요. 성인은 어떻게 말씀하셨나요? 사랑을 하되 사랑받을 생각을 하지 말라고 말씀하셨어요.

사랑을 어떻게 해야 하는지 잘 모르겠어요.

사랑을 한다는 것은 그 사람을 보면 그냥 좋은 거예요. 설악산 가면 좋죠? 그런데 설악산한테는 '내가 널 좋아하니까 너도 날 좋아해라' 이런 생각이 없잖아요. 그래서 설악산을 좋아하는 데에는 부작용이 없습니다. 그러나 자기가 시어머니나 남편을 좋아할 때는 '내가 너를 이렇게 좋아하는데 너는 나한테 뭐 해줄래?' 이런 기대가 있기 때문에 사랑을 해도 결과는 실망으로 돌아옵니다. 그래서 사랑을 할 뿐이지 바라는 마음은 없어야 한다는 겁니다.

꽃을 좋아하면 꽃이 좋아요, 내가 좋아요? 내가 좋습니다. 내가 남편을 사랑하고, 시어머니를 사랑하고, 내가 세상을 사랑하면 내가 행복한 겁니다. 그런데 세상으로부터 내가 사랑을 받으려고 하면 자기가 원하는 만큼 안 채워지기 때문에 결국 실망하고 한탄하게 됩니다. 그래서 오늘 잘 물었어요. 그런 마음으로 결혼했으면 자기는 100퍼센트 실패했을 거예요.

사랑하라는 말씀에 공감이 됩니다.

공감하는 것만으로는 안 됩니다. 사랑을 받으려면 사랑을 하라는 것이 논리적으로는 맞는데 사랑을 받으려는 목적으로 사랑을 하면, 내가 사랑한 만큼 사랑을 못 받기 때문에 그것 또한 완전히 행복해질 수 있는 길은 아닙니다. 물론 사랑도 안 하고 사랑받으려는 것보다는 낫습니다. 그러니 우리의 행복은 사랑하고 사랑받으려면 확률이 반반이 되고, 사랑 안 하고 사랑받으려면 100퍼센트 실패가 되고, 사랑하고 사랑받을 생각이 없으면 100퍼센트 성공할 수밖에 없습니다.

사랑받으려고 하면 100퍼센트 실패합니다. 설령 사랑해줘도 내가 원하는 만큼 안 돼요. 시댁에 가보고 '아, 내가 이 집에 오면 사랑받겠다' 이건 굉장히 위험한 생각이에요. 우리도 어떤 집에 초대 받고 가서 음식 해 놓은 것을 보고 '야, 이집 잘 먹고 사네' 이렇게 생각하면 될까요? 안 되지요. 제가 왔기 때문에 잘 차려놓은 것이거든요. 상대에 대해 서

높은 하늘과 단풍이 어우러져 가을이 무르익어가는 매디슨 시내.
어느새 한 계절이 짙어가는 59회 세계 100회 강연.

로 확인도 하고 몇 년 동거도 해보고 결혼을 해도 실패하는 이유는 요구가 너무 높기 때문입니다. 결혼에 대한 기대가 너무 높기 때문입니다. 기대가 높으면 실망이 큽니다. 이런 결혼은 오래 못 가요. 그러니까 결혼에 대한 환상을 딱 버려야 합니다. 가서 고생할 각오를 하세요. 결혼을 할 때는 자기의 권리를 포기해야 결혼이 성립합니다. 아무리 포기를 안 해도 최소한 절반은 포기해야 합니다. 다 포기하면 더 좋고요.

욕심을 버리는 것이 중요할 것 같은데, 일상생활에서 욕심을 버리는 연습을 할 수 있는 방법이 없을까요?

내가 욕심이 있구나 아는 것이 제일 중요합니다. 네가 문제가 아니라 내 욕심 때문에 생긴 문제라고 아는 겁니다. '어떻게 너가 그럴 수 있냐?'가 아니라 '내 기대가 높아서 그렇구나', '내 욕심 때문에 문제가 생기는구나' 이렇게 항상 나만 보고 있으면 됩니다. 안 고쳐져도 됩니다. 화를 내면서도 '너 때문에 화가 난다' 이렇게 생각하기 때문에 문제가 되지 '아이고, 내 성질 때문에 내가 화를 냈구나' 이렇게 딱 돌이키면 더 이상 안 번집니다. 못 고쳐도 확산은 안 돼요. 거기서 멈춥니다.

그러니 '아, 내가 지나친 기대를 갖고 있으니 결혼을 하면 갈등이 많겠구나' 이렇게 미리 알아야 합니다. '사랑도 못 받을 것이고 밉상이 되겠구나' 이렇게 알아야 합니다. '이 집에 가면 사랑받겠다' 이런 환상을 가지면 안 됩니다. 오히려 내가 가서 이 집에 어떤 도움이 될까, 남편에게 어떤 도움이 될까, 이런 생각을 가져야 합니다. 남편이 앞으로 어떤 모습을 보여줘도 실망하면 안 돼요. 그 사람의 없던 모습이 나타나는 게 아니에요. 내가 눈이 어두워서 못 봐서 그런 겁니다.

서로 다름을 인정하고 내가 맞춰줄 마음을 내야 합니다. "남편이 나한테 맞추면 안돼요?" 묻는 분들도 있는데 그건 남편 문제이지 내가 요구할 사항은 아닙니다. 항상 내가 맞출 마음을 가지면 행복하게 잘 살 수 있을 겁니다. 그런데 자기는 어릴 때부터 사랑을 주는 것을 보고 들은 것이 없기 때문에 잘 안 될 겁니다. 어릴 때부터 무의식 세계에 고집하는 것만 물려받았기 때문에 자기도 모르게 고집하게 되어 있어요. 그래서 자꾸 자기를 봐야 합니다. 그럴려면 종교와 관계없이 절을 많이 해야 합니다. 자기가 고집하는 것을 항상 알아차려야 합니다.

위스콘신대학교

현재의 상황을 바꾸는데 초점을 맞추지 말고 지금의 상황은 이대로 놔두어 봅니다.
결혼을 안 했으면 안 한 상태로, 했으면 한 상태로,
늙었으면 늙은 상태로, 젊었으면 젊은 상태로,
병이 났으면 병든 상태로도 행복할 수 있는 길을 먼저 찾아봅니다.
그 길을 찾고 난 다음에 나머지를 결정해도 늦지 않습니다.
우리의 주목적은
'지금 내가 자유로워지고 행복해지는 길은 무엇일까?'이지요.
바로 이것을 우리의 관심으로 둬야 합니다.

5

현재를 그대로 두고도 행복할 수 있는 길

북아메리카 III

수행이 무엇입니까

저는 현재 교수이기는 하지만 테뉴어Tenure, 대학에서 교수의 직장을 평생 동안 보장해 주는 제도는 받지 못했고 아직 박사학위도 받지 못했습니다. 제가 가르치는 수업 준비도 해야 하고 업무도 있고, 동시에 박사학위 논문도 마쳐야 합니다. 그래서 마음이 산란하고 항상 생각으로 가득 차 있습니다. 정토회 전단지에서 100일, 1000일, 10000일 수행에 관한 내용을 보았는데, 수행이 무엇입니까? 저는 순간에 깨어 있고 싶고 지금 여기에서 일어나는 일들을 느끼고 싶습니다. 마음이 산란하지 않았으면 좋겠습니다. 그러나 종종 놓지 못하고 있는 것을 깨닫습니다. 어떻게 하면 놓을 수 있을까요? 어떻게 하면 수행을 할 수 있습니까?

내가 원하는 것을 다 할 수는 없습니다. 그래서 우리는 선택을 할 수밖에 없습니다. 선택을 할 때는 할 것인지 말 것인지도 선택해야 하지만, 두 개를 하겠다고 하면 두 개 중에 우선순위도 정해야 합니다. 여러 가지 문제 중에 지금 당신이 선택한 1번이 뭡니까? 여러 가지를 같은 비중으로 계산하면 안 됩니다. 그 중에 어느 하나는 우선순위가 있을 거예요. 무엇이 1번이에요?

박사학위입니다.

그럼 학위를 1번에 먼저 두십시오. 2번은 뭐예요?

제가 가르치는 수업이 두 번째입니다. 학위와 수업 사이에서 갈등이 됩니다. 테뉴어를 받는 것도 중요하지만, 학위만큼 중요하지는 않습니다. 테뉴어는 다른 곳에서도 받을 수 있습니다.

그럼 뭘 먹고 살아요?

스님, 저를 괴롭히시네요. 그게 바로 제가 가진 문제입니다.

지금 어떤 수입으로 먹고 살아요?

교수로 일하면서 월급을 받고 있습니다.

그러면 먹고 사는 것이 1번이 되어야 합니다. 살아야 다른 일을 할 수 있습니다.

왜 그렇게 생각하십니까?

먹고 살아야 다른 것도 할 수 있잖아요. 먹고 사는 것이 1번이 되어야 합니다. 가족이 있습니까?

네, 사실은 가족이 다른 두 가지보다 더 중요합니다. 그런데 문제를 복잡하게 만들고 싶지 않아서 언급하지 않았습니다. 제 직장을 유지하기 위해서는 박사논문을 1년 내에 마쳐야 합니다. 지난 8월에 시작했으니 내년 8월까지 끝내야 합니다. 그래서 논문이 더 중요합니다.

그러니까 박사학위가 먹고 사는 거와 바로 직결되어 있잖아요. 그럼 부인하고 먼저 의논을 하십시오. 1년간 논문에만 집중해도 괜찮은지. 그렇지 않으면 돈을 차용해서 1년간 버티든지요. 그러니까 일단은 생활이 먼저 해결되어야 합니다. 부인이 벌든지, 돈을 빌리든지, 일단 그걸 먼저 해결해야 해요. 그런 다음에 당신 전공을 해야 합니다.

직장과 학위 둘 다 가능하다고 생각합니다. 논문은 거의 다 마무리되었거든요. 지금 제 문제는 어떤 일을 할 때 온전히 집중할 수 없다는 것입니다. 한 가지 일을 잘하려고 하는 동안에도 다른 일들에 사로잡혀 있습니다. 선 수행을 통해서 현재에 깨어 집중할 수 있다는 것은 이해가 됩니다. 그것이 제가 오늘 강연에 온 이유입니다. 수행에 대해 더 많이 배우고 있습니다만, 여전히 저는 수행이 뭔지 잘 모르겠습니다. 100일 동안 수행한다고 해서 제 문제가 해결될 거라고 생각하진 않습니다. 제가 알고 싶은 것은, 수행을 한다는 게 어떤 것입니까? 수행을 하면 목적의식이 분명하고, 기쁘고, 가벼운 마음으로 딴 생각에 사로잡히지 않고 행동할 수 있습니까?

물론 그런 훈련이 조금 있긴 있습니다. 그러나 그것은 근본적인 해결책은 아닙니다. 만약에 당신 앞에 2미터 정도 되는 높은 벽이 있다고 합시다. 뛰어 넘으려고 하니까 도저히 안 됩니다. 열 번도 더 실패를 했습니다. 그런데 누군가가 뒤에서 1분 안에 안 넘어가면 총으로 죽이겠다고 하고 뒤에 총소리가 들립니다. 그럼 당신은 뛰어 넘습니다. 그것처럼 당신이 박사과정이 중요하다고 하면서 집중하지 못하는 것은 의식은 '해야 한다'고 생각하지만 무의식에서는 '뭐 안 해도 먹고 살 수 있다'는 것이 전제되어 있기 때문에 그렇습니다. 그렇기 때문에 자꾸 생각이 딴데 가는 거예요. 정말 이것을 1년 안에 못하면 직장도 잃는다고 하면 생각이 다른 데로 가려야 갈 수가 없습니다. 화장실 가서도 책을 보게 될거고 아이들 가르쳐도 끝나면 잠시 시간 내어 또 보게 될 거고요. 집에 가서도 잠을 줄일 거고 음식 먹으면서도 공부할 거고요. 그렇게 저절로 집중이 됩니다. 집중이 안 된다는 건 부담을 갖고 있지만 무의식 세계에서는 '안 그래도 살 수는 있어' 그런 게 있습니다. 그러니까 걱정하지 마십시오. 안 해도 살 수 있어요. 당신 마음의 밑에서 그렇게 속삭이고 있어요.

정말 그것이 중요한지 다시 점검해보십시오. 이것도 하고 저것도 하고 그러면 좋죠. 나라도 그렇게 되면 좋겠어요. 그러나 모든 것을 다 할 수 없잖아요. 그러면 순번을 정하고 거기에 집중해야 합니다. 집중이 잘 안된다, 그러면 '이건 내가 간절하게 원하는 게 아니구나' 하는 걸 알아야 합니다. 그러면 버려버리세요.

그럼 그 중 하나를 버릴 수도 있나요?

어떤 것이요? 가족은 버릴 수 없고요. 가족을 버릴 수 없기 때문에 사실은 공부에 더 집중할 수 있는 거예요. 가족은 방해가 되는 게 아니에요. 그러니까 당신은 노력을 적게 하고 박사는 따고 싶은, 이게 모순이에요.

더 열심히 하라고 말씀하시는 것 같습니다.

노력한다는 건 하기 싫다는 얘기에요. 자기가 좋아하는 건 노력할 필요가 없어요. 저절로 됩니다. 아이들이 핸드폰을 갖고 게임을 할 때, 게임을 하려고 노력합니까? 노력하지 않습니다. 누가 말려도 합니다. 노력한다는 말은 하기 싫은 걸 억지로 할 때 노력한다는 말을 씁니다. 그렇기 때문에 하기 싫으면 안 하면 돼요. 그렇기 때문에 노력하는 것이 아니라 해야 합니다.

제가 아마도 하기 싫어하는 것 같습니다만, 끝내야만 합니다. 모르겠어요.

그런 것은 없습니다. 하기 싫으면 안 하면 돼요. 그리고 하기 싫지만 이걸 하면 이익이면 그냥 해야 합니다. 싫은 것에 휘둘리지 말고 그냥 해야 합니다. 싫어도 그냥 해야 합니다.

다시 말씀드리면, 박사란 것은 자기 나름대로 연구를 해서 어떤 결과를 내는 겁니다. 자기 나름대로 그 부분의 새로운 걸 만들어내려면, 하고 싶어서 할 때 창조가 일어납니다. 누가 말려도 해야 해요. 그런데 당신은 내가 원해서 어떤 연구를 하는 게 아니라 직장 때문에 박사가 필요하고, 학위를 받기 위해서 공부를 하기 때문에 힘든 거예요. 여기 지금 학생들이 많은데 공부하기 힘들다는 것은 그걸 억지로 하고 있기 때문에 그렇습니다. '졸업을 하면 뭔가 더 좋은 직장이 있다' 하면서 그 좋은 직장 때문에 공부를 하는 거예요. 그래서 힘든 거예요. '더 나쁜 직장이라도 난 이걸 연구하고 싶다' 이럴 때는 공부하는 게 힘들지 않습니다. 그러니 하고 싶지 않으면 안 하셔도 됩니다. 이런 욕심을 가지고 참선을 하면 잘 될까요, 기도를 하면 잘 될까요? 명상이라는 것은 어떤 형식이 아닙니다. 자기 속에 있는 이 모순을 직시하는 겁니다. 그래서 그 모순을 분명하게 해결하는 거예요. 그것이 나한테 손실이라면 하고 싶어도 버려야 합니다. 그때 비우라는 말이 필요한 거예요.

그것에 관해서 명상을 해보겠습니다. 감사합니다. 도움이 되었습니다. 스님께서 말씀하신 것처럼 생각해보지는 못했습니다.

미시간대학교 남센터

피츠버그(Pittsburgh)

자신감을 높일 수 있는 방법은 무엇일까요

저는 작년에 박사과정을 졸업하고 지금 시간 강사를 하면서 일자리를 찾고 있습니다. 저는 어릴 때부터 자신감이 없는 게 인생에서 큰 문제였어요. 제가 저를 보면 아주 어린애 같고, 무언가를 한다고 하는데 매일 실수를 하고, 어른들로부터 "너는 그것도 못하니?" 하는 소리를 매일 듣습니다. 스스로 자존감을 높여 보려고 해도 잘 안 되고, 외부인이나 직장상사, 지도교수님에게 의지를 하려고 합니다. 칭찬을 받으면 그나마 본전이고, "자네는 기회를 줘도 못하나?"라고 하면 제가 얼어붙더라고요. 이러면 걱정이 되서 전혀 일이 안 돼요. 한편으로는 제가 독립적으로 살고 싶고 잘하고 싶은 욕망도 많이 있는데 어릴 때부터 그렇게 되지 않았고, 실제 사회생활을 하면서도 많이 어렵습니다. 어떻게 하면 자신감을 높일 수 있을지, 아니면 의지심을 내려놓을 수 있을지 궁금합니다.

두 가지의 원인이 있을 것 같아요. 첫 번째는 어릴 때 격려를 받고 자라기보다는 부모나 주위로부터 꾸지람을 듣거나 했던 것이 어느 순간 마음에 상처가 되었을 수 있습니다. 이것은 전문 상담사로부터 상담을 받으면서 그런 상처가 언제 형성된 것인지를 찾아서 상처를 치유할 수 있어요. 지금 내가 꼭 실력이 없어서 그렇게 느끼는 것이 아니고, 과거에 입은 상처가 있기 때문에 그것이 늘 무의식에서 스스로를 위축시키는

300

것입니다. 다른 사람이 볼 때에는 질문자가 별다른 문제가 없는데 질문자가 스스로 위축될 수 있습니다. 대부분 원인은 과거의 상처 때문에 일어나므로 그것을 찾아서 치유해야 합니다.

두 번째 원인은 욕심이에요. 자기 실력이 100이라고 한다면 80만 나오면 잘 나오는 것인데, 항상 자기 실력 이상으로 평가를 받고 싶은 마음이 있어서 항상 평가가 자기 기대보다 못 나오죠. 늘 점수가 내 실력보다 못 나온다고 하듯이, 늘 상사나 주위 사람들로부터의 평가가 자신의 기대보다 못 나오는 거예요. 그러니까 자기가 스스로 위축되는 거예요.

일단 질문자가 자기에 대한 지나친 기대, 즉 욕심을 버려야 합니다. 이게 가장 중요한 문제예요. 질문자는 자기가 굉장히 자신감이 없고 실력이 없다고 생각하는데, 실력도 없는데 박사는 어떻게 됐습니까? 어쨌든 객관적으로 봤을 때 학교 다닐 때 공부를 좀 했다는 거잖아요. 초등학교, 중학교, 고등학교 때 반에서 5등 안에 들어갔어요?

네, 들어갔습니다.

그럼에도 불구하고 1등을 못해서 늘 부족하다고 느끼는 것과 같아요. 5등을 하면 잘하는 것인데 1등을 못했다고 하는 거죠. 그 생각을 가지니까 늘 위축되는 겁니다. 성형수술을 일반사람이 많이 할까요? 배우가 많이 할까요?

배우가 많이 합니다.

왜 잘 생긴 그 사람들이 많이 합니까? 못생긴 우리 같은 사람들은 아예 성형할 생각도 안하는데 그 사람들은 미인임에도 불구하고 '눈만 조금 동그라면 일품이다' 해서 눈 수술을 하죠. 그러고 보니까 '코가 조금 낮네' 해서 코를 고치고, '턱이 약간 나왔네' 해서 턱 깎으니 끝이 없어요. 그것처럼 열등의식은 정말 맨 밑바닥에 있어서 생기는 것이 아닙니다. 열등의식은 2등이 더 많습니다.

질문자가 시간 강사를 하고 있잖아요. 이때 잘했다는 소리는 못 들어도 시간 강사 자리를 못 얻은 사람에 비해 잘하기 때문에 자리를 얻은 것이지 않습니까? 그런 것처럼 본인이 욕심이 많기 때문에, 기준이 너무 높기 때문에 자신에 대해서 늘 위축되는 것입니다. 그러니까 앞으로 기준을 낮춰보세요. 교수님이나 직장상사가 "자네는 뭘 그것도 못하나" 라고 하면 "아, 네, 앞으로 잘 하겠습니다!" 하고 얘기하면 됩니다. "이것도 못하나" 소리를 듣는 것도 내가 이 직장을 다니기 때문에 듣는 것이지요. 이런 직장도 얻지 못한 사람이 얼마나 많습니까? 기준을 높이면 실망이 커지고 기준을 낮추면 만족이 큽니다.

그래서 앞에서 얘기한 과거의 상처 때문에 무의식적으로 위축되는 것은 쉽게 고쳐질 수 없지만 두 번째 것은 질문자가 이성적으로 생각해서 자기 생활을 긍정적으로 보면 고칠 수 있습니다. 미국에서 박사 학위를 땄으면, 논문을 영어로 썼으니까 영어도 제법 하겠네요. 그러니까 긍정적으로 자기를 봐야죠.

그리고 이것도 생각하셔야 합니다. 법률적으로는 차별이 다 폐지되었지만 현실에서는 어쩔 수 없잖아요. 똑같이 생긴 한국 사람도 전라도 사람은 전라도 사람을 조금 더 끌어주고, 경상도 사람은 경상도 사람을 조금 더 끌어주고, 자기 학교 사람을 조금 더 끌어주는 게 있잖아요. 그런데 미국같은 이민사회에서 자기 나라 계통이나 자기 문화 계통의 사람을 끌어주는 것은 너무 당연한 것 아닐까요? 그러니까, 소수 집단이면 이건 어쩔 수 없는 거예요. 법적으로 확실히 문제가 되면 법원에 제소하면 되지만, 문화적인 건 이민자가 감수해야 합니다. 그게 싫으면 한국으로 돌아가면 됩니다. 한국으로 돌아가면 다수 집단이 될 수 있잖아요. 다른 사람이 100의 실력이면 100의 평가를 받는 것에 대하여, 나는 이민자이기 때문에 120의 실력이 되어야 100의 평가를 받을 수 있습니다. 그러니까 그런 것을 감안해서 생각해야 합니다. 더 노력을 해서 실력을 그만큼 높여야지, 위축될 이유는 하나도 없다는 것입니다. 그리고 질문자는 지금 잘하고 있다는 것을 자각하고, 이민사회에서는 일정한 감점을 당연한 것으로 받아들여야 한다는 것입니다.

성 김대건 한인성당

남편이 도와주지 않아 힘들어요

저는 한국에서 직장생활을 하다가 1년 동안 여기서 공부를 하게 돼서 얼마 전에 오하이오에 왔는데요. 남편도 여기에 같이 왔고 22개월 된 딸도 하나 있습니다. 지금 제가 학생 역할도 해야 하고 딸도 돌봐야 하는데, 남편은 도와준다고 하지만 한계가 있어 제가 많이 힘듭니다. 더군다나 수업이 영어로 진행되어 스트레스를 많이 받습니다. 마음을 다스릴 수 있는 조언을 듣고 싶습니다.

돌아가면 되죠.

그러고 싶지는 않거든요. 저에게 소중한 기회라서요.

만약에 설악산 정상에 올라가려다가 중턱 쯤 되니까 "너무 힘든데 제가 올라가야 합니까? 말아야 합니까?" 이렇게 물으면 제가 어떻게 대답해 줘야 할까요? 계속 올라가면 힘들 것이고요, 힘들어도 정상까지 올라가려면 계속 올라가야 합니다. 그리고 꼭 올라가야 할 이유가 없잖아요. 올라가지 않아도 얼마든지 잘살 수 있으니 힘들면 중간에 내려가도 되고요. 질문자가 무엇을 목적으로 하는지에 따라 달라지는 것이지요. 설악산 꼭대기에도 올라가고 싶고 힘도 안 드는 그런 방법은 없어요.

그런데 제 입장에서는 남편이 공부를 안 하고 있어서 시간이 많으니까 저를 좀 많이 도와줬으면 좋겠는데요.

그런데 남편은 그럴 사람이 아닌데 어떡해요? 왜 그런 사람이랑 결혼을 했어요? 남편이 조금 가부장적이라면, 인물이 조금 잘났다든지 돈이 많다든지 학교 다닐 때 학벌이 괜찮다든지 직장에서의 직위가 괜찮다든지 뭔가 고개를 뻣뻣하게 할 수 있는 이유가 있을 거예요. 왜냐하면 뻣뻣한데도 불구하고 질문자는 그 사람을 좋아했잖아요. 살림 좀 도와달라고 그 남자와 결혼한 것은 아니란 말이에요. 인물이 괜찮아서 결혼했든 돈이 많아 결혼했든 다른 것들이 좋아서 결혼했기 때문에, 남편이 지금 집안일을 도와주지 않는다고 해서 남편이 문제라는 생각은 잘못된 생각이에요. 관점이 잘못되었다는 것입니다.

그런데 제 입장에서는 남편도 제가 인물이나 학벌, 직장이 좋거나 하기 때문에 저와 결혼을 했을 테니까, 남편 입장에서도 본인이 할 수 있는 일은 좀 도와주어야 하는 것이 아닌가 이런 생각이 들거든요. 서로 맞춰가야죠.

그렇게 하면 좋지요. 그런데 지금 그 사람이 안 그런다고 했잖아요. 안 그러는 것을 어떻게 하겠습니까? 오늘 날씨가 따뜻하면 좋지만 비가 오는데 어떻게 하겠습니까? 비가 와도 강연을 들으려면 우산 쓰고 여기로 와야죠. 남편은 그런 남편대로 놓아두세요. 만약 질문자가 혼자 유학을 왔으면 어떻게 되었겠어요? 어쨌든 영어로 수업을 들었어야 했을 거고, 애도 돌봤어야 했을 거고, 밥도 해먹어야 했을 거 아닙니까. 그래도 남편과 같이 와 있는 것이 밤에 무서운 걸 해결해주든지, 집을 지켜주든

이른 시간에 나서면
떠오르는 아침 해가 우리를 맞이합니다.

이 아침을 맞이할 수 있어서 기쁘고 감사합니다.

지, 운전을 해주든지, 같이 안 온 것과 비교했을 때 어느 것이 더 나은지 한번 판단해 보세요. 이럴 바에는 같이 안 오는 게 나았겠어요? 허수아비라 하더라도 그래도 있는 게 낫겠다 싶어요?

같이 있는 게 더 낫죠.

그래요. 그렇게 생각하면 아무 문제가 없지요. 스님이 지금 세계를 다니면서 100회 강연을 하는데, 힘들까요? 안 힘들까요? 당연히 힘든 것인데, 힘들어서 못 다니겠다고 하면 말이 안 되잖아요. 이건 처음부터 힘들 것이라고 예상하고 시작한 것이거든요. 그래서 할까 말까 몇 번을 망설이다가 '그래 하자' 하고 시작했는데, 그렇다면 아파서 기어 다니는 한이 있더라도 해야 되는 거잖아요. 중간에 그만둘까 망설이면 안 되죠. 모든 사람이 이런 일정은 불가능하다고 처음부터 말렸거든요. 그럼에도 불구하고 하겠다고 시작한 것이니까 제가 지금 남을 탓할 수가 없지요. 처음부터 이런 고생을 할 것이라고 알고 시작한 거니까요. 그것처럼 질문자도 공부하러 외국에 왔으니까 힘든 것은 당연한 것이지요. 거기다가 애기 엄마로 왔으니까요. 애기 엄마 역할과 공부까지 해야 하니까 힘든 것은 당연한 거잖아요. 그래도 자기는 애기 엄마 역할만 하기 보다는, 조금 어렵지만 공부를 하는 것이 더 낫다고 생각해서 시작한 거 아니에요? 여기 올 때 남편이 뒷바라지를 해주기로 약속하고 왔습니까? 아니면 그냥 '가자' 하고 왔습니까?

약속은 했지요. 본인이 시간이 더 많으니까 역할을 더 많이 하겠다고요.

그래요. 역할을 많이 하겠다는 것이 밤에 잠도 같이 자주고, 가끔 집도 지켜주고 그러겠다는 것 아닙니까? 제가 보기에는 남편이 역할을 많이 하고 있네요. 지금 남편이 한 달만 한국에 가 있으면 남편의 역할이 얼마나 많은지 알게 될 거예요. 그러니까 남편에게 항상 '같이 있는 것만으로도 고맙습니다' 하고 생각하세요. 지금 남편은 굉장히 고마운 사람이에요. 그런데 왜 본인이 더 큰 소리를 칩니까? 그러니까 질문자가 묻는 초점이 '어떻게 마음 편하게?' 였잖아요. '여보 나 따라와서 힘들지? 같이 와줘서 고마워'라고 생각하면 하나도 힘들지 않습니다.

지금은 스님 말이 수긍이 되어도 아마 내일부터는 또 안 될 거예요. 그러니까 절을 해야 해요. 자꾸 절을 하면서 '아이고, 여보 고맙습니다. 저를 지켜줘서 감사합니다' 하면서 바쁜 와중에도 밥을 해서 남편을 먹여야 합니다. 아시겠어요? 경호원은 잘 먹여야 해요. 운전수도 잘 먹여야 하고요. 남편이 지금 운전도 해주지, 경호해주지, 밤에 애인도 해주지 얼마나 많은 역할을 해줍니까. 애를 안 봐줘도 급할 때 애가 울면 봐줄 거 아니에요? 오늘 강연에 올 때에도 남편에게 아이 맡겨 놓고 왔을 거 아닙니까? 남편이 없었으면 아이를 어디에다 맡겨놓고 오겠습니까?

절을 해야 합니다. 아침마다 절을 하면서 '감사합니다, 감사합니다' 해보세요. 그래야 욱 하다가도 '그래도 고마워' 하게 됩니다.

홀리데이 호텔

308

인디애나폴리스(Indianapolis)

금강경 사구게
뜻을 알고 싶습니다

저는 인디애나폴리스에서 42년째 살고 있습니다. 내년이 칠순이고 천주교
신자입니다. 저는 지난 30년 동안 시간이 날 때마다 불경을 독학으로 공부
했습니다. 금강경에 '범소유상 개시허망 약견제상비상 즉견여래凡所有相 皆是
虛妄 若見諸相非相 卽見如來'라는 시구에 대해 설법을 청합니다.

그 말이 무슨 뜻인지 질문자가 이해한 대로 말씀해 보시겠어요?

우리가 어떤 욕심을 낸다든가, 허욕을 부린다든가 하는 그 자체가 존재하
지 않기 때문에, 즉 무상하기 때문에, 그런 것을 좀 넘어서서 자기 자신이
조금 더 다른 사람을 위해서 봉사할 수도 있다는 뜻 같습니다. 이 내용을
이해한다면 더 좋은 불자가 될 수 있다고 저 나름대로 해석했습니다.

그렇게 해서, 질문자의 삶이 조금 바뀌었습니까?

제가 스스로 생각하기에는 많이 바뀌었다고 생각합니다.

**이 앞에 바구니 두 개와 접시가 있는데 보이십니까? 가운데에 있는 노
란 바구니와 흰 바구니를 봤을 때 노란 바구니가 큽니까? 작습니까?**

크죠.

그럼 이 노란 바구니와 이 모래를 담아놓은 그릇하고 비교하면 노란 바구니는 커요? 작아요?

작죠.

질문자는 지금 이 바구니를 두고 한 번은 크다고 했고 한 번은 작다고 했지요. 그렇다면, 이 바구니 하나만 두고 생각했을 때 이 바구니는 큽니까? 작습니까?

중간 크기입니다.

우리가 중간 크기라고 하든지, 크다고 하든 작다고 하든 간에, 머리 속에 어떤 다른 것 하나를 연상해서 그것과 비교해서 '크다' 혹은 '작다'고 말하는 것이지요. 그렇게 무언가와 비교해서 말하는 것을 '상대적'이라고 합니다. 그러니까 정확히 말한다면 상대적으로 크고, 상대적으로 작고, 상대적으로 중간 크기이지요. 크다고 할 때에는 다른 작은 것을 연상한 것이고, 작다고 할 때에는 다른 큰 것을 연상하고 말한 것입니다. 그렇게 인식은 상대적인 것이지요.

예, 그렇습니다.

그렇다면 상대적으로 보지 않은, 절대적인 차원에서 이 바구니 자체는 어떻게 말해야 할까요?

존재하지 않다고 봐도 되겠습니다.

존재하지 않다니요? 이렇게 눈앞에 있는데요. 처음에 질문이 "큽니까, 작습니까"였으니 질문의 언어를 빌리는 방법으로는 "크지도 않고 작지도 않습니다"라고 할 수 있습니다.

'범소유상 개시허망 약견제상비상 즉견여래'에서 '범소유상 개시허망'은 '무릇 내가 지은 모든 상은 다 허망하다'는 뜻입니다. 여기서 '상'은 모양지어진 것, 즉 크다·작다·약이다·독이다 라는 실체가 있다고 여기는 것을 말합니다. 이때 허망하다는 것을 허무하다고 이해하면 안돼요. '허망하다'는 것은 '실체가 없다', '진실상이 아니다', '사실이 아니다', '실제가 아니다', '환영이다'라는 말입니다.

'약견제상비상 즉견여래'는 만약 모든 상은 상이 아님을 안다면, 즉 크다 작다, 옳다 그르다, 맞다 틀렸다 하는 것을 크다 할 것도 없고, 작다할 것도 없고, 옳다고 할 것도 없고, 그르다고 할 것도 없고, 맞다고 할것도 없고, 틀리다고 할 것도 없다는 것을 안다면, 이는 부처를 아는 것이다. 즉, 그것이 바로 부처이고 깨달음이다는 뜻입니다.

이것을 보고 뭐라고 합니까? 물잔이라고 하죠. 어떤 것은 커피잔, 어떤 것은 포도주잔, 소주잔, 정종잔 이렇게 많이 있지 않습니까? 그런데 그런 명칭이 붙으면 정종잔에는 정종을 마셔야 하고, 물잔으로는 물을 마셔야 하고, 커피잔에는 커피를 마셔야 하잖아요. 그래서 커피 좀 달라고 하면 "아이고, 우리 집에 커피잔이 없어서" 이렇게 말한다면 이것은 상

을 지었기 때문이에요. 즉, 이 존재는 커피잔, 물잔으로 용도가 정해져 있지 않아요. 그것을 놓아버리면 무엇이든 담을 수 있습니다. 물잔이라서 물을 담는 것이 아니고 물을 담으면 물잔이 되고, 커피를 담으면 커피잔이 되고, 술을 담으면 술잔이 되고, 밥을 담으면 밥그릇이 되고, 국을 담으면 국그릇이 되고, 아이가 오줌을 쌀 때 얼른 받으면 요강이 되고 그런 거예요. 그러니까 걸림 없이 자유로워지잖아요. 이런 것을 의미하는 겁니다. 이것은 불교의 핵심사상인 '공空'사상을 공이라는 용어를 사용하지 않고 설명한 것입니다.

그런데 이것도 생각해보세요. 우리 집에 소주잔도 있고 커피잔도 있고 물잔도 있고 포도주잔도 있는데도 굳이 이거 하나만 가지고 밥도 여기다 먹고, 국도 여기다 먹고 하면서 '모두 공이니까' 하는 것은 또 공에 집착하는 것이지요. 공이라고 하는 상을 지었다는 것입니다. 그러니까 생활 속에서는 이것을 물잔으로 쓸 때에는 그냥 물잔으로 쓰는 거예요. 다른 것은 다른 데에 쓸 데가 있으니까요. 없으면 이걸로 커피잔을 써도 되고, 포도주잔으로도 써도 된다는 말입니다.

그래서 "서울 가는 길은 어느 방향입니까?" 하고 누가 물어본다면 어느 방향이라고 말할 수가 없습니다. 이걸 가지고 무유정법無有定法, 즉 '어느 방향이라고 정해놓은 법은 없다'라고 합니다. 그러면 서울 가는 방향이 없다는 말일까요? 아니면 정해진 것이 없으니까 아무렇게나 가도 된다는 말일까요? 그렇지 않습니다. 공이라는 말은 '텅 비었다', '없다'고 표현하지만 없다는 뜻이 아니고, 있고 없음을 넘어선 의미예요. 인천 사람이 물어보면 "동쪽으로 가세요" 얘기하겠죠. 그것을 누가 듣고 '동쪽으로 가면 되겠구나, 서울 가는 길은 동쪽이야'라고 생각하고 춘천 사람이 서울 가는 길을 물었을 때 동쪽으로 가라고 하면 그 사람은 동해

바다에 빠져 죽어요. 춘천 사람이 물으면 "서쪽으로 가세요", 수원 사람이 물으면 "북쪽으로 가세요" 해야죠. 그렇게 해서 모든 법이 공한 줄을 알면, 인연을 따라 그 사람의 위치와 시공간이 정해지면 정확하게 동이면 동, 서면 서, 남이면 남, 북이면 북, 동북이면 동북, 서북이면 서북으로 정해지는 것입니다. 또 정해진다고 해서 절대화시켜도 안 되고요. 언어를 절대화시키면 상을 지은 것입니다. '공이다'라고 해서 아무것도 방향을 잡을 수 없다든지, 잡으면 안 된다고 하는 것은 다시 공에 빠진 거예요. 이것을 '공상을 지었다'고 말해요. 그래서 '어느 방향이라고 특정한 방향을 정할 수 없다'는 것은 동시에 인연을 따라서 '어느 방향이라도 될 수 있다'는 뜻입니다. 아무렇게나가 아니라 인연을 따라서 말이에요.

무언가가 상을 지은 것을 불교용어로 '색'이라고 하고, 상을 짓지 않는 것을 '공'이라고 해서, 색은 곧 공이고, 공은 곧 색이라고 합니다. 이것을 '색즉시공 공즉시색 色卽是空 空卽是色'이라고 하죠. 여기서 '색즉시공'이라고 한번만 말하면 되지, 왜 똑같은 말을 바꿔서 '공즉시색'이라고 또 할까요? 두 개가 같다는 것이 성립하려면, 그 역도 성립해야 한다는 것입니다. 그렇기 때문에 '색이 곧 공이고 공이 곧 색이다'라고 표현되어야 합니다. 그래서 색즉시공 공즉시색이라는 말은, 현상과 본질이 동시에 어우러져 있는 것입니다. 현상은 엉터리이고 본질만이 진실이라고 보는 것은 진실의 절반만을 보는 것입니다. 우리는 "이것이 크냐 작냐"고 물었을 때, 항상 "큰 것도 아니고, 작은 것도 아니다"라고 대답하면 안 돼요. 구체적인 조건에서 물어봤을 때에는 "크다"고 얘기해야 합니다. 이것이 '색'이에요. 이 상황, 이 인연에서는 크다, 이 인연에서는 작다는 것입니다.

그러나 이 인연을 떠나서 절대적으로 물으면 "큰 것도 아니고, 작은 것도 아니다, 다만 그것이다" 또는 "공이다"라고 얘기해야 합니다. 그러니까

이 원리가 우리의 삶에서 우리를 자유롭게 하는 거예요. 도가 트면 윤리 도덕도 없는 인간이 되는 것일까요? 그렇지 않습니다. 현실에서는 늘 윤리, 도덕을 맞춰서 살지만 때로는 윤리나 도덕이 인간을 억압하고 고통스럽게 할 때에는 과감하게 윤리, 도덕을 부정하기도 한다는 말입니다. 그러니까 모든 것은 인간을 자유롭고 행복하게 하는 것에 초점이 있는 것이지, 윤리나 도덕이 절대화되어서는 안 된다는 것입니다. 이것은 부처님의 가르침도, 예수님의 가르침도 마찬가지예요. 중심은 인간을 행복하게, 자유롭게 하는 데에 있고 그 길로 가기 위해서 이런저런 방법이 있는 것인데, 지금 방법을 절대화시키고 거기에 인간을 끼워 맞추려고 하기 때문에 문제가 생기는 것입니다.

Unitarian Universalist 교회

대가를 바라지 않았는데
욕을 듣게 되었습니다

룸메이트와의 사이에 돈 문제가 생겼습니다. 렌트비와 인터넷 사용료를 다른 사람들의 사정을 배려해서 제가 먼저 내고 나중에 돌려받으려고 했는데, 정작 나중에는 못 준다고 이야기를 합니다.

똥 누러 갈 때 마음과 똥 누고 나올 때 마음이 서로 다르다고 하잖아요. 돈을 빌려갈 때는 정말 고맙다고 하면서 3일 뒤에 준다고 했는데 빌려간 뒤에는 태도가 바뀌잖아요. 그러니까 빌려준 사람이 받으러 다녀야 해요. 일단 내 손에 있을 때라야 내 돈이지 상대편에게 넘어가면 내 돈이 아니에요. 돈에는 원래 네 것, 내 것이 없는데 손에 쥐면 내 것이 됩니다. 그런데 나는 내 손에 있던 걸 주었기 때문에 아직도 내 것이라고 생각하고 있고, 상대는 자기 손에 쥐고 있기 때문에 자기 것이라고 생각하는 겁니다. 그러니까 가능하면 늦게 돌려주려고 합니다. 인간의 심리가 그렇습니다. 자기만 그렇게 느끼는 것이 아니라 대부분의 사람들이 줄 돈은 늘 제 시간에 주고 받을 돈은 늘 제 시간에 못 받는다고 느껴요. 이것은 인간의 정상적인 심리입니다.

일단 상대가 돈 없다고 해서 대신 좀 내달라고 해서 내주었잖아요. 그런데 나중에 그 돈 달라고 하면 상대는 자기 것을 달라는 것처럼 느끼는 겁니다. 그래서 이런 경험을 한번 해보고 인간 심리가 이렇구나 하고 알고 약속을 못 지키는 사람에게는 그렇게 하지 않으면 됩니다. 이런 관계를 반복하는 것은 자기가 바보인 겁니다. 이건 착한 것이 아니고 바보에 속합니다. 착한 것과 바보는 다릅니다. 착하다는 말은 남에게 해를 안 끼치고 남에게 도움이 되는 사람이 착한 사람이에요. 그런데 선행을 베풀 때는 항상 보상을 바랍니다. 그래서 보상이 안 오면 굉장히 섭섭하고 미워지죠. 그래서 착하다고 괴롭지 않은 것은 아닙니다. 착한 사람이 오히려 악한 사람보다 더 괴로울 때도 있습니다.

질문자는 지금 자기 인생의 주인 노릇을 못하고 있는 겁니다. 영악해지라는 것이 아닙니다. 주식투자를 할 때도 한두 번 해보고 손해 보면 포기해야 하는데 미련을 가지면 집까지 날리지 않습니까. 그럴 때 이 사람은 지혜가 부족한 것입니다. 질문자는 어리석다고 말할 수 있습니다. 학습 효과가 없는 겁니다. 상대편의 성향이 그러면 내가 그걸 미리 감안해야 합니다. 친구 사이라면 "그래. 뭐 너가 돈이 없으면 내가 낼게" 이렇게 하든지, 한두 번 해보고 안 되면 화낼 필요도 없고 상대가 낼 때까지 "이번엔 니가 내 것까지 대신해서 내라. 니가 내고 나면 내가 줄게" 이렇게 얘기하면 되지요. 이렇게 구체적으로 얘기해야 방법이 나옵니다.

자기의 심리를 들여다보면, 자기가 지금 하고 있는 일은 선행이라기보다는 선 투자를 하는 식입니다. 먼저 돈을 주고 나중에 이자를 붙여서 받으려고 하고 있습니다. 그런데 지금 이자는커녕 본전도 안 돌아오니까 본인도 괴롭고, 남들이 보기에도 바보라고 그러는 겁니다.

대가를 바라지 않고 손해를 보더라도 행하는 것을 호의라고 생각했는데 스님은 그게 호의가 아니라는 말씀인 건가요? 저는 대가를 바라지는 않았는데 욕을 듣게 될 줄은 몰랐거든요.

그것도 대가를 바라는 것이지요. 대가를 바라지 않고 베푸는 것이 진짜 호의라는 것입니다. 대가는 꼭 돈을 의미하는 것이 아닙니다. 보통 좋은 일을 할 때 어떤 대가를 바래요? 칭찬 받는 대가를 바래요. 그런데 칭찬이 안 돌아오고 욕이 돌아오니까 기분이 나쁜 것이지요.

칭찬은 아니더라도 욕은 하지 말았으면 했습니다.

그것도 내 요구이지요. 칭찬은 아니더라도 욕은 하지 말아달라는 그 말은 이자는 못 붙여줘도 원금은 갚아 달라 이 얘기 아닙니까. 그런데 니가 어떻게 원금도 안 갚냐 하며 화내고 있는 겁니다. 그러니 이건 그 사람의 문제가 아니라는 겁니다. 이걸 내 문제로 봐야 내가 이 문제를 풀 수 있지 그 사람의 문제라고 보면 자기가 그런 인간을 어떻게 다 고칠 수 있겠어요? 같이 살자고 룸메이트를 했지 그 사람의 성격 고쳐줄려고 룸메이트 한 게 아니잖아요. 자기는 겉으로는 착할지 몰라도 자기가 그려놓은 세상 속에 살고 있는 겁니다. 자기 머릿속에 그려진 모습으로 세상을 보는데 이것이 실제 세상과는 안 맞아서 고뇌가 생기는 겁니다. 내가 그린 모습으로 세상을 보지 말고 있는 그대로의 세상을 보고 인식해야 합니다.

스님 말씀 들으니까 거래면 거래고 호의면 호의이고 명확하게 선을 그었어야 했다는 생각이 드네요.

그런데 현실의 인간은 성인이 아닌 이상 누구나 다 거래를 하게 되어 있어요. 바깥으로는 호의를 베푸는 것 같지만 머릿속으로는 전부 거래를 해요. 물에 빠진 사람을 구해줬는데 건져내자마자 '내 보따리 내놔라' 했을 때 기분이 나쁘다, 그러면 이건 거래입니다. 진짜 호의란 어떤 것일까요? 저 사람 건져주면 분명히 내 보따리 내놔라 할 것을 알고도 건지는 것이 진짜 호의입니다. 왜 그럴까요? 내가 손해를 보더라도 죽어가는 생명을 살려야 되기 때문입니다. '죽어가는 생명을 살려주면 나한테 복된다', '저 사람이 나한테 고맙다고 할 거다', 이것이 대가를 바라는 마음입니다. 죽어가는 생명을 살리는 것은 나한테 비난이 오고 손실이 와도 그건 해야 할 일입니다. 그러기 때문에 비난을 두려워하면 안 됩니다. 손익 계산을 하지 말고 살려야 하면 살리는 겁니다. 비난을 감수하고서라도 도울 건 도와야 합니다.

예수님은 2천 년 전에 "원수를 사랑하라"고 하셨고 그 모범을 보여주셨습니다. 그러니 우리도 예수님처럼 지향점은 '남을 도울 때 대가를 바라지 않는다' 하는 자세를 가져야 합니다. 불경에서는 '무주상보시'라고 했고, 성경에서는 '왼손이 하는 일을 오른손이 모르게 하라'고 했는데, 이 말은 아무도 모르게 하라는 것이 핵심이 아니라 대가를 바라지 말라는 뜻입니다. 손이 발 씻겨주고 발한테 대가를 바라지 않잖아요. 세수 해주고 얼굴한테 대가를 바라지 않잖아요. 그것처럼 자기 일로 하는 것이지 누구를 위해서 하는 것이 아닙니다. 그러나 현실에 살고 있는 우리 모두는 남한테 조금이라도 호의를 베풀면 대가를 바라게 됩니다. 왜냐하면 우리가 너무 오랫동안 종속된 삶을 살아왔기 때문에 그렇습니다. 그러니 질문자는 나는 성인을 지향하지만 내 친구들은 아직도 보통사람들이라는 것을 항상 염두해 둬야 합니다. 나는 대가 없이 호의를 베풀더라도 그들이 대가를 바라며 호의를 베푸는 것은 받아줘야 합니다. 그들은 성인이 아니니까요.

지금 질문자가 약간 손해 보는 것 같은 느낌이 드는 이유는 성인이 아 닌데 성인처럼 흉내를 내서 그런 겁니다. 머리는 성인의 생각을 하고 마 음은 세속의 생각을 하니까 '나는 좋은 생각으로 도와줬다' 이러지만 마음에서는 대가를 바라고 있기 때문에 지금 고민이 생기는 겁니다. 그 럴 때 나를 보고 '내가 대가를 바라서 이런 괴로움이 생기는구나' 이렇 게 자각하면 괜찮은데, 그런 불평을 자꾸 함으로 해서 자기가 더 바보 가 되는 겁니다.

알겠습니다.

사람은 이기적입니까? 이타적입니까? 이기적이에요. 그렇다면 이기적인 것을 이기적이라고 아는 것이 진리입니다. 여러분들은 이타적이라야 진 리라고 생각하지요? 그렇지 않아요. 진리란 사실을 사실대로 아는 것입 니다. 이기적인 것을 이기적이라고 알고, 어리석은 것을 어리석다고 아 는 것이 진리입니다. 꿈을 꿈인 줄 아는 게 깨달음이에요.

내가 나를 보고 '이기적이구나'라고 알면 다른 사람도 이기적이겠다 는 것을 알게 되니 다른 사람이 이기적인 것을 갖고 내가 시비를 안 하 게 됩니다. 이기적인 것이 나쁜 게 아닙니다. 사람은 서로 다르다는 것 을 인정해야 합니다. 이기적인 것을 버려야 세상에 평화가 오는 게 아닙 니다. 내가 이기적일 때 남도 이기적이라는 것을 알면 상대가 이기적인 것을 내가 수용할 수 있습니다. 상대에게 "너는 왜 그렇게 이기적이니?" 하며 따지는 것 자체가 이기적인 겁니다. 인간의 심성 속에는 물론 이타 심도 있고 이기심도 있습니다만 이타심은 저 무의식의 아래에 있고, 이 기심은 그 상위층에 있습니다. 그래서 대부분 일상적으로는 이기심이 밖으로 많이 드러납니다. 그러나 아주 위기에 처하면 인간은 이타성이 드러납니다. 그렇다고 이타심으로 돌아가자고 주장하면 안 돼요. 인간은 다 이기심을 갖고 있다고 인정하고 그래서 상대가 이기심을 가진 것을 이해하면 갈등이 덜 생깁니다. 상대는 이기심을 갖고 있는데 내가 어느 정도까지 맞출 거냐의 문제일 뿐입니다.

일리노이대학교

경쟁하는 동료를
어떻게 대해야 합니까

저는 학교에서 학생을 가르칩니다. 여기 온 지 두 달밖에 안 되었고 저희 과에 저랑 같이 시작한 교수가 있는데 그 사람 때문에 스트레스를 너무 많이 받습니다. 그 교수가 저랑 같이 있을 때 하는 얘기랑 다른 사람과 있을 때 하는 말과 행동이 서로 다르고 믿을 만한 사람이 아니라는 생각이 들어서 거리를 조금 두었어요. 그런데 그 사람은 질투도 많고 겉보기에는 활달한 성격인데 저한테 행동하는 게 좀 달라요. 저는 바빠서 그 사람이 뭘 하는지 별로 관심도 없고 대화를 안 하려고 거리를 많이 뒀는데 제가 너무 대응을 안 하니까 자꾸 와서 중요하지 않은 얘기도 합니다. 의도는 제 속을 긁어 놓으려는 것 같아요. 저보다 열두 살이 많은 남자이고 저랑 경쟁을 하고 싶어해요.

그 남자가 자기를 좋아하는 거 아닌가요?

저를 좋아하는 건 절대 아니에요.

어떻게 자기가 절대 아니라고 장담을 해요?

그 사람은 결혼도 한 사람이거든요.

323

결혼했다고 안 좋아합니까?

그런 건 아닙니다. 그 사람이 자꾸 저와 경쟁하려고 하는데 제가 너무 반응
이 없어서 그런것인지 자꾸 와서 그러거든요.

제가 보기에는 질문자가 너무 민감하게 대응하는 것 같아요. 여기서 하
는 말과 저기서 하는 말이 서로 다른 것은 그 사람만 그런 게 아니라
누구나 다 그래요. 사람은 여기서 하는 말과 저기서 하는 말이 서로 다
른 것이 정상이에요. 옛날부터 똥 누러 갈 때 마음이랑 똥 누고 난 뒤의
마음이 서로 다르다고 하잖아요. 돈을 빌릴 때의 마음이랑 빌린 뒤의
마음은 서로 다릅니다. 결혼하고 싶을 때의 마음과 결혼하고 난 뒤의
마음은 다릅니다. 배신한 것인가? 아닙니다. 마음이란 게 원래 그렇게
작용하는 겁니다. 그런데 우리는 사람이 한 번 마음을 먹으면 그대로
간다고 잘못 이해하고 있습니다.

　당신 없으면 못 산다고 할 정도로 서로 정이 두터운 부부일수록 상대
가 만약 바람을 피우게 되면 그 증오심은 죽이고 싶을 정도로 커집니다.
그러니까 너무 나를 좋아하는 사람은 나를 자기의 울타리 안에 가둬놓
으려 하기 때문에 이 울타리 밖으로 나가면 그 날로 원수가 되어 버려
요. 그래서 이건 사랑이 아니고 집착입니다.

　이런 인간의 심리를 알아야 합니다. 그 사람은 그 사람 성격대로 그냥
사는 겁니다. 저 사람은 여기 말하는 내용과 저기 말하는 내용이 서로
다른 사람이구나 이렇게 이해하면 됩니다. 말이 다르니까 너는 나쁜 사
람이고 말이 같으니까 너는 착한 사람이라는 이런 평가는 자기가 하는
겁니다. 그냥 저 사람은 상황에 따라 말이 달라지는 사람이구나 이렇게

이해하면 됩니다. 그 사람은 상황이 달라지면 말을 바꾸는 사람인데, 그걸 나쁜 사람이라고 보면 안 돼요. 또 별 쓸데없는 소리를 찾아와서 한다, 나의 속을 긁어놓으려고 하는 것 같다 이러는데 그 사람한테 가서 물어보세요. 그 사람은 무슨 할 일이 없어서 남의 마음을 긁어놓으려고 찾아와 얘기를 하겠어요? 그냥 얘기를 붙여보려 했거나 뭐하는지 와서 보려고 이야기를 한 건데 내가 괜히 민감하게 대응해서 내 속이 긁히는 것이지요. 자기가 자기 속을 긁어놓고는 남보고 긁었다고 그래요?

이때 안으로 살펴야 합니다. 그 사람을 계속 문제 삼으면 자기는 앞으로 직장생활을 못 해요. 이 사람 없으면 다른 사람이 또 문제가 됩니다. 그러니 '아, 저런 사람도 있구나' 하면 되는데, 오히려 자기가 그 사람을 경계하는 겁니다. 편안하게 대하면 됩니다. 내 마음에 드는 사람만 사귀려면 천 명 중에 열 명밖에 못 사귀지요. 이 세상에는 마음에 드는 사람도 있고 안 드는 사람도 있고, 좋아하는 사람도 있고 싫어하는 사람도 있고 온갖 사람이 있어요. 이런 사람들을 두루 사귀면 백 명도 사귈 수 있습니다. 그런데 자기의 기호에 집착하면 자기의 활동 범위가 제한이 됩니다. 그러니 자기가 마음의 문을 열어야 합니다.

세상에는 이런 사람도 있고 저런 사람도 있는 거예요. 열두 살 차이가 나는 결혼한 남자가 뭣 때문에 자기와 경쟁하려고 하겠어요. 뭣 때문에 자기 속을 뒤집어 놓으려고 찾아와서 그러겠어요. 결혼한 남자라 나는 별로 관심도 없는데 자꾸 와서 뭐라고 하니까 자기가 지금 기분이 나쁜 겁니다. 그래서 자기가 자기 속을 긁고 있는 겁니다. 이것을 편안하게 받아들일 수 있어야 합니다. 앞으로 학생들도 희한한 학생들을 만날 것이고 온갖 일을 당하게 될 건데요. 그 사람을 나쁘다고 보지 말고 '저 사람은 저렇구나', '저 사람은 저런 성향이 있구나' 이렇게 볼 뿐입니다. 그렇게 보면 누가 편합니까? 내가 편한 겁니다.

그러려고 많이 노력을 했는데요. 저도 사람인지라 매일 보는 얼굴이고 매일 애기를 해야 하니까 마인드컨트롤이 잘 안되고 자꾸 비교가 됩니다.

그 순간도 편안하게 볼 수 있으면 부처가 되고, 편안하게 못 보면 부처가 안 된다고 볼 수 있어요. 그런데 자기는 지금 그 순간에는 부처되기도 싫다, 인간이고 싶다 이 얘기 아닙니까? 그 순간을 편안하게 보면 그게 부처로 가는 길이니까 그 순간을 편안하게 보도록 자꾸 연습해 보세요. 이 인간이 나쁜데 내가 좋게 봐주겠다고 하면 나쁜 것을 용서해 준다 이런 뜻이 되는데, 이건 참는 것이지 편안하게 보는 게 아니에요. 참는 것은 세 번 네 번 반복되면 나중에 터지게 되고 스트레스를 받게 됩니다. 그 사람이 나쁘다는 생각을 버려야 합니다. 내 성향과 다를 뿐이지 나쁜 사람이 아닙니다. 그래야 편안하게 볼 수 있습니다.

클레이턴 센터

꿈을 찾고 싶어요

저는 아이 둘을 키우고 있는 40대 전업 주부입니다. 2~3년 전부터 애들이 크면서 고민에 빠지게 되었습니다. 행복하지 않다는 느낌이 자꾸 듭니다. 아이들이 작년부터 학교에 다니기 시작했는데, 그때부터 시간적으로 여유가 굉장히 많아졌음에도 불구하고 끊임없이 '내가 왜 행복하지 않을까' 고민을 했습니다. 언젠가부터 제 꿈을 잃고 살고 있더라구요. 이제 마흔 살인데 어떤 식으로 접근해야 정말 내가 원하는 꿈을 향해 남은 생을 살아갈 수 있을까요?

세 가지 길이 있습니다. 첫 번째, 곧 재앙이 닥치는 일이 있습니다. 재앙이 닥치면 이 문제는 금방 해결이 됩니다. 남편이 돌아가신다든지 직장을 잃는다든지 아이가 중병에 든다든지 자기가 암에 걸린다든지 이런 생각지도 못한 재앙이 닥치면 이 고민은 금방 해결이 됩니다. 그때 질문자는 재앙이 복인 줄 알아야 합니다. 재앙이 닥쳤을 때 '아, 재앙이 오니까 이 고민이 해결이 되네, 신난다' 이렇게 생각할 수 있을까요? 그래서 지금 질문자가 고민하는 것을 해결해달라고 기도하면 하나님이 계신다면 재앙을 줄 겁니다. 이것은 재앙을 자초하는 기도입니다. 재앙이 와야 이 문제가 금방 해결되기 때문입니다.

　두 번째, 하나님께서 어여삐 여기셔서 재앙을 안 주면 질문자는 이 문제로 계속 고민하면서 살 겁니다. 육체는 편안한데 정신적으로 계속 괴로워하면서 살 거구요. 반면 재앙이 닥치면 육체적으로 생활하는 게 엄청나게 힘들어지겠지만 정신적인 이 문제는 사라져버려요. 둘 중에 하나를 선택하라면 어느 것을 선택하시겠어요? 그래도 두 번째가 낫겠지요. 물론 이 두 가지 다 본인은 바라지 않겠지요.

그러면 세 번째, 앞의 두 가지 길을 벗어난 제3의 길이 있습니다. 우선 주님께 내가 살아있음에 대해 감사 기도를 해야 해요. "주님의 은총으로 오늘도 저는 살아 있습니다. 감사합니다." 오늘 밥도 잘 먹었고 남편도 직장을 잘 나갔고 아이들도 건강한 것에 대해서 먼저 감사 기도를 하세요. 그럼 감사한 마음이 들면 은혜를 갚아야 할 것 아니에요? 그럼 은혜를 갚기 위해 주님께 무엇을 해드려야 할까요? 주님은 온전하신 분이기 때문에 아무것도 필요 없어요. 주님은 뭐라고 했느냐. "이 세상에서 가장 작은 자 하나에게 하지 않은 것은 곧 나에게 하지 않는 것이니라." 나에게 하고 싶으면 가장 작은 자들인 이 사람들에게 하라고 다섯 가지를 얘기했어요. 질문자가 만약에 이렇게 좋은 조건에서 살고 있는 것이 주님의 은혜라는 것을 자각한다면 주님의 은혜를 갚는 길은 다섯 부류의 사람들을 도우면 됩니다. 목마른 자에게 물을 주고, 배고픈 자에게 먹을 것을, 헐벗은 자에게 입을 것을, 병든 자에게 약을, 나그네 된 난민들을 보살피고, 감옥에 갇힌 양심수들을 뒷바라지 하고, 이렇게 해서 주님에게 받은 은혜를 갚아 나가야 해요. 이렇게 은혜를 갚으면 이 행복이 계속 유지가 되는 겁니다. 물을 퍼내면 계속 새 물이 나오듯이요.

그러니 질문자가 앞으로 복된 삶을 살려면, 돈 몇 푼 더 벌려고 하기보다 성당 같은 곳에 가서 같이 밥도 짓고, 청소도 하고, 배고픈 사람들 점심 주는 데에서 봉사를 하든지 이렇게 한번 해보세요. 그러면 자기 마음 속에 생기가 돋아나고 기쁨이 생길 것입니다. 남편한테 맨날 일찍 들어오라고 잔소리하고 아이 보고 공부하라고 야단치던 게 싹 없어지고 그냥 자기 삶을 기쁘게 살게 되는 겁니다. 그래서 소소한 것들 갖고 시비가 안 일어납니다. 그리고 이렇게 봉사할 수 있는 원천을 마련해준 남편이 항상 고마운 겁니다. 그래서 밥 한 끼도 좀 더 따뜻하게 차려주게 됩니다.

이런 제3의 길인 은혜를 갚는 길로 갈래요, 재앙을 받아서 내일부터라도 정신없이 사는 길로 갈래요, 재앙을 안 주면 그런 고민을 계속 하면서 자학하고 우울증 걸려서 사는 그런 길로 갈래요, 어느 쪽으로 갈래요?

그래서 저도 자아 만족을 하면서 살아야겠다 싶어서 제2의 직업을 찾겠다는 결론을 내렸습니다. 내가 행복하면서 직장 생활을 할 수 있는 그런 직업을 찾으려면 어떻게 해야 하는지요?

그게 바로 재앙을 받는 길입니다. 자아 만족을 하려는 것은 욕심이에요. 다른 이에게 쓰임새가 있으면 저절로 자기에 대한 긍정심이 생기고 겸손해지고 당당한 사람이 저절로 되는 거예요. '자아 만족을 해야겠다' 하면 죽을 때까지 자아 만족이 안 돼요. 제 얘기를 못 알아듣고 엉뚱한 소리를 하네요. 그러니 직업을 구해서 돈 몇 푼 받는 것으로 자기 실현을 하려고 하지 마세요. 내가 가정주부라는 것에 대해서 열등의식을 가지면 안 돼요. 가정주부만이 이런 봉사활동을 할 수 있는 기회가 있는 거예요. 이건 어쩌면 하나님께서 질문자에게 주신 특혜인 겁니다. 남편이 벌어서 먹고 살 수 있으면, 질문자는 직업을 가질 생각을 하지

"주님의 은총으로 오늘도 저는 살아 있습니다."

살아있는 것. 그 소중함을 알지 못하는 나를 살피는 기도문.
밥 한끼 걱정 않고 먹을 수 있다는 것,
직장에서 열심히 일 해 가정을 지키는 남편,
건강한 아이들.
이 모든 것에 감사할 줄 모르는 나를 돌아보는 한 문장.
아침마다 잊은 약속을 일깨우듯
잠을 깨워, 눈을 뜨게 하는 마음의 기도문입니다.

말고 내 재능을 돈 몇 푼에 팔지 말고 더 좋은 곳에 쓰는 것이 좋습니다. 물론 남편이 직업을 잃고 오갈 데 없어지면 남을 위해서 쓰는 재능을 내 가족을 위해서도 쓸 수 있겠죠.

돈을 주는 자가 주인입니다. 돈을 받는 자는 종입니다. 그런데 자기는 주인 노릇을 할 수 있는 은총을 받았는데, 지금 어떻게든 노예가 되겠다고 그러고 있네요. 여기 있는 사람들은 주인 노릇을 하고 싶어도 목구멍이 포도청이어서 종노릇 안 할 수가 없단 말이에요. 질문자가 조건이 될 때 이 복 받은 것을 사회로 환원시키는 작업을 하면 그 복이 계속 유지가 되고, 지금처럼 박복한 생각을 가지면 오히려 재앙을 자초하게 됩니다.

지혜로운 사람은 성인의 말을 듣고 미리 압니다. 내 지혜로는 모르지만 성인의 지혜를 듣고 그 은혜 속에서 내가 미리 알고 복의 길을 가는 겁니다. 그래서 오늘 질문을 하고 삶의 지혜를 얻었으니까 집에 가거든 첫 번째, 지갑에서 몇 천불이든 꺼내서 가난한 곳에 보시를 하세요. 두 번째, 복을 빌지 말고 그동안 은혜 입은 것에 대해서 감사 기도를 하세요. 세 번째, 은혜 갚는 봉사활동을 하면 지금 고뇌는 금방 사라집니다. 자기가 꿈꾸는 자기실현이 진짜 주어집니다. 그렇게 최소한 3년 정도 봉사를 하고 나면 길이 열릴 것입니다. 그런 후에는 직장을 가도 괜찮아요. 그러면 직장생활도 굉장히 편안해져요. 그렇지 않고 바로 직장을 구하면 처음에는 좋은 것 같지만 나중에는 재앙이 됩니다. 이런 것을 미리 알고 대비를 하면 인생을 더 행복하게 살아갈 수 있습니다.

쇼니 시민센터

기러기 부부,
이렇게 살아도 될까요

남편은 사업 때문에 한국에서 혼자 생활하고 있고 저는 아이들과 이곳에 서 생활하고 있는 기러기 부부입니다. 처음에는 아이들을 위해서 부모가 몇 년 고생하자는 마음으로 시작했는데 혼자서 이곳에서 아이 둘을 키우 는 게 너무 힘듭니다. 영어를 못해서 불편하고 사춘기 아들과의 갈등, 새로 운 사람들과 만나면서 갈등을 겪고 있어요. 특히 '기러기 엄마'에 대해 이 곳 사람들이 색안경을 끼고 본다는 사실을 알고선 너무 마음이 아팠어요. 그래서 부모가 이렇게 따로 사는 게 옳은 것인지 회의가 들어서 앞으로 어 떤 마음가짐으로 살아야 할지 질문합니다.

어떻게 살든 그건 질문자의 자유입니다. 그런데 질문자가 꼭 알아야 할 두 가지가 있습니다. 첫 번째, 만약 아이를 위해서 부부가 떨어져서 이 곳에 와서 아이를 공부시키면 아이의 장래가 실패할 확률이 90퍼센트 입니다. 무조건 실패한다가 아니라 성공할 확률보다는 실패할 확률이 훨씬 많다는 것을 알아야 합니다.

　두 번째, 남편이 "너 안 가면 이혼해 버릴거야" 하고 정말 협박하듯이 밀어내서 할 수 없이 왔다면 모르지만 내가 주장해서 왔다면 이것은 부부 간의 도리가 아닙니다. 아이를 핑계 대고 부부의 도리를 다하지 못하면 인류에 어긋나는 겁니다. 그럴 때는 남편과 이혼해서 남편이 다른 여자랑 결혼할 수 있도록 합법적인 길을 열어주든지, 이혼은 안 하 겠다면 내가 여기 와 있는 동안에 남편과 함께 지낼 여자를 구해 주는 것은 차선책 정도는 됩니다. 이래야 양심이 조금이라도 있는 여자입니 다. 이렇게 하면 부부의 도리에서 크게 벗어나지는 않습니다. 부부의 도 리로 돌아간다면 내일이라도 당장 한국으로 돌아가는 게 좋습니다. 아 이들은 여기 있겠다고 하면 그냥 두고요. 돈이 없으면 그냥 같이 데리 고 가고요. 아이가 울고불고 하는 건 전혀 고려할 필요가 없습니다.

부모가 자식을 낳았으면 스무 살까지는 키워줘야 하는데 그것은 밥 먹여주고 재워주고 학교 보내주면 되는 겁니다. 유학까지 보내주는 건 반드시 해야 할 책임에 들어가지 않습니다. 부부가 무리해서 헤어지면 서까지 유학을 시키겠다는 것은 아이를 위한 것이라기보다는 부모의 욕심일 때가 더 많습니다.

만약 아이가 유학 보내달라고 울고불고 뒹굴고 난리를 칠 때 경제적으 로 형편이 안 되면 "그래, 네가 돈 있으면 가거라" 이렇게 허락해주면 돼 요. 이런 걸로 전전긍긍하면서 고민하거나 아이와 싸울 필요는 없어요.

부모는 아이와 싸우면 안 됩니다. 만약에 부모가 아이와 어릴 때부터 성질내고 화 내면서 싸우면 나중에 자식으로부터 구타 당할 인연을 짓 게 됩니다. 그렇기 때문에 부모는 절대로 자식과 싸울 필요가 없습니다. "어, 그러니? 그러면 네가 알아서 가봐라. 허락해줄게" 이렇게 얘기해주 면 되거든요. 아이가 어릴 때는 아이를 위해서 내 목숨을 바쳐서라도 정성껏 돌봐주는 게 부모의 사랑이라면, 사춘기를 넘어서면 아이가 바 른 길로 갈 수 있도록 아주 냉정하게 지도해주는 게 부모의 사랑입니 다. 그래야 아이가 자립을 할 수 있거든요.

질문자가 여기에 아이를 데리고 온 것은 과잉보호에 속하는 겁니다.

아이가 왜 저항하는지 아세요? 보통 기러기 엄마들이 "너 때문에 아빠랑 헤어져 여기 와서 이렇게까지 고생하는데 너는 공부도 안하고 뭐 하냐?" 이렇게 아이들한테 얘기하죠. 그러면 아이가 절대로 밖으로는 얘기하지는 않지만, 속으로는 "흥, 나 때문에 왔나? 엄마가 오고 싶어서 왔지" 이럽니다. 그래서 교육이 안 되고 90퍼센트가 실패하는 겁니다.

그리고 엄마가 아버지를 제1의 가치로 두지 않는 집에서 자란 아이는 나중에 부모를 우습게 압니다. 그래서 세 살 때까지만 무조건 아이를 우선적으로 보호하되 세 살 이후부터는 부부 우선으로 지내야 합니다. 남편은 아내를 우선으로 하고, 아내는 남편을 우선으로 하고 아이는 뒷전으로 두어야 합니다.

인간사회에는 질서가 있어야만 합니다. 질서를 흐트러뜨리면 공부는 잘할지 몰라도 결국 행복하지는 못합니다. 질문자는 순간적으로 판단을 잘못해서 선택을 잘못한 것입니다. 이것은 아이도 버리고 나중에 한국에 돌아가면 부부 사이도 안 좋습니다. 각자 따로 살다가 결혼해서 처음 같이 살려고 하면 서로 충돌하는 게 많잖아요. 반대로 같이 살다가 헤어지면 섭섭한데 헤어져서 5~6년 살다가 다시 같이 살려고 하면 힘듭니다. 사람의 습관이 그렇습니다. 또 남편과 헤어져서 살아보면 아이들을 데리고 있음에도 불구하고 남자가 그리울 때가 있는 것처럼 남자도 혼자 있으면 무성애자가 아닌 이상 고문 당하는 것과 똑같아요. 그렇다고 "네가 알아서 해결해라"라고 말하는 것도 상대를 부도덕하게 만드는 것이 됩니다. 질문자는 사람의 도리와 심리를 전혀 생각하지 않고 자기 생각만 하고 여기 온 겁니다. 그러니까 과보를 받지 않으려면 두 번 생각하지 말고 내일이라도 당장 정리하고 최고로 빠른 비행기를 타고 한국으로 돌아가겠다고 할 정도로 결심이 서야 해요. 아이들한테도

"엄마는 아빠한테 돌아가야겠다. 공부는 너 알아서 해라" 이렇게 얘기해 주고요.

남편이 유학생활을 해봐서 아이들이 부모 없이 지내는 것은 안 된다고 생각하더라구요. 남편은 제가 여기서 아이들을 돌보는 것을 더 중요하게 생각하고 있기 때문에 제가 여기 있는 경우입니다.

그렇게 합의해서 있다 하더라도 그건 도리가 아니다 싶어요. 무조건 남편과 같이 있는 게 좋아요. 같이 살려고 결혼한 거 아니에요? 그럼 같이 살아야지요. 따로 살 거면 저처럼 이렇게 혼자 살지 뭣 때문에 결혼해서 삽니까. 부부가 따로 살면 많은 문제가 파생될 수 있습니다. 아이에게도 절대로 좋은 게 아니에요. 저는 이런 유학 상담을 하면 "딱 아이만 보내라" 그럽니다. 아이만 못 보낸다고 하면 "최대로 한 달만 같이 가서 자리 잡아 주고 바로 돌아오라"라고 그럽니다. 한 달 이상은 절대로 안 됩니다. 그게 안 되면 "이혼해주고 가라" 그럽니다. 그런 정도로 원칙을 지켜줘야 나중에 아이들이 행복해집니다. 이건 아이들에게도 나중에 결혼하면 부부관계를 어떻게 해야 하는지 배울 수 있는 기회가 되거든요. 아이가 성적이 좋아서 좋은 학교에 가는 것이 중요한 것이 아니라 이 아이가 나중에 결혼을 해서 화목한 가정을 이루도록 훈련시켜 주는 것이 아이를 가장 위하는 일입니다. 사람이란 결혼을 했으면 그 도리에 맞게 살아야 하고, 스님이 혼자 살기로 결정했으면 그 도리에 맞게 살아야 합니다. 이렇게 자세를 분명히 하고 사는 게 좋습니다.

Embassy Suites Denver

336

로키산맥과 덴버 시내가 내려다 보이는 공원

몰몬교의 본산
솔트레이크시티를 찾다

세계 100회 강연 중 70번째 강연이 유타주 솔트레이크시티에서 열렸습니다. 솔트레이크시티의 인구는 시내는 18만 명이며 대도시권은 109만 명입니다. 시의 중심가는 처음에 몰몬교도들에 의해 개발되었고, 몰몬교 관련 시설과 아름다운 공원이 조화를 이룬 청결하고 질서 정연한 시가지 형태를 갖추고 있습니다.

몰몬교의 정식 명칭은 '예수 그리스도 후기 성도 교회The Church of Jesus Christ of Latter-day Saints'인데, 초대 교회의 신권 조직과 교리와 운영 원리를 그대로 복원하였다는 등 회복된 기독교를 표방하며 미국을 중심으로 자생적으로 성립된 기독교 교파입니다.

스님은 몰몬교 성전을 방문하여 둘러보고 솔트레이크 시내도 둘러보았습니다. 몰몬교 성전인 템플스퀘어에서는 전 세계에서 온 시스터(자매)들이 2인 1조를 이루어 무료로 안내를 해 주었는데, 외국인 방문자들이 오면 그 나라 출신의 시스터가 자국어로 안내를 해주고 있었습니다.

템플스퀘어는 관광객들에게 오픈되어 있지만, 그 중심에 있는 '솔트레이크 템플'은 이 종교의 성지이기 때문에 일반인들에게는 공개되지 않았습니다. 아쉽게도 들어가 볼 수는 없었지만, 내부 모습은 비지터 센터 visiter center에 마련되어 있는 모형을 통해서 어느 정도 짐작할 수 있었습니다. 별의 천국, 달의 천국, 해의 천국으로 서로 다른 천국을 묘사해 놓았다고 하였고 규모가 상당히 크다고 하였습니다.

스크린이나 장비 등은 현대적이며 파이프오르간을 배경으로 400여 석의 몰몬 태버나클 합창단 Mormon Tabernacle Choir 좌석이 마련되어 있었습니다. 이 합창단은 매주 일요일 오전에 무대에 오르며 솔트레이크시티의 명물 중의 하나라고 합니다.

비지터 센터 밖으로 나와서 초창기 서부 개척자들을 표현한 조형물을 살펴보았는데 어떻게 그들이 교통수단이 발달하지 않았던 당시에 죽음과도 같은 사막을 거쳐서 이동했는지 보여주고 있었습니다. 하지만 서부개척과 더불어 골드 러쉬가 이어지던 시기에 사람들은 꿈을 좇아 이 지역으로 몰려들었고, 솔트레이크시티는 서부의 게이트웨이시티로서의 역할을 하게 되었습니다.

몰몬교 성전

남편이 원하는 대로 해주고 싶고
저도 편안하고 싶어요

남편이 이직을 자주 해서 미국과 캐나다에서 이사를 다닌 것이 각각 세 번이나 됩니다. 남편은 이곳에 뼈를 묻는다고 했지만 또 캐나다에서 직장을 갖고 싶다고 일자리를 알아보고 있습니다. 사람마다 가치관과 추구하는 행복이 다 다르니까 남편이 원한다면 저도 해주고 싶어요. 만약 남편이 아파서 누워있을 때 뒤늦게 '해줄 걸' 하는 후회를 하고 싶지 않거든요. 결혼을 했기 때문에 거기에 대한 책임을 지고 싶어서 남편이 원하는 대로 여기까지 오게 되었는데, 또 다른 데로 옮긴다는 것은 저는 원하지 않습니다. 제가 원하지 않더라도 거기로 따라 가야 하는 것인지, 일 때문에 떨어져 있는 부부도 있고 기러기 아빠도 있는데 꼭 부정적으로만 생각할 일은 아닌 것인지 궁금합니다.

저에게 묻는다면 "문제는 없습니다" 떨어져 살아도 아무 문제가 없고요. 이혼해도 아무 문제가 없습니다. 아기가 없어도 아무 문제가 없어요. 그런데 결혼을 할 때 떨어져서 살려고 결혼을 했는지, 같이 살려고 결혼을 했는지가 문제예요. 떨어져서 살려고 한다면 이혼을 하면 좋겠다는 것입니다. 그러다가 같이 살 조건이 되면 다시 결혼을 하면 되지요. 그러면 어떤 좋은 점이 있습니까? 남편은 캐나다에 있어서 따로 살 때 다른 여자를 만나는 것이 자유로워지고, 질문자도 여기서 좋은 남자가 있으면 자유롭게 만날 수 있습니다. 그런데 1년, 2년, 3년이 지나서 같이 살 조건이 되었는데도 서로 다른 좋은 사람이 없어서 혼자 살고 있다고 한다면 같이 살아도 되겠죠. 그런데 결혼은 해놓고 따로 살면, 남자 생각이 나고 여자 생각이 날 때 도덕적으로 죄를 지어야 하잖아요. 양심에 가책을 받는 행동을 해야 하지 않습니까? 안 그러려면 스트레스를 받지요. 그렇다면 무엇 때문에 그렇게 서로를 속박하면서 사느냐는 것입니다. 그러니까 선택은 '그래도 이 남자와 같이 사는 게 좋겠다' 생각하면 질문자가 따라가면 됩니다. 다만 이것은 성인인 두 사람의 경우이고 자녀가 있으면 전혀 다른 문제가 됩니다.

솔트레이크에 특별한 인연이 있는 것도 아니고 남편이 오자고 해서 왔을 뿐이잖아요. 남편이 오자고 하지 않았으면 처음부터 올 일도 없던 곳이죠. 그래서 여기 구경도 잘 했고요. 저 같으면 배우자가 1, 2년마다 직장 위치를 바꾸면 좋을 것 같은데요. LA로 이민 와서 죽을 때까지 LA에서만 사는 사람들을 보면 안타까워요. 이 넓은 나라에서 여기도 한 번 살아보고, 저기도 한 번 살아보고, 캐나다에서도 한 번 살아보고, 멕시코에서도 한 번 살아보면 좋잖아요. '남편 덕에 온갖 곳을 다 구경한다'고 생각하고 마음을 바꾸면 아무 문제가 없어요.

그리고 남편이 "여기 뼈를 묻겠다" 했던 것을 거짓말이라고 생각하면 안 돼요. 남편이 여기에 올 때 그때의 입장은 뼈를 묻겠다고 왔던 것이지요. 질문자가 "또 이사 갈거니?" 하니까 거짓말로 "뼈를 묻겠다"라고 말한 것은 아니란 말입니다. 본인은 그때 진실하게 말을 했는데 사람의 마음이라는 것이 변한단 말이에요. 변한다는 것이 다 나쁜 것은 아닙니다. 사람 마음이라는 것은 원래 변하는 것입니다. 변하는 것이 사람 마음인데 변하지 않아야 한다고 잘못 생각하니까 괴로운 거예요.

본인 마음을 한번 살펴보세요. 자꾸 바뀝니까? 아니면 늘 똑같습니까? 하루에 열두 번도 더 바뀌는 것이 사람 마음이지 않습니까? 마음이라는 것이 이렇게 늘 바뀌는 겁니다. 그렇기 때문에 '남편이 또 변덕이다'가 아니라, '남편이 여기 몇 년 살아보니까 또 다른 데에 가서 살아보고 싶구나' 하고 이해하면 되는 거예요. '나쁘다', '좋다' 하지 말고요. 마음이 늘 바뀌는 사람에게 이번에는 죽을 때까지 이렇게 하기로 확실히 결정하라고 하면 안 됩니다. 이런 남자와 여행이나 하면서 산다 생각하면 됩니다.

다른 한편으로 남편은 어렸을 때 가족관계나 가정 분위기 때문에 정서불안이 있을 수 있어요. 정서불안 때문에 직장을 자주 바꾸는 것일 수도 있거든요. 그렇다면 여자를 자주 안 바꾸는 것만 해도 굉장한 사람이에요. 이렇게 심리가 불안한 경우에는 두 가지 대처 방법이 있습니다. 첫 번째는 이미 형성된 자기 정서에 맞게 사는 방법이 있어요. 두 번째는 명상을 하든지 해서 불안한 마음을 치유해서 한 곳에 조금 더 있도록 하는 방법이 있습니다. 이것은 좋고 나쁘고의 문제는 아닙니다.

결혼생활 10년 동안 저도 저 나름대로 학교를 다녔고 그것을 활용하고 싶은데 남편이 너무 자리를 옮기니까 그걸 못합니다. 그렇지만 스님이 말씀하신 것처럼 결혼을 했기 때문에 같이 있는 것이 저의 책임과 의무라고 생각했고 사랑했기 때문에 같이 있어야 한다고 생각해서 10년을 어디를 가든지 감사한 마음으로 따라다녔거든요. 그런데 남편이 이번에 캐나다에 가면서는 "거기서 몇 년 있겠다는 생각이 아니라 1년 있다가 또 옮길 거니까 자리를 잡고 싶으면 너는 자리를 잡아라"라고 하는 거예요. 그래서 결혼생활에 있어서 이렇게 떨어지는 것이 옳은 것인가 여쭤보는 겁니다.

옳지는 않아요. 옳지는 않지만 서로 요구가 다른 상황이잖아요. 그러니까 두 분이 의논을 해보세요. 기본적으로는 본인이 맞춰주는 것이 가장 좋습니다. 내가 춥더라도 옷을 껴입고 상대방의 온도에 맞추면 특별히 시비할 것이 없어요. 그런데 "나는 도저히 그렇게는 못 살겠다, 얼어 죽겠다" 싶으면 중간이라도 맞추자고 남편에게 얘기해보고, 남편이 "나는 그러면 더워서 못 산다"라고 한다면 방을 각각 쓰는 방법도 있다는 거예요. 그것도 합의가 안 되면 헤어지는 수밖에 없는데, 지금 얘기를 들어보면 방을 따로 쓰는 쪽으로 의견이 모아지고 있는 거잖아요? 그러면 그렇게 해볼 수 있습니다. 주말 부부도 아니고, 월말 부부도 아니고, 연말 부부가 되겠네요.

제가 말씀드리는 것은 성인 사이에서는 서로 합의를 한다면 문제가 없다는 말입니다. 그러나 사람이 따로 살면 따로 사는 데 습관이 붙어요. 그러다가 같이 살려면 서로 잘 안 맞아요. 그래서 지금 따로 사는 것은 앞으로 완전히 따로 사는 쪽으로 첫발을 내딛는 결과로 갑니다. 반드시 그렇다는 것은 아니고 확률이 높아진다는 것이지요. 그런 점도 염두에 두셔야 합니다. 처음에는 직업 때문에 그렇다고 하더라도 살다보면 습관이 붙게 되고 생각이 바뀌게 돼요. '직업 때문이니까 떨어져 살아도 되겠지' 생각하지만 인간은 환경에 적응하는 습관이 있기 때문에 시간이 흐르면 이것이 임시가 아니라 정상화되어 버립니다. 그리고 어떤 사람이 와서 나에게 호의를 표할 때 부부가 한 집에 살 때와 떨어져서 6개월 동안 외롭게 지내고 있을 때에는 심리가 다르게 작동을 하게 되죠. 즉 그것이 좋고 나쁘다는 것과 관계없이 따로 살 확률이 높은 쪽으로 첫발을 내딛는 계기가 된다는 것을 알고 시작해야 합니다.

제가 볼 때에는 따라가는 것이 가장 좋고, 죽어도 그렇게 못 살겠다면 질문자도 본인의 권리가 있기 때문에 주말부부를 해도 됩니다. 또 떨어져 살아도 별 문제 없겠다 싶으면 아이도 없으니까 이혼을 해도 됩니다. 괜찮아요. 종교적, 도덕적인 것들에 크게 구애받을 필요는 없어요. 단, 자식이 있다면 상황은 전혀 다릅니다. 이것은 종교나 도덕적인 문제 때문이 아니에요. 아이가 생기면 그 아이가 나처럼 행복할 수 있는 환경을 만들어줘야 할 부모로서의 책임과 의무가 있습니다. 이때는 부부가 자기들 좋은 대로 해서는 안 돼요. 이럴 때는 아무리 힘들어도 아이를 우선적으로 생각하는 자세가 필요합니다. 아이 안 낳은 게 다행이네요, 아주 현명했어요. 어떻게 하고 싶어요?

그 부분에 대해서는 고민이에요. 그래서 스님이 어떻게 생각하시는지 궁금했습니다.

저는 제 의견을 말했고, 결정은 본인이 하면 됩니다. 그런데 집에 가서 고민을 해봐도 결정이 잘 안 날 거예요. 그 이유는 비율 차이가 크지 않기 때문이지요. 비율 차이가 크면 와서 묻지도 않았겠지요. 본인이 이미 결정해버렸겠죠. 여기서 물을 때에는 같이 살아야 하는지, 따로 살아야 할지가 49:51쯤 돼서 결정하기가 굉장히 어려워서 묻거든요. 그래서 사실은 어떻게 결정해도 큰 차이는 없어요. 이 경우에는 어떻게 결정해도 후회를 할 것입니다. 반반이기 때문에 결정한 쪽으로 좋은 건 눈에 안 보이고 부족한 것만 눈에 보이기 때문입니다. '어느 쪽을 결정해야 후회가 없을까' 하는데 그런 건 없어요. 어느 쪽을 결정해도 후회하게 되어 있거든요. 그러니까 하나를 결정하고 거기에 따른 과보를 받아들여야 합니다. 즉 남편을 따라가게 되면 내가 하고 싶은 것을 못하게 되는 과보를 받아야 하고, 떨어져 살면 외로움이나 앞으로 일어날 여러 문제들에 대한 위험 부담을 감수해야 합니다. 그것을 알고 결정하면 어느 쪽을 선택하더라도 상관이 없습니다. 정 결정하기 어려우면 동전을 던져서 결정하면 돼요.

컴퍼트 호텔

제3의 성으로
삶을 바꾸었는데

저는 그동안 남자로서의 삶을 40년 넘게 살았는데 이제 남자의 삶이 재미가 없어졌어요. 그래서 최근에 제3의 성으로 제 삶을 바꾸는 작업을 시작한 지 1년 정도 지났습니다. 이 삶이 너무 재미있어서 즐기고 있는데 부모님께 이 사실을 어떻게 알려야 하나 고민입니다. 70대 중반의 부모님 두 분이 정정히 살아계시거든요. 엄격하시고 완고하시기도 하고 제가 더 이상 남자로서의 삶을 살아가지 않는다고 말씀드리면 연로하셔서 많이 놀랄 것이라는 생각이 듭니다. 제가 한국에 일 년에 한두 번 가는데 그때마다 아버지랑 목욕탕에 가곤 했습니다만 이제는 상황이 바뀌어서 좀 난감합니다. 이런 사실을 숨기는 것이 나은지 솔직하게 말씀드리는 것이 맞는지, 말씀드린다면 어떻게 말씀드려야 하는지 조심스럽습니다. 스님의 조언을 듣고 싶습니다.

그게 체질적인 거예요? 자기가 의도해서 호르몬 주사를 맞고 바꾸는 거예요?

어렸을 때부터 제가 여자가 아닐까 하는 생각은 있었습니다. 사춘기 때부터는 이러한 제 생각과 제 몸이 일치하지 않는 것을 느꼈지만 그런 생각을 잘 관리하고 살았습니다. 축구 선수로 생활한 적도 있었고, 수영 선수로 생활한 적도 있었고, 군대도 갔다 왔습니다. 3~4년 전에는 이혼을 했습니다. 이제는 더 이상 누군가의 영향을 받지 않는 상태가 되니까 그동안 관리해 오며 살았던 생각을 한번 실행에 옮겨보자는 마음을 먹게 되었습니다. 결혼생활을 13년 정도 했는데 아이는 없었지만 부부관계는 했습니다. 많은 분들이 성전환자라고 하면 동성애자라고 생각하시는데, 저는 이성애자입니다. 저 같은 케이스는 아주 소수라고 알고 있습니다. 그렇지만 저는 여성으로 살고 싶습니다. 부모님한테 이걸 어떻게 설명해야 할지 고민입니다.

여성으로서의 마음을 지니고 생활하면 되지요. 몸의 형상은 별로 중요하지 않잖아요. 몸의 형상이 남성이든 여성이든 상관하지 말고 그냥 생활하면 안 될까요?

호르몬을 복용하면 사람의 감정에 영향을 미칩니다. 저한테 일어나는 일은 여성 또는 남성으로 태어나신 분들은 이해할 수 없는 그런 경험입니다.

의도적으로 호르몬을 맞아서 몸이 여성적 특징을 가지도록 만든다는 얘기군요. 그렇게 하는 건 자유지만 자연의 법칙에는 어긋나지요. 만약 내가 가지고 태어난 몸은 남자인데 여성에게는 아무런 성적 호기심이 없고 남성에게만 성적 호기심이 있기 때문에 내가 나를 어떻게 할 수 없다 할 때는 동성애를 인정해 주는 것이 맞지 않느냐 할 수 있거든요. 태어날 때 이미 주어진 것을 어떻게 하느냐, 그 사람 책임이 아니지 않느냐고 볼 수 있습니다. 그런데 질문자의 경우 남자의 몸을 가지고 있고, 이성애자인데 의도적으로 호르몬을 맞아서 강제적으로 여자의 몸으로 전환한다는 것이지요. 그렇게 할 자유는 있겠지만 군이 그렇게까지 해야 되겠느냐 하는 문제 제기를 받을 수 있습니다.

이미 시작이 되어서 되돌리기가 어려워요. 멈추고 싶은 생각은 없어요.

성기를 제거하게 되면 아버지와 만나는 게 문제인데, 연로하신 부모님께 군이 혼란을 줄 필요가 없겠다 싶으면 본인은 여성으로 살더라도 부모님을 만날 때는 남성으로 변장해서 가면 되잖아요. 그러니 선택을 하셔야 해요. 태생적으로 어쩔 수 없을 때는 부모님에게 고백하는 게 맞다 싶어요. 아무리 부모님이 충격을 받아도 이것은 내가 의도적으로 부모님의 뜻을 거스른 것이 아니고 주어진 조건이기 때문입니다. 그러나 내가 선택한 것일 때는 그것이 부모님께 지나친 충격을 준다면 아예 말을 안 하거나, 부모님 뵐 때만 잠시 변장을 하고 나머지 생활은 내가 원하는 대로 살아가는 길이 있습니다. 그러나 자기의 취향이나 호기심 때문에 부모님께 군이 큰 충격을 안겨드릴 필요는 없지 않을까 싶어요. 물론 그것도 질문자가 선택할 문제이지만요.

자신이 가고자 하는 길도 가고 부모의 처지도 고려할 수 있다면 그렇게 하는 게 좋지, 그 사실을 군이 드러내어 부모님을 힘들게 만들 이유가 있겠느냐 싶어요. 내가 이렇다고 고백하고 사는 게 그렇게 급한 일이에요? 한국에서 같이 사는 것도 아니고, 부모님한테는 사업하느라 바쁘다고 이런저런 핑계를 대면서 아예 안 보는 방법도 있지요. 아니면 미국에서는 여성으로 자유롭게 살다가 한국에 갈 때만 남자로 변장을 해서 아들 노릇을 하고 오면 되지 군이 부모님에게 밝혀서 큰 충격을 줄 필요는 없지 않나 싶습니다. 신부, 목사가 되거나 스님이 되는 것보다 충격이 더 클 것 같거든요.

삶은 자기 선택이기 때문에 남에게 해만 끼치지 않는다면 이런 선택을 한다고 해서 나쁘다 좋다, 윤리·도덕적인 평가를 해서는 안 됩니다. 기준이 되는 윤리, 도덕적인 평가는 크게 네 가지입니다. 첫째, 내가 살려고 남을 헤쳐서는 안 된다. 둘째, 내가 이익을 보기 위해 남에게 손해를 끼쳐서는 안 된다. 셋째, 내가 즐겁자고 남을 괴롭혀서는 안 된다. 넷째, 내가 말할 자유가 있다고 욕설을 하고 사기를 쳐서 남을 괴롭혀서는 안 된다. 이 네 가지가 가장 중요합니다. 이것을 떠나서는 가능하면 남의 인생에 간섭하지 말아야 하고, 나도 남으로부터 간섭받을 필요가 없이 세상이 뭐라고 하든지 자기 소신대로 살아가면 됩니다. 어떻게 사느냐는 자기 선택인데 자연의 질서에 어긋나면 항상 반작용이 따릅니다.

자신의 취향 때문에 자연의 질서를 바꿔서라도 한번 살아 보겠다는 건 좋지만, 내 삶의 기쁨이 부모에게 큰 충격이 되고 괴로움이 된다면, 고백하는 건 다시 생각해 보면 좋겠네요. 그것이 부득이한 상황이 아니라 선택의 문제라면 내가 가는 길은 가더라도 부모에게 직접적인 충격은 주지 않는 게 좋겠다 싶습니다.

클로버 파크 기술대학

캐나다 로키산맥의 시작점,
밴프

밴프 가는 길

밴프는 캘거리에서 한 시간 거리에 있는 관광도시로 캐나다 로키산맥의 관문입니다.

캘거리를 출발하고 40여 분 지나자 로키산맥의 거대한 모습이 눈에 잡힐 듯 드러납니다. 로키 산맥 인근은 대기 오염이 거의 없는 지역이라 100킬로미터 떨어진 캘거리에서도 로키산맥이 아 주 선명하게 보였는데 가까워지니 눈 덮인 산들이 더욱 선명한 모습을 보여줍니다. 정산소를 통 과하여 15분 정도 지나자 밴프 타운을 대표하는 캐스케이드 산이 우람한 모습을 드러냅니다. 높이가 2,998미터라고 하는데 사람들이 올라가서 손을 들면 3,000미터가 된다고 합니다.

밴프로 들어와 첫 번째 방문한 곳은 밴프 국립공원을 관리하는 건물입니다. 원래는 밴프 시청 사였는데 지금은 관리사무소로 사용하고 있다고 합니다. 이 건물 정면에서 쭉 뻗은 길이 밴프 와 캐나다 횡단 고속도로를 연결하는 밴프 애비뉴입니다. 그 길의 끝은 캐스케이드 산이 떡 버티 고 있습니다. 많은 관광객이 캐나다 로키에 온 것을 기념하기 위하여 이곳에서 사진을 찍는다고 합니다.

밴프에 있는 빙하 호수인 미네완카 호수와 투잭 호수에도 잠깐 들렀습니다. 스님은 미네완카 호 수 물에 손을 담가보고는 아주 차서 놀라셨습니다. 보기에는 일반 물과 같지만 빙하가 녹아 생긴 물이라 상당히 차갑습니다.

투잭 호수에서는 런들 산의 가장 아름다운 모습을 볼 수 있었습니다. 유한양행이란 회사가 '우리 강산 푸르게'란 문구로 광고를 할 때 그 배경으로 나온 산이 이 산입니다. 짧은 로키산맥 투어를 마치고 강연 장소인 캘거리 시내로 부지런히 달려갔습니다.

둘째 아들이 저의 성격을 많이 닮아서 걱정입니다

제가 성깔을 부리는 이유는 어렸을 때 완벽주의자인 아버지 밑에서 속박을 받고 살아왔기 때문인 것 같습니다. 그런데 문제는 저에게 아들 둘과 딸하나가 있는데, 그 중 둘째가 저와 너무나 닮았다는 것입니다. 조금 있으면 아이가 고등학교에 가는데 저와 너무 비슷하다보니까, 제가 어렸을 때 아버님이 저를 조금만 다르게 대했더라면 어땠을까 하는 마음에 많은 시도를 하고 있습니다. 하지만 자식은 자기 마음대로 안 된다더니, 제가 튀던 방향으로 자꾸 튑니다. 저처럼 욱하는 성질이 있고 어떤 길로 가면 더 좋다는 것을 알면서도 다른 방향으로 튀려고 합니다. 무엇을 하든 사람들이 놀랄만큼 잘하지만 일찍 싫증을 냅니다. 제가 어떻게 해야 아들이 제가 걸어왔던 길을 그대로 답습하지 않고 좀 더 밝고 나은 길로 갈 수 있을까요?

질문자부터 먼저 살펴봅시다. 질문자도 아버지 밑에서 조금 어려웠지만 어쨌든 다 컸고 결혼까지 해서 아이를 셋이나 낳아서 잘살고 있잖아요. 그러니까 앞으로 아들도 질문자처럼 잘살 것입니다. 부모의 바람대로 되면 좋지만 어떻게 세상이 내가 원하는 대로 다 되겠습니까. 질문자도 질문자의 아버지가 볼 때 마음에 안 들었잖아요. 인류 역사에서는 늘 기성세대가 다음 세대가 하는 짓을 보고 앞으로 나라가 망할 거라고 했습니다. 산업화 세대가 민주화 세대의 젊은이들을 보면서 저것들이 크면 나라가 망할 거라고 했잖아요. 또 그 세대는 요즘 젊은 세대를 보면서 '요즘 애들은 의식이 없다. 저들이 크면 나라가 망하겠다'라고 합니다. 물론 그렇게 변해서 망할 수도 있겠지만 지나친 우려예요.

질문자는 반대로 생각해야 합니다. 아이가 걱정을 하면 "걱정하지 마라. 아빠가 젊었을 때는 너보다 더했는데도 이렇게 살지 않느냐, 너도 잘 살 거다" 이렇게 격려를 해주는 게 좋습니다.

저는 매일 새벽마다 아이의 방 앞에서 108배를 하고 있습니다.

108배를 할 때 '아이고, 훌륭하다. 그래도 넌 나보다 낫다'라고 하는 것이면 몰라도, 아이를 변화시키려는 생각은 버려야 합니다. 절을 하든 『금강경』을 외우든 '이렇게 하면 아이가 바뀔 거다'라는 것은 부처님의 가르침이 아닙니다. '아, 내가 이 성질을 가지고 사니까 아이도 그대로 닮는구나'라고 해야 합니다. 내가 일찍 고쳤으면 아이가 닮지 않았겠지만 이미 엎질러진 물이고, 지은 인연의 과보는 피해갈 수 없으니 앞으로 아이에게 어떤 일이 생기든 그냥 기꺼이 받겠다는 각오가 필요합니다.

그리고 '앞으로 더 이상 업을 짓지 않겠다'라고 마음먹는다면 자기 성질부터 고쳐야 합니다. 성질이 일어날 때마다 전기 총으로 충격을 주거나 업을 지을 때마다 절을 3,000배씩 하든지요. 그렇게 해서 자기에게 변화가 일어나야 합니다. 아이를 바꾸려 할수록 질문자는 질문자의 아버지를 닮아가는 거예요. 아이 또한 질문자에게 똑같이 반발하면서 본인의 아버지를 닮아갈 겁니다.

질문자에게 아이를 고치고 싶은 마음이 있으면 해결이 안 됩니다. 콩을 심어놓고 팥이 나기를 바라면 안 돼요. 부모가 자식을 보면서 확실

상대에 대한 나의 욕심 같은 기대를 내려놓고
본질을 본다는 것이 무엇인지,
현실을 인정한다는 것이 무엇인지,
가만히 살펴봅니다.

하게 인연과의 도리를 깨달았잖아요. 자기 문제라고 생각하고 자기를 고치는 것부터 해야 합니다. 자신도 늙어보니 아버지와 똑같아졌는데 자식에게 큰 걸 바라면 안 됩니다. 어머니를 보면 옛날 외할머니와 똑같습니다. 콩을 심으면 잎이 나서 자랄 때에는 콩은 온데간데없지만 나중에 열매가 달린 걸 보면 심을 때의 콩하고 똑같아요. 나는 사과지만 너는 배가 되라고 하면 그게 됩니까?

그러니까 미리 성질을 고쳐서 장가를 가든가, 아니면 장가를 가지 말았어야죠. 지금이라도 본인만 변하면 아이는 괜찮으니 그대로 놔두세요. 뭔가 조금 문제다 싶으면 아이를 고치려고 하지 말고 자기부터 먼저 고쳐보세요. 자기가 고쳐지면 '아, 나도 고쳐지니까 우리 아이도 되겠다' 할 수 있어요. 어른인 자기도 못 고치는데 어떻게 아이가 고치겠습니까?

저는 담배도 제 의지로 끊었고 아내한테 '당신 성질 많이 죽었다' 소리를 듣고 있거든요.

지금 담배 피우는 게 문제가 아니라 성질내는 것이 문제잖아요. 이제는 성질 많이 죽었을지 몰라도 아이를 가졌을 때, 그리고 어릴 때 이미 씨앗을 뿌려놨잖아요. 지금 자기가 고쳐져도 아이에게는 이미 심어져서 자랐는데 어떻게 하겠습니까. 부인이 볼 때 '남편이 죽을 때가 다 되어가나? 천성이 바뀌었네' 이 정도로 질문자가 확 바뀌면 그 다음에는 아이에게도 자신이 생깁니다. 내가 바뀌면 '고쳐라'가 아니라 '아이가 지금은 저래도, 언젠가 좋은 법을 만나면 나처럼 바뀔 수 있겠다' 하고 긍정적으로 볼 수 있는 힘이 생겨요.

지금은 아이를 고치려 하지 말고 '그래, 내가 뿌린 씨앗이니까 어떻게

하겠어. 나 때문에 네가 고생한다. 아빠 성질이 이래서 너도 그렇구나'
하고 이해하는 마음을 내어보세요. 그리고 '그런데도 나도 잘살고 있듯
이 너도 잘살 거다'라고 이해하는 마음을 내면 이 문제는 저절로 풀립
니다. 고쳐져도 풀리고, 그러지 않아도 풀려요.

앞으로 긍정적으로 보기 위해 열심히 노력하겠습니다.

말만 긍정적이면 안 돼요. 마음속에서 고쳐야 합니다. 오늘 저와 이야기
하는 동안에 '아, 아이도 괜찮다, 나도 괜찮다' 하고 딱 놓아 보세요.

지금부터 저도 괜찮고 아이도 괜찮습니다! 감사합니다.

카르코 극장

또 하나의 공동체,
밴쿠버 마약의 거리

밴쿠버는 캐나다의 브리티시 컬럼비아주 남서부에 위치한 도시로 토론토와 몬트리올에 이어 캐나다에서 세 번째로 큰 도시입니다. 일행은 숙소로 가는 길에 마약 중독자들이 집단으로 거주하고 있다는 마약의 거리, 이스트사이드 헤이스팅스 거리를 방문하기로 했습니다.

이곳은 밴쿠버 도시 곳곳에 흩어져 있던 거리의 마약 중독자들을 모여 살게 한 곳입니다. 마약 중독자와 알콜 중독자들이 뒤섞여 있는 이곳에서는 마약 중독자들에게 안전하게 마약을 주사해 주는 '인사이트InSite'라는 공공시설이 운영되고 있습니다. 인사이트는 2003년 마약을 끊지 못하는 거리의 마약 중독자들이 최소한의 위생적이고 안전한 공간에서 마약을 주사할 수 있도록 도와주는 시설로 설립되었으며 그동안 많은 사람들의 거센 논란 속에서도 현재는 합법화되어 운영중입니다. 거리의 마약중독자들은 오염된 주사바늘을 사용해서 에이즈 등 질병에 많이 감염되는데, 이곳에서는 전문 간호사가 상주하면서 도움을 요청하는 중독자들에게 적당량의 약물과 깨끗한 주사바늘을 제공하여 안전한 주사를 할 수 있도록 한다고 합니다. 또한 필요한 사람에게는 상담과 치료를 주선해주고 있습니다. 현지 교민의 말에 의하면 2010년 밴쿠버 동계 올림픽 때는 외국인들이 출입하지 못하도록 거리를 완전히 차단하여 아예 볼 수 없게 하였다고

하니, 이 헤이스팅스 거리는 아름다운 도시 밴쿠버의 감춰진 어두운 모습입니다.

거리의 곳곳에는 쓰러져서 널브러져 있는 사람들도 있습니다. 간호사들은 그들에게 다가가서 목숨이 끊어졌는지 살펴보기도 하고, 마약이 필요한 상태인지도 살펴서 마약을 주사하기도 한다고 합니다. 또한 이곳에서 사는 사람들끼리 서로 물건을 사고팔기도 하고, 삼삼오오 모여서 담배나 마리화나를 피우는 사람들도 보입니다. 물론 정부에서 제공되는 월세나 물건을 사고 판 돈으로 마약을 사기도 하지만 이런 거리의 풍경을 통해 이곳에서도 또 하나의 공동체가 형성되어 있는 것을 볼 수 있습니다.

정반대 성격의 두 딸,
어떻게 가르쳐야 할까요

저에게는 딸이 세 명 있는데 큰딸과 둘째 딸이 완전히 달라요. 큰딸은 나
쁘게 말하면 인간미가 없고 측은지심이 없고 남을 배려할 줄 모르고 굉장
히 개인주의적입니다. 반대로 둘째 딸은 마음이 너무 착해서 자기 몫을 제
대로 챙기지 못하고 타인과의 관계 정리도 잘 못하고 항상 공상 속에서 삽
니다. 제가 볼 때 큰딸은 좋은 점도 있지만 인간미가 없으니 과연 제대로
성장할 수 있을지, 그래서 큰딸과 자꾸 트러블이 생깁니다.

둘째 딸은 자기 나름대로는 행복해합니다. 다만 현실 사회에서 무시당하
지 않고 다른 사람들과 화합하며 살 수 있을까 걱정입니다. 이 두 아이가
만나면 항상 전쟁이 됩니다. 큰딸은 집중적으로 둘째 딸을 공격합니다. 그
사이에서 바라보고 있는 저는 큰딸에게 화가 납니다. 약자를 보호해야겠
다는 생각이 있으니까 큰딸을 자꾸 나무라는데, 제가 없을 때 동생을 더
괴롭힙니다. 제가 큰딸과 둘째 딸을 바라보는 관점을 어떻게 잡아야 하는
지, 이 둘 사이에서 어떻게 균형을 잡아야 하는지 고민입니다.

우선, 질문자가 갖고 있는 관점에 문제가 있습니다. 좋은 것만 다 가지려
고 하고 있어요. 칼은 날카로운 면이 있고 솜은 부드러운 면이 있잖아
요. 칼은 날카로운 특징이 있으니 그에 맞게 쓰면 되고, 솜은 부드러우
니 거기에 맞게 쓰면 됩니다. 그런데 질문자는 '솜은 부드러워서 좋은데

날카로움은 없으니 좀 날카로워져라', 그러고요. 칼에게는 '날카로워서 좋은데 좀 부드러워져라', 이런 식으로 요구하기 때문에 내 바라는 대로 이루어지기가 사실 불가능합니다. 질문자는 지금 끝없는 욕심을 부리고 있네요.

큰딸이 이성적이면 그에 맞게 아이가 자기 장점을 살릴 수 있도록 도와주고, 둘째 딸이 부드럽다고 하면 부드러운 아이의 장점을 살릴 수 있게 해주고, 딸이 어떤 어려움을 호소할 때는 오히려 격려를 해줘야 합니다. 딸이 "엄마, 나는 날카로움이 없어서 큰일이야" 하면 "너는 대신 부드러움이 있지 않니? 인간이 모든 것을 다 가질 수는 없단다. 네가 가진 것도 훌륭하단다"라고 해 줘야 합니다. 그런데 엄마가 아이를 보고 "너는 이게 문제야"라고 하면 자신의 엄마가 보기에도 문제 있는 아이가 이 세상에 나가서 어떻게 잘살 수 있겠어요? 제가 "딸이 참 문제야" 하더라도 엄마라면 "스님, 그렇게 볼 것만은 아니에요. 제가 키워봤는데 이런 좋은 점이 있습니다" 이렇게 얘기해야지요.

그런데 질문자처럼 엄마가 "우리 아이는 형편없는 아이에요" 하면 더 이상 볼 필요도 없어지지요. 다른 사람들이 아이를 문제 삼거나 아이 자신이 문제가 있다고 느껴도 엄마는 격려를 해줘야 해요. 만약 아이가 장애를 가졌다면 아이를 일반인같이 건강하게 만들겠다고 하는 건 아이에 대한 사랑이 아니라 부모의 욕심이에요. 될 수 없는 일을 하려 하기 때문에 그 장애 아이가 상처를 입고 열등의식을 갖게 되는 거예요. 장애 아이가 건강한 아이들 흉내를 내려고 할 때 오히려 엄마가 "너는 저런 면에서는 부족한 것이 있지만 이런 좋은 점도 있단다. 그러니 저것을 저렇게 되려고 애쓰지 마라" 이렇게 얘기해 줘야 합니다. 그러면 아이는 자기 수준에 맞게 행복할 수 있습니다. '너는 너대로 행복할 수 있단다',

이렇게 항상 격려를 해주면 아이가 비록 신체장애를 가졌거나 지적 장애가 있더라도 심성은 굉장히 안정되고 행복하게 살 수가 있거든요.

정신적인 피해의식이나 열등의식 같은 장애가 생기는 이유는 대부분 엄마 때문입니다. 애를 낳았는데 아이에게 장애가 있다면 대부분 '내가 전생에 무슨 죄를 지어서 이런 애를 낳았나' 하는데 이 말은 장애를 죗값이라고 생각하는 거잖아요. 이것은 공空사상에 어긋나는 거예요.

존재에는 좋고 나쁨이 없어요. 모든 존재는 다 소중합니다. 피부 빛깔이 희든 검든, 남자든 여자든, 신체장애를 가졌든 그렇지 않든, 성적 지향이 어떻든 모든 존재는 그대로 존중받아야 합니다. 그런데 부모가 자식을 죄의 결과로 보기 때문에 아이는 자긍심을 갖고 살아가기 어려운 겁니다. 그래서 부모는 '이 아이는 이런 특징을 갖고 있구나' 하고 그 특징을 인정하고 격려해주는 자세가 필요합니다.

다만 사람은 다른 사람과 같이 살아야 되기 때문에 꼭 지켜야 할 네 가지 원칙이 있습니다. 첫째, 누구나 다 마음껏 살 자유는 있지만 다른 사람을 해칠 자유는 없어요. 남을 때리거나 죽여서는 안 됩니다. 둘째, 내가 이익을 추구할 자유는 있지만 남에게 손해를 입힐 자유는 없어요. 남의 물건을 뺏거나 훔쳐서는 안 됩니다. 셋째, 내가 사랑할 자유는 있지만 남을 괴롭힐 자유는 없어요. 성추행이나 성폭행을 해서는 안 됩니다. 넷째, 내가 말할 자유는 있지만 남을 말로써 괴롭힐 자유는 없어요. 속이거나 욕설을 해서는 안 됩니다.

이 네 가지는 다른 사람과 같이 살기 때문에 서로 지켜야 할 일이에요. 아이가 아무리 어려도 이 원칙만은 딱 세워서 지도를 해줘야 합니다. 그렇지 않으면 세상을 어지럽히고 동시에 다시 본인을 불행하게 만들기 때문입니다. 이 네 가지 외에는 가능하면 좋고 나쁨으로 평가하면 안 됩니다. 자유롭게 살도록 해줘야 해요. 그런데 어른이 되면 한 가지가 더 추가돼요. 술을 먹고 취하지 말아야 합니다. 술을 먹는 게 문제가 아니라 술을 먹고 취하게 되면 이 네 가지를 다 범할 위험이 있습니다.

사람은 동물과 비교했을 때는 다 비슷해요. 그런데 사람끼리만 비교를 해서 분석하니까 정서적인 쪽이 좀 강하다든가 이성적인 쪽이 좀 더 강하다든가 하는 특징이 있어요. 요즘은 이런 심리 유형을 열여섯 가지로 분류하기도 합니다.

콩을 한 움큼 쥐면 같은 콩이지만 자세히 들여다보면 조금씩 다 차이가 납니다. 그런데 자꾸 분석해 들어가면 천 가지, 만 가지가 다 다르고 또 크게 보면 다 고만고만해요. 우리는 너무 미세하게 보기 때문에 차이가 심해지고 분별이 일어나는 겁니다.

태어나면서부터 주어진 특성은 그냥 그 자체로 인정해야 합니다. 이것을 불교식으로 말하면 '모든 중생은 다 부처다'라는 말이고, 기독교식으로 말하면 '모든 사람은 다 하나님의 사랑하는 아들 딸이다'라고 합니다. 모든 사람은 다 행복할 수가 있습니다. 이것은 이미 2500년 전에 발견되었지만 아직도 많은 사람들이 받아들이지 못하고 있죠. 점점 바뀌고 있긴 하지만요.

문제라고 보지 말고 큰아이는 큰아이대로 장점을 격려해 주고, 작은 아이는 작은 아이대로 장점을 격려해주고, 둘 사이에 누가 옳다, 그르다고 하지 마세요. 그러나 앞에서 말한 네 가지 원칙을 어기면 큰아이든 작은 아이든 야단을 쳐야 합니다. 이렇게 분명하게 해야 하는데, 대부분은 엄마가 자기 기분대로 야단치잖아요. 특히 아이들을 서로 비교해서 야단치는 것은 아이의 마음에 굉장한 상처를 줍니다. 잘못했으면 그냥 "네가 이렇게 잘못했다"라고 말해야지 "언니는 안 그런데 너는 그렇다"

이런 말은 하면 안 돼요. 그리고 이웃집 아이와 비교해서 얘기하는 것도 안 됩니다. 이건 자녀를 정신적으로 학대하는 겁니다. 이런 용어를 쓰는 것은 굉장히 차별적이고 심리 불안증이고 이성적이지 못한 자세입니다. 그런 관점으로 보시면 좋겠다 싶어요.

고맙습니다. 덕분에 머릿속이 환해지고 사고가 좀 유연해진 것 같아요.

이해가 되었다고 하더라도 그동안 살아온 사고의 습관이 있기 때문에 행동은 아무것도 변하지 않습니다. 다만 이제 질문자가 화를 내다가도 '아, 내가 또 내 감정에 휩쓸렸구나', 이렇게 자각해야 합니다. 그렇게 연습을 하면 처음에는 잘 안 되지만 시간이 흐르면 개선될 수 있습니다. 특히 엄마가 감정적으로 아이를 대하는 것은 아이 정서에 굉장히 나쁩니다. 아이가 어떻게 하더라도 화를 내거나 감정을 드러내면 안 돼요. 만약에 감정이 올라오면 우선 아이를 놓아두고 밖에 나가서 심호흡을 하든지 해서 마음을 진정시킨 후 차분하게 아이와 대화를 해야 됩니다. 아이에게 감정을 갖고 싸우듯이 야단을 치면 아이의 심리가 억압이 되기 때문에 나중에 아이에게 정서적 왜곡이 일어나고, 또 아이가 나중에 커서 감정이 폭발하면 부모를 폭행하는 일이 생길 수도 있습니다. 이렇게 되면 자녀를 굉장히 불행하게 만들게 되는 것이지요.

시더파크 중학교

만년설을 안고 있는 레이니어 산

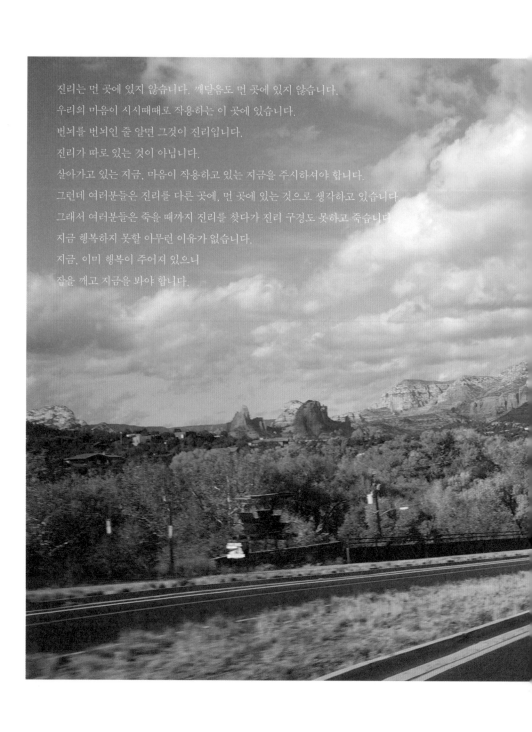

진리는 먼 곳에 있지 않습니다. 깨달음도 먼 곳에 있지 않습니다.

우리의 마음이 시시때때로 작용하는 이 곳에 있습니다.

번뇌를 번뇌인 줄 알면 그것이 진리입니다.

진리가 따로 있는 것이 아닙니다.

살아가고 있는 지금, 마음이 작용하고 있는 지금을 주시하셔야 합니다.

그런데 여러분들은 진리를 다른 곳에, 먼 곳에 있는 것으로 생각하고 있습니다.

그래서 여러분들은 죽을 때까지 진리를 찾다가 진리 구경도 못하고 죽습니다.

지금 행복하지 못할 아무런 이유가 없습니다.

지금, 이미 행복이 주어져 있으니

잠을 깨고 지금을 봐야 합니다.

6

내게 지금
행복하지 못한 이유가 있다면

· 북
아
메
리
카
IV

세도나 가는 길

어떻게 하면 사위를
예쁘게 볼 수 있을까요

저는 딸과 사위와 함께 살고 있습니다. 손자, 손녀가 셋이 있고요. 지금 현재 같이 살아야 하는 상황입니다. 그런데 생각은 그렇게 하지 말자고 하면서도 제가 보기에 항상 사위가 못마땅해요. 마음을 고쳐서, '사랑으로 감싸주자' 하면서 기도도 많이 했어요. 그런데 잘 안 돼요. 자꾸 못마땅하고, 말 한마디도 밉살스럽게 하고 야단치게 됩니다. 그런데 사위는 누가 봐도 참 괜찮아요. 사위를 예쁘게 보고 싶은데 마음이 그렇게 되지 않습니다.

사위가 괜찮으니까 딸이 시집을 갔겠지요? 누구든지 다 그렇습니다. 그런데 막상 함께 살아보니까 보기보다 더 좋다는 사람 있으면 손 들어보라고 해보면 아무도 없어요.

　내일 당장 딸네 집에서 이사를 나가세요. 무조건 나가야 됩니다. 그 집에 있으면 이제 곧 쫓겨나요. 쫓겨나면 더 원수가 됩니다.

　내 자식 키우기도 힘든데 왜 남의 자식 키운다고 괜히 남의 집에 붙어삽니까. 그러지 말고 나가세요. 나가서 다른 집 애를 봐주고 돈을 벌면 됩니다. 딸과 사이가 안 좋아져도 괜찮아요. 나간다고 절대 원수는 되지 않습니다. 한 집에 살아서 원수가 되지요. 내일 당장 나가야 이 문제는 부작용 없이 풀려요. 손자나 다른 것은 생각하지 마세요. 문제를 복잡하게만 만들어요.

첫째, 무조건 나가야 됩니다. 당장 내일 나갈 형편이 못 되면 빨리 직장을 알아보세요. 좋고 나쁨을 따지지 말고, 내 수준에 이정도는 되야지 하는 것도 따지지 말고 어디든지 알아보세요. 육체노동을 하든, 회계를 봐주든, 다른 집 아이를 봐주든, 청소를 하든, 밥을 하든 무엇을 해서라도 한 달 방값과 교통비 정도만 벌면 된다는 목표를 딱 세우고 무조건 나가서 사는 게 좋아요.

둘째, 그렇게 하는 게 지금 당장 곤란하다면 나갈 때까지 애가 셋 있는 젊은 부부의 집에 취직했다고 생각하세요. '방값 500달러, 아이 봐주는 것 300달러' 이런 식으로 계산해서 내가 이 집에서 밥 얻어먹고 돈을 받고 있다고 생각하세요. 그러면 사위가 나한테 돈을 주는 사람이죠. 내 사장이 사위예요. 그러니까 이 집 살림에는 일체 관여하지 말고 돈 값만 하는 겁니다. 이 집에 살면서 내가 1천 달러를 지불해야 한다면 아이를 돌봐주는 것으로 300달러를 갚고, 밥해주는 것으로 500달러를 갚고, 또 무언가로 200달러를 갚는다 하는 식으로 생각하세요.

임시로 살아도 사는 동안은 사위는 사위가 아니라 사장님, 딸은 딸이 아니라 사장님 부인, 아이들은 손자가 아니라 사장님 아이들이라고 생각을 바꾸고 살아야 합니다. 매일 절을 하면서 '오갈 데가 없는데 이 집에서 나를 이렇게 보살펴주셔서 감사합니다' 하면서 살면, 있는 동안에 부작용이 일어나지 않을 것입니다. 나가는 것이 원칙이고 나가기 전에는 이렇게 사세요.

다른 데 나가는 것보다 여기 있는 것이 여러 모로 낫다고 말씀하시는데 그 집에 있으면 안 돼요. 나가는 것을 전제로 하고 임시로 있어야 됩니다. 사위라고 생각하니까 자꾸 문제가 생기는 거예요. 사위라는 생각은 버리세요. 오갈 데 없는 늙은 여자에게 방 하나 주고 밥도 먹여주니 항상 고맙다고 생각하고 살면 되지요. 자꾸 장모 노릇하고, 어머니 노릇하고, 할머니 노릇을 하려니까 문제가 생기는 것입니다.

제가 나가서 일을 하기는 하는데, 보통 제가 나가서 일을 하면 산후조리를 도와주거든요. 그러면 제가 한 달에 4천 달러를 벌어요. 그런데 제가 딸네 집에서 일을 해주면 2만 달러를 받아도 모자랄 정도로 일을 해주거든요. 딸도 못 나가게 하구요.

그것은 본인 기준으로 2만 달러를 정한 것이지요. 질문자는 그 집에서 뼈 빠지게 일을 해도 800달러밖에 값이 안 나가요. 딸은 신경쓸 필요 없어요. 내 인생은 내가 사는 것이지 무엇 때문에 딸의 종노릇을 합니까? 같이 살면서는 불가능합니다. 그리고 임시로 같이 살 동안은 딸네 집에 있는 것이 아니라, 오갈 데가 없어서 내가 임시로 사장님 집에 잠시 머무르는 것이니까 이 집의 일에는 관여하지 말아야 해요.

예를 들어, 오늘 저녁에 나를 하루 재워주는 집에 가서 '무슨 저런 남자가 다 있나, 무슨 저런 여자가 다 있나, 저런 애가 다 있나' 하는 생각 안 하잖아요. 그 집에서 싸우든지 어떻게 살든지 나와 관계가 없고 나는 오직 하룻밤 재워주는 것만 고맙게 생각하면 됩니다.

내가 할머니가 되어 애를 맡아서 키워준다고 생각하면, 딸의 일손을 도와주는 것이니까 내 자식한테는 좋은 일입니다. 그런데 아이한테는 나쁜 일이에요. 이 세상 그 어떤 아이도 자기 어미로부터 돌봄을 받고 사랑받을 권리가 있는데, 불행하게도 그 아이는 자기 어미로부터 돌봄도 받지 못하고 사랑도 받지 못합니다. 어미의 모든 활동이 세상에 가 있고 자기는 버려져서 할머니의 도움으로 살아가는 거예요. 그 아이는 불행해요. 그렇게 자란 아이는 나중에 심리적으로 불안하고 사람을 신뢰하지 못합니다. 그러니까 질문사 본인은 그 집 일에 관여하지 말라는 얘기입니다.

지금 질문자의 행동은 불행을 자초하는 것입니다. 쥐가 쥐약을 먹듯이 화근을 만드는 겁니다. 제가 쥐약이라고 말씀드리는데도 "스님, 조금만 먹으면 안 돼요?"라고 자꾸 묻고 계시네요. 그렇다고 제가 "그래, 먹고 죽어라" 할 수는 없지 않습니까?

그러니 내일 나가세요. 못 나가시면 고맙게 생각하면서 임시로 있다가 하루라도 빨리 자립을 해서 나가 사는 게 좋습니다. 이 집이 애를 어떻게 키우든 부부가 싸우든 그것은 그들의 문제지 나하고는 관계가 없는 문제라고 내 마음에서 단호히 집착을 끊지 않으면 결국 가정불화가 오고, 시어머니 때문에 부부 간에 싸우듯이 장모 때문에 딸과 사위가 싸우게 돼요. 사위도 불만이 생겨서 아내에게 불평을 하면, 아내는 자기 도와주는 엄마에게 제대로 못한다고 남편을 나무라고, 남편은 또 기분이 상해서 부부갈등의 원인이 됩니다. 지금 질문자가 하는 것은 쥐가 쥐약을 먹는 것과 똑같습니다. 지금은 좋아 보여서 있는 것이지만 나중에 보면 이것은 쥐약이에요.

예, 알겠습니다. 노력해 보겠습니다.

노력이 아니라 내일 나가세요.

세인트 토마스 성공회교회

남자 친구를 사귀고 싶은데
용기가 나지 않습니다

스물다섯 살 학생인데 지금까지 모태솔로예요. 남자 친구를 한 번도 사귀어본 적이 없거든요. 저도 남자에게 관심이 있고 사귀고 싶은 마음도 있는데, 제가 용기가 없는 것 같습니다.

질문자가 스스로 자기가 왜 그런지 잘 관찰해보면 원인을 알 수 있을 텐데, 관찰을 해보지 않았던 것 같아요. 여러 가지 이유가 있을 수 있는데, 첫째는 질문자가 눈이 너무 높을 수 있어요. 눈이 너무 높으면 상대에게 접근할 때 심리적인 부담이 돼요. 만만해야 접근하기가 쉬운데, 너무 높으면 질문자가 퇴짜를 맞을 수도 있고, 여러 가지 문제가 생길 수 있습니다. 그렇기 때문에 기준을 너무 높게 설정하면 찾기도 어렵고, 찾아도 접근하기가 굉장히 어려워요.

눈이 높은 건 아닌 것 같아요. 제가 호감이 가거나 마음에 드는 남자들은 이미 다 임자가 있더라고요.

그러니까 눈이 높다는 거죠. 아무도 안 주워가는 사람을 잡으면 됩니다. 이미 괜찮은 사람은 다른 사람이 점찍어버렸는데 남이 점찍은 사람이 좋게 보인다는 것은 본인이 눈이 높다는 거예요.

직장을 예로 들어 봅시다. 대기업에 들어가거나 변호사가 되거나 의사가 되는 건 조건이 좋다고 생각되니까 실력 있는 쟁쟁한 사람들이 많이 몰리잖아요. 직장을 구하기 어려운 것은 내가 너무 높게 기준을 선정하고 접근하기 때문이에요. 그처럼 '저 정도' 하는 게 내가 보기에는 너무나 평범한 것 같지만, 객관적으로 볼 때 눈이 높기 때문일 수 있습니다.

내가 수준이 높은 사람에게 접근하려고 하면 찾기가 어렵고, 찾아도 접근할 때 두려울 수 있어요. 여러분들도 지위가 높은 사람이 가까이 올 때 약간 긴장되지 않습니까. 돈이 많은 사람이 와도 긴장되고, 유명한 사람이 와도 긴장이 되잖아요. 친해지고 싶기 때문에 혹시 잘못될까 더 긴장이 되는 겁니다. 접근하기에 만만치 않으니까요. 그러니까 기준을 수평이나 조금 아래로 내리세요. 그러면 남자가 지천에 깔려 있어요.

두 번째 요인은 질문자가 어렸을 때 엄마 아빠 간에 갈등이 심했기 때문에 일어나는 현상일 수 있습니다. 질문자가 지금은 성장해서 큰 문제가 없어 보여도 어릴 때 부모님의 갈등이 심하고, 엄마가 아이를 안고 울면서 '아이고, 내가 네 아버지 때문에 못 살겠다' 하는 경우가 보통 있지 않습니까? 그 넋두리를 아이가 알아듣든지 못 알아듣든지 엄마가 아이 앞에서 남편 불평을 하게 된단 말이에요. 그러면 아이 마음에 남자에 대해서 부정적인 의식이 심어집니다. 그러면 나중에 커서 남자에게 호감이 가더라도, 막상 결혼을 하려고 하거나 어떤 인연을 맺으려고 할 때, 생각은 만나려고 하는데 마음에서는 자꾸 두려움이 생겨요. 이것은 자기가 조절할 수 없어요. 마음에서부터 자꾸 부담이 일어납니다. 이게 두 번째 원인이 될 수 있어요.

세 번째, 어릴 때 남자로부터 성추행 경험이 있다면 그게 원인이 될 수 있어요. 자라면서 잊어버렸다고 하더라도, 남자에 대한 약간의 두려움과

거부반응을 가져올 가능성이 있습니다. 이런 것들이 있는지도 살펴봐야 합니다. 그래서 내가 왜 사람을 부담스러워하는지 점검이 되어야 해요.

그 다음에, 내 친구들이 남자 친구를 사귀다가 헤어지기도 하고 원수도 되고 하는 것을 보게 되는데 이때, '남자는 함부로 사귀어서는 안 되겠다'라고 생각이 들었다면 그것은 바른 생각이 아니고 잘못된 생각입니다. 사람을 사귀어 보면 처음에는 괜찮겠다 싶은데 시간이 지나면 '아, 이거 아니네?' 하는 생각이 누구에게나 들 수 있습니다. 그렇기 때문에 헤어지는 것이 꼭 나쁜 것만은 아니에요.

누구를 사귄다는 것은 사람을 알아가는 과정이에요. 처음에는 남자가 결단력이 있고 카리스마가 있어서 좋아했는데, 사귀어 결혼해서 같이 살다보니 완전 황소고집이고 상대방은 고려하지 않고 자기 마음대로 하고요, 또 다정다감하고 친구 같아서 좋아서 결혼을 하면 이 남자는 우유부단합니다. 이렇게 성질이 다 다른데 우리의 요구는 부드럽기도 해야 되고, 때로는 칼같이 날카롭기도 해야 되고, 때로는 돌처럼 단단하기도 해야 되고, 요구가 너무 많은 거예요. 그래서 처음 사귈 때에는 이런 면이 좋아서 사귀었는데 조금 지나니 저런 면이 부족해서 안 되겠다고 생각하니 문제가 생겨서 헤어지는 거잖아요. 결혼했다가 헤어지는 것보다 연애하다가 헤어지는 것은 아주 좋은 것입니다. 결혼했더라도 아이를 낳기 전에 헤어지는 것은 아이를 낳은 후에 헤어지는 것보다 훨씬 좋은 일이에요.

내가 만약 어떤 사람을 처음 만났는데 그 사람이 좋아서 결혼하면, 요즘 같이 좋은 세상에 죽을 때까지 한 남자밖에 못 만나보는 것입니다. 그렇다고 결혼해서 이 남자, 저 남자를 만날 수는 없잖아요. 그래서 장기적으로 보면 결혼하기 전에 다양하게 만나보는 것이 오히려 이익일 수도 있습니다. 내가 이 사람 저 사람 사귀고 쉽게 떠나버리면 바람기가 많다고 사람들이 욕할 거예요. 그런데 상대가 떠난다고 하면 나는 전혀 욕 얻어먹지 않고 동정 받으면서 사람을 계속 바꿔서 만날 수가 있어요.

그러니 상대방이 떠났다고 상처받을 필요는 없습니다. 알아서 떠나주니 또 다른 남자를 만날 기회가 주어진 것이고 떠나가는 뒤통수에 대고 '안녕히 가세요, 저를 위해 이렇게 떠나주셔서 감사합니다'라고 하면 돼요. 그러면 애인이 떠나는 것이 상처가 안 돼요. 있어도 좋고 떠나도 손해날 것이 하나도 없으니 상대가 떠나는 걸 겁낼 필요가 없다는 말입니다. 그러면 사람 사귀기가 쉬워집니다.

혹은 질문자가 상대방이 싫어져도 관둬버리면 돼요. 결혼하고도 이혼하는 것이 부지기수인데, 처녀 총각일 때 만나다가 헤어진다고 욕되지 않아요. 물론 그 남자는 조금 욕하겠지만요. 그러나 내가 싫은 남자가 욕을 하든지 말든지 그게 무슨 상관이에요. 상대방이 떠나도 문제가 안 되고, 내가 떠나도 별 문제 안 돼요. 어떤 경우가 생겨도 사실은 아무 문제가 없습니다.

이렇게 길게 이야기하는 것은 사람을 만날 때 아무 부담가질 필요가 없으니 편안하게 만나라는 얘기이고, 조금 더 조언을 해보겠습니다.

대개 사람들이 남자를 사귄다든지, 결혼 상대자를 찾는다든지 하면, 너무 무겁게 생각해요. 그렇게 되면 사람을 고르게 돼요. 아무하고나 사귈 수도, 아무하고나 결혼할 수도 없으니까요. 나이도 고르고, 학벌도 좀 있어야 된다는 식으로 따지게 되면 주변에 남자는 많은 것 같은데 만날 사람은 아무도 없어요. 나는 별로 욕심을 안 내는 것 같아도 실제로 사람이 없습니다.

그러니 사람을 사귀는 데 너무 목적을 두면 안 돼요. 만약 내가 어떤

사람을 찍었다고 하면, 그 사람은 나를 부담스러워 해요. 질문자도 어떤 사람이 자기를 딱 찍어서 접근하면 기분 나쁘거나 부담스럽잖아요.

그렇다면 사람을 어떻게 사귀어야 할까요? 우선 가볍게 친구로 사귀는 겁니다. 애인도 아니고 결혼 상대자도 아니고 그냥 아는 사람으로 두루두루 사귀어 보세요. 그러면 나보다 나이가 스무 살이 많아도, 결혼을 했어도, 스무 살 밑이어도, 이혼한 남자여도, 신부님이어도 아무 상관이 없어요. 그렇게 하면 내가 사람을 사귀는 선택의 폭이 넓어진다는 뜻입니다. 이렇게 서서히 접근을 해서 그 중에 마음에 맞는 사람을 만나요. 그들 가운데 한 사람과 연애를 하다가 상대가 떠나주면 다행이고, 안 떠나면 같이 살면 돼요.

그렇게 서너 번 사람이 바뀌면 내가 남자에 대해 이해를 하게 돼요. 내가 너무 좋아해도 상대방이 부담스럽고, 너무 냉정해도 상대가 떨어져요. 이것이 소위 젊은 사람들이 말하는 '밀당'인데, 이 '밀당'은 계획을 세워서 하는 것이 아니라 경험을 통해서 저절로 터득하게 되는 것입니다. 실패를 몇 번 해야 학습효과가 나요. 이렇게 자연스레 사람을 사귀게 되면 결혼한 후에도 이미 사람 사귀는 연습을 많이 했기 때문에 남편과 함께 살기가 쉽습니다. 아무 경험도 없는 사람과 만나면 좋을 것 같은데 인간관계를 경험해보지 못했기 때문에 그런 사람이 더 위험해요.

지금 연애를 해야 되고 남자가 필요하니까, 결혼하기 전까지는 종교를 너무 따지지 말고 교회도 가보고 성당도 나가 보세요. 신앙으로 만나는 사람은 남녀간에 부담을 덜 느껴도 되잖아요. 그러다 보면 괜찮은 사람이 있을 수 있어요.

정혜엘리사벳 한인천주교회

욕심을 어떻게 버려야 하나요

행복해지려면 욕심을 버려야한다고 하셨는데요, 말하기는 쉽지만 실제로는 매우 어려운 것 같습니다. 우리가 실제 생활에서 욕심을 어떻게 버릴 수 있을지요?

욕심을 버리기 어려우면 움켜쥐고 괴로워하면 됩니다. 괴로운 것이 심하면 내려놓게 됩니다.

이 물건이 뜨겁다고 합시다. 내가 이것을 쥐었을 때 어떻게 행동합니까? "앗 뜨거!" 합니다. 그런데 이걸 쥐고 "뜨거워 죽겠어요, 뜨거워 죽겠어요" 하니 "내려놓아라" 합니다. 그러니 "어떻게 내려놓아요? 방법을 알려주세요" 합니다. 방법을 몰라서 못 내려놓는 게 아닙니다. 이것을 갖고 싶은 욕심 때문에 못 내려놓습니다. 그러니까 이것을 갖고 싶으면 손을 데이고, 손을 데이기 싫으면 내려놓아야 하는 겁니다. 방법의 문제가 아닙니다.

그래서 '뜨거운 줄 알면 놓아라' 이렇게 말하는 겁니다. "그냥 놓아라" 합니다. 한문으로 '방하착放下着'이라고 하지요.

그런데도 자꾸 "방법 좀 알려주세요" 하고 묻습니다.

그래서 제가 할 수 없이 "왼손으로 옮겨라" 하면 왜 진작 이렇게 알려주지 않았냐 그러거든요. 뜨거운 것도 해결하고 내가 가지고도 있으니

까 해결된 것 같지만 이젠 또 왼손이 뜨거워져요. 또 뜨겁다고 해요. "그러면 무릎 위에 놓아라" 좋은 해결책이에요. 두 손 다 뜨겁지 않고 내가 아직 가지고 있으니까요. 그런데 좀 있으면 무릎도 뜨거워져요. 이런 과정을 거쳐서 결국 다 내려놓게 되면 이것이 과연 좋은 방법입니까? 다 필요 없는 과정이에요. 그러니까 본질을 꿰뚫어 보아야 합니다. 방법을 몰라서 못 내려놓는 게 아니라 놓기 싫은 거예요. 괴롭다고 하면서 움켜쥐고 있는데, 그렇게 갖고 싶으면 괴로움을 감수하면 됩니다.

그런데 우리가 괴로우려고 삽니까? 그게 아니라면 놓아야 되겠죠. 물론 내려놓기 어려운 것을 저도 이해합니다. 담배 피우는 사람이 "어떻게 담배를 끊습니까?" 묻는다면 대답은 간단합니다. "안 피우면 된다" 입니다. 다 이해가 되시죠? 그런데 이해를 못하는 사람들이 있어요. 담배 피우는 사람들이죠. "어떻게 끊어요?" 그 말은 피우고 싶다는 이야기예요. 의식은 끊어야 한다고 생각하고 마음은 피우고 싶은 거예요. 이것은 습관화되어 있는 거예요. 무의식화되어 있기 때문에 금방 해소가 안 됩니다.

그래서 두 가지 방법 가운데서 선택해야 합니다. 첫 번째 방법은 무의식이 놀랄 정도로 강력한 충격을 주는 겁니다. 화를 내거나 짜증내는 것은 잘 안 고쳐지죠. 정말 고치고 싶으면 화 한번 낼 때마다 전파상에 가서 전기충격기를 사다가 몸에 충격을 주는 거예요. 다섯 번만 전기충격을 주면 화가 올라오다가도 몸이 벌벌 떨려요. 그런데 '그렇게까지 하면서 고칠 필요가 뭐가 있냐?'라고 생각하겠죠. 그래서 안 고쳐지는 거예요.

두 번째 방법은 꾸준히 하는 겁니다. 결정한 것을 3일 만에 그만두지 말고 100일, 1000일 이렇게 지속해야 합니다. 그러면 의식이 무의식화됩니다. 뭐든지 오래되면 습관화되는데 습관화되었다는 건 무의식화되었다는 거예요. 이것은 물리법칙과 똑같습니다. 머무르는 물체는 계속 머무르려 하고, 움직이는 물체는 계속 움직이려고 한다, 관성의 법칙이지요.

움직이는 물체를 멈추려고 할 때, 강한 힘으로 막으면 조금 움직이다 멈출 것이고, 작은 힘으로 멈추려고 하면 이것이 한참 움직이다가 멈추게 됩니다. 그러니까 태클을 세게 걸든지 꾸준히 하든지 두 가지 방법입니다. 그런데 우리는 강력하게도 못하고 꾸준히도 못합니다. 그러니까 우리의 카르마가 계속 똑같은 방식으로 확대 생산되는 거예요. 변화가 안 일어나니까 못 고친다, 이건 타고났다고 하지요. 그래서 인간의 운명이 중국에선 사주팔자다, 인도에선 전생에 지은 거다, 서양에서는 하나님이 주관한다는 얘기들이 나온 겁니다. 변화가 어려우니까 변하지 않는다고 단정해서 나온 표현들이에요.

그러나 불변하는 것은 없습니다. 카르마는 형성된 거예요. 그러니 변화합니다. 이것을 변화시키려면 오랫동안 형성된 거라 좀 어렵습니다. 어릴 때 형성된 것일수록 더 변화가 어렵습니다. 그래서 두 가지 길, 꾸준히 노력하거나 좀 더 세게 태클을 걸거나 해야 합니다. 그러면 누구나 다 변화를 일으킬 수 있습니다. 그런데 우리는 그런 노력을 하지 않습니다. 변화를 바라기만 하고 아무런 노력은 하지 않습니다. 조금 노력을 하더라도 해도 안 되더라 합니다. 그래서 꾸준히 할 것, 좀 더 강력하게 할 것을 권합니다. 그러면 누구나 다 변화가 가능합니다.

여러분들이 지식으로 이해하는 건 의식이 하는 것이기에 아무리 해도 변화가 없습니다. 그런데 어떤 이야기를 듣고 눈물이 나고 마음에서 감동이 일어나면 변화가 쉽게 일어납니다. 감동했다는 것은 무의식에 영향을 줬다는 것입니다.

정리해서 말씀드리면 욕심이 우리의 괴로움의 원인이니까 버리라고 하는 것입니다. 첫째, 괴로움의 원인이 욕심이라는 것을 분명히 알아야 하고 둘째, 괴로움에서 벗어나기를 원한다면 욕심을 버려야 하고 셋째, 욕심은 마음에서 일어나고 마음은 무의식에 뿌리를 두고 있기 때문에 의지로 대한다고 쉽게 내려놓게 되는 변화가 일어나지 않습니다. 그래서 욕심을 버리려면 그것이 이미 습관화되어 있으므로 꾸준히 노력하든지, 세게 충격을 주든지 하면 변화가 반드시 일어난다는 것입니다.

구글 캠퍼스 강연장

구글에 도착하여 비지팅 센터visiting center로 가서 오늘 강연에서 사회를 맡은 차드 멩탄Chade Meng-Tan 씨를 만났습니다. 멩탄 씨는 반갑게 스님과 인사를 한 뒤, 구글 곳곳을 소개시켜 주면서 구글의 문화와 근무 환경을 설명해주었습니다.

구글 캠퍼스 안에는 30개의 식당과 300개의 마사지실, 빨래방, 휴게실, 피트니트 센터 등이 잘 갖추어져 있어서 누구나 이용할 수 있다고 합니다. 특히 식당은 24시간 근무하면서 아침, 점심, 저녁을 제공하고 있고 구글 직원뿐만 아니라 구글을 방문하는 모든 사람은 무료로 이용할 수 있다고 합니다.

구글 플렉스에는 2~3층짜리 나지막한 건물이 모여 있고, 건물 밖에는 야외 테이블과 벤치, 울창한 나무들, 채소 정원, 사람과 자전거로 활기 넘치는 산책로가 있었습니다. 직원들은 커다란 카페테리아 탁자에서 식사를 하고, 당구대와 에스프레소 기계가 있는 라운지에서 쉬며, 이발사, 세탁업자, 보모, 애완동물 도우미, 치과의사 그리고 무료 검진 담당의사도 5명이나 있다고 합니다. 또한 목요일이면 검진 차량이 찾아오기 때문에 세차나 오일 교환으로 구글 캠퍼스를 떠날 필요도 없다고 합니다.

구글은 친환경을 표방하는데, 운동장을 처음 지을 때 운동장 터에 풀이 너무 많이 나 있어서 잔디 깎는 기계를 쓰는 대신, 염소 수백 마리를 풀어서 먼저 풀을 뜯어 먹게 했다고 합니다. 또 지역 공동체와의 관계를 중요시하여 구내식당의 음식은 반경 150마일 내에서 나는 식재료를 사용해서 직원들에게 제공하고 있다고 합니다. 그리고 곳곳에 과일과 스낵 등을 마련해 두었는데 직원들의 건강을 위해서 과일이 먼저 눈에 띄도록 바구니에 담아 올려놓고 스낵은 안에 넣어둔다고 하였습니다.

구글은 지구 온난화 문제에도 관심을 보여, 사옥 지붕에 미국 기업 캠퍼스 가운데 가장 큰 태양광 패널을 설치하여 1천 가구에 공급할 전기를 생산하고 있으며, 외부 주차장에 태양광발전소를 두어 하이브리드 자동차를 충전할 수 있게 했고, 연비가 좋은 하이브리드 자동차를 구매하는 직원에게는 장려금(처음에는 5천 달러, 현재는 3천 달러)을 제공한다고 합니다. 그리고 수익의 1퍼센트를 자선사업 부문인 구글 파운데이션에 보낸다고 하였습니다. 또, 넓은 캠퍼스 부지 내에서의 건물 간 이동 때 온실가스 배출을 최소화하고 직원들의 건강에도 이바지하기 위해 구글이 제공하는 자전거가 도처에 배치되어 있었습니다.

구글 투어를 마치고 예약된 카페테리아로 이동하여 점심 식사를 하면서 멩탄 씨와 스님은 오늘 어떤 내용으로 대담할 것인지에 대해서 논의하는 한편, 불교와 진리, 근본불교, 한국불교 등 여러 가지 주제에 대해서 많은 의견을 교환했습니다.

오클랜드(Oakland)

저를 배신한 친구들과의 관계를
어떻게 해야 할지 고민입니다

미국에 온 지 30년 되었는데, 아주 가까운 친구가 셋 있습니다. 저는 이 친구들과의 우정에 대해 한 번도 의심하지 않을 정도로 친하게 지냈습니다.

그러던 중 제가 갑자기 가족을 잃게 되었는데, 저는 누구보다도 그 친구들과 아픔을 나누고픈 마음이 컸습니다. 그런데 뜻밖에도 제가 필요로 하는 그때에 세 친구들 누구도 오지 않았습니다. 제가 잘못한 것이 있다면 이해를 하겠지만 그런 것이 전혀 없던 상태였기 때문에 친구들에 대한 배신감과 원망이 굉장히 컸습니다. 그들도 어떠한 변명도 한 적 없었고요.

얼마 전에 갑자기 그 친구들로부터 연락이 오기 시작했습니다. 저는 단호하게 만나고 싶지 않다고 표현했어요. 사실은 오해를 풀고 그 친구들을 다시 보고 싶은 마음도 있는데 그때 당시를 생각하면 아직도 마음이 열리지 않아요. 어떻게 하면 좋을까요?

네, 본인 입장에서는 상처가 컸을 거라고 이해는 됩니다. 하지만 객관적으로 보면 질문자가 오히려 그 친구들을 진정한 친구로 생각하지 않은 것 같습니다. 정말 친구라면 '어떻게 이럴 수가 있느냐'가 아니라, 어떤 일이 있어도 내 친구에게 '그럴만한 일이 있었을 거다' 이렇게 생각을 해야죠.

이런 옛 이야기가 있습니다. 절친한 두 친구가 있었는데, 한 친구가 뭔

386

가 오해를 받아 체포되어 사형을 받게 되었어요. 그런데 이 사람이 "내가 죽는 건 좋은데 홀어머니가 계시니 어머니에게 가서 인사라도 하고 와야겠다. 그러고 나서 나를 처벌해라" 하니까, "너를 놓아주면 도망갈 수도 있는데 그것을 어떻게 믿느냐?"라면서 아무리 얘기를 해도 받아들여지지 않았습니다. 그래서 친구에게 사정을 얘기했더니 친구가 "그러면 내가 대신 잡혀있겠다" 해서 집으로 갈 수 있었습니다. 그런데 사형수 친구는 정해진 날짜에 돌아오지 않았습니다. 그러자 형을 집행하는 사람들이 "봐라, 이 바보야. 너를 맡겨 놓고 그 친구는 도망간 거다. 우리는 너를 죽일 수밖에 없다"라면서 사형 틀에 매달았어요. 그랬더니 그 사람이 말하길 "내 친구는 그럴 사람이 아니오. 뭔가 말 못할 사정이 있을 것이오. 그러니 내가 죽은 뒤에라도 나 때문에 너무 가슴 아파하지 말아달라고 전해주시오" 이렇게 얘기를 했습니다. 알고 보니 그 친구는 돌아오다가 어떤 일로 제한된 시간에 올 수 없는 형편이 되었던 거예요.

질문자의 얘기를 들어보면, 내가 필요할 때 그들이 연락을 안 하면 내 친구가 아닌 걸까요? 친구가 연락을 안 했다고 토라져서 친구들을 8년 동안이나 외면하는 질문자가 그들의 진정한 친구일까요. 질문자는 그 친구들이 나를 배신했다고 생각하겠지만, 그 친구들 입장에서는 '아따, 그 인간 독하다'라고 생각할지도 모릅니다.

질문자는 이제 선택을 해야 합니다. '원래 그 인간들은 내 친구가 아니었다. 내가 어려울 때 도와달라고 그동안 친하게 지냈는데 그것도 안 도와주면 무슨 친구냐' 하듯이, 이해관계로 접근을 했다면 질문자에게 손실이 생겼으니까 그들과는 더 이상 거래를 안 하는 게 낫습니다. 친구 맺는 가게라면 문을 닫아도 됩니다.

그런데 '아, 내가 도리어 그들을 친구로 생각하지 않았구나. 내가 생각을 잘못했다'고 생각한다면 그들을 만나서 무슨 이유로 그랬는지 얘기를 들어봐야지요. 너무 큰 일이어서 우리도 어떻게 해야 할지 몰랐다든지 질문자에게 부담이 될까 싶어 그랬다든지 가만히 들어보면 그들 나름 대로 그럴 수밖에 없었던 어떤 이유가 있었을 겁니다. 그러면 '그런 일이 있었구나. 내가 오해해서 너희들이 내가 원하는 대로 해주지 않는다고 마음에 상처를 입었다. 미안하다' 이렇게 얘기하고 해소를 하는 방식도 있습니다.

말씀을 듣고 보니 제가 친구들과 대화의 시간이라도 가졌어야 하지 않았나 하는 생각이 듭니다. 하지만 제가 납득할 수 없는 것은 그래도 친구가 세 사람이나 있었는데 모두 약속이나 한 듯이 그랬다는 겁니다.

그게 더 이상합니까, 올해 세월호에 사고가 났을 때, 승무원 열다섯 명이 동시에 다 빠져나온 것이 더 이상합니까? 살다보면 진짜 이해하기 어려운 일도 일어나잖아요. 승무원 교육을 아무리 강조해서 최후까지 있으라고 해도 열 명 중에 한두 명은 먼저 빠져나오는 사람이 있을 수 있죠. 한편으로는 아무 훈련을 못 받은 사람들도 자기 책임이 아닌데도 열 명 가운데 한두 명은 남을 살리고 자신이 죽을 수도 있고요. 그런데 열다섯 명이 하나같이 제일 먼저 나왔다는 것은 있을 수 없는 일이에요. 누군가의 지시에 의해서 단체 행동을 하지 않았다면 생기기 어려운 일이지요. 그렇다고 반드시 그렇다고도 말할 수 없어요. 확률이 아주 낮지만 그럴 수도 있으니까요. 그래도 세 명이 동시에 연락을 안 했다는 것은 그에 비해서는 일어날 수 있는 확률이 월등히 높습니다.

(너무 이상적인 대답을 하신 것 아니냐고 듣고 계신 한 분이 반문함)

이상적으로 말하는 것 같다고 주위에서 건의를 해오니 좀 더 현실에 맞게 얘기해 볼게요. 제가 "그 자식들 진짜 나쁜 놈들이다. 그런 인간들 하고는 사귀지도 마라. 관계를 그냥 끊어라"라고 얘기한다면 주변에서 건의하신 분의 속은 시원할지 몰라도 질문자의 마음은 풀리지 않을 겁니다. 왜냐하면 질문자에게는 그 친구들과 관계를 개선해보고 싶은 미련이 남아 있기 때문입니다. 미련이 없으면 저한테 와서 질문도 안 했을 겁니다. 관계를 개선하고 싶기도 하고, 그 자식들 얄미워서 관두고 싶기도 하고, 옛날에는 얄미워서 개선할 생각도 없었는데, 이제 세월이 흘러 이렇게 질문할 때는 반반 정도가 된 겁니다. 저한테 안 묻고 가만히 놔두어도 3년 정도 지나면 알아서 개선을 할 겁니다. 왜냐하면 악감정은 자꾸자꾸 약해지기 때문입니다. 본인의 고민을 해결하는 데 현실적으로 도움이 되었어요?

네, 그럼요. 도움이 되었습니다. 아마 현실에 맞게 얘기해 달라는 분은 스님으로부터 듣고 싶은 그 말을 듣기 전까지는 스님의 말씀을 이해하기가 어려울 것 같아요. 저는 스님 말씀대로 정말 친구의 관계로 돌아가서 다시 시도를 해볼 겁니다. 고맙습니다.

성김대건 한인천주교회

직장상사가 저를 괴롭혀요

저를 괴롭히는 직장상사가 있습니다. 이분을 뵐 때마다 제가 '아, 내가 이분에게 전생에 무슨 죄를 지어서 이런 업보를 받나' 하는 생각이 듭니다. 좋은 마음을 내고 잘 해보려고 하는데도, 가끔 욱하는 성질이 올라와요. 제가 병원에서 일을 하는데요, 예를 들면 간호사들에게 업무를 줄 때 다른 간호사들에게는 환자를 네 명 할당해 주는데 저에게는 다섯 명을 주고요, 제가 일을 하고 컴퓨터로 문서작성을 하려고 앉아 있으면 "야, 일어나서 빨리 빨리 움직여!" 합니다. 그래서 또 제가 열심히 일을 하고 있으면 "야, 너 너무 빨리 움직여. 그게 나를 불안하게 만들어. 조금 침착해" 하면서 말을 바꿉니다. 이런 분을 상대할 때 제가 어떤 마음을 내야 직장 생활을 원만하게 할 수 있을까요?

상사가 싫으면 병원을 그만 두고 나오면 됩니다. 거기 있으려면 그 사람이 내 밑에 있는 사람이 아니고 위에 있는 사람이잖아요. 그 사람에게 비굴하게 잘 보이라는 말이 아니라 맞추라는 것이지요. 어차피 직장에 나가서 하루 종일 있지 않습니까. 하루 있는 동안 즐겁게 보람 있게 생활하시라는 겁니다.

  지금 질문자가 하는 얘기는 불법주차된 자동차를 두고 경찰이 와서 내 차만 딱지를 떼고 다른 건 안 떼면 "왜 내 차만 떼고 다른 차는 안

뗍니까?" 하는 것과 똑같아요. 다른 사람 것을 떼든지 안 떼든지 그게 나랑 무슨 상관이 있어요? 내가 불법주차를 했으면 벌금을 물면 되는 거죠. 과속딱지 뗄 때에도 똑같아요. "앞에 가는 차는 안 잡고 왜 나만 잡아요?" 하잖아요. 경찰이 그걸 어떻게 다 잡아요? 그러니까 남이 환자를 네 명 보는 것과 질문자와 무슨 상관이 있어요? 다섯 명을 하라면 다섯 명을 보면 되지요. 이왕 병원에 출근을 했으면 환자를 많이 돌봐 주는 것이 낫지요.

제가 옛날에 수행 삼아서 절에 가서 부목을 했어요. 그렇게 머슴살이를 하고 있는데 어느 날 거지가 왔어요. 사지 육신이 멀쩡한 사람이 동냥을 얻으러 온 거예요. 그래서 제가 "얻어먹으러 다니지 말고 나하고 여기 같이 살면서 일하면 어때?" 했어요. 그래서 승낙을 받아서 둘이 한 방에 자면서 같이 일을 했는데, 일을 형편없이 하는 거예요.

예를 들면 재래식 화장실을 쓰던 때라 똥통에다 똥을 퍼서 옮겨 놓는데, 나는 통에 80퍼센트를 담아서 낑낑 대며 똥물이 흐를까 조심조심 다니는데, 이 사람은 통에 20퍼센트만 담아서 달랑달랑 다니는 거예요. 그래서 제가 "야, 아무리 남의 일이지만 너 그런 식으로 하면 어떡하니?" 하니까 "너는 몰라서 그런다"라고 하는 거예요. 그래서 물으니까 "막노동하는 사람은 전 재산이 몸 하나밖에 없는데, 네가 이런 식으로 하면 네 몸이 며칠 버티겠니? 그건 바보 같은 짓이야"라는 것입니다. "이렇게 살살 해야 막노동을 계속 할 수 있는데, 왜 유일한 재산인 몸을 망치느냐? 바보같이!"라고 하는 거예요. 그럴 듯 하지요. 하지만 제가 반론을 제기했어요. "그러면 일할 때 바짝 해놓고 좀 쉬면 되지 않느냐?" 했더니 "너 진짜 주인 마음을 모른다. 네가 아무리 일을 열심히 해도 네가 딱 앉아서 쉬고 있는 것을 주인이 보면 눈꼴시다. 그렇게 하면 네가 아

오늘은 요세미티 국립공원을 들러서
베이커즈 필드로 가는 루트를 선택했습니다.
요세미티 국립공원에는
단풍이 한창 예쁘게 물들어가고 있었습니다.

무리 열심히 일해도 칭찬을 못 받는다. 그러니까 공연히 쉬는 시간을 따로 갖지 말고 20퍼센트만 딱 담아서 하루 종일 왔다갔다 하면 내 건강에도 좋고 주인이 보기에도 늘 일하고 있기 때문에 시비가 안 일어난다. 너도 좀 현명하게 해라"는 것입니다. 그때는 "말도 안 되는 소리 하네" 했는데, 이 사람과 계속 살면서 배울 게 있다는 것을 알게 되었습니다. 이것이 사람의 심리라는 거예요.

그러니까 질문자도 월급을 받고 다니고 있으니까, 너무 죽기 살기로 일하지 말고 살살, 그러나 꾸준히 하면 됩니다. 너무 왔다 갔다 하지 말고요. 너무 왔다 갔다 하면 불안하다고 하고, 너무 앉아 있으면 또 논다고 하잖아요. 그러니까 천천히 왔다 갔다 하면서요. 이 사람과 지내봤으니까 잘 알잖아요. 너무 빠르다 하면 조금 속도를 줄이고, 너무 늦다 하면 조금 빨리 해보고, 이렇게 저렇게 하다 보면, 어느 정도의 속도로 하면 저 사람과 맞는지 알게 돼요. 이게 중요해요. 그러니까 '저 사람이 나에게 중도를 깨우쳐 주는구나' 생각하세요. 중도라는 것은 정해진 길이 없어요. 저 사람이 '적당하다' 하는 것으로 내가 맞춰주면 됩니다.

환자를 돌보는 것이 간호사잖아요, '간호사는 환자를 정성껏 돌보면 된다'라고 하지만 세상은 그렇지 않습니다. 왜냐하면, 간호사들을 관리하는 제도가 있기 때문에 그것을 관리하는 관리자의 눈에도 조금 들어야 해요. 그 사람이 존재하는 것을 어떻게 하겠습니까. 그러니까 일도 잘해야 하지만, 그 사람의 성격에도 조금 맞춰줄 수 있어야 세상을 살 수 있다는 것입니다.

예를 들어, '나는 아내로서 집안 살림만 열심히 하면 된다' 혹은 '남편은 돈만 벌면 된다'라고 생각하는데 꼭 그렇지만 않아요. 아내가 남편에게 돈 버는 것도 싫고 같이 놀러 가자고 하면 돈을 조금 적게 벌고 같이 놀러가야 해요. 그런데 '이거 다 너 쓰라고 벌어다 주는 거다' 하고 돈만 벌고 같이 안 놀아주면 아내는 그 돈 가지고 다른 사람하고 놀러 가버립니다. 진짜예요.

게으름 피우라는 의미가 아니라, 상사도 환자들처럼 내가 배려해야 될 사람이라는 것입니다. 환자를 치료하지 말라고 하든지, 엉뚱한 주사약을 놓으라든지 부당한 요구를 하면 '안 됩니다' 하고 거절해야 되지만, 이런 정도는 같이 일을 하면서 맞춰줘야 합니다. 어떻게 생각해요?

예, 알겠습니다.

이것은 자기 문제이지 그 사람의 문제가 아니에요. 이런 사람에게 맞출 수 있으면 또 다른 직장에 가더라도 아무 문제가 없어요. 이 인간에게 맞출 수 있으면 다른 사람에게 맞추는 것은 너무 쉬워집니다. 내 능력으로는 도저히 못 맞추겠다 싶으면 사표를 내고 다른 직장에 가고요. 다만, 미국 시민으로서 또는 노동자로서 자기의 권리가 있기 때문에 법률적으로 문제가 있는 부분은 딱 잡아서 권리를 행사해야 합니다.

감사합니다.

Riverlakes Ranch 커뮤니티 센터

남편이 포커장에서
살다시피 합니다

산호세에 살다가 라스베이거스로 이사 온 지 일 년가량 됐어요. 남편이 포커판에 일주일에 다섯 번 갑니다. 제가 아무리 얘기해도 개선이 안 됩니다. 남편이 포커하러 나가면 제가 너무 힘들어요. 유투브를 통해서 스님 즉문 즉설을 보고 다스리려 하지만 그렇게 안 됩니다.

제가 몇 번 남편을 따라가 봤는데 거기서 그렇게 하고 있는 사람을 보면 굉장히 한심해 보이는 거예요. 전 정말 그런 모습이 굉장히 싫습니다. 포커장에 있는 그 사람들 눈을 보면 정상이 아닙니다. 물론 제 남편은 정상인 눈이라고 생각하지만 남편이 그런 사람들 속에 있다는 자체가 너무 싫습니다. 이곳에 오게 된 것은 은퇴하고 나이 들어서 살려면 약간은 활기 있는 곳이 좋겠다고 생각했거든요. 물론 제가 동의해서 이사 온 겁니다. 이사 올 때는 포커를 안 하겠다고 약속을 했어요.

인간은 누구든 안 하겠다고 약속하고 또 하는 게 다반사입니다. 잔소리 안 하겠다고 했는데 남편 보면 또 잔소리 하게 된다고 그러잖아요. 마찬가지에요. 남편도 안 하겠다 했는데 저녁만 되면 생각이 나는 걸 어떻게 하겠어요. 아내한테 거짓말한 게 아니에요. 아내가 하지 말라고 하니까 그때는 안 하겠다고 생각했는데 또 그것을 보면 하고 싶고, 광고지를 보면 하고 싶고, 상품 걸어놓으면 더 하고 싶고 그렇지 않겠어요.

남편이 나갈 때 질문자는 "당신이 또 나간다니까 내 마음이 너무 아프네요" 하고 마음을 그냥 표현하면 돼요. 잘 다녀오라고 인사할 수 있으면 좋은데 그렇게 안 되니 내 가슴이 아프다고 얘기하면 돼요. 내 가슴이 아프니까 너 나가지 말라는 것은 너 때문에 내 가슴이 아프다고 상대에게 책임을 묻는 것이니 상대가 기분이 나쁜 거예요. 그렇다고 아무 말도 안 하려니까 내가 답답하잖아요. 그러니까 자기 감정은 표현하되 상대를 탓하지는 말라 이 말이에요. 그런데 지금 살 집은 있어요? 밥은 먹고 사나요?

네, 완전히 말아먹도록 하지는 않아요.

그러면 자기가 알아서 조절한다는 얘기네요. 그럼 믿으세요. 질문자도 잔소리 안 해야겠다고 생각해도 보면 또 하게 되잖아요. 마찬가지예요.

스님, 제가 잔소리하는 것과 포커 하는 것은 다른 차원인 것 같아요.

똑같아요. 무엇이 다릅니까. 다 습관이에요. 포커 하는 것도 습관, 애들 게임하는 것도 습관, 매일매일 휴대폰 꺼내서 아침에 뭐 왔나 보는 것도 습관, 커피 마시는 것도 습관, 담배 피는 것도 습관, 마약하는 것도 습관, 잔소리하는 것도 습관, 화내는 것도 습관입니다. 내 습관은 취미고 남 습관은 중독인가요? 내가 연애하면 로맨스고 남이 하면 스캔들이라 하잖아요. (대중 및 질문자 웃음)

습관이라는 것도 좋은 습관, 나쁜 습관이 있는데 제 생각에 포커하는 것

캘리포니아의 바람을 모으는 풍력 발전기가 돌아가는
사막의 산등성이를 지나 우리는 라스베이거스로 향했습니다.

은 굉장히 나쁜 습관이라고 생각합니다.

질문자가 더 나쁜 습관을 갖고 있어요. 잔소리하는 것, 화내고 짜증내는 이것이 굉장히 나쁜 습관이에요. 그게 제일 나쁜 습관입니다.

그럼 포커를 하든지 뭘 하든지 그냥 지켜만 보란 말씀이세요?

포커를 하든지 뭘 하든지 내버려 두라는 게 아니라 상대의 생각과 내 생각이 다르면 "여보, 제 생각에는 그거 안 했으면 좋겠네요" 하고 내 의사는 표현할 수 있다는 거예요. 그런데 질문자는 포커 하니까 나쁜 놈이라고 하는 거잖아요. 그건 아니라는 거예요. 안 했으면 좋겠다는 말을 남편이 듣고 안 듣고는 남편의 자유에요. 질문자는 독재자 근성이 있네요.

민주주의 사회인데 독재자 근성은 바꿔야지요. 자꾸 독재자 근성으로 생각하면 안 됩니다. 내가 그것 때문에 화가 나면 화가 난다고 이야기 해야지 너 때문에 내가 화난다고 하면 안 된다는 말입니다. 화나는 건 자기가 화나는 거지 상대방 때문이 아니거든요. 화나는 것도 습관이기 때문이에요. 내가 안 고쳐지듯이 남편도 안 고쳐지는 것을 내가 이해하고 받아들여야 합니다.

그렇게 남편을 받아들이고 이해하면 내 습관이 고쳐지는 거예요. 남편을 이해하지 못하니까 나의 잔소리하는 습관이 안 고쳐지는데, 오히려 이해하고 받아들이면 내 습관이 고쳐지고, 내 습관이 고쳐지면 대화가 쉬워집니다.

지금 말씀하시는 건 제가 충분히 알아들었습니다. 제가 스님께 부탁드리고

싶은데 남편이 포커장에 안 가도록 하면 안 되겠습니까? (대중 웃음)

내가 뭣 때문에 남의 남편 인생에 간섭을 해요? 내가 그 말을 하면 내 말을 안 들을 텐데 내 말 안 듣게 그 말을 할 수는 없지요. 그래야 항상 내 말을 듣는 게 되지요. 남편이 자기 말 잘 듣게 하려면 자기가 요령 있게 하면 됩니다. "여보, 일주일에 5일 이상 포커장에 가세요." (대중 및 질문자 웃음) 이렇게 한번 말해 보세요. 말 잘 듣겠지요? 천하에 이 남편만큼 내 말 잘 듣는 사람이 없어요. 질문자는 남편이 말 잘 듣도록 하는 방법이 얼마든지 있는데도 말을 안 듣도록 하고 있단 말입니다.

그럼 스님께서 말씀하시는 옳은 것과 옳지 않은 것은 어떻게 다릅니까? 제가 생각하기에 사회적 관습으로 봐서 포커 하는 것은 옳지 않은 걸로 알고 있는데요.

여기 라스베이거스에서는 노름하는 것이 합법이에요. 해도 괜찮다고 되어 있어요. (대중 및 질문자 웃음) 여기 살면서 질문자처럼 그런 얘기하면 이곳에 사는 사람들이 어떻게 밥 먹고 살겠어요. 사람들이 그걸 하려고 이곳 사막에 와서 사는 거잖아요. 수많은 사람들이 여기 와서 포커 하고 돈을 잃고 가야 여기 사는 사람이 먹고 살잖아요. (질문자 웃음) 요새 왜 이곳 경기가 안 좋은가 하고 물었더니 마카오로 다 가버려서 그렇다고 합디다. 질문자 같은 사람들이 늘어난다고 생각해보세요. 이리로 못 오고 모두 다른 곳으로 가버리니까 여기 경기가 안 좋은 거잖아요. 또 주마다 이렇게 하는 것을 허용하니까 여기 오는 사람이 적어지지요. 오는 사람이 적어지니까 식당도 안 되고 다른 것도 안 됩니다. 제가 조금 전에 어떤 식당에 갔는데 식당이 안 된다고 해서 왜 안 되냐니까 사람이 자꾸 빠져 나가서 그렇대요. 그래서 제가 "그건 좋은 일이네요. 노름하러 사람들이 안 오면 세상을 위해서 좋은 일이니까 내 식당 안 되는 것, 그거 너무 신경 쓰지 마세요." 그랬어요. (대중 웃음)

그러니까 좋고 나쁨, 옳고 그름은 본래 없어요. 담배를 금지시키면 담배 피우는 게 나쁜 짓이 되고, 허용해주면 그냥 개인의 취향이 되지요. 마리화나를 허용하면 취향이 되고 금지하면 나쁜 짓이 됩니다. 그러니까 이 포커도 허용하면 그냥 취미가 되고 금지하면 나쁜 짓이 됩니다.

그래서 본래라는 건 없어요. 그렇다고 아예 없다는 게 아니라 사회가 그렇게 정하면 우린 그 룰을 따라야 하는데 여기서 노름하는 건 합법이잖아요. 그렇기 때문에 옳다 그르다 그걸 갖고 너무 문제 삼으면 안 됩니다.

그럼 앞으로 매일 가라고 하겠습니다. (대중 및 질문자 웃음)

아니, 여자분이 줏대가 없네요. (대중 웃음) 매일 가도록 할 이유도 없고 가지 마라 할 이유도 없고 스스로 알아서 살도록 놔두고 내 맘에 안 들면 내 의견을 표현하라는 말이에요. 사람이 같이 살면서 남편한테 자기 의견도 말 못하나요. 그러니 내 의견은 언제든지 말하되 자기처럼 명령은 하지 말라는 뜻이에요. 남편이 아내한테 얘기해도 기분 나쁜데 아내가 남편한테 매일 명령하니 오죽하겠어요, 그래도 같이 살아주니까 고맙다고 생각하세요. (대중 및 질문자 웃음)

400

폐허를
새로운 도시 공동체로,
자포스시티

일행은 라스베이거스에 조금 일찍 도착하게 되어 자포스시티라고 불리는 미국 최대 온라인 신발 쇼핑몰인 자포스의 본사를 찾아보기로 하였습니다.

2009년, 자포스는 아마존(Amazon : 미국 인터넷 서점 쇼핑몰)에 12억 달러(한화 약 1조 3,500억 원)에 팔리면서 큰 돈을 벌게 되었으며, 2012년 1월 자포스의 CEO 토니 셰이는 쇠락하는 라스베이거스 구 시가지를 새롭게 디자인하기 위한 기업 주도의 도시 재생 프로젝트 '라스베이거스 다운타운 프로젝트'를 시작하였습니다.

토니 셰이는 구글 캠퍼스, 페이스북 캠퍼스, MS 본사, 애플 본사 등 미국에서 훌륭하다고 하는 기업의 본사를 다 방문하였으나, 공동체와 유리되어 세상과는 별개로 존재하는 그들과는 다른 좀 더 공동체적인 기업 도시 모델을 찾고자 하였습니다. 그러던 중, 도심 한가운데 있으면서 캠퍼스 공간이 좁은 대학교를 중심으로 근처에 공원, 식당, 카페 등이 자생적으로 들어서 자연스럽게 커다란 캠퍼스 타운을 형성하고 있는 뉴욕대학교와 그 주변의 모습을 보면서 자포스 시티에 대한 아이디어를 얻게 되었습니다.

그는 폐허처럼 버려진 도시를 살리는 다운타운 프로젝트로 도시와 사람이 연결되는 도시 공동체를 형성하고자 하였습니다. 그래서 자포스시티에는 커피점도, 음식점도, 옷 가게도 프렌차

이즈 점이 없고 그 도시에 살고 있는 사람들이 직접 운영하는 가게들만 있습니다. 이 프로그램에 참가하기 위해 제안서를 제출하면 심사를 통하여 문 닫은 카지노나 문 닫은 상점의 외관은 모두 그대로 둔 채 인테리어만 바꾸어서 가게를 운영할 수 있도록 가게를 빌려주고, 또한 가게를 오픈할 수 있도록 저렴하게 대출도 해주고 있다고 합니다. 그래서 자포스시티로 출퇴근하고 있는 사람들이 자포스시티 내에 있는 가게를 이용하는 그런 도시 공동체를 만들고자 하는 것입니다.

자본주의가 최첨단으로 발달한 미국에서 자포스시티는 새로운 개념의 병원, 식당, 교육, 예술 공연, 도시 미디어로 새로운 도시 공동체의 모델을 만들어 가고 있었습니다.

아기 엄마가 되는데
불안감이 심해서 걱정입니다

저는 늘 겁이 많고 불안감이 되게 많아요. 가만히 있다가도 누가 옆에 지나가면 저를 해칠 것 같고, 아무리 급한 일이 있어도 혼자 택시 타기가 무섭고, 집에 혼자 있으면 택배도 잘 받지 못합니다. 결혼하고는 신랑한테 의지하면서 그럭저럭 살았는데 지금 임신을 한 상태입니다. 제가 아기를 낳게 되면 이렇게 약한 마음으로 아기를 잘 지킬 수 있을까요? 아기랑 단 둘이 있을 때 급한 상황에서 택시도 못 타고, 낯선 사람이 왔을 때 문도 못 열어주면 어떡하죠?

네. 아이를 잘 지킬 수 있습니다. 질문자가 아무리 약하다 해도 다람쥐보다는 낫지요. 다람쥐도 새끼 낳아 키우고, 토끼도 새끼 낳아 키우는데요. 아기를 낳으면, 아기를 보호해야 되겠다는 모성 본능이 생깁니다. 그것은 훈련 받거나 교육 받아서 생기는 게 아니고, 자연스럽게 생태적으로 일어나게 됩니다.

닭은 일반적으로 사람이 가까이 가면 피하지 않습니까? 그런데 닭이 병아리를 품고 있을 때는 사람이 지나가도 병아리를 버리고 도망가지 않습니다. 병아리를 깃털 안으로 품고, 머리 부분의 깃털을 세우고 사람한테 덤빕니다. 사람한테 이길 수 있어서 그러는 게 아니에요. 내 새끼를 보호해야 한다는 본능이 있기 때문입니다. 어떤 위험에 처할 때 자기 상태가 어떻든 새끼를 보호하려는 겁니다.

질문자의 두려움이라는 것도 개체 보존의 본능에서 비롯된 것입니다. 모든 생명은 자기를 보호하려는 본능이 있어요. 그런데 어미가 새끼를 낳게 되면 종족보존의 본능이 일어납니다. 종족보존의 본능이 개체 보존의 본능을 앞섭니다. 그래서 어미가 되면 저절로 새끼를 보호하기 위해서 자기 죽음도 두려워하지 않게 됩니다.

질문자가 두려워하는 것들도 혼자일 때는 극복이 안 되지만 자신이 낳은 아기가 위기에 처하면 모성애의 본능이 일어나서 극복될 수 있습니다.

그런데 질문자의 두려움이 모성 본능보다 더 강하면, 거꾸로 모성 본능을 억압할 수도 있어요. 그러면 아기한테 나쁜 영향을 주지요. 이런 경우는 토끼보다 못하고 다람쥐보다도 못한 거예요. 엄마가 될 자격이 없는 거지요..

지금 질문자에게 두려움이 있다는 것은 아직 어린애라는 얘긴데, 어미가 되면 어른이 된다는 뜻이거든요. 이때 아이에게 엄마는 신이에요. 그러면 실제로 질문자가 신처럼 행동하게 돼요. 예를 들어, 평소에 질문자가 자고 있는데 누가 새벽 두 시에 깨우면 짜증내더라도, 갓난아기가 새벽 두 시에 오줌을 싸서 울면 애 탓을 안 합니다. 아기부터 먼저 걱정하고 아무 조건 없는 사랑을 합니다. 무조건 아기 걱정부터 먼저 하지 이것저것 따지지 않습니다.

하나님이 우리에게 사랑을 베풀 때 아무런 조건이 없다고 하지 않습니까. 어미의 사랑도 원래 그런 거예요. 그런데 어미는 아이가 조금 크면 이기심을 내기 시작해요. 그러면 아이에게도 이기심이 생기는 거예요. 엄마가 아이를 낳았을 때 하는 행동과 마음이 아이에게도 고스란히 옮겨져 아이의 마음을 형성합니다. 이때 엄마의 심리가 불안하면 아이도 심리가 불안해지고, 엄마가 열등의식이 있으면 아이도 열등의식이 있고, 엄마가 두려움에 떨면 아이도 두려움에 떨어요. 그래서 엄마가 되기 전의 불안 증세가 계속 작용한다 하면 아기를 위해서 개선해야 합니다. 나를 위해서는 크게 상관없지만 아기를 위해서 개선해야 합니다.

그런데 질문자의 심리 불안은 아주 어릴 때 형성되었기 때문에 거의 개선되기 어려워요. 아마도 어릴 때 자다가 눈을 딱 떠보니 깜깜한데 엄마는 없어서 깜짝 놀랐다든지, 어릴 때 누군가에게 성추행을 당했다든지 등, 자신이 기억도 잘 못하는 요인이 있을 거예요. 그런 것들이 무의식에 새겨져 있기 때문에 공연히 밤에 어두울 때 길을 걸으면 늘 누가 뒤에서 따라오는 것 같아 자꾸 뒤를 돌아보는 등의 불안 증세가 있거든요. 이것을 업, 즉 카르마라고 해요. 우선 나에게 이런 심리적인 불안 증세가 있다는 자각을 해야 돼요. 그래서 불안한 마음이 일어날 때 두려워할 게 아니라, '내 업이 지금 작동을 한다. 하지만 별 거 아니다. 내게 어릴 때 형성된 상처가 일어나는 것이다', 이렇게 스스로 알아차리고 위로하는 과정이 필요합니다.

남편 되는 사람은 이런 아내를 보통 사람처럼 취급해서는 안 되고, 특정 부분에서 약간의 두려움이 있는 사람임을 고려해야 합니다. 만약 아내가 "여보, 나 지금 혼자 있어서 너무 무섭고 힘들어"라고 하면 "그래, 내가 금방 갈게" 이런 식으로 보살펴 줘야 합니다. "그게 왜 겁이 나냐? 집에 뭐가 있는데?" 이런 식이어서는 해결이 안 돼요. 왜냐하면 당사자에게는 정말 불안한 일이기 때문입니다. 그리고 질문자는 엄마가 된 사람이니까 아기를 낳을 때부터는 '내가 신이다. 천하 두려운 게 없다. 누구든 우리 아이한테 손만 대봐라, 내가 다 지킬 거야!' 이렇게 장부 같

은 마음을 자꾸 가져야 합니다.

아직은 상처를 입었던 어릴 때의 심리가 그대로 작용하는 거예요 그래서 연습을 많이 해야 해요. 만약에 질문자가 어둠 속에 있을 때 계속 불안감이 생기면 딱 명상 자세를 하고 앉아서 미리 준비해둔 스위치를 쥐고 있다가 불을 탁! 꺼보고 어둠 속에서 '어두운데 왜 불안할까?'라고 물어보세요. 그럴 때 스위치를 탁 켜보면 그 어둠이 어디로 갔을까요? '불안의 원인이 내 마음에 있나, 어둠에 있나', 이 말입니다. 두렵다고 자꾸 불을 켜지 말고 계속 어둠 속에서 불안이 일어나지 않을 때까지 연습을 해보면 됩니다. 길을 갈 때 자꾸 뒤를 돌아보는 습관이 있다면 질문자가 스스로 마음을 먹고 '오늘은 하루 종일 어떤 경우에도 뒤를 돌아보지 않겠다. 아무리 뒤통수가 근질근질하고 누가 덮치는 것 같아도 죽으면 죽었지 돌아보지 않는다.' 이렇게 계속 연습을 하다보면 불안심리가 조금씩 가라앉게 됩니다.

우선 질문자가 이제는 엄마라는 자각을 할 것, 두 번째는 내가 이런 불안 심리를 가지고 있으면 자식한테 나쁜 영향을 주니까 내가 좀 어른다워야 된다. 그러니까 몇 가지 불안한 것은 내가 그걸 연습해서 이겨내는 과정을 거쳐야 한다는 걸 알아두세요.

붉은 바위와 문화의 메카,
세도나

세도나는 'USA 투데이'가 선정한 미국의 10대 관광지 중의 한 곳으로서 지구상에서 가장 오래된 붉은 빛깔의 바위산들이 유명하고 현대와 전통예술이 함께 공존하는 곳입니다.

세도나의 역사는 1901년 10월 한 가족이 미주리 주에서 이주를 하면서 알려지게 되었습니다. 이 가족은 세도나를 알리고 싶어 연방우편국에 세도나에 우체국 설립을 신청했는데, 아내의 이름을 따서 'Sedona'로 신청을 하게 된 것이 바로 도시의 이름이 되었다고 합니다.

세도나에는 한 해, 약 500만 명 이상의 방문객이 온다고 합니다. 해발 4,500피트에 위치하여 뛰어난 자연경관, 1년 내내 온화한 날씨, 청명한 햇빛, 신선한 공기를 즐길 수 있습니다. 또한 세도나는 '볼텍스Vortex'라고 불리는 전자기 에너지가 나오는 곳으로 유명하여 곳곳에 명상센터가 있으며, 지구상에 흐르는 강력한 에너지장인 21개의 볼텍스 중 5개가 이곳 세도나에 모여 있다고 합니다. 그리고 예술가들이 몰려 사는 문화의 메카로도 널리 알려져 있습니다.

도시를 따라 드라이브를 하다가 중간 중간에 설치된 전망대에 차를 세우고 절경을 감상할 수 있는데, 그 중에서 쉬네블리 힐 로드가 유명합니다. 또 세도나에서 가장 상징적인 종 모양의 바위인 벨락, 1,000피트의 레드 락, 거룩한 모습으로 세워진 90피트 높이의 홀리 크로스 채플, 세도나의 풍경을 한눈에 볼 수 있는 에어포트 메사 등이 유명한 곳입니다. 스님은 종 모양의 벨락 정상까지 올라가 보았습니다.

형제 간의 유산 상속에 원칙이 있는지
궁금합니다

형제, 자매들이 유산 상속을 받을 때 어떤 원칙을 가져야 나쁜 업을 짓지 않고, 불행해지지 않고 행복하게 지낼 수 있을까요?

가장 좋은 것은 부모님이 유산을 남기지 않는 것입니다. 나중에 질문자는 유산을 남기지 마세요. 분쟁거리가 되니까요. 아이들을 공부시키고 남는 재산은 사회에 환원해 버리는 것이 제일 좋습니다. 세상을 위해서도 좋고, 아이들의 화목을 위해서도 좋습니다.

부모님이 유산을 남기셨다면, 형제들이 협의해서 사회에 환원하는 것이 좋습니다. 그러면 아무 문제도 안 생겨요. '어머니, 아버지께서 평소에 본인들 사시느라, 아이들을 키우시느라 알게 모르게 세상에 도움을 많이 받아 빚을 많이 지었다. 우리들은 공부도 다 했고 먹고 살만 하니까 부모님이 남기신 유산을 가난한 아이들이 쓸 수 있도록 구호단체에 기증을 하자. 아니면 정신적인 고뇌를 해결하는 종교 단체에 기증을 하든지, 에볼라 연구를 위한 기관에 기증을 하든지, 환경문제 같은 미래 인류의 재앙을 막고 모든 인류의 행복을 위해서 일하는 단체나 활동에 기부하자' 이렇게 하는 것이 제일 좋습니다.

만약 형제 간에 그런 합의가 안 된다면 기부를 고집할 수 없습니다. 그러면 법에 정해진 대로 분할하는 것이 제일 나아요. 그 후에 본인은 분할 받은 것을 기부해 버리는 게 제일 좋고요. 형제 간의 이해관계로 인해 합의가 어려울 때에는 법에 정해진 대로 하면 됩니다. 이런 경우를 대비해서 유산 상속에 대한 법률이 정해져 있거든요. 법에 정해진 대로 하면 되지 그걸로 싸울 필요는 없습니다.

만약 형님이 자기가 다 갖겠다고 한다든지 해서 내가 가진 권리를 빼앗아 가려고 할 때, 자기 권리를 찾지 못하는 것은 바보예요. 내 권리를 행사하고 나서 내가 '형님 가지십시오' 하고 드리는 것이 보시입니다. 일단 주어진 권리는 행사해야 하고, 그것을 가지고 내가 보시를 하든, 뭘 하든 나의 자유입니다.

보시는 선택입니다. 선행에 속하는 것이지만 보시하지 않는다고 악행은 아니에요. 베푸는 것은 나의 선택에 들어갑니다. 그래서 선행을 해도 되고, 내가 필요하면 내가 써도 됩니다. 다만 저는 여러분들이 저에게 물으실 때 악행은 '안 된다'라고 하고 선행을 하도록 권유해 드리잖아요.

그럼 싸우기 싫어서 그냥 주게 되는 경우는 어떤가요?

그건 바보예요. 재산 상속을 놓고 형제들과 싸울 필요는 없어요. 그냥 변호사에게 의뢰하면 됩니다. 그런데 변호사 선임 비용이 5천 달러인데 받을 수 있는 재산이 1만 달러 정도 된다면 변호사를 고용하지만, 만약 변호사 경비와 이겨서 내가 받는 돈의 차이가 거의 없다면 줘버리는 것이 낫죠. 이것은 내가 이해를 따져서 선택을 하는 거니까요.

상속권은 법에 보장된 권리입니다. 몇 번 얘기해도 영 부당하게 말하면 "알았습니다, 형님" 하고 변호사 사무실을 통해서 서류를 제출하고 유산을 딱 받고 나서 나중에 다시 형님께 드려도 되지요. 그렇게 하면

이 강연장에 오기 전보다
조금 더 가벼워지고
조금 더 행복해지는
시간이 되었으면 합니다.

명백하게 보시가 되잖아요. 그런데 싸우기 싫어서 권리를 포기해 버리면 아무것도 아니지요. 그건 선택이에요. '귀찮으니까 그냥 가져가세요'라고 해도 되고, 확실히 해서 형님께 다시 드려도 되고, '저런 욕심쟁이 형님에게 주느니 자선 단체에 주는 게 낫다'고 생각하면 보시해도 됩니다. 자기 권리를 행사하는 것은 죄가 안 돼요. 상속받을 일이 생겼습니까?

그렇지는 않고 그냥 궁금해서 여쭤봤습니다. 주위에 보면 오히려 거꾸로 되는 경우가 많아서요.

상속자 간에 싸울 필요가 없는데 보통 이런 걸 가지고 전화해서 싸우죠. 특히 한국은 가부장적인 관습이 남아 있어서 딸들이 이민 가 있으면 부모가 돌아가시고 상속이 진행될 때, 아무 얘기도 없이 "너 여기 사인 좀 해라" 합니다. 뭐냐고 물어보면 "그냥 하면 돼" 하고 사인 받아서 자기가 다 차지해버리기도 해요. 그런 것을 용인하면 계속되기 때문에, 이런 문제는 한두 번 얘기해서 말이 통하지 않으면 "알았어, 오빠. 법에 보장된 대로 해결할게" 하고 처리하면 돼요. 괜히 얼굴 붉힐 필요가 전혀 없는 것입니다. 그런데 한국 사람들은 법에 보장된 권리도 못 찾고, 바보 같은 짓을 하면서 또 형제 간에 싸워 원수 되는 경우가 굉장히 많지요.

제임스 매디슨고등학교

영주권과 남자 친구와의 결혼, 둘 다 얻고 싶습니다.

저는 지금 영주권을 얻는 것을 진행 중인데, 서류 처리가 잘 되지 않습니다. 미국에서 살아야 할지 한국으로 돌아가야 할지 고민입니다. 남자 친구가 있는데 그는 시민권자입니다. 그와 결혼을 하면 영주권 문제가 해결됩니다. 그러나 결정이 쉽지 않습니다.

영주권이 나오면 미국에 살고, 안 나오면 한국에 살면 되겠네요. 그리고 그 남자하고 결혼하고 싶으면 결혼해서 영주권도 얻으면 되겠어요. 그런데 영주권 때문에 결혼하는 건 좋지 않아요. 저는 질문자가 제기하는 문제의 해결이 아주 쉽다고 생각되네요. 영주권을 신청해 놓았으니 나오면 여기서 살고, 안 나오면 한국으로 가세요.

남자 친구를 좋아하는데, 부모님께 말씀드렸더니 사주를 여러 곳에서 보시고는 어디에서도 좋다고 하지 않았다고 하시더라구요.

그 남자를 좋아한다면 결혼하세요. 영주권 문제도 해결되고요, 그리고 살아보고 안 맞아서 헤어진다 하더라도 영주권 문제가 해결되잖아요. 내가 손해날 건 없어요. 그러니까 사주가 맞고 궁합이 좋아서 계속 살면 그것도 좋고, 또 헤어지면 영주권이라도 해결되잖아요. 그리고 딴 남

414

자하고 결혼하게 되면 결혼도 두 번 해보고요. 저는 평생 한 번도 못해 봤는데 질문자는 두 번이나 해볼 수 있잖아요.

저는 한 번 결혼해서 끝까지 살고 싶어요.

그럼 끝까지 살면 되지요. 나는 살고 싶은데 그 남자가 떠나면, 내 잘못은 아니잖아요. 영주권을 얻기 위해서 이 남자랑 결혼을 하면 의도가 나쁜 거지만 그런 건 아니잖아요. 그 사람을 좋아한다니까 결혼을 하세요. 결혼을 하고 나서 그 사람도 내가 좋다고 하면 계속 같이 살면 되니 좋은 일입니다. 그런데 그 사람이 살다가 싫다고 떠나도 질문자가 손해 볼 것은 없습니다. 무슨 말인지 이해하셨어요?

예, 이해했습니다.

그러면 내일이라도 서둘러서 빨리 결혼하세요. 부모님이 사주가 안 좋다고 하시는 건 이혼하게 될 것을 우려하시는 거잖아요. 그런데 그런 일이 일어나도 나는 손해날 것이 없어요.

이혼녀가 되잖아요.

이혼녀가 되는 것은 맞는데, 다시 결혼해 버리면 괜찮아요. 평생 혼자 살면 이혼녀가 되는데, 결혼해 버리면 이혼녀 아니에요. 그리고 이혼은 이제 미국에서 문제되지 않아요. 오바마 대통령 같은 경우도 혼혈인데다 아버지가 아프리카 사람이고 부모님이 이혼도 했죠. 그래도 대통령

여러분은 하나님의 사랑 속에서
행복하게 살아야 합니다.

까지 됐잖아요. 이혼 경력은 이제 더 이상 흉이 아니에요. 제가 이렇게 얘기하니까 이혼을 권장하는 것 같아요? 그런 얘기가 아니라, 두려워할 이유가 없지 않느냐는 것입니다. 사주가 좋든지 나쁘든지 내가 손해날 것은 없지 않느냐고요. 뭐가 더 걱정인지 얘기해 보세요.

경제적인 것도 걱정됩니다. 남자 친구가 경제적인 여건이 좋지 않으니까, 엄마는 '결혼하면 고생 시작이다. 그래도 자신 있으면 해라' 하시니 저도 두렵더라고요.

그러면 시민권도 있고, 부자고, 마음에도 들고, 그런 남자가 과연 결혼하지 않고 자기를 기다리고 있을까? 안 기다리지요. 그러니까 제 얘기는 그 남자가 좋으면 하라는 말입니다. 그 사람이 좋다면 내가 어디 가서 막노동을 해서라도 최저임금으로 먹고 살 수 있잖아요. 그렇게 같이 풀어나가면 되죠. 이 남자한테 기대서 먹고 살려고 했어요? 그럴 심보였나 봐요. 그러면 조금 고려해보세요. 그러면 한국으로 돌아가는 것이 낫겠네요. 미국에서는 남자에게 기대서 먹고 살 수 있는 경우가 1퍼센트도 안 돼요. 하지만 한국에는 아직 그런 남자가 10~20퍼센트는 될 거예요.
　여기 와서 영주권도 얻고, 결혼도 하고, 남자가 돈도 많고, 남자 덕에 먹고도 살고, 부부 관계도 좋고 그러면 얼마나 좋겠어요? 그런데 그렇게 다 갖춰지기란 어려워요. 욕심을 좀 버려보시죠.

LA 몰몬교 성당

마음의 평화를 위해
무엇을 할 수 있을까요

저는 동방 정교회 신자입니다. 평생 동안 육체적으로, 정신적으로, 정서적으로 평화롭지 못했습니다. 저는 사회주의 국가에서 자랐으며, 국가는 종교와 신의 존재, 우리를 지배하는 힘에 대해서 의심을 남겨 놓았습니다. 저는 71세이고 이제 시간이 많지 않습니다. 제가 평화를 찾고 남은 인생을 행복하게 살 수 있을까요?

누구나 다 평화를 얻을 수 있습니다. 어떤 경험을 했든, 어떤 상황에 놓이든, 누구나 다 행복할 수 있습니다. 문제는 평화롭지 못한 원인을 정확하게 규명해야 합니다. 제가 여쭤 보겠습니다. 왜 평화롭지 못합니까?

모르겠습니다. 모든 것을 시도해 봤지만 내려놓을 수 없습니다. 제 마음은 내려놓기보다는 항상 활동하고 있고 질문하고 분석합니다. 제가 마음의 평화를 얻기 위해 내려놓아야 하는 것이 있다면 내려놓을 것입니다. 어떻게 해야 할지 모르겠습니다.

먼저 내려놓는 걸로 접근하지 말고, 잡고 있는 것이 무엇이냐를 알아야 합니다. 그래야 내려놓을지 들고 있을지를 결정하지, 내려놓는 게 먼저 결정되면 안 됩니다. 병원에 가서 자꾸 낫고 싶다고 한다고 병이 낫는 게

418

아니에요. 어디가 아픈지를 먼저 알아야 합니다. 질문자는 나이가 일흔한 살이고 미국에 살고 있고, 오늘 아침에 밥 먹었고, 옷도 입었고, 영어도 할 줄 알잖아요. 지금 뭐가 문제인가요?

그런 건 도움이 안 됩니다. 외부의 것들은 마음의 평화가 없다면 중요하지 않습니다. 저는 마음이 평화롭지 않습니다. 저는 평생 불면증에 시달렸습니다. 내려놓아지지 않고 무엇을 내려놓아야 할지도 모르겠습니다. 아마도 제 과거일지도 모르겠습니다. 제 과거는 정말 힘들었습니다. 2차 세계대전 중에 태어났고 3년간의 전쟁을 더 겪었습니다. 그리고 공산주의가 시작됐습니다. 끔찍했습니다. 그들은 종교를 탄압했고 그들이 원하는 것을 하게 했습니다. 영혼을 죽이는 것 같은 것이었습니다. 아마도 제 마음과 영혼이 상처를 입은 것 같습니다. 어떻게 치유해야 할지 모르겠습니다.

지금 얘기하신 건 다 지나간 옛날 얘기 아니에요. 당신은 지금 지나간 옛날 비디오를 틀어서 계속 보고 있기 때문에 그렇습니다. 그걸 *끄셔야* 돼요. 더 이상 돌리지 마세요.

어떻게요?

얘기를 잘 들어보세요. 지금 주어진 조건은 아무 문제 없습니다. 지금은 당신의 종교를 탄압하는 사람도 없고, 총을 가지고 와서 협박하는 사람도 없고, 밥도 먹었고, 지금 당신은 아무 문제도 없어요. 당신에게 문제가 있다면 머릿속에서 과거의 기억을 계속 되살리는 거예요.

그것을 어떻게 끄나요?

이것이 나를 괴롭히고 있다는 것은 인정합니까?

아마도 그게 원인일 거라는 걸 알고 있습니다.

당신이 괴롭고 싶지 않으면 그것을 가능한 보지 않아야 합니다. 즉, 화면이 계속 돌아가고 있는데 그걸 끌 수가 없다면 당신 스스로 화면을 보지 말아야 합니다. 그런데 당신은 계속 그것을 보고, 거기에 빠져듭니다. 그래서 옛날의 기억을 되살려서 괴로워하는 거예요. 당장 끄려 하지 말고, 기억을 지우기엔 시간이 많이 걸리니까 우선 보지 말아야 합니다. "어떻게 안 볼 수가 있느냐?" 이런 말은 하지 마시고요. "나는 미국에 왔다", "지금 아무 문제가 없다" 하시면서 바깥에서 산책도 하시고 재미있는 영화도 보시고 이렇게 자꾸 그 과거의 비디오를 보지 않으려 해야 합니다. 그러면 비디오가 돌아가더라도 괴로움이 확 줄어드는 거예요. 질문자는 보기 싫다고 하면서 계속 보고 있는 거예요. 그래놓고 어떻게 안 볼 수 있느냐 자꾸 이렇게 반문만 합니다.

그 다음에는 과거의 비디오가 돌아가더라도 내가 그것을 보지 않을 만큼 평정심을 유지해야 합니다. 조용한 상태로 앉아서 눈을 감고 마음을 코끝에 집중해서 숨이 들어오고 나가는 것을 알아차려 보세요. 그런데 머릿속에서는 비디오가 계속 돌아가요. 마음을 코끝에 집중해야 되는데 어느덧 비디오를 보고 있어요. 그래서 이 비디오를 보다가도 의식을 다시 코끝으로 가져오고, 다시 코끝으로 가져오는 노력을 계속 해야 합니다. 쉽지는 않습니다. 왜냐하면 비디오는 내 카르마여서 무의식에서 작동을 하기 때문에, 의식이 멈출 수가 없어요. 그러나 계속 코끝으로 의식을 집중하는 연습을 해서 어느 정도 시간이 흐르면 이 비디오가 돌아가는 것은 멈출 수 없지만, 내가 마음을 거기에 빼앗기지 않고 코끝에 집중할 수 있으면 괴롭지 않습니다.

다음 방법은, 과거를 부정적으로 보지 말고 자꾸 긍정적으로 보려고 노력하는 거예요. 비디오 내용을 바꾸는 거지요. 죽지 않고 산 것만 해도 참 다행입니다. 얼마나 많은 사람들이 죽었습니까? 당신은 행운이에요. 그리고 미국에 올 수 있지 않았습니까? 그것도 행운이에요. 또 과거에 공산당이 탄압할 때 종교를 못 믿게 했잖아요. 참 좋은 사람들이에요. 왜냐하면 종교 믿는다고 죽이기도 하잖아요. 이렇게 자꾸 과거의 기억을 긍정적으로 보아야 합니다. 그렇게 하다보면 비디오의 내용이 조금씩 약해져요. 그래서 그 생각을 해도 긍정적으로 보여서 별 문제가 안 돼요.

이런 몇 가지를 행하시면 지금도 얼마든지 행복하게 살 수 있습니다. 제가 한 가지만 더 도움을 드릴게요. 아주 쉬운 거예요.

아침에 눈을 딱 뜨자마자, "아, 오늘도 살았다. 주여 감사합니다. 오늘도 이렇게 살아 있게 해주셔서 감사합니다" 이렇게 감사 기도를 하면 굉장히 도움이 될 거예요. 살았다 하는 마음은 굉장히 좋은 에너지를 불러일으킵니다. 그렇게 한번 해 보세요.

진심으로 감사드립니다.

UCLA 파울러 뮤지엄

남편만 위하는
시댁 식구들이 밉습니다

저는 천주교 신자인데 성경 구절에서 '네 원수를 사랑하라'는 구절이 이해되지 않습니다. 매일 기도를 해서 미운 사람을 덜어내고 싶고 사랑하고 싶은데 그게 너무 어렵습니다. 시댁 식구들이 남편만을 위하고 "너는 남편 잘 만난 거다"라고 하면서 저한테는 '아들이 장가를 잘 간 거다'라는 말씀은 절대 하지 않으세요. 그런 말들을 여러 번 들으니까 점점 미움이 쌓이고 있습니다.

그런 말로 상처를 입는 정도라면 정말 속이 좁네요. '내 남편을 식구들이 좋다고 얘기해주니 좋은 일이잖아요. 그럼 오늘부터 식구들이 맨날 자기 남편을 못된 놈이라고 얘기하고 다니면 질문자의 기분이 좋을까요? 그러니 질문자가 어리석다는 겁니다.

　집에서 시댁 식구들이라도 훌륭한 아들이라고 자랑하는 남자랑 사는 건 좋은 거예요. 시어머니가 아들 자랑을 하면 "아이고, 감사합니다. 어머니는 좋은 아들을 두셨습니다. 그런데 저한테 그 아들을 주셨으니 얼마나 섭섭하세요? 제가 뺏어서 미안하네요"라고 말해보세요. 누나들한테도 "아이고, 동생 키운다고 고생 많으셨어요" 이렇게 감사한 마음을 표현해보세요. 범사에 감사하는 마음으로 '감사합니다' 이러면 되는데, '네 아들만 훌륭하고 나는 나쁘냐?' 왜 이렇게 엉뚱한 생각을 합니까? 이건 비교할 대상이 전혀 아닌데 말이죠.

아이를 낳아도 머리가 좋으면 남편을 닮은 거고, 머리가 나쁘면 저를 닮은 거라고 하시는데 저는 그 말이 가슴에 꽂히는 거예요.

그것은 농담이지요. 농담도 못합니까? 그리고 질문자는 자기 남편이 괜찮다 싶어서 결혼했어요, 형편없는 줄 알고 결혼했어요? 남편이 자기보다 조금 나아 보였어요, 못해 보였어요? 나아 보이니 결혼했지요.

그러니 아이를 낳아서 머리가 좋으면 남편 탓이고, 머리가 나쁘면 내 탓이죠. 그게 맞는 소리인데 왜 그래요? 자기가 생각을 잘못하고 있는 겁니다. 자기는 지금 바른 말을 해주는 사람들을 미워하고 있어요.

미워할 일이 없는데 사랑을 해줘야 하나, 말아야 하나 고민할 필요가 없지요. '미운 사람을 사랑하라'는 게 아니라 '미워할 일이 없구나' 하고 아는 게 깨달음입니다. 예수님이 원수를 사랑하라고 한 말은 저 사람이 원수인데도 사랑하라는 말이 아니고, '내가 볼 때 원수 같았는데 그 사람 입장에서 헤아려보니 원수가 아니었구나', 이렇게 아는 게 원수를 사랑하라는 뜻이에요.

예수님이 십자가에 못 박혀 돌아가실 때 자기를 십자가에 못 박은 사람을 두고 뭐라고 그러셨어요? '주여, 저들을 용서하소서'라고 했지요. 우리가 생각할 때 어떻게 자기를 죽이는 사람을 용서할 수 있나요. 그런데 예수님께서는 저들을 용서하라고 하셨단 말이에요. 그런데 우리는 이 구절을 질문자처럼 '나쁜 놈인데 봐 준다' 이렇게 알고 있기 때문에 이해가 잘 안 되는 거예요.

그 다음 구절은 '저들은 자기 지은 죄를 모르옵니다'라고 되어 있어요.

이 구절이 핵심입니다. 그 사람들은 사형 집행인이에요. 예수님과는 아무 관계가 없는 사람들이에요. 요즘 말하면 교도소 직원이에요. 그 사람들은 매일 하는 일이 재판소에서 사형을 선고하면 그것을 집행하는 일이란 말이에요. 그러면 그 사람들 입장에서는 자기가 죄를 짓는다는 생각이 있을까요? 없겠지요. 자기는 그냥 일상적으로 하는 일이란 말이죠. 예수님은 그런 사람들을 온전하게 이해하신 거예요. 죄가 있는 사람인데 봐주자는 게 아니라 그들을 온전하게 이해했기 때문에 '저들은 죄가 없다'는 말입니다.

그것처럼 질문자는 시댁 식구들을 나쁜 사람들이라고 보고 용서를 해주려니까 감정이 안 바뀌는데 이렇게 스님과 얘기를 하다 보니 엄마가 자기 아들을 훌륭하다고 하는 건 너무 당연한 얘기가 되었고, 남편이 나보다 낫다 싶어서 내가 남편을 잡았으니까 자식이 머리가 좋으면 남편을 닮았다는 것이 당연한 얘기가 되었잖아요. 그래서 '아, 내가 나쁜말 한다고 생각했는데 지당한 말씀이었구나' 이렇게 되니 시어머니에 대해서 미워할 감정이 없어지죠.

미워할 감정이 없는 게 진정한 사랑이에요. 즉, 원수를 사랑한다는 것은 그 사람은 원수가 아니라는 말입니다. 그럼 이제 사랑을 할 수 있겠어요? 사랑하라는 말은 막 좋아하라는 뜻이 아니에요. 미워하지 말라는 뜻입니다. 시어머니가 미워할 행동을 안 했잖아요.

아기가 배 속에 있는데 이런 문제로 스트레스를 받으면 아기에게 정신적 신체적으로 장애를 줍니다. 그래서 항상 아기 엄마는 시어머니가 그렇게 얘기해도 "어머니, 좋은 아들을 저한테 주셔서 감사합니다. 그렇게 좋은 아들이니까 제가 선택했죠. 별 볼 일 없었으면 제가 선택을 했겠어요?"이렇게 해야 합니다. 그리고 "저는 영리합니다. 어머니는 자기

깨달음의 길, 진리의 길을 죽고 난 뒤에야 알 수 있듯이
멀리 생각하지 마세요.
하루를 살든 이틀을 살든,
주어진 삶을 소중하게 생각하고 성실하게 살아가는 게 중요하지,
얼마나 오래 사느냐는 별로 중요하지 않아요.
얼마나 사느냐가 중요하면
왜 하나님이 예수님을 서른세 살에 데려가셨겠어요.

아들이니까 훌륭한 줄 알아봤지만 저는 남인데도 바로 알아봤어요" 하면 됩니다. 30년 키워보고 똑똑한 줄 아는 게 똑똑한 거예요, 한눈에 딱 알아본 것이 똑똑한 거예요? 그러니 시어머니보다 질문자가 더 똑똑하다는 말이 되잖아요.

그러니 거기에 짓눌려서 살지 마세요. 질문자는 지금 시댁이 주인이고 자기는 종으로 살고 있어요. 자기가 주인이 되란 말이에요. 성경 구절에서도 종으로 살지 말고 주인으로 살라는 뜻을 가진 구절이 있어요. '5리를 가자면 10리를 가줘라', '겉옷을 달라하면 속옷까지 벗어줘라' 이런 말 들어보셨죠? 어떤 사람이 '5리를 가자' 해서 내가 따라가면 그 사람이 주인이고 내가 종이 됩니다. 그런데 '내가 10리 가줄게' 하면 내가 주인이 됩니다. 시어머니가 '우리 아들 똑똑하다' 이럴 때 '네 아들만 똑똑하냐? 나도 똑똑하다' 이러면 내가 종이 된단 말입니다. 그럴 때 '네 아들 똑똑한 거 맞다. 나는 그걸 진작 알아봤지. 그래서 키우기는 네가 키워도 내가 차지했지' 이렇게 마음을 내면 내가 주인이 되어 버립니다.

예수님의 가르침은 인생을 주인 되게 살라는 것입니다. '어떤 상황이 닥치든 네가 주인이 되어서 살아라. 너는 굉장히 소중한 존재다. 너는 바로 하나님의 사랑하는 아들, 딸이니까 자긍심을 갖고 살아라' 이런 말씀입니다. 알았죠?

하하하. 정말 감사합니다.

홀리데이 호텔

428

가부장적인 남편,
어떻게 대해야 합니까

안녕하세요. 저희 남편은 매우 가부장적입니다. 아주 행복하게 있다가도 어느 순간에 화를 냅니다. 그래서 분위기를 망치고, 한번 화가 나면 기분이 풀릴 때까지 계속 곱씹습니다. 큰 소리도 나오게 되고요. 또 과거에 있었던 일부터 생기지도 않은 미래의 일까지 부풀려서 얘기를 할 때는 저도 아이들도 상처를 많이 받고 있습니다.

그리고 남편은 법정 스님의 책을 좋아하는데요. 책을 즐기고 좋은 구절을 나누는 것까지는 좋은데 가끔 오버를 해요. 저희들은 교회를 다니는데 어느 날 운전을 하면서 교회 가는 길에 느닷없이 무소유에 대한 얘기를 하면서 "나는 너희들 다 커서 시집, 장가보내고 나면 법정 스님의 말씀에 따라 산에 가서 혼자 살란다" 하니까 아이들이 엉엉 울었어요. 지금은 커서 그 정도는 아니지만 그런 기억이 상처가 되어서 남아있더라고요.

이럴 때 엄마로서, 아내로서 제가 어떻게 지혜롭게 대처할 수 있는지, 그리고 지금 저희 남편이 여기 와 있는데 남편에게 조언을 해주신다면 이 시간이 굉장히 유익할 것 같습니다.

첫 번째가 권위적이라는 것, 두 번째가 화를 벌컥 잘 내는 것, 세 번째가 했던 말 또 하고, 네 번째가 책을 보고 얘기하는 거였죠? 일단, 남편이 책 내용처럼 행동을 하진 않았잖아요. 말만 간다고 하는 거죠. 그건 걱정 안 해도 될 것 같아요. 제가 강연을 다니면 남자 분들 중에 '제가 부인도 있고, 자식도 있고 해서 먹고 사는 문제를 아직 해결 못 해서 그러는데, 제가 한 3년만 바짝 일해서 먹고 사는 문제를 해결해 놓고 저도 전 세계를 스님 따라다니면서 운전 봉사 하겠습니다' 하는 분이 일 년에 한두 명씩 계세요. 그런데 지난 40년 동안 이렇게 얘기한 사람 치고 진짜로 온 사람은 한 명도 없었어요.

제가 말씀드리고자 한 포인트는 저는 당연히 그렇지 않을 거라는 걸 알지만, 아이들은 '우리 아빠는 언젠가 혼자 떠날 수도 있다'라고 생각하는 것입니다.

그건 좋은 현상입니다, 아이들이 빨리 자립을 해야지요. '아빠는 영원히 있을 거다'라고 생각하면 아이들의 자립이 늦어집니다. 그러나 아빠가 당장 내일이라도 떠날 수 있다고 인식하면 아이들은 자립을 해야겠다고 생각하게 돼요.

아이에게 "아버지가 말만 그렇게 하시지 너희가 성년이 될 때까지는 잘 돌봐주실 거야" 하고 얘기해주는 것과 동시에, "그러니 너희들도 스무 살이 되면 자립을 해야 하니 미리미리 연습을 해라" 이렇게 얘기해주면 됩니다.

남편이 술을 먹고 들어와서 주정을 하든, 고장 난 녹음테이프가 돌아가듯이 계속 옛날 얘기를 하든 귀담아 들어주고 조용히 오순도순 이야기하면 아이들은 무슨 일이 있는지 몰라요. 그러면 애들한테는 나쁜 영향을 주지 않습니다. 그런데 엄마가 "또 술 먹고 들어와서 했던 얘기 또 한다. 그 얘기 세 번만 더 하면 100번째다!" 하면서 싸우면, 아이들이 속된 말로 '지 애비 닮았다' 할 만큼 나중에 아버지를 그대로 닮습니다.

그러면 어머니들이 대부분 그 책임이 아버지에게 있다고 하는데, 아버지에게서 바로 아이들에게 전이되지 않습니다. 아이들에게는 항상 어머니의 거울에 비쳐서 전이가 돼요. 엄마가 아빠의 행위를 받아들이고 수용해버리면 아이들은 전혀 아빠를 닮지 않습니다. 그런데 엄마가 싸우면서 받아쳐내면 그것이 반사되어서 아이들이 그대로 아빠를 닮아요. 대부분 아버지가 술주정을 하면 아이들의 의식은 '난 절대 아버지처럼은 안 될 거야'라고 하지만 군대에 갔다 오면 아버지와 똑같은 술버릇이 생깁니다. 이건 판에 박은 듯이 일어납니다. 의식과는 정반대로요. 그것은 어릴 적 엄마로부터 투사된 아버지의 그림자가 마음에 비춰져 있기 때문입니다. 그 모습이 무의식 세계의 카르마로 자리 잡았기 때문이에요.

그래서 아이들이 크면 질문자가 본 배우자의 부정적인 모습을 닮을 확률이 매우 높습니다. 아이들에게 그런 추태가 나타났을 때 남편 탓을 하면 더 악화됩니다. 오히려 "아, 내가 엄마로서 그것을 충분히 수용해주지 못해서 너희들에게 나쁜 영향을 줬구나. 미안하다" 하고, 배우자에게도 "여보, 제가 그때는 나이도 어리고 어리석어서 잘 몰랐습니다. 죄송합니다" 하고 참회기도를 해야 합니다. 그런 마음을 내야 아이들이 바르게 자랄 수 있습니다. 지금은 남편과 갈등이 있어도, 아이들이 엄마 편이기 때문에 아이들과 전혀 문제가 없겠지만, 아이들이 크면 질문자와 아이들 사이에 또 심한 갈등이 생깁니다. 그때 이것을 남편 탓으로 돌리면 절대로 해소가 안 돼요.

그래서 질문자는 첫 번째, '한국 사회 전체도 그렇고 특히 그 집안 환경이 그래서 그렇구나' 하고 남편의 행동을 이해해야 합니다. 지금의 태도는 자기 남편이 한국에서 태어났는데 평소에 자꾸 한국말을 한다고 뭐라고 하는 것과 똑같습니다. 어릴 때 습관이 든다고 하잖아요. 처음부터 미국에서 태어난 것이 아니라 한국에서 살다가 여기에 왔기 때문에 미국에서 고등학교, 대학교를 나오고, 남녀가 평등하다고 배워서 머리로는 알아도, 무의식적으로 어릴 때 형성된 감정이나 행위가 그대로 나옵니다. 생각에서 행위가 나온다고 하지만 그렇지 않습니다. 대부분 마음으로부터 행동이 일어납니다. 그러니까 우선 이해가 필요합니다. 이해를 하면 내가 화가 안 나고, 이해가 안 되면 배우자를 미워하게 돼요. 나와 한 집에 사는 사람을 미워하면 좋을 게 뭐가 있습니까. 미워하는 것은 자기학대와 똑같은 것입니다. 그렇다고 그걸 내버려두라는 건 아니에요.

두 번째, 남편을 개선하려고 하려면 시간이 많이 걸리고 어렵겠지만 지혜가 필요합니다. 만약 남편이 부엌일을 안 한다면 우선 '그래, 바깥일만 잘 하면 되지, 부엌일은 내가 하면 되지' 하는 방법이 있습니다. 그 다음은 아파서 드러누운 뒤에 끙끙 앓는 소리를 내면서 "여보, 나 아파 죽겠어. 밥 좀 해줘" 하고 시키는 방법이 있습니다. 멀쩡하게 앉아서 "왜 여자만 커피를 끓여? 너도 끓여와" 하면 싸움이 됩니다. 환경을 자꾸 만들어가는 방법이 있습니다. 이걸 지혜라고 하죠.

그리고 화를 벌컥벌컥 낸다고 했지요. 이것은 무의식에서 일어나는 것이기 때문에 고치기가 거의 불가능합니다. 성질을 낼 때 맞대응을 하면 확 터지기 때문에, 일단 피해주세요. '그래, 내가 잘못했다, 네가 잘했다' 하고, 성질이 가라앉았을 때, 팍 공격을 해야 해요. 계속 같이 살 건데 거기에 맞대응하는 것은 바보예요. 화가 났을 때 소나기 피하듯이 잠깐 피하고, 끝나고 나서 대응하는 것이 필요합니다.

그 다음에, 술을 마시고 자꾸 과거 얘기를 하는 사람은 어릴 때 어떤

432

심리적인 억압을 받은 경우입니다. 자기가 어떤 얘기를 하려고 했는데 선생님이나 부모님이 '네가 뭘 안다고 까부냐'라고 눌러서 말문이 닫혀버리면 머릿속에서는 엄청나게 많은 생각이 나도 입으로는 말이 잘 안 나옵니다. 그런데 술을 마셔서 약간 취하면 의식이 마비가 되면서 무의식에 있던 것이 튀어 나옵니다. 술주정하는 사람의 대부분은 심리적인 억압상태에 있습니다. 그걸 듣는 사람은 굉장히 힘들죠. 늘 했던 얘기를 하니까요.

하지만 치유를 하려면 이것을 '그러려니' 하고 받아들이고 들어줘야 합니다. "아이고, 여보 그랬어? 그때 그 친구가 왜 그랬지? 엄마가 왜 그랬지?" 하면서 어린 아이 다루듯이 술 취한 사람 등을 두드려주고, 들어주면서 연민을 표시해야 돼요. 그런데 "또 그 소리 한다!" 하고 싸우려 들면 의식과 무의식에 혼돈이 오기 때문에, 어릴 때는 엄마나 아빠한테는 대응을 못 했는데 아이나 아내 앞에서는 옛날의 분노가 그냥 폭발합니다. 그렇게 되면 살림을 부수는 일도 생길 수 있어요. 그렇기 때문에 받아주고 등을 두드려주는 것이 필요합니다.

그런 얘기를 술 취해서 할 때에는 이 사람을 내 배우자라고 생각하지 말고, 내 아이 중 한 명이 하소연하는 것으로 생각하고 들어줘야 해요. 마흔이 넘고 덩치는 컸지만 그렇게 할 때의 심리상태는 일곱 살, 열 살 때의 심리상태거든요.

제 얘기를 듣고는 '아니, 제가 그걸 어떻게 다 해요? 그렇게까지 하면서 결혼생활 할 게 뭐 있어요?' 한다면 그런 인간하고 안 사는 수밖에 없죠. 하지만 또 다른 면을 보면 좋은 점이 있겠지요. 좋은 것만 가지고 나쁜 건 버리는 것은 불가능합니다. 같이 받아들여서 수용하고 다듬어 나가면 괜찮을 것 같아요.

여기에 올 때에는 솔직히 조금 나쁜 마음이 있었습니다. 저희 남편에게 조금 더 센 조언을 해주시길 바랐는데, 말씀을 듣고나니 제가 더 지혜롭게 해서 생활을 윤택하게 만들어야겠다는 생각이 듭니다. 감사합니다.

성 김대건 안드레아 한인성당

북미주 지역에서 열린 총 59회 대화의 장이 마무리되었습니다.
사람들의 삶의 애환이 대화를 통해
가벼운 마음과 희망으로 변화하였습니다.

7

혼란으로부터
새로운 질서로 나아가기

· 중남미 · 오세아니아

'혼란스럽다'라고 말을 많이 합니다.
하지만 '혼란'은 새로운 질서를 만드는 가장 좋은 소재입니다.
기존 질서가 딱 짜여 있으면 창조가 일어나기 어렵습니다.
비창조적인 인간에게는 혼란이 고통이지만. 창조적인 인간에게는
혼란이야말로 새 질서를 만들 수 있는 절호의 기회입니다.
우리의 장점을 봐야 합니다. 대한민국은
부정적인 점이 많지만 제가 볼 때는 좋은 점이 더 많다고 생각합니다.
그런 가능성을 보며 부족한 것을 개선해나간다고 생각하면
자긍심이 생길 것입니다.

호주 브리즈번에서

고기를 안 먹는다고 사람들이 시비를 걸어요

저는 먹는 습관에 대한 질문을 드리고 싶습니다. 제가 2009년 말부터 고기를 끊었습니다. 생선은 먹고 있고요. 5년 넘게 채식 생활을 하고 있는데, 그것에 대해서 사람들이 자꾸 시비를 걸어요. 제가 왜 고기를 안 먹게 되었는지 구구절절하게 얘기를 해주면 딱히 거기에 관심이 있는 것도 아닙니다. 그러면서 "네가 뭐 그렇게 특별해? 다 먹어. 다 먹고 살자고 하는 짓이야" 하고 시비를 겁니다. 어떻게 하면 제가 현명하게 그리고 간단하게 이 사람들과 싸우지 않고 이들을 설득시킬 수 있을까요?

아무것도 하지 마세요. 그냥 밥을 먹으면 되지요. 제가 보기에는, 그 사람 입장에서는 시비하고 싶어서 시비하는 것이 아니라 궁금해서 물어보는 거예요. 스님이 고기를 먹으면 사람들이 스님이 고기 먹어도 되느냐고 물어보잖아요. 왜냐하면 스님은 고기를 안 먹는다는 고정관념이 있기 때문이에요. 그처럼 일반인들은 고기를 먹는다는 관념이 있으니까 안 먹으면 궁금할 것 아니에요? 이런 것은 시비가 아니라 궁금해서 물어보는 거예요.

질문자가 채식을 하는 이유는 건강을 생각하든지, 환경을 생각하든지, 생명을 사랑하든지, 어쨌든 가축의 비참한 학살, 살생, 그 사육의 비생명성 같은 것 때문이겠지요? 그런 것은 좋은 일입니다.

첫 번째, 지금 육식을 너무 많이 하기 때문에 육식을 줄이는 것은 건강에 굉장히 좋은 일입니다.

두 번째, 육식을 너무 많이 하기 때문에 지구에 식량위기를 초래하고 있어요. 우리가 쌀이나 옥수수 1킬로그램을 먹었을 때와 소고기 1킬로그램을 먹었을 때를 비교해 보면, 고기를 먹을 때 곡류가 더 필요합니다. 왜냐하면 소나 돼지가 곡류 5킬로그램을 먹어야 살이 1킬로그램 늘어나기 때문입니다. 즉, 고기 1킬로그램을 먹는 것은 쌀이나 옥수수를 5킬로그램 먹는 것과 같아요. 엄청난 식량 과소비에 해당합니다. 이런 과소비를 감당하기 위해 식량을 증산해야 하니 지나치게 화학비료를 써서 여러 가지 문제가 발생하고 있고, 요즘은 또 유전자를 조작한 콩까지 재배해서 식품을 만들지 않습니까. 갈수록 문제가 심각해지고 있어요. 그래서 채식하는 것은 환경위기와 식량위기를 극복하는 중요한 운동이 될 수 있습니다.

세 번째는, 옛날에는 닭이나 돼지가 사는 동안은 생명답게 살다가 잡아먹을 때가 되어 죽는 것이었는데, 지금은 고기 소모가 많아서 가축을 밀식 사육을 하다 보니 그 사육 방식이 가축에게는 큰 고통이 되고 있습니다. 닭도 돼지도 소도 그 일생이 온통 고통의 연속이지요. 그래서 스트레스를 많이 받아서 병이 나니까 항생제를 엄청나게 집어넣어요. 여기다 빨리 키우려고 성장 호르몬을 집어넣습니다. 닭 한 마리가 크려면 6개월이 걸리는데, 지금 여러분들이 먹는 통닭은 한 마리 키우는 데 38일이 걸립니다. 이렇게 스트레스를 엄청나게 받으니까 조류 인플루엔자, 돼지 인플루엔자, 광우병이 발생했고, 앞으로 우리가 생각지도 못한 변형 바이러스가 발생할 가능성이 매우 높습니다. 게다가 음식은 사람의 성격에 영향을 주기 때문에, 독성이 있는 고기를 많이 먹으면 성격에

안 좋은 영향을 미칠 수 있습니다.

고기를 먹지 말라고 하는 것보다는 이런 문제가 있기 때문에 고기 소비량을 줄이는 것이 좋다고 얘기하시면 됩니다. 고기를 안 먹는다고 하면 "네가 스님이냐, 그런다고 네가 오래 사는 줄 아냐, 그런다고 네가 예뻐지는 줄 아냐" 하고 시빗거리가 될 수 있습니다. 왜냐하면 자기는 먹고 질문자는 안 먹으니까 먹는 것을 정당화하려면 안 먹는 것을 비판해야 하잖아요.

그러니까 "요즘은 사람들이 고기를 너무 많이 먹어서 콜레스테롤이 높아서 건강에 안 좋대. 고기 소비량을 줄이는 게 건강에는 좋다고 하더라. 육식은 가능한 한 안 먹는 것이 좋고, 먹더라도 생선 종류를 조금 먹는 것이 좋다고 하더라. 입에 좋다고 몸에 반드시 좋은 것은 아니다. 나는 그래서 요즘 좀 줄이기로 했다" 이 정도로 얘기하면 크게 저항을 안 받아요. 그래도 상대가 조금만 먹어보라고 권하면 어제 많이 먹었다고 하고 넘어가면 되고요. 한두 번 얘기해보고 대화가 통한다 싶으면, 채식의 좋은 점을 얘기하면 됩니다. 너무 많이 얘기하면 또 잘난 척 한다고 싫어하거든요. 건강에도 좋고, 지구 환경에도 좋고, 앞으로 발생할 변형 바이러스 예방에도 좋다고 한두 개 얘기하면 되지요.

그런데 멕시코는 고기가 많습니다. 우리나라로 치면 김밥이나 떡볶이를 먹듯이 고기를 많이 먹어요. 그러다 보니까 고기를 끊은 부작용으로 떡이나 빵 같은 다른 음식에 또 집착하게 되었습니다. 일을 하면서 스트레스를 받으면 초콜릿을 막 먹고, 안 그러면 빵 같은 것을 막 먹고 하다 보니까, 폭식이 늘어나게 되었어요. 이렇게 폭식이 늘어났을 때 어떤 마음가짐을 가져야 조절할 수 있을까요?

음식 먹는 습관 자체를 바꾸어야 수행이지, 고기를 다른 식품으로 대체시키는 것은 수행과는 거리가 멉니다. 예를 들면, 아편을 하다가 마리화나로 바꾼다든지, 마리화나를 하다가 히로뽕으로 바꾼다든지, 담배로 바꾼다든지 하는 것은 별로 의미가 없잖아요. 그러니까 그런 식생활 습관 자체를 직시해서 그 욕구가 일어날 때 지켜보고 거기에 끌려가지 않는 연습을 해서 극복을 해나가야지요.

고기를 먹고 싶은 욕망을 자제하는 것 이상으로 음식 자체에 대한 자제력을 가져서 거기에서 자유로워지는 쪽으로 나아가야 합니다. 다른 욕망으로 대체하는 것은 남에게 비난을 더 받지요. 그러니까 단지 고기 먹고 싶은 것을 참는 것이 아니라 음식에 대해서 절제하는 힘을 더 키워야 해요. 참는 것은 아직 욕구가 남아있다는 뜻이잖아요. 즉, 처음 일정한 기간은 참아야 하기도 하지만, 음식으로부터 자유로워지는 단계로 수행을 해서, 그때 사람들에게 얘기하면 오히려 더 설득력이 있어집니다.

감사합니다. 그 밖에 다른 이유로 폭식을 하고 있는 사람들에게 어떤 조언을 해주실 수 있을까요?

폭식과 같은, 음식에 대한 집착은 스트레스를 푸는 하나의 방식으로 나타납니다. 스트레스를 받으면 담배를 팍팍 핀다든지, 스트레스를 받으면 음식을 막 먹는다든지, 스트레스를 받으면 쇼핑센터에 가서 신발을 열 개씩 산다든지, 옷을 열 개 사버린다든지 하는 것은 스트레스에 의해서 일어나는 일이잖아요.

따라서 스트레스는 수행을 통해서 치유를 해야지, 스트레스는 그대로 놔두고 그 대상만 바꾸는 것은 별 의미가 없습니다. 폭식은 스트레스가 일어났을 때 나타나는 증상 중 하나일 뿐이에요.

한인천주교회 교육관

세계 최대 피라미드 국가, 멕시코

멕시코시티는 멕시코의 수도로, 멕시코 고원 위에 위치해 있습니다. 멕시코 합중국에서 가장 번영한 지역으로서 멕시코의 독립 후 수도가 되었으며, 수도권 인구가 세계에서 세 번째로 많은 메트로폴리탄 도시입니다. 아메리카 지역에서 가장 인구가 밀집된 지역이기도 하고, 세계에서 가장 인구 밀도가 높은 지역 중의 하나이기도 합니다. 해발고도 2,240미터의 고지대에 위치하고 있어서 열대 기후가 아닌 고산 기후에 속하며 여름, 겨울이 없고 봄, 가을만 있는 도시입니다. 스님 일행은 시내에서 약 40분 거리에 위치한 세계 최대의 피라미드가 있다고 하는 테오티우아칸 문명 유적지를 방문했습니다.

이 문명의 기원은 기원전 수백 년까지 올라가지만, 가장 유명한 태양과 달의 피라미드가 있는 이곳 신전 도시는 기원전 약 200년 전에 이루어진 것이라고 합니다. 이곳 태양과 달의 피라미드는 유네스코가 지정하는 세계문화유산 중 하나로, 높이 65미터의 태양의 피라미드와 그보다 좀 작은 35미터의 달의 피라미드가 있는데, 하지에 태양이 태양 피라미드 정면 중앙을 향하도록 설계되었다고 합니다.

멕시코에는 이곳 외에도 무려 400개가 넘는 피라미드가 있는 세계 최대의 피라미드 국가라고 합니다. 달의 피라미드는 수백 명의 사람들을 제물로 바친 곳인데, 태양의 피라미드에서 달의 피라미드로 이어지는 길을 '죽은 자의 거리'라고 부른다고 합니다. 스님은 태양의 피라미드 정상에서 조용히 명상하는 시간을 가지셨습니다.

좋은 사람들과 좋은 인연을 맺으려면
어떻게 해야 하나요

안녕하세요, 저는 열일곱 살입니다. 제가 2년 있으면 대학에 가게 되는데 한국으로 갈 생각이에요. 가면 더 많은 사람들을 만날 텐데 좋은 사람들과 좋은 인연을 만나려면 어떻게 해야 할까요?

좋은 사람이 따로 있는 것이 아니라 내가 좋아하면 좋은 사람이에요. 그런데 다른 사람은 그를 나쁘다고 생각하면 그 사람에게 있어서는 나쁜 사람입니다. 그렇지만 그 사람 자체는 좋은 사람도 아니고 나쁜 사람도 아니에요. 그냥 그 사람이에요.

질문자가 지금 나쁜 사람, 좋은 사람을 구분하려는 것은 자기 인식상의 문제를 객관화시키려는 착각일 뿐입니다. "스님, 저는 인식상의 오류를 어떻게 극복하면 좋겠습니까?" 하고 묻는 것이 아니고, "스님, 저는 인식상의 오류를 범하려면 어떻게 하면 좋겠습니까?" 하고 묻는 것과 다름이 없다는 것입니다.

흰 바탕을 붉은 색깔의 안경을 끼고 보거나 푸른 색깔의 안경을 끼고 보면 한 사람에게는 붉게, 다른 사람에게는 푸르게 보입니다. 이때 '붉다', '푸르다' 하는 것은 나의 안경 색깔 때문에 일어나는 문제입니다. 이 안경 색깔을 '업식'이라고 합니다. 인도 말로는 '카르마'라고 하고, 우리의 일상적인 용어로 표현하면 사물을 인식하는 습관, 사물을 인식하는

마야 박물관에서

틀이라고 할 수 있습니다.

다른 사람과 나는 인식하는 틀이 다릅니다. 기독교인과 불교인은 사물을 인식하는 틀이 달라요. 바탕이 다르다는 것입니다. 한국 사람과 일본 사람은 인식하는 틀이 달라요. 한국 사람은 안중근을 어떻게 인식합니까? 독립운동가, 애국자로 인식하죠. 그런데 똑같은 사건을 일본 사람의 안경으로 보면 테러리스트로 보입니다.

그래서 이 안경을 벗어버리면 '아, 빨간 게 아니네?', '아, 파란 게 아니네?' 하고 금방 해결됩니다. '아니네' 하는 것이 '제상이 비상이네諸相非相' 하는 것입니다. 붉다 하지만 붉다 할 것이 없는 것이 깨달음의 길이라는 것입니다.

그러면 이 안경을 다 벗어야 될까요? 아닙니다. 껴도 괜찮아요. 하얗게 보여야 할까요? 아니에요. 빨갛게 보여도 괜찮습니다. 내가 빨갛게 보일 때 '빨갛다'고 하지 말고 '내 눈에 빨갛게 보인다'라고 알면 돼요. 그런데 내 눈에는 파랗게 보이면 '어떻게 된거야?' 하고 그렇게 된 원인을 연구하면 됩니다. 그래서 견해가 서로 달라도 갈등이 안 됩니다. 그러면 안경을 바꿔서 껴본다던지 하면 '어, 그래, 네 눈에는 그렇게 보이겠다', '아, 남편 입장에서는 저렇게 보일 수도 있겠네', '아, 우리 남편은 어릴 때 저렇게 자라서 저렇게 생각을 하는구나' 하게 되죠.

'아, 저 사람은 습관이 저렇구나, 생각이 저렇구나, 믿음이 저렇구나' 하고 이해하게 됩니다. 먼저, 나와 다른 것을 인정하고, 그 다음에 '저 사람 입장에서는 저렇게 볼 수도 있구나, 저렇게 생각할 수도 있겠구나' 하고 이해를 하는 것이 평화로 가는 지름길이에요. 이 세상은 평화를 위한 전쟁을 얼마나 많이 합니까? 또 사랑을 위한 미움을 얼마나 많이 합니까? 그래서 이해 없는 사랑은 폭력이에요. 그런데 우리가 말하는 사랑은 대부분 폭력적이죠. 자기식대로 자기가 좋으면 막 잘해주다가, 자기 마음에 안 들면 그날로 원수가 되어버립니다. 그래서 사람 사귈 때 조심해야 해요. 완전히 천사 같다가 자기 눈에 조금만 안 들면 원수가 되어버립니다.

그래서 사람을 좋은 사람, 나쁜 사람, 구분을 하면 안 돼요. 내 마음에 들어도 반드시 좋은 사람은 아닙니다. 내 카르마에 좋게 비춰지는 사람일 뿐입니다. 저 사람은 내 카르마에 나쁘게 비춰지는 사람일 뿐이지 나쁜 사람은 아니에요. 이렇게 보면 실수가 별로 없습니다. 그러면 우리는 많은 사람을 사귈 수 있어요. 좋고 싫음에 너무 구애받을 필요 없습니다. 안경을 벗고 다 흰 색깔로 봐야 하는 것도 아닙니다. 우리는 일상 속에서 빨갛게도 보이고 파랗게도 보이는 것입니다. 왜냐하면 우리가 사물을 인식할 때 각자의 업식에 따라 인식하기 때문이죠. 이렇게 인식하지 않도록 처음부터 있는 그대로 보면 얼마나 좋겠어요, 하지만 그것은 업식이 다 소멸되어야 그렇게 되는 것입니다. 그런데 우리는 업보중생이라 업식을 가지고 있어요.

그래서 여러분들에게 엄마가 되면 아이를 키울 때 주의하라고 수도 없이 얘기하잖아요. 세 살 때까지 자아가 형성되는데, 이때 형성된 안경, 이 업식은 죽을 때까지 소멸이 잘 안 됩니다. 왜냐하면 그 자체가 자아가 되어버렸기 때문이에요. 그래서 옛날부터 '세 살 버릇 여든까지 간다'고 하고, '천성은 못 고친다'고도 하고 '천성이 변하는 것을 보니 죽을 때가 다 됐구나' 하고 말하기도 합니다.

여러분들에게 성질이라는 게 있잖아요. '아, 저 인간 성질 더럽다'라고 하잖아요. 성질은 고치기 어렵습니다. 이건 오랫동안 습관이 된 것입니다. 우리의 좋고 싫은 마음은 주로 습관화된 것으로부터 일어난 것이요. 이것을 정신분석학에서는 무의식이라고 합니다. 의식은 이성의 바탕이 되고 무의식은 감정의 바탕으로 작용하는 것입니다. 이런 자기를 알아차려야 합니다.

기분이 나쁠 때, '저 사람 나쁘다'고 보지 말고 '내 카르마의 반응이 나쁘게 작용을 하는구나' 해야 합니다. '저게 빨갛구나'가 아니라 '내 눈에 빨갛게 보이는구나' 해야 해요. 그렇게 하면 세상 온갖 사람들을 다 사귈 수 있습니다. 이것을 알면 누군가와 절대 원수가 안 됩니다. 내 카르마에서는 처음에 좋게 만났는데 나중에 나쁘게 인식하면 원수가 되거든요. 그래서 좋게 보였다가 나쁘게 보였다가 합니다. 여기에 자꾸 좌우되면, 인간관계가 원만하지 못합니다. 이런 이치를 알아도 또 똑같이 시행착오를 거듭합니다. 무의식의 바탕이 그대로 있기 때문이에요. 그래도 착각에서 자꾸 벗어나야 합니다.

질문자는 여기에서 살았기 때문에 한국 사람이라 하더라도 한국에서 살던 사람과 조금 다른 카르마를 가지고 있어요. 한국 사람들도 전라도, 경상도 지역에 따라서 조금 다르고, 집안에 따라 조금씩 다릅니다. 그래서 처음에는 한국에 간다고 좋아서 가지만, 조금 있으면 '아, 이해 못 하겠다, 왜 이러지?' 하는 마음이 듭니다. 그럴 때 이런 이치를 알면, '아, 저 사람 눈에는 저렇게 보이네' 하고 사람을 이해하게 되죠. '나쁘다'가 아니라 '저런 습성이 있네' 하고 이해하고 들어가면 인간에 대한 폭넓은 관계가 맺어집니다. 결과적으로 좋은 관계가 된다고 말할 수 있어요.

성김대건 안드레아 한인성당

쿠스코와 마추픽추,
언제 기약할 수 있을까

리마 국립 인류고고학 박물관

페루 지역에는 기원전 3000년 전부터 인류의 문화가 시작되었던 흔적이 있었습니다. 페루를 방문하면 단연코 쿠스코와 마추픽추가 떠오릅니다. 그러나 쿠스코와 마추픽추를 돌아보려면 적어도 페루에 3일은 있어야 합니다. 하루에 한 도시를 방문하여 강연을 하고 다음 강연을 위해 이동하는 세계 100회 강연의 일정 관계상 많은 시간을 머물 수 없었습니다. 그래서 강연 장소와 멀지 않은 곳에 리마 국립 인류 고고학 박물관이 있다고 하여 잠시 둘러보기로 하였습니다. 리마 국립 인류 고고학 박물관은 차빈 문명부터 잉카문명까지 이루는 출토품을 간직한 곳으로 페루를 대표하는 박물관입니다.

박물관에는 특히 잉카 제국 이전의 전시품이 많았으며, 기원진 10세기부터 1세기 이전의 차빈, 파라카스 문명, 그리고 1~14세기의 치카, 카하마르카, 나스카, 와리 문화 등을 전시하고 있는데, 잉카를 비롯하여 치무, 나스카, 파차카막 등 잉카 문명 이전의 역사와 문화를 잘 보여주는 미라와 도기들, 직물 등이 전시되어 있었습니다. 특히 전시품 중에서 주목할 만한 것은 파라카스에서 출토된 헝겊 천으로 미라를 감아 놓았던 것과 토기 안에 들어있던 것 등 여러 가지가 있는데 그 치밀함과 선명한 염색 등은 몇 백 년 동안 묻혀 있던 것이라고 생각할 수 없을 정도였습

니다. 그리고 헝겊으로 싸여 앉아있는 미라를 직접 볼 수 있도록 해놓았습니다.

그러나 일정 관계상 페루지역에서 발생하였던 잉카 문명의 수도였던 쿠스코와 마추픽추를 돌아볼 여유가 없어 조금 아쉬웠습니다.

한국인 친구 사귀기가 힘들어요

안녕하세요, 저는 한국인 친구들을 잘 못 사귑니다. 관심사가 달라서 그런 것 같은데 제 나이 또래의 아이들은 연예인이나 아이돌을 좋아하는데, 저는 그런 것에 관심이 없어서 대화가 잘 안 통해요.

서로 관심사가 다르면 안 사귀어도 돼요.

그러면 친구가 없잖아요.

브라질 인구가 2억이나 되는데, 브라질 친구 사귀면 되잖아요.

한국인 친구면 문화나 그런 것들이 비슷하잖아요. 언어도 한국어로 말할 수 있고 뭔지 모를 애틋함이 있잖아요. 그런데 브라질 애들은 한국인 친구들이랑 또 약간 다른 것 같아요.

예를 들어서 자기가 불교에 관심이 있고 기독교에는 거의 관심이 없는데, 절에 가보니까 젊은 애들이 없고 교회에 가보니까 젊은 애들이 많다고 합시다. 한국 아이들을 사귀고 싶으면 자기가 교회에 가든지, 그렇지 않으면 절에 많이 데리고 오든지, 아니면 한국 친구들 말고 브라질 친구

나는 내 관심사가 있고,
그들은 그들의 관심사가 있고,
그들과 친하게 지내려면
그들의 관심사와 문화를 함께 공감해줘야 합니다.

들을 사귀든지, 방법이 이것밖에 없잖아요.

그럴 때 내가 한국 사람을 사귀는 것을 목적으로 교회에 가는 거니까 기독교에 대해 기본적인 것은 알아야 되잖아요. 그런 것처럼 한국 친구들과 사귀려면 아이돌 가수에 대해서도 검색해보고 그 친구들이 관심 있어 하는 것에 대해 알아가서 흉내라도 조금 내야지요. 꼭 그 애들과 똑같이 해야 친구를 사귀는 것은 아니라 하더라도 한국 애들 열 명이 다 그런 애들이라면, 내가 그 애들을 사귀려면 나도 그 문화를 조금은 이해하고 가서 맞장구라도 할 수 있는 수준은 되어야 하잖아요. 텐트 치고 기다려서 공연 보러가는 수준은 아니더라도 표를 주면서 가자고 하면 그냥 따라가는 수준은 되어야 합니다.

저도 목사님, 신부님과 좀 사귀고 싶으니까 크리스마스에는 교회에 간단 말이에요. 교회에 가면 다 찬송가 부르니까 저도 입이라도 벙긋벙긋 해야지요. 그래서 '기쁘다 구주 오셨네'라는 노래도 배우게 되었지요. 조금 더 사귀고 싶으면 크리스마스 날 새벽에 동네를 돌면서 촛불 켜놓고 노래할 때도 가사 장삼 입고 따라가서 목사님 옆에서 '기쁘다 구주 오셨네' 하고 노래를 부르거든요.

목사님과 사귀려면 이렇게 해야 돼요. 그렇게 한다고 불자로서 자기 신앙이 훼손되는 게 아니에요. 그리고 크리스마스 날 낮에는 성당 미사 에도 갑니다. 미사 집전은 신부님이 하고 강론은 제가 하거든요. 공부 열심히 해서 예수님 오신 뜻을 얘기해주지요. 거꾸로 부처님 오신 날에 는 예불은 제가 하고 법문은 신부님이 합니다. 신부님도 열심히 불교 공부를 해 와서 부처님 오신 뜻이 무엇인지 말씀해 주시지요.

그러니 내가 다른 사람들과 교류를 하려면 그들의 문화를 어느 정도 수용해야 합니다. 그리고 내가 그 사람들과 그렇게 지내는 게 힘들다면 아무리 외롭더라도 나와 뜻이 맞는 사람들하고만 지내야 하고요. 따라서 자기가 한국 친구들과 사귀고 싶으면 그 친구들 관심사에 대해 자기도 조금 흉내를 내야 해요. 친구가 되려면 상대가 가진 것을 어느 정도 이해하고 수용해줘야 합니다.

이것을 불교에서는 보살의 '화현化現'이라고 합니다. 그러니까 내가 도둑놈하고 친구가 되려면 같이 도둑질하면서 조금 따라다녀야 하고, 깡패와 친구가 되려면 같이 깡패짓하며 좀 따라다녀야 합니다. 처음부터 가르치려고 하면 도망가버린단 말이에요. 같이 좀 따라다니다가 친구가 된 뒤에, "야, 너 계속 이렇게 도둑질하면서 먹고 살아서 되겠니?" 하고 친구로서 얘기하면 설득력이 있습니다. 그렇게 해서 변화를 시키는 방법이 최고 수준의 수행입니다. 그래서 부처님은 천백억 화신이라고 말하잖아요. 그러니까 자기도 화현을 좀 하세요. 나를 고집하지 말고 친구들과 사귀고 싶으면 그들의 문화를 나도 같이 공유를 하세요. 그렇다고 내 속마음까지 모두 버리고 갈 필요는 없어요. 알겠죠? 그럼 그 애들이 나쁜 애들이에요? 그렇다고 내가 바보에요?

아니요, 나쁜 애들은 아니죠. 저도 바보 아니예요.

그래요. 나는 내 관심사가 있고, 그들은 그들의 관심사가 있고, 그들과 친하게 지내려면 그들의 관심사와 문화를 함께 공감해줘야 합니다.

산타이네스학교 대강당

큰아들 부부가
같이 살자고 해요

남편이 2년 전에 돌아가셨습니다. 아직 남편이 돌아간 사실이 실감이 안 나고 마음이 안정이 안 된 상태입니다. 마음이 슬프고, 우울하고, 남편의 잔재가 아직 많이 남아 있어서 조그만 일에도 마음의 상처를 많이 받습니다. 저에게는 아들이 두 명 있는데 큰아들은 결혼하고 작은 애는 아직 미혼입니다. 큰아들 내외가 저하고 같이 살자고 하는데 저는 아직 마음의 준비가 안 되어 있어요. 아들 내외가 착하고 저를 많이 위로해주고 있는데, 주위에서 아는 분들이 따로 사는 것이 좋다고 합니다. 저는 외로움 때문에 같이 살고 싶기도 하고, 또 한편으로는 떨어져 사는 것이 사이가 좋은데 같이 살면 부담스럽게 되거나 서로에게 상처를 받지 않을까 하는 두려움이 있어요.

며느리한테 한번 물어보세요.

며느리는 같이 살자고 합니다.

속마음을 물어봐야죠. 예를 들어, 자기가 결혼해서 남편과 둘이 살고 싶은데 그것도 시아버지, 시어머니 두 분 다 있는 것도 아니고, 시어머니만 있는 집에 들어가서 살면 편하게 신혼생활을 할까요?

힘들 거라서 그걸 고민하고 있습니다.

그렇다면 더 이상 논할 필요가 없지요.

큰아들이라서 의무적으로 하는 것인지, 진심으로 그렇게 애기하는 건지 모르겠습니다.

아니요. 아들 입장은 충분히 이해가 돼요. 이쪽은 내 어머니이고 이쪽은 내 부인이기 때문에 아무 문제가 없습니다. 남자들이 제1부인, 제2부인, 제3부인, 제5부인까지 데리고 살아도 남자는 아무 문제 없어요. 여자가 문제지요. 남자야 '여기에 방 하나 주고 제1부인 살게 하고, 이쪽에 방 하나 주고 제2부인 살게 하고, 오늘은 제1부인이 밥하고, 내일은 제2부인이 밥하면 얼마나 좋을까' 남자는 이렇게 생각할 수 있습니다. 그런데 여자들이 그렇게 생각하는지가 문제거든요.

저도 시부모님을 모시고 살아봐서 힘든 부분은 알지만, 또 한편으로는 저 혼자 살 수 있을지도 걱정됩니다.

혼자 살기 힘들겠다 싶으면 질문자는 질문자에게 맞는 남자를 구하면 되잖아요.

남편을 절대 잊을 수 없어요. 저에게 행운을 주고 간 사람이라서요. 재혼할 마음은 없습니다.

그런데 그건 잘못된 생각입니다. 남편이 살아 있는데 남편을 두고 다른 남자를 만나는 것은 잘못되었다고 말할 수 있어요, 그런데 남편이 돌아가시면 나는 이제 그의 아내가 아닙니다. 남편이 돌아가셨는데도 내가 그의 아내라고 생각하는 것은 자기는 지금 유령에 사로잡혀 있는 것입니다. 그건 잘못된 생각이에요. 어리석은 생각이고요. 남편이 죽었다고 내가 따라 죽는 것은 세속에서는 사랑이라고 말하지만 심리학적으로 얘기하면 편집증, 즉 정신질환에 속합니다. 좋아하는 사람과 헤어져서 바짝바짝 말라 죽는 사람 있잖아요. 그건 정신병이에요. 그걸 좋게 얘기해서 사랑이라고 하는 것이죠. 질문자는 지금 정신질환을 앓고 있는 겁니다.

질문자가 택시를 타면 승객이죠. 가게에 가면 손님이고, 아이를 만나면 엄마죠. 내 엄마를 만나면 딸이고, 학교에 가면 학부형이고, 교회에 오면 신도죠. 자기 존재라는 것은 정해져 있지 않아요. 이렇게 인연을 따라서 불리는 것입니다. '이 조건에서는 이렇다', '저 조건에서는 저렇다' 하고요. 무언가가 '크다', '작다'라고 하는 것은 인식상의 문제이지, 이 존재 자체와는 전혀 관계가 없습니다. 질문자는 처음에는 엄마와 같이 있어서 '딸'이라고 불렸는데, 이 남자하고 같이 있음으로 해서 '아내'라고 불렸단 말입니다. 그런데 질문자는 이제 아내가 아니에요.

저로 살고 싶어요.

저로 살면 외로울 수가 없지요. 남자하고 관계를 맺어서 아내였는데 남자가 없어져서 외로움을 타는 것이지, 이것 단독으로는 외로울 수 없다니까요? 자기가 '외롭다'는 말은 남자가 필요하다는 말입니다.

함께 손잡고 성당 안으로 들어서는 법륜 스님과 베드로 신부님

야단법석 대화의 시간

아들은 젊은 여자하고 살고 싶지, 무엇 때문에 늙은 여자와 같이 살고 싶겠어요. 옛날에 늙은 여자한테 신세를 많이 졌기 때문에 빚이 있으니까 빚을 갚으려고 하는 거란 말이에요. 그런데 이렇게 하면 옆에 있는 젊은 여자가 힘듭니다. 그런데 질문자가 혼자 있으니까 이 젊은 남자는 늙은 여자가 신경이 쓰이지요. 질문자가 남자 친구를 한 명 사귀어버리면 젊은 남자가 안심을 하죠. 그런데 그게 왜 나쁜 거라고 생각해요?

제가 살아온 관념이 그렇습니다.

그러니까 그 관념이 자기를 괴롭히고 있으니까, 오늘 이 자리에서 그런 관점을 딱 버리시라는 거예요. 질문자에게 두 가지 선택이 있어요. 혼자 있어도 외롭지 않든지, 외로우면 재혼을 하거나 남자 친구를 사귀어서 외롭지 않은 길을 선택해야 아들이 늙은 여자에 대한 부담을 안 진다는 말입니다. 지금 몇 살입니까?

59세입니다.

59세면 아직은 남자가 필요하잖아요. 자기가 수녀도 아니고 스님도 아니면서 왜 그래요. 집에 혼자 있으면 누구나 외로워요. 그러니까 교회를 열심히 다니든지, 안 그러면 양로원이나 고아원에 가서 봉사를 열심히 하세요. 우리는 일을 하면 꼭 돈을 벌어야 한다고 생각하는데, 자기 재능을 돈 받고 파는 것은 매매입니다. 매매를 하지 말고 자기 재능을 세상을 위해 쓰면 봉사가 됩니다. 봉사활동을 열심히 해서 마음속에 외로움이 없어야 해요. 그리고 수행을 해야 합니다. 마음공부를 열심히 해서 마음에 외로움이 없어야 합니다. 그렇다면 혼자 살 자격이 있습니다. 그런데 외로움을 참고 혼자 사는 것은 아무 의미가 없어요. 예를 들어, 어떤 사람이 자기가 혼자 살면서 밤새 남자 생각만 하고 잠도 못 이루고 하면 혼자 사는 게 무슨 의미가 있어요? 오히려 결혼해서 함께 사는 것이 낫죠. 세상을 위해서도 낫고 본인을 위해서도 낫습니다.

그러니까 혼자 살려면 외로움이 없도록 해야 하고, 외로움이 있으면 같이 사는 사람이 필요하다는 것이니까 자기와 연배가 비슷한 남자 친구를 사귀어야지, 부인이 있는 젊은 남자 옆에 살려고 하면 안 돼요. 그건 굉장히 잘못된 생각입니다. 아들과 같이 살면 내 아들하고 같이 살아도, 의식은 내 아들인데 심리는 남편이 됩니다. 내가 거기에 의지하기 때문입니다. 그래서 옛날에 홀어머니를 모시고 있는 남자한테 시집을 가면 어렵다고 했던 이유가 결국 두 여자하고 사는 꼴이 되기 때문입니다.

그래서 남편들도 엄마한테서 도움을 받았다는 이유로 결혼한 뒤에 자기 아내와 엄마 사이에서 중간 역할을 하는 것은 굉장히 잘못된 선택입니다. 결혼을 하면 늙은 여자에게 입은 은혜는 나중에 갚으면 되는데 중간에 어중간하게 서 있으면 젊은 여자가 힘들어해요. 그러니까 자기 위치를 정해서 결혼을 우선적으로 하고, 아내가 허용하는 범위 안에서 부모에게 도움이 될 수 있는 걸 도와야지, 자기가 은혜 입었다고 자기 혼자 부모를 도우면, 아내도 또 자기가 은혜 입은 친정을 돕게 되면 집안이 풍비박산 납니다. 그러니까 절대로 아들과 한집에 같이 살면 안 돼요.

만약 한집에 같이 살게 되면 아들 부부끼리 싸우든지 애들을 어떻게 키우든지 전혀 관여 안 할 자신 있어요? 막 그릇을 깨고 싸워도 이웃집 보듯이 일체 못 본 척 할 수 있어요? 안 되잖아요. 질문자도 결혼해서 살면서 부부 간에 갈등이 조금씩 있었잖아요. 두 부부만 살면 별 문제가 안 되는데, 시어머니가 있거나 친정어머니가 있으면 그걸 가지고 또 문제 삼습니다. 그런데 왜 자식하고 원수되고, 며느리하고 원수가 되려고 합니까?

질문자는 아들과 같이 살고 싶으니까 저한테 물으신 것이잖아요. 자기가 딱 봐서 '이건 도리가 아니다' 싶으면 물을 필요도 없지요. 다시 얘기해봅시다. 혼자 살아서 외로운 것은 이해가 돼요. 남자가 필요한데, 절대 아들인 남자를 데려오면 안 된다는 말입니다. 알겠어요?

네

정을 딱 끊어야 합니다. 같이 살게 되면 며느리와 원수되고, 며느리가 심리적으로 힘들면 손자가 잘못 됩니다. 그래도 미련이 남았어요? 자꾸 생각하지 말고 딱 끊으세요.

예, 알겠습니다. 감사합니다.

같이 일하던 동료가
갑자기 그만 뒀어요

같이 일하던 동료가 그만두고 갔는데, 제가 눈물이 멎지 않습니다.

왜 갔어요? 말 안 하고 그냥 가버렸습니까?

사장님하고 얘기를 하고 갔는데, 갈 때는 몰랐고 나중에 간 것을 알았어요. 그 친구가 일은 기가 막히게 하는데 성질이 조금 있어요. 자기 성질에 못 이겨서 갔는지는 모르겠는데, 하나하나 해놓은 것들이 눈에 밟히고, 눈물을 감추기 위해서 이렇게 아픈 것은 제 평생에 처음입니다. 그런데 다른 분들 질문에 스님께서 말씀하시는 걸 들으면서, '아, 인연이 여기까지구나'라는 생각이 들었습니다.

사람이 다 갖출 수가 없어요. 다 갖추려고 하는 것은 욕심이에요. 칼이 날카로우면 부엌에서 일하기에는 좋지만 손을 베일 위험이 있어요. 또 잘못 쓰면 흉기가 되잖아요. 날카로운 것은 좋은데 흉기가 될 수 있어요. 항상 다른 면이 있습니다. 솜은 부드러워서 좋지만 강함이 없지요.
　결혼해서 살아보셔서 아실 거예요. 연애할 때 남자가 참 리더십도 있고 카리스마도 있어서 '아, 이 남자 좋다' 해서 살아보면 고집불통이에요. 배우자 말을 절대 안 듣습니다. 자기 마음대로 하지요. 또 아버지가 권위적이어서 남편은 다정다감한 사람과 결혼하고 보면 이 인간은 줏대가 하나도 없어요. 남자답지 않아요.

그럼 이것이 문제일까요? 이것은 장점이고 저것은 단점일까요? 아니에요. 부드러워서 좋다고 솜을 선택해놓고, 솜 보고 자꾸 "왜 강하지 않냐?" 하고 따지고, 날카로워서 좋다고 칼을 선택해놓고 "왜 부드럽지 않니?" 하고 따지는 것 자체가 우리의 욕심이라는 말입니다.

현지인을 고용해서 일하면 한국 사람만큼 똑똑하게 합니까? 속 터지죠. 그런데 그게 좋은 거예요. 왜 그럴까요? 그 사람들이 한국 사람들처럼 똑똑하면 여러분 밑에 오래 있을까요? 안 있겠죠. 한 2~3년 일하고 탁 배워서는 자기 사업을 차릴 거예요. 한국 사람은 그렇게 하지요. 한국 사람들을 종업원으로 고용해놓으면 종업원으로 3년 이상 있는 사람이 있어요? 몇 년 일하다가 업무를 다 파악하면 나와서 자기 가게를 차리지요. 무엇 때문에 남 밑에서 일하겠어요. 그래서 여러분들은 한국 사람이 똑똑해서 데려와 놓고는, 나가서 가게를 차리면 배신당했다고 난리고, 여기 칠레 사람들은 10년 동안 붙어 있기는 한데 속 터진다고 난리예요. (청중들 웃음)

그러니까 그건 그 사람의 잘못이 아니고 나의 욕심입니다. 이 사람들은 조금 부족하니까 내 밑에 10년, 20년 붙어 있는 거예요. 이 사람들이 다 똑똑하면 여러분들이 여기에 이민 와서 설 자리가 없어요. 조금 부족하니까 여러분들이 지금 여기에 와서 사장 노릇을 하면서 사는 것 아닙니까? 그러니까 이 사람들을 좋게 생각해야 합니다.

그리고 똑똑하면 항상 한 성질 합니다. 똑똑하면서 한 성질 안 하는 사람은 100명에 한 명도 안 돼요. 사람이 순둥이처럼 착한데 일머리도 똑똑한 경우는 거의 없어요. 그러니까 자기는 사장이 아니니까 자기와

한인 패션 거리

는 부딪힐 일이 없었죠. 일만 잘해주면 되지요. 그런데 사장이 볼 때에는 똑똑하기는 한데 부딪힌단 말이에요.

내 입장에서는 일 잘하는 그것만 보이니까 참 좋다고 생각하지요. 부엌칼이 음식 자르는 데 좋구나 하지만, 날카로워서 손을 베이는 것같이 한 성질 하면 다른 사람 마음을 다치게 하잖아요. 부딪히니까 자기 성질을 못 이기고 갔을 수도 있어요. 그러니까 너무 아쉬워 마시고 그런 것을 보면서 '아, 세상은 참 공평하구나'라고 생각하셔야 합니다.

사람이 똑똑하기도 하고, 부드럽기도 하고, 착하기도 하고, 리더십도 있으면 얼마나 좋겠어요? 그런데 여러분은 남편이나 아내에게 그런 사람을 원해요. 부인에게 밖에서는 우아함을, 밤에는 섹시함을, 아이와 나에게는 현모양처를, 또 부엌일 할 때는 일류 요리사이기를 원하죠. 그런 사람은 없어요. 그런데 우리는 그걸 다 욕심으로 원하니까 상대가 늘 부족하게 보이는 겁니다. "왜 너는 이것도 못하니?"라고요.

여자들이 밖에 가서 장사도 잘하고 사업도 잘하면 가정살림도 잘할까요? 못하죠. 밖에서 일하는 아내에게는 살림 가지고 시비하면 안 돼요. 남자라도 내가 해주던지 아니면 "너는 밖에서 일을 잘하니 바깥일을 해라" 하고 가사도우미를 구해서 역할분담을 해야 해요.

한국 사람들은 만병통치약을 좋아합니다. 옛날에 시장에 가면 뱀이랑 지네랑 갖다놓고 설명하면서 "이것만 먹으면 오만가지 병이 다 낫는다"라고 선전하잖아요. 그럼 우르르 삽니다. 하나만 먹는다고 온갖 병이 다 낫는 그런 약은 없습니다. 그런데도 우리는 욕심 때문에 그게 눈에 확 들어오는 거예요.

이것을 생각하세요. 그분은 그분대로 애로가 있으셨고, 사장님은 사장님대로 애로가 있으셨을 거예요. 인연이 다해서 간 것입니다. 남편이

죽고도 사는데 회사 동료가 다른 데 간 것을 가지고 슬퍼하면 죽은 사람은 어떻게 합니까? (청중들 웃음)

다른 사람들 얘기 들으면서 '그래, 남편 죽고 아내 죽고도 사는데, 자식도 아니고 직장에 같이 있다 헤어진 것인데 그것을 가지고 내가 이렇게 슬퍼하는 것을 보니 내가 집착이 강하네' 이렇게 생각하셔야 해요. 집착을 조금 놓으셔야 합니다.

네. 스님 말씀 고맙습니다.

칠레 한인회 사무실

결혼을 하고 싶지 않아요

저는 제 가치관과 의무 사이에서 고민이 많습니다. 제가 올해로 나이가 서른둘입니다. 저한테는 누나 두 명이 있어요. 제가 막내이고요. 작년에 노처녀인 저희 누나가 품절녀가 됨으로써 모든 포커스가 저한테 맞춰진, 불편한 상황입니다. 저는 결혼에 대해 생각을 해본 적이 없어요. 해봤어도 '굳이 해야 되나?' 했었고, 2세에 대해서도 그렇고요. 저는 혼자 사는 것에 익숙해져 있고 결혼은 생각을 안 하고 있는데, 제가 독자이고 아버지도 독자이시니 제가 장가를 안 가면 대가 끊기거든요. 그래서 제가 좋든 싫든 의무로서 결혼을 해야 한다고 하시는데, 고쳐보려고 노력했는데 안 고쳐지더라고요. '결혼 싫다, 2세 생각 없다' 하는 생각이 너무 센 듯해서 "저 결혼하면 이혼할 것 같습니다, 자신 없습니다" 하고 아버지께 말씀드렸더니, "그래도 한번은 해라, 한번은 봐줄게. 그런데 안 한다고는 하지 마라" 말씀하십니다. 저는 그게 와 닿지 않습니다, 너무 힘들 것 같고요.

첫째, 스무 살이 넘으면 스님이 되든, 신부가 되든, 혼자 살든 뭘 하든 자기 인생은 자기가 결정하는 거예요. 대신 부모님은 나에게 애정을 가지신 분이기 때문에 조언으로 받아들이되, 결정은 내가 하는 겁니다. 그러니 자기 인생이니까 자기 뜻대로 살면 돼요. 그런데 "전 결혼 안 합니다. 아버지가 왜 간섭합니까?" 이렇게 말하면 안 돼요. "아버지, 알겠습니다" 해야 합니다. 그걸 바라는 마음은 부모의 심정이니까요. 그렇게 말하고 "언제 가니?" 하고 물으시면 "지금 찾고 있는 중인데 잘 없네요" 하고 지나가면 됩니다. 그런데 질문자는 여자에 대해 호기심이 별로 없어요?

그건 아니고요.

여기 어른들이 계시니까 말씀드립니다. 사람은 네 가지 성향이 있습니다. 남자인데 여자에게 호기심이 있는 사람, 여자인데 남자에게 호기심이 있는 사람이 있습니다. 이것을 이성애라고 해요. 그리고 남자인데 남자에게 호기심이 있거나 여자인데 여자에게 호기심이 있는 사람을 동성애라고 합니다. 남자에게도 호기심이 있고 여자에게도 호기심이 있는 것을 양성애라고 해요. 남자에게도 호기심이 없고 여자에게도 호기심이 없는 사람을 무성애자라고 합니다. 실제로 조사를 해봤더니 네 가지 종류가 나왔어요.

만약 이 가운데 무성애자가 출가해서 스님이 되거나 신부가 되면 출가해서 30년간 도를 닦은 사람도 이성에 대해서 욕망을 잘 못 끊는데, 이 사람은 머리 깎자마자 벌거벗은 여성을 수없이 봐도 아무렇지도 않아요. 그러나, 이런 걸 가지고 도라고 하면 안 맞겠죠. 이런 사람이 승려나 신부가 되면 굉장히 좋은데, 이런 사람이 결혼을 하면 어떻게 될까요? 가정 파탄이 일어납니다. 여자가 남편한테 호기심을 보이는데 남편은 나무토막같이 아무 관심이 없으면, 억지로 부부관계를 할 수는 있지만, 그것도 한두 번이지 자존심이 상하잖아요. 그러면 '혹시 딴 여자 있나?' 하고 의심하게 됩니다. 몸뚱이는 멀쩡하니까요.

한국전쟁 참전 용사 기념탑 참배

그렇기 때문에 우리는 사람을 잘 살펴야 합니다. 저는 수많은 사람을 상담하잖아요. 남자가 동성애자인데 억누르고 결혼을 해서 애를 둘까지 낳았는데 커밍아웃을 했어요. 그러니까 부모와 부인이 너무 힘들어하는 겁니다. 그래서 저는 이렇게 말했습니다.

"인간은 누구나 다 행복할 권리가 있다. 그도 행복할 권리가 있다. 의무보다 행복할 권리가 더 앞서니까, 이걸 서로 의논해라. 그래서 결혼을 그만두고 자기 길을 가게 하든지, 아니면 결혼은 유지하고 이런 성향은 인정하고 서로 이해하든지!" 그런 걸 우리가 알아야 하는데 자꾸 껍데기만 가지고 얘기하기가 쉽습니다.

그러니까 이 청년은 그런 경우가 아니라고 하더라도 본인이 '나는 결혼에 별 흥미가 없다'라고 했으니, 그냥 그렇게 살아도 돼요. 결혼에 별 흥미 없는 사람을 결혼시켜서 1년 있다가 이혼하면, 아버지는 자기 아들이니까 이혼을 하더라도 한번 해봐라 하지만 남의 딸은 어떻게 하라는 겁니까?

결혼을 하려면 최소한도 자기 권리의 절반을 포기해야 합니다. 즉 상대방에게 맞춰야 한다는 말이에요. 100퍼센트 포기하면 100퍼센트 성공하고, 절반 포기하면 절반을 성공하고요. 결혼하려면 50퍼센트 이상 좋을 확률이 나와야 할 거 아니에요? 그런데 질문자는 자기 성향을 중요시하잖아요. 그러면 결혼하면 안 됩니다. 그러니까 그런 것은 자기가 결정하면 돼요. 지금 32세의 성인이니까요.

그러나 부모님의 그러한 마음에 대해 서로 이해해야 해요. '아버님 입장에서는 그럴 수도 있겠다' 하고요. 그렇다고 그것이 내 가치를 버리라는 것은 아닙니다. 스무 살 이전에는 부모님이 나를 도와주는 훌륭한 분이셨지만, 스무 살을 넘어서면 때로는 부모가 내 인생의 최대의 장애가 되기도 합니다.

부처님이 출가할 때 부모님이 반대했잖아요. 부모님 말을 들었으면 부처가 됐을까요? 예수님도 어머님이 얼마나 가슴 아프셨겠어요. 서른세 살에 죽은 아들을 무릎 위에 누인 엄마의 심정이 어떠했겠어요? 한 번 상상해봐요. 우리는 예수님이 훌륭하다고 하지만 그 부모에게는 억장이 무너지는 일입니다.

그러니 우리는 자기의 길을 자기가 선택해서 가면 돼요. 그건 절대로 불효가 아닙니다. '부모님 말을 들어보니 일리가 있다' 하면 그렇게 하면 되고요. 그러나 '부모님이 저렇게 원하시니 내가 소원 들어 드린다' 해서는 안 됩니다. 그렇게 하면 나중에 책임을 부모님한테 떠넘기기 때문에 부모 자식 간에 원수가 돼요.

오클랜드 QBE Stadium

베풀고 싶은데 아까워요

저는 호주에서 12년을 살면서, 그리고 그전에도 외국인과 살면서 산전수전, 그리고 오늘에서야 공중전이 있다는 것을 알았습니다. 제가 보기에 항상 상대적으로 가난하고 부족해서 열등감도 많았고, 질투도 많았고, 분노도 많았고, 남을 미워해서 저주도 많이 했습니다. 그런데 스님을 뵈면서 '아, 인생 정말 잘못 살았구나' 했습니다. 이제부터는 잘 살고 싶습니다. 그런데 여태껏 호주생활에서 외국인들과 심하게 경쟁을 하며 공부를 했고, 직장생활도 남이 주지 않으면 제가 그 자리를 뺏을 수 없다는 생각에 많은 잘못을 했으며, 받으면 받을수록 더 받고 싶은 욕심에 견딜 수가 없어요. 그런데 이제부터는 조금 주면서 살고 싶은데, 스님 말씀이 제 머리로는 이해가 되는데 가슴으로는 아직도 움켜쥐고 싶고 '내가 이걸 어떻게 벌었는데, 넌 놀 때 난 잠 안 자고 일해서 번 건데' 하면서 주기가 참 아깝습니다. 좀 도와주십시오.

좀 더 가지고 계세요. 벌 때도 너무 욕심을 내서 벌었고, 줄 때도 또 너무 빨리 욕심내서 주려고 하는 거예요. 들어오고 나가는 것만 다르지 욕심내는 것은 똑같다는 것입니다. 밖에서 '돈을 많이 벌어야겠다', '출세해야겠다' 욕심을 내는 사람은 그게 뜻대로 안 되면 인생에 허무함을 느끼고 '부처님 법 만나서 진짜 도를 깨쳐야지' 하고 절에 들어와서 또

475

도를 빨리 얻어야 된다는 욕심을 부리거든요, 크게 깨치고 절에 들어온 것이 아니라 욕심은 똑같고 대상만 '돈에서 도'로 'ㄴ'만 떨어졌을 뿐이에요. 그러니까 심리는 같다는 것입니다.

돈을 악착같이 벌다가 이게 반성이 됐다고 해서 이걸 또 빨리 내놓으려고 서두를 필요가 없습니다. 벌려고 악착같이 했던 것만 조금 내려놓고 편안하게 살면서, 있는 것을 빨리 주려고 하지 말고 천천히 조금씩 주세요. 줘버리면 또 허전해져서 벌려는 욕심이 다시 생길 수 있으니까 그냥 두고 만족하면서 살다가, 주는 것은 천천히 조금씩 조금씩 줘도 괜찮아요. 한꺼번에 많이 주려고 하지 마시고요. 주는 연습을 조금씩 자꾸 하면 돼요. 연습하는 방법은, 전에는 길거리에 거지한테는 안 줬다면 한꺼번에 100달러씩 주지 말고, 50센트를 주거나 30센트를 주는 연습을 하고, 전에는 절에 다녀도 돈이 아까워서 10달러 정도 냈다면 이제는 20달러 정도 내고 한꺼번에 많이 내려고 하지 마세요. 돈을 내는 것도 조금 천천히 내면서 항상 자기가 행복한 것을 중요시해야 합니다.

그래서 지금은 진정을 하는 것이 가장 필요해요. 스님 법문을 듣고 스님이 너무 좋다고 전 재산을 다 갖다줘 버리면 안 됩니다. 왜냐하면, 전 재산을 다 갖다주는 것까지는 좋은데, 그 다음에 기대가 크니까 실망이 커지면서 '그때 내가 미쳤다'라고 하면서 갖다준 것을 후회하게 돼요. 그러니까 마음을 진정시켜서 주는 것도 천천히 해야 합니다. 법문을 듣는 것도 크게 깨쳤다고 하더라도 좋아하는 마음을 진정하고, 보시도 진정해서 하세요. 지금 다 주겠다고 결정해버리면 나중에 또 후회하게 돼요. 그러니까 큰 돈을 주고 싶더라도 3년 후에 주세요. 항상 어떤 행위에 대해 후회를 안 해야 하거든요. 내가 좋더라도 거기에 대해 후회를 안 해야 하는데, 후회를 하는 것은 너무 조급하기 때문입니다. 조금 진정하면서 정진해나가고, 막 악착같이 하던 것을 이제 속도를 좀 줄이세요. 주는 것까지는 아직 서두르지 마시고요. 마음이 지금 좀 흥분되어 있잖아요. 흥분된 것이 편안하게 진정이 될 때 보시를 하는 것이 좋겠다 싶습니다.

그리고 스님, 한 가지만 더요. 저 기도문 하나만 주십시오.

절을 하면서 '그동안 너무 욕심내고 살았습니다. 욕심이 나를 해치는 것을 알았습니다. 이제는 살아 있는 것만으로도 감사하며 살겠습니다' 하고 마음을 내어보세요.

감사합니다.

성가정 교회

스무 살이 넘은 아들이
독립을 하지 않고 있어요

저는 스물다섯 살, 스물두 살의 아들을 둔 가장입니다. 아들 중 한 명은 대학을 마쳤고, 한 명은 대학에 다니고 있습니다. 첫째 아들이 올해 졸업했기 때문에 돈을 벌기 시작하면 집세를 내라, 아니면 나가 살라고 농담 섞어 얘기했습니다. 스님 말씀을 듣고 그래야 되는 게 정상인 줄 알고 저도 그전부터 꾸준히 얘기했는데 아들이 안 나갑니다. 지금은 여자 친구가 생겨서 반은 왔다가 반은 나갔다가 하는데, 그러니까 있는 것도 없는 것도 아니고, 집세도 안 내고 있습니다. 그렇다고 애들이 나가고 나서 현관 열쇠를 바꿔 놓는 것은 조금 그렇고요. 좋게 내보낼 수 있는 방법이 있는지 모르겠어요.

아들 문제는 조금 강하게 충격을 줘서 해결하는 방법이 있고, 시간을 조금 길게 갖고 해결하는 방법이 있습니다. 조금 강하게 충격을 주어 빨리 해결하는 방법은 아이들한테 이제 성인이 됐으니까 생활비의 일부를 너희들도 부담하라고 얘기를 하고, 한 달 우리 집 생활비가 총 2천 달러 나간다, 엄마 아빠가 그중에 1천 달러를 내고, 너희들도 500달러씩 내라고 하는 겁니다. 작은 아들이 수입이 적다면, 정부도 수입이 적으면 정부 보조도 있잖아요. 가난하니까 엄마 아빠가 200달러 보조해 줄 테니까 300달러 내라 하면서 계약서를 써놓고 그렇게 하자고 얘기해 보세요. 계약서에 서명을 해놓고도 안 지키면, 아들 앞에서 1인 피켓시위를 할 수 있습니다. 그렇게 좀 특이한 아이디어를 내야 해요. 그걸 가지고 싸우지 마시고요. 아이가 출근할 때, 퇴근할 때 집 앞에서 1인 시위를 하면 효과가 있어요. 애가 아침에 일어나서 직장 나갈 때 창피를 줘야 하니까 대문 앞에서 1인 시위를 하고, 또 저녁에 퇴근해서 오면 또 나가서 1인 시위를 하세요. 그리고 집에 플래카드를 붙이세요. 아들이라고 쓰지 말고, "○○과 ××는 나이가 □□살"이라고 써놓고, "성년이 됐는데도 집에 살면서 집세도 안 내요. 빨리 집세를 내세요" 이렇게 아버지가 재밌게 자꾸 하면 좀 자극이 돼요. 속도감 있게 진행하려면 아이디어를 자꾸 내서 이렇게 해보는 것도 괜찮습니다.

그 다음에 두 번째 방법은, 부인이 이것에 대해 동의하실지는 모르겠는데, 일체 간섭을 안 하는 방법입니다. 간섭을 안 할 뿐만 아니라, 청소고 뭐고 일체 건드리지 말고, 부부 방만 치우고, 밥도 부부만 딱 해서 드세요. "너희들 알아서 살아라. 집세를 안 낸다고 아버지가 너희를 고발할 수는 없고, 너희는 너희가 먹고 살아라. 우리는 우리가 먹고 살겠다" 하고 상관 안 하면 한집에 살아도 독립되게 살 수 있어요.

열여덟 살부터 간섭을 거의 안 했고요.

잘 하셨어요. 자기만 그랬어요? 부인도 그랬어요?

아직 아내는 아들을 챙기지요

그러니까 부인과 합의를 해야 합니다. 내가 혼자 살면 내가 하면 되는데, 부인도 자기 아들이니까 권리의 반을 가지고 있습니다. 그러니까 부

480

인에게 "애들을 자립시키기 위해서는 부모 자식 간이라 우리가 애들을 쫓아내지는 못하지만 대신 자기들이 알아서 살도록 방 청소든 빨래든 일체 해주지 말자"고 얘기해보세요.

청소를 하는 일요일에는 시간을 정해서 대청소하는 날이다 하고 깨워서 너는 이거 해라, 너는 잔디 깎아라 하면서 조금 귀찮게 해야 집을 나갈 거 아니에요? 불편해야 나가는데, 편안하면 나가기 어려워요. 그런데 질문자가 그렇게 하고 계신다니까 금방 나갈 것 같습니다. 한 몇 년 놔두면 되겠어요. 너무 빨리 쫓아내려고 하지 말고 기다리는 게 좋겠네요.

쫓아내는 것이 원칙인데, 강제로 쫓아내는 것보다는 피켓시위하는 방법도 있지요. 안 그러면 한 3년 놔두세요. 애들이 미워서가 아니라 자립을 시키기 위해서, 부인과 상의해서 일체 생활의 간섭도 안 할 뿐만 아니라 도움도 주지 않는 방식으로 하면 큰 문제 없을 것 같습니다.

예, 알겠습니다. 감사합니다. 그런데 질문이 한 가지 더 있습니다. 아내에게 심각한 문제가 있어요. 아내에 대한 책임을 도대체 어디까지 가져야 되는지요? 사실 결혼하면서 이렇게 오랫동안 살게 될 줄 몰랐어요. 결혼을 하게 될 때 선서하지 않습니까, '검은 머리가 파뿌리 될 때까지 살겠습니다' 선서했는데 이렇게까지 오래 살게 될 줄은 몰랐습니다. 그리고 제가 해보고 싶은 일을 하고 싶다는 생각을 했습니다. 그걸 어떻게 해야 하는 것인지, 이렇게 생각만 하다가 끝이 나는 건지요?

질문자의 자기 머리는 이미 파뿌리가 됐는데요. 윤리, 도덕을 떠나서 솔직하게 얘기하면 돼요. 성년과 성년이 약속한 거잖아요. 그러니까 서로 합의해서 약속을 깨면 됩니다. (청중들 웃음) 그런데 문제는 자식이 있으

면 자식이 스무 살 때까지는 자녀를 위해서 자기 권리를 유보시켜야 됩니다. 그런데 지금 자식이 스무 살이 넘었잖아요. 그러니까 이제 둘이 서로 얘기해봐요. 우리 이렇게 똑같은 사람하고만 살아야 되겠니? 너도 좋은 남자하고 살아보고, 나도 좋은 여자하고 살아보고, 각각 따로 한 번 살아볼까? 물어보면 됩니다. 물어보고 동의를 하면 그렇게 하면 되고, 동의를 안 하면 계약을 파기하기 위해서는 상대방의 동의를 얻기 위해 조건을 더 좋게 제시해줘야죠. 재산을 다 준다든지요. 이렇게 합의를 해야 돼요. 우리가 합의해서 약속을 했기 때문에 약속을 해지할 때도 합의를 해야 합니다. 한쪽이 파기를 안 하려고 하면, 그 사람이 합의할 만한 조건을 제시해줘야죠. 그런데 생각해보니까 이렇게 재산을 주고 나면 합의를 깨는 나에게 더 손해라고 생각된다면 해약을 안 해야 합니다. 그런데 질문자는 지금 부부 사이에 불만이 있는 것이 아니고, 자기가 뭘 하나 해보고 싶은 건데 그걸 해 보려고 하니까 부인이 반대를 하는 거겠죠? 그럼 솔직하게 말해보세요. 젊은 여자랑 한번 살아보고 싶은 거예요?

전혀 아닙니다. 법 공부를 한번 해보고 싶어서요.

지금 하고 있는 일을 그만두고 공부를 하려고 해요? 아니면 일을 하면서 공부를 하려고 해요?

저는 그런 것에 대한 걱정 없이 공부만 하고 싶어요.

알겠어요. 그럼 만약 제가 중이 된 지 40년이 넘었는데, 세상 사람 다

해보는 결혼 한번 해보고 죽어야 하지 않겠냐고 하면서 질문자한테 상담을 하면 질문자는 뭐라고 하시겠어요?

하지 말라고 하겠어요.

환갑이라는 말이 있지요. 환갑의 뜻이 인생은 60년을 돌면 끝난 거라는 겁니다. 그러니까 질문자는 이제 끝났어요. 죽어야 되는데 질문자가 요행히 안 죽었잖아요. 현대사회에 태어난 덕으로 죽을 걸 살았잖아요. 저도 마찬가지고요. 이제 끝났습니다. 그러면 죽을까요? 살아 있는 것을 일부러 죽이는 것도 일이에요. 수면제 사러 가야 하고, 천장에 밧줄을 달아 매고 하려면 귀찮잖아요. 그러니까 죽을 때가 되면 기꺼이 죽어주고 살아 있을 때는 열심히 살아야 합니다.

그럼 지금 60이 넘었을 때 어떤 생각을 해야 할까요? 아무것도 안 하고 그만두고 놀아야 한다는 것이 아니라, '덤이다'라고 생각해야 합니다. 덤이기 때문에, 덤으로 주어진 오늘 하루, 아니면 이틀이 갈지 열흘이 갈지 10년이 갈지 그건 알 수가 없는데, 덤으로 사는 인생에 너무 설계가 복잡하면 안 돼요. 간단해야 합니다. '내일 죽어도 그만이다' 하는 정도의 생각을 갖고 살아야 해요. 그래서 60이 넘으면 인생을 정리를 해야 합니다. 뭘 자꾸 벌이지 말고요. 덤이라고 한다고 무책임하게 사는 것이 아니에요. 열심히 살지만 내일 죽는다고 해서 '벌여놓은 일이 있는데 내가 죽으면 안 되지' 하는 생각은 없어야 합니다. 그래서 질문자는 10년 계획을 세워서 뭘 하려고 하면 안 됩니다. 덤으로 사는데 법률공부를 하고 싶다면 하셔도 되지만 자기가 80까지 살 계획을 세워놨는데 만약 3년 안에 죽는다면 실패한 것이 되잖아요. 그래서 그렇게 계획을 세우시면 안 됩니다. 덤으로 사는 것이니까요.

질문자가 해보고 싶은 것은 부인과 의논해서 하면 됩니다. "여보, 나 이거 죽기 전에 꼭 한번 해보고 싶어. 나는 내 연금만 받아서 살게"라고 말하세요. 부인과 의논해서 하는 것은 뭘 해도 문제가 없어요. 그런데 의논 없이 혼자 일방적으로 하는 것은 안 됩니다. 약속을 지켜야죠. 의논해서 하세요. 저는 찬성입니다. 아이들과는 의논하지 않아도 됩니다.

정말 부부가 서로 사랑한다면, 상대가 한번 해보고 싶은 것이 정말 터무니없는 것이라면 말려야 되겠지만, 그렇지 않다면 한번 해보도록 하는 것도 좋아요. 그리고 또 해보고 싶다고 인간이 어떻게 다 하고 삽니까? 그러니까 해보고 싶은 것도 상대가 반대하면 놓아야 해요. 수행이라는 것은 욕심을 놓는 것이니까요. 부인과 의논을 하고 부인이 동의를 안 하면 동의할 수 있도록 서비스를 잘 하면 됩니다. 서비스를 잘 해서 동의를 얻으면 돼요.

그리피스대학교내이단 캠퍼스

시어머니와
육아방식이 달라서 고민입니다

저는 아기를 안고 스님 법문을 많이 들었고요. 회사에서도 이어폰을 끼고 스님 법문을 많이 들었습니다. 저는 호주 남자와 결혼해서 살고 있는데, 시어머니랑 저랑 아기 키우는 방식이 달라 갈등이 있습니다. 사실은 제가 회사를 안 가고 아기를 봐야 하는데 하루는 아기를 시어머니께 맡기고 제가 회사를 가거든요. 저는 아기를 낳을 때도 무통분만을 안 하고 무조건 자연적으로 낳는 걸 좋아하는 타입인데 저희 어머니는 약사이시다 보니까 약을 사랑하세요. 그래서 아기가 조금만 아파도 스테로이드제를 발라주는데, 제가 바르면 안 된다 말씀드리면 의사가 처방해줬다고 문서로 보여주시니까 저는 대항을 못합니다. 어머니를 고치려고 하면 안 되는데, 그런 부분은 아기한테 너무 나쁘다는 생각이 들어요. 어떻게 어머니께 제 의견을 표현할 수 있을까요?

질문자가 아기를 직접 키우면 되지요. 아기를 어머니께 하루라도 맡겼으면 어머니가 하시는 대로 놔두세요. 둘이 서로 싸우는 게 아기한테 더 나빠요. 어머니한테 가 있는 동안은 어머니가 하시는 대로 놓아두고, 어머니 하시는 게 마음에 안 들면 직장을 그만두고 질문자가 아기를 키우면 됩니다. 어쩔 수 없이 직장을 갈 수밖에 없으면 어머니한테 맡기세요. 기르는 사람이 엄마예요. 할머니가 키우면 할머니가 엄마이기 때문에 질문자가 간섭하면 안 됩니다. 엄마라는 것이 정해져 있는 것이 아니라 기르는 자가 엄마예요. 낳은 자가 엄마라는 것은 생물학적인 것이고, 인류학적으로는 기르는 자가 엄마입니다. 육신의 모습은 낳은 자를 닮지만, 정신적으로는 기르는 자를 닮습니다. 질문자가 키우면 질문자 아이가 되고, 어머니가 키우면 어머니의 아이가 되는 거예요.

앞으로는 낳는 것은 별로 중요하지 않습니다. 옛날에는 엄마가 낳아서 엄마 젖을 먹였는데 요즘에는 소젖 먹이고 다 키우잖아요. 너무 자연스럽잖아요. 또, 여자가 아이를 못 낳으면 남자와 여자의 수정란을 제3자인 여자의 자궁에 넣어서 아이를 낳는 방법이 있습니다. 앞으로는 인공 자궁을 만들어서 인공수정을 해서 인공자궁에 넣고 9개월 후에 와서 아이를 찾아가는 시대가 도래할 것입니다. 그럼 이때에는 낳는 것은 아무 의미가 없어져요. 그럼 결국은 누가 키우느냐의 문제입니다. 이게 좋다, 나쁘다가 아니라 이렇게 갈 수 있다는 말입니다. 이런 시대로 바뀌어 가는 시대이기 때문에 이제 기른 자가 엄마입니다. 그러니까 내가 낳았어도 입양을 시켰으면 기르는 자가 엄마예요.

한국 출신 입양아가 프랑스에서 장관이 됐다면 그 사람은 한국 사람과 아무 상관이 없어요. 혈통만 한국이지, 머리에 깔린 사고 프로그램은 완전히 프랑스 사람입니다. 인간 두뇌의 차이는 프로그램을 뭘 깔았느냐의 차이입니다. 아기에게 원시인의 프로그램을 깔면 원시인이 되고, 현대인의 프로그램을 깔면 현대인이 되는 거예요. 그래서 생물학적으로는 엄마, 아빠의 절반을 닮지만, 정신적으로는 거의 다 엄마를 닮아요. 엄마가 깔끔하면 아이도 깔끔합니다. 엄마가 불안하면 아이도 불안하고요. 그렇기 때문에 할머니가 키울 때에는 할머니의 아이입니다.

할머니가 키우는 날은 할머니의 아이이고, 내가 키우는 날은 내 아이

란 말입니다. 그러니까 어머니가 하시는 대로 놔둬야 해요. 그날은 자기는 엄마가 아니고 회사 직원이고요.

또 한 가지가 있는데요. 사실 결혼해서부터 지금까지 동서와 관계가 계속 안 좋거든요. 저를 별로 안 좋아한다고 해서 저도 거기에 시샘 낼 필요도 없다 하면서 마음을 먹고 있습니다. 그런데 불편한 제 마음을 어떻게 할 수가 없어요. 저는 조카를 예뻐해서 아기를 안아주는데, 저희 동서는 저희 아기를 안아준 적도 없습니다.

아기를 안아주면 엄마가 셋이 되니까 안 안아주는 것이 아기한텐 좋습니다. 생각을 잘못하니까 자꾸 문제가 생기는 거예요. '안 안아줄수록 좋다' 이렇게 생각해버리면 아무 문제가 안 돼요. 내 아기를 동서가 왜 자꾸 안아요? 아기를 동네 아이 만들려고 합니까? 자기 아기를 자기가 딱 안고 키워야지 왜 남이 안아주는 것을 좋아해요. 자기 아기는 자기가 안고 자기가 예뻐하면 되지, 이웃사람이 예뻐해주든지 말든지 신경 쓰지 마세요.

시드니대학교

깨달음의 길, 진리의 길을 멀리 생각하지 마세요.
지금 아내가 죽었든 남편이 죽었든
부모가 죽었든 자식이 죽었든
어떤 상황 안에서도 나는 행복할 권리가 있어요.
주어진 삶을 소중하게 생각하고 성실하게 살아가는 게 중요하지,
얼마나 오래 사느냐는 별로 중요하지 않아요. 그러니 사물을 늘 긍정적으로 보세요.
기독교을 믿든 불교를 믿든, 미국에 살든 한국에 살든,
남자든 여자든 이것이 중요한 게 아니라
사물을 긍정적으로 보면 육체적으로도 좋은 에너지가 나옵니다.
보톡스 주사를 안 맞아도 얼굴이 좋아지고, 머리에 검은 물 안들여도 좋아져요.
늘 긍정적인 마음으로 살아가세요.

바로 지금,
나는 행복할 권리가 있다

아시아

홍콩으로 가는 비행기

직장상사가 많은 일을 부탁하고
고맙다고도 안 해요

이민 온 지 3년차 됐구요, 여기에 터를 잡으려고 누구보다도 열심히 노력해서 지금은 원하는 직장을 찾아서 일을 하고 있습니다. 그런데 지금 타 부서에 과장님이 주재원으로 오셨는데요. 직속 상사도 아닌데 저한테 일을 너무 과하게 주시는 거예요. 저는 거절을 잘하지 못하는 성격이라서 처음에는 '예, 알겠습니다. 최선을 다해 보겠습니다' 하고 일을 받아서 하다 보니 쌓이고 쌓여서 화가 나는 거예요. '내 직속 상사도 아니고 내 일도 아닌데 왜 나한테 일을 시키냐' 이런 생각도 들고요. 매일 아침 출근하면서 마음을 다스리는데 도저히 마음이 잡히지 않아요. 퇴근하고 집에 와서 그 사람과 문제가 있었으면 남편에게 화풀이를 하고 있는 거예요. 처음에는 '다 나한테 도움 되는 것이다'라고 생각하고 받아들였어요. 그런데 현지인 직원들한테는 안 그런 거예요. 현지인 직원들한테는 전화만 받아줘도, 메모만 남겨줘도 땡큐라고 하는데 어떤 업무를 해드려도 저한테는 안 그런 거예요. '부탁한 일 여기 있습니다'라고 갖다드리면 그냥 '네' 하고 마는 거예요.

집에서 아내가 밥을 해주면 남편이 아내에게 고맙다고 해요? 안 하지요. 식당에서 밥을 먹고 나면 고맙다고 하지요. 식당에 돈을 주고 먹는 밥도 서빙하는 사람한테, 그리고 주방 아주머니한테도 "밥 잘 먹었습니다. 감사합니다" 이렇게 얘기하는데 자기 아내한테 밥 먹고 나서 "여보, 오늘 아침 잘 먹었어요. 고마워요" 이런 얘기 안 하잖아요. 서빙 잘했다고 팁도 주는데 자기 아내는 그것보다 열 배를 더 잘해줘도 팁도 안 주잖아요. 왜 그럴까요? 가깝기 때문에 그런 거예요. 그 과장님이 고맙다 소리도 안 하는 것은 그 사람의 내면에서는 질문자를 가깝게 생각하고 있다는 거예요.

반드시 그렇다는 것은 아니고 그럴 가능성이 많다는 겁니다. 예를 들어 돈을 갖고 땅을 사놓는 것을 투자라고 하지요. 그처럼 사람한테도 보이지 않게 다 투자를 해요. 어려울 때 도와주면 그게 금방 돌아오는 것은 아니지만 언젠가는 돌아오지요. 인생을 너무 그렇게 계산하면 안 됩니다.

그러니 사람에 대한 투자야말로 부동산이나 주식투자 이런 것보다 훨씬 성공 확률이 높아요. 그래서 작은 이익을 너무 따지지 마세요.

질문자보다 더 직급이 높은 사람이 질문자를 예뻐해서 일을 시키는 이런 것은 투자 가치가 굉장히 높은 거예요. 바보가 아닌 이상 이런 투자처를 꼭 잡아야지요. 그런데 이런 것은 너무 단기효과를 생각하면 실망을 합니다. 투자했다가 그 사람이 아무런 보상을 안 해준다고 '속았네' 하지 말고 좀 더 길게 생을 생각하세요. 아시겠어요?

이렇게 한번 생각해보세요. 첫 번째, 주어지는 일은 따지지 말고 기꺼이 해준다. 그런 공덕을 쌓아야 다음에 아기를 낳아도 보살의 마음으로 아기를 보살필 수 있고 또 아기가 보살 같은 사람이 되어요. 그러니 그 사람을 돕는 것으로 내 수행의 방편으로 삼으세요. 두 번째, 부탁하는 일은 안 해줘도 괜찮다. 그것으로 화를 내고 짜증을 내고 싸우면 질문자가 아기를 가지면 아기한테 굉장히 좋지 않아요. 이해관계를 따지는 인간한테서 훌륭한 아이가 태어나긴 힘들어요. 그러니 너무 이해관계로

악명높은 교통체증을 통과하며 경찰의 안내를 받아 도착한 강연장.
오늘의 강연만을 기다리던 교민과 스님의 반가운 인사.

따지지도 말고 스트레스도 받지 마세요. 안 해줘도 돼요. 그런데 만약 안 해줄 수 없다면 자기가 똑똑하다는 것을 버려야 해요. 자꾸 틀리게 해주고 늦게 해주고 하면 틀림없이 자기가 그 상사에게 이미지가 나빠지겠지요. '저 사람은 일도 못하고 약속도 안 지킨다' 그런 소리를 듣는 것을 두려워하면 안 돼요. 그래서 해주기 싫으면 안 해주면 됩니다. '안 됩니다' 이렇게 얘기하지 말고 항상 부드럽게 '예, 알았어요' 하고 비단같이 대답하는 거예요. 그러고 나서 안 해주는 거예요. '왜 안 했니?' 그러면 '제 실력이 안 되네요. 과장님께서 저를 너무 잘 봐주셨는데 제가 능력이 안 되어 미안합니다' 그러면서 항상 좋게 얘기하면 돼요. 아이디어를 좀 얻었어요? 느낀 소감을 한번 얘기해봐요.

순간순간 올라오는 마음들이 많은데 길게 생각해서 참겠습니다.

참으면 안 돼요. 참는 것은 수행이 아니에요. 참으면 내가 스트레스를 받게 되고, 어느 순간에 폭발하면 더 안 좋아요. 참는 것보다는 아예 안 하는 것이 더 나아요. 참는 것은 좋은 방법이 아니에요. 숫제 그 사람한테 화를 내고 물건을 막 집어던지고 '내가 너 하수인이냐? 내가 너 비서냐?' 하고 싸우는 것이 더 낫지, 참는 것은 바보 같은 짓이에요. 나를 위해서도 그렇고요. 특히 질문자는 아기를 가질 텐데, 엄마가 참는다는 것은 굉장한 스트레스가 됩니다. 그러니까 참을 것이 없든지, 아니면 그 사람한테 거짓말하라는 것이 아니라 내가 능력이 없다는 것을 보여줘서 그 사람이 스스로 포기하게 하든지요.

그런데 다 착실히 잘한다는 평가를 받는 방법이 오히려 쉬워요. 대신 착실하면 고생을 좀 해야 해요. 고생을 많이 하는 것은 착한 소리 듣고 싶어서 그런 거예요. 그런데 나쁜 소리 듣는 것을 두려워하지 않으면 고생은 안 해도 돼요. 그런데 자기는 고생도 안 하고 나쁜 소리도 듣기 싫고 심보가 그렇네요. 그런 것을 욕심이라고 해요. 그러니깐 고생을 안 하려고 하면 나쁜 소리 듣는 것을 두려워하지 않아야 하고, 좋은 소리 들으려면 고생을 좀 해야 하고 노력을 많이 해야 해요. 둘 중에 하나를 선택해야 해요. 돈을 빌렸으면 갚아야 하고, 돈을 갚기 싫으면 빌리지 말아야 합니다. 그런데 돈은 빌리고 싶고, 그 돈을 갚기는 싫고, 그것을 욕심이라고 해요.

롯데쇼핑 에비뉴

우울증이 있어요

제가 영국에서 대학원을 다니는 동안 극심한 우울증으로 인해 약물치료와 상담치료를 받고 생활하다가 대학원을 마치고 싱가포르로 잠시 오게 되었습니다. 이따금씩 올라오는 우울증과 불안함 때문에 끊임없이 부정적인 생각이 계속되고 자살을 생각하고 있습니다. 지금 부모님이 계시는데 자살을 하는 것은 아닌 것 같구요. 긍정적인 생각을 해서 이 상황을 타개하고 싶지만 그 상황 안에 있을 때는 너무나 괴롭고 아무 생각이 안 듭니다. 그래서 심각할 때는 약을 먹으면서 진정을 하려고 하지만 장기적으로는 약물을 먹으면서 생활하기에는 좀 문제가 있는 것 같고 그래서 어떻게 이 상황을 타개해야 할지 여쭈어보고 싶습니다.

지금 하고 있는 생각을 계속 갖고 있으면 좋은데, 우울증이 심해지면 그런 생각은 온데간데없고 딱 죽어야만 된다는 생각에 사로잡히게 됩니다. 그때는 자기도 어떻게 못하는 거예요. 그러니 병이 엄습할 때는 약을 먹어야 하니 약을 꼭 가지고 다녀야 돼요. 심하면 조금 멍해지는 한이 있더라도 약을 먹어야 하니까요. 그래도 죽는 것보다는 낫잖아요.

　다리가 하나 없으면 좀 불편하지 열등한 것은 아니에요. 없는 만큼 조금만 활동하면 돼요. 다른 사람이 100을 활동하면 자기는 80만 활동하면 되거든요. 그런데 자꾸 100을 목표로 잡으니까 스스로 열등해지

497

는 거예요. 그러니까 우울증이 있다면 우울증을 하나의 내 상태로 받아들여야 해요. 이것을 완치하려다가 잘 안 되니까 우울증을 더 가중시키게 되는 거예요.

그러니까 제일 중요한 것은 내가 우울증이 있다는 것을 인정하는 것이고요. 그리고 우울증을 완치시킬 수 있는 치료법이 현재는 없다는 것입니다. 다음으로, 우울증은 대부분 자살로 종결된다는 것입니다. 이 세 가지를 알면 돼요. 이걸 먼저 질문자가 자각을 해야 해요.

그런데 죽으면 안 되잖아요. 지금 병이 심하지 않을 때는 죽어서는 안 된다는 것을 알지만 그런데 병이 들면 자기 마음이 자기 의지대로 안 되니까 문제이지요. 그래서 비상약을 늘 가지고 있어야 해요. 자살하고 싶다든지 어떤 충동이 일어나거나 하면 무조건 약을 먹어야 해요. 그래야 자살이 예방되는 거예요.

그래서 항상 비상약을 준비해서 '심각해지면 약을 먹는다' 이렇게 계속 자기에게 암시를 줘야 해요. '이것 먹는다고 낫느냐?' 이런 생각하면 안 돼요. 일단 약을 먹으면 자살하려는 충동은 진정이 됩니다. 그러니까 죽고 싶을 때 그 생각이 들자마자 끌려가지 말고 일단 약부터 찾아서 입에 넣어야 해요. 그러면 사로잡힌 것이 조금 진정되면서 위기는 넘어갈 수 있거든요.

그래서 이 병 치료의 핵심은 자기가 우울증이라는 것을 자각하는 것이 가장 중요합니다. 우울증 환자들의 80퍼센트는 본인이 우울증임을 인정하지 않습니다. 그래서 자살이 많은 거예요. 내가 우울증이라는 것을 딱 자각을 하고 본인이 자각을 하면 얼마든지 치료가 가능해요. 그런데 대부분은 본인이 인정을 안 해요. 오히려 정신병 취급한다고 펄쩍 뛰거든요.

그런데 오늘 제가 이렇게 탁 깨놓고 '그러면 죽는다'라고까지 얘기하는 것은 질문자가 처음부터 스스로 '제가 우울증을 앓고 있습니다' 얘기를 했기 때문에 '아, 그러면 얘기하기 쉽겠구나. 상처를 덜 입겠구나' 이렇게 생각해서 얘기하는 거예요. 그러니까 어떤 경우에도 병을 아는 것이 굉장히 중요해요. 그래서 질문자는 우울증이라는 것을 알기 때문에 그 위험이 훨씬 적어지는 거예요. 그리고 이건 호르몬 분비와도 연관이 있기 때문에 약물 치료도 필요하고, 상담 치료도 필요합니다. 그러니 의사 선생님하고 상담을 하면서 치료하는 것이 제일 좋아요.

보조적으로 도움을 드릴 수 있는 것은 질문자가 정신을 딱 차리는 훈련을 계속 하는 겁니다. 그런데 보통 이것을 해도 효과가 크게 없는 것은 우울증은 무의식에서 일어나는 일이기 때문입니다. 내가 '아, 정신 차려야지' 하는 것은 의식에서 일어나지만 무의식이 의식을 항상 앞섭니다. 그래서 의식적 암시를 지속적으로 하면 의식이 무의식화됩니다. 그러면 우울증이 일어날 때 본인이 자각하는 계기가 됩니다.

그래서 절을 하루에 108배씩 해보세요. 절은 육체적으로는 전신 운동이고, 정신적으로는 옳다는 생각을 내려놓는 연습입니다. 우상숭배하고는 아무 관계가 없어요. 아침에 일어나서 매일 해야 합니다. 아프거나 안 아프거나, 비가 오나 눈이 오나, 하기 싫거나 하고 싶거나 관계없이 매일 108배 절을 하면서 세 개의 문장을 마음에 새겨야 합니다.

'저는 편안합니다.'

'살아 있음에 감사드립니다.'

'저는 잘살 겁니다.'

이 세 가지를 외우면서 계속 본인한테 암시를 주세요. 기독교 신자라면 '주님, 저는 편안합니다. 살아 있음에 주님께 감사드립니다. 주님의 은혜 속에 저는 잘살 겁니다' 이렇게 하면 됩니다. 불교 신자라면 '부처님, 저는 편안합니다' 이렇게 하는 거예요. 심리적으로는 다 똑같은 거예요. 이렇게 매일 108배 절을 계속하면서 자기 암시를 주세요. 그러면 조금 도움이 될 거예요.

그러나 증상이 심하면 이런 것도 소용 없어요. 여러분들 내시경 검사할 때 전신 마취하죠? 그때 '나 정신차려야지' 이렇게 결심하고 있어봐요, 정신이 차려지는지. 그래서 우리에게는 정신도 중요하지만 이 물질적인 것도 굉장히 중요합니다. 몸에 이상이 있는 것은 약물로 치료를 해야 하고, 프로그램상 이상이 있는 것은 정신적인 치료를 받아야 합니다. 그런데 이것이 서로 밀접하게 연관되어 있어요. 근본 원인이 어느 쪽에 있느냐를 보고 치료해야 하거든요. 몸의 작용과 정신의 작용은 상호작용을 합니다. 그래서 약물치료와 겸하셔야 해요.

죽을 때까지 하루 세 번 밥 먹는 것이 더 귀찮지, 약 조그만한 것 하나 딱 먹는 것 그게 뭐가 귀찮아요? 약만 먹어서는 완치가 잘 안 돼요. 그러나 위기는 극복할 수 있어요. 응급치료약으로 위기를 극복한 위에 기도를 꾸준히 하면 나중에 약을 안 먹어도 되는 그런 단계로 갈 수 있어요.

부모님은 제가 우울증을 앓고 있는 것을 모르십니다. 걱정을 끼쳐드리는 것이 불효인 것 같은데 이것을 부모님께 알리는 게 좋은지요?

알려야지요. 팔이 하나 없는데 계속 있다고 속이고 다닐 수는 없잖아요? '제가 우울증이 있어서 치료도 받고 기도를 합니다' 이렇게 주위에도 알도록 해줘야 해요. 주위에서 알아야 발병을 할 때 도와줄 수 있거든요.

본인이 자각하는 것이 제일 좋고, 주변에서도 아는 것이 좋아요. 정상적인 사람처럼 맞대응을 안 하고 약간 협력을 해줄 수 있기 때문에 훨씬 도움이 됩니다.

의미가 없다는 것이 너무 슬프지 않나요?

존재라는 게 본래 의미 없어요. 의미는 우리가 만드는 거예요. 이걸 접시라고 이름을 붙이고, 값을 정하는데, 본래는 의미가 없어요. 그냥 하나의 존재일 뿐이에요. 그러니까 깨달음은 의미가 본래 없다는 것을 깨닫는 것, 그게 깨달음이에요. 의미는 우리의 의식이 만들어낸 거예요. 값이 있다 없다, 선하다 악하다, 잘한다 잘못한다, 이런 것은 다 인간의 의식이 만든 거예요. 천당이다 지옥이다, 부처다 하늘이다 신이다 뭐 이런 것은 다 인간의 의식이 만든 거예요. 인간은 가만히 못 있고 뭘 만들어놓고 거기에다 매달려 사는 거예요. 괜히 복잡하게 사는 거죠.

의미가 없으니 좋지요. 신경 안 써도 되고. 의미가 없는데 왜 슬프지요? 의미가 있으니까 슬픈 것 아닌가요? 슬퍼할 이유도 없는데 뭐가 슬퍼요? 존재가 먼저일까요? 의미가 먼저일까요? 의미 이전에 존재가 있었는데 존재에 무슨 의미가 있어요? 존재가 먼저 있고, 거기에 인간의 소유라든지 의미를 부여한 거예요.

그런데 우리는 후에 의미를 부여한 것을 가지고 존재를 규명하려고 그래요. 그게 잘못된 거요. 그래서 '왜 사는가?' 하는 이것을 추구하면 딱 자살하게 되어 있어요. 왜 그럴까요? 삶이 먼저 있고 '왜'라는 사고를 하는데, '왜'라는 사고를 가지고 삶의 의미를 찾으니까 끝까지 찾아보면 '없다' 이렇게 나오거든요. 그러면 '죽어야 되겠네' 이렇게 되는 거요. 왜 사는가가 아니라 이미 존재는 던져진 것이에요. 그러면 이왕 사는데 괴롭게 사는 사람도 있고 즐겁게 사는 사람도 있고 행복하게 사는 사람도 있고 불행하게 사는 사람도 있고 자유롭게 사는 사람도 있고 속박받고 사는 사람도 있으니 나는 어떻게 사는게 좋은가? '어떻게'가 우리에게 주어진 화두이지 '왜'는 화두가 아니에요. '왜 살지?' 이거는 죽고 싶다 이 말이에요.

산에 사는 다람쥐는 도토리 구하기 어렵다고 자살하지 않아요. 질문자가 만약에 자살을 하면 다람쥐보다 못해요. 그러니까 의미가 있어서 사는 것이 아니에요. 의미는 우리가 사는 동안 만드는 거예요. 내가 아무 의미 없어도 살아 있어요. 이왕 사는데 어떤 의미를 만들어 살면 더 재미가 있지요. 의미는 우리들이 계속 만들어 나가는 거요. 그러니까 의미가 필요없다는 것이 아니라 본래는 의미가 없는 존재인데 의미라는 것은 우리의 의식이, 정신 작용이 만들고 그 의미를 통해서 보람을 느끼고 기쁨을 느끼고 이렇게 사는 거예요.

감사합니다.

양곤(Yangon)

한국인으로서 창피할 때가 있어요

외국에서 한국인으로 살아가는 것에 대해서 여쭙고 싶습니다. 이곳이 아직 문화적으로 미흡한 곳이다 보니 미얀마인을 인격적으로 대하지 않는 한국인을 많이 보게 되어 한국인으로서의 자긍심을 많이 잃고 있습니다. 어린 딸아이에게 한국인으로서 어떠한 자긍심을 심어줘야 할까요? 미얀마뿐만 아니라 캄보디아와 중국에서 산 적이 있었지만 그런 분들을 보면서 많이 속상했었습니다. 한국인으로서 가끔씩 창피할 때도 있었고요. 자라는 아이들에게 제가 어떻게 얘기를 하고, 한국인으로 어떻게 살아가는 것이 좋을지에 대해서 궁금합니다.

외국에 나와서 한국인으로 어떻게 사느냐? 이런 생각 너무 할 필요가 없어요. 인간이 사는데 무슨 한국인과 미얀마인이 다르겠어요? 그러니 한국인으로서 어떻게 해야 하는 것이 아니고 사람으로서 어떻게 할 것이냐 이렇게 보편화시켜야 해요. 자꾸 특수화시키지 말고요.

사람의 행위를 판단할 때 생태계를 기준으로 보면 됩니다. 개가 강아지를 낳았는데 새끼가 까만 것, 흰 것, 노란 것도 있을 때가 있잖아요. 그런데 그 어미개가 까만 것, 노란 것, 흰 것을 차별합니까? 안 합니다. 사람들도 강아지 털 색깔이 다르다고 차별해요? 안 하지요. 그런데 개

도 차별을 안 하면서 인간이 피부가 까맣고 노랗고 하얗다고 왜 차별을
해요? 이것은 한국인이다, 아니다에 관계없이 '진실이 아니다' 이렇게 말
할 수 있어요. 그러나 질문자가 고양이나 개를 볼 때 '흰 털이 좋다, 까
만 털이 좋다, 노란 털이 좋다'라고 할 수는 있어요. 이것은 질문자의 취
향이니까요. 그러니깐 나는 백인이 좋다, 나는 흑인이 좋다, 나는 황인
이 좋다는 것은 차별이라고 보면 안 돼요. 이것은 그의 기호이기 때문이
에요. 이것은 인종차별하고는 성격이 다릅니다. 내가 백인을 좋아하는
것은 괜찮은데 흑인을 무시해서는 안 되죠. 그러니까 우리가 미얀마에
살면서 미얀마인을 무시하는 것은 안 되지요. 이것은 잘못된 거예요.
사람이 태어난 나라가 다르거나 인종이 다르거나 종교가 다르다고 해
서 차별을 하면 안 된다는 거죠. 무슬림이라면 벌써 '저 사람은 위험하
다'라는 식으로 보면 안 된다는 거죠. 또 여자라고 차별해서도 안 되고,
신체장애라고 차별해서도 안 되고, 더 나아가서는 성적 지향이 다르다
고 차별해서도 안 됩니다. 그 태어남에 의해서 주어진 것을 가지고 차별
해서는 안 된다는 거죠. 그러니까 아이들에게 이것을 가르쳐야 해요.

지금까지 기독교인들은 기독교인들끼리만 살아왔고, 한국 사람은 한국
사람끼리만 살아왔고, 일본 사람은 일본 사람끼리만 살아왔고, 서양 사
람은 서양 사람끼리만 살아왔습니다. 그러다 보니 자기만 옳다, 자기들
이 우월하다는 것을 너무나 당연히 생각하고 있지요. 이렇게 살아온 환
경의 영향이 큽니다. 한국은 단일민족국가라서 한국 사람은 인종이 다
른 사람, 민족이 다른 사람과 같이 살아본 경험이 없어요. 경험이 없다
보니 한국 사람이 아닌 것은 다 이상하게 생각하는 것 같아요.
　그런데 우리가 서양문화의 영향을 받다 보니까 서양 사람에 대해서는

무조건 열등감을 가지게 되었어요. 이것은 모방하다 보니깐 형성된 것이지요. 그다음에 우리가 동남아시아에 있는 사람들보다는 잘사니까 자기도 모르게 자꾸 목에 힘을 주게 되는 거죠. 좀 낮춰보고 있습니다. 그런데 내가 서양 사람들에게 열등감을 가질 필요가 없듯이 동남아 사람들에 대해서도 우월감을 가질 필요가 없습니다. 열등감을 가지면 우월감이 생기고, 우월감을 가져도 열등감이 생겨요.

예를 들면, 돈은 그냥 돈일 뿐이지요. 돈을 그리 중요시 안 하면 나보다 돈 많다고 해서 내가 열등의식을 가질 필요가 없고, 나보다 돈이 적다고 해서 내가 무시할 필요도 없어요. 그런데 내가 돈에 대한 집착을 하게 되면 나보다 돈 많은 사람한테는 기가 팍 죽고, 나보다 돈 적은 사람한테는 나도 모르게 목에 힘을 주게 돼요.

내가 지위에 집착하면 나보다 지위가 높으면 나도 모르게 기가 죽고, 나보다 지위가 낮으면 나도 모르게 반말이 나와요. 그러니까 이런 것들은 먼저, 자기 열등의식의 발로예요. 두 번째는 경험이 없어서 자기도 모르게 하는 행동이에요. 그러니 여기 나와 있는 한국 사람의 대다수는 이 두 가지가 섞여 있어요. 하나는 서양에 대한 열등의식을 가지고 있고, 다른 하나는 동남아에 대한 우월 의식을 가지고 있습니다.

옛날부터 때리는 시어머니보다 말리는 시누이가 더 밉다는 말이 있잖아요. 서양 사람이나 미국 사람한테는 굽실거리면서 여기 와서는 한국이 경제적으로 좀 잘 산다고 큰소리치니까 동남아 사람은 우리가 더 얄미운 거예요. '네가 언제부터 잘 살았다고?' 하는 이런 생각이 드는 거예요. 그 다음에 두 번째는 이런 것보다는 한국 사람이 외국인하고 살아본 경험이 없기 때문입니다. 외국에 와서도 한국식으로 살고 있는데 외국 사람들이 느낄 때는 굉장히 차별의식을 느끼는 거예요.

그러니까 한국에서도 조금 더 배운 사람들이 그래도 아는 게 있으니까 차별을 덜 하고요. 오히려 시골에서 초등학교, 중학교만 나와서 동네에서 사는 사람들이 차별이 더 심한 편입니다. 이런 사람들이 모여서 동남아로 단체여행을 오면, 자기도 고생을 했으니까 여기 사람들을 더 존중해야 하는데 그렇게 안 되고 오히려 식당이나 술집에 가서 더 행패를 피우고 그래요. 자기도 모르게 그렇게 해요. 의도적인 것이 아니에요. 그런 사람들이 그런 행동을 할 때 너무 기분 나쁘게만 보면 안 돼요. 그들의 업식이기 때문이에요. 그것을 불교에서는 카르마라고 합니다. 그래서 '나는 그러지 않겠다' 하는 생각을 가져야 하지만, 남이 그러면 그런 점은 널리 이해를 해야 해요. 그러나 이해하는 것과 옳은 것과는 다릅니다. 화가 난다는 것은 이해가 안 된다는 거예요. 이런 행동은 이해는 되지만 개선은 해야 할 일이에요. 그래서 스님이 '화내지 마라, 화를 내는 것은 내 문제다'라고 말하는 거예요.

한국분들이 이렇게 함부로 행동함으로써 국가의 위신을 떨어뜨리고 외국인들이 한국 사람에 대해 저항감을 가지게 됩니다. 그래서 여행을 하거나 사업을 할 때 유의를 해야 해요. 한국에도 중소기업을 하시는 분들이 사정이 어려워서 그렇긴 한데 동남아시아에서 한국에 돈 벌러 온 외국인 노동자들에게 일 시키고 월급 안 주고, 여러 가지 문제가 생기잖아요. 여성 노동자들에 대해서는 성추행이 자주 일어나고 있고요. 요즘 한국 여성분들에게 그랬다가는 신문에 나고 난리가 나잖아요. 외국에서 온 노동자들에 대해서는 그런 게 더 심하단 말이에요. 또 한국에 결혼해서 온 베트남 여성분들이 시골에서 인격적으로, 인권적으로 받는 모욕감이 굉장하거든요. 한국은 앞으로 이것이 큰 문제예요.

이것은 한국 국민이 나빠서가 아니라 역사적으로 다른 나라 사람과 살아본 경험이 없고, 가난한 나라 사람들을 신부로 데려올 때 대부분 돈을 지불하고 데려오거든요. 말이 결혼이지 부인이라고 받아들이기 보다는 조금 우월의식을 갖고 하대하는 개념이 있어요. 그래서 인권 침해가 상당히 많습니다. 그러나 개인이 나빠서 그런 것은 꼭 아니에요. 이것은 무지로부터 오는 건데, 자기도 잘 인식하지 못하고 행동을 한다는 겁니다.

그래서 앞으로 대사관이나 학교에서 우리 한국의 어린아이들에게 다문화 가정에 대한 새로운 교육을 해줘야 합니다. 요즘 학교에는 혼혈아가 많아졌잖아요. 아이들은 학교에서 다 경험하고 있거든요. 어릴 때부터 교육도 하고, 종교가 다른 사람들과 공동체로 생활하는 것에 대한 훈련도 많이 받아야 해요.

우리는 새로운 시대에 돌입했습니다. 여기서 가장 중요한 이슈는 '창조' 입니다. 창조를 하기 위해서는 융합할 수 있어야 해요. 문호를 활짝 열고 정말 내가 갖고 있는 문제, 우리가 해결해야 할 인류적 과제에 있어서 그것이 기독교적 아이디어든, 불교적인 아이디어든, 과학적인 아이디어든, 그것을 받아들이는데 제한을 두면 결국은 창조성이 안 나옵니다. 그런데 여러분들은 신앙에 갇혀 있고, 민족에 갇혀 있고, 관습에 갇혀 있잖아요. 그런 것을 무시하라는 것이 아니라 갇혀 있지 말라는 거예요. 그래야 여러분들이 새로운 시대의 주인이 될 수 있습니다.

내가 여기에 오면 이 나라 문화를 존중해야 해요. 내 문화를 존중하듯이 이 나라의 문화를 존중해줘야 해요. 내 신앙, 민족, 문화에 갇혀 있지 않으면 다른 문화를 존중할 수 있고, 그렇게 받아들이면 우리는 그 신앙, 민족, 문화의 장벽을 넘어서서 다음 세계로 나아가야 될 과제를 안고 있습니다. 그래서 남의 문화를 무시하면 그것은 아까 얘기한 대로 현대인이 되기 어려운 거예요. 현대인이라는 것은 모든 것을 다 수용하는 거예요. 그리고 그것을 넘어서서 우리는 새로운 세계로 나아가자 이것이 세계 평화의 길이에요.

인야레이크 호텔

새로운 시작이 두렵습니다

저는 캄보디아의 깝봉스프라는 지역에서 2년 동안 거주하며 봉사활동을 하였고, 다음 달 한국으로 귀국합니다. 저와 저희 단원들 모두 2년 전에 한국에서의 직장생활을 접고 같이 들어와서 2년 동안 활동을 하고 다시 귀국할 예정에 있습니다. 그런데 막상 돌아가려고 생각해보니까 한국에서 새로이 취업해야 하고, 등록금으로 낸 남아 있는 빚들도 갚아야 하고, 한국의 다른 친구들은 현재 대부분 취직하여 안정된 상태에 있다 보니 '내가 잘할 수 있을까?' 하는 생각이 나면서 두려워집니다. 이 두려움의 실체가 무엇일까요? 어떻게 하면 극복해서 용기를 낼 수 있을까요?

이곳 생활보다 한국 생활이 더 편하고, 여기 월급보다 한국 월급이 더 많은데 걱정할 것이 뭐가 있어요? 아무 걱정할 것이 없잖아요.

마음가짐이 좀 문제인 것 같아요. 안 좋은 부분일 수도 있지만, 말씀하신 대로 여기에서는 저보다 훨씬 교육의 기회도 적고 삶도 열악한 사람들하고 같이 있다 보니까 내 삶에 대해서 만족할 수 있는 시야를 가지게 되는데, 한국에 있다 보면 자꾸 나보다 잘 되는 사람, 나보다 더 좋은 곳에 취업한 친구들을 더 보게 되는 것 같아요.

그래요. 맞는 얘기예요. 그것을 상대적 열등감과 우월감이라고 합니다. 상대적 우월감을 갖고 본인이 행복을 구하려면 본인은 여기에 영원히 살면 돼요. 한국에 가지 말고요. 늘 상대적 우월감으로 살 수 있잖아요. 여기 현지에 있는 한국인 회사 있잖아요. 그런 곳에 월급을 많이 달라고 하지 말고요. 아까 들어보니까 이곳 사람들 최저 임금이 80달러, 100달러 하다가 이제는 120달러, 128달러 한다고 그러더군요. 그런데 한국 사람을 채용하면 적어도 3000달러는 줘야 하니까 한국 직원을 적게 둔단 말이지요. 그러니까 질문자가 여기 회사에다가 월급을 한 500달러만 받겠다고 제출을 해서 신청을 하면 어느 회사든지 오라고 할 거예요.

그러니까 인간이 그런 상대적인 우월감으로 사는 존재인 것은 맞는데, 그것의 본질을 딱 꿰뚫어서 '여기서 500달러를 받고 상대적 우월감을 갖고 사느니, 한국에 가서 2천 달러 받고 상대적 열등감을 갖고 사는 게 낫겠다' 해서 '여기 500달러보다 네 배나 더 받지 않느냐' 이런 생각을 할 수 있다면 한국에 가는 것이 하나도 두렵지 않지요.

여기 있을 때도 질문자는 늘 남하고 비교하는 인생을 산다는 이야기네요. 남과 비교해서 살면 월급을 1만5천 달러를 받아도 3만 달러 받는 친구하고 비교하면 또 열등감을 가지게 돼요. 질문자가 직장에서 과장이 되어도 부장이 된 친구하고 비교하면 또 열등감을 가져야 되고요. 질문자가 사장이 되어도 회장이 된 친구하고 비교하면 또 열등감을 가져야 되고요. 그래서 영원히 열등감 속에서 살아야 해요.

그래서 저는 이것을 거꾸로 생각하라고 권유합니다. 여기 와서 해외봉사를 안 해본 청년들은 한국에서 불만과 불안 속에서 살지만 해외봉사를 나와보니까 '내가 한국 시민권 가진 것만 해도 엄청난 이익이구나' 알게 되잖아요. 여기 캄보디아 사람들이 현재 한국에 가서 일하면 여기 월급의 열 배를 받을 수 있잖아요. 그런데 이 사람들은 한국에 갈 수 있는 방법이 없잖아요. 한국에 가도 시민권이 안 주어지잖아요. 게다가 불법 체류자는 월급을 절반밖에 못 받잖아요. 그리고 두려움 속에 살아야 되는데, 나는 한국에 가면 시민권을 갖고 불법 체류를 안 해도 되고 공장에 간다 해도 월급도 두 배 받잖아요.

그래서 여기서 2년 봉사하다가 한국에 가면 '내가 한국 시민권을 가지고 있는 것만 해도 엄청난 기득권이고 재산이다' 하는 것을 자각할 수 있고, 여기서 열악하게 사는 사람들을 봤기 때문에 한국에 가서는 셋방에 살아도 여기서 개인 주택보다는 더 시설이 낫고, 공장에 가서 생활을 해도 이 사람들보다는 조건이 훨씬 낫구나' 하고 자각할 수 있죠. 그러면 이런 열악한 곳에서도 돈 안 받고 일할 수 있었는데, 한국에 가서 돈 받고 일하는데 뭐가 두려울 것이 있어요? 그러니까 '한국에 가서는 청소부를 하든, 가정부를 하든, 무엇을 해도 나는 할 수 있다' 이런 깨달음을 얻기 위해서 봉사를 보내는 거예요. 여기 와서 도움을 준다 하지만 솔직하게 말해서 별로 도움이 안 됩니다.

우리 젊은이들이 이것을 통해서 인생을 자각하고 건강한 한국 국민으로 살아가도록 하는 훈련 장소로서는 필요하지만, 이 사람들이 볼 때는 한국에서 온 봉사자들이 호화판 생활을 하고 있는 거예요. 여기 사람들이 보기에는 꿈에도 못 보던 것을 다 먹고 입으면서 봉사한다고 와 있는 거예요. 그러니 여기 와 있는 것이 실제로는 이들에게 도움이 별로 안 돼요. 그러나 우리 한국 젊은이들에게는 굉장한 도움이 돼요. '여기에 와 보니 내가 대한민국에 대해서 정말 불평불만을 가지고 있었는데, 그래도 한국은 캄보디아나 라오스나 베트남에 비해서는 참 민주적이고 경제도 낫고, 사회보장제도도 낫다' 이렇게 볼 수 있어요. 우리가 고칠 것이 아직 많이 있지만 한국 사회도 부정적으로만 보지 않고 긍정적으로 보는 위에서 개선할 것을 생각하게 된다는 거예요.

그리고 젊은이들은 가능하면 미국이나 유럽에 보내지 말고, 저개발국(제3세계)으로 보내서 그곳에서 1~2년을 보내고 한국으로 돌아오면, '나는 한국에서 무엇을 해도 할 수 있겠다'라는 가능성을 열어주기 때문에 우리 젊은이들이 굉장히 건강해집니다. 지금 여기 있으면서 너무 안일하게 살았기 때문에, 여기서는 상대적인 우월감으로 편안하게 살다가 '한국 가서 또 그런 경쟁사회에서 어떻게 사나?' 그런 걱정이 있다는 것을 이해는 해요. 그러나 객관적으로 봐서 '여기서도 살았는데 한국에서 왜 못살겠느냐' 이렇게 생각하면 하등 두려울 것이 없어요. '돈을 조금 받고도 일했는데 한국 가서 큰돈을 받는데 왜 못하겠느냐?' 이렇게 생각해보세요. 그래서 여기 한번 살다 가면 한국에서 사는 게 걱정이 하나도 안 돼야 해요.

고생을 한번 해보면 안일해졌던 삶에 대한 반성이 일어나거든요. 그래서 옛날부터 '젊어서 고생은 사서 한다' 이런 말이 있잖아요. 젊어서 고생은 돈을 주고 사서라도 할 만하다. 왜냐하면 이렇게 고생을 한번 겪어야 세상을 살아가는 힘이 생기고 적응력이 생겨요. 무보수로도 했던 일을 더 쉬운 일에 돈을 주는데 못할 게 뭐가 있어요? 전에는 '이 정도는 되어야 취직을 한다' 이렇게 생각을 가지고 있다가 '뭐든지 한다' 이렇게 생각을 바꾸게 되면, 이제 일자리가 널려 있는 거예요. 이런 자세로 일을 하면 직장을 두세 번만 바꾸면 금방 정상적으로 돌아가요. 그래서 여기서의 생활이 조금 고생스러운 게 사실은 이익이에요. 그런데 이제 한국도 좀 살만 하니까 이 KOICA 코이카 : 한국국제협력단에서도 해외파견자에게 재정적 지원을 해주잖아요.

프놈펜 공항에서 도심으로 들어가는 길

그런데 정부에서 지원을 해서 한 달에 500달러씩 주면 나중에 성실도가 훨씬 떨어져요. 일에 집중도 안 하고 불평도 많고요. 이런 방식은 사람을 더 많이 보낼 수는 있지만, 훈련은 잘 안 된다는 거예요. 그래서 여기 온 김에 고생 좀 하셔야 해요. 편하게 살수록 오히려 도움이 안 돼요. 젊을 때는 오지에 가서 고생도 엄청나게 해보고 위험도 감수해보고 이렇게 해야 삶이 생기가 돕니다. 사람이 위험에 처하면 살고자 하는 욕구가 일어나잖아요? 더 악착같이 살려고 그래요. 목매서 죽으려고 하다가도 호랑이가 나타나면 죽어라고 도망을 가요. (청중들 웃음)

혹시 제 얘기를 잘못 알아듣고 '스님이 봉사단원들에게 돈 주지 말라'고 하더라 이렇게 받아들이시면 안 돼요. 고생이라는 것이 꼭 나쁜 게 아니라는 말씀을 드리고 싶은 거예요. 그 이유는 우리의 이 의식은 상대적인 것입니다. 행복도 상대적인 행복이고요, 그렇기 때문에 아무리 높아져도 상대적으로 더 높은 것과 비교하면 열등감이 생기거든. 그래서 고생을 해서 비교 대상이 낮아져버리면 삶의 만족도가 확 높아져버린다는 거예요.

그래서 GDP국내총생산 순위하고 행복지수 순위가 다르다는 것 아시죠? 빈부 격차가 심하면 상대적 빈곤감이 커요. 우리 사회가 살 만한데도 행복도가 떨어진다는 것은 구조적으로는 빈부 격차가 크다는 거예요. 그래서 정치적으로 사회적으로는 이 상대적인 빈곤, 소위 양극화를 줄여주어야 국민 행복도가 높아지고, 개인적으로는 자기 기대 수준을 낮춰주면 만족도가 좀 높아지는 거예요. 이 나라 사람들이 우리가 보기에는 불쌍해 보이지만 자기들은 다 웃으면서 행복하게 사는 이유는 기대가 낮기 때문입니다. 같이 가난하기 때문에 열등감이 적은 거죠.

수행이라는 것은 마음이 어떻게 작용하고, 우리의 기분이 어떻게 작용하는지, 그 원리를 알아서 내가 나를 행복하게 만들어가는 방법이에요. 그래서 이번에 한국에 복귀하시거든 그런 마음을 가져요. '캄보디아에서 살았는데 한국에서 왜 못살겠나?' 이렇게요. 그리고 나보다 잘된 사람과 자꾸 비교해서 따지지 마세요. 내가 보기에 좋게 보이지, 실제로 그 사람이 좋은지 안 좋은지는 몰라요.

그러니까 내가 보기에 결혼한 사람들이 좋아 보이고, 취직한 사람들이 좋아 보이고, 지위가 높은 사람이 좋아 보이는 것이지, 그 사람이 실제로 좋은지 그것은 전혀 다른 문제예요. 내가 이렇게 2년 봉사한 것이 한국에서 2년 먼저 취직한 사람보다 못하다고 느끼는 이유는 돈과 지위만 가지고 계산하기 때문이에요. 행복도를 따지면 외국에 봉사한 경험이 없는 그는 나보다 월급이 한 100만 원 많거나 지위가 조금 높아도 그는 불만족 속에서 살고, 나는 그보다 월급이 작고 지위가 낮아도 늘 만족하여 살기 때문에 행복도는 내가 더 높다는 거예요. 그러니까 이 봉사는 그 무엇과도 바꿀 수 없는 나의 소중한 자산으로 여겨야지, '괜히 봉사 2년 했다가 취직도 늦어지고, 결혼도 늦어지고, 나만 손해 봤잖아' 이렇게 생각하는 것은 어리석은 생각입니다.

감사합니다.

프놈펜 왕립대학교

좋은 아빠, 좋은 남편 되기 쉽지 않아요

저는 결혼한 지 8년째 되었고, 일곱 살, 다섯 살인 아들딸이 있습니다. 제가 어떻게 하면 좋은 아버지가 되고, 좋은 가장이 되고, 저희 가족을 더 잘 이끌 수 있을까요? 아내와 아이들은 호치민에서 지내고 있고, 저는 혼자 하노이에서 생활하고 있습니다. 어떤 공허함 같은 것이 느껴지는데 따로 살고 있으니까 그런 마음이 더 많이 드는 것 같아요. 가족을 위해서 산다는 것이 무엇인지 그러면서 공허함은 왜 생기는지 잘 모르겠어요.

가족을 위해서 희생한다는 생각을 자꾸 하면 앞으로 살기가 힘들어지지요. 그렇게 생각하면 질문자가 스트레스를 많이 받게 됩니다. 그러니까 '가족을 위해서, 아이들을 위해서 내가 헌신한다, 희생한다' 이런 것은 사명감이잖아요. 사명감을 가지면 어깨가 무거워요. 그러면 얼굴이 밝지 못해요. 그러니까 '누구를 위해서' 이런 생각을 버리고요. 질문자 스스로 한번 생각을 해보세요. 혼자 사는 게 나아요? 아내와 함께 사는 게 나아요? 본인한테는 어느 것이 나아요?

같이 살면 물론 좋지요.

같이 사는 것을 얘기하는 것이 아니고, 결혼 안 하고 혼자 사는 것이 질문자 본인한테 좋은지, 같이 살든 떨어져서 살든 어쨌든 결혼해서 사는 것이 질문자한테 좋은지 묻는 거예요.

종교에 귀의하지 않는 남자와 여자는 결혼을 해야 한다고 생각하고 있어요.

그렇게 복잡하게 생각하지 말고요. 결혼한 것이 더 나아요? 혼자 사는 게 나아요? '네'인지 '아니오'인지만 분명히 얘기해 봐요.

제 입장에서는 결혼 생활은 당연히 좋다고 생각을 합니다.

그러면 질문자는 아이들 없이 부부 둘이서만 사는 것이 나아요? 돈도 들고 힘도 들지만 그래도 아이 둘이 있는 것이 질문자에게 나아요?

후자 때문에 문제가 발생하고 있는 거죠.

질문자는 아이들 없이 부부 둘이서만 사는 것과 아이들이 있는 것 중에 어느 것이 본인의 행복에 조금이라도 도움이 되나요? 아이들이 없는 것이 도움이 되나요? 아이들이 있는 것이 도움이 된다고 생각해요?

아이들이 생겼으니까 지금 입장에서는 아이들이 있는 것이 낫죠.

'아내를 위해서, 자식을 위해서 어떤 가장이 되고 어떤 아버지가 될 것이냐?'라고 하는 사명감 가득한 얘기는 자기 인생을 불행하게 만들어요. 그런 성인군자 같은 생각 그만하시고요. 본인에 대해서 솔직하게 먼

517

저 인정을 해야 한다는 말이에요.

그러니까 질문자는 혼자 사는 것과 아내와 사는 것 중에서 어느 것이 좋냐 했을 때 결혼해서 사는 것이 낫다고 했고, 자식이 없는 것과 있는 것 중에 어느 것이 더 나은가 했을 때 자식이 있는 것이 낫다고 했어요. 물론 여기에는 자식이 애를 먹이는 것도 다 있지만, 플러스 마이너스 해보니까 51점이라서 1점이라도 낫다면, 질문자가 아내와 사는 것이 본인한테 좋은 것이지 아내 좋으라고 질문자가 같이 살아야 한다는 것이 아니라는 말이에요. 자식 좋으라고 질문자가 같이 살아야 한다는 것도 아니고요. 자식이 있는 것이 본인한테 좋다는 거예요.

그러니까 문제가 좀 있지만 '당신이 있어서 나는 행복하다', '너희가 있어서 나는 좋다' 이렇게 생각하고 살면 질문자는 부인 때문에 본인의 인생을 희생하거나, 자식 때문에 희생해야 한다는 생각을 안 해도 된다는 거예요. 항상 아이들한테도 '고맙다. 너희가 있어서 내가 행복하다'고 하고, 아내한테도 '가끔 잔소리도 하지만, 그래도 당신이 있어서 내가 사는 재미가 있다' 이런 생각을 하고 살면, 저절로 좋은 가정, 좋은 남편이 되고, 저절로 좋은 아버지가 되는 거예요. 질문자처럼 '내가 당신을 위해서, 아이들을 위해서 어떤 역할을 해야하지?' 이런 생각을 하면 본인을 희생하는 것이 되기 때문에 오래하지 못해요.

사람이 참는 데는 한도가 있어요. 주로 몇 번 참아요? 삼세 번이지요. 자기를 희생하면 남이 볼 때 좋아 보이지, 자기는 오래 못 참아요. 그러면 회의가 들어요. '인생을 이렇게 살 필요가 있나? 내가 왜 가정에 묶여서 살아야 하나?' 이러면서 삶이 지속가능하지 못해요. 그래서 결국에는 중간에 회의가 들어서 터지게 되어 있어요.

'아내를 위해서, 자식을 위해서 내가 무엇을 하겠느냐?' 그런 쓸데없는 생각은 하지 마세요. 자기 좋으라고 하는 일이지요. 질문자는 들은 소감을 한번 얘기 해봐요.

가족들을 위해서 열심히 해외에서 근무하시는 선배님들 더 노력해주시고, 화이팅 하십시오.

무슨 가족을 위해서 열심히 살아요? 또 저런 소리 하네요. 누구를 위해서 한다는 생각을 너무 하면 보상심리가 생깁니다. '내가 너를 위해서 이렇게 하는데 너는 나한테 이것밖에 안 하나? '내가 너희들을 위해서 이렇게 하는데 너희들은 공부도 안 하고 왜 이러니?' 이렇게 섭섭해지고 나중에는 자기 신세 한탄이 됩니다. 자꾸 누구를 위해서 산다고 내세우지 마세요. 그러면 스트레스 받아요. 두 부부가 악을 쓰고 싸우면서 아이 잘 되게 하려고 온갖 돈 들여서 아이들을 키우면 아이들이 나빠져요. 그러나 부부가 서로 행복하게 살면 아이들은 저절로 잘돼요. 공부를 못해도 나중에 다 잘돼요. 그러니까 아이들 때문에 부부가 싸우는 것은 바보짓이에요. 부부가 화목하게 살면 그것이 아빠 역할이 되고, 엄마 역할이 되는 것이에요. '아내가 있어서 내가 참 행복하다. 그래도 한 달에 한 번 당신 손이라도 잡아보니 내가 얼마나 좋아?' 이렇게 해보세요. 그렇게 생각하면 아내 귀한 줄 알게 되는 거예요. 그리고 결혼을 했다는 것은 같이 살려고 결혼했으니 가능하면 부부가 같이 살면 좋지요. 그런데 어쩔 수 없이 같이 못 살 형편이 된다면, 그것도 서로 합의하면 되지만, 그러나 가능하면 같이 사는 것이 좋아요.

다시 말하면 한 달 수입이 호치민에서 가족과 같이 살면서 그곳에서 일하면 300만 원이고, 여기 와서 혼자 살면 500만 원이면 200만 원을 포기하고 가족과 같이 사는 것이 제가 볼 때는 훨씬 낫다는 거예요. 호치민에서는 아이들을 좋은 국제학교에 보낼 수 있는데, 하노이는 아직 시설이 안 되죠. 그래도 부부가 떨어져 살면서 아이들을 호치민의 좋은 학교에 보내봐야 아이들은 나빠져요. 오히려 여기서 아무 학교나 보내도 두 부부가 화목하게 살면 아이들의 장래에 훨씬 좋다는 거예요.

절대로 부모가 자식을 위해서 희생하면 안 돼요. 부모가 자식을 위해서 희생하면 자식이 나빠집니다. 왜냐하면 부모가 희생하면 부모는 자식에게 거는 기대가 크고, 거는 기대가 크면 자식은 부모의 무거운 짐을 지고 살아야 하기 때문에 젊은이가 활기가 없어져요. 항상 부모 눈치를 보고 살아야 하고요. 이런 남자는 결혼하면 부모 눈치를 너무 보게 돼요. 부모에게 효도해야 한다는 너무 무거운 짐을 지고 있어도 한 남자로서는 별 볼 일 없어요.

그래서 항상 우리 아이는 부모의 짐을 지지 않도록 '너희들 맘껏 살아라. 이 세상에 나가서 마음껏 살아라. 혼자 살아도 좋고, 결혼해도 좋고, 흑인하고 결혼해도 좋고, 장애인하고 결혼해도 좋고, 네 뜻대로, 너 원하는 대로 살아라. 엄마는 너를 지지한다' 이렇게 탁 풀어서 황야에 내보내줘야 아이들이 활기차게 살지, 무슨 강아지처럼 끈을 묶어가지고 이리로 가면 안 되고, 저리로 가도 안 되고, 그러니까 아이가 강아지 밖에 안 되잖아요.

여러분들은 자식을 위해서 한다고 하지만 본인 욕망을 아이에게 실현하려는 것이지 아이를 위해서 하는 것이 아니에요. 부부가 헤어져 살면서 아이를 위한다는 것은 다 거짓말이에요. 그러니까 그런 생각하지 말고 결혼을 했으면 부부가 중심을 딱 잡으세요. 아이 키우는 것이 너무너무 괴롭다 하면 자식은 잘못됩니다. 왜냐하면 조그만 아이 때부터 부모를 괴롭히니까 부모에게 불효하잖아요. '네가 있어서 나는 행복하다' 이렇게 하면 조그만 아기 때부터 아기가 그냥 효자잖아요. 부모를 즐겁게 만들어주잖아요. 그래서 조금 힘이 들어도 아이 키우는 것을 항상 즐겁게 생각하고, 좋게 생각해요. 부담으로 느끼면 안 돼요. 그런데 여러분들은 아이 키우기 힘들다고 '저놈의 자식만 없었다면……' 이런 생각들 많이 하시죠. 그러다 자식이 갑자기 죽고 나면 또 울고불고 난리예요. 그런 후회되는 인생을 살 필요가 없잖아요.

그랜드 플라자 하노이 호텔

521

술 때문에 늦는 남편,
걱정되어 잠을 못 자요

제 남편은 평소에는 정말 잘하는데 술을 너무 좋아해서 먹다 보면 귀가 시간에 연락이 없어요. 그래서 날마다 싸우게 됩니다. 더군다나 결혼 전, 베트남에 근무할 때 남편이랑 다른 회사 동료들이 늦은 시간까지 술을 마시고 택시 타고 귀가하다가 택시 기사에게 나쁜 일을 당한 적이 있었거든요. 그일에 대한 트라우마도 있고 해서 술 먹는 것에 대해서 집착을 좀 하게 되는 것 같아요. 남편은 술을 먹으면 '시간 약속은 절대 지킬 수 없다. 술은 그냥 느낌대로 먹는 것이기 때문에 너와 약속은 절대 지킬 수 없다. 그러니 푹 자라' 이러는데 잘 수가 없어요. 저는 혹시 핸드폰이 꺼져 있거나 그러면 불현듯 과거 생각이 나서 돌아올 때까지 계속 힘들거든요. 계속 반복되고 있는데 이것을 어떻게 해결해야 할까요?

과거에 한 번 경험했던 것이 머릿속에 남아서 그것이 마치 지금 일어나는 것처럼 착각을 불러일으키는 겁니다. 과거 생각이 일어나면 그 생각의 스위치를 꺼야지요. '내가 스위치 꺼야지' 이렇게 생각을 하는 게 좋습니다. 그런데 남자가 술을 먹고 늦게 들어오면 걱정이 되고 기다려진다는 것은 남자가 괜찮다는 거네요. 괜찮으니까 빨리 죽으면 내가 손해잖아요.

그렇죠? 그러니 남편 걱정해서 그런 것이 아니라 본인 손해 안 보려고 그런 거예요. 그래서 이기심을 좀 버려야 해요. 이것은 남편을 걱정하는 것이 아니에요. 남편한테 갑자기 무슨 일이 일어나면 본인한테 오는 손해를 질문자가 감당하기 싫어서 걱정하는 거니까, 진짜 남편을 걱정하면 남편 말대로 남편이 하자는 대로 해주는 것이 진짜 남편을 걱정하는 것이고 사랑하는 거예요. 지금 질문자가 남편 말대로 안 하고 안절부절하는 것은 본인한테 손해날까 싶어서 그런 거예요. 그래서 지금 여기에 집착을 하는 건데 괜찮아요. 안 죽을 거니까요. 걱정하지 마세요. 그래서 편안하게 자는 게 좋아요. 결혼한 지 몇 년 되었어요?

이제 4년차입니다.

4년 동안 얘기했는데 고치려면 벌써 고쳤겠지요. 그러니 그것은 안 고쳐지는 거예요. 그러면 이제는 자기 습관대로 살도록 놔둬야 해요. 그러고 질문자는 푹 자요. 저녁에 기도할 때 '안 죽고 살아오면 아직 쓸 만하고, 죽으면 결혼 한 번 더 한다. 이래도 괜찮고 저래도 괜찮다' 그러고 그냥 푹 자면 돼요. 이것이 첫 번째고요. 두 번째는 질문자가 밤새도록 걱정한다고 사고가 안 나고, 내가 걱정 안 한다고 사고가 나고 이럴까요? 그것은 아무 관계가 없어요. 그러니까 푹 자고 사고 났다고 전화 오면 그때 가서 처리하면 돼요. 그러니 사고도 안 났는데 매일 걱정하는 것은 낭비란 말이에요. 그리고 그런 걱정을 한 것이 조금이라도 사고예방에 도움이 되면 모르는데 도움이 전혀 안 된다는 거예요. 그래서 걱정하는 것보다는 질문자가 택시를 타고 가서 그 가게 앞에서 기다리는 것이 낫지요. 기다리다 나오면 데리고 오면 되잖아요. 어차피 집에 있어도 잠 못 자죠. 그러면 그 술집 앞에 있으면 전혀 걱정 안 해도 되잖아요.

끝나고 나오면 같이 오면 되니까요. 그러니 매일 남편이 술 먹으면 그 가게 앞으로 가면 돼요. 그 가게 안에 들어가서 행패 부리지 말고, 학교 입구에서 엄마가 아이들을 기다리고 있다가 학교 마치면 딱 태워가듯이 그 가게 앞에 기다리고 있다가 남편이 나올 때 태워오면 사고 위험도 없고요. 또 남편도 늘 부인이 그러면 술을 조금 줄이는 데 도움이 될 거예요. 이렇게 방법을 구체적으로 세워야 해요. 앉아서 걱정하는 것은 실제로 아무 도움이 안 돼요.

그러면 매일 술집에 출근할래요? 그게 낫겠어요? 그렇다면 걱정이 되는 날은 얼른 차 몰고 가서 그 술집 앞에서 기다리고, 안 그러면 푹 자버리고요. 잠이 안 오면 차 몰고 가서 기다리고요. 그러면 걱정은 안 해도 되잖아요.

네. 감사합니다.

여기 남자들 얼마 안 되지만, 제발 술 좀 적게 먹어요. 먹더라도 집에 일찍 들어가고요. 왜 이렇게 부인들 걱정하도록 그렇게 술을 먹어요? 반성 좀 해요. 술 먹는 것을 문제 삼는 것이 아니라 술에 취해서 늦게 들어가는 것은 부인을 괴롭히는 것입니다. 회사에서 하루 종일 동료들을 보고, 술집에 가서 또 보잖아요.

그런데 남편이 매일 친구들하고 어울려서 술 먹는 것은 집에 들어가기 싫다는 거잖아요. 그러니 여자들도 좀 생각을 해봐야 해요. 얼마나 집에 들어가기 싫으면 밤 12시까지 술 먹고 그러겠어요? 그러니까 앉아서 그렇게 걱정하지 말고 남자가 회사 '땡' 하면 집에 올 수 있도록 연구를 좀 해봐요. 요부같이 해서 유혹을 하든지, 음식을 잘 만들어서 오도록 하든지요. 늦게 온다고 싸우지 말고 남자가 집에 일찍 오고 싶도록 만들어봐요. 아니면 저렇게 걱정되는 사람은 숫제 집에서 매일 술상을 차려 놓고 남자가 술 먹고 싶다고 하면 친구 데리고 와서 집에서 술을 먹도록 하든지요. 그러면 걱정 안 해도 되잖아요. 그렇게 하려면 또 시장을 봐가지고 요리를 해야 하니, 요리하기 싫다 이러고, 그래서 남편이 부인 힘들게 안 하려고 술집에 가서 알아서 먹어주는 것 아니에요? 고맙다고 생각해야지요.

그러니까 집에 와서 매일 술상 차리라고 하는 것보다는 본인이 알아서 먹고 오니 그게 낫다 이렇게 생각하면 편안한 일이에요. 걱정이 되면 오히려 집에서 술상을 차리든지, 안 그러면 가게 앞에 가서 기다렸다가 데리고 오든지, 이렇게 뭔가 구체적인 방법을 가지고 시도를 해야 하는데 그냥 앉아서 걱정만 하고 매일 들어오면 싸우니까 스트레스 받고 이튿날 또 술 먹고 그러잖아요.

그러니 이제 술 먹고 들어오면 "아이고, 친구를 집에 데리고 오면 마누라 힘들 것 같아 밖에서 알아서 먹고 오니 우리 남편 참 착하네요" 하고 등도 두드려주고, 뽀뽀도 해주고요. "아이고, 마누라 밖에서 좀 놀다가 오라고 이렇게 늦게 와주니 얼마나 좋아요? 나도 오늘 친구하고 10시까지 놀다 왔어요" 이러면서 "나는 그래도 당신이 먼저 오는가 싶어서 조마조마해 하면서 달려왔는데 당신이 나보다 늦게 와줘서 너무너무 고마워요" 이렇게 얘기해줘 봐요. 사는 데 유머가 좀 있어야 재밌잖아요. 술 먹고 기분 좋게 들어왔는데 멱살 잡고 싸우니까 기분이 더 나빠지는 것이지요. 그러니 신경질 나니까 이튿날 또 먹게 되고 집구석에 가봐야 잔소리만 하고, 그러니까 밖에서 빙빙 돌면서 술 먹고 그런 거예요.

여러분들이 하기 나름이에요. 그러니까 남편이 밖으로 도는 것이 좋다고 생각하면 '아이고 고맙다' 생각하고 그냥 놔두고요, 밖에 도는 것이 나쁘다 생각하면, '무엇 때문에 이렇게 밖에서 돌까?' 하고 집에 올 수 있는 방법을 연구해요. 친구가 좋아서 그렇다는데 친구 좋아하는 것은 좋은데, 친구가 아내보다 좋으니까 그렇겠지요. 친구와 술 먹고 대화하는 것이 아내랑 있는 것보다 재미있으니까 그런 것 아니에요? 그러니까 나하고 있는 것이 더 재미있도록 만들어보세요. 옛날에 연애할 때는 남편이 친구들하고 술 먹으려고 했어요? 아니면 나하고 연애하려고 했어요? 나하고 연애하려고 했지요. 그런데 이제 결혼했으니 집토끼가 되었으니까 이제는 놔두고 자기들은 돌아다니는 거예요.

한인회관

새어머니와 잘 지내고 싶어요

안녕하세요. 저는 스무 살입니다. 고민은 어머니와 사이가 굉장히 안 좋아요. 사실 어머니가 친어머니는 아니에요. 어머니 돌아가신 뒤 아버지께서 재혼하셨고 이제 2년 되었어요. 부모님이 돈을 보내주셔서 그 돈으로 필리핀에 살고 있고 아버지와 새어머니는 사업 하고 계셔서 같이 오래 살아본 적은 없는데, 언제부터인가 저를 싫어하신다는 것이 느껴졌어요. 그래서 관계를 회복하고 싶어서 둘이서 얘기로 풀어보려고 한 적도 있는데, 시도했을 때마다 관계가 더 악화되고 요즘은 사이가 너무 안 좋아요. 이제는 어떻게 해야 할지 모르겠어요.

도움을 얻고 살고 있으면 항상 '감사합니다' 하면 되지요. 본인의 부모님이라고 생각하지 말고, 질문자의 후원자라고 생각해요. 도움을 받고 있잖아요. 본인의 후원자라고 생각하면 고맙지요. 아버지는 후원자이고, 엄마는 후원자의 사모님이에요. 고마우면 후원자의 사모님한테도 잘 해야지요. 사모님한테 질문자가 잘못하니까 관계가 안 좋겠지요. 사모님이라고 생각하고 잘 해요. 그러니 사모님한테 잘 하면 금방 해결이 돼요.

그리고 이 어머니는 새어머니가 아니고 그냥 어머니에요. 새어머니, 이런 말을 할 필요도 없이 그냥 '어머니'에요. 그런데 친어머니라 하더라도 스무 살이 넘으면 부모는 더 이상 나를 도와줄 의무가 없습니다. 그러니까 이제부터는 후원자예요. 후원자로부터 지원을 계속 받으려고 하면 후원자에게 잘 해야 되겠지요. 그러니 아버지, 어머니라고 생각하지 말고 후원자라고 생각하고 깍듯이 잘 하면 아무 문제가 없어요. 관계를 개선하니 안 하니 그렇게 생각하지 말고, 어머니하고 둘이서 말로 풀려고 하지 말고, 후원자에게 깍듯이 공손하게 대하면 저절로 풀려요. 스님 애기를 들은 본인의 소감을 얘기해보세요.

저는 정말 사이가 좋았으면 했어요.

아니, '사이가 좋았으면' 하는 그런 말로는 안 됩니다. 후원자라고 생각하고 깍듯이 예의를 갖추면 관계가 좋아져요. 만난 지 2년밖에 안 되었는데 그냥 말로써 관계를 좋게 하자 이런 것은 없어요. 그렇게 될 수가 없어요. 더구나 어머니는 아버지가 좋아서 결혼했지 질문자가 좋아서 결혼을 한 건 아니겠지요.

그러면, 아무 관계도 없는 질문자가 붙어 있는데 좋을 리가 있을까요? 자꾸 돈이나 가져가고 나쁘지요. 그런데 그것을 자꾸 말로 해결하려고 하니 어떻게 좋아지겠어요? 말로는 '어머니' 하지만, 사장님 사모님 대하듯이 깍듯이 대하면 관계는 저절로 좋아져요.

그런데 어머니하고 관계를 개선하고 싶다고 했는데 관계가 왜 나빠졌어요? 말을 안 들었나요?

제가 계속 공부를 잘 못해서 아버지께서 많이 실망해서 힘들어 하셨어요. 그래서 어머니가 "네가 아버지 힘들게 하면 용서 못 한다"라고 했어요.

그러니까 '죄송합니다'라고 해야지요. 질문자에게 아버지이지만 엄마한 테는 남편이잖아요. '사모님, 제가 남편을 힘들게 해서 죄송합니다', '사모님, 제가 남편 돈을 계속 받아서 죄송합니다' 어머니에게 이런 마음을 가져야지요. 말은 어머니라고 하지만 속으로는 사모님같이 대하세요. 그러면 관계가 금방 풀려요.

그런데 제가 걱정되는 것은 저도 어머님을 많이 싫어하게 될까봐서요.

질문자도 어머니를 싫어할 수밖에 없지요. 왜냐하면 '저게 어디서 굴러와서 남의 아버지를 데려가나?' 이렇게 생각하지요. 질문자는 '아버지를 빼앗겼다' 생각하니 싫고, 어머니는 '저게 어디서 우리 남편 돈을 계속 가져가고 걱정을 끼치나?' 이렇게 생각해서 싫어할 수밖에 없는 거예요. 그것은 자연의 이치예요. 그러니 그런 생각을 하지 말고, 그냥 '그분은 우리 아버지의 부인이고, 아버지는 나를 지원해주는 후원자이고, 그분은 후원자의 사모님이다' 이렇게 생각하고, 항상 깍듯하게 대해야 합니다.

그리고 '아버지 돈이 내 돈이다' 이렇게 생각하면 안 돼요. 나는 아버지 돈을 내 돈이라고 생각하지만, 어머니는 아버지 돈을 자기 돈이라고 생각해요. 여기에서 이해가 상충되는 거예요. 질문자가 스무 살 이전에는 괜찮은데, 이제 스무 살이 넘었기 때문에 아버지 돈은 본인 돈이 아니에요. 결혼한 부인은 자기 돈이라고 생각할 수 있지만 질문자는 이제 더 이상 아버지 돈을 본인 돈이라고 생각하면 안 돼요. 그래서 스님이 후원자라고 그러는 거예요. 후원자에게 후원을 받으려면 후원자가 요구하는 어떤 조건을 갖춰야 후원을 계속 받겠지요. 원하는 정도로 공부를 하지 않든지 기대만큼 안 하면 지원을 끊어버리겠지요. 그러니까 후원자의 요구 조건을 잘 들어줘야지요. 그게 싫으면 지금이라도 경제적으로 딱 자립을 해버리고요.

그러면 제가 자립하기 전까지는요?

자립하기 전까지는 지원을 받아야 하잖아요. 그러니 깍듯이 예를 갖추어서 대하면 아무 문제가 안 생겨요. 말로 해결하려고 하지 말고요. 알았지요?

네, 잘 알겠습니다.

어떤 사람이 돈을 100만 원을 빌려 가 놓고 말로 해결하려고 하면 기분이 나쁘겠지요? 돈을 갚든지, 아니면 사근사근하게 심부름을 잘해주든지, 둘 중에 하나는 해야지요. 그러니까 사모님을 깍듯이 모셔요.

재혼을 하면 이것이 제일 큰 문제예요. 애들 생각에 아빠는 자기들 아빠이니까 '우리 아빠인데, 우리 아빠 돈을 왜 네가 마음대로 하냐?' 이렇게 생각하고, 부인은 애들이 있든지 말든지 남편은 내 남편이니까 내 돈이지요. 그런데 '왜 애들이 자꾸 가지고 가나?' 이렇게 생각하는 거예요. 그래서 지금 관점이 서로 달라요.

그래서 스무 살 밑으로는 아이들이 아버지로부터 보호받을 권리가 있어요. 그러나 스무 살이 넘었기 때문에 질문자는 아버지한테 더 이상 지원받을 권리가 없어요. 이제는 독립을 해야 합니다. 그러니까 더 이상 그쪽 신경 쓸 필요가 없고, 새어머니하고 관계를 해결할 필요도 없고, 그냥 '안녕히 계십시오' 하고 관계를 딱 끊고 본인 인생을 살면 돼요. 그

런데 지금 본인이 경제적으로 그럴 형편이 못 되니까 후원자한테 사근
사근하게 해서 지원을 받고, 그 후원자 부인인 사모님한테도 잘 보여야
되잖아요.

요즘 남자들은 부인한테 꼼짝을 못해요. 사회 분위기가 남자들이 여
자 말을 다 듣는 쪽으로 바뀌었어요. 그러니까 사모님한테 깍듯이 대해
야 해요. 엄마를 넘어서서 사모님처럼 모셔야 돼요. 그래야 이 문제가
해결돼요. 요즘 남자들은 본인이 어떤 결정을 못해요. 아무 결정권이 없
어요. 그래서 사모님한테 잘 해야 돼요. 내 아버지다 이렇게 생각하면
아무 소용이 없어요. 아버지는 허수아비예요. 스무 살이 넘었기 때문에
사모님을 잘 모셔야 해요. 그래야 지원을 받지요.

아시아태평양대학 강당

손님 대접에 지치고 힘들어요

안녕하세요? 세부까지 찾아와 주셔서 감사합니다. 2001년부터 세부에서 살았습니다. 한국에서 굉장히 많은 손님들이 찾아옵니다. 손님이 오실 때마다 일일이 대접을 하다 보니까 굉장히 지치고 저의 시간이 없어집니다. 그렇다고 손님을 푸대접하기에는 마음 한구석이 찝찝합니다. 저는 어떻게 해야 될까요?

욕심을 많이 내지 마세요. 다시 말하면 손님을 깍듯이 접대한다는 것은 투자를 많이 한다는 얘기거든요. 그러다보니 질문자가 쓸 돈이 부족하다는 것 아니에요. 생활비도 안 남겨두고 다 투자를 해버렸다는 것 아니에요? 이제 선택을 하셔야 해요. 생활비를 많이 쓰고 투자는 조금 할 것인지, 생활비는 겨우 밥 먹고 살 정도로만 남겨두고 나머지는 전부 다 투자를 할 것인지 이것은 본인 선택이거든요.

　한달에 100만 원을 벌어서 30만 원을 쓰고 70만 원으로 주식을 살 것인지, 50만 원을 생활비로 하고 50만 원으로 주식을 살 것인지, 80만 원을 생활비로 하고 20만 원으로 주식을 살 것인지와 똑같은 거예요. 질문자가 365일 중에 300일을 본인 생활로 쓰고 65일만 손님 접대에 쓸 것인지, 본인이 절반을 쓸 것인지, 지금 말한 대로 생활에 조금 쓰고 손님 접대에 많이 쓴다든지요.

손님 접대를 많이 한다는 것은 투자입니다. 제가 들을 때 '투자량이 조금 과해서 본인 생활이 어렵다' 이렇게 들리거든요. 그러면 본인이 조정을 하면 되지 크게 어려운 일은 아니에요. 생활이 조금 곤궁하다고 하면 생활비에 조금 더 쓰고 투자를 조금 줄이고요. 지금은 조금 어려워도 미래를 생각해서 투자를 많이 해놓든지요.

한국에서 오시는 분들은 정말 오랜만에 계획해서 오시는 분들이잖아요. 그래서 항상 그런 손님들을 맞이하다 보니까 저는 잘해주고 싶은 마음은 있는데 거기에 신경을 쓰다 보면 제 생활이 너무 기울게 되어서 조율을 잘해야 되고요. 사실은 세부가 제 땅도 아닌데 오지 말라고 할 수도 없는 거고요. 손님들도 친구니까 기대하고 오고, 저 같은 경우에는 여기까지 왔는데 섭섭하지 않을 정도로 또 대접을 해줘야 하고요.

그러니까 투자라는 거예요. 친구들을 위해서 하는 것이 아니에요. 본인 체면을 위해서 하는 거지요. 본인이 하기 싫으면 안 하면 돼요. 그러면 질문자는 자기 시간 낭비는 안 해도 되는 대신에 체면이 조금 깎이게 되는 것이지요. 질문자는 지금 욕심을 부리는 거예요. 본인 시간도 많이 갖고, 친구들한테도 체면 안 깎이고 싶잖아요? 그런 길은 없어요. 체면을 지키려면 시간 투자를 많이 해야 되고, 본인 시간을 좀 많이 가지려면 체면을 좀 깎여야 해요. 두 마리 토끼를 다 잡겠다고 하는 거예요. 욕 좀 들으면 됩니다. 친구한테서 전화가 와서 "나 세부간다" 그러면, "나 그때 마닐라 가는데" 그러면 되지요. "나도 오랜만에 남편하고 어디 여행가기로 했다"라든지, "남편하고 어디 가기로 해서 이번에 좀 어렵다"든지 이렇게 얘기하면 되지요.

그런데 그것은 또 사실이 아니니까 마음이 불편할 것 같아요.

'나 지금 시간이 없어서 너 접대할 시간이 없어. 나도 내 시간을 가져야 해' 이렇게 얘기하는 것보다 그렇게 얘기하는 것이 질문자에게도 또 그 사람에게도 더 낫잖아요. 그게 어디 거짓말이에요? 꼭 진실로 말을 해 가지고 남의 속을 확 긁어놓아야겠어요? 어떤 사람이 스님 보고 좋다고 그러면 '나, 너 싫어' 이렇게 얘기해야겠어요? 아니면 '아이고 스님한테 그러지 마세요' 이렇게 말하는 게 나을까요?

저도 친분이 없는 분한테는 그렇게 많이 거절하는데, 그래도 제가 있어서 오시는 분한테는 잘 해주고 싶고요.

그러니 본인 욕심이라는 거예요. 그리고 또 잘 해줘야 나중에 무슨 이익이라도 있지요. 체면 생각하는 것이 아닌가요?

또 어머니도 온 사람은 잘 해주라고 또 이러시니까, 그런 말씀들이…….

어머니는 투자를 조금 많이 해라, 즉 지금 생활이 힘들더라도 미래를 생각해서 저축 많이 해라 이런 얘기지요. 노인들은 대부분 저축을 많이 하라고 그러잖아요.

네. 감사합니다.

별로 해결된 것 같지 않네요. 마음에서 우러나면 얼굴 표정만 봐도 '아,

그러면 되겠다' 하고 드러날 텐데, '아이고 스님하고 얘기해봐야' 이런 얼굴이네요.

그건 아니에요. 친구가 오면 사실 더 반가워요. 그런데 손님들이 세부는 가까워서 제주도처럼 오시기 때문에 3박 4일 동안 아무래도 손님이 와 계시면 신경이 쓰이고 대접을 해 드려야 하고, 또 그러니까 그런 것들이.

본인은 지금 좋다는 것 아니에요? 오면 반갑고 가면 더 반갑고, 그것은 좋다는 거 아니에요. 오면 괴롭고 가면 반갑고 이것도 아니고, 오면 반갑고 가면 슬프고 이것도 아니고, 오면 반갑고 가면 더 반갑고 이것이 도대체 뭐가 문제예요? 아무 문제가 없네요.

그런가요? 저는 제가 좀 적절히 하면 좋을 것 같아요.

질문자는 스님하고 얘기하면서 어떤 것을 느꼈어요?

세부에 오더라도 제가 접대해줄 수 있는 사람만 오라고 그랬는데, 요즘 세부에 저가항공도 많이 생기고 하면서 3박 4일로 올 수 있다 보니까 왔다간 사람들이 또 오고.

저가항공이 생기든지, 자기들이야 오든지 가든지, 질문자 본인하고 아무 관계없는 일이에요. 저가항공하고 본인하고 무슨 관계가 있어요. 자기들이야 오든지 가든지, 저가항공 타고 많이 오든지, 비싼 비행기 타고 적게 오든지, 그것은 그들의 인생이고 질문자와는 아무 관계가 없는 일이에요. 그중에 내가 해줄 만큼 해주고, 못 해주면 못 해주고 그러면 되잖아요. 그것을 왜 자꾸 남의 평계를 대고 그래요.

내가 원하는 것을 다 이룰 수 없고, 남이 원하는 것을 내가 다 해줄 수도 없습니다. 내가 원하는 것을 다 이루려고 하는 것이 욕심이듯이 남이 원하는 것을 내가 다 해주려고 하는 것도 욕심이에요. 질문자는 좋은 사람이 아니고 그냥 욕심쟁이예요. 질문자가 지금 욕심을 부리고 있는 거예요. 그래서 본인이 지치는 거예요. 욕 좀 들으면 어때요? 만약에 질문자가 시간이 없다면서 거절을 자꾸 해봐요. 한 1년만 거절을 해봐요. 소문이 나서 모든 연락이 딱 끊어지고 한 명도 연락을 안 할 거예요.

'걔한테 연락하지 마라, 걔 싫다고 하더라' 그러면서 소문이 나면 딱 끊어지지요. 스님도 해달라는 것 중 내가 할 수 있는 것만 해주지, 더 이상 안 해주면 '아, 저 스님은 굉장히 냉정한 사람이야'라고 소문이 나요. 그러면 끊어져버려요. 그래서 적당하게 자기 갈 길을 가게 돼요.

그러니까 그런 쓸데없는 저가항공이 어떻고, 뭐가 어떻고 그런 소리 그만하시고, 내 인생 그냥 내 식대로 살면 됩니다. 남 탓하지 말고요.

내가 그 사람을 만나는 게 더 좋으면 만나고, 안 좋으면 만나지 말고요.

네, 많이 도움이 되었습니다.

그런데 질문자는 욕심 때문에 괴로운 거예요. 남이 나한테 부탁한 것을 다 해주려고 하는 것은 실제로는 내가 원하는 것을 다하려고 하는 것보다 더 큰 욕심이에요. 본인을 과대평가하기 때문에 그런 것이 생기거든요. 본인을 굉장히 좋은 사람으로 세상 사람에게 인식시켜 놓으려는 그런 욕심이 있기 때문에 그렇게 무리해서 하는 거예요.

538

그래서 두 가지입니다. 첫째는 본인이 힘들면 안 해도 됩니다. 아무 문제도 없다는 거고요. 둘째, 별로 힘이 안 들면 여기에 살 때 복 많이 지어놓는 것이 좋아요. 스님은 오히려 후자를 권유하고 싶어요. 다른 곳에 살면 질문자를 찾아올 사람이 누가 있겠어요? 뭐 좋다고 찾아오겠어요? 세부에 사니까 질문자한테 연락도 하고 찾아오는 거예요. 그러니 그때 많이 뿌려놓으면 그중에 10명에 9명은 나몰라라 하지만 1명은 알아요. 그렇기 때문에 오히려 여기에 살 때 기쁘게 복을 짓는 것이 좋다는 거예요.

아까 성경을 인용했잖아요. 질문자는 지금 5리를 가자니까 죽겠다고 난리를 피우는 것 아니에요. 질문자가 예수님한테 이 얘기를 하면 예수님이 뭐라고 할까요? '5리를 가자면 10리를 가주라' 그래서 본인이 1년에 200일 정도를 쓰는 것 같으면 '1년에 365일 다 쓰겠습니다' 하고 마음을 내세요.

베네딕토대학 아티스트 홀

거짓말로 남편에게 상처를 주었어요

안녕하세요. 남편이 거짓말을 정말 싫어해요. 거짓말을 절대 하지 말자는 약속을 하고 결혼을 했는데, 결혼 후에 제가 먼저 약속을 깨버렸거든요. 남편이 화를 많이 냈고, 실망을 많이 했고, 그래서 한동안은 사이가 별로 안 좋다가 화해를 하고 다시는 거짓말을 하지 말자는 약속을 하고 지내왔어요. 그런데 상처가 너무 깊었는지 그때 일을 계속 애기하더라고요. 그때 일은 잊자고 애기했는데, 갑자기 또 애기하니까 솔직히 제 마음도 불편하고 화도 나고 미안하기도 한 그런 일이 반복됩니다. 깊은 상처를 어떻게 치료할 수 있을까요?

여자아이들이 어릴 때 성추행을 당해서 큰 상처가 되었을 때 이것을 트라우마라고 하잖아요. 그런데 이것은 죽을 때까지 없어지지 않지요. 계속 따라다니죠. 그래서 그것은 정신과 의사나, 정신분석학을 연구한 분들이 치료를 하면 조금 도움이 돼요. 그러나 그것은 쉽게 치유가 되는 것은 아니에요. 우리의 몸에 상처가 심하게 나면 몸이 나았다 하더라도 흉터가 남잖아요. 그런 것처럼 세월이 아무리 지나도 마음에 상처가 흉터처럼 간직되고 있는 거예요. 그러다가 이 흉터를 누가 건드리면 다른 곳보다 더 아픈 경우가 있는 것처럼 그 부분을 건드리면 이것이 덧나요. 그래서 마치 지금 상처 입은 것처럼 매우 아프지요.

그래서 성추행 경험이 있는 사람들이 심리치료를 해서 트라우마를 완전히 해소하지 않으면 연애하거나 결혼할 때 굉장히 어려움을 겪어요. 왜냐하면 연애를 하거나 결혼을 해서 서로 사랑하는 행위를 할 때 본인이 성추행당했던 동일한 동작이 나타나면 갑자기 분노하고 화를 내고 그러거든요. 그러면 남자가 볼 때는 포옹하다가 갑자기 여자가 악을 쓰니까 '이 여자가 미쳤나?' 이렇게 생각하겠지요. 그래서 관계가 불행해지는 거예요. 그러면 육체에 무슨 흔적이 남아 있는가? 그런 것은 아무것도 없어요. 그런데 정신의 상처로 남아 있어요. 그래서 우리가 치료를 해야 하는 겁니다.

옛날에는 이 정신적 상처에 대해서 무지했어요. 그래서 베트남 전쟁에 참전해 돌아와서도 몸만 치료하지 정신 치료는 안 했는데 많은 사람들이 정신적인 상처 때문에 사회에 적응을 못하고 범죄를 일으키고 그랬어요.

지금 우리 사회도 똑같아요. 남한에 3만여 명의 탈북이주민(새터민)들이 내려와서 살고 있는데 경제적인 지원이나 직장 알선, 주택 지원 등 이런 것은 하는데 이분들에 대한 정신적인 치료는 안 하고 있습니다. 그런데 그분들이 한국 사회에 왜 적응을 못할까요? 북한에서 하루에 1달러도 안 되는 돈을 받고 일하던 사람들이 중국에서 하루에 5달러 받고 부러워하면서 중국이 사회주의 천국이라고 하던 사람이, 한국에 와서 일하면 하루 5만 원을 받는데도 왜 일을 안 할까요?

다들 상처가 있기 때문입니다. 상처가 있기 때문에 밖에서 보면 이상한 사람이라는 얘기를 들을 정도로 적응을 못 하는 거예요. 그들 내면의 세계에서는 적응이 안 되는 거예요. 그러니 단순히 문화가 차이나는 것도 있지만 상처가 계속 덧나고 있는 거예요.

예를 들면, 조기 축구회에서 북한 사람이 축구를 잘 하니까, 남한 사람이 북한 사람에게 '북한에도 축구공 있나?' 이렇게 물어본 거예요. 북한에 굶어죽는다고 하니까 그냥 물어본 거예요. 그런데 갑자기 북한 사람이 화를 내고 주먹으로 상대방을 때려서 경찰에 불려가고 난리가 났는데요, 이것은 우발적인 것이지만 심리적인 상처란 말이에요. '내가 여기 와서 산다고 무시하나? 북한이 아무리 가난하다 해도 축구공도 하나 없는 줄 아나?' 이렇게 되는 거예요. 이것은 여기 와서 약간의 차별을 받은 분노가 깔려 있다가 순식간에 머리가 홱 돌아서 폭발하는 거란 말이에요. 요즘에는 전 세계적으로 심리 치료를 하는 것에 공감하고 있어요. 사실 육체 치료보다 심리 치료가 훨씬 더 중요해요.

결론적으로 얘기하면, 사람들은 다 다르다고 했잖아요. 남편은 그 일로 엄청난 충격을 받은 거예요. 그러니까 그 상처에 대한 치유가 아직 안 된 거예요. 화해해서 잊자고 해도 또 그 생각이 나고, 또 그 생각이 나는 거예요. 그러니까 질문자가 죽을 때까지 참회를 해야 한다는 거예요.

저는 아직 30대도 안 되었는데 죽을 때까지 사죄를 해야 하나요?

그 얘기가 나오면 항상 "아이고, 여보 미안해요" 이렇게 계속 해줘야 상처는 있지만 덧나지는 않아요. "아이고, 미안해" 하면 그 선에서 멈춰요. "도대체 나보고 어떻게 하라고? 지금 몇 번 얘기하는 거예요? 충분히 사과했잖아요. 내가 다시 거짓말을 한 것도 아닌데 왜 그래요?" 이런 식으로 나가면 과거의 상처 때문에 계속 싸우게 돼요.

질문자만 그런 것이 아니라 이것은 가해자가 갖는 특징입니다. 가해자는 가해한 줄을 모르고, 가해한 줄 알아도 '미안하다' 그러면 끝났다고 생각하는 거예요. 그런데 피해자는 내가 받은 피해는 100인데 사과하는 태도가 10이다 이거예요. 그래서 '진정성이 없다' 라고 생각해서 문제제기를 했는데 가해자가 더 신경질을 내니까 '저것은 진정성이 더 없다' 그렇게 되는 거예요. 그래서 질문자가 그때는 '아이고, 여보 미안해요. 그때는 내가 정말 잘못했어요.' 이렇게 자꾸 해주면 큰 문제가 안 돼요. '내가 그것을 가지고 또 얘기를 해야 돼요?' 이렇게 하면 해결이 안 돼요. 빨리 이혼하는 게 나아요.

그러면 이제 계속 사죄를 하게 되면요?

사죄라고 생각하지 말고, 그 문제가 불거질 때마다 받아치지 말고, 그 옛날 얘기가 또 나오면 '아이고, 그때 정말 미안했어요. 여보, 아이고 미안해요' 이렇게 하면 돼요. 그냥 말이라도 그렇게 하면 돼요. 질문자에게는 남도 아니고 본인 남편이잖아요. 질문자가 남편을 이해한다면, 그 얘기만 나오면 '아이고, 여보 미안해요' 그렇게만 하면 돼요.

가해자는 사과 한 번으로 끝내려고 자꾸 그래요. '오늘 끝장을 한번 내보자. 무슨 짓이든 다 할게' 이렇게 접근하는데 상처가 안 지워졌기 때문에 이런다고 해결이 안 돼요. 영상이 자꾸 떠오르니까 그래요. 어떤 의심할 일이 있으면 또 그게 떠오르고, 의심할 일이 있으면 또 그게 떠오르고 그래요. 질문자는 그때마다 '우리 남편 그때 상처가 참 심했구나' 이렇게 생각해야 해요. 잊히지 않고 상처가 재발할수록 질문자는 '아, 상처가 정말 뿌리 깊었구나' 이렇게 생각하면 갈수록 사과가 더 깊이 저절로 나와요. '아, 정말 그때 우리 남편 마음이 많이 상했구나' 이렇게 생각하면 '아이고 여보 미안해요' 하고 저절로 나와요. 그런데 질문자는 지금 별로 그런 마음이 아니네요. '거짓말을 할 수도 있지. 그것을 가지고 뭐 그래? 어떻게 사람이 거짓말을 한번도 안 하고 살아?' 하는 것이 질문자의 솔직한 마음인 것 같네요. 무슨 거짓말했는지 한번 얘기해봐요.

돈을 좀 썼는데, 제가 안 썼다고 거짓말을 했어요.

그럴 때는 이렇게 얘기하면 돼요. "여보, 내가 꼭 쓸 일이 있었는데 엉겁결에 내 방어벽이 나와서 그래서 그랬어요. 미안해요." 이렇게 자꾸 얘기하면 돼요. 그것은 앞으로 죽을 때까지 의심을 받고 살아야 해요. 그러면 간단해요.

질문자가 생각할 때는 '그것 뭐 한번 그랬다고 그러나?' 이렇게 생각할지 몰라도, 남편에게는 그 일이 처음은 아닐 거예요. 남편은 또 자기가 어릴 때부터 살아오면서 어쩌면 본인이 기억하지 못한다 할지라도, 부모라든지, 자기가 좋아했던 누군가로부터 그 문제에 대해 굉장히 상처를 입었기 때문에 질문자의 거짓말이 더 큰 상처가 되었을 수 있거든요. 그 사람은 또 그런 카르마가 있어요. 그래서 자기 부인하고는 이런 상처를 안 받으려고 처음부터 질문자하고 약속까지 했는데도 '어떻게 네가 이럴 수 있느냐' 이렇게 생각되니, 부인에 대한 믿음이 확 깨어져버린 거예요.

'우리 남편이 이 문제에 대해서 좀 민감하신 분이구나' 이렇게 생각해서 항상 '여보 미안해요' 이렇게 해주면 좋아요. 보통 사람이면 10번 거짓말을 해도 괜찮아요. '저건 으레 거짓말을 하는 사람이야' 이렇게 반쯤 알아들으면 되거든요. 그러나 남편은 상처가 덧나 있어서 딱 부딪히면 민감해져요. 그러니까 그런 남편을 이해만 하면 큰 문제가 아니에요. '나한테는 작은 일이지만, 우리 남편한테는 큰일이겠구나' 이렇게 생각하고 항상 그런 문제를 제기하면 '여보, 미안해요' 이렇게 해주면 큰 문제 아니에요.

국립 대만 사범대학교 강당

죽은 아들이 보고 싶어요

일본에 온 지 32년 정도 됐습니다. 아들이 하나 있었는데 1년 전에 갑자기 죽었어요. 죽은 것도 몰랐다가 이틀 후에 발견했습니다. 아파트 문을 열었는데 죽어 있었어요. 과로사였어요. 속도 안 썩이고, 학교 다닐 때도 아침에 한 번도 깨워본 적 없는 아들이 갑자기 죽으니까 제가 길을 잃었습니다. 여기 함께 와 주신 스님이 인연이 되어서 49재를 지냈습니다. 저는 계속 힘들어서 수면제도 먹고 술도 마시고 있습니다. 남편이 저보다 열여섯 살이 많아서 남편 먼저 보내고 제가 가야지 하는데, 제가 너무 힘드니까 요즘엔 어떻게 죽을까 그 생각만 해요.

사람이 죽으면 영혼이 있다고 생각해요, 없다고 생각해요?

영혼이 있다고 생각할 때도 있고, 없다고 생각할 때도 있어요.

영혼이 있다고 생각해서 아들이 지금 자기를 보고 있다면 엄마가 헤매고 다니는 게 아들에게는 좋아 보일까요, 괴로울까요?

아들은 안 좋겠죠.

안 좋은 행동을 왜 해요? 첫째, 자기는 지금도 아들이 괴롭도록 행동하고 있습니다. 둘째, 극락은 이 세상보다 좋다고 하죠. 그러면 아들이 좋은 곳에 갔는데 무엇 때문에 울어요?

좋은 곳에 갔으면 됐잖아요. 조금 아쉽기는 하지만 그래도 좋은 곳에 갔잖아요. 내 아들이나 내 딸이 결혼하면 조금 아쉽지요. 그렇다고 나 좋으라고 영원히 결혼도 안 하고 내 옆에 있는 게 좋아요? 아이를 위해서는 결혼을 하는 게 좋아요?

결혼하는 게 좋죠.

그런 것처럼 이 생에서 헤어지는 것이 좀 섭섭하지만 그래도 아들이 좋은 곳에 갔으니까 걱정할 일은 없다는 겁니다. 헤어진 것은 좀 섭섭하지만 좋은 곳에 갔잖아요. 같은 회사에 다니는 친구나 상사가 좌천되어서 다른 부서로 간다고 할 때는 마음이 아프지만, 승진을 해서 다른 부서로 간다고 할 때는 조금 섭섭하기는 하지만 괜찮잖아요. 그러니까 좋은 곳에 갔으니까 크게 걱정 안 해도 됩니다.

자기가 쓰던 물건도 잃어버리면 아까운데 내가 낳아서 내가 키운 아들을 먼저 보냈으니 얼마나 가슴 아프겠어요. 그 마음은 이해가 됩니다. 그러나 좋은 곳에 갔기 때문에 걱정할 일은 아니라는 겁니다. 자기는 아들 걱정할 일이 없어요. 그런데 그 아들이 자기를 볼 때 걱정이라는 겁니다. 엄마가 죽느니 사느니 하고 있으니까 아들은 그게 걱정이라는 겁니다. 그러니 아들에게 걱정을 안 시키려면 질문자가 어떻게 해야 할까요? 울고불고 살아야 해요? 행복하게 살아야 해요? 지금이라도 아들을 편하게 좀 해주세요. 엄마가 되어서 왜 그렇게 아들을 고생시키나요?

내가 행복하게 살고 있어야 저 하늘에서 내려다볼 때 아들이 좋단 말이에요. '아이고, 엄마가 슬퍼하고 힘들어 하더니, 오늘 스님 만나고부터는 저렇게 행복하게 사니 참 좋다' 이렇게 되도록 아들을 좀 기쁘게 해주란 말이에요.

그런데 자기가 죽는 것이 아들한테 무슨 도움이 되나요. 살아 있을 때는 일부러 죽으려고 하지 말고 잘 살고, 때가 되어서 죽을 때는 기꺼이 죽어줘야 돼요. 아시겠어요? 죽지 않으려고 발버둥치고 그러지 말고요. 평소에는 즐겁게 살고 때가 되면 죽으면 돼요. 그래서 너무 슬프게 생각하지 마세요. 절에 다녀요, 교회 다녀요?

성당에 다녔는데요, 아들이 죽고 나니까 성당 문을 열기가 무서워졌어요. '하나님은 없구나' 싶었거든요. 그런데 여동생이 한국 절이 있다면서 저를 데려다주어서 거기 주지 스님과 1년 동안 공부를 했어요.

기독교식으로 표현하면 '주여 감사합니다' 이렇게 생각해야 합니다. 왜 그럴까요? 우리 아들을 천국으로 데려가셨잖아요. 이렇게 좋은 일로 여겨야 해요.

그런 말이 안 나와요. 문을 아예 닫아버렸어요.

그러니까 질문자는 천주교 신자가 아니다 이 말이에요. 문을 열고 다시 가세요. 기독교식으로 설명하면, 살고 죽는 것은 주님께서 하는 일이니까 '주여 뜻대로 하옵소서' 이런 마음으로 '주님, 감사합니다. 아무런 고통 없이 하나님 곁으로 데려가주셔서 감사합니다' 이렇게 기도를 해야 해요. 불교식으로 말하면 인연이 다한 겁니다. '여기에서 너무 과로하고 애썼으니까 이제는 과로 안 해도 되는 극락에서 편안하게 잘 살아라. 엄마도 잘 살다가 인연이 다하면 또 따라갈게' 이렇게 마음을 내야 합니다.

절에 다니다가 성당 가고, 성당 다니다가 절에 가는 그런 것은 괜찮아요. 하나님이 그것 때문에 성질을 낼까요? 하나님이 그 수준밖에 안 될 것 같아요? 저 위에서 보시기에는 이 집 가든 저 집 가든 별것 아니에요. 성당도 좋고 절도 좋고 다 좋은데 어려움을 당해보니 내 경우에는 절이 낫다 이렇게 생각하면 절에 다니면 됩니다. 천주교식으로 얘기해도 하나님 하시는 일이니까 불만을 갖지 마세요. '주님의 뜻이려니' 이렇게 생각하고, 또 좋은 곳에 갔다니까 '주님 감사합니다' 이렇게 기도하면 됩니다. 또 불교식으로 얘기하면 '아이고, 인연이 다했구나. 새 몸 받아서 극락에 가서 살고, 다음 세상에는 과로 안 해도 되는 세상에서 살아라' 이렇게 생각하면 됩니다. 알았지요? 또 아들 얘기하면서 울고불고 정신없이 살래요, 이제 정신 차리고 살래요?

그래도 시간이라는 게…… 죽으려니 이것도 정리해야 하고 저것도 정리해야 하고, 땅문서도 정리해야 하고요.

죽는 사람이 지금 땅문서 걱정하게 생겼어요? 질문자는 절대로 못 죽을 사람이에요. 정말 죽어야겠다 싶으면 땅문서 전부 저한테 가져다주세요. 제가 정리해 드릴게요. 그러니까 죽을 생각하지 말고 즐겁게 살아야 합니다. 즐겁게 살아야 나중에 아들과 관계가 좋아져요. 아들은 착해서 극락 갔는데, 자기는 자살해서 지옥 가면 이제 못 만나잖아요. 영혼이 있든지 없든지, 영혼이 있다 치고 하는 얘기예요. 저는 영혼이 있든지 안녕! 사요나라!
내 마음에서 떠나보내는 것,
집착을 끊는 것,
그것을 천도라고 하지요.
내 마음에서 떠나보내면 천도가 되고,
움켜지고 있으면 천도가 안 돼요.
그렇게 탁 놓고 행복하게 사세요.

없든지 상관 안 하는 사람이에요. 천당이 있는지 없는지가 중요한 것이 아니에요. 있든지 없든지 마땅히 천당에 갈 수 있는 인생을 살면 됩니다. 어떻게 하면 천당에 갈 수 있는지는 성경에도 있고 불경에도 다 적혀 있어요. 그런 삶을 사는 게 중요합니다. 이생도 행복하게 살면 다음 생도 행복하게 살 수 있는 겁니다. 오늘 불행하게 살면 내일도 불행하게 살게 됩니다. 이렇게 미쳐서 날뛰면 다음 생에 가서도 또 미쳐서 날뛰게 됩니다. 그러니까 이생에 나쁜 업은 다 끊어야 합니다.

엄마가 계속 울고불고 아들을 그리워하면 아들이 극락갈 수 있을까요? 자꾸 부르면 극락에 못 가고 허공에서 떠돌게 돼요. 그러면 무주고혼이 돼요. 자기가 지금 하고 있는 행동은 자기 아들을 지금 무주고혼으로 만드는 행동이에요. 아들을 탁 놓아야 아들이 극락 가든지 천당 가든지 갈 수 있어요. 보내주는 게 나아요, 잡고 있는 게 나아요?

보내주는 게 좋겠죠.

그러면 "아들아, 잘 가! 안녕!" 한번 해봐요.

아들아, 잘 가.

울먹이며 그러는 것은 가지 말라는 얘기예요. 스님을 속이면 되나요. 저는 그런 것에 잘 안 속는 사람이에요. 진심으로 '잘 가, 안녕' 할 때는 끝말이 탁 올라가야 해요. 끝말이 내려가면 가지 말라는 얘기예요.

네가 있어서 행복했고, 엄마가 너를 굉장히 보고 싶어 했는데 오늘 법륜 스님한테 여러 가지 말씀 들으면서 너를 내 마음에서 떠나보내도록 열심히 노력할게.

왜 그렇게 사설이 길어요? 노력하면 안 돼요. 노력한다는 말은 보내기 싫다는 뜻이에요. 하기 싫은 것을 억지로 하는 것을 노력이라고 해요. 노력하면 안 돼요. 길게 말하지 말고 "아들아, 잘 가! 안녕!" 이렇게 해보세요.

아들아, 안녕! 사요나라!

그렇게 탁 놓고 행복하게 사세요. 그렇게 살아야 하나님이 보시기에도 좋아 보이고, 부처님이 보시기에도 '네가 참 불자다' 그러십니다. 천도라는 것은 내 마음에서 떠나보내는 것을 말합니다. 49재를 지내는 것은 집착을 끊는 의식이에요. 재를 아무리 지내도 저렇게 집착을 못 끊으면 천도가 안 되는 거예요. 스님들이 천도의식은 해주지만 천도는 자기가 하는 거예요. 내 마음에서 떠나보내면 천도가 되고, 움켜쥐고 있으면 천도가 안 돼요.

아스카 신용협동조합

가와구치(Kawaguchi)

남편이 자주 삐쳐요

일본 사람이랑 결혼해서 한 살된 아들이 있어요. 아기는 건강하고 남편은 성실하게 살고 있는데요. 그런데 남편이 자주 삐쳐요. 1년 중 300일은 보통 남자들의 열 배 정도로 자상해요. 그런데 평소에 본인이 잘하고 배려하던 것들이 스트레스로 돌아오면 말도 안 되는 작은 것을 가지고 저한테 짜증을 부리고 말도 안 하고 혼자서 텔레비전만 보고 핸드폰 게임만 하고 있어요. 그럴 때면 '내가 너 하나 믿고 이 나라 와서 혼자서 애 키우면서 이러고 있는데' 하는 생각이 올라오면서 막 서러워요. 연애할 때부터 남자가 삐돌이라는 것을 알고 연애를 했어요. 그것을 감안하고 결혼을 했는데, 변하지 않고 여전히 삐돌이가 되어서 싸우다 보면 막 눈물이 나요. 이런 것이 계속 주기적으로 반복이 되니까 힘들어요.

질문자도 감정 기복이 심한 것 같은데요.

네, 제가 좀 그런 것 같아요. 울고 싶지 않은데요. 솔직히 너무 자잘한 것으로 삐치기 때문에 일일이 상대하고 싶지 않아요.

질문자가 감정 기복이 좀 심해요. 감정 기복이 좀 심하니까 남편이 참다가 자꾸 터지는 거예요. 주로 어떤 것을 가지고 갈등이 생기는지 좀 구

체적으로 얘기를 해봐요.

한동안 괜찮다가 그저께 삐쳤는데, 저녁에 기분 좋게 밥을 먹고 아기를 재우고, 제가 와인을 한 잔 마시려고 거실에 들고 들어왔어요. 거실 바닥이 카펫인데 제가 와인 잔을 카펫 위에 올려놓은 거예요. 그런데 텔레비전을 보다가 잘못해서 와인이 카펫에 쏟아졌어요. 내가 어떡하지 하고 있는데 아기가 깨서 방에서 우는 거예요. 남편은 이미 열을 좀 받은 상태였어요. 카펫 위에 와인 잔을 올려놨을 때부터 이미 열을 받았던 거예요. "너는 도대체 왜 그렇게 주위가 산만하냐? 또 저렇게 해서 카펫 위에 쏟느냐?"고 하면서 팔짱을 끼고 보고 있는 거예요. 아기가 우니까 저는 아기한테 가잖아요. 그러면 남편이 씩씩거리면서 카펫을 빨아요.

　나중에 아기 재우고 제가 다시 와서 "내가 쏟았으니까 내가 할게. 내가 치울게"라고 하면 이미 삐져서 그때부터 말을 안 해요. 물어도 대꾸도 안 하고요. 그러고서 오늘은 쉬는 날인데 하루 종일 입술 삐죽해서, 밥 먹을 거냐고 물어봐도 "몰라" 그러는 거예요. "왜 삐졌냐?"라고 계속 물으면, "사실은 어제 와인 잔을 쏟았을 때부터"라고 하는 거예요. "열을 받으면 치우지 마라. 당신이 열 받으면서 치우는 것이 나는 싫다. 차라리 내버려두면 내가 쏟은 것을 내가 치우지, 당신은 친절을 베풀어놓고 그것을 가지고 삐쳐서 일주일 동안 말을 안 하고 그러냐. 나는 그것이 싫다"라고 말을 했어요.

네. 하나의 구체적인 예를 들어보니 질문자는 일본 사람하고 결혼할 성격이 아니네요. 개인이 문제라기보다는 질문자의 성격이 일본 문화하고 너무 안 맞아요. 일본 사람들은 아주 작은 것에도 굉장히 깔끔하고 용의주도하게 하는데, 와인 잔을 카펫 위에 쟁반도 깔지 않고 놓는다는 것 자체가 일본 사람이 볼 때는 터무니없는 짓을 한 거예요.

게다가 질문자의 행동이 잘못해놓고 사과 한마디 하면 된다는 듯이 "놔두세요. 내가 알아서 빨게요" 하는 그런 태도가 잘못 되었어요. 어떻게 잘못을 해놓고 '내가 쏟든지 말든지 당신이 관여 안 하면 되지, 뭘 그러나' 이렇게 생각하는데, 부부가 같이 사는데 어떻게 그렇게 돼요? 좀 주의를 하고 살아야지요. 일본 남자하고 살려면 일본 문화에 좀 맞춰서 살아야지 한국의 선머슴아이도 아니고요. 말괄량이처럼 그렇게 사니까, 사랑 안 하면 벌써 헤어졌을 건데, 당신을 사랑하니까 어떻게 하지도 못하고 그러니까 삐질 수밖에 없는 거예요. 그것이 어떻게 하루 만에 풀어지겠어요? 자꾸 반복되니까 '아이고, 저것 때리지도 못하고, 저것을 어떻게 할까? 내가 말을 해도 듣지도 않고……' 그러니 말이 하기 싫은 거예요.

일본에 시집왔으면 일본의 문화를 조금 익혀야 해요. 저는 절에 살면서 차를 컵에도 따라 마시지만, 밥 먹고 나서는 밥그릇에도 따라 마셔요. 그러나 일본 사람은 차 문화가 따로 있어요. 차를 한 잔 따라도 무릎 꿇고 앉아서 따라줍니다. 문제는 그렇게 하는 사람들한테 시집을 왜 왔냐는 거예요. 그런데 와인 잔을 카펫 위에 무식하게 그냥 놓아요? 아이고, 스님같이 밥그릇에 커피 받아 마시는 사람도 카펫 위에 그냥은 안 놓아요.

그런데 한국 사람들이 좀 문제예요. 호텔에 들어가면 한국 사람들은 과일이나 커피 이런 것을 침대 위에 턱 올려놓고 그러거든요. 그러면 안 돼요. 그 나라마다 예의가 있는데 함부로 막 해요. 한국 사람들의 제일 큰 특징이 남이 보든지 말든지 아무데나 벌여놓고 밥 먹고 냄새 풍기고 함부로 해요. 이 세상에 제일 함부로 하는 사람이 한국 사람이라면, 제일 눈치 보는 사람이 일본 사람이니까, 한국과 일본은 굉장히 가깝지만, 문화는 굉장히 차이납니다. 그래서 진짜 일본 사람들은 숨 막힐 정도로 너무 남의 눈치를 보고, 한국 사람은 너무 뻔뻔스럽게 남의 눈치 안 보고 아무데나 벌리고 그래요.

그러니 결혼하면 많이 부딪힐 수밖에 없어요. 질문자가 일본 사람하고 결혼을 해서 지금 아기까지 있는데, 아기만 없으면 '그 성질을 가지고는 일본 사람하고 살기 어렵다, 헤어져라'고 하겠지만, 아기가 있으니 20년 은 살아야 해요.

이렇게 엄마가 스트레스를 받으면 아기한테 나빠요. 이것은 문화 차이 이기 때문에 누가 옳다 그르다 할 수는 없어요. 그러니까 질문자는 남 녀의 문제로 보지 말고 또, 문화적으로 일본 것이 다 좋아서가 아니라, 아기 엄마로서 내가 스트레스를 안 받기 위해서 남편이 몇 가지를 얘기 하면 그것은 꼭 맞춰주는 것이 좋아요.

결혼이라는 것은 서로 맞춰서 사는 거예요. 내가 상대에게 100퍼센트 맞춰서 살면 결혼 생활은 100퍼센트 성공해요. 50퍼센트 맞추면 50퍼 센트 성공하는 거예요. 그래서 결혼하려면 최소한 50퍼센트는 맞춰야 해요. 50퍼센트는 내 것을 포기해야 해요. 이것을 움켜쥐고 결혼을 하 면 부딪쳐서 못 살아요. 그러니까 그럴 때는 정중하게 사과를 해야 해 요. 질문자는 일본 수상을 닮은 것 같아요. '어제 내가 잘못했다고 사과 를 했잖아' 지금 이런 식이잖아요.

"아이고, 여보 미안해요" 하며 그 자리에서 아기 우는 것 신경 쓰지 말 고 남편부터 먼저 달래야 해요. 아기가 울어도 놔두세요. "여보, 미안해 요. 내가 부주의해서 쏟아서 미안해요." 남편이 말 안 해도 내가 열두 번이라도 "미안해요, 미안해요"라고 그 자리에서 넙죽 절을 하고 아기가 울어도 카펫부터 먼저 다 닦아놓아야 해요. 아기는 좀 울어도 큰 지장이 없어요. 작은 아기보다 큰 아기가 더 중요하지요.

질문자는 우선 일본 문화에 대한 이해가 부족해요. 한국에서 연애했어요, 일본에서 연애했어요?

연애는 일본에서 했어요. 일본에 유학을 왔고, 지금 일본에서 1년 살았어요.

1년 살았는데도 일본에서 살지 않는 나보다 일본 문화를 모르네요. 일본, 한국을 떠나서 서로 맞춰야 해요. 그런데 종교가 다르거나 민족이 다르고, 문화가 다르면, 내가 맞추는 것이 마치 내가 상대에게 지는 것 같고, 내가 한국 사람으로서 일본 사람에게 지는 것 같은 그런 마음이 생겨요. 자기 자존심을 자꾸 민족 문제로 환치시키면 안 돼요. 그것은 잘못하는 거예요. 문화를 넘어서서 '여보 미안해요. 내가 부주의했어요' 이렇게 해줘야 합니다. 한국 사람 같으면, '아이고, 내가 몇 번을 얘기했어. 그렇게 하지 말라고' 이러고 말아버리는데, 여기는 문화가 안 그래요. 그러니까 질문자가 이런 것을 세심하게 배려해야 해요. 그 사람에게 그런 삐치는 성질도 있겠지만, 말을 해도 해도 안 되니까 말을 안 하겠지요. 이런 것 맞추기 싫으면 스님이 되면 돼요.

남편이 삐쳤다고 자꾸 그러지 말고, 이 사람하고 못 살겠다 그러지 말고요. 일본 남자 싹싹하다고 일본 남자하고 결혼했지요? 질문자는 무뚝뚝한 경상도 남자하고 사는 게 낫겠어요. 무뚝뚝한 사람은 그렇게 흘리는 것을 보고 말은 험악하게 해도 별 개의치 않아요. "아이고, 저것 보게, 내 몇 번 얘기했나?" 이러고 말아요. 화가 나면 텔레비전도 안 보고 밖으로 나가버려요. 그래도 들어오면 풀고 그래요.

그래서 착실할수록 소심하게 삐치는 경우가 많아요. 성질을 버럭 낼수록 뒤끝이 없어요. 모든 인간이 다 그래요. 성질이 급한 사람은 뒤끝이 별로 없고, 착한 사람은 꽁해요. 그래서 스님이 "착한 여자가 무섭다. 조심해라"라고 하는 거예요. 착한 여자도 무서운데 착한 남자가 더 무섭지요. 그러니까 질문자가 이왕지사 결혼을 했으니까 지금 당장 헤어질 것은 아니잖아요. 성질이 날 때는 '못 살겠다' 그런 마음이 들고, 365일 중에 300일은 괜찮고 65일 정도는 거꾸로 매달아 놓아도 살겠네요. 평균을 내어보면 일주일에 한 번 정도예요. 일주일에 하루 정도는 '아, 오늘은 삐치는 날이다' 하고 달력에 표시해놓으세요. 이렇게 하고 사는 수밖에 없어요. 달리 방법이 없어요. 그런데 이것 말고 구체적으로 한두 개 더 최근에 일어났던 일을 얘기해봐요.

이 남자가 얼마나 조그만 것에 삐치냐 하면요. 크린랩 있잖아요. 음식 싸는 크린랩이요. 랩을 놓는 위치는 찬장인데요, 제가 랩을 항상 그 위치에 두는데 남편의 말로는 제가 자꾸 잊어먹는다는 거예요. 남편이 요리하는 것을 좋아해요. 그래서 주말에는 남편이 요리를 해서 기본적으로 부엌이 자기 공간이라고 생각을 해요. 자기 공간이지만 주중에는 아내가 관리를 하는 것이라고요. 그런데 아내의 관리방법이 마음에 안 드는 거죠. 랩을 넣는 것을 잊어먹고 찬장 문을 열어놓은 채로 잠이 들든가.

그것도 질문자 문제네요. 놓는 자리에 딱딱 놓으면 되잖아요. 그래서 스님이 질문자는 일본 남자하고 살 수준이 안 된다고 아까부터 얘기했잖아요. 일본 남자가 수준이 높다는 것이 아니라 문화 차이가 있어요. 질문자가 맞춰야 해요. 일본 문화라서가 아니라 그것은 절에 와도 고쳐야

센소지 淺草寺

하는 거예요. 아까처럼 와인 잔을 카펫 위에 그냥 놓는다고요? 어떻게 꿀렁꿀렁한 카펫 위에 그냥 놓아요? 방바닥이라도 받침 없이 안 놓아요. 여기도 봐요. 한국 사람이 했으니 이랬지, 일본 사람이 받침 없이 이렇게 갖다놓는 것 봤어요?

저도 일본 문화를 좋아하는 것은 아니에요. 어제도 선물을 하나 받았는데 포장이 다섯 겹이었어요. 봉투 있지, 하나 뜯으니 그 안에 있지, 또 있지, 뜯으니까 그 안에 요만한 과자 몇 개 들어 있었어요. 제가 환경운동 하기 때문에 이런 것은 싫어하는데, 그런데도 여기는 문화가 그렇다는 말이에요. 딱 받쳐서 깔끔하게 가져다주는 그런 문화가 있는데 질문자처럼 랩을 아무데나 갖다놓고 칼도 아무데나 놔놓고 그러면 짜증이 나지요.

특히 남자가 부엌을 자기 공간이라고 생각한다면 조정을 해야 해요. 남이 사용해도 제자리에 두는 그런 문화인데 자기 집에서 랩을 쓰고 아무데나 놓아두니 남편이 신경이 쓰이는 거예요. 그러니 질문자가 월요일부터 금요일까지는 함부로 사용하더라도, 금요일 오후에는 부엌 주인이 오니까 매뉴얼대로 정리를 해서 찬장 문도 딱 닫아놓고 인수인계를 해주세요. 그래서 토요일 일요일은 남편이 사용하도록 해주고, 월요일부터 출근하고 가버리면 대충 내 맘대로 사용하다가 금요일이 오면 딱 정리해서 넣어놓는 그런 센스라도 있어야지요.

'남편이 조그마한 일에 삐치다' 이렇게 말하는 것은 맞지 않아요. 그것은 질문자의 잘못이에요. 남편이 삐치다 이렇게 생각하면 안 돼요. 사랑하는 것도 한도가 있지 질서를 안 지키면 동거하기 힘들어요. 말이 부부지 사실은 같이 자취하는 사람 아닌가요. 자취하는 사람은 밥 당번은 밥 제대로 하고, 청소 당번은 청소 제대로 하고, 물건 사용하고 제자리에 놓아두고 이렇게 해야 오래 같이 살지요. 그것을 자기 맘대로 막 어질러 놓고 살면 같이 살기 힘들어요. 일본을 넘어서서 질문자는 잘못하고 있어요. 남편을 문제 삼지 말고 그것은 질문자가 좀 고쳐야겠어요.

그리고 잘못할 수도 있잖아요. 잘못했으면, '죄송합니다. 아이고, 정말 잘못했습니다' 이렇게 하세요. 스님이 일본 사람들한테 제일 마음에 드는 것이 부르면 '하이はい'라고 답할 때에요. 누구를 불러도 '하이' 이렇게 대답을 하고요. 그런데 한국 사람은 불러도 대답을 안 해요. 그러다가 옆에 와요. 오기는 또 와요. 오든지 안 오든지 대답을 우선해야지요. 그러니까 이것은 남편 탓하지 말고 질문자가 조금 남편에게 맞추어야 합니다. 알았지요? 아기가 몇 돌 되었어요?

아직 두 돌 안 되었어요.

아기 엄마가 너무 스트레스 받으면 아기한테도 안 좋고 정신적으로 굉장히 안 좋으니 아기 엄마는 항상 얼굴이 밝아야 해요. 알았지요.

네.

리리아 홀

자신감 없는 엄마 때문에
딸이 힘들어요

안녕하세요. 저는 재일교포이고 두 아이의 엄마입니다. 요즘에 아이들이
사춘기가 와서 조금 힘들어요.

애가 힘든 게 아니고 왜 어른이 힘들어요?

저는 재일교포로서 한국으로 시집을 가서 남편이 주재원으로 일본에 왔는
데요, 다른 엄마들보다 교육 같은 것이 부족해서 좀 자신이 없거든요.

개도 새끼를 낳아서 키우는데 사람인데 왜 못 키우겠어요? 아무 문제없
어요. 부족한 것 없어요. 질문자가 그냥 부족하다고 생각하는 거예요.
애를 낳아서 키우는 것은 한국말을 못하는 것 하고는 아무 관계가 없
어요. 한국말을 못하면 그냥 일본말을 하시면 돼요. 그러면 아이들은
한국말도 배우고 일본말도 배우고, 2개 국어를 다 배우게 돼요.(질문자가
눈물을 보이며 앉으려 하자, 청중들이 박수로 질문자를 격려해줍니다.)

앉지 말고요. 서서 계속 얘기해요. 벌써 그만두려고 그래요? 뭐가 어려
워요?

애들 때문에 그런 것 같아요.

남편하고는 문제가 없어요? 남편하고 문제가 없으면 애들하고 힘들 일이 없어요. 솔직하게 얘기해봐요.

특히 우리 딸이 자신감이 없습니다. 제가 좀 많이 부족해서 딸이 그렇게 자신이 없나 싶어요.

질문자는 괜찮아요. 아무 문제가 없어요. 지금 그런 것을 자학이라고 그래요. '자기를 학대한다' 이렇게 말하거든요. 아무 문제도 없어요. 또 뭐가 문제예요?

그냥 좀 많이 짜증을 내는 것 같아요. '엄마가 해주는 것이 없다'고 얘기도 하고요.

엄마가 해주는 것이 없다고 하면, "엄마는 밥해주고, 빨래해주고, 학교 보내주면 그것으로 다 했지, 나머지는 엄마가 해줄 의무가 없다" 이렇게 말하면 돼요.
　강아지도 새끼 낳아서는 젖만 먹여주면 돼요. 다른 것은 아무것도 안 해줘도 돼요. 학교 안 보내줘도 되고, 옷 안 입혀줘도 되고요. 그래도 사람이니까 학교도 보내주고, 옷도 입혀주는 것인데, 그럴 때는 웃으면서 "아이고, 밥해주고 빨래해주면 됐지. 엄마가 뭘 더 해주랴?" 이렇게 편안하게 얘기하면 되지요. 그런데 '왜 나는 해주는 게 없다' 이렇게 생각해요?

제가 원래 자신이 없는 것 같아요.

질문자가 자신이 없으니 애도 자신이 없는 거예요. 그러니까 질문자가 지금부터 "밥해주면 됐지? 뭐가 문제니?" 이렇게 자신 있게 답을 해주면 애도 자신이 있어져요.

또 뭐가 문제예요? 얘기 꺼낸 김에 다 얘기해봐요. 진짜 어려운 게 뭐에요? 솔직하게 얘기해봐요.

우리 딸이 저보고 "왜 태어나게 했냐?"라는 얘기도 하고요.

너희 아버지하고 좋아서 생겼다 이렇게 얘기하면 되지요. 그게 뭐 어렵다고 그래요. 그러면 "나도 너 낳고 싶어서 낳은 게 아니다. 그럼 너는 왜 나한테 태어났니?" 이렇게 말하면 되잖아요. "왜 나를 낳았나?" 그러면 "왜 나한테 태어났니?" 이렇게 얘기하면 되지요. 그러면 비기잖아요. 뭐 그것을 가지고 걱정을 하고 그래요. 또 얘기해봐요. 스님이 다 답해줄게요.

그냥 그런 것만 힘든 것 같아요. 마음이 힘들어요. 짜증 내면서 저한테 부족한 것을 많이 얘기할 때요. 그냥 계속 외모에 자신이 없어 해요

외모에 자신이 없을 때는 지체부자유 아이들이 있는 곳 있지요? 한국의 거제도에 가면 애광원이라고 있는데, 그런 곳에 봉사를 시키면 돼요. 그러면 '내가 건강한 것만 해도 엄청난 복이구나. 내가 제대로 말하고 걷는 것만 해도 엄청난 복이구나' 이렇게 자각하게 되거든요. 그러니까

외모가 조금 열등의식이 있다는 것은 잘났다는 얘기에요.

여러분들이 생각할 때는 못났기 때문에 그런다고 생각하지만 그렇지 않아요. 잘났기 때문에 외모에 열등의식이 있는 거예요. 즉 다른 것은 다 괜찮은데 눈만 조금 크면, 이렇게 되기 때문에 눈에 열등의식이 생기고, 코만 조금 높으면 미인인데 이렇게 해서 또 코가 문제고요. 턱이 조금 문제인데 하면서 턱을 조금 깎아놓고, 이러고 나면 볼이 조금 나와서 고친다며 이렇게 해서 성형 중독에 걸리게 되거든요. 그런데 스님같이 못난 사람은 어디부터 뜯어고쳐야 할지 모르기 때문에 아예 문제가 안 돼요.

그러니까 얼굴에 흉터가 있다거나, 언청이라든지, 아예 부상을 크게 입어서 그런 것은 예외이고요. 얼굴에 열등의식이 있는 경우의 대부분은 어릴 때 예쁘다는 소리를 들은 사람이, 본인보다 더 예쁜 사람을 만나게 되면 열등의식을 갖는 거예요. 그래서 그런 것은 "괜찮아, 괜찮아. 너 잘났어" 이렇게 말해주면 돼요. "엄마보다 잘났나, 못났나?" 이렇게 한번 물어보고 엄마보다 못났으면, "그것은 네 아버지 탓이야" 이러고요. 엄마보다 잘나도 "그건 네 아버지 공덕이다. 엄마하고는 관계가 없다. 아버지한테 가서 감사하다고 얘기해라. 네가 못생겼으면 아버지한테 가서 따지고, 칭찬을 해도 아버지한테 가서 얘기해라" 이렇게 웃으면서 얘기해요. 애들 얘기에 무슨 어른이 상처를 입어서 울고 그래요. 그냥 애들이 하는 소리에요. 사춘기가 되면 온갖 것이 다 불만이에요. 얼굴에도 불만이고, 옷 입는 것도 불만이고, 뭐도 해달라고 그러고 원래 그래요.

그러면 그것이 나쁘냐? 그게 아니에요. 그렇게 해서 어른이 되어가는 과정이에요. 시켜서 말을 잘 들으면 어린애고요. 반항도 하고 불평불만도 하면 '우리 딸이 어른이 되어가는 과정이구나' 하고 이렇게 지켜봐야지요. 그것을 힘들다고 하면 안 돼요. 애 키우는 것이 힘들다면 애들이 커서 잘못돼요. 왜 그럴까요? 조그만 아이가 벌써 엄마를 괴롭히잖아요. 그러면 불효하는 거잖아요. 불효하는 아이는 크면 훌륭한 사람이 못 돼요.

엄마는 육체적으로 조금 힘들어도 항상 아이를 키우는 것이 좋아야 해요. '아이고, 네가 있어서 행복하다. 엄마는 너 보는 낙으로 산다' 이런 기분으로 살아야 애가 잘 돼요. 그 이유는 아이가 엄마를 즐겁게 해준다는 얘기 아니에요? 그러면 아이가 효자라는 얘기거든요. 밥해주고 빨래해주는 것은 조금 힘들지만 애들이 커가는 것을 보면서 항상 즐거워야 해요. 아이가 그런 불만을 말하면 '아이고 그래그래. 그래도 잘났다. 엄마 보기에는 이 세상에서 네가 제일 예쁘다' 이렇게 웃고 넘어가야지 그것을 애들처럼 하나하나 다 가슴에 새기고 힘들어 하면 안 돼요. 애를 둘이나 낳은 여자인데 지금 질문자는 애 같은 짓을 하고 있어요.

어른이 되세요. 아이만 낳는다고 어른이 되는 것이 아니라, 어른이라면 아이들 하는 얘기를 그냥 웃어넘겨야 해요. 빙긋이 웃으면서 '그래, 그래' 하면서 가슴에 담아두지 말고요.

감사합니다. 딸이 같이 왔어요.

옆에 앉아 있는 딸에게 마이크 한번 줘 보세요. 스님하고 얘기하면 재미있을 거예요. 학생은 뭐가 엄마한테 불만이에요? 그냥 이야기 해봐요.
(지금부터는 딸과 스님의 대화가 이어집니다.)

불만 없어요.

미인이지요? (청중들 "네" 하면서 웃음) 제가 얘기했잖아요. 잘생긴 사람이 성형한다고요. 스님같이 못생긴 사람은 그런 생각을 할 여지도 없어요. 학생은 지금 뭐가 힘들어요?

힘든 것 없고요. 그냥……

그런데 왜 엄마가 힘들다고 그래요? (울음)
힘든 것 없는데 왜 울어요?

그냥 눈물이 막 나요.

엄마 눈물 닮았구나. 엄마 딸 아니랄까 봐 그래요. 공부하는 것이 힘들어요?

공부하는 게 힘든 게 아니고, 그냥 저를 보면 한심해요. 그냥 제가 싫어요. 그냥 다 불만이 많아요. 얼굴도 그렇고 그냥 다요. 그냥 못생겼어요. (청중들 "어머, 매력적으로 생겼는데……")

그냥 못생겼어요? 영화배우들을 너무 쳐다보니까 그래요. 영화배우보다 못생긴 것은 맞아요. 못생겼어요.
　자, 여기 있는 책상 앞을 봐요. 마이크 스탠드가 있고, 물병이 있고, 잔이 있어요. 자, 여기 물병을 들고 마이크 스탠드하고 비교하면 물병은 커요, 작아요?

작아요.

잔하고 비교하면 커요, 작아요?

커요.

그러면 이 물병 하나만 딱 놓고 보면 커요, 작아요?

모르겠어요.

지금 본인이 한 번은 크다고 그러고 한 번은 작다고 그랬는데 비교해서 얘기했잖아요. 그러면 비교하지 말고 물병 하나만 딱 놓고 보면 커요, 작아요? 물병 이것 자체는요?

몰라요.

그러니까 이 물병은 이 스탠드와 비교하면 작고, 이 잔하고 비교하면 크 잖아요. 그러면 크다 작다고 하는 것은 이 물병에 있는 것이 아니고, 내 인식상에 있어요. 즉 스탠드와 비교할 때는 작다고 머리가 인식을 하고, 잔과 비교할 때는 크다고 머리가 인식을 하는 거예요. 그러니 이 물병 자체는 크다고 할 수도 없고, 작다고 할 수도 없어요. 그런데 이 물병이 나한테 인식이 될 때 어떤 때는 크다고 인식이 되고, 어떤 때는 작다고 인식이 됩니다. 그러니까 큰 것과 비교하면 작다고 인식이 되고, 작은 것 과 비교하면 크다고 인식이 되는 거예요. 그러니 물병 자체를 두고 큰가 작은가 물으면 뭐라고 말하기가 어렵지요. 그래서 큰가 작은가 묻는 그 용어를 빌려서 대답을 하면 "큰 것도 아니고 작은 것도 아니다" 이렇게 대답을 해요. 무슨 말인지 이해했어요?

스님이 묻기를 '큰가, 작은가?' 하면 '큰 것도 아니고 작은 것도 아니다'가 되고요. 스님이 묻기를 '무거우냐, 가벼우냐?'고 하면 '가벼운 것도 아니고 무거운 것도 아니다'가 되고요. '새것이냐, 헌것이냐?'라고 물으면 '새것도 아니고 헌것도 아니다'가 되고요. '긴가, 짧은가?'라고 물으면 '긴 것도 아니고 짧은 것도 아니다'가 됩니다. 즉 존재는 존재 그 자체일 뿐이지, 이것은 큰 것도 아니고 작은 것도 아니에요. 이것을 한문으로 고쳐서 말하면, '비대비소非大非小', '큰 것도 아니고 작은 것도 아니다'. 이것을 선적인 언어로 표현하면 '다만 그것이다', '다만 그것일 뿐이다', 이것을 철학적인 용어로 말하면 '공空'이라 그래요.

그러면 학생이 지금 이 물병을 작다고 얘기했지요. 작다고 얘기할 때는 스탠드와 비교할 때 작다고 했는데, 지금 본인이 못 생겼다고 하는 말은 본인의 얼굴을 영화배우와 비교해서 못생겼다 이렇게 생각한다 이 말이에요. 그러면 본인은 죽을 때까지 못생겨요. 이 물병을 계속 스탠드하고만 비교하면 물병은 영원히 작아요. 그래서 내 존재 자체가 작은 줄 아는데 원래는 작은 것이 아니라는 거예요. 스탠드와 비교하기 때문에 작다고 인식되는 거예요. 이 물컵하고 비교하면 크다고 인식이 돼요. 학생이 2미터 키의 사람과 비교를 하면 늘 작아요. 그런데 150센티미터 키의 사람과 비교하면 늘 커요. 그러면 학생은 큰 것도 아니고 작은 것도 아니고, 잘생긴 것도 아니고 못생긴 것도 아니고, 아름다운 것도 아니고 추한 것도 아니고, 착한 사람도 아니고 악한 사람도 아니고, 공부 잘하는 사람도 아니고 공부 못하는 사람도 아니고, '나는 그냥 나

다' 이거예요.

학생보다 공부 잘하는 학생들과 반 편성을 하면 학생은 꼴찌를 해요. 그런데 본인보다 공부를 못하는 학생들과 반 편성을 하면 학생은 일 등을 해요. 그러면 비교해서 일 등하고 꼴찌를 하는 것이지, 일 등 한다고 공부 잘한다, 꼴찌 한다고 공부 못한다 이렇게 말할 수가 없어요. 그래서 이 세상에 존재하는 모든 것들은 있는 그대로 소중하다, 있는 그대로 완전하다 이렇게 말하는 거예요.

그래서 다시는 본인보고 못생겼다느니, 잘생겼다느니 하지 말고, 본인이 못생겼다 해도 본인을 잃어버리는 것이 되고, 본인이 잘생겼다 하고 우월감을 가져도 본인을 잃어버리는 거예요. 본인은 잘생긴 것도 아니고 못생긴 것도 아니고, 키가 큰 것도 아니고 키가 작은 것도 아니고, 잘난 것도 아니고 못난 것도 아니고, 공부 잘하는 것도 아니고 공부 못하는 것도 아니고, 착한 아이도 아니고 악한 아이도 아니고, 나는 다만 나다. 그것은 다만 그것일 뿐입니다.

그래서 이 세상에 존재하는 모든 것들은 있는 그대로 다 존엄하다고 해요. 소중해요. 그렇기 때문에 우리가 차별해서는 안 됩니다. 피부 빛깔이 검거나 희다고 차별해도 안 되고, 남자 여자라고 해서 차별해도 안 되고, 신체 장애 유무를 가지고 차별해도 안 되고, 성적 지향을 가지고 차별해도 안 되고, 태어남에 의해서 자연적으로 주어진 것을 가지고 차별하는 것은 옳지 않아요. 이것이 불교 철학의 가장 핵심이에요. 그러면 지금 학생은 잘생겼어요, 못생겼어요?

못생긴 것도 아니고 잘생긴 것도 아니에요.

그래요. 그럼 본인은 공부 잘해요, 못해요?

못하는 것도 아니고 잘하는 것도 아니에요.

나는 나다, 아시겠어요? 지금 학생 실력을 가지고 전국에서 꼴찌 학생들 모아놓고 그 반에 들어가면 일 등을 하겠지요. 전국에서 일 등 아이들만 모아놓은 자리에 학생이 들어가면 꼴찌하겠지요. 그러니 꼴찌라고 공부 못하는 것도 아니고, 일 등이라고 공부 잘하는 것도 아니에요. 이번 시험에 성적이 올라갔다고 내 실력이 좋아진 것도 아니고, 낮아졌다고 나빠진 것도 아니에요. 내가 공부 안 하고 놀아도 다른 친구가 나보다 더 놀아버리면 내 성적이 올라가고, 내가 죽어라고 공부했는데 다른애들이 나보다 더 열심히 공부하면 성적이 못 나오고 그러는 것이지요. 시험은 다만 상대적 평가를 할 뿐이에요. 그러니 본인 자신을 소중하게 여겨야지, 본인이 못났다는 열등의식을 가져도 안 되고 거꾸로 잘났다는 우월의식을 가져도 안 돼요. 알았지요?

네, 감사합니다.

그래요. 딸이 엄마보다 훨씬 낫네요. 한국 말이 서툴다고 못난 여자도 아니고, 일본 말을 잘한다고 잘난 여자도 아니고, 본인은 뭘 못하는 사람도 아니고, '나는 나일 뿐이다' 그런 자신감을 가져야 애들이 좋아지는데 엄마가 자신감이 없으니까 아이들도 영향을 받는 거예요. 그러니까 앞으로 '나는 못한다' 이런 생각을 하면 안 돼요. 그렇다고 '나는 잘났다' 이래도 안 되고요. 잘못했으면 '죄송합니다' 이러면 되고, 틀리면

'아이고 틀렸네요, 고치겠습니다' 하고, 모르면 물어서 알면 되고요. 그런 것으로 우리가 위축될 필요가 없어요.

스님이 지금 말은 이렇게 쉽게 해도 이것은 굉장한 철학이에요. 이것이 전부 『반야심경』, 『금강경』 교리의 요점이에요. 우리가 지금 믿고 있는 종교는, 성인의 말씀은 성인의 말씀으로 따로 있고, 생활은 생활대로 따로 하고 그래서 문제예요. 그래서 절에 다니고 교회에 다녀도 삶의 문제가 해결이 안 되는 것은 하늘의 얘기 따로 두고, 땅의 얘기 따로 두고 이렇게 살기 때문에 그런 거예요. 땅과 하늘이 둘이 아니에요.

윙크 아이치 산업노동센터

결혼 9년차,
아기를 갖고 싶어요

안녕하세요. 저는 교토대학 박사과정에 있는 중국인 조선인입니다. 저는 결혼한 지 9년쩨이고, 지금까지 열심히 살아왔습니다. 그런데 아직 아이가 없습니다. 다른 사람들이 볼 때는 제가 부러움을 살 부분이 많아요. 부모님도 건강하시고 형제들도 건강하고 고생 없이 자라서 하나도 고민될 것이 없습니다. 그런데, 결혼한 지 9년이 되었는데 아직 아이가 없어요. 어떻게 하면 좋을까요?

병원에는 가봤어요?

병원에는 가 봤습니다만 우리 부부 둘 다 특별히 문제는 없다고 해요.

요즘에는 인공수정도 있잖아요.

네. 하지만 그 하나가 안 돼요. 이것저것 다 찾아보고, 아는 선생님께도 여쭤보았지만, 한걸음이 잘 안 되네요. 그게 그렇게 간단하지가 않네요.

먼저, 임신이라는 것은 자연의 법칙이잖아요. 그러니까 낯선 사람한테 성폭행을 당해도 한 번에 임신이 될 수 있어요. 또 10년 동안 결혼해서

576

같이 살아도 임신이 안 될 수도 있어요. 이것은 자연의 법칙이기 때문에 거기에 너무 매달릴 필요는 없다고 생각해요.

아기가 없으면 어때요. 공부하는데 아기가 있으면 오히려 더 힘들잖아요. 왜 꼭 아기가 있어야 할까요? 그것도 너무 과거의 가치관에 사로잡히는 거예요. 옛날에는 여자를 아기 낳는 도구처럼 생각해서 아기를 못낳으면 쫓겨나기 때문에 아기 낳는 것이 중요했어요. 지금은 그런 시대가 아니잖아요. 여성도 자기의 일을 가지고 자신의 인생을 살 수 있는 시대인데 왜 꼭 아기를 낳아야 합니까?

또, 아기가 꼭 필요하면 입양을 해서 키워도 되잖아요. 이 세상에는 아기를 낳고도 못 키워서 버려진 아이들도 엄청 많은데 꼭 내가 낳아서 키워야 되나요? 내가 데려다 키우면 내 아이이지요. 그러니까 질문자는 중국에서 자라서 그런 중국의 전통적인 사고에 너무 매여 있기 때문에 그런 고민이 생기는 거예요. 그래도 내 아기를 꼭 갖고 싶다면 인공수정을 하면 됩니다.

솔직히 말해서 제 잘못일지도 모르겠네요. 지금 말씀하셨던 세 가지를 모두 생각해봤어요. 그렇지만 마음이 가라앉지 않아요. 그걸 제 남편에게 얘기한다는 것 자체가 여러 가지 장애가 있어요.

질문자가 아기를 못 낳는 것이 왜 본인 책임이에요? 자기 몸에 이상이 없다는데요. 본인의 몸에 그리고 건강에 아무 이상이 없는데, 아기가 없는 것이 왜 여자의 책임이냐는 거예요. 그것은 옛날 생각이에요. 질문자가 뭘 잘못했나요. 무엇 때문에 시댁이나 남편한테 기가 죽어야 합니까? 대학에서 박사과정까지 공부를 하면서 아직까지 그런 생각을 해요?

저도 문제가 없고 상대도 문제가 없어요. 둘 다 문제는 없어요. 그래서 무척 고생을 하고 있는 거예요. 문제가 있다면 문제를 해결하면 되고 병이 있다면 병을 고치면 되지만, 저도 문제가 없고 상대방도 문제가 없다는 것은 현대의학으로 증명이 되었습니다. 그래서 현재 살고 있는 환경이나 스트레스가 문제가 된다고 하면, 현재 이런 상황을 마음으로 잘 받아들여서 해결할 수 있는 방법은 없을까 해서요.

몸에 이상이 없는데 임신이 되지 않는 것은 지금 아기가 태어날 때가 아니라는 것을 말해요. 그런데도 억지로 아기를 원하게 되면, 만약에 장애아나 지체부자유아를 낳게 되면 질문자는 후회를 하겠어요, 아니면 그 아기라도 생겼다고 기뻐하겠어요?

지금까지는 그런 생각을 한 적이 없어요. 거기까지는요.

그러니까 어리석다는 거예요. 만약에 장애아를 낳게 된다면 '장애인 아이라도 너무너무 사랑스럽고 좋다' 이렇게 정말 온 정성을 다해서 질문자가 키우겠느냐? 아니면 '장애아라면 안 낳는 게 낫겠다'라는 생각을 하겠냐는 거예요. 만약에 장애아라면 안 낳는 게 낫겠다고 생각한다면 질문자는 아기를 가지면서 도로 불행을 자초한다는 거예요. 그러니까 본인이 한치 앞도 못 보고 지금 애걸복걸하는 거예요. 그러니 마음을 조금 진정시켜야 해요.

그러니까 어쩌면 아기가 없는 게 본인을 더 복되게 하는 것일지도 모른다는 거예요. 이 세상에 자식 때문에 괴로워하는 부모들이 얼마나 많은가요? 그래서 '무자식 상팔자다' 이런 말도 있잖아요.

고풍스러운 교토의 거리를 함박눈과 함께 걸어보았습니다.

삼십삼간당 三十三間堂

그렇기 때문에 지금 나에게 주어진 아기가 없는 이 상황이 복인지 불행인지 섣불리 단정할 수가 없다는 거예요. 그러니까 '아기 낳게 해주세요' 이렇게 기도하면 안 돼요. 그러면 불행을 자초할 수가 있습니다. 절에 다녀요, 교회에 다녀요?

아무 데도 안 다녀요.

그러면 이렇게 기도해보세요. '아기를 갖는 게 좋으면 나에게 아기를 갖게 해주시고, 아기를 갖는 것이 나에게 불행이 된다면 갖지 않게 해주세요' 이렇게 기도를 해야 합니다. 꼭 아기를 갖는 게 좋은 것은 아니에요. 그런데 우리는 '반드시 아기를 가져야 한다. 낳아야 한다' 이런 생각을 하기 때문에 자기 불행을 자초하게 되는 거예요.

그래서 이렇게 한번 기도해보세요. 종교가 없다니까 그냥 우선 부처님을 부릅시다. 만약에 기독교 신자라면 하나님을 부르고 기도하면 돼요.

'부처님, 감사합니다. 지금까지 부처님의 은혜 속에서 잘 살아왔습니다. 아이를 원하지만 지금 나에게 아이가 태어나는 것이 좋은 일이라면 태어나게 해주시고, 지금 태어나는 것이 좋은 시기가 아니라면 저는 기다리겠습니다. 인연을 따라서 그 과보를 받겠습니다.'

이런 마음을 가지고 기도를 하셔야 합니다. 해달라는 게 꼭 좋은 기도가 아니에요. 그것이 불행을 자초할 때도 많습니다. 그러니 지금 아기가 태어나지 않는 것은 지금 이 시점에 아기가 태어나는 것이 아이에게나 엄마에게 좋지 않기 때문에 태어나지 않는 거예요. 그런데 그것을 억지로 하게 되면 불행을 자초하게 됩니다. 그래서 아기에 대해서 질문자가 전전긍긍하는 이 마음을 탁 놓고 편안해져야 합니다. 이렇게 초조

불안한 상태에서는 혹시 수정이 되어도 장애가 되기 쉽습니다.

그리고 복을 좀 지어야 해요. 저 인도나 아프리카에 가면 엄마가 아기를 낳아도 가난해서 키우지 못하는 아이들이 많이 있잖아요. 북한에도 영양실조인 아이들이 아주 많아요. 그런 아이들이 한 명 자라는 데에는 한 달에 3천 엔밖에 안 든단 말이에요. 그래서 내가 한 열 명 정도 아이를 키우는 경비를 그런 곳에 후원하여 보내면 좋겠습니다. 그렇게 죽어가는 아이들을 살리고, 그 아이들을 키우는 일에 꾸준히 후원을 하면 '복을 짓는다'라는 말을 해요. 그러니까 아까 기도하는 마음과 보시하는 행위를 같이 하여 좋은 인연이 되면 좋은 아이를 낳을 수 있습니다. 지금 몇 살이에요?

서른일곱 살입니다.

마흔까지는 괜찮으니까 아직 한 3년 정도 기도해보세요.

감사합니다.

히토마치 교류관

장사가 대박나는 방법

일본인 남편을 만나 일본에서 10년 정도 살았습니다. 음식점 아르바이트를 6년 한 경험이 있고 소액이지만 가진 자본의 절반 정도를 투자하여 작은 이자카야(간단한 요리와 술을 제공하는 곳)를 운영해보려고 합니다. 하면 잘 될 수 있을까요?

그걸 알면 제가 먼저 가게를 열지, 질문자한테 알려줄 리가 없죠. (웃음) 어떤 분이 물었어요. "스님, 법당의 복전함에 돈을 넣으면 진짜 복을 받습니까? 예를들어 만 원을 넣으면 2만 원이 나오는 게 확실한가요?" 만 원을 넣어서 2만 원이 나온다면 은행에 10년 저축해서 얻는 이자보다 낫잖아요. 그게 확실하면 돈을 빌려서라도 제가 넣지 왜 남들한테 알려주겠어요.

　한번 생각해봐요. 아이가 대학시험을 치는데 엄마는 '부처님, 우리 아들 대학시험에 합격시켜주세요' 이렇게 기도하지요. 실력이 충분하면 굳이 기도를 안 해도 될 텐데 실력이 모자라니까 도움을 얻으려는 거예요. 그래서 합격하면 부처님의 가피라고 말하지요. 그런데 실력이 안 되는 학생이 합격하려면 실력이 되는 학생이 떨어져야 해요. 부처님이 부처님한테 와서 비는 학생을 합격시켜주려고 실력이 되는 학생 한 명을 떨어뜨리면 입시 브로커잖아요. 뒷돈 좀 준다고 힘써주고, 자기한테 잘 보인다고 힘써주면 부정부패예요.

우리는 자기 욕망을 채우려고 부처님을 부정부패하는 존재로 만들어 놓고 믿는 거예요. 그런데 실제 부처님은 그런 일을 하실 분은 아니니 스님도 이런 일을 하면 안 되겠지요. 돈을 버는 것도, 합격하는 것도, 지위가 오르는 것도 본인이 노력해야 하는 거예요. 그런데 절이나 교회에 다니는 사람의 99퍼센트가 그렇게 해달라니까 모두가 기독교인이 되거나 불교인이 되어도 세상은 똑같고 아무 변화가 없습니다.

그럼 부처님이나 예수님은 무엇을 가르쳤을까요? 예를 들어, '한국과 일본 사이에 갈등이 있어서 일본이 미워도 후쿠시마 원전 사고 같은 큰 재난을 당했을 때는 원한을 따지지 말고 도와줘라. 남북 관계가 나빠서로 싸운다 해도 북쪽에서 사람이 굶어죽는다고 하면 원한을 따지지 말고 도와줘라'와 같은 내용이지요. 예수님도 마찬가지예요. 불교 국가인 미얀마든 가톨릭 국가인 필리핀이든 태풍이 불어서 큰 피해를 입었다면 종교를 따지지 말고 도와줘라. 부처님, 예수님은 이렇게 가르치는데 우리가 그분들을 너무 편협하게 생각하는 겁니다.

어떤 할머니가 손녀 입시기도를 하는데 소원성취가 안 될 것 같아 걱정이래요. 본인은 관세음보살 부르면서 절에 다니는데 손녀는 교회에 다니니까 관세음보살님이 도와줄 것 같지 않다는 거예요. 그래서 제가 그랬습니다. "할머니, 아무려면 관세음보살님이 할머니 심보 같을까요? 대자대비하신 관세음보살님이 고등학교 3학년짜리 애가 교회 가는지 절에 가는지 따져서 합격, 불합격 가르겠어요? 그러니 걱정하지 마시고 기도 열심히 하시면 소원성취하실 겁니다." 이렇게 우리는 종교를 너무 좁게 만들고 있어요.

질문자가 지금 열려는 가게는 한류 붐을 이용해서 한국식으로 하려

584

는 건가요? 지금까지는 한류 붐을 타고 한국 음식점이 동남아시아나 일본에서 잘되는 추세였지만 이제 일본에서는 한일관계가 조금 안 좋아지면서 한류 거품도 꺼지는 편 아닌가요? 그럴 때는 시작하면 좋지 않습니다. 퓨전으로 할 경우는 특히 어려워요. 잘하면 일본 사람도 한국 사람도 오지만 잘못하면 이 맛도 저 맛도 아니어서 한국 사람도 안 오고 일본 사람도 오지 않을 가능성이 많지요.

서울에서 한정식 식당을 운영하시던 분이 라스베이거스에도 가게를 열었다가 완전히 망했어요. 설렁탕이면 설렁탕, 딱 한국식으로 밀어붙여야 하는데 세계 사람들 입맛에 다 맞추려고 섣불리 퓨전을 하다 보니 오히려 망해버렸어요. 반면 애틀랜타에서는 어떤 분이 일본식 스시에 조금 다른 것을 섞은 퓨전 일식 가게로 성공해서 2호점, 3호점을 내는 경우도 있었어요. 이런 것을 할 때는 약간 경기가 뜰 때 시작하면 실패할 확률이 적고, 경기가 가라앉을 때 하면 실패할 확률이 높지요.

음식점 아르바이트를 오래 해본 것은 아주 좋은 자세예요. 아르바이트를 하면서 같은 업종의 경험을 가지고 시작하면 좋아요. 여차하면 주방에 본인이 들어갈 수 있도록 해야지요. 식당 경험이 없는 사람이 주방에 종업원을 고용해서 운영하다가 주방장이 근성 부리면 식당 망하거든요. 언제든지 종업원이 나가면 본인이 뛰어들어서 한다는 생각을 가지고 해야 안전성이 있습니다.

가게에 오는 대상은 한국 사람과 일본 사람 중 어느 쪽 비중이 더 높아요? 한류 열풍이 약간 가라앉으면서 질문자가 생각하는 그런 종류의 한국음식점을 하는 숫자가 많아져서 어려운 가게가 더 많다면 그만큼 성공확률도 낮으니 조심해야 해요. 가게를 새로 차리는지, 있는 가게를 인수하는지, 소액투자라 해도 본인이 가진 자본의 전부를 가지고 하는

붓다의 근본 가르침,
여러분이 이 마음의 원리를 알고 삶에 적용하면
누구나 다 행복해질 수 있습니다.

지, 일부를 가지고 하는지도 중요합니다. 가진 자본 전부를 투자한다면 운영이 안 될 경우 못 버텨요. 시작하자마자 현상유지를 해주면 괜찮지만 적자가 날 때를 대비해 자본금이 좀 있어야 하지요. 식당은 개업하고 나서 6개월 정도 지나야 사람들이 오게 되거든요. 적자가 나도 6개월 정도 버틸 수 있는 유지경비가 준비되어 있어야 해요. 그냥 천천히 쓰면 3년을 쓸 수 있는 것을 괜히 가게 열어가지고 6개월 만에 다 말아먹을 수도 있어요. 큰 적자날 일이 없으면 해봐요. 그렇지만 꼭 될 거라고 생각하면 안 돼요.

카지노에 처음 가서 돈을 딴 사람은 중독되기 쉬워요. 처음에 가서 한두 번 따게 되면 돈을 잃어도 옛날에 땄던 것을 늘 생각해서 다시하고 또 하다가 중독이 되거든요. 주식도 그래요. 처음에 딱 실패하면 아예 안 하거나 하더라도 크게 실패할 것을 염두에 두고 투자하지만, 처음에 잘되면 중독되어서 재산을 다 쏟아부을 확률이 높아요. 돈을 빌려주면 고액의 이자를 준다는 광고가 가끔 보이지요? 이자는 받고 싶지만 돈 떼일 가능성을 생각해서 처음엔 500만 원만 넣어보는 거예요. 떼여도 괜찮다고 생각했더니 석 달이고 넉 달이고 이자가 꼬박꼬박 들어와요. 그러면 대담해져서 3천만 원을 집어넣어요. 그래도 이자가 꼬박꼬박 들어와요. 그러다 빚을 내서 1억을 집어넣으면 딱 날아가 버려요. 낚시할 때 던지는 미끼는 항상 그 물고기가 좋아하는 것으로 쓰게 마련이에요. 두세 번까지는 떡밥을 주고 그다음에 낚아요.

그러니까 우리가 어떤 일을 할 때는 무조건 두려워하라는 게 아니라 그런 가능성을 염두에 둬야 해요. 장사를 몇 달 해보고 안 되면 깨끗이 포기한다는 각오로 해야지, 안 그러면 남편이 못하게 하니까 남편한테 말 못 해서 친구한테 빌리고, 여기서 빌리고 저기서 빌리며 끌고 가다가 나중에 들통 나면 이혼하는 일까지도 생겨요. 스스로 화근을 만든다 이 말이에요. 그러니 '내가 투자한 돈만큼 다 쓰면 절대로 남한테 빌리지 않고 손을 턴다' 이런 각오를 가지고 있다면 해도 돼요. 그런데 그게 잘 안 될 거예요. 본전 생각 때문에 조금만 빌려서 한두 달만 더 버텨보자, 버텨보자 반복하다가 있는 집까지 날리는 경우가 대부분이거든요.

절대로 돈 안 빌리고, 있는 것만 털고 나면 그냥 "아이고, 몇 달 장난 삼아 잘 놀았다" 하고 딱 손 털겠다 약속할 수 있으면 한번 해봐요. 이 점을 명심하지 않으면 가정불화의 씨앗이 됩니다.

시립아베노 주민센터

행복한 삶으로의
출발

제가 유럽을 시작으로 전 세계의 교민들과 함께 대화를 나누면서 몇 가지 느낀 점이 있습니다.

첫 번째가 창조력을 가져야한다는 것입니다. 이제는 더 이상 모방이 아니라 미지의 세계에 도전하여 새로운 것을 창조할 능력을 키울 필요가 있습니다. 그것이 무엇이든 크든 작든 말입니다. 두 번째는 공동체를 위해 노력해야 한다는 것입니다. 우리가 집단적으로든 개인적으로든 보다 나은 공동체를 위해 사회의 변화를 시도하는 자세가 필요하다는 것입니다. 세 번째는 사물을 긍정적으로 보는 것입니다. 이미 일어난 일은 그것이 무엇이든 긍정적으로 보는 겁니다. 이것은 사물을 부정적으로 보는 지금까지의 자신이 가졌던 가치관의 변화를 말하는 것입니다.

그래서 우리는 늘 행복하게 살아야 합니다. 살아있는 생명은 누구나 다 행복할 권리가 있습니다. 괴로워하며 살아야 할 아무런 이유가 없습니다. 살아있는 것 자체가 복이기 때문입니다. 누가 어떤 경험을 했든, 어떤 상황에 처해 있든 행복할 권리가 있습니다.

행복은 노력해서 얻어지는 것이 아닙니다. 지금 바로 행복해야 합니다. 행복은 조건을 붙이면 안 됩니다. 살아있는 것만으로도 행복하다는 것을 몸소 느껴야 합니다. 눈으로 사물을 볼 수 있는 것도, 밥을 먹을 수 있는 것도 모두 행복입니다. 행복하기 위해서 애쓰다가 내일 교통사고가 나서 죽는다면 얼마나 억울하겠습니까. 그러니까 지금 행복해야 합니다.

그러면 자신을 행복하게 하려면 어떻게 해야 할까요? 수행을 해야 합니다. 기독교인이든 불교인이든 종교가 없는 사람이든 행복하려면 자기 수행을 해야 합니다. 부처님과 예수님은 숨이 넘어가는 순간까지 행복의 관점을 유지하셨습니다. 그러니까 그런 삶의 자세를 배우는 게 중요하지, 기독교인이냐, 불교인이냐가 중요한 것이 아닙니다. 각자 자기 인생을 행복하게 하는 그 길을 이름 붙여 수행이라고 합니다. 절이 필요하면 절을 하고, 기도가 필요하면 기도를 하고, 참선이 필요하면 참선을 해야 합니다. 그것이 무엇이든 나를 행복하게 하는 길을 걸어가야 합니다. 지금도 좋고 나중도 좋고 나도 좋고 너도 좋을 때, 그 좋음은 지속 가능합니다. 일시적 기쁨이 아니라 지속 가능한 기쁨이라야 행복이라고 할 수 있습니다.

그렇게, 지금 여기 나부터 행복한 삶을 사는 것으로 변화의 첫 발을 내딛어 봅시다.

2015년 가을
야단법석을 마치며
법륜

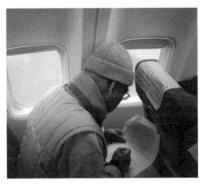

아단벙의

법륜 스님의 지구촌 즉문즉설

1판 1쇄 발행 | 2015년 10월 15일
1판 13쇄 발행 | 2020년 8월 31일

지은이 | 법륜

펴낸이 | 김정숙
기 획 | 이상옥, 임혜진
편 집 | 고길영, 김순영, 박세미, 이준길
사 진 | 스님의 하루
지 도 | 손지훈
마케팅 | 박영준

펴낸곳 | 정토출판
등 록 | 1996년 5월 17일(제22-1008호)
주 소 | 06653 서울특별시 서초구 효령로51길 7 (서초동)
전 화 | 02-587-8991
전 송 | 02-6442-8993
이메일 | jungtobook@gmail.com

캘리그라피 | 강병인
디자인 | 김미성 Good-hada

ISBN 978-89-85961-36-3 03810
ⓒ 2015. 정토출판

오슬로   헬싱키   상트페테르부르크

스톡홀름

코펜하겐   모스크바

에딘버러

더블린   함부르크

런던   암스테르담   베를린   바르샤바   *Europe*

브뤼셀   뒤셀도르프   프라하

파리   프랑크푸르트   뮌헨   비엔나   *Ukraine*

베른   취리히   부다페스트

France   피렌체   로마   이스탄불

마드리드   아테네   *Turkey*

리스본

Kazakhsta

Afghanistan

Pakis

Algeria   *Egypt*   *Saudi Arabia*

Mauritania   *Mali*   *Chad*   *Sudan*   *Yemen*

Nigeria   *Ethiopia*

tic   *Africa*   *Kenya*

Ind

Angola   *Madagascar*

Botswana

South Africa

세계 100회 강연 아시아, 오세아니아 지역
— 오세아니아 4개 도시 4회 강연
— 아시아 17개 도시 17회 강연